|略萨作品：精装珍藏版|

水中鱼：
略萨回忆录

〔秘鲁〕马里奥·巴尔加斯·略萨——著

赵德明——译

Mario Vargas Llosa
EL PEZ EN EL AGUA

人民文学出版社
PEOPLE'S LITERATURE PUBLISHING HOUSE

著作权合同登记号　图字 01-2019-1248

Mario Vargas Llosa
El Pez En El Agua

Copyright © MARIO VARGAS LLOSA，1997
This edition arranged with Agencia Literaria Carmen Balcells S.A.
Simplified Chinese edition Copyright © Shanghai 99 Readers' Culture Co., Ltd, 2022
All rights reserved.

图书在版编目(CIP)数据

水中鱼:略萨回忆录/(秘)马里奥·巴尔加斯·略萨著；赵德明译.—北京：人民文学出版社，2022
（略萨作品：精装珍藏版）
ISBN 978-7-02-016943-6

Ⅰ.①水… Ⅱ.①马… ②赵… Ⅲ.①回忆录—秘鲁—现代 Ⅳ.①I778.55

中国版本图书馆 CIP 数据核字(2021)第 242019 号

责任编辑：卜艳冰　欧雪勤
装帧设计：汪佳诗

出版发行　人民文学出版社
社　　址　北京市朝内大街 166 号
邮政编码　100705

印　　制　凸版艺彩(东莞)印刷有限公司
经　　销　全国新华书店等

字　　数　370 千字
开　　本　890 毫米×1240 毫米　1/32
印　　张　17.5
版　　次　2018 年 6 月北京第 1 版
印　　次　2022 年 3 月第 1 次印刷

书　　号　978-7-02-016943-6
定　　价　118.00 元

如有印装质量问题,请与本社图书销售中心调换。电话:010-65233595

译者序

自 1980 年开始至今,巴尔加斯·略萨已有以下作品被译成中文:《城市与狗》《绿房子》《酒吧长谈》《潘达雷昂上尉和劳军女郎》《世界末日之战》《狂人玛依塔》《胡利娅姨妈和作家》《谁是杀人犯》《谎言中的真实》和《水中鱼》,占其全部创作的二分之一。

《水中鱼》是略萨 1993 年的作品,同年 4 月出版。友人尹承东先生托人购得,为支持译者翻译此书便割爱相赠了。初读此书,只感觉作者回忆文学生涯的部分极有参考价值,对于他从 1987—1990 年涉足秘鲁政治之事颇不以为然,甚至 1995 年 10 月 18 日在研讨会上宣读论文时还强调:"如果略萨在 1990 年大选中果真当了总统,他也未必是个杰出的政治家,但是世界上却少了一个优秀的作家。"话音刚落,会场上爆发出一阵表示赞同的掌声。但是,译完全书之后,我却反问自己,马克斯·韦伯说了:凡搞政治的都必不可免地要与魔鬼签约。那么如果签约的人都是流氓、无赖加政客,那政治生活岂不更污秽?反之,签约的人多一些智者,是否可用权让鬼推磨、化消极因素为积极因素呢?历史固然有其不可预测、难以捉摸的一面和令人吃惊的曲折性,但是人的主观能动性难道就没有"事在人为"的另一面了吗?大量的历史事实证明是有的。否则哪里来的清官、清明政治、变法、变革和改革呢?

《水中鱼》单数各章回忆了作者是怎样踏上文学之路的;双数各章描写了作者 1987—1990 年的政治历险:从反银行国有化开始,到

i

组织民主阵线，到参加总统竞选，到失败的出走和回归文学之路。两条叙述脉络均以事实为基础、以时间为坐标，中间夹杂着一些议论，但绝对构成不了什么理论体系。可是译完全书后，译者感觉这些事实要比那些所谓的理论更有说服力。仅以《水中鱼》这个书名为例，"水"就是社会生活，"鱼"就是作家，就是文学创作；"水"又可以是政治舞台，"鱼"是各式各样的政治家；"水"还可以是秘鲁的客观现实，"鱼"是人的主观能动性。以篇幅而论，"水"的部分，家庭、学校、社会环境、秘鲁的历史与现实、党派斗争、竞选内幕等，写得详尽、生动，约占三分之二的分量，而作者的主观努力、理想和追求则居次要地位。这样的安排与作者是个不可知论者有一定关系。需要说明的是，他的不可知论的感慨是在大量的社会调查与实践之后发出的，这对于读者认识客观世界的复杂性和艰巨性是有帮助的，尤其是中国读者。因为我们接受的"人定胜天""鱼跃龙门"的思想教育实在太多了。不可知论会导致宿命论从而安于现状、不求进取，但凡行事小心谨慎，如履薄冰。过分强调主观能动性则导致唯心论和自大狂，办事易狂热、冒险、"大跃进"。《水中鱼》绝对不是哲学书，但我们可以从中领悟的哲理却远远超过了"如鱼得水"的程度。

二

谈几个具体问题：

1. 20世纪80年代的秘鲁是一盆什么"水"？

按照巴尔加斯·略萨的认识，这是一盆"浑水"：

经济危机、暴力和官场腐败是20世纪80年代到90年代秘鲁的主要问题。

经济危机的主要表现：通货膨胀、企业倒闭、失业人口增加、生产持续下降，从而导致工人、农业工人生活的进一步贫困化；导致中产阶级的萎缩与分裂。

暴力既有极左思想的影响，如游击中心主义的作祟，也有贫富悬殊、阶级矛盾尖锐等客观条件的激化，活动范围大，行为残暴者首推"光辉道路"。

官场腐败既是造成"水浑"的原因之一，又是"浑水"里的鲨鱼或是拉美亚马逊地区的食人鱼。

2. 巴尔加斯·略萨治理"浑水"的处方：

私有制、法制加自由化。

巴尔加斯·略萨主张全民都搞私有制，他认为：国家利益、集体利益和个人利益中，个人利益是基石。法律首先要保护个人合法利益，尤其要扶植和鼓励个人创造性的劳动，为公平竞争确定法律保障。企业要私有化，商业要自由化，经济要多元化。大力引进外资，面向世界开放市场，与国际市场接轨。大力引进先进的科学、技术；发展文化教育，提倡私人办学。

略萨主张宪法高于一切，任何政党都必须服从宪法；尤其反对独裁者凌驾国家之上。建立健全民主选举制，新闻自由，鼓励舆论界对政府的监督和批评。

提倡多元文化，多元思想，反对种族主义，反对狭隘的民族主义，大力培养公民的爱国意识、环保意识和人文意识。

为实现全方位的自由化，他给自己发起、成立的组织命名为：自由运动组织。

3. 略萨的"处方"为什么不被多数百姓接受？

1990年6月10日，略萨第二轮总统大选失败，百分之五十七的选民不接受略萨的执政纲领，尤其是下层百姓。略萨对此迷惑不解，但他把问题摆到了桌面上：如何准确估计一个国家发展的阶段性？换句话说，一个人有一个人的年龄，不同年龄有不同年龄的特点并决定其行为，一个国家也有自己的年龄：秘鲁今年多大岁数？计算这个年龄是有标准的：历史是个基数，更主要的是看生产力发展的水平，文化教育、科技发展水平，广大人民衣、食、住、行的物质水平，文化艺术修养、道德修养、公民意识、法制意识的精神水平，法制规范的程度。而秘鲁的现实情况是：生产力低下（印第安人还在刀耕火种，其人口占全国百分之五），文盲多（两千万人口中，一半以上是文盲、半文盲），封建、落后、迷信思想占统治地位，独裁统治和长官意志很有市场（广大群众采取容忍态度），可以说，正在从以农业为主的封建社会后期向以工业为主的前工业社会过渡。《水中鱼》所表现的正是这一过渡时期不可避免的综合病症。略萨长期生活在中产阶级家庭，1958年即定居在欧洲，他对秘鲁下层百姓的了解用他自己的话说："几乎从零开始。""处方"是脱离实际、脱离群众、照抄西方后工业社会模式的产物。把治中老年疾病的药方用到青春少年身上焉能不错！

4."精神贵族"的可贵与悲哀

真正的"精神贵族"乃指知识、文化、智慧上的富有者，他们的劳动是思想、精神上创造性的劳动，不是"掉书袋"。其劳动成果对宇宙、自然社会、人生的认识或有所发现或有所发明或有所创造，从而走在同代人认识水平的前头。他的创见来源于社会生活，但一经他的发现、发明和创造，其见地便高出常人许多，故具有超前性，因而一般人对他创见的接受总要有一个过程。在一段时间里，他不被人理解，常常有"孤独"之感；而一旦人们普遍接受了他的思想时，又易为名利所困扰、所累赘，甚至从此失去认识社会的灵性、敏感与锋芒。当然还有更惨烈的情况，发现真理以后在传播的过程中被反动、保守的势力所杀害，总之逃不出古人所说的"先知者常刑"。这实在是大智慧者的悲哀。

巴尔加斯·略萨是个文学才子，不是政治家。隔行如隔山，搞政治得会玩权术，会翻手为云覆手为雨，会搞谋阴诡计，会搞蛊惑宣传，有智慧、有道德的文学家、艺术家和科学家是不应涉足其间的。这是墨西哥大学问家帕斯的忠告。略萨难耐寂寞（还是修炼的火候不够）和权力的诱惑与魔鬼签了协议，结果选举大败，把改革的韬略拱手送给政敌之后悄然去国出走。值得玩味的是，这时他反而有了一种"被解放"的感觉，可见骨子里还是要追求精神思想自由的。而这样的自由在现实生活中是有限的和相对的，仅以译者日前所在的西班牙而论，就有这样一堆问题威胁着人们的自由：经济危机、失业、恐怖活动、环境污染、毒品走私、移民潮高涨、艾滋病蔓延、长达六年的大旱、官场腐败成风，等等；在1995年11月27日召开的欧洲环地中海国家外长会议上，西班牙国王大声疾呼：和平、稳定、繁荣！世纪末的现实是严酷的，所以人们才总是对未来抱有幻想，而文学艺术恰恰是建构这一幻想的沃土。西班牙画家曼努埃尔·戈麦斯对我说："我的这些风景画是现实生活里找不到的。"译者听了很不以为然，劝他去看看中国的漓江、杭州、九寨沟、黄山……并强调说，自然之美是不可替代的、无以伦比的，是文学家、艺术家创造的源泉。曼努埃尔回答说，这当然是对的，但你没有说出来我们脑海里想象出来的艺术世界为什么更迷人、更自由、更无边无际、更变化多端？因为我们这个想象出来的艺术世界不受时间、空间的限制，它不仅能找回失去的过去，还能弥补和创造今天与明天。而现实世界是相对的、受局限的。至于社会现实，可以用一句话概括，世纪末的地球是个垃圾堆。

这种论调当然是太悲观了，地球上还有它美好的一面，何况还有可以化"垃圾"为神奇的艺术家呢？实际上，文学家、艺术家总是要不断地往返于客观现实与主观想象之间的。巴尔加斯·略萨的《水中鱼》就证明了这一点。作家是社会的一员，只要他是有良知的，就不会对社会的丑恶无动于衷，他总会站出来批评丑恶和清除丑恶，就是创造美和善，也不可能不针对现实的丑恶。与此同时，我们也应该注意文学、艺术自身的特点。文学、艺求是主观想象的产物，幻想和虚构是它的主要特点，是作家、艺术家主观情绪、情感、思想的结果，它虽然与现实有联系，但常常不是现实直接反映、反射出来的影子，而必须经过作家、艺术家的想象，在想象的过程中，有时联想到现实的美好而夸张、延伸、发展之，有时则联想到其丑恶而批判、否定或用美好而取代之，总之具有极强的主观色彩，从而构成另一个世界：艺术世界。巴尔加斯·略萨是属于这个艺术世界的，因为他具有很强的艺术觉察力、想象力和创造力，这是他的强项，而搞政治，需要务实、铁腕、谋略和冷酷。略萨在这方面没有优势，只有劣势，他在回归文坛时有"解脱"感，说明他的家在文学园地，政治不要他，文学世界需要他，他更需要文学。

三

1990年6月秘鲁大选之后，略萨的获票率仅达百分之二十三。他带着妻子回到了伦敦寓所。这一年，意大利授予他西西里文学奖；

美国迈阿密佛罗里达国际大学聘他为荣誉教授；美国波士顿大学、英国伦敦大学、以色列耶路撒冷大学分别授予他荣誉博士称号。1993年，西班牙给他的长篇小说《利图马在安第斯山》授以行星文学奖。1994年3月24日，他当选为西班牙语言皇家学院院士。1995年4月23日，他从西班牙国王胡安·卡洛斯手中领取了西语世界文学的最高奖赏：塞万提斯文学奖。同年10月20日出席略萨作品国际研讨会，22日被穆尔西亚大学授予荣誉博士。11月24日在西班牙乌尔瓦市担任第二十一届西班牙语世界电影节主席。

从上述活动中可以看出，略萨一回到文学天地里来便"如鱼得水"了。1995年4月22日，他在接受西班牙《国家报》记者的采访时说："我那时（指1987年反阿兰·加西亚政府的银行国有化运动）很幼稚，对国内正在发生的事，我并没有一个明确、清醒、现实的看法。这次经验使我明白了，有些事情我是不能做的、不该做的，即使做了也是没有意义的。""今后我是不会搞政治的，权衡利弊之后是不值得干的。""因为作家有他的基本位置。"早知如此，何必当初！

这涉及20世纪拉丁美洲作家继承的一个传统：19世纪中叶拉丁美洲爆发了以土生白人为领导的、反对西班牙殖民统治的独立运动，在这些土生白人中，绝大部分是知识分子，其中文学家居多。在独立运动爆发前夕，许多作家以文学为武器从事宣传工作，当时流行的口号是"祖国的独立是诗人灵感的唯一源泉"。按照略萨的话说，"你既然是个作家，那必须就道德、宗教、政治问题拿出主意来"，"文学不是一种纯粹的娱乐，它与生活有关，与各种社会问题有关，因此优秀文学必须帮助人们生活"。这个传统一直延续到20

世纪的今天,并出现了许多优秀作家和作品,批评社会、介入社会成为当代拉美文学的重要特征。略萨说:"文学干预政治是件好事,它可以净化政治,免得被政客独家垄断。换一个角度说,文学被政治污染也是好事,免得文学成为单一的智力游戏。"但是,文学是社会精神生活中的一个小小方面,在政治、哲学、宗教、道德、法律、艺术中,它只占一席之地。它不仅与政治有关系,而且也与哲学、宗教、道德、法律、艺术等有密切关系。19世纪的拉美文学曾经担负着哲理说教、弘扬信仰、德育和美育等功能,进入20世纪以后,文学与其他文化门类的分工越来越明确,它自己的位置和活动范围便渐渐明朗和固定起来,尤其是电影、电视的发展,使得文学的天地更趋狭小,功能趋向单一,但是,文学的个性同时也变得鲜明起来。其中尤以想象和虚构的特征发挥得淋漓尽致。对此,略萨感触很深,1995年4月25日他在接受塞万提斯文学奖时说道:"有了文字以后,虚构踏入书籍之门,将此前一直是经口述才能领悟的想象天地固定下来。文学从此定居并使得挤在虚构中的神话和典型人物永存;通过以神秘方式的虚构,一种创造出来填平现实与愿望之间鸿沟的生活(人类总是摇摆在这鸿沟的两端),便获得了合法公民的权利;因而想象中的幽灵便加入到生活中来,用巴尔扎克的话说,便成为民族的隐私史。"

那么虚构小说与现实生活之间是什么关系呢?略萨回答说:"虚构小说当然要有娱乐性,否则就算不上小说了;但是娱乐性在其次或更其次的位子上。一部虚构小说首先是针对现实生活的造反行动,其次是给由于生活在命运的监牢里而感到焦躁的人以补偿,因为'不可能的东西造成的诱惑'会使命运之牢里的囚犯感到激怒。按照拉马丁的说法,这种'诱惑'使雨果创作出《悲惨世界》,因为人们总想走出现时的生活，总想体验比他们经历过的更丰富或更贫困、更纯洁或更可怕的生活。"接着，略萨以《堂吉诃德》的创作为例，进一步对虚构小说和现实之间的关系做了分析，他说："虚构小说是对世界现状的亵渎，是对现实不妥协的见证与源泉。虚构小说无可辩驳地证明：真正的现实和我们经历过的生活，与我们的现状而不是我们希望的现状相比，仅仅是一小部分，因此我们要创造新现实、新生活、虚构的生活。这种生活由于高于现实之上，特别是虚构得非常出色时，比如像《堂吉诃德》那样，就不是社会繁荣、昌盛的征兆了，而恰恰是它的反面。一部伟大作品的出现总是表明这是一次充满勇气的造反行动，它构成一个想象世界的外观，在保留现实世界面孔的同时，实际上是排斥现实并质问现实的。大概这可以解释塞万提斯的毅力，他似乎是以顽强的意志在忍受着恶劣的环境：他以象征性的弑神之罪去报复环境，他从失望中汲取力量，编造出一个新的现实，用其光芒照亮虐待他的现实和反抗那个现实。"

接着，略萨把堂吉诃德和桑丘进行了比较，他说："事实上堂吉诃德对现实世界的排斥，如毁坏财物、解救罪犯、攻击羊群、毒打可怜的村民，只有读者觉得亲切，而不会是书中的百姓；作者把书中这些人都施加了魔法并且不时地用长矛刺他们一下。假如桑丘的实用主义占据上风，即他对这个世界各种事物的全面理解占据上风，那么全书结束时堂吉诃德身上的伤口或许少些，口中的牙齿或许多些，但是这部小说也就不存在了——或者无聊至极，形同嚼蜡，西班牙语及其文学也就不会像今天这般丰富多彩了。因此，这里包含着两层意思：第一，我们赞赏堂吉诃德不是把他看做一个实在的人，而是一个幽灵、一个虚构人物；而使我们远离桑丘的是，他就在我们身旁，不像小说人物，更像活生生的人。以此，我推出第二层意思：虚构小说存在的理由不是反映现实，而是否定现实，将现实变为非现实。就是说，当小说家像塞万提斯那样掌握了语言的魔术技巧时，他表现出来的似乎是真正的现实，而其真相恰恰是现实的反命题。"

上述看法给我们的启发是：人类的生命特征之一在于思想，其中幻想常常是创造的动力之一，幻想的基础是客观存在，而追求的目标是现实中"无有"的。略萨说："科学、社会、经济、文化的发展要归功于这样的幻想家。没有他们，欧洲人就不会发现美洲，中国人就不会发明印刷术，当代人就不会有人权，可能我们为了给庄稼求雨还在地上干跺脚呢。"

问题是，人类的幻想无边无际，而幻想变成现实的可能少而又少，生命只有一次，生命中的欲望何止千万次；幻想和化幻想为现实的可能性难以成比例。现实生活的有限性（时间、空间、环境的限制）和不可重复性与幻想世界的无限性和重复性，使得人类永远生活在两难境地：永远不满现实而永远抱有幻想。小说的诞生仅仅是为了部分地实现那幻想的世界，画饼充饥以缓解精神上的饥渴。但由于纸上的大饼往往不能充饥，甚至刺激起更强烈的食欲，读者对小说的要求也就更强烈、更苛刻、更无止境。在这个意义上，任何一部伟大的作品都是不完美的，"绝唱""绝句""叹为观止"永远是相对的。因为人类的想象力犹如无限的宇宙。略萨说："对于我们心中的焦虑而言，虚构小说是临时的缓冲剂，虽然它不能实现我们心中的想象和要求，但是，尽管如此，由于有了虚构小说，我们的各种生活便繁育成一个充满阴影的宇宙，这些阴影虽然易碎，是用一种薄薄的物质揉成的，却加入到我们的生活中来，却影响我们的命运，却帮助我们解决这样的冲突：肉体生命的一次性与生命欲望的多次性；当然，文学以何种方式影响生活是个神秘的问题，任何关于这个问题的说法都要谨慎对待。"

对于文学如何影响生活，略萨的态度的确是很谨慎的。他以《堂吉诃德》的主人公为例，仅仅提到小说让堂吉诃德活得更加充实、更加超凡脱俗而已。对于作家而言，堂吉诃德帮助"我们努力把想象与日常生活、幻想与行动、神话与历史联系起来；我们可以在他的历险记中为我们创作的故事寻找魅力"。

文学对于普通读者会产生怎样的影响呢？略萨讲了这样一个故事：1995年2月，西班牙首都马德里一家报纸上刊登了这样一条消息：一位著名的律师，年逾花甲，四十年如一日，坚持每天利用上下班走路的时间，边走边读俄国小说，"就是说，是在穿过马德里市中心，来往于他的住宅和办公室的路上读书的，而且四十年如一日。他发誓说，他的双脚，或者他的本能，能够非常精确地记住每个坑洼、每个电线杆、中央大道上的每个门洞、每个突出物和每个台阶，因此用不着沿途把目光从书本上移开。他说，在那走路读书的过程中，没有任何东西能够把他从那种全神贯注的状态中拉出来"。这位老律师既不是作家、文学教授也不是俄国文学的翻译家（他连俄语都不懂），仅仅是一位普通的俄国文学的读者，这种对文学的热情与执著的态度使略萨深受感动，他动情地写道："让这位老先生迈着均匀的步伐不快不慢地向前走吧；让他沿着马德里拥挤的街道，走在急忙赶路的工薪族、流浪汉、闲逛者、旅游者的人群中吧；他会全然不睬汽车的喇叭声、沸腾的喧闹声以及周围的颜色和气味，因为他已经神游于时间和空间之外，全部心灵都专注地享受着某个西伯利亚村庄的热烈气氛，或者放马飞奔在顿河沿岸的哥萨克骑手中间，或者同沙皇的官吏一道饮着伏特加、品着鱼子酱、弹着三弦琴，或者因寒冷而在雪地上快跑，或者在香火缭绕的烟云中，面对金色的圣像和大胡子的神甫，置身于有蜂窝状壁龛的东正教的教堂里，因良心不安而瑟瑟发抖。没有什么东西能让这位老先生分心，没有什么可以惊醒他，没有什么可以告诉他实际生活的变化。无论前面等待他的是工作还是打击，因为他能生活在小说中，所以是幸福的。"文学能使读者如此幸福，足矣！

　　文学给略萨的馈赠要多得多：尚未开蒙，外祖父母和姨外婆讲的大量故事，识字后自己阅读的文学童话，十五岁到二十岁之间吞下了这些人的作品：马尔罗、麦尔维尔、海明威、吉卜林、卡夫卡、雨果、司汤达、福克纳、马尔托雷（？—1498，以写骑士生活闻名的西班牙作家）、巴尔扎克、福楼拜、列夫·托尔斯泰以及其他许多杰出的小说家。作为读者，"我觉得因为沉浸在那特殊命运、异国情调的风光和令人兴奋的人群组成的莽莽人海里的时光是最妙不过的了，因此，我可以毫不夸张地说：在我十五岁到二十岁这段时间里，在念文学和法律以及为糊口而炮制新闻的同时，我没有离开利马就让自己与中国同志一道在上海的大街上与国民党反动派进行斗争；就乘坐新英吉利的捕鲸船在大洋上追踪白鲸；就坐在帕尔纳斯山的咖啡馆里过起两次大战期间的逍遥生活；就开着破卡车搬家；就在可能是布拉格的城里以莫须有的罪名被处死；就经受着拿破仑在滑铁卢战役'悲惨平原'的失败之苦；就在粗野的《深沉的南方》（福克纳的作品）窒息在阴暗的仇恨和扭曲的敌意中；就在美丽的西班牙姑娘布拉塞尔的帮助下与希腊继承人卡尔梅西纳一道干下贡戈拉式的无赖行径，与此同时，我还毁灭了土耳其帝国"。作为作家，略萨说："这些作家应该同我一起接受塞万提斯文学奖，因为没有他们照亮我的青春和教会我敢于通过话语去梦想生活，我就不可能成为作家。"

值得我们深思的是，从1987年至1990年，略萨深深地卷入了政治之中，一个文学家竟然被推到总统候选人的位置上，本来这是文学"干预生活"的最佳时机，索性以作家的激情、理性批判的精神直接对民族灵魂进行拷问，这是在情理之中：用文学设计的理想蓝图去改造现实应是非略萨莫属的，但是，看过《水中鱼》之后，读者就会觉察：政治是污水，洁身自好的文学之鱼难以存活！略萨的经历又一次告诉我们：优秀的文学既排斥政治的干预，也不以干预政治为己任，它要建构的是一个语言艺术的天才，因而只对这个艺术想象的世界负责，而绝不承担政治、法律、道德和伦理的责任。

四

《水中鱼》是1993年4月出版的，次年7月12日作者在北京与译者会面时就指出书中有若干笔误和疏漏，并当即在给译者题签的原文书上做了修改。1995年8月略萨的版权代理人卡门女士为支持译者翻译此书，特地将作者刚刚修订尚未付梓的手稿复印了厚厚一大本供译者使用，因此，这里要说明的是：这本《水中鱼》是根据1995年作者的修订本译出的。同时，谨向马里奥·巴尔加斯·略萨博士和卡门女士表示谢意。

赵德明
1996年4月18日于燕东园

目录

第一章　是我爸爸的那位先生　001
第二章　圣马丁广场　028
第三章　利马,可怕的城市　048
第四章　民主阵线　080
第五章　幸运的军校学员　101
第六章　宗教、市府选举与摇臀舞　126
第七章　新闻学与放荡的生活　144
第八章　自由运动组织　161
第九章　鲁乔舅舅　188
第十章　公生活　215

第十一章　阿尔贝托同志　238

第十二章　阴谋家与四小龙　264

第十三章　勇敢的小萨特　279

第十四章　廉价的知识分子　312

第十五章　胡利娅姨妈　328

第十六章　巨变　358

第十七章　波斯鸟　388

第十八章　肮脏的战争　415

第十九章　巴黎之行　460

第二十章　句号　481

补　遗　535

第一章　是我爸爸的那位先生

我妈妈拎着我从省政府的旁门来到大街上，我们向埃奇古伦防波堤走去。那是1946年底或者1947年初，因为我已经在萨雷霞诺考完各门功课，我已经念完小学五年级，那时皮乌拉正是夏天，阳光灼人，热得令人窒息。

"显然，事情你已经知道了，"我妈妈说道，声音并没有颤抖，"是不是呀？"

"什么事情？"

"就是你爸爸并没有死。对不对？"

"当然了，当然了。"

可是以前我并不知道，再早的时候我也没有怀疑过，于是仿佛突然之间世界在我面前瘫痪了一样。我爸爸还活着？我以为他死了的这段时间里他都在什么地方？这是个说来话长的故事：在那天（是我已经生活过的时光里最重要的一天，可能也是我后来时光里的最重要一天）之前，我母亲、我外祖父母、我姨外婆埃尔维拉（玛玛埃)、我舅舅、我舅妈,那整个大家庭都在小心翼翼地瞒着我这件事;我在这个大家庭里,先是在科恰班巴度过了我的童年,后来,自从外祖父佩德罗被任命为皮乌拉的最高长官之后,又到了这里。当我妈妈是个刚刚度过少女年龄的姑娘时,一个庸俗、可怕、类似连载小说式的故事(这是我后来逐渐这里那里搜集资料、难以填补空白的地方就凭借想象补充才重新恢复、发掘出来的),使我母亲的家庭(说实话是我唯一的家)蒙受耻辱,毁坏了我母亲的生活。

这是个开始发生在十一年前的故事,距离揭开这件大事的舞台埃奇古伦防波堤有两千多公里。当时我母亲十九岁。她去塔克纳是为了伴送我外祖母卡门(是塔克纳人),她们从阿雷基帕出发,当时全家住在这座城市里,是为了参加某个亲戚的婚礼,时间是1934年3月10日,那一天就在省里那个小城市刚刚修建起来、马马虎虎的机场上,有人给她介绍了帕那戈拉广播电台(泛美公司最早的叫法)代理人埃内斯托·J.巴尔加斯。他当时二十九岁,是个很漂亮的小伙子。我母亲迷上了他,从那时起直到永远。他大概也堕入了情网,因为她在塔克纳度过一段假期之后便返回阿雷基帕了,他还给她写了好几封信,甚至在帕那戈拉广播电台搬迁到厄瓜多尔去的时候,他还去阿雷基帕跟她告别。他在阿雷基帕的短暂访问中,二人正式订了婚。订婚后的日子是靠书信往来度过的;直到一年以后他和她方才重新见面,这时我父亲(帕那戈拉电台再度搬迁,这一次是迁往利马)为了婚礼再度出现在阿雷基帕。1935年6月4日,他们二人结了婚,住在帕拉大街上外祖父母的家里,当时那住宅精心地布置了一番;从保存下来的照片(好多年以后他们才拿给我看)上可以看到多丽塔①身穿拖地

---

① 指作者的母亲。——译者

长裙、饰有半透明灯芯草的白纱礼服；脸上没有丝毫容光焕发的样子，反倒是很严肃；她那又大又黑的眼睛里流露出一丝对前途未卜的疑问目光。

未来给她准备的是一场灾难。婚礼之后，他俩立即动身去利马旅行，那时我父亲在利马帕那戈拉电台担任技师。他俩住在米拉弗洛雷斯区的阿方索·乌加特大街的一所小房子里。从结婚第一天起，他就显露出略萨家族后来婉转的说法："埃内斯托脾气不好。"多丽塔不得不屈从一种监狱里的规定：禁止她去看朋友，特别是不许探望亲戚，要永远待在家里。唯一可以出门的时候要在我父亲陪同下才行，也就是去看看电影，或者去拜访小叔子塞萨尔和他妻子奥丽耶里，他们也住在米拉弗洛雷斯区。吃醋的场面因为随便什么借口就屡屡发生，有时干脆就没有借口，而且可能演变成暴力事件。

过了许多年以后，当我自己也有了白头发而且可以和我母亲谈谈他们那持续了五个半月的婚姻时，她依然还重复那个家族对这次婚姻失败的解释：埃内斯托脾气不好和他那中了邪似的醋意。如果非要怪罪什么的话，那么或许由于她是个娇生惯养的姑娘，对她来说，阿雷基帕的生活实在太容易、太舒适了，因此一夜之间跑到另外一座城市跟一个如此专制、与原来的亲人如此不同的人一道生活，她丝毫没有准备渡过这一难关。

但是这一婚姻失败的真正原因既不是我父亲的醋意也不是他的坏脾气，而是由于改换人称而发生的民族病，这个病感染了全国的各个阶层、各个家庭，在每个人身上都留下了毒害秘鲁人生活的夜间露水：社会的不满与情结。因为埃内斯托·J. 巴尔加斯虽然长着白皮肤、淡色的眼睛和年轻漂亮的相貌，却属于（或者总是感觉自己属于）一个比自己妻子的家族低下的家族。我祖父马塞利诺的冒险、不幸和胡闹的行径早已把巴尔加斯家族弄得一贫如洗，降低到这样一个模糊的边缘：资产阶级分子与上层人物称之为"人民"的阶层开始混淆在一起；在这个模糊的边缘上，那些自以为是白人的秘鲁人开始感到自己成了混血种人，也就是说，印欧混血种人，也就是说，穷人和让人瞧不起的人。在秘鲁这个五颜六色的社会里，也许在一切多民族和极不平等的社会里，"白人"和"混血人"成为超越民族和种族的术语：这两个术语按照社会和经济的角度来确定人的位置，这些因素又往往是社会分类的决定因素。社会分类是有灵活性、经常变化的，从属于环境和每个人命运的改变。有人一直就是白人或者混血种人，因为他的地位总比别人好，或者坏；或者比别人穷，或者不穷；重要或者不重要；面部特征比别人更西方味或者不西方味，更混血或者不混血，更印第安味或者不印第安味，更亚洲味或者不亚洲味；所有这一切决定许多人命运的野蛮术语是通过一个由偏见和情绪（傲慢、藐视、嫉妒、愤怒、羡慕、争强好胜）组成的结构来维持的，这个结构往往处在意识形态、有价值和无价值、对秘鲁生活中的冲突和失败的深刻解释之下。这是个严重错误，当人们谈及种族偏见和社会偏见的时候总以为这两种偏见是自上而下的；在白人歧视混血种人、印第安人和黑人的同时，也存在着混血种人对白人、印第安人和黑人的仇恨；而白人、印第安人和黑人也对其他人种怀有情绪、冲动和狂热，按照一种甚至不能称为伪善（因为从来没有流露、表现出来）的程序，这种情绪、冲动和狂热隐蔽在政治、意识形态、职业、文化和个人的角逐后面。这往往是无意识的，产生于一个非理性、隐秘的"我"，是由母乳哺育的，自从秘鲁人第一声啼哭和牙牙学语起，就开始成型。

我父亲的问题大概就在于此。比他那坏脾气或者醋意更为本质、更为决定性的是他那种感觉，破坏了他和我母亲的生活，这种感觉一直在他身上，他总是感觉到我母亲来自一个姓氏响亮的家族（这个阿雷基帕的家族以其祖先是西班牙人、有良好的教养、说话纯正而自豪），也就是说，来自一个比他家更上层的世界，他家则因为政治原因而贫穷、败落了。

我的祖父马塞利诺·巴尔加斯出生在钱凯，学的是无线电报技术，后来在他动荡的生活间歇中把这门技术传授给了我的父亲。但是，祖父生活的热情在于政治。1885 年 3 月 17 日，当他还是一个毛头小伙子的时候，就带领一帮皮埃罗拉的起义队伍踏进了利马的高察尔卡斯大门。后来，他成为自由派首领奥古斯托·杜兰的忠实追随者，陪伴后者度过了种种政治风波，为此着四处潜逃的生活，他既当过瓦努科的监察官也当过流放犯去过厄瓜多尔，多次被捕又多次越狱逃走。这种惊恐不安的生活迫使我祖母塞诺维娅·马尔多纳多（照片上她表情严厉，我父亲激动地说，只要他和兄弟们表现不好，她就毫不犹豫地用鞭子把他们打得皮开肉绽）创造种种奇迹来喂饱五个儿子，这五个（本来生了八个，有三个出生不久就死了）孩子实际上是她一个人养大成人的。

她和孩子们过着非常贫穷的生活，因为我父亲本来在一所国立学校读书（瓜达卢佩中学），可他十三岁时为了维持家庭生计就辍学了。开头，他在一家意大利人开的鞋店里当学徒；后来，由于马塞利诺教会了他无线电报技术的基本知识，他就在邮局当上了无线电报技工。1925 年，我祖母塞诺维娅去世了；同年，我父亲在皮斯科当上了报务员。有一天，他和一位朋友共同购买了利马的一张彩票，结果中了头等奖：十万索尔①！他用分到的五万索尔（这在当时是一笔大钱）去了一趟布宜诺斯艾利斯（在20年代发达的阿根廷，这个城市对于拉丁美洲来说，就相当于欧洲的巴黎），他在那里过了一段挥霍无度的生活，因此那些钱迅速地花掉了。后来，他就用余钱在广播公司小心翼翼地进修了一下他的无线电报技术，取得了一张职业文凭。一年以后，他参加了应征比赛，获得了阿根廷商船队二等技师的位置；他在这个船队上待了五年，游遍了世界各个海洋（有一张这个时期他的照片，身穿蓝色海员制服，非常考究，在我童年科恰班巴的床头小桌上，每天我上床的时候，我都吻吻他，向"我那在天上的父亲"道一声"晚安"）。

1932年或1933年前后，他回到了秘鲁，受聘于帕那戈拉广播电台，当上了飞行无线电技师。他在那些初创时期的小飞机上，在秘鲁当时还没有开发的天空上，飞行了一年多；直到1934年，他被派到塔克纳机场工作，于是就发生了1934年那次见面，由于这次见面，我才来到了这个世界上。

这种流动和多样的生活方式并没有把我父亲从形成秘鲁人心态的扭曲和仇恨的情结中解放出来。按照某种方式和由于某种复杂的原因，我母亲的家族对他来说代表着他从来没有的东西，或者他的家族丧失了的东西（资产阶级家庭的稳定性，与同类家庭牢固的关系网，有关传统和某种社会标志的东西）；结果，他对我母亲的家族产生一种仇恨，因为随便什么借口就会流露出来，一旦发起脾气来就会破口大骂略萨家族。事实上，这些情绪在那个时代（30年代中叶）已经没有多少根据；因为从前那个养尊处优并且有贵族徽带的

---

① 秘鲁货币单位。——译者

略萨家族，自从家族的第一个人（堂胡安·德·拉·略萨·利亚古诺军团长）来到阿雷基帕以后，就逐渐衰落了，到我外祖父这一代的时候，已经成了阿雷基帕城里一个家产菲薄的中产之家。在社交圈子里，当然关系很好，位置十分稳定。可能恰恰是最后这一点，是那个无根无底、无家无业的人即我的父亲永远不能原谅我母亲的地方。我祖父马塞利诺在我祖母塞诺维娅去世以后，他那冒险多变的生活达到了顶峰，有些事让我的父亲感到羞愧难当：到安第斯山区中部一个小村里与一个梳辫子、戴串珠的印第安女人同居，他在那里当了火车站站长，活了九十岁，最后死在那里，留下一大堆儿子。马塞利诺惹得我父亲好一通抨击，就是略萨家族也不会让他如此大发雷霆，我父亲很少谈到这位老人。马塞利诺这个名字在家里是个忌讳，一切与他这个人有关的事都是忌讳（正是因为如此，我总是对这位我从来没有见过的祖父怀有一种秘密的同情）。

　　婚后不久，我的母亲就怀孕了，等待着我的出世。怀孕最初的几个月，她一个人在利马度过，偶尔也有奥里埃丽陪伴的时候。我父母之间为家务争吵的事屡屡发生，这种生活对我母亲实在太难了，尽管如此，她对我父亲热烈的爱依然温度未减。一天，外祖母卡门从阿雷基帕通知我母亲，分娩的时候她要来陪伴她。在此之前，我父亲已经被派到拉巴斯去开办帕那戈拉的办公室。仿佛对待世界上最自然不过的事，他对妻子说："你最好还是去阿雷基帕生小孩。"他就用这种方式安排了一切，我母亲竟然没有怀疑他背后策划的事。1935年11月的一个早晨，他装出一个多情的丈夫那样告别了怀有五个月身孕的妻子。

　　从此，他再也没有给我妈妈打电话，或者给她写信，或者捎个信表明他还活着；直到十年以后，也就是说，直到不久前那个在皮乌拉的埃奇古伦防波堤上,我妈妈透露说那个以前我一直以为在天上的父亲现在就在地上活着而且在四处晃荡,直到那个下午为止。

"妈妈,你没骗我吧?"

"你以为我能拿这种事骗你吗?"

"他真的还活着吗?"

"真的。"

"我能看到他吗?我去认他吗?他到底在什么地方?"

"他在这里,在皮乌拉。你现在就去认他。"

就在那个下午过去多年之后、我父亲也去世多年之后,当我们能够谈起这桩事的时候,我母亲的声音还不由得颤抖呢。她满含着眼泪回忆起在阿雷基帕那些不安的日子,当时面对她丈夫的全面沉默(没有电话、没有电报、没有书信、没有任何他在玻利维亚地址的消息),她开始怀疑起自己是被遗弃了,一想到他那有名的坏脾气,她大概永远也看不到他了,也永远无法知道他的下落了。她说:"最糟糕的是那些闲言碎语,那些人们编造的话,那些传闻,那些流言蜚语。我当时羞愧极了!我都不敢出门上街。如果有人来看我父母的时候,我就躲在自己的房间里,把房门锁上。"幸亏我外祖父母、我姨外婆埃尔维拉和她所有的兄弟姐妹都表现得很好,他们都关心她、爱护她,让她感到她虽然失去了丈夫,她永远都有住处、都有一个温暖的家。

1936年3月28日黎明,经过一个长时间、痛苦的分娩过程以后,我出生在帕拉大街上一所住宅的二层楼里。外祖父通过帕那戈拉电台给我父亲拍了一份电报,通知他我已经来到这个世界上。他没有回电;我母亲给他写了一封信,告诉他已经用马里奥的名字给我施了洗礼。由于大家不知道他的不回信是否是因为他不愿意呢,还是因为这些信息没有传到他的耳中，于是我的外祖父母便请求一位住在利马的亲戚曼努埃尔·布斯塔曼特·德·拉·福恩特博士在帕那戈拉范围内找一找我父亲。这时，我父亲已经从玻利维亚回国几个月了，这位博士去飞机场找到我父亲谈了一番。后者的反应是要求离婚。由于双方持有异议，离婚的事通过律师来办理，因此这对原来的夫妻没有能够见面。

那出生后的第一年，我在出生地度过的唯一一年、我毫无记忆的一年，对于我母亲以及我外祖父母和这个家族（按照保守派表达的全部含义，这是阿雷基帕典型的资产阶级家庭）的其他成员，是地狱般的一年；大家一同承受着这个被遗弃的女儿、现在又是一个没父亲的儿子的妈妈的羞辱。对于阿雷基帕那个有偏见又特别爱大惊小怪的社会来说，发生在多丽塔身上的秘密刺激出许多流言蜚语。除去上教堂，我母亲绝对不去大街，她一心一意照料这个新生儿，我外祖母和姨外婆也给她帮助，这两个老人把第一个外孙变成了家中最宠爱的人。

我出生一年以后，外祖父与塞依德家族签订了一项耕作这个家族在玻利维亚靠近圣克鲁斯附近刚刚买下的一片土地的合同（经营萨伊纳比纳庄园），外祖父打算在那里引种棉花，因为他在卡马纳曾经成功地播种过。虽然大家从来没有对我说过此事，可是谁也无法去掉我脑海里这样一个想法：外祖父的大女儿的不幸遭遇、我母亲的被遗弃和离婚给大家造成的巨大烦恼，促使外祖父接受了这份可以把全家从阿雷基帕迁走的工作，后来他们再也没有回阿雷基帕。我母亲谈到那次搬迁时说道："搬到别的国家、别的城市去，在那里人们能够让我安安静静过日子，这真是让我大大地松了一口气。"

略萨家族搬到了科恰班巴，当时这座城市比圣克鲁斯那个小小的、孤零零的村庄更适合居住；安家的地方是在拉迪斯劳·卡布雷拉大街上的一处大宅院里。我记得那大宅院像是一座伊甸园。那里有个天花板高高的可以发出回声的弧形门厅；有个长满树木的大院子，我和我的表妹南西和戈拉兹以及萨雷霞诺小学的朋友们，在那里我们把人猿泰山的电影以及礼拜天做完学校弥撒之后在莱斯电影院早场看到的系列故事片重演一遍。第一个院子里还有一个带水池的花坛、一些遮阳帆布和一把摇椅，外祖父佩德罗在不去庄园的时候，就常常在摇椅上睡午觉，他一面摇晃着一面发出鼾声，这情景让我和我的表妹笑得死去活来。另外还有两个院子：一个是细砖铺地的，另一个是一片土地；这两个院子里有洗衣物的水池、仆役们的住房、母鸡的鸡圈，有一段时间还有一头从萨伊比纳庄园带来的小山羊，外祖母最后还是收养了它。我童年时最早害怕的东西之一就是这头小山羊，它一挣脱捆住它的绳索，就东奔西跑，撞翻挡在它眼前的一切，造成家里一片混乱。有一个时期，还有一只饶舌的小鹦鹉，它模仿那捶胸顿足的嘈杂声，弄得我非常烦躁，它还学我尖叫的声音："外婆婆！外婆婆！"

房子很大，因此我们都住在家里，每个人都有房间：外祖父母，姨外婆，妈妈和我，胡安舅舅、拉乌拉舅妈、他们的两个女儿南西和戈拉兹，鲁乔舅舅，豪尔赫舅舅，还有在智利学医的佩德罗舅舅，他经常回来跟我们一起度假期。另外，女仆加上厨娘，从来没有少过三人。

在那个家里，我既骄傲又任性，自己简直成了一个小魔王。我之所以骄傲，是因为：对外祖父母来说，我是第一个外孙；对舅舅们来说，我是第一个外甥；我还是可怜的多丽塔的儿子、一个没爹的孩儿。没有爸爸，或者说得好听些：我爸爸在天上，并不是什么让我痛苦的事,恰恰相反,这个条件给我提供了一个特权地位;缺少亲生父亲已经由几位代替者给了补偿,他们是:外祖父母、胡安、鲁乔、豪尔赫和佩德罗舅舅。

我调皮捣蛋的结果是,妈妈在我五岁时就给我在萨雷霞诺报了名,比修士们建议的要早一年。不久,在胡斯蒂尼亚诺修士的课上,我就学会了看书;能看书这可是在埃奇古伦防波堤上那个下午之前我生活中发生的最重要的事情了;能看书在某种程度上平息了我的冲动。因为阅读杂志《比利肯斯》《贝内卡斯》以及各种故事书、历险记变成了一件狂热的事,可以让我安静好几个钟头。但是,读书并没有妨碍我游戏,我能把全班同学都邀请到家里吃茶点,如此过分的行为,外祖母和姨外婆(如果上帝和天堂果真存在,我希望这两位老人应当受到褒奖)一声不吭地忍受着,一面辛勤地为这一大群孩子准备黄油面包、冷饮、点心和牛奶咖啡。

那一年天天是过节。到卡拉-卡拉散步,有露天音乐会的时候去广场上吃萨尔塔烤饼,去看电影,去朋友家玩耍;但是有两个节日特别重要,那令人激动和让人快活的气氛吸引着我:狂欢节和圣诞节。我们事先在皮球里装满了水,到了那一天,我和我的表妹们就朝着从大街上走过的人们开火;我们目瞪口呆地窥视着舅舅和舅妈们穿上美妙绝伦的衣裳去参加化装舞会。圣诞节的准备工作是非常仔细的。外祖母和姨外婆在一些特别的小罐子里种下小麦,那是为圣婴出世准备的,这个耶稣降生的模型做得细致、生动,有用石膏制成的牧羊人和小动物,是家里人从阿雷基帕带来的(也许是外祖母从塔克纳带来的)。布置圣诞树是一件神圣的仪式。但没有什么能像给圣婴耶稣写信那样更刺激的了(那时圣诞老人还没有能代替耶稣),信中希望12月24日那一天圣婴带一些礼物来。那天夜里,上床的时候因为热切的期望而浑身颤抖，半睁半闭着眼睛、想看又不想看圣婴耶稣悄悄地带着礼物（书籍、很多书籍）出现在床前，留下这些礼物，等到第二天，心情万分激动地发现了这些礼物。

直到1945年底以前我在玻利维亚的这段时间里，一直相信圣婴耶稣的这些玩具，相信白鹳从天上把娃娃带到人间；那些忏悔者称作"坏念头"的东西一次也没有从我脑海中闪过。这些"坏念头"是后来出现的，那时我已经住在利马了。我是个顽皮又爱哭的孩子，但是纯真得像一朵百合花。在信仰上又是很虔诚的。我记得第一次领圣餐的那一天，是一桩很美的大事；我记得萨雷霞诺的校长阿古斯丁修士在学校的小教堂里每天下午给我们上的那些预备课；我记得那个激动人心的仪式（为此我身穿一套白衣裳，全家也都到场），我从科恰班巴大主教手中接过圣饼，这位显赫的人物身披紫色的圣服，每当他从大街上走过或者出现在我们拉迪斯劳·卡布雷拉街上的住宅（也是秘鲁理事馆，我外祖父以荣誉身份担任理事这一职务）时，我便赶忙上前去亲吻他的手。我也还记得在学校的院落里那顿给我们第一次领圣餐的孩子和家长的午餐：热巧克力和馅饼。

关于科恰班巴，我还记得那可口的萨尔塔馅饼和星期日全家（那时鲁乔舅舅和奥尔加舅妈一定已经结婚，豪尔赫舅舅和卡比舅妈也结了婚）共进的午餐；我记得那张家用的大餐桌，它常常让人想起秘鲁（或许应该说阿雷基帕），我们大家就在桌旁等待着外祖母和姨外婆用那魔术般的双手制作出来的塔克纳和莫克瓜的饭后点心：蜜炸果和金鱼果。我记得乌里奥斯特和贝尔韦雷伊的几个游泳池，鲁乔舅舅经常带我去那里，我就学会了游泳，这是我小时候最喜欢的体育项目，也是我唯一能有成绩的项目。我还记得那些聚精会神、全神贯注、完全沉湎于幻想之中阅读的故事书籍，我是多么喜欢这些书哟（有热纳维耶芙·德·布拉班特和吉列尔莫·特尔的故事、亚瑟王和卡廖斯特罗的故事、罗宾汉的故事、驼背骑士拉加代尔的故事、桑多坎或者叫内摩船长的故事），我特别喜欢的是吉列尔莫·特尔的系列故事，这是个与我同龄的孩子，每本书讲一个历险记，看完之后我就试着在花园里重演一遍那些故事。我还记得我那些最初编造寓言的草稿，里面经常有些小诗，或者是我阅读过的作品的续编或改编，家里人对此大加称赞。外祖父很喜爱诗歌（曾外祖父贝利萨里奥是个诗人，发表过一部长篇小说），他教我背诵坎波阿莫和鲁文·达里奥的诗歌；外祖父和我母亲（都在夜间床头上放着一本聂鲁达的《二十首情诗和一首绝望的歌》，但是不允许我看这本书）都把我这种超前的文学鲁莽行为欢呼为天赋。

我母亲虽然非常年轻，却没有追求者（她不喜欢别人追求）。到达科恰班巴不久，她就在格雷斯公司开始干起会计助理的工作，这份工作加上照顾我就占据了她的全部生活。她给别人解释说，她根本不想再结婚了，因为她已经在上帝面前结婚了，这是唯一有效的婚姻，毫无疑问她完全相信这个，因为她是略萨家族中天主教教徒家庭里（我认为至今如此）最为虔诚的天主教徒。但是，比宗教道理更为深刻的是，在她离婚之后，全然不理睬那些追求她的人，尽管发生了那样的事，她依然以全部和坚定的热情爱着我的父亲，这一点她一直瞒着周围所有的人，直到全家搬回秘鲁的时候那位失踪了的埃内斯托·J.巴尔加斯再度像旋风一样出现并进入她和我的生活中为止。

"我爸爸就在这里？在皮乌拉？"

这事就好像是那些非常诱人、令人激动、看似真实的故事中诸多幽灵的一个，可只有在阅读时这个幽灵才存在。那么它会不会像那些幽灵一样一合上书本的时候就消失不见了呢?

"是的。他在旅游者饭店。"

"那我什么时候去看他?"

"现在就去。不过,这事你可别告诉外公、外婆。他们不知道你爸爸来了。"

过去一段时间以后,在科恰班巴那些不愉快的事,回忆起来似乎都是愉快的了。有这样两件事:一是做扁桃体手术;另一个是一个德国人车房里的丹麦狗,这个德国人名叫贝克曼,住在我们拉迪斯劳·卡布雷拉街上住宅的对面。家里人用欺骗的方法把我带到了萨恩斯·贝尼亚医生的诊所,如同以前我因为发烧和嗓子痛多次去看医生那样,他们让我坐在一个男护士的膝盖上,这名男护士用双臂把我紧紧抱住,与此同时,萨恩斯·贝尼亚医生让我张开嘴,他用一个类似我舅舅们带到狂欢节上的胶皮管在我嘴里点上几滴乙醚。以后就是在卡门外祖母和姨外婆的娇惯下养病,这时允许我吃很多冷饮(似乎在局部麻醉手术期间由于我又叫又动,因此妨碍了医生的工作,切除得不够干净,留下了一部分扁桃体。这些扁桃体又再生出来,现在它又是完整的了)。

贝克曼先生那条高大的丹麦狗让我既着迷又害怕。他们经常拴着它,它那狂吠声常常震醒了我的噩梦。有一段时间,我最小的舅舅豪尔赫夜间把汽车放在贝克曼先生的车房里,我常常跟他一道去,想尝一尝如果那丹麦狗被放出来会是什么滋味。一天夜里,它真的朝着我们扑过来了。我们撒腿就跑。那鬼东西出来追我们,跑到街上还是给它追上了,并且撕破了我的裤腿。它咬伤我的地方只是表皮,可是那股激动劲儿和给我的同学们绘声绘色讲述此事所用的时间却持续了好几个星期。

有一天，秘鲁驻拉巴斯的大使、佩德罗外祖父的亲戚何塞·路易斯舅舅居然当选为那个遥远的秘鲁共和国的总统。这个消息使全家欣喜若狂，因为全家一向把何塞·路易斯舅舅敬奉为名人的。他曾经来过科恰班巴，也到过家里几次；我对这位重要的亲戚也同样怀着敬佩的心情；他口才极好，总是打着蝴蝶结，头戴绳边呢帽，走起路来两个小脚丫大大地分开，同卓别林一模一样；我之所以喜欢他，是因为每次他来家里告辞的时候都会在我的衣袋里放一些零花钱。

何塞·路易斯舅舅刚一登上总统宝座，就任命外祖父当秘鲁驻阿里卡的领事或者去当皮乌拉的最高行政长官。亲爱的外祖父（他与塞依德家族的合同刚刚期满）选择了皮乌拉。他几乎立刻就动身了，把迁居的任务留给了家里的其他人。我们在那里待到1945年底，为的是我和我的表妹南西以及戈拉兹可以参加年终考试。我对在玻利维亚的最后几个月只有模模糊糊的印象，只记得总有没完没了的客人前来和这个略萨家族道别；略萨家族在许多意义上已经是科恰班巴人了：鲁乔舅舅和奥尔加舅妈已经结了婚；奥尔加虽然出生在智利，但是从家庭到感情都是玻利维亚人；豪尔赫舅舅和卡比舅妈结了婚，卡比是个地地道道的玻利维亚人。此外，略萨家族的人口在科恰班巴期间也增加了。在鲁乔舅舅和奥尔加舅妈的第一个女儿万达出生在拉迪斯劳·卡布雷拉大街那所住宅的时候，大家都说我曾经要爬上前院一棵大树上企图看看这个娃娃是怎样来到这个世界上的，结果是鲁乔舅舅拧着我的耳朵把我从树上拉下来。但这大概不是真的，因为我不记得有这事；如果是真的，当时我也没弄明白什么大事，因为前面说过，我离开玻利维亚的时候确信：小孩都是寄托在天上的，是白鹳把他们接到世界上来的。对鲁乔舅舅和奥尔加舅妈的第二个女儿（我的表妹帕特丽西娅），我已经无法窥视她是如何出现在这块土地上的了，因为她出生在医院里（这个家族顺从了现代化的要求），这时距离全家回秘鲁仅仅四十天。

我至今还有我们上车的那个早晨科恰班巴火车站十分逼真的印象。那天，有许多人来给我们送行，有些人还哭个不停。但是我没有哭，我那些来拥抱我的萨雷霞诺的朋友也没有哭，这些朋友是：罗梅罗、巴伊维安、阿尔特罗、古穆西奥，还有最要好的朋友、城里照相师的儿子马里奥·萨帕塔。我们已经都是大男子汉了（九岁或十岁），男子汉是不哭的。可是，卡洛塔太太和其他几个太太、厨娘和几个女佣都哭了；哭的人还有花匠，一个头戴耳帽、脚踏土制凉鞋的老印第安人，我看到他拉着外祖母卡门的手哭个不停，火车开动以后他还跟着车窗跑，不停地挥手与列车告别。

整个大家庭都回到了秘鲁，但是，豪尔赫舅舅和卡比舅妈、胡安舅舅和拉乌拉舅妈都留在利马了，这可让我感到极为失望，因为这意味着我不得不和南西以及戈拉兹分开了，我是跟这两个表妹一起长大的。她们就好像我的妹妹；在皮乌拉的头几个月，由于没有她们在我身边，日子很难过。

但是，在那次从科恰班巴到皮乌拉的旅行中（一次路途遥远、变化多端、终生难忘的旅行中我们乘了火车、轮船、汽车和飞机），只有外祖母、姨外婆、我母亲、我以及由于外祖母的好心肠而收留到这个家庭里来的两个成员：霍阿金和奥尔兰多。霍阿金是个年岁比我稍大一点的男孩，是佩德罗外祖父在萨伊比纳庄园里发现的，他没有父母、亲戚和身份证明。外祖父可怜他，把他带回科恰班巴，让他和家里的男们一道生活。他是跟我们一起长大的，外祖母不忍心把他留下，这样他就加入了我们这个家庭行列。奥尔兰多年纪小一些，是一个名叫克莱门西娅的厨娘（圣克鲁斯人）的儿子，我记得这个女人长得很高、很丑，整天披头散发。有一天，发现她怀了孕，可是我们这个家里的人无法查出是哪个男人干的。她把孩子生下来以后，就失踪不见了，可是把孩子扔在我们家里了。家里人试图找到她的下落，结果是白费。外祖母很喜欢那个孩子，就把他带到秘鲁来了。

在整个旅行途中，不管是坐火车穿越高原，还是乘小轮船从瓦基横渡的的喀喀湖到普诺，我脑海里一直不停歇地在想：我就要看到秘鲁了，我就要认识秘鲁了。到了阿雷基帕（为了参加1940年的圣体大会，我、我母亲和我外祖母曾经来过这里一次），我们又一次住在爱德华多舅舅家中，他的厨娘又一次给我做了那种我非常喜欢吃的又红又辣的龙虾杂烩。但是，这次旅行中最伟大的时刻是发现了大海，那是在"骷髅坡"到了尽头、开始远远地望到了卡马纳海滩的时候。我激动得不得了，以至于拉我们去利马的汽车司机索性停下车来，让我在太平洋里泡一泡（这次经历的结果可是灾难性的，因为一只海蟹夹了我的脚丫儿）。

这是我第一次接触到秘鲁的海岸风光：那无边无际的沙滩，由于阳光照射的不同角度时而是白色的、时而是灰色的、时而是蓝色的、时而是红色的；荒凉的海滩由于安第斯山脉那褐红色和灰色山梁的阻隔在沙丘中时隐时现。后来，这一景色在国外一直陪伴着我，仿佛它是秘鲁永不褪色的形象。

我们在利马待了一两个星期，住在亚历杭德罗舅舅和赫苏斯舅妈家里；对这一停留，我只记得米拉弗洛雷斯那些长满树木的大街小巷和拉埃拉杜拉海湾喧闹的涛声，这些地方是佩佩舅舅和埃尔南舅舅带我去的。

我们乘飞机去北方、去塔拉拉，因为那正是夏天，外祖父作为那个地区的最高长官，可以使用国际石油公司在假期为他准备的一套住宅。外祖父在塔拉拉机场迎接我们，他递给我一张印有皮乌拉市萨雷霞诺小学字样的明信片，我已经在那里注册准备上五年级了。对于在塔拉拉度过的这个假期，我记得那个国际石油公司俱乐部的总管、工会领导人、美洲人民革命联盟党的负责人、和蔼可亲的胡安·坦沃阿达。他在我们的住宅里工作，非常喜欢我，经常带我去看足球比赛；每当电影院利用教堂的白墙当银幕给儿童放露天电影的时候，他都带我去看。整个夏天我都泡在国际石油公司俱乐部的游泳池里，有时看看小人书，有时爬爬周围的悬崖峭壁和悄悄而又着迷地窥伺着海滩上螃蟹的神秘行踪。但是，说实在的，我心里既孤独又难过，因为远离了表妹南西和戈拉兹，远离了我那些科恰班巴的朋友，我非常想念他们。1946年3月28日，我在塔拉拉度过了十岁生日。

我初次见到萨雷霞诺和班上的新同学，印象一点也不好。大家都比我大一岁或两岁，但是他们显得更大些，因为他们总是说些粗话、脏话，而这种话我们在科恰班巴的拉萨勒小学里根本不知道它们的存在。每天下午我都回最高长官府的大房子里去，由于让那些脏话吓坏了，也由于同学们嘲笑我那山里人的说话方式和我那几颗兔牙而气愤万分，因此总是向鲁乔舅舅抱怨个不停。可是，慢慢地我就成了一些同学的朋友：马诺洛和里卡多·阿尔达迪、鲍达奥·卡尔塞斯、胖子哈维尔·席尔瓦、查比里多·塞米纳里奥。通过这些人的帮助，我渐渐适应了那个城市的风土人情，后来这个城市给我的生活打下了极为深刻的烙印。

入学不久以后，有一天下午，我和阿尔达迪兄弟以及豪尔赫·

萨尔蒙在皮乌拉正在下降的河水中游泳，他们给我揭开了娃娃真正的来源以及那难以出口的"操"是什么意思。这一揭示仿佛击伤了我，尽管这一次我可以肯定不去向鲁乔舅舅报告而是自己静静地思考，但是一想到那些兽性般的男人举着挺直的阴茎、骑在那些不得不忍受着攻击的可怜女人身上时，我就感到恶心。一想到我母亲也可能经历过类似危难的时刻为着我能够来到这个世界上，我心里就充满了反感，这使我觉得知道这种事是对自己的玷污，同时也玷污了我和母亲的关系，在某种程度上也玷污了生活。世界对我来说一下子就变得肮脏了。我的忏悔神甫、我唯一敢于咨询这个痛苦问题的人，他的解释也没有能够让我宽心，因此，这个问题折磨了我许多个日日夜夜，过了很长时间我才不得不接受这一看法：生活就是如此，男男女女干那种用动词"操"概括起来的肮脏勾当，是因为除去这个办法人类就不可能延续、也就不可能生下我这个人来。

皮乌拉最高行政长官一职是我外祖父佩德罗最后一份稳定的工作。我想直到1948年奥德里亚发动军事政变、推翻何塞·路易斯·布斯塔曼特·伊·里韦罗之前的那几年里，我们家生活得还是很幸福的。外祖父的工资大概相当菲薄，但是在罗梅罗公司工作的鲁乔舅舅和在格雷斯公司皮乌拉办事处找到了工作的妈妈，都为支付家里的开支帮了许多忙。最高长官府（省政府）有两个院落，有一些蝙蝠栖息、布满鸟粪的顶楼。我和我的朋友们爬到上面去侦察，希望能抓住几只这种带翅膀的老鼠，然后强迫它们吸烟，因为我们坚定不移地认为，如果你要给蝙蝠嘴上放上一支香烟，它会像一个老烟鬼那样吞烟吐雾。

那时的皮乌拉很小，但是很热闹，住着一些发了财又不拘礼节的庄园主，比如：塞米纳里奥家族、切卡家族、依贝克家族、罗梅罗家族、阿尔塔萨尔家族、加西亚家族；我的外祖父母和我的舅舅们跟这些家族建立了友好关系，这种关系保持了一辈子。我们常常去美丽的雅西拉海滩或者是派塔海滩散步；如果要在海里游泳，经常有被红鱼群咬伤的危险（我记得在阿尔达迪家中的一次午餐，外祖父和鲁乔舅舅在退潮时下海游泳，一条红鱼咬了他们；我记得就在海滩上一个胖胖的黑人妇女如何让外祖父和鲁乔舅舅在火盆上烤伤口，然后用柠檬汁治疗）；我们还去高兰散步，那时在这个一望无际、非常美丽、落满雀鹰和银鸥的海滩上只有一片建筑在木桩上的小木屋。

在切卡家的亚帕代拉庄园里，我有生第一次骑了马，还听到人们差不多是用神话的方式谈论英国，因为我的朋友詹姆斯·麦克唐纳的父亲是英国人，此公和他的妻子（佩比塔·切卡）崇拜英国，他们在皮乌拉山区这块不毛之地上以某种方式再现了英国（在他们的庄园住宅里，要吃下午茶点，要用英语讲话）。

在皮乌拉的那一年（最后以在埃奇古伦防波堤揭露出我父亲的存在而告终）仿佛七巧板一样留在我的脑海中：不连贯、逼真又令人激动的一大堆印象。看守最高长官府里门的那个年轻的警卫，爱上了家里一个名叫多米蒂拉的女仆，他经常用那过分修饰的嗓音唱那首《美丽的洋娃娃》。我们成群结伙沿着干河床和卡斯蒂亚以及卡塔考斯流沙地去远足，为的是看看那史前就有的鬣蜥，或者看看野驴如何藏在角豆树丛中性交；去格劳俱乐部的游泳池嬉水，极力挤进帕里耶达代斯和穆尼西帕尔成人电影院，组织那充满刺激和坏心眼儿的探险，为的是从暗处窥视那家建在卡斯蒂亚和卡塔考斯之间的空地上的妓院，关于这家妓院当时流传着许多色情的神话。"妓女"这个词使我充满了恐惧与迷惑。我们在靠近那家妓院的地方打赌,看看谁敢去瞧瞧生活在那里的坏女人以及那些夜里的嫖客,明知打这种赌是犯了道德罪、将来要去忏悔的,但这仍然是一种难以抵抗的诱惑。

我开始收集的那些邮票是在佩德罗外祖父保存的那两本集邮册的启发下搞起来的(他的集邮册里有罕见的、三角形的、各种颜色的外国邮票,是曾祖父贝利萨里奥收集的,这两本集邮册是略萨家族搬来搬去的传家宝之一),如果我表现好,他们就让我翻阅一下。梅里诺广场的教区神甫加西亚,一个爱发火的西班牙老头,也是一个集邮爱好者,我常常拿重复的邮票去跟他交换,有时我俩的讨价还价会最后导致他大发雷霆,这正是我和我的朋友们喜欢挑起的事。家中的另一件宝贝是《歌剧集》,是外祖母从她的父母手中继承下来的;那是一部漂亮的红皮烫金的古书,里面有插图,有全部意大利著名歌剧的剧情介绍以及部分唱段,我经常连续几个小时地阅读这本大书。

皮乌拉政治生活的风风雨雨(那里的各种政治力量比起国内其他地方来相对是平衡的),是以非常混乱的方式落到我身上的。美洲人民革命同盟党的党员都是些坏蛋,他们已经背叛了何塞·路易斯舅舅,现在弄得他在利马那边无法立足;该党领袖维克托·劳尔·阿亚·德拉托雷在此间的阿尔玛广场上曾经攻击过外祖父,指责外祖父是一个反美洲人民革命同盟的地方长官。(美洲人民革命同盟的那次示威,我是偷偷跑去侦察的,尽管家里人是不让我这么干的;我在游行队伍里发现了我的同学哈维尔·席尔瓦·鲁埃特,他的父亲是该党的铁杆分子,此人举着一个比他本人还要高大的标语牌,上面写道:"导师,年轻的一代拥护你!")但是不管美洲人民革命同盟表现得多么糟糕,在皮乌拉这里还有一些正直的同盟党员,他们是我外祖父、我舅舅的朋友，比如哈维尔的父亲马克西莫·席尔瓦医生、吉列尔莫·古尔曼博士、家庭牙医伊帕拉基雷医生，我和这位牙医的儿子一道在他家的门廊里组织过戏剧晚会。

美洲人民革命同盟的死对头是革命团结党，领导人是皮乌拉的路易斯·阿·弗洛雷斯，他的堡垒设在曼加切利亚区，该区以奇恰酒铺、辣菜馆和几个音乐团体而闻名。人们传说，桑切斯·塞罗将军（建立革命团结党的独裁者，1933年4月30日被一名美洲人民革命同盟的党员杀害）就出生在曼加切利亚区，因此所有曼加切利亚区的人都是革命团结党的成员；因此这个由土路围成、里面充满了儿童和驴子的街区的全部泥巴加芦苇的茅屋墙壁上都闪闪发光地有个桑切斯·塞罗将军的苍白形象在那里手舞足蹈。除去革命团结党之外，还有社会党，其领袖卢西亚诺·卡斯蒂略也是皮乌拉人。美洲人民革命同盟、革命团结党和社会党之间的巷战屡屡发生；我之所以知道这些，是因为在发生巷战的日子里（街头聚会最后总是演变成一场斗殴）家里不让我上街，增加了警察前来守卫地方长官府，这丝毫不能阻止美洲人民革命同盟的水牛们在结束示威的时候来到附近向我们的门窗扔石头。

那时我很为是这样一个人物的外孙感到自豪，这个人物是地方最高行政长官啊！我经常陪伴外祖父出席一些公众聚会的场合（比如各种开幕式、国庆游行、格劳兵营的阅兵式）；当我看到他主持各种会议、接受军人们的敬礼和发表演说时，我心中十分得意。由于外祖父不得不出席许多午餐会和公众场合，他便为自己一向有的爱好找到了借口，于是就鼓励他的长外孙——作诗。那时他作起诗来很容易，随便什么主题都可以写；在各种宴会上或者什么官方场合，轮到他讲话时，他往往要即席朗诵几首他写的诗。尽管在皮乌拉的那一年与在玻利维亚一样，我依然狂热地阅读惊险故事书，一面胡乱写些小诗和小说，但是由于我要花大量的时间结识新朋友和熟悉这座城市（我很快就感到像是在自己的家里一样了），我读书、写诗和小说的爱好都不得不有所中止。

1946年那一年发生的、决定了我未来生活的两件事，直到三十四年以后我方才知道。第一件事是有一天我妈妈收到一封信。信是我父亲的弟妇奥丽耶里写的。她从报纸上获悉我外祖父当上了皮乌拉地区的最高行政长官；她估计我母亲多丽塔是跟我外祖父在一起的。多丽塔生活得怎么样？是否又结婚了？埃内斯托·巴尔加斯的宝贝儿子怎么样？这封信是按照我父亲的指示写的，有一天，他开车去上班，从收音机里听到了任命佩德罗·略萨·布斯塔曼特为皮乌拉地方行政长官的消息。

第二件事是我妈妈在8月曾经去利马做过几周的旅行，为的是做个小手术。她给奥丽耶里打过电话，后者邀请我妈妈一道喝茶。我妈妈刚一走进奥丽耶里和我叔叔住的玛格达雷娜区的小住宅，远远地就看到了我父亲在客厅里。她一下子就昏倒在地了。他们把她抬起来，平放在一张长沙发上，用兴奋剂让她苏醒过来。她只是看了他一会儿，那五个半月的婚姻噩梦、埃内斯托·巴尔加斯对她十年的离弃和渺无声息，就都从她的脑海里一笔勾销了。

家里谁也不知道她和他那次见面，也不知道她和他的重归于好，也不知道几个月以来她和他的书信密谋，她和他在策划着将要在埃奇古伦防波堤上那个下午在初夏烈日的照晒下发生的一个阴谋。为什么我母亲不告诉我外祖父母和我舅舅们她已经见到了我父亲？为什么她不把她准备要做的事讲给我外祖父母和我舅舅们听？因为她知道，如果她说了，他们会极力劝说她，会预测前面可能发生的事。

刚一听完我妈妈的话，我就高兴得跳个不停，既相信又不相信她那些话；我们一面向旅游者饭店走去，她一面反复给我强调：如果遇到了外祖父母、姨外婆、鲁乔舅舅或者奥尔加舅妈，千万不要讲出刚才她告诉我的事。由于我非常激动，脑海里根本没有提出这样的问题：为什么我爸爸还活着、他已经来到了皮乌拉、并且在几分钟之后我就要认识他了，这些事应该保守秘密呢？我在想：他是怎么样一个人呢？他是怎么样一个人呢？

我们走进旅游者饭店，刚一踏进门厅，从左手小客厅里站起一个身穿浅咖啡色西装、打着白点绿色领带的男人，他向我们走来。我听到他说："这是我儿子吗？"他弯下腰来，把我抱在怀里，亲亲我。我当时慌乱得不知如何是好。我装出一副笑容，却冷冰冰地冻结在脸上。我慌乱的原因大概是，这个两鬓花白、头发稀疏、有血有肉的爸爸怎么跟摆在我床头桌上的照片上年轻英俊、身穿海员制服的爸爸不一样呢？我有一种上当受骗的感觉：这个爸爸不像那个我以为已经去世的爸爸。

但是，我来不及思考这些事，因为这位先生正在说，我们出去乘车兜一圈，逛一逛皮乌拉吧。他对我妈妈用一种家里人的随便口气说话，这让我感到不舒服并且还有些醋意。我们出门来到阿尔玛广场，炎炎的烈日下，到处都是人，每个礼拜天到了露天音乐会的时间都是如此；我们上了一辆蓝色福特牌轿车，他和我母亲坐在前面，我自己坐在后边。车子开动的时候，从人行道上走过一个同班同学，就是又高又黑的埃斯皮诺萨，他迈着好玩的长腿正向我们的车走来，我俩只打了一个招呼，车子就开出去了。

我们在市中心兜了一圈；突然之间，那位当我爸爸的先生说，咱们到郊区乡下看看吧，又说，干吗不到五十公里处那个村庄去喝点饮料呢。我非常熟悉公路上那个路标。护送前往利马的旅客到此为止是个多年的惯例了。当过国庆节,豪尔赫舅舅、卡比舅妈、拉乌拉舅妈和我的表妹南西和戈拉兹(还有刚生下来的鲁西)来这里度假的时候,我和外祖父母、鲁乔舅舅和奥尔加舅妈就曾经护送他们到过这个五十公里处(同我的表妹们再度相遇成了一个重大节日;我们又一次玩了个痛快,可是现在我们都已经意识到了我是男人、她们是女人,还意识到再要做以前在玻利维亚时干的那些事、比如一起睡觉和洗澡是不可想象的了)。这包围着皮乌拉的沙洲以其活动的沙丘、郁郁葱葱的角豆树、成群的山羊,还有黄昏时分太阳用血红色染遍的金沙和白沙以及远远望去由池塘和水泉组成的海市蜃楼,构成一道永远使我激动的风景,一道永远看不厌的风景。望着这样的景色,我的想象力就狂奔起来。这里是创造英雄史诗业绩的理想舞台,是骑士和冒险家的理想舞台,是拯救被俘姑娘的王子的理想舞台,是像雄师般地与坏蛋作战直至胜利的勇士们的理想舞台。每当我们沿着这条公路出去游玩或者送客的时候,我就让自己的想象力随意飞翔,一面望着车窗外飞驰而过的这一炎热而没有人烟的景色。但是可以肯定这一次除去轿车里面的事之外,外面的景色我一点也没有看,因为我全神贯注地在倾听着那位先生和我妈妈说的话,他和她不时地说些什么,不时地交换一下那让我恼火的眼色。我听到的那些话的后面都暗示着什么意思呢?他和她在谈论某件事,在做着什么我不知道的动作。但是我非常清楚地意识到了,因为我可不是什么傻瓜。我意识到了什么呢?他和她在瞒着我什么事呢?

到达五十公里处以后,喝完了饮料,那个当我爸爸的先生说,既然咱们已经来到这里,干吗不继续向前走直到奇克拉约呢?他问我,了解奇克拉约吗?不,我不了解。那么,咱们就去奇克拉约吧,也让马里多①了解一下那个以米饭炒鸭肉闻名的城市吧。

我的火气升起来了,已经跑了四五个小时坑坑洼洼、没有铺柏油的道路,在奥尔莫斯的坡道上还在卡车后面排长队,我脑海里充满了疑团,我确信所有这一切都是背着我很早以前就在我妈妈的参与下策划好的。他和她想欺骗我,还拿我当个孩子,可是我已经完全察觉了这一骗局。天黑下来的时候,我在后座上躺了下来,装出睡着的样子。实际上我很清醒,全神贯注地倾听着他和她的低声交谈。

过了一会儿,我抗议道:

"妈妈,外祖父母看到咱们不回家,一定会吓坏的。"

"我们会从奇克拉约给他们打电话的。"那个当我爸爸的先生赶忙做了回答。

黎明时分,我们到达了奇克拉约,旅馆里已经没有任何饮食了,不过对我来说没有关系,因为我不饿。他和她可是饿了,于是买了一些饼干,我连尝都不要尝。他和她让我独自睡一个房间,然后就进了隔壁的房间。整整一夜我都没有合眼,心里处于惊恐状态,我极力要听一听隔壁房间有什么声音和动静,一面充满了嫉恨,感到自己是被出卖的牺牲品。我的胃里感到一阵阵痉挛、一阵阵恶心,一面想象着我的妈妈跟那位先生在里面可能做出的男女之间为生儿子的淫秽勾当。

第二天早晨,吃完早餐以后,我们刚一登上那蓝色的福特,他就说出我早已知道他要说的话了:

"马里奥②,现在咱们去利马。"

---

① 作者的小名。——译者
② 作者的名字。——译者

"外祖父母、姨外婆、鲁乔舅舅,他们会怎么说呢?"我嘟嘟囔囔地说。

"他们能说什么呢?难道儿子不应该和父亲在一起吗?难道他不该和自己的父亲生活在一起吗?你是怎么想的?你觉得怎么样?"他这样回答我。

我还是第一次听到他用这样的嗓音说话,又尖又细,突然之间这声音让我感到恐惧,比在科恰班巴阿古斯丁修士为我们准备首次领圣体时宣讲的地狱还要令人恐惧。

第二章　圣马丁广场

1987年7月底，我正在秘鲁的最北端，在一片有些荒凉的海滩上，几年前，一个皮乌拉青年同他的妻子一道建起一排平房，打算吸引旅游者来住。蓬塔·萨尔是秘鲁最美的地方之一，它偏僻、粗犷，周围是沙丘、岩石和太平洋泡沫飞溅的海浪。成群的鲣鸟、鹈鹕、海鸥、鸬鹚、野鸭、信天翁（当地叫剪嘴鸥），使得这个地方有一种处在时间和历史之外的神情，因为从灿烂的朝霞到火红的黄昏，这些鸟类总是一排排地飞来又飞去。此间的渔民还在使用西班牙征服者来美洲之前的手工木筏，简单而轻便：两三棵树干捆绑在一起，加上一根既划水又掌舵的篙，渔民用这根篙左右画圆，击水前进。我第一次到蓬塔·萨尔看见这样的木筏时心中激动不已。毫无疑问，通贝斯人所使用的木筏与这种一样，而根据征服记事的文献，四百年前，在距离这里不远的地方，弗朗西斯科·皮萨罗①和他

---

① Francisco Pizarro（约1475—1541），西班牙殖民者，1524—1531年三次远征秘鲁。——译者

的伙伴们看见的就是这种木筏,即有关黄金帝国传说的第一个证据,而这些推动皮萨罗从巴拿马来到此间海岸冒险的传说是真实存在的。

我同帕特丽西娅及孩子们来到蓬塔·萨尔,是为了躲开利马的冬天,在这里度过一周的国庆假日。我们是不久前从伦敦回到秘鲁的;一个时期以来,我们每年都要回秘鲁待几个月;我本来就打算利用在蓬塔·萨尔期间,除去泡水和泡水之外,我要校改长篇小说《叙事人》的清样,以及坚持上、下午的恶习:读书,读书。

到3月,我已满五十一岁。一切都似乎表明:我的生活,从出生起就是动荡的,今后可能会比较平静些:往返于利马和伦敦之间,从事写作,间或去美国讲学。我不时地在笔记本上写下一些工作计划,可从来没有全部实现过。在我满五十岁时,曾经制订过这样一份五年计划:

1)一部剧作,关于一个具有堂吉诃德精神的老人,他在50年代的利马为抢救受破坏威胁的殖民时期的阳台而四处奔走;

2)一部长篇小说,侦探加幻想,内容是安第斯山里一个村庄内发生的种种灾难、用人祭天的风俗和政治犯罪的情况;

3)一篇关于维克多·雨果酝酿《悲惨世界》的论文;

4)一部喜剧,写一个企业家如何在伦敦的萨伏依饭店的房间里,发现他中学最要好的朋友,(本以为已不在人世)竟然变成了一位贵妇人;

5)根据19世纪30年代法兰西后裔的秘鲁女革命家、思想家、女权运动的领袖弗洛拉·特里斯坦的事迹,写一部长篇小说。

在同一个笔记本上,作为不十分紧急的事情,还胡乱写着:学习该死的德语,到柏林去住一段时间,再试着阅读一次总是把我击败的作品,比如乔伊斯①的《芬尼根的守灵夜》和布洛赫②的《维吉尔之死》,从普卡尔帕到贝伦杜帕拉走一趟亚马孙,把已发表的长篇小说修改再版一次。还记着一些不宜公开的事情。一点苗头未露的是,由于时运相背的变化莫测,在未来的三年里垄断了我生活的政治活动。

可是,在那个7月28日的中午,我对这一苗头却丝毫没有想到,那天我们用我朋友弗雷迪·科贝的便携式小收音机准备收听总统在国会上的国庆演说。阿兰·加西亚总统已在位两年,在民众中是很有声望的,可我觉得他的政策像一颗定时炸弹。拉美的民众运动早已在阿连德领导下的智利和西莱斯·苏亚索领导下的玻利维亚失败,有什么道理能让它在秘鲁成功呢?补贴消费造成了虚假的繁荣,在一个大部分食品和工业原料依靠进口的国家里,只有掌握外汇才能维持进口量的增长。由于挥霍了储备基金,这种现象已经发生,而储备金是政府决定只支付出口额的百分之十作为债务捐款才积累起来的。但是,这项政策渐渐露出财源枯竭的迹象:储备下降;由于阿兰·加西亚与世界银行和货币基金组织对抗(他认为该组织是黑心的牲口),秘鲁已看出国际金融体系的大门已经关上;为平衡财政赤字而不系统搞的证券发行加快了通货膨胀;维持低价的美元抑制了出口并且刺激了投机生意。企业家最好的买卖就是弄到一张低价美元进口许可证(根据产品的"社会需要",美元的兑换有多种类型)。走私集团让这样进口来的产品——糖、大米、医药——从秘鲁国土上匆匆而过,转向哥伦比亚、智利和厄瓜多尔,这些国家不控制物价。这种制度让一小撮人发了财,而国家却日益贫困。

---

① James Joyce (1882—1941),爱尔兰作家。——译者
② Hermann Broch (1886—1951),奥地利小说家。——译者

总统并没有感到不安。几天前，我同他有过一次会晤，这是他执政时我同他唯一一次见面，至少给我的感觉是总统并没有感到不安。6月底，我刚从伦敦回到利马，阿兰·加西亚派手下一名侍卫来表示问候；根据礼宾规定，7月8日我去总统府回谢。他请我进去，我们谈了将近一个半小时。他站在一块黑板面前，给我说明了当年的目标，给我看了一件"光辉道路"手工制作的火箭筒，恐怖分子就是用这个火箭筒从里马克向总统府发射炸弹的。总统很年轻，落落大方，待人亲切。1985年大选期间，我曾经见过他一次，是在一位普通朋友家里，即拍卖行的老板、艺术收藏家曼努埃尔·契卡·索拉里家里，后者极力要我和阿兰·加西亚共进晚餐。那次他给我的印象是为人很聪明，可是雄心勃勃，为了登上总统宝座，可以不择手段，因此，几天后，在记者海梅·贝利和塞萨尔·伊尔德布兰特在电视台上对我进行两次采访时，我说，我不投阿兰·加西亚的票，而是投基督教人民党候选人路易斯·贝多亚·雷耶斯的票。但尽管如此，尽管在他上台时我以公开信的方式给他写过信，谴责1986年6月他对利马监狱哗变的大屠杀①，那天上午他在总统府却不像是记仇的，因为他对我非常亲切友好。他在执政初期曾经派人问我是否愿意当驻西班牙大使；而现在虽然他知道我对他政策的批评态度，谈话却非常融洽。我记得我对他说："非常遗憾的是你本来可以成为秘鲁的费利佩·冈萨雷斯②，可你非要当萨尔瓦

---

① 《尸体成山：致阿兰·加西亚的公开信》，刊于1986年6月23日利马《商报》；收入《顶风破浪》第三卷，巴塞罗那巴拉尔出版社1990年版，第389—393页。
② 曾任西班牙首相（1982—1996）、社会党总书记（1974—1997），是西班牙迄今为止任职时间最长的首相。——译者

多·阿连德①,甚至更糟的是想当我们的菲德尔·卡斯特罗。这个世界不是向另外的道路走去吗?"

当然,在那次我听他讲的 1987 年计划要办的事中,还没有提出那个最重要的措施,但那时他和他小圈子里的人已经制定出来,而秘鲁人到 7 月 28 日阿兰那次演说时方才知晓;那天,我和弗雷迪通过那旧收音机嘈杂而又断断续续的播音、头上顶着蓬塔·萨尔的烈日听到了他关于将秘鲁全部银行、保险和金融信贷公司"民族化和国有化"的决定。

"十八年前,我从报纸上得知贝拉斯科政府抢走了我的庄园,"我身边一个上了年纪、穿着泳装、有只假手的男人喊道,"今天,这个小收音机又告诉我阿兰·加西亚政府刚刚没收了我的保险公司。这算怎么回事啊,朋友?"

他起身到海水里泡着去了。但是,并非所有蓬塔·萨尔的消夏者都用堂圣地亚哥·海尔保利尼(指假手人)同样的态度对待这个消息。这里有高级职员、经理、与受到威胁的公司有一定联系的生意人,大家都知道,这个决定或多或少总会给自己造成损失。人们都想起军事独裁那几年(1968—1980)的情形和把秘鲁从穷国变成更穷的国家的大规模民族化——贝拉斯科将军上台时有七家国营企业,下台时近二百家。那天晚饭时,在蓬塔·萨尔,与我们为邻的餐桌上,一位夫人在为自己的命运叹息:她丈夫,一个移居海外的秘鲁人,刚刚放弃委内瑞拉的好位置,为了回利马担任一家银行的经理!

---

① 萨尔瓦多·阿连德(1908—1973),曾任智利总统(1970—1973),是智利社会党创建人。1973 年 9 月在军人发动的政变中殉职。——译者

随之而来的事是不难想象的。银行、保险、金融公司的主人们将得到毫无用处的债券,就像军政权时征用的做法一样。但是,这些公司老板吃的苦头要比其他秘鲁人少得多。他们是些善于钻营的人,自从贝拉斯科将军抢劫之后,许多人采取了防范措施,把钱弄到国外去了。得不到保护的是银行的职工,还有转到国有部分的承保人和存款人。这成千上万的家庭在国外没有存款,也无法阻止执政党的人闯进来接收垂涎已久的猎物。后者将占据关键岗位,政治上的影响将决定提职和任命,在这些单位如同其他国营企业一样,很快会出现腐败现象。

"秘鲁刚刚又向野蛮化迈进了一步。"我记得第二天我这样对帕特丽西娅说道,那时我俩正沿着海滩跑步,目标是蓬塔·萨尔村,身边有一群鲣鸟相随。银行、保险和金融信贷业的国有化将给秘鲁人民的生活带来更多的贫穷、沮丧、寄生现象和贪污、受贿。国有化迟早伤及经过十二年的军事独裁于1980年秘鲁恢复的民主制度。

人们多次问我,为什么如此虚张声势地大谈国有化?密特朗把银行收归国有了,虽说这一措施是失败了,社会党人不得不后退,难道就危及法国民主了?这样提问的人不明白:不发达国家的特点之一就是国家与政府的完全不一致性。在法国、瑞典、英国,国营企业保留着一定的自主权;它是属于国家的,其行政管理、人事和经营差不多是在政府干预之外的。而在不发达国家,特别是专制独裁的国家,政府就是国家;执政者管理国家如同对待自己的私人物品一样,或更确切地说,就像战利品一样。国营企业是用来安置宠臣、养活政客和进行黑市交易的。这些企业变成了官僚废物群集的地方,政治进入企业导致腐败与低效的产生。没有破产的危险;由于处于垄断地位而无需竞争；用津贴即纳税人的钱保证了企业的生命。① 从贝拉斯科将军的"社会主义、绝对自由、共享财富的革命"时代开始，秘鲁人就看到上述过程反复在全部国有化企业中出现——石油业、电业、矿业、糖业，等等，现在，噩梦重现，同样的历史要在银行、保险、金融信贷业重复了，阿兰·加西亚的民主社会主义就要吞掉金融业了。

此外，财政系统的国有化会有政治恶果，因为对信贷的绝对控制会落到一个撒谎不脸红的执政者手中——仅仅在一年前，1984年11月底，他在执委会年会上保证：永远不会对银行实行国有化。由于信贷掌握在政府手中，国内的所有企业，以广播电台、电视台和报纸为开端，都将由政府支配。将来，给新闻传播媒介的贷款只有一个条件：做驯服工具。贝拉斯科将军对报纸和电视实行国有，为的是从"寡头们"手中夺回来，交给"组织起来的人民"掌握。这样一来，在军事独裁期间，秘鲁的新闻传播媒介堕落到难以描述、奴性十足的程度。阿兰·加西亚比较巧妙，他通过贷款和广告控制了整个新闻界，又采取墨西哥方式，让一家独立派报纸露面。

说到墨西哥方式，也不是免费馈赠。墨西哥的革命体制党制度，是一党独裁，它表面上用选举、"批评性"的新闻和文人政府来维持民主，其实这是拉美各国的独裁者由来已久的愿望。但是，还没有哪个独裁者仿效过这一模式，它是墨西哥文化和历史的真正创造，因为它成功的条件之一是任何仿效者都不肯接受的：免去给总统的常规供品，减去一定数量的年金，为的是党可以继续执政。贝拉斯科将军梦想的墨西哥式政权，仅仅为着他自己。加西亚总统无限期

---

① 1988年，秘鲁国营企业亏损达二十五亿美元，相当于全年出口换汇收入。

连任的梦是"民意"。1987年7月28日以后不久,总统的一个亲信,众议员埃克托尔·马里斯卡,以独立派人士自居,向国会提出了一项修宪议案,目的是总统可以连选连任。由内阁来控制信贷是阿普拉党①迈向无限期连任的关键一步,阿兰·加西亚内阁的能源与矿业部部长、工程师维尔弗雷多·瓦依塔曾向该党许诺"掌权五十年"。

长跑四公里接近终点时,我气喘吁吁地对帕特丽西娅说:"更糟糕的是这项政策会得到百分之九十九的秘鲁人的支持。"

世界上有谁喜欢银行家吗?他们不是富有的象征吗?不是自私自利的资本主义的象征吗?不是帝国主义的象征吗?不是第三世界理论说的造成我们落后的全部原因吗?阿兰·加西亚找到了理想的替罪羔羊,用以向秘鲁人民说明为什么他的施政纲领没有结果:因为这是金融垄断寡头的过错,他们利用银行把美元弄到国外去,还利用存款户的钱给自己的企业以不正当的贷款,只要财政系统掌握在人民手中,这种情况就要改变啦!

我回到秘鲁一两天后就写了一篇文章:《走向专制的秘鲁》②,发表在8月2日的《商报》上,阐述了我反对金融系统国有化的理由,劝告秘鲁人如果希望民主制度生存下去就要通过法律手段反对这一措施。我之所以这样做,为的是表明我的异议,但我明白这无济于事,也确信除个别人反对外,这项措施会在国会上通过,因为大部分同胞是赞成的。

但事情的发展并非如此。就在我的文章发表的同时,在利马,银行及其他受到威胁的公司职工走上街头;在阿雷基帕、在皮乌拉以及其他城市也纷纷响应;这些游行和小型集会让人们吃了一惊,

---

① 即美洲人民革命同盟的缩称。——译者
② 收在《顶风破浪》第3卷,第417—420页。

我首先就非常惊讶。为了声援这些人，我同四位好友，几年来一直坚持每周一次外出吃饭和聊天的朋友们——三位建筑师路易斯·米罗·克萨达、弗雷迪·科贝和米盖尔·克鲁查加，一位画家费尔南多·西斯罗——决定立即起草一份宣言，然后征集了一百人的签名。宣言中强调"政权和财权如果集中在执政党身上就有可能是言论自由的结束"，而最终导致民主的结束，这份宣言我在电视台上宣读了，我也带头签了名；8月5日各报以《面对独裁统治的威胁》为题纷纷刊出。

接下来几天出现的事使我的生活发生了不同寻常的大转弯。我的家淹没在支持宣言的信件、来电和来访中，他们还带来了高高一堆自发征集的签名。每天都有成百上千的支持者的签名刊登在非官方的报纸上。各省都有许多人来我家，询问如何帮忙。我惊讶得不知所措。贝拉斯科将军没等任何人哼一声就把几十家企业国有化了；确切地说，大部分舆论是支持的，因为人们把国有化措施看作社会正义行动，把变化的希望寄托在这些措施上。国有化本是第三世界思想理论的基石，在秘鲁不仅深入左派心中，而且广泛地影响着中间派和右派，以至于贝朗德总统在军事独裁结束后当选时（任期：1980—1985年）对任何一个国营企业都不敢私有化（除去新闻媒介之外，上台后即归还给原主）。但是，在1987年8月那紧张的日子里，似乎在秘鲁社会的重要阶层里，对国有化这个药方有着强烈的不满。

阿兰·加西亚对抗议的动向十分紧张，决定"发动群众上街"。他首先到阿普拉党的根据地北方走了一趟，一路上大骂帝国主义和银行家并且对我们搞抗议的人发出威胁。他的党半个世纪前还是革命的，此时已经变成一个官僚主义、不求进取的政党，并且每况愈下。1985年，他第一次上台执政，这时该党已成立六十年，通过一场精心策划的竞选运动，摆出一副温和、社会民主式的形象终于取胜；现在，该党的大部分领导人似乎得意洋洋地享受着掌权的好处。因此，再来一场革命的想法使该党的许多人觉得是当胸挨了一脚。但是，阿普拉，这个搞国有化、以垂直结构——创始人阿亚·德拉托雷被称为"最高领袖"，模仿意大利法西斯党的组织章程、前景设计和应急办法——而具有法西斯特点的政党，虽说没有很高热情，但要遵守纪律，于是跟着阿兰·加西亚一道去发动群众。热心支持阿兰·加西亚的人是左派团结阵线中的社会党人和共产党人。无论温和派还是激进派都不相信正在发生的事。阿普拉，他们的宿敌，却突然实行起他们的纲领来。莫非他们几乎独揽大权的贝拉斯科将军的美好时光又回来了不成？社会党人和共产党人以国有化奋斗为己任。于是，他们的领袖阿方索·贝兰特斯去电视台宣读了一篇支持国有化法的讲演稿；而左派团结阵线的参、众议员——特别是参议员恩里克·贝纳莱斯——在国会里变成了国有化法最顽固的捍卫者。

善于策划、这时十分兴奋的费利佩·托尔迪克和弗雷迪·科贝，在8月第二周的星期一夜里来到我家。事先，他俩已经和独立派的团体开过会，他们建议我出面召集一次示威行动，会上由我做中心发言。主要想表明：既然阿普拉人和共产党人可以上街保卫国有化，那么我们也可以用自由的名义反对国有化。我接受了这个建议。当天夜里，我和帕特丽西娅第一次发生了争论，后来一系列的争论持续了一年之久。

"你如果要登上那个主席台，那最后就得搞政治，那文学就见鬼去了。家庭呢，也见鬼去了。难道你不知道在秘鲁搞政治是什么意思吗？"

"是我带头抗议国有化的。现在我不能打退堂鼓啊！这只不过是一次示威、一次演说罢了。这算什么搞政治啊？"

"有这第一次，就会有第二次、第三次，最后是总统候选人。你能放下你的作品、你眼前的舒适生活，在秘鲁搞政治？你难道不知道人家会怎么对付你？你忘了乌丘拉卡伊？"

"我不会搞政治的，也不会放下文学，更不会当什么候选人。我就在这么一次示威上讲讲话，让人们看看并不是所有的秘鲁人都会让阿兰·加西亚先生欺骗的。"

"你不知道你在跟谁打交道吗？人家怎么会察觉你不回电话的？"

因为自从我们的宣言发表以后就日夜有人打来匿名电话。为了安安静静睡觉，我们不得不关掉电话。每次打来的匿名电话，声音都不一样，因此我想：每个阿普拉人只要喝上一杯酒，他们的娱乐就是给我家打恐吓电话。这种情形持续了三年，最后成了我家日常生活的一部分。后来这种电话停了，家里还有些空荡荡的，甚至让人怀念起来。

那次示威，我们称之为"争自由大会"，于8月21日召开，地点在利马群众集会的传统舞台：圣马丁广场。大会的组织工作完全由从前没加入任何政党的独立派人士负责，比如大学教师路易斯·布斯塔曼特·贝朗德，又比如企业家米盖尔·维加·阿尔韦亚尔，从那时起，我们就成了要好的朋友。在我们这群政治新手中，也许米盖尔·克鲁查加是个例外，他是贝朗德·特里的侄子，年轻时是人民行动党的领导人，但这时他已经退出该党。我与高大、骑士派头、庄重的米盖尔之间的友谊由来已久，但变得密切，是在我回到秘鲁以后，即我在欧洲生活十六年以后，1974年，在独裁政权抓新闻传媒的前夕。我俩只要在一起就总是谈政治；每一次我俩都带着有点病态的忧愁提出为什么秘鲁的一切越来越糟,为什么我们错过了一个又一个机会,我们为什么这么顽固地要为废墟和破坏而工作。每一次,我俩也十分朦胧地勾画出将来可行的计划。突然之间,在8月那狂热而沸腾的日子,我俩思想上的游戏成了令人困惑的现实。由于有这样的背景和热情,米盖尔担起了此次大会各项准备的协调工作。那儿天过得既紧张又累人,现在回想起来,我觉得那儿天是那几年中最纯洁、最激动人心的时光。我要求受到威胁的公司股东们和两个反对党——人民行动党和基督教人民党——不要介入我们的行动,为的是让我们的集会具有原则性,我们这些上街的秘鲁人不是为着个人私利或党派利益,而是为着捍卫受到国有化威胁的一些思想和价值观念。

许许多多的人前来帮助我们——募捐,印制传单和标语,准备小旗,为筹备会议提供场所,为接送游行的人提供车辆,沿街粉刷标语,去广播电台播送集会通知——因此从一开始我就预感到会取得成功。由于我家已经成了闹市,8月21日前夕,我到我的好友卡洛斯和玛吉·费雷罗斯家中躲了几个小时,去准备我一生中第一篇政治演讲稿。(不久以后,卡洛斯被图帕克·阿玛鲁革命运动组织绑架,被关在一个密不通风的小地下室内达六个月之久。)

但是,虽然有种种有利的迹象表明会有很多人参加,我们中最乐观的人也没有预料到与会的人数是那样之多,那天晚上整个圣马丁广场上都挤满了人,甚至附近的街道上也站满了群众。当我登上主席台时,心中既狂喜又害怕:成千上万的人——据《是》杂志估计有十三万人①——挥舞着小旗,放声高唱一位著名的作曲家奥古

---

① 见1987年8月24日利马《是》杂志。

斯托·波洛·坎波斯为此次集会写的《自由进行曲》。当群众用热烈的掌声欢迎我讲话时,秘鲁在发生某种变化;我说,经济自由与政治自由是不可分的;私有制与市场经济是社会发展的唯一保障;我们秘鲁人不允许自己的民主制度"墨西哥化",也不允许阿普拉党变成共产主义在秘鲁的"特洛伊木马"。

据小道消息说,那天夜里,阿兰·加西亚在小小的屏幕上看到争自由大会竟然有那样的规模,一怒之下打碎了电视机。的确,那次示威产生了一系列重大影响。国有化法虽然在国会上通过,但一直不能实行,最后只得作废,其原因是那次示威起着决定性作用。那次示威还给阿兰·加西亚连选连任的野心以致命的打击。那次示威还为自由思想敞开了秘鲁政治生活的大门,而此前是缺乏公众参与的,因为我们的历史一向是被形形色色的保守党和社会党的民众主义思想所垄断。那次示威还使反对党——人民行动党和基督教人民党——恢复了积极性,这两个党自1985年竞选失败以后似乎无影无踪了。那次示威还为后来的民主阵线打下了基础;也正如帕特丽西娅所担心的那样,为我当上总统候选人打下了基础。

在圣马丁广场的成功鼓舞下,我和朋友们又召开了两次群众大会,一次是8月26日在阿雷基帕,另一次是9月2日在皮乌拉。在阿雷基帕,我们受到阿普拉反示威组织——该党有名的打手集团——和极左组织"红色祖国"的攻击。当我开始讲话时,为了制造混乱,他们燃放爆竹,然后挥舞大棒,一边投掷石块和臭气炸弹一边发起进攻。在广场四周负责维持秩序的年轻人,是由费尔南多·查韦斯·贝朗德组织起来的,他们打退了进攻,但是有几个人受了伤。"瞧见了吧?瞧见了吧?"帕特丽西娅不住地抱怨说。那天晚上,她和弗雷迪的妻子玛利亚·阿梅莉亚不得不钻到一个警察的盾牌后面躲避那一阵阵袭来的瓶子。"我跟你说的事开始发生了。"她虽然从一开始就反对，可仍然参加大会的工作，并且与三个人一起站在第一排。

参加这几次广场集会的人群属于中产阶级。这些人不是有钱人，因为在这样一个非常贫穷的国家，是糟糕的一届又一届政府把秘鲁弄得如此之穷，富人连一个剧场、或许连一个大客厅都坐不满。参加集合的也不是穷人，不是农民或者所谓"新村"的居民，他们听着国有化与市场经济、集体所有制与自由企业之间的辩论，仿佛与他们无关。这些中产阶级的人数——职员、小业主、技师、小商人、公务员、家庭主妇、大学生——在日益缩小。三十年来，他们已经看到自己的生活水平在不断下降，对各届政府不抱任何希望。贝朗德·特里的第一届政府（1963—1968）以其改革的主张曾经在中产阶级中唤起若干期望，然而军事独裁政权以其社会主义加镇压的政策使得秘鲁社会前所未有地贫穷、残暴和腐败。贝朗德·特里的第二届政府（1980—1985），许多群众投了他的票，但是他并没有纠正独裁政权灾难性的错误，让通货膨胀公开蔓延。阿兰·加西亚上台，他准备消灭秘鲁历史上政府无能的全部标记，可是1990年他留给接班人的是一个处于崩溃的国家，其生产下降到三十年前的水平。这时，中产阶级慌张了，拼命四处张望，浑身是恐惧、有时是绝望，而此前，除大选期间以外，他们是很难动员起来的。但这一次，他们行动起来了，凭着本能他们知道，如果国有化占据上风，秘鲁就可能距离他们和全世界中产阶级所企盼的正派与安全、凭劳动与机遇生活的国家更遥远。

我三次演说的中心议题是：如果只重新分配不多的财富而不是致力于创造，那就不能摆脱贫困。为此，应该开放市场，鼓励竞争和个人积极性,不反对私有制而是尽量发展,让我们的经济和心态非国有化,要去掉吃国家的思想、一切依赖国家的思想,代之以现代化思想,即:把经济生活的责任委托给文明的社会和市场。

皮波·托尔迪克对我说:"我看到了,但是不相信。你大谈私有制和大众资本主义,可是人们不但不绞死你还给你鼓掌。这秘鲁正在发生什么事啊?"

这个故事就是这样开始的。从此,每当有人问我为什么我准备放下写作才能去搞政治,我便答道:"出于道义上的原因。因为那时的环境把我置于领袖的位置,而国家正处于艰难时刻。因为我觉得在大多数公民的支持下,进行自由改革的机会出现了,而我从70年代开始,就写文章、发表演说,坚持:要拯救秘鲁就必须进行自由改革。"

但是,有个非常了解我、甚至比我还了解我的人:帕特丽西娅,她不这样认为。她说:"道义上的责任不是决定因素。是冒险,是渴望体验一种充满刺激和危险的生活。是梦想用实际生活写一部大作。"

也许她是有道理的。的确,正如有一次我对一位记者开玩笑时所说的,假如秘鲁总统一职不是世界上最危险的工作的话,我永远也不会当那个候选人的。假如不是落后、贫困、恐怖和种种危机已经把治理这样一个国家变成了几乎是不可能的挑战,我脑海里也不会闪出干这种事的念头。我一向以为,写小说具体到我身上,就是一种体验很多生活的方式,甚至愿意有各种冒险;我不排除在策划我们行动的内心深处,是冒险的诱惑推动我去搞职业政治,而不是任何利他主义的思想。

但是,既然行动的刺激起着作用,那么不怕夸张地说,我称为道义承诺的东西也起一定作用。

要不落入俗套和愚蠢的多愁善感而说明白这一点并不容易。虽然我出生在秘鲁("出于地理上的偶然性",正像秘鲁军队的首脑尼科拉斯·德·巴里·埃尔摩萨将军所说的那样,他认为是在骂我①),我的禀赋是属于那种世界主义、那种不讲国籍的人,我一向讨厌民族主义,从年轻时就认为,如果没有办法取消国界和扔掉国籍的标签,那么就应该选择国籍,而不是被迫接受。我现在依然讨厌民族主义,我觉得它是造成流血最多的一种人类愚蠢思想;我还明白:爱国主义,正如约翰逊博士写的那样,可能是"政治流氓最后的庇护所"。我在国外生活了很久,在任何地方,我都没有觉得自己是个外来户。尽管如此,我同自己出生的国家的关系总比其他国家亲密得多,甚至包括那些我觉得就像在自己家里一样的国家,比如西班牙、法国和英国。我不知道为什么会这样,但无论如何,总不是个原则问题。可是,秘鲁发生的事要比其他地方的事让我更激动,更容易生气,而且是一种无法说明白的方式;我觉得在我和秘鲁人之间有某种无论好坏——特别是坏——似乎把我和他们以一种难以割断的方式捆在一起的东西。我不知道这是否与我们继承的动荡历史有关,是否与国家目前暴力与贫穷的现状有关,是否与没有把握的未来有关,是否与我在皮乌拉和利马少年时期的主要体验有关,或者简单地说,是否与我在玻利维亚的童年有关;在那里,如同发生在许多出国的人身上一样,秘鲁活在我外祖父母和我母亲家里,当个秘鲁人是落在我们家族头上最宝贵的美德。

也许说我爱自己的国家是不准确的。我常常厌恶这个国家;从

---

① 1992年7月8日,在里马克,在拉斐尔·奥约斯·鲁维奥兵营的一次典礼上,秘鲁军界的所有首脑都支持4月5日的政变。

年轻时起，我几百次发誓要远远地离开秘鲁生活，再也不写有关秘鲁的事了，要永远忘掉秘鲁的落后，但实际上，我时时刻刻都把秘鲁记在心头，无论我在国内还是国外，它都是折磨我的常在原因。我无法摆脱秘鲁：它不是叫我生气，就是让我伤心；往往是既生气又伤心。尤其是自从我证实它引起世界注意的仅仅是灾难、是创纪录的通货膨胀、是走私毒品、是践踏人权、是恐怖组织的杀人、是执政者的暴行之后。我发现其他国家一谈到秘鲁就说它是个恐怖的国家、滑稽可笑的国家，它逐渐在衰亡，因为秘鲁人没有能力治理国家，连起码的能力都不具备。我记得，当我看到乔治·奥威尔写的《狮子与独角兽》一文时，内中说，英国是个由 the wrong people in control（正派人治下）的好人国家，我想这个定义用在秘鲁也是合适的。因为我们中间有人能做比如西班牙人近十年来做到的事；但是这种能人以前很少从政，因此秘鲁的政治几乎总是在平庸之辈、往往是不正派的人手中。

1912年6月，历史学家何塞·德·拉·里瓦·阿圭罗骑着骡子旅行，从库斯科到万卡约，沿着古印加帝国的一条大路，随后写下一部优美的作品：《秘鲁风光》，他用精雕细刻的散文回忆起安第斯山的地貌和历史上的英雄伟业，而库斯科、阿普里马克、阿亚库乔和胡宁这些崎岖的山区就是历史的见证。当他来到阿亚库乔郊外拉奎努阿山丘，也就是决定了秘鲁解放的那场战役的现场时，一个沉重的思考使他停下了脚步。那真是一场奇怪的解放战役：拉塞尔纳总督的皇家军团是由清一色的秘鲁士兵组成的；解放军那一边，三分之二的成员是哥伦比亚人和阿根廷人。这个不合逻辑的悖论促使他痛苦地思考自己国家共和派的失败，使国家获得独立自主的那场战役已经过去九十年了，那次失败是西班牙人入侵前各个时期中微不足道的影子,也是三个世纪的殖民统治中西班牙各个辖区里最繁荣的一个影子。"谁对此负责?""是可怜的殖民贵族阶级?是可怜又愚蠢的利马贵族?"他们既没有能力思考又没有能力做事。"还是庸俗不堪的军阀?"这些人只知道贪婪地追求黄金和权力,他们那"失去理智的思维"和"腐化堕落的心"是不可能为国效力的;即使某个人想出力,他的所有对手也会联合起来把他打倒。"也许是那些土生白人形成的资产阶级?"这些人"既吝啬又自私","到欧洲以后,他们奴性十足,为自己是秘鲁人感到羞愧,可是他们的地位和财产恰恰与此有关"。

秘鲁一直在衰败中,现在更加落后,可能比引起里瓦·阿圭罗这番痛苦思考时的社会状况更加残酷。自从 1955 年因为我的老师劳尔·波拉斯·巴雷内切亚要出版这部作品所以我阅读了一次以后,书中所浸透的悲观主义情绪,只要一涉及秘鲁,也同样占据着我心头。一直到 1987 年 8 月的那几天之前,我都觉得历史上那次失败是国家的一种命运,在国家轨迹的某个时刻,它"操蛋"了(这是我的长篇小说《酒吧长谈》中一句着了魔的话),而且一直不晓得如何才能恢复正常,反而在错误中越陷越深。

在 1987 年 8 月事件之前,我一生中有几次对秘鲁完全失望了。我的希望又是什么呢?年轻时,我希望国家跨越几个时期变成一个繁荣、现代、文明的秘鲁,希望能亲眼看到它。后来,希望至少在我有生之年秘鲁开始摆脱贫穷、野蛮和暴力。在我们这个时代,毫无疑问有许多坏东西,但有一件好东西,是历史上前所未有的。今天,各个国家可以选择繁荣之路了。我们这个时代最有害的神话之一就是:穷国之所以穷是富国密谋的结果,是富国为了剥削穷国、让穷国维持不发达状况而有意策划的。为了使落后永久化,没有比这更好的哲学了。而到了现在，这种理论是假的。的确，在过去，繁荣几乎完全取决于地理位置和国力。但是，现代生活的国际化——市场、技术、资金——使得任何一个国家，哪怕是最小的、缺乏资源的国家，如果它肯向世界开放，通过竞争机制组织经济，也会得到迅速发展。近二十年来，拉丁美洲由于通过军事独裁或者文人政府推行了民众主义、向国内发展、对经济的干预政策，因而选择了倒退之路。而秘鲁先是军事独裁后是阿兰·加西亚执政，它在导致灾难性的政策方面，比其他拉美国家走得更远。直到发生反国有化运动之前，我还认为：秘鲁人虽然因为许多事而分成若干党派，但是在民众主义这一点上却有着一致性。各种政治力量在令人向往的民众参与程度上是有争论的，但似乎各派都作为一条公理而赞成：没有民众的参与，就永远不会有进步和正义。因此，我觉得秘鲁的现代化要推迟到永无之期。

1990年6月3日，在一次与我公开的辩论中，我的竞选对手阿尔韦托·藤森工程师用嘲笑的口气说："巴尔加斯博士，似乎您要把秘鲁变成瑞士。"希望秘鲁能成为一个瑞士那样的国家，这在相当一部分同胞中是荒唐的企图。

历史学家豪尔赫·巴萨德雷的最佳散文之一题为《秘鲁生活中的诺言》（1945）。其中心思想优美而感人：在整个秘鲁共和史上，有个没有兑现的诺言，一个雄心、理想，一直未具体化的朦胧需要，但自从秘鲁独立以后，这个诺言就存在，深藏地下但有活力，处于内战的动乱中、军阀的破坏中和演说家们的争论中。一个总是令人振奋、又总是令人失望要拯救我们自己的希望，有时是我们要摆脱野蛮的希望，而这一野蛮状态是我们长期不能做我们应该做的事而造成的。

但是，1987年8月21日晚上，面对圣马丁广场上充满热情的人群，后来在阿雷基帕市阿尔玛广场和我度过童年的皮乌拉的格劳大街的集会上，我感到并确信：成千上万，或许是百万、几百万的秘鲁人，突然下决心去做为使我国有一天能成为"瑞士"而必须做的事，到那时秘鲁将成为一个没有穷人、没有文盲、人们过着有文化、富裕而自由生活的国家；秘鲁人还决心通过刚开始的民主、自由改革，争取让诺言终将成为历史事实。

第三章　利马，可怕的城市

利马至圣米格尔的有轨电车沿着萨拉威利大街，从玛格达雷娜区的一座小住宅前穿行而过，1946年底或1947年初，我们搬到那里居住。这所房子现在还在，已经破破烂烂，毫无生气了；就是今天我从那里经过，依然感到一阵阵痛苦。我住在那里的一年多是我一生最为难过的时间。那是一幢两层的小楼。楼下有个小客厅、餐室、厨房；楼外有个小院子，里面有个仆人用的房间。楼上有洗澡间、我和我父母住的寝室，两间寝室中间由一块小小的楼梯平台隔开。

自从到达那里以后，我就感到自己被排除在爸爸和妈妈的关系之外了，对于这位当我父亲的先生，时间越长，我感觉与他的距离越远。他和她整天关在他们的寝室里，这让我很生气；如果我找个什么借口去敲他们的门，我父亲就会骂我一通，警告我：下不为例。他说话时那冷冰冰的方式和目光锋利的眼睛，是我在利马（从一开始我就非常厌恶的城市）最初那段时间记忆最深的情景。我时时感到孤独，时时想念外祖父母、姨外婆、鲁乔舅舅和我那些皮乌拉的朋友。我百无聊赖，整天关在室内，不知道如何是好。搬到那里不久，我父母就给我在萨勒小学报名注册了，报的是五年级，可是开学的时间是四月，而当时刚刚是一月。难道这整个夏天我就不时地看看叮叮当当开过去的有轨电车、像进了修道院一样地度过吗？

转过街角，有一幢与我们相同的小楼，里面住着我叔叔塞萨尔和婶婶奥丽耶里以及他们的三个儿子：爱德华多、佩佩和豪尔赫。前两个比我大几岁，豪尔赫与我同岁。他们对我非常亲热，极力让我感到是他们家庭中的一员。一天夜里，他们带我去卡彭大街吃炒饭（这是我第一次品尝中国-秘鲁饭）；我的堂兄们还带我去看足球比赛。我记得很清楚那一次去参观何塞·迪亚斯大街上的那个旧体育场的情景：我们坐在普通看台上，观看利马联队和大学体育队的等级比赛。爱德华多和豪尔赫是支持利马联队的，佩佩支持大学体育队；我也像他一样狂热地支持这个精英队；很快我的寝室里就有了这些球星的照片：出色的守门员伽拉卡特，后卫和队长达·席尔瓦，"金箭"托托·特里，特别是那位闻名遐迩的洛洛·费尔南德斯——了不起的中锋、足球先生和射门手。我的堂兄们有个朋友圈子，他们经常在住宅门前聊天、传球和射门，也常常来叫我一起玩。我从来也没能真正加入到他们的那个圈子里去，部分原因是我与堂兄们不同，他们可以随时到大街上去玩，也可以在家里接待朋友；我家里却不允许我这样做。另外的原因是，虽然塞萨尔叔叔和奥丽耶里婶婶以及爱德华多、佩佩和豪尔赫一再努力使我能够接近这个家庭，但是我一直和他们保持距离。因为他们跟那位先生是一家人，可那不是我的家。

搬进玛格达雷娜区这所住宅不久，一天夜里，吃晚餐的时候，我哭了起来。我父亲问我发生什么事了，我告诉他，我想念外祖父母，我要回皮乌拉。这是他第一次责骂我。他没有打我，但是声音高得吓人，一面狠狠地盯着我，从那天晚上起，我学会了对付他的愤怒。在此之前，我是嫉恨他，因为他抢走了我的妈妈，可是从那天起，他让我感到了恐惧。他命令我上床睡觉；不一会儿，我在床上听到他在责备我的母亲，说她把我教成了一个任性的孩子，还说了一大堆攻击略萨家族的坏话。

从那天起，只要我和母亲单独在一起，我就折磨她，说她不应该把我带来跟他一起生活，我恳求她一起逃回皮乌拉。她极力安慰我，要我耐心点，要我努力争取爸爸的爱，因为他已经发现了我的敌意，这很让他生气。我叫喊着回答说，这位先生与我毫不相干，我现在不喜欢他，永远也不会喜欢他；因为我喜欢的是我的外祖父母和我的舅舅。这情景让她非常难过，她常常哭个不停。

在萨拉威利大街上，我家对面的一个车库里有一家书店。那里出售儿童读物，我把全部的零花钱都用来购买《贝内卡斯》《比利肯斯》和一种有漂亮彩色插图的阿根廷体育杂志《体育画报》，以及萨尔卡里、卡尔·麦和儒勒·凡尔纳写的书，特别是儒勒·凡尔纳写的《沙皇的邮车》和《八十天环绕世界》让我经常梦见异国风光和非同寻常的结局。要买下所有我喜爱的图书杂志，用零花钱是做不到的；书店老板是一个长着大胡子的驼背矮子，他常常借给我一本本惊险故事书或者杂志，条件是二十四小时内必须完好无损地归还。在1947年漫长而不幸的头几个月里，读书是我摆脱突然陷入孤独状态的出路，而在此之前我周围是亲人和朋友，我已经习惯于大家要在各个方面让我高兴，要把我的没礼貌夸做有趣。在这头几个月里，我开始习惯凭借想象和做梦的生活、习惯于借助这些故事书和杂志煽起的想象去寻找一种与眼下这种孤独和监狱般不同的生活。如果说原本在我身上已经具有寓言作家的种子，那么在这个阶段有了结果。如果说在我身上还没有这些种子，那么大概这时开始播种了。

比从来不出门、整天关在家里更糟糕的是有一种新感觉、一种新体验在这头几个月里占据了我的心头，并且从那时起就一直陪伴着我，那就是：担心。我担心那位先生会带着预示风暴的青筋暴跳、眼圈发黑、面色发白的样子从办公室回来；我担心他会破口大骂我的妈妈，会跟她清算这十年来她干了些什么，会质问她与他分居的这段时间里她都干下了什么卖身的勾当，会一一大骂所有略萨家族的人，从外祖父母、舅舅、舅妈都一一骂一遍（一一操他妈），尽管这些怕老婆的家伙都是共和国总统的亲戚，他连总统也照骂不误。我常常感到恐惧。我常常双腿发抖。我真想回到娃娃时期，我真想从这个世界消失掉。看到他大发雷霆扑向我的母亲要揍她的时候，我真的希望死去，因为我觉得就是死也比整天提心吊胆要好。

他不时地也打我一顿。第一次打我是一个礼拜天，就在玛格达雷娜区的教堂出口处。由于某种原因我正在挨罚、不得离开家门，可是我以为这一处罚不包括不许去做弥撒；经妈妈同意，我就去了教堂。当我随着人群走出教堂的时候，我看见台阶下面停着那辆蓝色的福特。他站在大街上正等着我呢。我一看到他的脸色，就猜到了要发生的事情了。或者也许不是这样，因为这事发生得很早，我当时还不了解他。我猜想，就像我舅舅们有时实在无法忍受我的调皮捣蛋那样做的，他最多不过弹弹我的脑壳，或者揪揪我的耳朵，五分钟以后事情也就过去了。他二话没说，上来就给了我一个大耳光，一下子就把我打倒在地了，然后还继续揍我；接着，他连推带搡地把我塞进了汽车里，一进车里他就破口大骂，那语言之可怕，跟揍我一样的难受。到了家里，他一面强迫我求饶，一面还在揍我，一面警告我说，他要让我改邪归正，要把我造就成一个男子汉，因为他不允许他的儿子成为略萨家族培养的那种女人气的男人。

于是，伴随着恐惧，他让我产生了仇恨。"仇恨"这个词很冷酷，当时我也觉得是这样；不久以后，每当夜里我蜷缩在床上听到他又向我母亲大叫大骂的时候，我就盼望着人世间的一切灾难都降临在他头上才好；我盼望着比如某一天胡安舅舅、鲁乔舅舅、佩德罗舅舅和豪尔赫舅舅打他一个伏击、狠狠揍他一顿才好；这些想法让我害怕极了，因为仇恨自己的父亲一定是十恶不赦的大罪，为此上帝是要惩罚我的。在萨勒小学里，每星期都要做忏悔，我于是经常忏悔：带着仇恨自己爸爸并且盼望着他死掉以便让我和妈妈重新回到原来的生活里去这样的罪过，我觉得良心是肮脏的。我慢慢向忏悔室走去，脸上由于羞愧而发烧，因为每次都是在重复上一次的罪过。

无论在玻利维亚还是在皮乌拉，在萨勒小学和在萨雷霞诺小学里都有许多信徒，但是没有一个是特别虔诚的；可是我在利马的最初时期，我几乎就是最虔诚的信徒了，尽管理由不好，可毕竟是对抗我爸爸的一种谨慎方式。我父亲经常嘲笑略萨家族的信仰虔诚，嘲笑略萨家族给我身上灌输的女人气，因为我走过教堂时总要画个十字，嘲笑天主教徒总要在那些身穿裙子的教士面前下跪的习惯。他说，要与上帝沟通，他不需要中间代理人，更不需要一批身穿女人裙子的懒汉和吸血鬼。不过，尽管他总是嘲笑我和妈妈的信仰虔诚，但并不禁止我们去教堂做弥撒，或许是因为他怀疑我妈妈虽然服从他的命令和禁令，却不会尊重他这样的禁令：对上帝和天主教的信仰要比对他的感情强烈得多。天知道，尽管我母亲对我父亲的爱我总觉得是在接受虐待和折磨，但总有那种为获胜而毫不犹豫地付出下地狱代价的伟大爱情——激情的过分和违法的性质。不管怎么样说吧，他允许我们去做弥撒并且有时他还亲自陪我们去（我猜想他是出于过分的醋意）。整个仪式进行中，他都站在那里；赞美上帝时，他既不画十字，也不下跪。我正好相反，跪在地上，又画十字又热烈地祈祷，一面双手合十，微微闭着眼睛。每次只要可能，我都领圣体。这些表示是用来反对他的专制的，也许是要激怒他的。

但这都是非常间接的，也是不很自觉的，因为我实在太怕他了，以至于不敢明目张胆地去激怒他那变成了我童年噩梦的火气。我反抗的表示，如果可以这么说的话，是微小的和胆怯的，在我的脑海里编造着这些反抗的表示，而不是在他的注视下，是在我的床上，在黑暗中，我给他编造了一堆坏事，或者采用除我之外谁也无法察觉的态度和表情表示反抗。比如，自从在皮乌拉的旅游者饭店认识他的那个下午以来，我再也没有吻过他。在玛格达雷娜区这所住宅里，我吻吻妈妈，对他只说一声"晚安"，然后就跑到床上去了；起初，我对自己的这一勇敢行动感到害怕，害怕他会把我叫回来、会用他那一动不动的目光盯着我、会用他那锋利的尖嗓门问我为什么不吻吻他。可他没有这样做，一定是因为有傲慢的儿子就必有傲慢的爹吧。

我们生活在紧张状态之中。我有这样的预感：随时有可能发生可怕的事，发生大灾难，在他发火的时候会把我和我妈妈都杀死。这是世界上最不正常的家庭了。从来没有客人来访，我们也从来不出去做客。我们甚至连塞萨尔叔叔和奥丽耶里婶婶那里也不去，因为我父亲讨厌社交活动。当我和妈妈单独在一起的时候，我开始责怪她了：跟他和好难道就是为了这个、为了整天吓得要死？我妈妈极力说服我：你爸爸并不那么坏。他有他的优点。他不抽烟，不喝酒，不玩乐，规规矩矩，勤勤恳恳。难道这些不都是了不起的长处吗？我回答说，我宁肯他整天喝得醉醺醺的，宁肯他爱吃喝玩乐，因为那样的话他倒是个比较正常的人了，我和妈妈也就可以出门了，我也可以邀请朋友来家做客，我也可以去朋友家玩了。

住进玛格达雷娜区这所住宅没有几个月，我同堂兄爱德华多、佩佩和豪尔赫的关系就中断了，因为我父亲和塞萨尔叔叔吵了一架，这次争吵使他们兄弟二人疏远了多年。具体细节我不记得了，但是很清楚的是，塞萨尔叔叔带着他的三个儿子来到我家，邀请我去看足球。当时我父亲不在家，因为我已经学会了谨慎从事，于是就对我叔叔说，没有我爸爸的许可，我可不敢出门。可是塞萨尔叔叔说，看完足球比赛以后，由他向我爸爸解释。我们回来的时候，天已经黑了，我父亲正站在大街上塞萨尔叔叔家的门前等着我们呢。奥丽耶里婶婶站在窗前，带着一副惊惶失措的表情，好像在向我们发出什么警告。我至今还记得那场大风波，记得父亲对塞萨尔叔叔大喊大叫，可怜的叔叔连连后退，慌乱地向我爸爸解释着什么，我自己吓得要命；我父亲一面拉着我回家一面踢我的屁股。

他揍我的时候，我就完全没了理；很多时候，恐惧逼得我在他面前低声下气地向他作揖求饶。但就是这样也不能让他消气。他不停地打我，一面大声喊叫，威胁说，只要我一够当兵的年龄就把我送到军队里改造改造。打骂之后，当我可以单独关在自己的房间时，让我彻夜难眠和默默哭泣的，不是他打我这一顿，而是因为自己竟然如此在他面前低声下气地求饶而产生的愤怒和厌恶。

从那天起，我被禁止再去塞萨尔叔叔和奥丽耶里婶婶的家，不得再去找我的堂兄们。我彻底孤独了，直到1947年夏末和我满十一岁时为止。由于要去萨勒上课，情况变得好些了。每天我总有几个小时是在家外面度过的。早晨七点半，我在大街拐角登上学校蓝色的交通车；十二点送我回家；一点半再接我回学校；下午五点送我回玛格达雷娜区。沿着长长的巴西大道到布雷尼亚的这趟兜风，一路上又上上下下许多同学，这让我摆脱了幽禁的生活，因而心里很高兴。我们六年级的老师莱昂西奥修士，一个面色发红、六十多岁的法国人，脾气相当暴躁，长着一头乱蓬蓬的白发，有一大卷头发总是耷拉在前额上，他常常像马头那样把卷发甩到脑后去，是他教我们背诵路易斯·德·莱昂教士的诗歌（"神圣的好牧人，请你留下……"）。我很快就克服了一个插班生难以避免的困惑，尽管这个班上的同学已经相处好几年了，我在萨勒小学还是交了一些好朋友。有些朋友的友谊超过了我在那里学习的三年时间，比如何塞·米盖尔·奥维多，我的同桌同学，后来成为第一个撰写我创作的文学评论家。

尽管有这么多朋友，还有一些好老师，我对在萨勒那几年的回忆还是充满了我父亲的形象，他那能把人压扁的身影越来越长，紧跟着我的步伐，似乎要干预我的一切活动并且加以破坏。真正的学校生活是做游戏和举行各种仪式，这不是在课堂上进行的，而是在课前和课后，在朋友们聚会的街头巷尾，在某个同学的家里，大家聚在一起商量看早场电影、或者看足球、或者上街闲逛，这一切是与上课平行开展的，构成一个少年成长的重要部分，是少年时美丽的冒险故事。这样的生活，我在玻利维亚和皮乌拉都曾经有过，现在没了这样的日子，便怀念起那个时代，非常羡慕萨勒的那些同学，比如佩罗·马丁内斯、佩拉莱斯、扎内利、弗拉科·拉莫斯，他们在下课以后可以在学校的操场上玩足球，可以在不是礼拜天的日子里互相拜访，可以去看区里上演的系列电影。我可必须一下课就回家，关在我的房间里做作业。如果学校里有某个人想起要请我喝茶、或者礼拜天做完弥撒去他家里吃午饭、或者一道去电影院，我就得编造出各种借口推辞，因为我怎么敢为这类事去求我父亲的恩准呢？

我常常一回到玛格达雷娜区的家里，就央求妈妈早点让我吃饭，为的是在他回来之前我好躲到床上去，这样就可以在当天晚上不用看到他了。有好几次，我刚刚要吃完饭就听到了那蓝色的福特停在家门口的声音，我连蹦带跳地上了楼，衣服也没脱就跳到床上，用被子蒙住了脑袋。我等着他和她吃晚饭或者听中央广播电台特雷西塔·阿尔塞的《混血的乔卡献瞻节》节目，这可以使他放声大笑，我就可以悄悄地下去穿睡衣了。

一想到在利马居住的胡安舅舅、拉乌拉舅妈、南西和戈拉兹表妹、豪尔赫舅舅、卡比舅妈还有佩德罗舅舅，可是因为他讨厌略萨家族的人，我们就不能去看这些亲戚，这就像我屈从他的专制一样让我感到痛苦。妈妈总是想让我谅解他，说一些我不想听的理由："他有他的脾气，应该让他高兴才不会吵架。"他为什么禁止我们去看我的舅舅、舅妈和表妹呢？他不在家的时候，我单独面对着母亲，于是就恢复了自信和从前外祖父母、姨外婆可以容许的骄横无理。我恳求她逃跑到一个他永远也找不到我们的地方去，不然我们的日子过得更加艰难了。有一天，我绝望极了，甚至威胁妈妈，要是再不逃跑，我就去告诉他，在皮乌拉的时候，有个名叫阿斯卡拉特的西班牙人曾经去地方长官府拜访过我妈妈，此人企图把我买下，为的是拉我去参加拳击比赛。她哭了起来；听着她的哭声，我觉得自己真是卑鄙无耻。

终于我和妈妈逃走了。我不记得是哪一次吵架使她下决心跨出这一大步的(尽管把这种只有他大叫、大骂、大打出手而我妈妈只是哭泣、一言不发的场面称之为吵架实在是滥用词汇了)。大概是我记忆中最可怕的那一次吵架。那一次是夜里,我们乘着那蓝色的福特从什么地方回来。我妈妈讲到一件事,忽然提到阿雷基帕市一个名叫埃尔萨的太太。"埃尔萨?就是那个埃尔萨?"他问道。我浑身颤抖起来。"对,是她。"我母亲低声说道,然后试图换个话题。他一字一顿地说道:"她本人是个大窑姐儿。"他沉默了好一会儿。突然之间,我听到母亲尖叫了一声。原来他在她大腿上狠狠地拧了一下,以至于起了一个紫色的大肿块。后来她给我看的时候说道,再也没法忍耐了。"妈妈,咱们走吧!快走吧!快快跑吧!"

我们等他刚一出门去办公室,就叫了一辆出租汽车,手上提了一些东西,就到米拉弗洛雷斯区的七·二八大街去了;那里住着豪尔赫舅舅、卡比舅妈和佩德罗舅舅,后者那一年还没有结婚,就要读完医学专业了。重新见到了舅舅、舅妈,又住进这样一个非常漂亮的街区(街道两旁长满了树木,住宅里都有精心管理的花园),这使我激动。特别感到重新能和自家人在一起,又摆脱了那位先生,再也不会听他大吼大叫、再也看不见他那铁青的脸色、再也用不着害怕了的时候,真是让人高兴极了。豪尔赫舅舅和卡比舅妈的住宅很小,他们有两个年岁不大的孩子(西尔维娅和霍尔西多),但是他们还是设法把我们安顿下来了(我睡在一个大沙发上),我感到无限的幸福。我们以后会出什么事呢?妈妈和舅舅们进行了长时间的交谈,他们不让我参加。不管怎么样吧,我找不到足够的语言来感谢上帝、圣母和卡门外婆坚信不疑的圣洁之神,因为他们把我们从他的奴役下解救了出来。

几天以后,我离开教室的时候,刚要登上开往圣伊西德罗和米拉弗洛雷斯的学校交通车,我的心一下子凉到了脚底:他站在那里。他对我说:"你别害怕。我不会怎么样你的。跟我走吧。"我看到他脸色发白,眼圈发黑,好像有好几天没有睡觉的样子。进了轿车后,他和蔼可亲地向我解释说,咱们去取你和你妈妈的衣裳,然后就送你回米拉弗洛雷斯。我敢肯定在这亲切的口气背后隐藏着陷阱,可能刚一进萨拉威利大街的那幢住宅,他就会揍我一顿。可他并没有这样做。他事先已经把我们的一部分衣裳放进了手提箱中,我得帮他把其余的衣裳放进一个口袋里,装完之后,用一条蓝色的毛毯包了起来,然后我们把四角捆扎好。我们一边做这些事,我的心一直吊在喉咙上,总是担心他突然会后悔让我们走掉,这时我惊讶地发现,他把我妈妈放在床头桌上的许多照片剪坏了,把其中我和我妈妈的像都给去掉了,把其余的用大头针钉了起来。终于,我们捆好了所有的包裹,然后送进下面的轿车里,我们就出发了。我无法想象事情会办得如此顺利,也想不到他行事会这样通情达理。到了米拉弗洛雷斯区,车子停在豪尔赫舅舅和卡比舅妈家的对面,他不让我去叫女仆来卸东西。他把包裹一一抻出来,扔到街道旁的小杨树上,毛毯的结被摔开了,里面的衣物都摔散在草坪上了。我的舅舅们后来议论这件事的时候说道,要是再发生这样的事,周围的街坊四邻就都会知道家里有这些破烂了。

几天以后,吃午饭的时候,我发现舅舅们的脸上有异样的表情。发生什么事情了?我妈妈在哪里?他们小心翼翼地把消息告诉了我,仿佛此事是他们干的一样,因为他们意识到,这事会让我极其失望。他和她又和好了,我妈又回到他那里去了。就是说,下午放学以后不再来米拉弗洛雷斯区,而是要去萨拉威利大街了。我的世界天塌地陷了。怎么能干这种事呢?难道妈妈也会背叛我吗?

那时我不能理解这事，我只能忍受；从我的妈妈出走和随后父母的和好中，我越来越感到痛苦，我觉得生活里充满了惊恐不安，没有任何补偿。我妈妈明明知道每次和好以后用不了十天半个月他就会随便找个借口又打又骂，为什么她还要跟他和好呢？她这样做是因为无论如何她固执地（她的性格特征之一，我也继承了她这一点）爱着他，就因为他是上帝赐给她的丈夫——一个像她这样的女人就是到了世界末日也只能有一个丈夫，尽管这个丈夫虐待她，尽管他们中间还有过离婚判决——另外还因为，虽说我母亲在科恰班巴和皮乌拉的格雷斯公司里工作过，但是她受的教育是要为人之妻、要做家庭主妇，还因为她觉得自己没有用一份职员工作来养活自己和儿子。她这样做，是因为我和她一直让外祖父母养活使她感到羞愧，外祖父的状况也不大好——由于要养活这样一个大家庭，外祖父从来也无法积蓄什么——同样让我舅舅们养活着也使她感到羞愧，因为舅舅们在利马也要努力才能站稳脚跟。这一切现在我是知道了；可是那时我只有十一二岁，我还不知道这些事；就算那时我知道了，我也无法理解。那时我唯一知道和理解的是，每当他和她和好一次，我就得回到禁闭室、回到孤独与恐惧中去；渐渐地这种情况让我也恨起母亲来，从此以后，我和她再也不像认识我父亲以前那样亲密了。

1947年至1949年间，我和妈妈逃跑了几次，至少有六次吧，我们总是去豪尔赫舅舅、卡比舅妈家，或者去胡安舅舅、拉乌拉舅妈家，后者也住在米拉弗洛雷斯区；每一次都是过了几天之后就又发生那可怕的重归于好。拉开时间距离来看，那一次次的逃走、那躲藏的地方、那哭哭啼啼的见面、那安置在我舅舅们的客厅里或者餐室里的简陋床铺是多么滑稽可笑。这些手提箱和行李袋总是搬来搬去，我们自己也是来来去去，还有在萨勒小学里，要向修士们和同学们做那极不自在的解释，解释为什么我忽然要乘去米拉弗洛雷斯的交通车而不去玛格达雷娜，不久又是去玛格达雷娜，而不去米拉弗洛雷斯。我是不是又搬家了？因为没有人像我们这样整天搬来搬去的。

有一天——那是夏天，大概是我们刚来利马不久——我爸爸开车带我一人，在一个拐角的地方，接上来两个少年。他给我介绍说："这是你的两个弟弟。"那个大一点的比我小一岁，名叫恩里克；小一点的比我小两岁，名叫埃内斯托。这个小的有一头金黄的鬈发，长着一双非常明亮的眼睛，任何人都会认为他是个外国小孩。我们三个孩子都有些不知所措，不晓得如何是好。我爸爸把我们三个带到甜水湾海滩，他租了一个帐篷，坐到阴凉里面去了，让我们去玩沙子、去游泳。慢慢地我们三个就互相信任起来了。他俩在圣安德烈小学读书，能够说英语。圣安德烈？那不是耶稣教的学校吗？我没敢向他俩提这个问题。后来，我和妈妈单独在一起的时候，她给我讲道，我爸爸跟她离婚以后又与一个德国女人结了婚；恩里克和埃内斯托就是那一次婚姻的产物。但是，他和这个外国老婆已经离婚多年了，因为这个女人也很有个性，她实在忍受不了他的坏脾气。

后来，我有很长一段时间没有看到我这两个兄弟。直到在一次周期性的出走中——这一回，我和妈妈是藏在胡安舅舅和拉乌拉舅妈的家里——我爸爸来到萨勒的校门口找我。像上次一样，他让我上那辆蓝色的福特车。他的脸色很严肃，我感到害怕。他对我说："略萨家的人正在策划把你给弄到国外去。他们想借助跟总统的亲戚关系。不过这次他们遇到的可是我，咱们走着瞧，看看到底谁厉害。"这一次没有去玛格达雷娜，而是去赫苏斯·玛丽娅，他在一幢红砖盖成的小住宅别墅门前刹住了车子。他让我下车，按过门铃后，我们就进去了。我的两个弟弟就在那里。他俩的妈妈，一位长着金发的太太，给我端来一杯茶。我爸爸说："你就留在这里，等我事情办好。"说完就走了。

我在那里待了两天，没有去上学。我以为再也看不到妈妈了，他把我给绑架了，这里永远成了我的家。我的两个弟弟分出一张床给我用，他俩合用另一张床。夜里他们听到了我的哭声，便起床，点灯，极力安慰我。可是我还哭个不停，后来连那位太太也露面了，她也再三安慰我。两天以后，我爸爸把我给接走了。原来他和她又和好了，现在我妈妈正在玛格达雷娜区的住宅里等着我呢。后来，她告诉我，她曾经真的想向总统要一个秘鲁驻国外的领事位置，结果这事让我爸爸知道了。至于他绑架我这件事，这不正好证明他是喜欢我的吗？当我妈妈极力说服我：他是爱我的，或者我也应该爱他，因为无论如何他总是我爸爸时，比起他们和好的事，妈妈的游说令我更加恨她。

我想那一年我只看到我那两个弟弟一两次。来年，他俩跟着他们的妈妈去了洛杉矶，现在埃内斯托和他的妈妈还住在那里——埃内斯托已经加入美国国籍，是个成功的律师了。恩里克读书的时候得了白血病，临终之前很痛苦。生前，他曾经回过秘鲁几天。我去看过他，从他那被疾病摧残的虚弱模样上，几乎认不出我爸爸有时送到利马来拿给我们看的照片中那个英俊、健美的少年来了。

就在我爸爸把我关到那个外国女人（我和妈妈经常这样称呼她）家里的同时，我爸爸不合时宜地来到胡安舅舅家的门前。他没有进去。他对女佣说，他要跟胡安谈谈，他在车里面等着。自从1935年底在阿雷基帕飞机场上我父亲抛弃了我妈妈的那一天起，他就没有和略萨家族的任何人来往过。过了一段时间以后，胡安舅舅给我讲了那一次戏剧性的会面。我父亲坐在那蓝色福特轿车的驾驶盘后面，等着胡安的到来；胡安一进车里，他就警告说："我是带着枪的，什么事都干得出来。"为了让对方相信，他把口袋里的左轮枪掏了出来。他说，如果略萨家的人利用跟总统的关系打算把我给弄出国外，他将对略萨全家进行报复。接着，他大骂略萨家族对我的教育，说是把我给娇惯坏了、教唆我要仇恨他、助长了我身上的女人气，比如说我长大以后要当斗牛士和诗人。但是，他的姓已经牵连在内了，就绝不会要一个不男不女的儿子。在他结束这番冗长、半歇斯底里的演说之后，他不让胡安舅舅插嘴，还警告说，只要略萨家的人不保证我母亲和我不去国外，就不用想见到我的面。最后，他开车走了。

他拿给胡安舅舅看的那把左轮枪是我童年和青年时期的象征物，它象征着我和我父亲的关系（只要他活着）。在珍珠区的小住宅里，有一天夜里，我听到他射击过，但是我不知道我是否真的看到过这把枪。可的确看到了他那副永不休战的形象、那出现在我噩梦里和恐惧中的形象；每当我听到父亲向母亲大喊大叫、发出威胁的时候，我觉得他的确说得出口也就做得出来：掏出左轮枪，连发五枪，先杀死我妈妈，再杀死我。

从这些失败的出走中却产生了一股平衡力，它构成了先是我在萨拉威利大街、后来是珍珠区的生活：我可以在米拉弗洛雷斯区跟我的舅舅们一道度过周末。从后来发生的一次逃跑中，我妈妈在和好的时候争取到了我爸爸的同意：上完星期六的课我可以从萨勒直接去胡安舅舅、拉乌拉舅妈家里，星期一上完上午的课再回爸爸的家。在米拉弗洛雷斯区远离他的监视、过着与其他同龄少年一样正常的生活，这样的一天半时间变成我生活中最重要的事了，成为一周中我脑海里企盼的目标，在米拉弗洛雷斯区的这个星期六和星期天成为使我浑身振奋、充满了美好印象的体验，我用这种体验来抵抗每周中那其余的、可怕的五天。

并非每个周末我都能去米拉弗洛雷斯区：只有在我们每星期六拿到的分数册上我得了"优"或者"良"的时候才行。如果我的分数是"中"或者"差"，那么就得回家里关起来过周末。另外，还有因为其他一些原因我接受的惩罚，自从我父亲发现我在这个世界上最盼望的是摆脱他的时候，于是惩罚就变成了："这个礼拜你不要去米拉弗洛雷斯了。"1948年、1949年和1950年夏天的时间是这样分配的：星期一到星期五回玛格达雷娜或者珍珠区，星期六和礼拜天去米拉弗洛雷斯区的迭戈·费雷大街。

一个街区就是一个平行的家庭、一个同龄孩子们的团体，可以跟他们聊体育或者玩足球（在他们的小指语汇中说成"玩小球"），可以去游泳池游泳，可以去米拉弗洛雷斯、雷卡达斯或者拉埃拉杜拉海滩上赶海浪，可以在十一点的弥撒之后去公园里兜一圈，可以去雷乌罗或者里卡多·帕尔马电影院看下午场电影，最后还可以去萨拉萨尔公园里散步。随着年龄的增长，还可以跟他们学习抽烟、跳舞、跟姑娘们谈恋爱；这些姑娘渐渐地就争取到了家里的同意，可以离开家门出来跟小伙子们聊聊天。星期六夜里组织舞会（我特别喜欢莱奥·马里尼的《你让我喜欢》），男孩们一面跳着博莱罗舞一面向他们倾慕的姑娘求爱。她们往往会说："我得想一想。"或者说："行。"或者说："我还不想有恋人呢，因为我妈妈不允许。"如果答复是"行"，那么这个小伙子就算有恋人了。在舞会上，他和她可以跳贴面舞，可以一起去看礼拜天下午场的电影，可以在暗处接吻。他和她还可以到拉尔科大街的奶油香冷饮店里吃冷饮，然后手挽手地走路；还可以从萨拉萨尔公园一面望着黄昏渐渐在大海的地平线上消失的情景，一面提出一个愿望。胡安舅舅和拉乌拉舅妈居住在一幢两层楼的白色小住宅里，位于米拉弗洛雷斯区里最著名的一条街道的中央，南西和戈拉兹属于这条街上最年轻的一代人，另外还有岁数更大的几批人：十五岁的、十八岁的和二十岁的，通过我两个表妹的帮助，我也踏进了这条街。我十一岁至十四岁期间全部最美好的回忆都属于这个街区。从前这里曾经叫过"欢乐区"；后来，由于报纸上把维多利亚平民区的瓦迪卡（妓女区）的边缘地带也称之为"欢乐区"，这里便改了名字，变成了"迭戈·费雷"或者"科隆"，因为它位于两条街的交叉口，这里有我们的大本营。

戈拉兹和我同一天过生日；1948年3月28日，拉乌拉舅妈和胡安舅舅邀请本街区的男孩和女孩为我们举办了生日晚会。我还记得，我一走进会场看到一对对男女在跳舞、我的两个表妹也会跳舞时，自己吃了一惊。我看到这次过生日不是做游戏而是放放唱片、听听音乐、男孩混到女孩堆里去了。我所有的舅舅、舅妈都到场了，他们给我介绍了一些人，后来这些人都成了我要好的朋友，他们是蒂科、科科、鲁青、马里奥、卢根、维克托、埃米里奥、埃尔奇诺；舅舅们甚至还逼着我请特雷西塔跳舞。我害羞得要命，感到自己是个机械人，手脚不知道放在哪里才好。可是接着我又跟我的两个表妹和别的一些女孩跳了舞；从那一天起，我就开始做起与特雷西塔相爱的浪漫之梦了。特雷西塔是我的第一个恋人。英海是第二个。爱莱娜是第三个。对这三个女孩，我都曾经非常郑重地求过爱。我们都事先在男孩中演习如何求爱，每个人都把要说的话、要有的动作想好，免得错过追女孩的那一瞬间。有些男孩在看下午那场电影时，利用黑暗的掩护和抓住影片上某个估计可以产生感染效果的镜头求爱。有一次，我也想试试这个方法，就对马丽察——一个头发黑亮、皮肤白皙的漂亮女孩这样做了，可是结果是一场喜剧。因为当我犹豫了好久、最后大着胆子用人所共知的那套话（"我非常喜欢你；我爱上了你；你愿意跟我在一起吗？"）向她表白时，她转过身来望望我，一面抽抽搭搭地哭个不停。原来她完全被银幕上的画面吸引了，几乎没有听到我说了些什么，于是问我："什么？什么事呀？"由于我不能再续上话茬，只好猜测着低声说，这片子真伤感，对吗？

但是，对特雷西塔、英海和爱莱娜，我是用正统的方式向她们求爱的，即在周末的舞会上一面跳着博莱罗舞一面表白的；我还为她们写了一些爱情诗，可是从来没有给她们看过。但是，我每周都梦想着见她们，每天计算着还有几天就可以去看她们了，一面恳求上帝这个星期六安排个舞会，让我去跟我恋人跳贴面舞。在看礼拜天下午的电影时，我只是在黑暗中摸摸她们的手，但是不敢亲吻她们。只有在玩四轮马车或者罚物游戏的时候，我才敢吻她们，那是街区里的朋友们知道我们是恋人而且我们输了的情况下，罚我们亲吻三次、四次甚至十次。可是这些吻都亲在面颊上，按照大个子鲁青的说法，亲在脸上没有价值，因为那不是喂嘴。喂嘴是亲在嘴上。但是在那个时代，米拉弗洛雷斯区十二三岁的男孩女孩还非常天真，许多人还不敢亲嘴。我当然也不敢。我像月亮上的小牡犊（这个美丽而又神秘的说法是我们经常用到恋爱的小伙子身上的定义）一样地谈恋爱，这是对米拉弗洛雷斯的女孩们一种病态的胆怯。

在米拉弗洛雷斯区度周末是一部极度自由的历险记，提供了实现种种有趣而刺激的事情的可能性。可以去特莱萨斯俱乐部玩足球，也可以去游泳池游泳，这里的游泳池曾经出过著名的游泳选手。我最后终于比较好地掌握了自由式游泳，让我失望的一件事是没有能够在瓦尔特·莱德加尔德（绰号是"巫师"）的学院里接受训练，而米拉弗洛雷斯区与我同龄的一些少年（比如伊斯梅尔·梅里诺或者科内霍·比利亚兰）后来成了国际游泳冠军。足球，我一直都踢不好，可是我对足球的热情补偿了我在球场上的灵活性；我一生中最快活的一天就是我们区的著名选手托托·特里带我去国家体育场的那个礼拜天，他让我跟体育大学的硝石队一起与市体育队踢一场。到这个巨大的运动场上跑一跑，身上穿着奶油色的队服，难道不是一个人一生中度过的最美妙的时刻吗？托托·特里除去是我们区的著名选手，还是大学队的"金箭"，这不是也就表明了我们的这位球员是米拉弗洛雷斯区最好的选手吗？在我们连续几个周末举行的奥林匹克式的运动会上，证明他的确是最佳选手；在运动会上，我们同圣马丁街区队比赛了自行车、田径、足球和游泳。

狂欢节是一年中最美妙的时光。白天，我们出去玩水，到了黄昏时分，我们化装成海盗去参加假面舞会。有三个儿童舞会是不能不去的：巴兰科公园的舞会、特莱萨斯公园的舞会和拉温网球场的舞会。我们带着五彩卷纸和乙醚胶皮管，街区里的人们都是高高兴兴的，到处都是人群。有一年的狂欢节，达马索·佩雷斯·普拉多和他的乐队也来了。曼博舞，加勒比海地区的新发明，也正在利马流行，甚至在阿乔广场上还举行过一次曼博舞全国大赛，对此红衣大主教格瓦拉下令禁止举行，他声称谁要是参加比赛就开除谁的教籍。佩雷斯·普拉多的到来使得机场上挤满了欢迎他的人；我也在那里，跟我的朋友们一道追随在那辆敞篷汽车后面，车子开向玻利瓦尔饭店，那位创作了《出租汽车司机》和《曼博五号》的作曲家坐在上面，向四周的人们招手致意。每到星期六中午，我刚一踏进迭戈·费雷大街的家门，就独自一人在楼梯上和房间里，迈着曼博舞的舞步，为晚上的舞会做准备；看到我这副样子，拉乌拉舅妈和胡安舅舅就笑个不停。

特雷西塔和英海是两位过渡性的恋人，我只和她们好了几个星期，这种介于儿童游戏和少年初恋半途而废的事，纪德称之为"爱情止痛的涟漪"。但是，爱莱娜是我长期稳定、正规的恋人，这意思就是说几个月或者一年的恋人。她是南西要好的朋友，也是南西在补习学校时的同学。她住在格里马尔多·德尔·索拉尔大街的一幢黄褐色小楼别墅里，那里距离迭戈·费雷大街比较远，属于另外一个区。一个外来人追求本地的姑娘是不受欢迎的，被看作是侵犯领土。可是我热恋着爱莱娜，每次一到米拉弗洛雷斯，我就要去格里马尔多·德尔·索拉尔大街，为的是看看她，哪怕是离得远远地看看她在窗前露面也行。我常常和鲁青以及和我同名的马里奥一道前往；鲁青爱上了伊尔塞，马里奥爱上了卢西；这两个姑娘是爱莱娜的邻居。这样很巧，我们就可以在她们的家门口聊上一会儿了。但是，那条街区的男孩总是围过来骂我们，有时还向我们扔石子；有一天下午，我们跟他们动手打了一架，因为他们打算把我们给轰出那个地方。

爱莱娜长着金黄的头发，明亮的大眼睛，整齐漂亮的牙齿，一副快乐的笑容。在珍珠区那孤独的环境里，在一片空地上的那所孤零零的小住宅里（1948 年我们迁居到那个地方），我经常想念她。我父亲除去在国际新闻服务中心工作之外，还购买土地，建筑房屋，然后出卖；我猜想，这对他来说，是那几年里主要的收入来源。我之所以这样说，是因为他的经济状况，如同他一生中的大部分时间，对我来说，一直是个谜。他是不是挣钱很多？是不是有大量积蓄？他生活得极为节俭。他从不去饭店吃饭，当然更不用说去夜总会了（比如卡巴纳、恩巴西或者玻利瓦尔区的舞厅）；可我的舅舅们周末之夜有时到那里去跳舞。他和我妈妈有时会去看电影，不过我不记得他们去过，也许他们是在我去米拉弗洛雷斯度周末时去看电影的。从星期一到星期五，他都是在七点到八点中间从办公室回来，晚饭后，他听收音机，一两个小时后上床睡觉。我想，中央广播电台播出的特雷西塔·阿尔塞的节目《混血的乔卡献瞻节》是家里唯一的娱乐节目，他总是笑得很开心。我和妈妈也跟着我们的户主与老爷一起笑。珍珠区那幢小住宅是他跟一位建筑行的师傅一起建造起来的。40年代末期，珍珠区还是一片巨大的旷野。只有在棕榈大街和进步大街有一些建筑物。那里的其他地方，从那两条街的拐角到海滨街，只有一块块方方正正以街灯和道路划出的街区，但是地面上没有房屋建筑。我们的住宅是那里的第一批建筑，在一年半到两年的时间里，我们是生活在一片荒原上的。过去几个街区，靠近贝亚比斯塔的地方，有个茅草村落带，一个至今在秘鲁还称之为"中国区"的栈房；在另外一端，靠近大海的地方有个警察局。由于那里太荒凉，我妈妈独自一人很害怕。一天夜里，屋顶上传来一阵脚步声，我父亲立刻去追那个小偷。父亲的叫喊声惊醒了我，就在这时，我听到了那神话般的左轮枪朝天开了两枪；他开枪是为了吓走那个不速之客。那个时期，姨外婆已经跟我们住在一起了；因为我还记得那可怜的老婆婆穿着睡衣，站在通向我们房间的铺着黑瓷砖的寒冷的走廊里。

如果说在萨拉威利大街的小住宅里我缺少朋友，那么在珍珠区的生活，我就像一朵孤独的蘑菇。我乘利马至卡亚俄的交通车去萨勒上学，在进步大街上车，在委内瑞拉大街下车，从那里再步行几个街区就到了学校。家里让我中午不用回家，这样我就在学校里吃午饭了。下午回到珍珠区的时候大约五点左右，因为距离我父亲回家的时间还很长，我便跑到空地上去，一面踢着足球，一面向警察局跑去，或者跑到海边的悬崖上去玩，然后回家，这就是我每天的娱乐。我说错了。重要的是思念爱莱娜和给她写情书、情诗。写情诗是反抗我父亲的又一方式，因为我知道写诗这件事会让他多么生气，他把写诗同古怪行为、放荡不羁、特别是最让他感到毛骨悚然的阴阳人气质联系在一起。我猜想，对他来说，如果人们需要写诗（他绝对没有表示过这个意思，家里除了我的书之外连一本诗集和散文都没有；我从来没有看到他读过报纸以外的什么东西）的话，那也应该是女人做的。男人写诗让他感到困惑，他觉得那是瞎浪费时光的荒唐行为，是与男子汉（穿长裤、有睾丸的）不相称的勾当。

这样，我就读了很多诗歌，我还把这些诗一一背诵下来（比如贝克尔、乔卡诺、阿马多·内尔沃、胡安·德·迪奥斯·佩萨、索里利亚等诗人的）；我还在做作业之前和之后写诗，有时我还敢在周末的时候给拉乌拉舅妈、胡安舅舅或者豪尔赫舅舅朗诵几首。但是，我从来没有给爱莱娜朗诵过，她才是我灵感的源泉和这些文字激情流露的理想收信人。如果我爸爸发现我在写诗，他可能会大骂我一通，这情形给写诗添上了一片危险的光彩，这当然让我激动至极。我的舅舅们对于我能跟爱莱娜在一起感到很高兴；有一天，我妈妈在拉乌拉舅妈家认识了爱莱娜，她也被这个漂亮的姑娘给迷住了：多么美丽、动人的小姑娘啊！多年以后，我时常听到她叹息地说，我儿子要是能和爱莱娜这样的姑娘结了婚，他绝不会干出这么多荒唐事来。

在我进入莱昂西奥·普拉多军事学校、升入中学三年级、已满十四岁之前，爱莱娜一直是我的恋人。她也是我最后的恋人（从严肃、正规、纯粹感情的意义上说）。（后来在爱情方面发生的事要复杂得多，不好说出来见人。）对爱莱娜的热恋，使得我有一天竟敢涂改分数册。萨勒中学二年级的老师卡尼翁·帕雷德斯是个世俗的教员，我跟他一向处不好关系。有个周末，他把分数册给了我，上面有个可耻的"不及格"。按道理，我应该回珍珠区。可是，不去米拉弗洛雷斯，还要有一个星期看不到爱莱娜，这可让我不能容忍，于是我去了米拉弗洛雷斯。到了那里，我把"不及格"涂掉，改成了"良好"，心里以为这一骗局是不会被人发觉的。几天以后，卡尼翁·帕雷德斯发现了这一骗局，他二话没说，就让校长把我父亲给"请"到学校里来了。

每当潜意识又唤醒了那一幕幕的情景，我就感到羞愧难当。在一次课间休息的时候，正当我们排队要回教室，我远远地看到了我父亲，他在校长阿古斯丁的陪同下走过来。他走到我们的队伍跟前；我明白他一切都知道了，他是来算账的。他狠狠地给了我一个大耳光，把几十个同学都吓呆了。接着，他揪住我的耳朵，把我给拖到了校长办公室里，当着校长的面又揍了我一通；校长极力劝他消消气。我猜想，可能是由于我挨了这一通揍，校长动了恻隐之心，没有按照校规把我开除。还有一项惩罚：几个星期的周末不得去米拉弗洛雷斯。

1948年10月，奥德里亚将军发动军事政变，推翻了民主政府。何塞·路易斯舅舅被迫流亡国外。我父亲把这场政变当作他个人的胜利庆祝，认为略萨家族的人再也不能吹牛说总统府里有亲戚了。自从我们全家搬到首都利马后，我不记得有什么人谈过政治，无论是父母家,还是舅舅家,只言片语除外,都是顺便骂秘鲁美洲人民革命联盟的,我周围的盟员似乎个个都被人看成是恶棍(我父亲在这一点上与略萨家族保持一致)。但是,布斯塔曼特政府倒台和奥德里亚将军上台,却是我父亲庆祝政变胜利时狂喜独白的内容,而我母亲则满面愁容,那些日子我常常听见母亲念叨:可怜的何塞·路易斯和玛丽娅·赫苏斯在哪儿呢?怎么给他们寄信呀?爸爸都不知道你们在什么地方啊(军政府把他们给遣送到阿根廷去了)。

佩德罗外公在军事政变当天就辞去了皮乌拉省省长的职务,蒙骗了他的家族——卡门外婆、姨外婆、霍阿金和奥尔兰多——带着他们来到了利马。鲁乔舅舅和奥尔加舅妈留在皮乌拉了。省长一职是佩德罗外公最后一项稳定的工作。于是,一条类似耶稣殉道的苦路就展现在外公眼前了,那时他六十五岁,身体还结实,头脑还清醒,他要慢慢陷入贫困和俗套之中了(尽管他从前一向与贫困斗争),他要到处找工作,有时能有银行推荐临时做做审计工作或者清账工作,或者在行政管理部门跑跑小差事,这让他抱有幻想,一大清早就从床上爬起来,匆匆做好准备工作,焦急地等待着"上工"的时刻到来(其实,这个"上工"就是去某个部委排队,求行政官员盖个图章)。这些可怜和单调的小差事,让外公觉得自己活得有劲头,减轻了心中的折磨,因为在他看来,依靠儿女们每月寄钱生活是痛苦的。后来,我知道他的身体在抗议自己还有能力工作的时候却找不到工作这样的天大不公,不应该被判处过上一种无用的寄生生活,这时,外公第一次发生了脑溢血,再也不能去找工作了,哪怕是临时小工,如此不能动弹的状态,简直让他发疯。他常常跑到街道上,从一头跑到另外一头,速度很快,一面虚构着种种工作。我的舅舅们尽量给他找点事情做,委托他去办什么手续,不让他感觉自己是个无用的老人。

佩德罗外公从来不抱孙子，也不亲吻孙子。他觉得小孩让他发憷；从前在玻利维亚、在皮乌拉的时候，后来在利马的小房子里，只要孙子、重孙子们一吵闹，他就让他们到大街上去玩耍。但是，外公是我认识的人中最善良、慷慨大度的人。每当我对人类感到非常绝望，甚至认为人类说到底就是一堆垃圾的时候，我就极力回忆外公的优良品质。外公即使到了晚年，到了非常可怜的垂垂老态，也没有丢下他一贯的道德操守。在他漫长的一生中，道德操守要求他遵守一定的价值观念和行为准则，这些观念和准则与宗教信仰和思想原则密切相关，不是没有意义的，不是机械呆板的。这些原则决定了外公一生的全部重要行为。若不是外公长期以来替社会承担着抚养弃婴的义务（是外婆收养的）——外祖父母还收养了我们，我从出生到十岁都是生活在外祖父母家里的，外公是我真正意义上的"养父"——他也许不会落到如此贫穷的地步。若是外公贪污，或者说，外公对自己的生活精打细算，也许不会穷困至此。我认为外公对生活最大的担忧就是设法不让外婆知道丑恶和肮脏是生存的组成部分。显然，他仅仅做到了一半，而且还是子女们帮助他的结果，但是他成功地避免了外婆过多地吃苦，在很大程度上减轻了外婆实在难以避免的苦难。这是他生活为之奋斗的目标，卡门外婆心里明白，因此，这对夫妻的关系是幸福甜蜜的，通常，换了别人，"幸福"就成了下流的意思。

外公年轻的时候，大家说他像洋鬼子，因为他有一头金发。我从记事起，看到外公的样子是：满头稀疏的白发，脸膛紫红，大鼻子（略萨家族的特征），走路脚尖向外分开。他记得很多诗歌，别人的和他自己的，他教我背诵这些诗歌。我从小会写诗，让他很高兴；

后来我的诗作发表在报刊上，让他很兴奋；后来我的书能出版了，让他得意至极。尽管我的第一部长篇小说《城市与狗》在西班牙刚一出版我就寄给外公了，我相信肯定会吓了他和外婆一跳（后来外婆告诉我了），因为书中充满了脏话。因为外公一向是君子，而君子是从来不说脏话的，更不要说写脏话了。

1956年，曼努埃尔·普拉多赢得大选的胜利，掌握了政权，新上任的内政部长豪尔赫·费尔南德斯·斯托尔约见佩德罗外公，问外公是否愿意担任阿雷基帕省省长一职。当然愿意。我从来没有见过外公是那样的快乐。他要去工作啦，他要摆脱依赖子女的生活啦。他要返回阿雷基帕省啦，那里是他亲爱的故土啊。他十分在意地起草了一份就职演说。然后，在波尔塔大街家中的小饭厅给我们大家朗诵了演说。我们都为他热烈鼓掌。他微笑作答。但是，那位内政部长再也没有来电话，也不回答他的电话。只是过了很久以后，部长才派人告诉外公：美洲人民革命联盟、总统的执政党否决了外公的任命，因为他与前任总统布斯塔曼特·伊·里韦罗有亲戚关系。这对外公可是沉重打击。但是，我从来没有听见外公为此骂过什么人。

此前，外公辞去皮乌拉省长的时候，外公、外婆搬到首都米拉弗洛雷斯区五月二日大街的一个单元房来居住。那里很小，他俩住得很不舒服。后来，姨外婆跟着我们一道搬到珍珠区了。我不晓得我父亲怎么会同意一个他讨厌的、从感情上代表略萨家族的人加入到他家中来。也许决定的因素是：他知道用这种方式我母亲可以长时间有人陪伴，而他是长时间待在办公室里的。我们住在珍珠区期间，姨外婆始终跟我们在一起。

实际上，姨外婆的真名叫埃尔维拉，是卡门外婆的表妹。小时候就成了孤儿，是我的曾外祖父母于十九世纪末在塔克纳收养了她，按照亲生女儿待遇让她受了教育。她年轻时跟一个智利军官订了婚。就在她要去结婚的时候——家里人传说：她已经穿上婚纱，拿到了嫁妆——军官那边出事了，她得到了消息，就毁掉了婚约。从此以后就待字闺中，不谈婚论嫁，直到一百零四岁，终老而去。她从来没有离开过我卡门外婆，卡门在阿雷基帕省结婚，她跟着；后来卡门去了玻利维亚，去了皮乌拉，去了首都利马，她都跟着。我母亲、我的所有舅舅，都是她养大的，这些孩子叫她"姨外婆"。我是她养大的，我的表姐妹们也是她养大的。她甚至抱过我的孩子和我表姐妹们的孩子。至于她为什么毁掉婚约，这个秘密（多么悲惨的事件迫使她选择了终身不嫁啊！）让她和卡门外婆带进了坟墓，而唯一知道这个秘密细节的人只有她和卡门。姨外婆在家里始终是大家的保护神，是大家的第二位母亲，她与护士们一道在病床前守夜，既是保姆又是伴娘，大家都出门的时候，她留下看家；她始终无怨无悔，从不抱怨，喜欢大家，溺爱大家。她的娱乐和消遣就是跟着大家一道听听收音机，大家看书的时候，她重读年轻时的图书；当然，礼拜天她准时去教堂祷告和做弥撒。

姨外婆住在珍珠区是我母亲最重要的陪伴，家里有姨外婆是我最大的快乐，姨外婆在场一定程度上缓和了我父亲的怒气。有时候，我父亲发脾气、又打又骂的时候，姨外婆小小的身躯让双脚缓缓而行，双手合十，叫着我父亲的名字，恳求道："埃内斯托啊，发发善心吧！""埃内斯托啊，看在爱心的分上吧！"父亲听了之后常常极力克制自己，在姨外婆面前安静下来。

1948年底，我们已经结束了五年级第一学期的期末考试——大约是12月初，或者12月中旬——我在勒萨学校里发生了一件事，对我和上帝的关系产生了迟到、但是决定性的影响。这种关系就是一个信仰和践行着大人传授的全部宗教知识的孩子与上帝的关系；对这个孩子而言，上帝的存在以及天主教的真正性质，在他脑海里从来没有半点怀疑的影子，而是百分之百地一清二楚。我父亲对我和妈妈虔诚态度的冷嘲热讽，只能更加坚定我们的笃信。我觉得某人就是冷酷的化身，就是坏人，他不信神、不信教，不是很正常的吗!?

我不记得勒萨学校里的教友们给我们灌输过什么教义课程和组织过什么慈善行动。我们上过宗教知识课——是教友阿古斯丁开设的，时间是五年级第二学期，这门课程很有趣，跟他讲授的世界通史一样好玩，刺激我买了一本《圣经》——礼拜天做弥撒，一年里也做几次静修课，但是这些活动一点也不像那些名牌学校里严格的宗教课程，比如圣心会中学或者静修会中学。有几次，教友们让我们填写调查表，问我们是不是有过被上帝召唤的感觉；我的回答总是说没有感觉，我将来就是想当个海员。说实话，我从来没像某些同学那样经历过宗教危机感和惊讶的感觉。我记得有过一次惊讶的事情，那是在我们的小区里，一天夜里，看到有个朋友突然号啕大哭起来，我和鲁青连忙安慰他，问他发生什么事情了，我听见他嘟嘟囔囔地说，他痛苦的原因是人类大大地冒犯了上帝。

1948年底由于某种原因，我不能去学校拿分数册。过了年底，我去了学校。校园里没了学生。有人把我的分数册放到校长办公室了。我正要去拿，教友莱昂西奥满面笑容地出现了。他问我分数册的事以及假期里有什么打算。教友莱昂西奥的名声是爱发脾气的小老头，只要我们表现不好，他就捶我们，尽管如此，大家还是喜欢他，因为他形象怪异，脸色发红，卷发好动，西班牙语带有法国味道。他连连向我发问，不给我机会说"再见"。忽然间，他说有东西要拿给我看，让我跟他走。他把我带到学校一楼，那里有老师们的房间，学生们从不到那里去。他打开一扇门，里面是他的卧室：小房间里有一张床、一个衣柜、一个工作台，墙壁上有印制的神像和一些照片。我发觉他很激动，说话很快，谈到犯罪、魔鬼之类的话题，一面在衣柜里翻找什么。我有些不安。终于，他端出高高一摞杂志，让我翻阅。我打开的第一本杂志是《请看》，里面都是裸体女人。我大吃一惊，同时还有些不好意思。我不敢抬头，也不敢回答这位教友的问题，因为莱昂西奥一直说话慌慌张张。他来到我身边，问我是不是见过这种杂志，问我买没买过这种杂志，同学们是否购买，是不是在没人的地方偷偷翻阅。突然间，我发觉他的手放到我的裤子拉链处了。他努力要拉开拉链，一面动作笨拙地抚摸我裤子里面的阴茎。我记得他满脸通红，声音颤抖，嘴巴流出一线口水。我不怕他，如同不怕我父亲一样。我使出浑身的力气，大声叫喊起来了："放开我！放开我！"这位教友的脸色立刻从红色变成了紫色。他给我开了门，口中嘟嘟囔囔说了一句什么，似乎是"可是，可是为什么害怕呀！"我一口气跑到了大街上。

可怜的莱昂西奥教友！发生此事之后，他肯定感觉非常难堪吧。第二年，就是我在勒萨学校的最后一年，我在校园里与他擦肩而过，他的目光躲避着我的注视，他脸色很不好看。

从此以后，我逐渐对宗教信仰和上帝失去了兴趣。我继续去做弥撒，继续忏悔，继续领圣餐，甚至继续做晚间祷告，但方式越来越机械，不知自己在干什么，在学校规定的弥撒时间里，我心里想着别的事情，直到有一天我意识到自己已经不相信什么上帝了。我成了不信神的人。此事，我不敢对任何人说。但是，我一人独处的时候，我毫不羞愧，毫无顾虑地心里说：我不信神。只是到了1950年，进入莱昂西奥·普拉多军校之后，我才敢对周围的人冷不防地挑衅道："我不信神，我是无神论者！"

发生了教友莱昂西奥那件事之后，除去我对宗教越来越不感兴趣之外，自从在皮乌拉河边当地的朋友们告诉我娃娃是怎样种下的、又是怎样出生的之后，我增加了对性的厌恶感。那是一种藏得很深的厌恶感，因为无论是在勒萨学校，还是在我们居民区里，说"操逼"那是男子阳刚的标志，是告别童男子、成为男子汉的方式，是我和我的同学们非常向往的事情，我甚至赛过同学们。但是，尽管我也说"操逼"，比如还吹牛说追踪过一个姑娘、偷看过她脱衣裳、甚至射了精，我还是厌恶性事。有一次——好像是个下午，我和小区里六七个男孩从峭壁上下到海滩，躺倒在沙滩上，面对米拉弗洛尔海湾，比赛手淫——我为了不落后，也参加了；结果是绰号"航天员"的卢根赢得了胜利，此事弄得我一整天都不高兴。

那个时候，在我心目中，谈恋爱和"操逼"没有半点关系：恋爱是我对爱莱娜的一种纯洁、强烈、透明、没有邪念的感情。具体说，就是我经常梦见她，就是想象我和她已经结婚，经常去风景优美的地方旅行，就是写诗，就是设想一些热血沸腾的场景，我勇敢地把她从危险里营救出来，从敌营里拯救出来，然后为她报仇雪恨。她给我的奖励就是一个吻。是那种不用舌尖的亲吻。为此，我和小区的男孩们还发生过争论；我坚持认为：对恋人不能用舌尖亲吻，用舌尖只能亲吻社会底层的俗妞。用舌尖亲吻相当于用手揉搓；如果不是下流坏，谁能揉搓一位正派、庄重的小姑娘呢？

但是，如果说我讨厌性交，可是却衣着光鲜地（若是有钱，还会戴上魅力无穷的名牌眼镜）去分享小区朋友们的激情活动。

我爸爸从来不给我买衣裳，可是舅舅们把他们显小或者过时的西装送给我穿；曼科·卡帕克大街上一位裁缝翻改之后，把西装送给我，因此我总是穿得整整齐齐上街。问题是，那位裁缝把西装翻改之后，西装右侧总是有一道明显的缝纫痕迹，原来那个地方是装手帕用的，每次我都坚持请求裁缝师傅把那个地方补一补，遮盖住原来口袋的痕迹，不让人们怀疑我的西装是继承来，是翻改过的。

关于零花钱，豪尔赫舅舅、胡安舅舅，有时还有佩德罗舅舅——他拿到医生资格证书之后，就到北方去了，在圣哈辛托庄园当医生——他们每个礼拜天给我五个索尔，后来给十个索尔，有了这些零花钱，我就可以很富裕地看电影，买香烟（零散的香烟），或者喝上一杯"上尉"——苦艾酒和皮斯科酒的混合物——周末晚会前，与小区的男孩一起喝，因为晚会上只提供汽水。最初，我父亲也给我零花钱，但自从我去米拉弗洛雷斯区拿到舅舅们的零花钱之后，我就小心谨慎地逐渐放弃父亲给的钱，不等他掏钱，我就匆匆离去：这是我由于胆怯而发明的又一种与父亲唱对台戏的聪明方式。他肯定懂得我的用心，因为那个时期，大约是1948年初，就不再给我一分钱了。

可是虽然我在经济上有那样傲慢的表现，1949年我还是鼓起勇气向父亲提出给我治疗牙齿——那是我唯一一次求他办事。我的门牙突出，同学们叫我"兔牙"，拿我开心，让我心烦。从前我不大在意，可是自从参加"派对"晚会、跟小姑娘在一起、而且有了恋人之后，请医生给我戴上牙套、让牙齿整齐一致就很重要了，有些朋友就是这么整牙的，此事变得唯此为大。不久，整牙的可能性就来到眼前了。小区里有位朋友，名叫科科，他父亲是牙科技师，其专业正是牙齿整形。我找科科谈了，科科找他父亲谈了。和蔼可亲的拉尼亚斯大夫约我在他位于利马市中心联盟大街的诊所见面。他给我做了检查。下一步，他要给我安装牙套。他不收我工钱，我只给他材料费即可。在迈出这重要的下一步之前，在父亲面前保持傲慢态度和为了在姑娘面前更有魅力之间，我思想斗争激烈，最终还是放弃了傲慢的态度。有魅力更重要啊。我声音颤抖地向父亲提出了要求。

父亲说："行啊。"他准备找拉尼亚斯大夫谈谈。可能真谈了。但是，就在开始治牙之前，家里出事了，是舅舅们家里发生了什么家庭风暴，或者是什么人出走了，等到危机平息、家族团结恢复之后，父亲没有再跟我谈起治牙的事情，我也没有提醒他。我的兔牙依然如故，到了第二年，我考进了莱昂西奥·普拉多军校，我已经不在乎什么兔牙不兔牙了。

第四章　民主阵线

1987年8月和9月的争自由大会之后，10月2日我动身去欧洲，如同每年的做法一样。但是，与往年不同，这一次，尽管帕特丽西娅一再表示愤怒和做出启示录式的预言，我浑身都染上了政治病。离开利马之前，为了感谢陪伴我一起搞发动群众反对国有化运动的朋友们，我做了一次电视讲话，我说："我要回到书房和作品里去了。"但是，这话没人相信，我妻子首先不信。我自己也不信。

我在欧洲的两个月里，一方面参加马德里一家剧院对我的剧作《琼卡姑娘》的首次公演，另一方面到大英博物馆阅览室圆形屋顶的灯光下（一步之遥的斗室是马克思撰写大部分《资本论》的地方）起草长篇小说《继母颂》，与此同时，我经常走神，常常从《琼卡姑娘》剧中的人物"打不垮集团"或者《继母颂》中的堂里戈韦托和堂娜卢克雷西亚的性爱场面跳到秘鲁正在发生的事上去。

我的朋友们——动员大会之后老的加新的——定期开会，制订计划，与各个政党领导人对话，每个星期日米盖尔·克鲁查加向我做详尽而生动的汇报,这些汇报都必然让我妻子发一通脾气或牢骚。因为从首批民意测验中看,我是作为民众代表的形象出现的,如果举行临时大选,有可能拿到三分之一的选票,这在几位可能参加那遥远的1990年大选的候选人中是百分比最高的一个,但更让米盖尔感到高兴的是,舆论呼吁在我领导下组成民主大联合的强大压力,他认为是不可阻挡的。这就是以前在多次谈话中,我和米盖尔随便说说的一个朦胧的理想。突然之间,它变得无可置疑,就看我的决心如何了。

确实如此。自从圣马丁广场群众集会之后,由于大会圆满成功,报纸上、广播里、电视中以及各种场合,人们开始议论为在1990年的大选中对付阿普拉和左派团结组织,有必要成立反对派的民主力量联合阵线。实际上,那天晚上,在圣马丁广场,人民行动党和基督教人民党的成员已经与独立派的人们混合在一起了。在阿雷基帕和皮乌拉,情况也是如此。在这三次集会上,我都为两党及其领导人反对国有化议案的态度喝彩。

这一反对态度,基督教人民党一开始就如是;人民行动党起初比较温和,该党领袖、前总统贝朗德在宣布议案时出席了国会,做了一个谨慎的声明,大概是担心国有化议案会得到许多人的支持。但在以后的日子里,根据广大阶层的反应,他的讲话越来越尖锐,他的支持者成群结队地参加了圣马丁广场的集会。

非阿普拉党的新闻传媒和一般公众用书信、电话和声明所表示的压力,在争自由大会后的几周里和后来我在欧洲期间,都是巨大的;大家希望此次动员的结果能够变成以1990年为目标的大联合。米盖尔·克鲁查加和我的朋友一致认为,我应该采取主动以实现这个目标,尽管他们在日程安排上有分歧。弗雷迪认为我现在回利马的时机尚不成熟。他担心，到总统换届的三年里，我那公众代表的光辉形象已经黯然失色，但是，如果要搞政治，我就必须到内地多走一走，因为那里的人几乎不了解我。于是，列举一系列方案之后，经过代价昂贵的电话讨论，大家决定我12月初回国，从伊基托斯入境。

作为秘鲁门户的亚马孙地区，其省会选举可着实费了一番工夫。在反对国有化的斗争中，开过利马、阿雷基帕和皮乌拉三次大会以后，我们原计划在洛雷托开第四次大会，因为我收到了那里的邀请。阿普拉党和政府于是在伊基托斯发动了一场针对我的异乎寻常的运动，严格说来，是用文学反对我。他们通过广播电台和国家电视台指责我侮辱了洛雷托市的妇女，因为我的小说《潘达雷昂上尉和劳军女郎》选的是伊基托斯；他们复印了一些章节以传单的形式散发和广播，说我把所有的洛雷托女人都称为"劳军女郎"，还说我描写了她们火一般的性欲。母亲们蒙着黑纱举行了抗议游行；阿普拉党召集城内怀孕的妇女去躺在机场的跑道上，阻止那架载有"那个企图沾染洛雷托土地的色情诽谤者"（引自一张传单）的飞机降落。更有甚者，竟然在洛雷托唯一一家反对派的电台上，为我辩护的记者（用类似我小说中辛奇那个人物的语言）说，最好的办法是热烈歌颂卖淫现象，为此播送了几个节目。所有这一切让我们担心会失败，或许会出现奇形怪状的群魔乱舞，于是，我们放弃了第四次集会。

可是现在我回秘鲁去是有长期政治打算的，因此一开始就应该面对洛雷托这头公牛并且应该知道遵循什么。米盖尔·克鲁查加和弗雷迪·科贝去大森林里迎接我的归来。我走迈阿密这条线，只身一人；因为帕特丽西娅为抗议这种拉帮结伙的行动，拒绝陪我旅行。在伊基托斯机场，我受到一支人数不多但很热情的队伍的欢迎；次日，12月13日，在圣阿古斯丁中学挤满听众的礼堂里，我谈到自己与亚马孙的关系，谈到我的几部小说多亏了这个地区提供的素材，特别提到了被诋毁的《潘达雷昂上尉和劳军女郎》。听众中大部分是洛雷托女性，她们比我的政敌有幽默感，用笑声回答了我那部虚构小说中的趣闻（两年半以后，她们中有许多人在大选时投了我的票，因为洛雷托是我在全国得票最多的地方）。

洛雷托之行在热烈的气氛中平安地度过了，唯一意料之外的事让弗雷迪·科贝大为光火：半夜时分，他在我们下榻的旅游者饭店起床时，发现负责安全工作警卫人员都逛妓院去了。

12月14日，我刚一到达利马，立刻投入筹备民主阵线的工作；记者们给它安上一个可怕的缩称：民阵（我和贝朗德一直拒绝使用这个名字）。

我分别拜访了人民行动党和基督教人民党的领袖，费尔南多·贝朗德和路易斯·贝多亚·雷耶斯都表示赞成组织联合阵线。我们多次开会，会上充满婉转的措辞，为的是清除可能妨碍联合的重重困难。贝多亚比贝朗德热情得多，因为后者必须对付来自许多朋友和党内亲信的强烈反对，这些人坚持贝朗德应该再次当总统候选人，坚持人民行动党单独提名竞选。贝朗德一点一点地躲避这些压力，巧妙地加以斡旋，但心情不快，毫无疑问他担心该党一旦觉察他在转移到冬季宿营地，由于该党与他个人威望联系密切，有可能发生解体。

终于经过好几个月的谈判，谈判中那无谓的争论常常让我感到窒息，我们总算在组成一个负责建立联合基础的三派委员会这一点上达成了协议，该委员会中，有三位代表人民行动党，三位代表基督教人民党，三位代表"独立派人士"。最后这三位的代表资格，由我来确认，为此，我们为那个当时还不存在的组织起了一个名称：自由运动组织。我为该组织任命的三位代表——米盖尔·克鲁查加、路易斯·布斯塔曼特、贝朗德和米盖尔·维加·阿尔韦亚尔——后来与我及弗雷迪·科贝组成了开始匆忙创建的自由运动组织第一届执行委员会，时间是1987年底的最后几天和1988年初；与此同时，我们在组织民主阵线。

人们对我多有指责的是：与两个曾经执政的党派进行联合（在贝朗德·特里的两届政府中，大部分时间贝多亚·雷耶斯是他的盟友）。许多批评者说，这一联合减少了我作为总统候选人的朝气和新鲜感；这一联合还使人觉得：我这个候选人的出现是秘鲁右翼老政客的阴谋策划，目的在于通过个人影响来恢复权力。批评者说："既然你挽住了1980—1985年执政者的手臂，而他们丝毫没有改变秘鲁的糟糕形势，那么秘鲁人民怎么能相信你许诺的'伟大变化'呢？你一同贝朗德和贝多亚搅在一起就等于是自杀了。"

我从一开始就知道这一联合的风险，但是有两个原因让我决定冒险。秘鲁要进行改革的地方是如此之多，因此动手时就需要一个广泛的群众基础。人民行动党和基督教人民党在重要的阶层中有影响，两党都显示了无可挑剔的民主信念。我想，如果我们分别参加竞选，中间派和右派的票就会分散，这就为左派团结组织或阿普拉提供了胜利的机会。老政客的糟糕形象可以用一项深刻改革的计划加以冲淡，而深刻的改革与人民行动党的民众主义和基督教人民党的保守主义毫无关系，它是在秘鲁从未提出过的一种激进的自由主义。正是这样的思想才会给民主阵线以活力的新鲜感。

另外一方面，我担心，在我们这样一个国家里，有这样多的困难——广大地区处于恐怖组织的影响下，道路状况糟糕至极或者无路可通，通讯工具极为缺乏——三年的时间不足以使一个像自由运动这样年轻而缺乏经验的团体去在全国各省市建立分支机构，以便与阿普拉竞争；而后者除组织状况良好之外，这一次还将拥有国家机器的全力帮助。此外，我们还得对付在几次大选运动中久经锻炼的左派，因此，我想，不管人民行动党和基督教人民党的成员是如何减少，两党仍然拥有全国上下的机构基础，这对于赢得选票是必不可少的。

这两个估计都是相当错误的。实际上，我和我的朋友们有时像猫、狗相遇那样与盟友争吵不休，特别是人民行动党，最后我们终于使民主阵线的执政纲领成了自由主义和激进性质的。但是，在投票的时候，这在民众中的分量比起有些因过去政治表现不好而失去群众信任的面孔和名字出现在我们中间要轻得多。另外一方面，相信秘鲁人为某种思想而投票，我实在是太天真了。他们投票就像不发达的民主制度下的投票一样，有时发达的民主制度也如是，往往根据形象、神话、预感或者根据与理智没有什么关系的阴暗心理和不满。

第二个估计比第一个更错。无论人民行动党还是基督教人民党这时都没有一个坚实的全国组织。基督教人民党一直就没有全国组织。它是个小党，又是中产阶级的小党，利马之外，仅在省、市首府有几个委员会，党员寥寥无几。而人民行动党虽然两次在总统选举中获胜并且在最佳时期成为群众性的政党，却从未建立起像阿普拉那样有纪律、有战斗力的组织。它一直是个洪水式的党，选举时聚在领袖周围，选举后散去。在1985年受挫之后——其总统候选人哈维尔·阿尔瓦·奥兰迪尼博士仅获得百分之六的选票——该党便失去了冲劲，进入一个仿佛受潮瓦解的过程。尚存的地方委员会是由前政府官员组成的，有的名声很坏；其中许多人似乎盼望民主阵线获胜，以便卷土重来。

总而言之，结果同我预料的相反。同盟者一直没有联合起来；确切地说，在很多地方，他们因个人恩怨和蝇头小利在搞窝里斗；有的地方，比如皮乌拉，通过电台和报界发出凶狠的声明；这让我们的对手开心至极。自由运动组织，尽管起初我们缺乏组织，但结果在民主阵线的诸种力量——除去人民行动党和基督教人民党之外，有个由自由职业者组成的小团体："团结与民主"也加入了阵线——中，最后在全国建立了最为广泛的组织网（但坚持的时间不长）。

与人民行动党和基督教人民党的联合，并不是几次选举失败的主要原因。失败有许多因素，但毫无疑问，与我有很大责任，我把整个竞选运动都集中到捍卫执政纲领方面了，忽略了政治方面，表现出不肯让步的态度，从始至终都坚持意图的透明性，使得我易受攻击和伤害，并且吓坏了初期支持我的许多人。不过，与1980—1985年期间执政的人搞联合，使得群众对民主阵线的信任变得不稳定，后来便失去这一信任（几乎整个竞选时期，民阵都是存在的）。

在这近三年里，我们以每月两三次的频率与贝朗德和贝多亚会晤；起初，经常改变会议地点，以嘲笑记者的跟踪；后来，便总是在我家了。我们是上午十点钟开会。贝多亚必定无疑地要迟到，这让贝朗德感到不耐烦；后者是个非常守时的人，总是渴望会议快点结束，他好去雷卡达斯俱乐部游泳和打回力球（他常常穿着球鞋，拿着球拍来开会）。

很难想象这是两个多么不同的人物——两个政治家。贝朗德生于1912年，虽无财富，但出身门第高贵，满载着胜利：两次竞选总统获胜以及连他的死敌都不否认的民主与诚实的国务活动家的形象，现在进入了生命的冬天。贝多亚比他年轻，1919年出生在卡亚俄港，出身比较贫寒——中产阶级下层，历经坎坷方才取得了律师这样的社会地位。他的政治生涯中有过短暂的高潮——1964年至1966年，曾出色地担任了首都的市长，那是贝朗德第一次执政时期；1967年至1969年再度当选——但是，后来一直不能甩掉左派给他扣的一系列帽子："反动分子""寡头卫士"和"极右派"；两次申请总统竞选（1980年和1985年）都失败了。这些"帽子"加上口才欠佳和有时行事鲁莽，使得秘鲁人一直不肯让他上台。这是一个我们为之付出了代价的错误，尤其是1985年的选举。因为如果贝多亚执政了，他可能不像阿兰·加西亚这样讲民众主义，但在反恐怖主义上可能坚决果断，而且毫无疑问，他比较诚实。

二人中，口才雄辩、才智出众、举止高雅、颇具魅力的是贝朗德。相反地，贝多亚讲话往往考虑欠妥，而且啰唆；他那冗长的法律独白会使这种人恼火：对任何抽象的东西都过敏并且对思想意识形态不感兴趣的人（人民行动党的思想体系在于民众主义的基本形式——有许多公开著作——吸收的是罗斯福的"新政"，对于贝朗德来说，罗斯福是国务活动家的楷模；还在于民族主义的口号，如"秘鲁的战线归秘鲁人"，以及对印加帝国、对古安第斯人公社式的合作劳动的浪漫影射）。但这二人中，大选期间对我的态度上，结果贝多亚反而好商量，愿意为共同目标让步。他这个人一旦表示同意，就不折不扣地执行。贝朗德——在任何时候都保持他那有礼貌的举止——则我行我素，仿佛只有人民行动党才是民阵，而基督教人民党和自由运动纯粹是陪衬。在他那文雅至极的举止背后，有些虚荣心，有某种霸气，因为他已经习惯在党内无人敢顶撞因而为所欲为的做法。他很勇敢，善于用19世纪的华丽修辞演讲，喜欢做令人注意的行动——比如，决斗。他是1945年民主阵线的发起人之一，促成了何塞·路易斯·布斯塔曼特竞选总统成功；在奥德里亚将军独裁统治后期（1948—1956），他以改革派领袖的面貌出现，因为他力主改造社会和使秘鲁现代化。1963年，他登上总统宝座，给人们带来巨大希望，但是，他的政府没有大作为，主要原因是阿普拉和奥德里亚派掣肘（两派在国会联合，形成多数，从农业改革开始，抵抗贝朗德的所有提案），次要原因是他举棋不定和用人不当。1968年贝拉斯科发动军事政变，迫使他流亡阿根廷和美国；整个独裁统治期间，他都生活在那里，过得十分拮据，教书度日。他第二次执政时与第一次不同，不是被军人推翻的，可他最大的功劳也就是维持到下一届选举。因为其他方面——尤其是政治经济方面——是失败的。上台后头两年，他把总理和经济部的大权交给了曼努埃尔·乌略亚，此人聪明、待人亲切，对他极为忠实，但是办事不严肃，甚至不负责任。对于独裁时期的灾难性政策，比如，土地社会化和重要企业的国有化，他没有任何改正，但是极危险地增加了国债；当恐怖活动尚在萌芽状态时，他没有下决心认真对付；他没能刹住腐蚀党内的贪污、贿赂之风，也没能抑制通货膨胀。

贝朗德每次做总统候选人时，我都投他的票；尽管我明白他的缺点，我还是捍卫他的第二届政府，因为我觉得经过十二年的独裁统治之后，重建民主制度是当务之急。另外，还因为攻击贝朗德的人——阿普拉和左派团结组织——代表着更糟糕的选择。更重要的原因是，贝朗德的为人品行，除去博览群书和举止文雅之外，真诚而正派，他身上有两个优点是我一直非常钦佩的，也是秘鲁政治家身上少有的：真正信仰民主和绝对诚实①，他下台时比上台更穷，

---

① 1992年4月5日起，他几乎已是八十老翁，却在阿尔韦托·藤森自我政变之后，挺身而出，反对独裁，再次表明了他的民主信念。

这样的总统在我国历史上是屈指可数的。但我对他的支持是独立自主的,并不排除对他政府的批评。再说,我从来也没加入他的内阁。我拒绝了他所有的委任:驻伦敦和华盛顿的使节、教育部部长、外交部部长,最后是总理。但有一次例外:这个职务不发薪水,只有一个月,可一想起这个职务就让我和帕特丽西娅毛骨悚然:组织调查委员会,前往安第斯山一个偏僻的地区——乌丘拉卡伊①——调查八名记者被害事件;为此,我受到无情的攻击并且险些给送上法庭。

在贝朗德第二次执政中期,一天夜里,他以不适时的方式派人叫我去总统府。他是个感情不外露的人,即使有时说话很多,内心的隐情也不吐露,但是,那一次——后来的几个月里,关于同一个话题,我们又相聚了两三次——他谈话的方式不同往常,更具私人性质而且相当激动,这使我隐约猜到有些事情在折磨着他。有些专家让他感到难过,他把掌握国家经济命脉的大权交给了他们,可是,结果怎么样呢?历史将不会记住这些人,但他这个总统可要对历史负责。让他生气的是有些部长用美元高薪聘请顾问,却要求全国做出牺牲。从他说话的口气和沉默中,可以感觉出他的忧郁和苦涩。他目下担心的是 1985 年的几次选举。人民行动党获胜的可能性很少,基督教人民党也不行,因为且不论贝多亚的人品如何,他缺乏对选民的吸引力。这就可能意味着阿普拉获胜,阿兰·加西亚当总统。其后果对全国来说将是一场黑暗。在以后的几年里,我一直记得他那一夜所做的预测:"秘鲁人不了解如果那小子上台会干出什么样的事来。"他的想法是如果我当人民行动党和基督教人民党的候选人,就可以避免发生这样的事。他用温和但紧迫的口气劝我干脆从

---

① 详见《鲜血和乌丘拉卡伊的污垢》,收入《顶风破浪》第三卷,第 85—226 页。

事有实效的政治活动——"直接点火"——不单是思想上参政。他认为，如果我当总统候选人，可以吸引独立派的选票；他开玩笑说："我们有你这么一位生在阿雷基帕、心在皮乌拉的候选人，那么秘鲁的南方和北方、海岸和山区就保险了。"我的理由是：我不是干这种事的材料（时间证明了这个预言）；对此，他讲了一些恭维的话，口气是亲切的——可以说是"亲热的"，如果这个说法与他那寡言、内向的性格不相悖的话——就是在民主阵线存在的最紧张时刻我们发生分歧的时候以及 1989 年年中由于省市选举发生争论我宣布退出时，他都不停地对我表示亲热。贝朗德的这个打算没有被采纳，部分原因是我本人缺乏兴趣；另外，也因为他在人民行动党和基督教人民党内无人响应，这两个党都想在 1985 年的选举中提出自己的候选人来。

贝多亚是个聪明人，有土生白人的机敏，尖刻的话常挂在嘴上，他说："贝朗德是堵住别人嘴巴的大师。"的确没办法跟贝朗德谈任何具体事情；要是他不喜欢或对他没好处的话题，连讨论一下都不可能。碰上这种情况，他总是岔开话题，谈旅行中的趣闻——他走遍了秘鲁的东西南北，或徒步，或骑马，或乘独木舟，因此对全国的地理了如指掌——要么就谈他的两届政府，丝毫不给别人插话的空子；突然之间，他看看手表，起身离座——"呀，太晚了！"——道声"再见"，走了。贝朗德对我和贝多亚使用的这套支吾搪塞的技巧，一天晚上，我看见他又施展出来，这一回是针对政府中的三位阿普拉的首领——总理阿曼多·比利亚努埃瓦、国会议长路易斯·阿尔瓦·卡斯特罗和该党元老、参议员路易斯·阿尔贝托·桑切斯——他们要求与民主阵线的领导人谈话，希望政治上休战。1988 年 9 月 12 日，会晤在圣伊西德罗大街工程师豪尔赫·戈列维的家中进行，可是阿普拉的领导人连提出休战建议的机会都没有。因为贝朗德整整一个晚上使对方无法开口，他不停地讲他第一届政府的详情，然后就回忆旅行的事、已作古的人物，不时地插入几个笑话和故事，最后阿普拉人被气得半疯，只好泄气地告辞而去。

在这三年里，我们同贝朗德和贝多亚有些话题几乎从来没有谈过，比如，民主阵线在将来执政时的政策，为使秘鲁走出崩溃、踏上复兴之路所需要的思想、改革措施和动力。原因很简单：我们三个都明白，关于执政计划存在着观点分歧；我们把这个问题的讨论留待将来，而这个"将来"一直没有出现。我们三人多次谈到当时的政治流言、阿兰·加西亚的新诡计；当我和贝多亚成功地让贝朗德不回避议题时，我们还讨论了民主阵线在 1989 年 9 月的省市选举中是否只提民阵的候选人，还是每个党派只提自己的候选人。

直接参与政治活动以后，在多次三派会议上，我有了一个令人沮丧的发现。真正的政治不是书本上说的政治，也不是脑子里想象的政治——我从前唯一了解的政治，而是天天实践和体验的政治，与思想、品德和理想关系甚少，与目的性的观念——我们希望建设的理想社会——关系甚少；说得直率些，与慷慨无私、团结友爱、理想主义关系甚少。实际上的政治几乎只有钩心斗角、阴谋诡计、妥协、背叛、偏执、工于心计、厚颜无耻和各种圆滑、狡诈的手段。因为对于职业政治家来说，无论他是左、中、右哪一派的，真正能调动他、刺激他、让他活跃起来的是权力：夺权、掌权或再掌权。例外当然是有的，但也仅仅是例外。许多政治家起初是在利他主义思想鼓舞下参政的——希望改造社会，争取社会公正，推动社会进步，提高公众生活的道德水准，但是，经过这种平庸、琐碎的日常政治生活，这些美好的目标就一一放弃了，变成了纯粹用于演说和声明的套话——公众人物需要说的话，最后变成无人理睬的话，结果是对权力可怕而往往是巨大的欲望占据上风。那种不能感受这种来自权力的魔力、几乎是可感觉到的魅力，是很难成为一个成功的政治家的。

我的情况便是如此。权力让我产生一种不信任感，甚至在我充满革命热情的年轻时期就是如此。我一向觉得文学是施展我才能的最重要活动之一；文学是对抗权力的一种形式，通过文学活动可以永远向任何权力质疑，因为优秀的文学表明了生活的缺陷，表明了任何权力在满足人类理想时的局限性。除去我对任何独裁统治有着生物性的过敏，这种对权力的不信任感使我从70年代开始迷恋诸如雷蒙·阿隆（Raymond Aron）、波普尔（Popper）、哈耶克（Hayek）、弗里德曼（Friedman）和诺齐克（Nozik）的自由主义思想，坚持维护个人权利，反对国家压迫，坚持权力下放，分散给个人并互相均衡，坚持把经济、社会、团体的责任交给文明社会，而不是集中到高层少数人手中。

经过近一年同人民行动党和基督教人民党的谈判，三方同意组成民主阵线。大家委托我起草原则宣言；贝朗德总是给行动做指示的，建议三方去阿普拉党的摇篮和堡垒——特鲁希略签署这个宣言。于是，三方各自在整个北方（我去了奇克拉约）分别召开了群众大会，之后，于1988年10月29日，我们三人去特鲁希略签署了原则宣言。在特鲁希略的示威大会是很成功的，与会群众占满了该城巨大而整齐的阿尔玛广场（四分之三的面积）。但是，在搞特鲁希略宣言时——一个三方代表分析秘鲁形势的学术活动——民主阵线内部隐秘的矛盾开始表面化了。这个活动开始前的几分钟，在圣多明各合作公司的大厅里，仿佛是个不祥之兆，一扇沉重的金属屏风突然倾倒在我、贝朗德和贝多亚应该坐的桌子上。此时,我和贝朗德已经进入会场,正站在一旁等着贝多亚的到来,后者这时正随着人流走在特鲁希略的大街上。我对那位前总统开玩笑地说:"您看见了吧,贝多亚的迟到也有好的一面;他救了咱们的脑袋啦。"可是,这联合三方的首次公开活动却毫无令人高兴之处。与达成的协议相反——统一各派群众,表现联合阵线的团结精神——在我们几个领导人公开亮相时,结果各派群众只向自己那一派的领袖欢呼,只高喊自己那派的口号,争着表现自己那一派的力量最大。当天夜里,大会刚一结束,三派便各自分开去自己的党部举行庆祝会去了(由于我们自由运动组织还没有党部,庆祝会就在大街上举行了)。

大会上的发言顺序引起了一阵紧张。贝多亚和我的自由运动组织的朋友们坚持由我做闭会发言,因为我是民主阵线的领袖和未来的总统候选人。贝朗德反对,理由是他年龄最高,又有个前总统的身份;等到宣布我为候选人之后,再由我做实质性发言。我们满足了他的要求。我第一个讲话,然后是贝多亚,贝朗德收尾。我们就这样愚蠢地浪费了许多时间,制造着猜疑,还一致认为这很重要。

民主阵线没有能够形成统一的凝聚力量,共同的目标本应该高于组成阵线的各派利益之上,只是到了第二轮选举时,大吃一惊之后——鲜为人知的阿尔韦托·藤森得票的百分比极高,人们相信最后选举时,阿普拉和左派会投票支持藤森——惊恐的情绪使得阵线的领导和群众团结起来,互相合作,抛弃了直到1990年4月8日还占上风的党派狭隘意识。

对政治的这一简单看法,在省市一级选举中得到了证明。1989年11月12日举行了省市选举,五个月之后就是总统大选,因此省市选举就是一次全面的实战演习。还没等大家讨论这个问题,贝朗德便宣布：人民行动党将单独提自己的候选人，因为按照他的看法，民阵只是在总统大选时存在。

在几个月里，很难跟他谈这件事。我和贝多亚认为，在省市选举中各派分开行动，会产生一种分裂和对立的印象并削弱我的声望。私下里，贝朗德告诉我，基督教人民党在利马以外实际上是不存在的，与这样一个党派分享省市选举的候选人名单，人民行动党的基层组织是不会接受的；他可不能因为这个去冒党内哗变的危险。

由于这个问题似乎是争利性质的，我于是建议自由运动组织：我们一个市长、市议员的候选人也不提，让人民行动党和基督教人民党去分候选人的名额吧。我想，此举总会有利于同盟者之间的团结与合作。但就是这样，贝朗德也不肯让步。此事传到了新闻界；人民行动党、基督教人民党为主，但也有自由运动和团结与民主组织的成员，卷入了一场失去理智的争吵。这让亲政府和亲左派的人拍手称快，他们说，这表明潜在的不满正在破坏我们的联合。

终于，到了1989年6月中旬，经过了无数次、甚至激烈的争论，贝朗德放弃了单独提候选人的主张。于是，在人民行动党和基督教人民党之间，立刻围绕市级候选人名额问题展开争夺。双方未能达成协议。另外，各党的省委会纷纷反对中央决定：每个省委会都想把全部名额拿到手，谁也不准备向盟友做半点让步。我们的自由运动的基层组织也因为我们不提候选人的决定而怒气冲天，有些人退出了组织。

如果民阵执政，这种情况在未来预示的危险使我不安，于是我让自由运动授权我向人民行动党和基督教人民党许诺给他们百分之四十我们向众议院提名的候选人，而不是分给他们各自的百分之三十三，交换条件是他们放弃内阁的任何职务；从另外一方面说，这也符合宪法的规定，因为任命内阁是总统的特权。贝朗德和贝多亚接受了这一建议。我的想法是，如果我们掌权，不抛弃盟友，而是自由地邀请正派而有才能、相信自由改革、准备为改革奋斗的人士与我们合作。自由运动仅有议会候选人百分之二十，其中还包括团结与民主的份额的提议，使许多自由运动组织的成员感到泄气，他们觉得这个提议除去太慷慨大方之外，也太失策了，因为这使得许多独立派人士退出活动，还支持了我是传统派政客的傀儡的说法。

是贝朗德和人民行动党给省市选举的协议设置了很多障碍，但引发危机的是贝多亚，他在1989年6月19日夜里通过电视台发表一项声明，不大慎重地否认我刚刚在新闻发布会上肯定的话：人民行动党和基督教人民党终于在利马和卡亚俄港的市议会候选人问题上达成协议，此前两党为这个问题发生过十分激烈的争论。我是从电视的晚间新闻中听到贝多亚这一声明的，那时我刚刚上床躺下。他这个否认用大喊大叫的方式表明了我们民阵的不团结和不团结的详细原因。我下了床，进了书房，整夜都在思考。

第一次脑海里闪过这样一个不安的念头：参与政治冒险是个错误。也许帕特丽西娅是对的。值得干下去吗？未来闪烁在凶险与尴尬之间。人民行动党和基督教人民党还会继续争斗下去，为的是看看谁在名单上领头，为着有多少市议会席位会落到自己手中，为着有多少人可以提名做国会议员，直到民阵的威信完全扫地为止。难道就以这种精神去搞一场伟大的改造运动？难道就这样去拆毁一个巨头畸形的国家，让广大民众转变到文明社会去？我们的拥护者难道不会在我们刚一上台时就像阿普拉党人那样急急忙忙去接管政府部门，要求建立新机构以便有更多的官位可坐？

最糟糕的是关于我们周围事变的这种态度所反映出的盲目性。

1989年中期，全国各地犯罪事件成倍增加；据政府说，已造成一万八千人死亡。有些地区——比如，瓦亚加原始林区、安第斯山中部几乎整个高地——差不多完全被"光辉道路"和图帕克·阿玛鲁革命运动组织所控制。阿兰·加西亚的政策早已使国库储备金挥霍一空；非官方的广播说，通货膨胀有爆炸的可能。企业开工率只有一半，有时是生产能力的三分之一。一些秘鲁人把自己的钱弄到国外去；能在国外找到工作的纷纷出国了。国家财政收入急剧下降，因而大家为公益事业的普遍受损而吃苦。每天晚上，电视屏幕上都有医院里缺医少药，学校无桌椅、黑板，有的缺屋顶、墙壁，居民区缺水缺电，大街上堆满垃圾，职工罢工、为生活水平直线下降而绝望的悲惨镜头。可是，民主阵线居然因为省市选举候选人名额分配问题而瘫痪了！

　　黎明时分，我起草了一封措辞严厉的信①给贝朗德和贝多亚，让他俩知道，鉴于他们不能达成协议，我放弃总统候选人的提名。我叫醒了帕特丽西娅，给她念了信的内容；让我吃惊的是，她并不高兴，反而对我的辞职有所保留。为避免可预见到的各种压力，我们商量立刻动身出国。此前，意大利邀请我去领一项文学奖——斯坎诺奖，地点在阿布鲁佐——于是，第二天我们买了机票，准备二十四小时后秘密出走。当天下午，我叫长子阿尔瓦罗去给贝朗德和贝多亚送信，此前我把这一决定通知了自由运动执委会。我看到有几位朋友露出了伤心的表情——我记得米盖尔·克鲁查加脸色惨白如纸，弗雷迪面红如大虾——可是谁也没劝我一句。实际上，大家面对民阵的重重障碍都感到筋疲力尽了。

---

① 此信由阿尔瓦罗·巴尔加斯·略萨转发在《魔鬼行动》（马德里，1991年《国家报》与阿基拉尔联合出版）上，第154—157页。

我指示保安人员不得让任何人进门，我们还关掉了全部电话。入夜，消息传到新闻界，立刻引起震动。所有的电视台都以这条消息作为新闻的头条。几十个记者围在我家门前，不久就有民阵各团体的群众来门前游行。可是，我不见任何人，也不出门；后来有几百个自由运动的成员临时举行了一次集会，会上有恩里克·奇里诺斯·索托、米盖尔·克鲁查加和阿尔弗雷多·巴内切亚讲了话。

6月22日黎明，保安人员把我们送到机场，并且设法让我们直接登上法国航空公司的飞机，躲开了自由运动组织的又一次游行；这次活动是由米盖尔·克鲁查加、奇诺·乌尔维纳和佩德罗·格瓦拉发起的。我从飞机的小窗里看见了他们。

我一到意大利，就有两个记者在等着我；谁知道他俩是怎么了解到我的路线的。一位叫胡安·克鲁斯，马德里《国家报》的记者；另一位叫保罗·尤尔，英国BBC电台的记者，他正在拍一部有关我做总统候选人的纪录片。同他俩的谈话让我吃了一惊，因为这两位都以为，我的下台是为制服难驾驭的盟友的纯粹策略。

到最后，大家都是这么认为的；实际上产生的结果竟然是：后来许多人都心里想，无论如何，我在政治上似乎还不坏。事实上，我的下台并非有意要对人民行动党和基督教人民党制造舆论压力。我的想法是由衷的，起因是我对民阵陷入的政治交易感到厌烦，确信联合阵线已经不起作用，我们会使许多人失望，我个人的努力将是白费力气。可是，帕特丽西娅对我的事样样在意，她说，你这种想法是真是假很值得商榷。因为，假如我真的以为没有希望，那么在我的辞职信上本该写上"不可改变的决心"，可是我没写。所以或许正像她想的那样，在某个秘密的空间里，还怀抱着这样的幻想：用我的信收拾局面。

局面是恢复了，但是暂时的。自从我出走以后，独立派的新闻界人士强烈谴责人民行动党和基督教人民党，批评性的社论、文章和声明像雪片一样飞向贝多亚和贝朗德。投我票的倾向急剧上升。此前的民意测验中，我与阿普拉的候选人（阿尔瓦·卡斯特罗）和左派团结的候选人（阿方索·巴兰特斯）相比，我总是处于领先地位，但是所占百分比从来没有超过百分之三十五。而这几天以来提高到百分之五十，是竞选以来最高的百分比。我们的自由运动组织吸收了几千名新成员，甚至连登记卡都用光了。我们的活动场所挤满了同情者和支持者，他们催促我们与人民行动党和基督教人民党决裂，单独参加竞选。当我回到利马时，我看到五千一百五十封信（据罗西和鲁西娅统计），来自秘鲁全国各地，祝贺我与两党决裂（特别是与人民行动党决裂，因为该党在自由运动组织中引起的愤怒最大）。

几个月前，我们曾经聘请索耶与米勒作为我们竞选运动的顾问，他们是一家国际公司，有丰富的竞选经验，曾经在菲律宾为科拉松·阿基诺、在拉美为一些总统候选人工作过，其中有玻利维亚人贡萨洛·桑切斯·德·洛萨达，是他向我推荐这家公司的。这种在秘鲁为竞选大战而聘请外国公司做顾问的举措，让贝朗德险些笑出声来，只是出于礼貌才勉强克制住了，因为他两次获胜都无需这类的帮助。但实际上，麦克·马洛·布朗及其助手通过多次对舆论进行调查做了有益的工作；这些调查结果使我能够就近倾听人们的思想情绪、担心、希望以及秘鲁这个社会万花筒般多变的脾气。该公司的预测一般说来是准确的。麦克的许多建议，我都没有采纳，因为与我们的初衷发生冲突——我希望以某种方式赢得大选并且为实现一个特定的目的——可是其结果往往是他预测出来的结果。从

1988年初他深入调查开始，直到第二轮大选前夕的最后一次调查，他的建议之一是：与盟友决裂，作为独立人士参加总统竞选，不与任何政治团体建立联系，任何把秘鲁从现状中拯救出来的人，都无需在意识形态上加以区别。他是根据从竞选开始到结束所进行的一系列调查做出的结论：占有全部选民三分之二的秘鲁贫民和赤贫，对各个政党，尤其是过去从权力中捞到好处的党派，怀着极度的失望和仇恨。调查结果还表明，我之所以能在全国引起百姓的好感，与我独立派人士的形象有直接关系。民阵的建立以及我在两个像贝多亚和贝朗德这样的老政客身旁的不断出现，随着竞选活动的开展，逐渐损害了我的独立形象；原来支持我的人们可能转向某个对手身上（麦克认为会转到左派候选人巴兰特斯身上）。

当麦克·马洛·布朗听说我提出辞职时，他非常高兴。舆论向支持我的方面变化以及我在民意测验中声望的提高，他都不感到意外。他估计这是我事先计划好的。他一定会想："嘿，学会一手啦！"有时，他声称我是他遇到的最糟糕的总统候选人。

所有这些消息是通过阿尔瓦罗、米盖尔·克鲁查加和阿尔弗雷多·巴内切亚打电话传给我的，后者是个老朋友、众议员，由于国有化的原因，他脱离了阿普拉，加入了自由运动组织。离开意大利以后，我和帕特丽西娅为躲避记者的跟踪，跑到西班牙南方去了。我决心坚持辞职留在欧洲。我曾经许愿要在柏林待上一年；我向帕特丽西娅建议，到柏林去，去学德语。

正在这时，传来消息说，人民行动党和基督教人民党已经达成协议，双方制定出直到全国每个角落的联合候选人名单。他们之间的分歧魔术般地烟消云散了，希望我回国重新恢复竞选活动。

我的第一个反应是："我不回去。这种事我干不了。过去我搞错了。我不会搞政治，我也不喜欢搞政治。这几个月的时间足以让我明白这个道理了。我要跟我的书和稿子待在一起。我原来就不应该离开它们。"于是，我同帕特丽西娅又发生了一次长时间的政治加夫妻的争论。她曾经用离婚来威胁我，假如我做总统候选人的话，而现在竟然以道德和爱国为理由劝我回国竞选。"既然贝朗德和贝多亚让步了，我们就别无选择了。你辞职的理由不就是这个吗？"那好啦，这理由已经不存在了。在秘鲁，有那么多好人、无私的人在日夜为民阵工作。他们一直相信我的演说、我的号召。既然现在人民行动党和基督教人民党开始守规矩了，我能扔下那些好人不管吗？美丽的安达卢西亚小镇米哈斯旁的群山可以为她这番劝告作证："我们有了一份责任。我们就得回国。"

于是，我们就回国了。这一次，帕特丽西娅全心全意地投入了竞选活动，好像天生的政治家一样。我没有像自由运动组织中许多朋友希望的那样与盟友决裂，也没有按照民意测验的结果去做，其理由我已经说过了，我觉得比较得体。

第五章　幸运的军校学员

　　在我与父亲生活的岁月里，直到1950年我进入莱昂西奥·普拉多军校之前，我母亲、我外祖父母、我舅舅从前谆谆教诲我世界是纯真的、世界是诚实的看法已经荡然无存。在那三年里，我发现了残暴，发现了恐惧，发现了愤怒，发现了这个时而多些、时而少些但总是抵消整个人类命运中那慷慨、乐施一面的曲折和粗暴的天地。还很有可能的是，如果不是我父亲对文学的蔑视，我决不会以那样固执的方式坚持那时对我来说是一种游戏的东西，但是后来却渐渐变成了某种无法摆脱和决定性的东西：一种爱好。如果说那几年我在父亲身旁没有吃那么多苦，如果我没有感受到我的爱好是让父亲最感到失望的事，那么今天我也就不会成为一名作家了。
　　自从我父亲拉我跟他一起生活开始，让我进入莱昂西奥·普拉多军校的想法就在我父亲的脑海里盘旋了。每当他责骂我的时候，每当他抱怨略萨家族把我给养成一个自负的孩子时，他就声称要把我送进军校里去。我不知道他是否了解莱昂西奥·普拉多是如何运转的。我猜想他不了解，否则的话，他也不会抱着那么多的幻想了。他的想法是许多中产阶级的爸爸对付不听话、难管教、心理抑制、被怀疑是女人气的儿子们的想法，即：一所军校通过正规军官的训练可以把这些孩子改造成守纪律、勇敢无畏、尊敬师长、浑身男子气的人。

由于那个时期我还没有想过将来有一天一定要成为作家，因此有人问我长大以后做什么的时候，我的回答是：当个海员。我喜爱大海和讲历险的小说，当个海员我觉得就可以把这两个爱好合在一起了。进入军校，那里的学生可以得到预备役军官的军衔，对于一个将来要进海军学校的人来说，是一个很好的准备阶段。

这样就在我念完中学二年级的时候，我父亲在利马市中心位于兰巴三角地的补习学校里给我报了名，以便准备莱昂西奥·普拉多的入学考试。我兴高采烈地接受了这个计划。住校、穿军装、和海陆空三军的士官生一道参加检阅，这些一定很有意思。整整一周都远离父亲生活，更是美不可言了。

入学考试有身体测试和知识答题，连续三天，在军校的大院里，旁边就是珍珠湾陡峭的海岸，脚下就是咆哮的大海。我通过了各门考试，1950年3月，就在我满十四岁的前几天，我怀着因为马上要看到的一切而有些兴奋的心情前往学校报到，一面暗暗思量从住校到第一次放假的这几个月不会太苦吧（三年级军校学员第一次离校上街，是在学完军人生活的初步知识以后，在6月7日国旗日那一天）。

我们这些"狗"，即第七届三年级的学员，有三百多人，根据身高分为十一二个分队。我是属于高的一类，因此把我分到了第二分队（升入四年级的时候，又让我转到第一分队去了）。三个分队组成一个连队,由一名中尉和一名上士指挥。我们连队的中尉名叫奥利韦拉,上士名叫瓜尔达米诺。

奥利韦拉中尉让我们集合列队,把我们带到我们的大房间,给我们分配床铺和衣柜——床是上下铺,我分到进门第二张的上铺——他让我们脱下便装换上日常的军服——绿卡其布的上装和军裤,咖啡色的军帽和皮靴——然后让我们再次到院子里列队,给我们上关于问候、敬礼和称呼上级的基本训练课。接着,全年级所有连队集合在一起,因为校长马西亚尔·罗梅罗·帕尔多上校要向我们致欢迎词。我敢肯定他谈到了"精神的最高意义",因为这个话题在他后来的演说中反复出现。后来,把我们带去吃午饭,巨大的饭厅在草坪开阔地的那一边,草坪上有只小羊驼在散步,这时我们第一次看到了高年级的同学:四年级和五年级的军校学员。我们都好奇地望着他们,这对四年级的来说等于是一种战斗警报,因为后来给我们举行洗礼的正是他们。我们这些"狗"知道,洗礼是不得不通过的痛苦考验。现在,只要这顿破饭一吃完,四年级的人就会拿我们出气,因为前年也有人整了他们一顿,就像今天他们整我们一样。

午饭结束以后,军官们和上士们都走散了,四年级的像一群乌鸦一样朝着我们扑过来。我们这群"白皮肤的小子"在那个由印第安人、混血土著人、黑人和黑白混血人组成的汪洋大海中是一小撮,我们激发了这些施洗礼者的发明才能。一群学员把我和一个矮个子分队的小伙子拉到了四年级的一个房间里。他们强迫我俩进行"直角"比赛。我俩轮流弯腰成九十度,互相踢臀部;谁踢得慢了一些,就要被施洗礼者狂怒地踢屁股。然后,又强迫我俩解开裤子扣,掏出生殖器进行手淫:先结束的可以放回去,另一个就要留下来给这帮残忍的家伙铺床。可是,不管我俩多么努力,恐惧使得我俩的生殖器无法勃起，最后他们对我俩的无能感到厌烦了，便把我俩拉到足球场上去了。他们问我以前搞什么体育锻炼。"报告士官生，是游泳。""那你就绕着跑道仰泳一圈，狗东西！"

我一直对那次洗礼留有不幸的记忆，这是一种野蛮而又无理性的仪式，表面上是男子游戏，是开始严格的军事生活的仪式，实际上却用来把我们内心的不满、嫉妒、仇恨和偏见毫无节制地倾倒在一次施虐-受虐狂们的典礼上。那第一天、那洗礼持续的几个小时里——以缓解的方式延长到随后几天——我知道了莱昂西奥·普拉多的历险记将不是由于种种小说使我没有达到预期结果而想象出来的东西，而是比较平铺直叙的东西，某种诅咒寄宿制和军事生活的东西及其由年表、等级所意味的合法暴力、一切仪式、象征、花言巧语组成军事生活一部分的典礼所确定的机械似的等级制度，可是尽管我们是那样年轻——十四岁、十五岁、十六岁——却似是而非地明白了这一切和扭曲了这一切，因为我们时而滑稽、时而残酷，甚至怪异地使用这一切。

在莱昂西奥·普拉多的两年是相当艰苦的，我在那里度过了一些可怕的日子，特别是我被罚留在军校的那几个周末——每个小时变得长极了，每分每秒都仿佛是无限的——但是，回过头来一想，这两年对我来说还是利大于弊的。尽管不是推动我父亲把我送进军校的那些理由，而是恰恰相反。1950—1951年间，我关在被珍珠湾潮气腐蚀的铁窗内，在那灰色的日日夜夜里和悲伤的薄雾中，我读书和写作的劲头是空前未有过的，而且开始成为一名作家了（尽管当时我并不知道）。

另外，应该归功于莱昂西奥·普拉多的是，我发现了我出生的这个国家是个什么东西：一个与中产阶级边界限制、我一直生活在其中的小小社会大相径庭的社会。莱昂西奥·普拉多是这样一种少有的单位——也许是唯一的——用缩小的方式复制了秘鲁种族和地区的差别。那里有来自原始森林和深山的孩子,有来自各个省区的孩子,有各个种族、各种经济阶层的孩子。作为国立军校,我们交纳的寄宿费是最低的;此外,还有一个宽泛的奖学金制度——每年一百个名额——使得贫困家庭、出身农民、来自贫民区和村落的孩子入学。相当一部分可怕的暴力——我觉得是可怕的东西,对于不如我走运的学员来说是生活的自然条件——正是来源于这个学员们种族、地区和经济水平的混杂。我们中的多数人把从小养成的偏见、情结、敌意以及社会与种族仇恨带进了这个修道院式的空间,汇入了个人关系和官方关系之中并且找到了在那些使得恃强凌弱和过火行为合法的礼仪中发泄的方式,比如洗礼和学员内部之间的军人等级关系。围绕着男子汉气概和男性特征的基本神话而树立起来的价值刻度,还是用在达尔文哲学即军校的哲学上面的一块精神遮盖物。做勇敢的人,就是说当个"狂人",是男子汉气概的最高形式;而如果是胆小鬼,那是最可耻的、低劣的人了。如果有人向上级告发自己是凌辱的牺牲品,那么他就要受到学员们普遍的蔑视,还会冒受到惩罚的危险。大家很快就学会了这一套。和我同一个分队的一个名叫巴尔德拉玛的同学,洗礼期间,一些四年级的学员强迫他爬到一个梯子的最高处,然后又晃梯子命令他滑下来。他落地不好,梯子上的一根通条削掉了他一个手指头。巴尔德拉玛一直没有告发那些有错的人,因此我们都非常尊敬他。

男子汉气概是以几种方式得到肯定的。力大气粗、会打架——"狠揍"是绝妙地用性和暴力的混合来概括这一信念的表达法——是男子汉气概之一。其二是,敢于向校规挑战,做出一旦被发觉就意味着开除的大胆行动或者离奇之举。干下这等英雄业绩就可以进入渴望已久的"狂人"等级了。当个"狂人"是一种祝福，因为从此就公认他永远不再属于那个可怕的"笨蛋"或者"混蛋"的行列了。

是"笨蛋"或者"混蛋"就是说是个懦夫：不敢给"扑过来"（取笑或者干坏事）的家伙一拳或者用头撞，不会打架，由于胆怯或者缺乏想象力而不敢"溜号"（就寝号之后溜出学校去看电影或者参加聚会），或者至少不去上课躲进凉亭或肮脏的游泳馆抽烟或者玩掷骰子。属于这种状况的人是博取别人欢心的牺牲品，"狂人"们为了自己和其他人开心常常用语言和行动虐待这些懦夫，当这些人睡觉的时候，"狂人"就朝着他们脸上撒尿，向他们索要一定限额的香烟，给他们铺"小床"（上床的时候会发现被单折成一半，结果双腿遇到障碍无法伸直），强迫他们忍受种种羞辱。这些壮举的相当一部分是少年时期典型的闲荡把戏，但是，军校的特点——封闭，学生来源和复杂构成，军事哲学——过分地刺激了真正残酷的恶作剧。我记得有个同学，我们给他起了一个绰号："悲伤的雌蛋"。他长得瘦弱，脸色苍白，胆子很小；还是在年初的时候，有一天，那个令人畏惧的博洛涅西——以前是我在萨勒小学时的同学，一进入莱昂西奥·普拉多军校就显露出放纵的"狂人"本色——用嘲笑的方式折磨"雌蛋"，后者哭了起来。从此以后，他就变成了连队的丑角，任何一个人为了向大家和自己证明是个男子汉就可以辱骂或者欺侮他。"雌蛋"结果变成了一摊臭水，没有主动性，没有声音，几乎没有生命。有一天，我看到一个"狂人"当面啐他一脸唾沫，他用手帕擦擦脸，又继续走自己的路了。人们议论他，如同议论一切"笨蛋"那样，说是"精神上被打垮了"。

为了精神上不被别人打垮就必须做勇敢大胆的事情，以便赢得别人的好感和尊敬。我从一开始就干勇敢大胆的事。从手淫比赛——第一个射精或者射精最远的人取胜——到夜里就寝号之后那一次次好玩的溜号。"溜号"是最大胆的事了，因为一旦被发现，结果就是开除学籍，没有宽恕的可能。有些地方墙比较矮，可以没有危险地爬上去：从体育场，从珍珠湾——那里有个饮料摊，主人是山里人，经常卖给我们香烟——还有那肮脏的游泳馆。在溜号之前，必须与宿舍的夜间值勤做成交易，为的是他在上交人员报表时可以画"到"字。这个"到"字是用香烟换取来的。号兵一吹过就寝号、房间里灯一一熄灭之后，就贴着墙壁像个影子似的向外滑动，必须穿过一个个院落和开阔地，有时需要爬行或者匍匐前进，直到选好的那段墙壁前为止。跳下墙去以后，就迅速沿着那时围着军校周围的小庄园和空地离开。溜号为的是去贝亚比塔斯电影院——卡亚俄港口的一家电影院看电影，去中产阶级下层的街区里（从前是中产阶级，此时几乎已经是无产阶级，没有社会地位）的贫困家庭的小聚会，莱昂西奥·普拉多在那个地区有些威信（相反地，在圣伊西德罗或者米拉弗洛雷斯，就没有威信，那里的人认为这是一所给土包子开的学校），有时——尽管这种情况比较少，因为港口的妓院距离相当远——去妓院转悠一趟。但是更多的溜号是因为此事是要冒险并且很有刺激性，还因为如果没有被发现而回到学校里来的时候会感到非常高兴。

最危险的是返校。因为有可能撞上在校外附近转悠的士兵巡逻队，或者跳墙之后发现值班军官早已察觉——根据我们爬墙时用的砖头和木料——溜号的事，正躲在暗处等着溜号的人回来，然后手电筒猛然一照，喝令道："站住！学员！"整个返程中，都让人心跳得厉害，一个小小的声音或者黑影，甚至蜷缩在房间床上的影子都让人感到恐惧。

溜号可以使人有很高的威信，最大胆的溜号事件往往被戴上神奇的光环，为人所称道。有些出了名的溜号者，对几百米长的校墙了如指掌，跟着他们一道溜号让人感到放心。

另外一个重要的活动是盗窃衣物。我们每周有一次检查，通常是星期五、周末离校的前一天，如果军官发现衣柜里有香烟或者缺少了规定的某件衣物——领带、上衣、军裤、军帽、毛料外套，那么这个学员就要被罚留校。丢掉一件衣物等于失去了自由。有人被偷了东西，他要么另偷一件，要么花钱请一个"狂人"代劳。有些行家掌握着一套溜门撬锁的家伙，用来打开各种衣柜。

另外一个当男子汉的方式是显示雄风，自吹是个"发狂的种马"，玩过成堆的女人，还能"连续打炮三次"。性是学员们着迷的话题，是开玩笑、装腔作势、推心置腹、做好梦和噩梦的内容。在莱昂西奥·普拉多，性和性的内容，对我来说，渐渐失去了自从我知道了婴儿是怎样出生而有过的令人恶心和不能容忍的面孔，我从那时开始想象女人就不会感到不快和没有罪孽感了，而且开始对我已经十四岁了还没做过爱感到羞愧了。说真的，这个情况我没有对同学们讲过，在他们面前我吹牛说自己也是个"发狂的种马"。

有个莱昂西奥·普拉多的朋友，名叫维克托·弗洛雷斯，我跟他经常在星期六出完操之后去游泳池边上练拳击，一天，我俩互相承认了：我俩之中谁也没有跟女人睡过觉。我俩还决定：下个周末放假的第一天就去瓦迪卡。1950年6月或者是7月的一个星期六，我俩就这样干了。

瓦迪卡街位于维克多里亚平民区里，是一条妓女街。人行道两侧的小小房屋鳞次栉比，从格劳大道一直向下排列了五六个街区之遥。妓女们——人们称之为"夜蛾"——在小窗户后面展示给可能是嫖客的人们看，这些人一面从窗前走过一面盯着妓女，有时也停下来跟她讨价还价。一个严格的等级制度，按照各个街区的顺序规定着瓦迪卡的价格。最贵的——法国女人街区——是第四街区；然后是第三和第五，价格依次下降；最后是第一街区又老又穷的妓女、只要花二三个索尔（第四街区收费二十索尔）就可以在上面睡一觉的人类废墟。我非常清楚地记得那个星期六，我同维克托·弗洛雷斯一道，每个人口袋里装着二十索尔，心情紧张而又激动地去品尝那伟大的经验。为了显得老成些，我俩像烟囱似的吐着香烟，一面在法国女人区里上上下下好几次，因为不能决定究竟进哪一家才好。终于，我俩让一个探出上身喊我们、染着头发、很能说的女人给说服了。维克多先进了门。房间很小，有一张床、一个有水的木盆、一个小便盆和一盏包着红玻璃纸发出有些血红色光芒的电灯。那女人没有脱衣服。她掀起了裙子，一看到我是那样地慌乱就问我是不是第一次。我说是的，她高兴起来，用肯定的口气告诉我，因为使一个少年破身会带来好运气。她让我靠近些，在我耳旁低声说了些类似"现在你是很害怕，过一会儿你就会喜欢这一切了"的话。她说的西班牙语很怪，那事结束以后，她说她是巴西人。完事后，我和维克多感到自己是个真正的男子汉了，我们就去喝啤酒了。

在莱昂西奥·普拉多的那两年里，我曾经多次去瓦迪卡，总是在星期六下午，又总是去法国女人区。（许多年之后，诗人和作家安德烈·科依内向我发誓说，那法国女人区的说法是诬蔑，因为实际上指的是比利时人和瑞士人。）有几次我是去一个长得纤细、颇有姿色的"夜蛾"家里——那是个活泼、欢快的黑发女郎，她能够让那些匆匆的来客感到同她做爱远远超过了一种简单的商业交易，我们命名她为"金脚丫儿",因为她真的有一双小小的、白白的、保养得很好的脚丫子。她成了我们分队的吉祥物。每个星期六总可以看到第二分队——我们到了四年级编为第一分队——的学员们在她那小房间的门前排队。我的小说《城市与狗》(根据我对莱昂西奥·普拉多那段岁月的回忆写成)中的大多数人物,是非常自由地谈到的,与真实的原型相比完全变了样,有些人物则完全是编造的。但是,那个静悄悄的"金脚丫儿"在书中却与我记忆里保存的一模一样:无拘无束、充满魅力、普普通通,用坚定不移的欢快心情对待自己卑贱的职业;在那些周末里,为了二十索尔,她给了我十分钟的幸福。

我非常清楚地知道,从社会意义的角度看卖淫背后包含的一切;我并不维护卖淫现象,除非有人根据自由选择的原则去干那一行;毫无疑问,"金脚丫儿"不属于这种情况,那些被饥饿、愚昧、失业和剥削她们的老鸨的欺骗推到那里的"夜蛾"也不属于这种情况。但是,去瓦迪卡和后来去利马的妓院,是某种并没有让我产生内疚的东西,或许这是因为给"夜蛾"一些钱就以某种方式为我提供了一种道义上不在犯罪现场的感觉,就用一张消了毒的合同面具伪装了那一仪式,而双方在履行合同时,就摆脱了道德上的责任。我认为,如果不承认在那逐渐走出儿童时期的岁月里像"金脚丫儿"那样一些女人教会了我肉体和感官的快乐,教会了我不要把性作为某种淫秽和侮辱性的东西加以排斥,而是把性作为生活和欢乐的源泉加以体验,还教会我在那神秘的性欲迷宫里迈出前几步,那么就是我对自己的记忆和少年时期的不忠诚。

在周末离校的日子里,有时我还看看米拉弗洛雷斯区的朋友们,同他们一道参加某个周末聚会,或者在礼拜天去看下午场的电影,有时去踢足球。但是，军校不知不觉地把我跟他们分离开来，直到把从前亲密的情谊变成一种零星而疏远的关系为止。毫无疑问，这是我的过错造成的：我觉得他们那套星期日的习惯——去看下午场电影，去吃冰淇淋，去滑旱冰，去逛萨拉萨尔公园——和纯洁的恋爱实在是太孩子气了，因为我如今是在一所整天有野蛮行为的男人学校里，还因为我如今已经是个逛瓦迪卡的人了。米拉弗洛雷斯区里相当数量的朋友仍然还是童男子，他们等待着跟家里的女仆去破身呢。我还记得一次谈话，那是星期六或者星期日下午，在科隆与胡安·方宁大街的拐角处，区里圈内朋友中有一位给我们讲他是怎样用欺诈的办法让家里的女仆喝下"育享宾"（一些粉末，据说会使女人发狂，我们把它当成某种神奇的东西说个没完；可是我从来也没有看到过这种玩意儿），然后就把她给干了。我记得另一个下午，几个表兄弟给我讲，有一天他们的父母不在家时，他们为"伏击"一个女仆而策划的阴谋诡计。我记得这两次以及后来只要我米拉弗洛雷斯或者军校的朋友一吹牛说干了家里的女仆我心里就产生的极大不快。

　　这种事我从来也没有干过，这种事总是让我感到愤怒；毫无疑问，这也是后来我反抗秘鲁生活中随时随地发生、完全逍遥法外的种种不公和滥用职权现象的最初表现之一。另外，在这个女仆的话题中，那些年在略萨家族中作为创伤暴露出来的那件事已经让我变得非常敏感了。前面我讲过，我外祖父母从科恰班巴带回秘鲁一个萨伊比纳地方的少年，名叫霍阿金，以及一个被厨娘抛弃在家、刚刚出生的男孩。到了皮乌拉，这两个孩子依然留在家里；接着，又住进利马五月二日大街的单元房里；最后，住进外祖父母在米拉弗洛雷斯区波尔塔大街的一处别墅里租用的一个更宽绰的单元里。后来，我的舅舅们给霍阿金找到一份工作，他就单独生活去了。另一个孩子，奥尔兰多，从前一直与家中的男仆生活在一起，这时大约十岁左右了，他越是长大就越是像我的三舅；甚至比三舅的合法子女还相像。尽管在家里从来不碰这个话题，可总是摆在那里的，谁也不敢提及，更糟糕的是，不敢做点什么来以某种方式纠正已发生的事，或者减轻严重的后果。

大家什么也没做，或者更确切地说，做了一点把情况弄得更坏的事。奥尔兰多开始占据一个中间位置，一种边缘状态，既不是仆人，可也不是家庭中的一员。姨外婆这时已经回到波尔塔大街同外祖父母一起生活了，她在自己的房间里给奥尔兰多铺了一张床垫，让他睡在那里。他吃饭在另外一张小桌上，在同一个餐室里，可是不和外祖父母、舅舅们以及我们坐在一起。他对我外祖母用"你"称呼，也像我和我的表姐妹一样叫她"外婆"；对姨外婆也是如此。但是，对外祖父他用"您"称呼并且说"堂佩德罗"；他也这样对待我妈妈和我舅舅们，甚至对自己的父亲也是如此，他还对他用"豪尔赫先生"。只有对我和我的表兄弟姐妹们用"你"称呼。他那在混乱中、对家里四分之三的人来说是仆人或者稍稍低于仆人地位而对其余四分之一的人来说又是亲戚地位的童年生活是难以想象的；那些年因为不快、屈辱、气愤和痛苦在他心中搁置起来的东西也是难以想象的。像外祖父这样豪爽而高贵的人，由于被偏见或者环境造成并且成为他们性格一部分的忌讳而变得糊涂起来，竟然让奥尔兰多生活在这样一个模棱两可的"现状"，从而加重了他出生的悲剧性，这是多么不可思议啊！几年以后，我成为家族里第一批把奥尔兰多作为亲戚对待、把他作为表弟向外介绍中的一个，并且努力跟他建立友好关系。可是他跟我和家里其他人在一起时总是感到不舒服，只有外祖母卡门例外，他总是待在她身旁，直到最后。

虽说在莱昂西奥·普拉多我一直不大用功，可是有几门课程我很着迷地上了。那里有几位优秀教师，比如，世界史的老师——阿尼瓦尔·依斯摩代斯——我很喜欢听他的课。物理老师，一个身材矮小、为人高尚的山里人，名叫瓦里纳，据说他是个"头颅"。他到过法国，读过进修生，课堂上给人的印象是无所不知；他能够把最难理解的实验和最复杂的定律和公式变得令人愉快。我上过的全部理科课程中，四年级中间我跟瓦里纳的课是唯一让我高兴、好奇和激动的课，只有此前上过的历史课能与之相比。文学是作为西班牙语即语法的一部分来讲授的，经常是一门令人极为厌烦的课，这门课既要死记正音、句法和正字的规则，也要硬背著名作家的生平和创作，可是却不阅读他们写的书籍。在校的每一学年，除去课上的教材之外，从来没有让我读过一部作品。这些教材包括一些诗、因为有少见的词和词句而很难理解的古典作品片断，所以脑海里没有或者很少留下教材里的东西。如果说学校有什么课程唤醒了我的某种爱好，那就是历史，因为我的老师很好。文学是以平静和个人的方式课外产生的爱好。

只是后来我才知道，莱昂西奥·普拉多的教师中间，有一位是秘鲁的大诗人和知名的学者，我在上大学的时候，对这位学者深感敬佩，他就是塞萨尔·莫罗。他身材矮小，很瘦，头发花白而且稀少，有一双瞳孔深处闪烁着讥讽的光芒来看世界和人群的蓝眼睛。当时，他教法文；军校里有人说他是诗人和二性子。他那礼貌周全、有些矫揉造作的夸张举止以及关于他的一些传闻，激起我们对这个似乎具体缺乏莱昂西奥·普拉多精神与哲学的人的敌意。在课堂上，我们常常"攻击"他，就像欺负"笨蛋"们那样。我们朝他扔纸球，或者迫使他听我们用手指弹拨安在活页夹上的刮脸刀片的音乐，或者胆子最大的人提一些让全班哈哈大笑的问题——明显侮辱和挑衅的问题。一天下午，我看到狂人博洛涅西走在他身后，在他臀部的高度晃动着的手臂，仿佛是巨大的生殖器。"攻击"塞萨尔·莫罗老师是件很容易的事，因为他与他的同事不同，他从来不去叫值班军官来整顿秩序，或者大骂一通，或者写下剥夺周末离校权利的卡片。莫罗老师以克制的态度，或许可以说是有些暗自窃喜地忍受着我们调皮捣蛋和粗野的行为，仿佛这帮早熟的野蛮人的谩骂让他很开心。现在我确信，在那里从某种方式上说的确让他开心。留在那里对他来说，大概是超现实主义者十分嗜好的危险游戏之一，大概是经受考验、探索自己承受能力的界线以及青年中人类愚蠢程度的界线。

无论如何，塞萨尔·莫罗在莱昂西奥·普拉多教授法文不是为了发财。几年以后，当我发现——在莫罗教授去世后，从一篇安德烈·科依内发表的关于莫罗的热情洋溢的文章①中——莫罗从前在法国参加了超现实主义运动、并且开始阅读他那本大部分用法文写成的作品（似乎为了进一步与那个在许多绝妙的警句之一中说过"那个国家的人只会煮蚕虫"② 的人的国家交往）的时候，我对他的生平做了一点研究，发现他在军校的工资是最低的。假如他在别的任何地方，危险要少，可能挣钱要多。毫无疑问，那里能够吸引他的就是：他虚弱的形象、那询问和嘲讽的态度和关于他是诗人、做爱的时候像女人的传闻在学员中引起的愤怒和野蛮行为。

在军校里写东西是可以的——得到容忍，甚至受到款待——如

---

① 安德烈·科依内著《塞萨尔·莫罗》（利马，1956年托雷斯·阿吉雷出版社）。
② "世界各地都煮蚕豆，但是在秘鲁只煮蚕虫。"

果是像我那样写东西的话：当作一门职业。我不知道是如何开始替那些有情人又不晓得怎样说出爱她们、想念她们的学员写起情书的。起初，大概是一种游戏，跟维克托或者跟基克或者跟阿尔贝托或者房间里什么别的朋友打赌。后来，这事就渐渐传开来了。实际情况是，到了三年级的什么时候，有人来找我，总是很慎重、有些不好意思地求我替他们写情书；我的顾客中有别的分队的学员，或许还有其他年级的。他们付给我的是香烟，但是我为自己的朋友是免费书写的。玩这种西拉诺（Cyrano）式的游戏让我很开心，因为借口要说对他有利的话，我可以详细打听学员们的男女情事——复杂的，单纯的，明显的，阴暗的，纯洁的，罪孽的——探听那些秘密如同看小说一样地有趣。

可是，我非常清楚地记得我是怎样写出第一部情爱小说的，那是潦潦草草、匆忙写成的两页纸，为的是在就寝号之前在房间里高声念给第二分队的一圈学员听的。大家用爆发出来的一阵满是下流话的喝彩声表示了对这篇东西的欢迎（我写了一个与《城市与狗》类似的故事）。后来，我们大家都上了床的时候，我的邻居、黑人巴列霍来问我这篇小说卖多少钱。以后，我又写了不少这种小说，有的是玩一玩，有的是受人之托，因为我觉得好玩，也因为我用这些小说支付烟瘾的开销（的确，军校里禁止吸烟，被发现吸烟的学员要受到周末不得离校的处罚）。可能因为写情书和情爱小说没有人说不好，也不被看成是诋毁性的或者女人气的勾当。这种特点的文学在那座庙里有要求大男子主义的公民权，它为我赢得了言行怪诞的名声。

虽然如此，在我有过的许多绰号中却没有"狂人"。大家叫我"疯狂的小兔子""幸运的公兔""瘦子"，因为我是瘦子；有时叫我

"诗人"，因为我写东西，特别是因为我整天、有时是整夜在读书。我想我从来也没有像在莱昂西奥·普拉多军校里那样读了那么多书，又是那么充满热情。我在下课休息时读，在上课时用练习本遮挡着书读，有时溜出教室跑到游泳池旁的凉亭上去读，有时夜里轮到我值勤时，坐在破碎的白石板地上，趁着室内洗手间的微弱灯光读书。我被罚不得离校的所有星期六和星期天，都用来读书，天数是相当多的。沉浸在小说中，逃离军校监牢般发霉的灰白色湿气，在海底深壑处、在鹦鹉螺号上与尼摩船长一道打斗；或者当诺查丹玛斯；或者当诺查丹玛斯的儿子；或者是艾哈迈德·本·哈桑，拐走骄傲的黛安娜·梅奥并把她带到撒哈拉沙漠里去生活；或者跟达尔大尼央、波尔朵斯、阿多斯和阿拉宓一道为女王的项链而冒险；或者从事铁面人那样的冒险，与冰岛国王一起对付危险分子；或者去杰克·伦敦笔下到处是狼群、严寒中的阿拉斯加；或者去苏格兰的城堡会一会沃尔特·司各特笔下的游侠骑士，与卡西莫多一道从巴黎圣母院那犄角和滴水嘴上窥视那个吉卜赛女郎；或者与 Gavroche① 一道在巴黎街道的起义中当个诙谐而冒失的调皮鬼，这就超出了消遣：是体验真正的生活，体验那大大高于常规的生活、那高于寄宿生们充满无赖行径和厌恶的生活、那令人激动的壮丽生活。书一本本地读完了，但是书中那栩栩如生的世界和惊人的存在却继续在我脑海里盘旋，我借助想象一次又一次迁移到那些世界里去，在那里度过几个小时，尽管表面上我非常安静和严肃地倾听着数学课或者我们的教员关于保养毛瑟枪的说明或者是白刃战的战术。这个置周围环境于不顾去生活在想象中、去凭借想象力陶醉在让我着迷的小说里

---

① 法语：街头流浪儿的总称。——译者

的能力，我是从小时候就有的；在1950年至1951年期间，这一能力变成了我的自卫计谋，用来抵抗远离家庭、米拉弗洛雷斯区、女孩、街道、我一度自由享受过美好事物而被囚禁在军校所产生的痛苦。

周末离校时，我经常买书，我的舅舅们也总是给我准备好新储备让我带回军校。当礼拜天的夜幕慢慢降临、脱下便装换上军装重返寄宿生活的时刻渐渐逼近的时候，一切都开始让人失望：电影难看，比赛乏味，住宅、花园和天空都让人感到凄凉。身体里产生出一种扩散开来的不适感。那几年我一定是仇恨礼拜天的黄昏和夜晚的。我至今记得那几年里读过的许多书——比如，具有不朽效果的《悲惨世界》——但是，我最感谢的作家是大仲马。几乎他的全部作品都在多尔出版社出版的黄皮版本或者索贝纳出版社带折边的深色优质板纸的版本中了：《基督山伯爵》《一个医生的回忆录》《王后的项链》《昂热·皮都》以及最后由《布拉热洛纳子爵》三卷本结束的长长的火枪手系列。惊人的是，他的小说经常有续集，一部作品结束的时候，人们知道还会有续集、续集的续集，故事不断地延长下去。达尔大尼央的传奇，以一个加斯科尼的青年到达巴黎时是一个无人保护的乡下人的面貌为开始，多年以后结束于拉罗歇尔围困战中，他去世时没有收到国王派遣一名驿车向导交给他的元帅权杖，是我一生中发生的重大事件之一。有很少小说我是怀着强烈的认同感加以体验的，把自己同人物和环境化为一体、与故事中发生的事一道高兴和痛苦。狂人科克斯，同年级的同学，有一天，为了取乐，突然从我手中抢走一卷《布拉热洛纳子爵》，当时我正在宿舍对面的空地上读这本书。他撒腿就跑，一面把书传给别人，就像传篮球一样。我在军校期间很少打架，这是其中一次，我朝他猛扑过去，满腔怒火，仿佛我的生命被人夺走了似的。后来我做的许多事和我的为人，甚至现在我做的事和我的为人，都应该归功于大仲马和他的作品。我可以肯定就是从那时，一种要了解法文、总有一天要去法国生活的热切心情，通过阅读那些书籍中的形象而诞生了；法国在我整个少年时期都是我热切向往的国家，是在我想象和希望中同我喜欢的生活里的那一切联系在一起的国家：美丽、惊险、勇敢、慷慨、华丽、热情、强烈的缠绵情意、无节制的行为。

（我再也没有重读使我少年时期眼花缭乱的大仲马的小说，例如，《三个火枪手》或者《基督山伯爵》。我的藏书中有包括他作品的七星诗社的全部卷集；但是，每当我动手翻阅时，一种出于敬仰而产生的担心拦住了我的手，我担心那些作品不会再是从前那个样子了，我担心那些作品不能再给我十四岁和十五岁时给我的东西。类似的禁忌也使我多年间没有重读《悲惨世界》。但是，在我又一次阅读这本书的那一天，我发现就是对一个今天的成年人来说，它也是一部杰作。）

除去改变了我人生的读书活动，除去使我睁开眼睛看我的祖国和使我经历了我写出第一部长篇小说的生活体验之外，莱昂西奥·普拉多还让我去从事我最喜爱的体育锻炼：游泳。学校让我加入了校队，我参加了训练和校内比赛，没有参加校际间的冠军赛，本来我是要参加自由泳比赛的，因为我们正要出发去国家体育馆，校长却决定军校退出比赛。加入游泳队有这样的好处：可以得到营养食品（早餐有个煎鸡蛋，下午有一杯牛奶）；有时可以不去野营操练，而是去游泳池训练。

对于有离校许可的人来说，星期六是一周中幸福的日子。或者确切地说，幸福开始于星期五夜晚，在饭后，以在临时用木凳和铁皮搭起来的放映厅里的一场电影为开端。那场电影是幸福要来到的预言。星期六，天空几乎还黑着的时候，号兵就吹起床号了，因为这一天是野外演习的日子。我们常常跑到珍珠湾上面的旷野里，玩打仗是很有趣的——打伏击，攻占山头，冲破包围圈——特别是如果指挥连队的中尉是模范军官布林加斯中尉的话，他会非常认真地对待演习，会和我们一起流汗。其他的军官对待演习就比较随便，只是用脑子来指挥我们。比如和蔼可亲的安西耶塔中尉就是如此，这是我碰上的最宽容的军官之一。他有一间地下储藏室；我们可以托他买糖果和饼干，他卖给我们的价钱要比街上便宜。我为他编了一首小诗，列队集合时就一起唱给他听：

> 如果学员希望
> 当一名大力士，
> 请吃安西耶塔
> 中尉牌的饼干。

三年级上学期结束以后，我对父亲说，我要报考海军学校。我不知道当时为什么要那样做，因为那时我非常明白我的性格与军事生活是水火不容的；也许为的是绝不退让——这种性格后来给我带来许多、许多不愉快的事情——或许因为当上海军学校的学员就意味着从父亲的监护下解放出来，并且意味着我已经成人，这可是我日夜梦寐以求的啊。面对我的突然袭击，父亲答复说，他不同意这个决定，因此也就不给我应该交纳的入学考试手续费四万索尔。因而我怨恨他，便把这次否决归咎于他的吝啬——除此之外，这是他不能克服的缺点——这样，他利用的理由之一也就是，根据规章，如果一个学员在海军学校上了三年或者四年之后还要求退学，他必须偿还海军为他的教育所花销的全部费用。他声称,我在海军学校里是待不下去的。

尽管他否决了我的要求,我还是去拉蓬塔领入学程序表了(我事先想过向舅舅们借注册费)。但是,在海军学校我发现,那一年我是无论如何也入不了学了,因为那里要求报考入学的人在提交申请表时必须已满十五岁,可是我要等到1951年3月才满十五岁呢。这样,我就不得不再等上一年。

那年夏天,我父亲拉我去他办公室跟他一起工作。那时国际新闻服务社位于距圣马丁广场不远、卡拉巴亚小区第一街区帕尔多街一幢旧楼的第一层里。办公室在一条由黄色小石板铺成的长长走廊的尽头,由几个宽绰的房间组成,其中的第一间被隔断成两间:一间是无线电收讯机接收消息的地方;另一间是编辑们把消息翻译成西班牙语、然后改写的地方,这些消息送往《纪事报》,这家报社独家使用国际新闻服务社的全部消息。最里边那个房间就是我父亲的办公室。

从1月到3月,我在国际新闻服务社当信使,把这家服务社的电讯稿和文章送往《纪事报》。我下午五点钟上班,午夜时分下班,这样白天的大部分时间是空闲的,可以跟街道上的朋友们去海滩。我们次数最多的是去米拉弗洛雷斯——大家仍然叫它"浴场"——那里虽说是石头海滩,却有最好的波涛可以冲浪。冲浪是一项美妙无比的体育运动,米拉弗洛雷斯的海浪在远离海滩的地方就掀起波涛,熟练的冲浪者可以贴着水面滑出五十米或者更远,只要身体保持平衡,适时地摆动手臂。在米拉弗洛雷斯海滩上有个威其其俱乐部,它是少儿眼馋的象征;俱乐部的会员用夏威夷的滑水板冲浪,在当时是一项花钱很多的体育运动,因为轻木滑水板要从美国进口,只有一小撮人可以从事这一锻炼。塑料滑板开始生产以后，这项体育运动才民主化，今天各个社会阶层的人都可以玩玩冲浪了。可是在当时，像这样的中产阶级的米拉弗洛雷斯人把划破米拉弗洛雷斯海面的威其其俱乐部会员们的冲浪板看作是不可企及的东西。我们只能满足于下到齐胸高的水里。我们还经常去埃拉杜拉，那的确是个有沙和大浪的海滩，那里的乐趣不是冲浪，而是下到波涛中去，让浪花撞在身体上，又总要赶在浪峰的前头，不让大浪的卷筒抓住和被打倒在海水里。

那也是我同一位米拉弗洛雷斯姑娘浪漫失败的夏天，她的出现让我惊讶得说不出话来，那是在上午，在浴场花坛的上面，她身穿黑色的泳装和白色的便鞋，一头蓬松的短发，一双蜂蜜色的大眼睛。她名叫弗洛拉·弗洛雷斯，我看到她的第一天就爱上了她。可是她从来也没有正式理睬过我，尽管她也允许我在玩过海滩之后陪伴她沿着科里纳电影院附近的街道送她回家，并且有时跟我一起在普拉多大街的榕树下长时间地散步。她漂亮、妩媚，情绪变化快；在她身旁，我变得笨拙起来，讲话也是结结巴巴的。为使她成为我情人的每一次胆怯进攻，都被一种非常迷人和精明的方式给打退了，可又总是似乎留下一线希望。直到有一次在林荫道上散步时我给她介绍了一位衣着考究的朋友为止，更糟糕的是，这位朋友还是游泳冠军：鲁本·马耶尔。他当着我的面就开始追求她；不久以后，他就完全成功地拜倒在她的石榴裙下。拜倒在一个姑娘的石榴裙下，向她正式求爱，是一种风俗，到今天对于在爱情方面毫无顾忌、讲究实用的年轻一代来说，这已经变成某种似乎是史前的愚蠢行为了。对于少年时恋爱的这些礼仪，我至今保留着甜蜜的回忆；感谢这些礼仪使得我生活的那个阶段留在我记忆中的不仅是粗暴和压抑的一面，而且还有可以为我补偿其他一切的甜蜜和热烈的时光。

我想那是在1951年夏天，我爸爸第一次去美国旅行。我不能十分肯定，但大概是在那几个月，因为我记得在那段时间里我享受到了一种自由，假如他在家，那是不可思议的。前一年，我们又一次搬了家。我父亲卖掉了珍珠区的小住宅，在米拉弗洛雷斯租了一个单元房，地点也在波尔塔大街那座别墅里，外祖父母差不多也是在那同一个日期搬进去的。虽然做了邻居，我父亲与略萨家的关系依然无效。如果他在穿过马路时遇到了我的外祖父母，他还是打招呼的，但是绝对不往来；只有我和妈妈才经常去我舅舅家。

去美国是我父亲多年以前就怀抱的梦想。他钦佩美国，他值得骄傲的事情之一就是年轻时学会了英语，这给他在泛美电台找到工作和后来能为国际新闻服务社在秘鲁做代表帮了忙。自从我的几个弟弟迁居美国以后，他就说过这个计划。但是，他的第一次赴美，不是去洛杉矶，那里住着埃内斯托、恩里克和他们的母亲，而是去纽约。我记得我和妈妈以及国际新闻服务社的职员们一起去利马东博机场为他送行。他在美国待了几个星期，也许有两个月，试图做一笔服装生意，但是显然没有做好，因为后来我听到他抱怨说纽约那次尝试让他损失了一部分积蓄。

事实是那个夏天我感到非常自由。从下午到午夜的工作把我给拴住了，可是我不觉得厌烦。这份工作让我感到自己是个成年人了，使我自豪的是：到了月底，我父亲也得发给我一份工资，就像发给国际新闻服务社里的编辑和技师一样。当然了，我的工作不如他们的重要。我得从办公室跑到《纪事报》编辑部，它在潘多这同一条大街的那一侧，每隔一小时或者两小时送一趟电讯稿，有快讯的时候也要跑一趟。我利用剩余的时间阅读那些变成增补版的小说。将近夜里九点钟的时候，我就跟值班的编辑和技师一起去大街拐角那家小饭铺吃饭，那里常常挤满了开往圣米格尔的有轨电车的驾驶员，这趟车的终点站就在街对面。

在那几个月里，往返于办公室和《纪事报》的写字台之间，脑海里忽然产生了想当新闻记者的念头。这个职业无论如何距离我喜欢的事——读书和写作——不那么遥远，似乎是对文学的实际说明。我父亲会拿出什么理由反对我当记者呢？他在国际新闻服务社工作的同时，在某种程度上不也是一个记者吗？果然，我要当记者的想法他觉得不坏。

到了四年级上学期，我想还没有对任何人说过将来我要当个海员，而是一次又一次地重复道，甚至连我自己都深信不疑了：读完军校之后，我要攻读新闻专业。一个周末，父亲告诉我他准备跟《纪事报》的社长谈一谈，争取让我在下一年夏天里在报社工作三个月。这样我就可以从内部看一看这种职业是什么样子了。

1951年，我写了一个剧本：《印加王之逃遁》。一天，我从《纪事报》上看到，教育部正在组织一次儿童剧作比赛，这就成了推动力。但是，写剧本的念头从很早以前就在我脑海里盘旋，就像当诗人和小说家的念头一样，也许要比这后两件事来得更强烈。戏剧是我的第一个文学爱好。我看到的第一出话剧至今记忆犹新，那是在科恰班巴的阿恰剧场，当时我还是个几岁的孩子。演出是在夜间，给大人看的；我不知道为什么我妈妈会把我给带去了。我们坐在包厢里，突然之间，大幕拉开了；舞台上，一群男男女女不是在讲故事，而是"生活"在故事里。他们就像在电影里一样，但是比电影更好，因为这些人不是银幕上的形象，而是有血有肉的人。忽然，剧情里发生了争吵，其中一位先生给了一位太太一记耳光。我放声哭了起来,妈妈和外祖父母笑了:"小傻瓜,这是瞎编的啊!"

除去军校的一些晚会之外,我不记得在进莱昂西奥·普拉多之前去剧院看过演出。进军校以后,有几个星期六我倒是去了赛古拉剧场,去了市政剧院,去了国立舞台艺术学院小剧场——在乌拉圭大街附近——通常是池座或者顶层楼座,去看西班牙或者阿根廷剧团的演出——那个时期,利马有这种事是令人难以置信的——上演亚历杭德罗·卡索纳、哈辛托·格劳、乌纳穆诺的剧作;有时——次数很少——演出洛佩·德·维加或者卡尔德隆的古典剧作。我一直都是独自一人去看,因为我街道上的朋友们没有人觉得跑到利马市中心看一出话剧有什么乐趣,尽管有一次阿尔贝托·普尔鼓起勇气要跟我去。不管演出好坏,总是让我脑海里充满了多日可以联想的形象;每当我离开剧场时,心里总是暗暗抱着将来有一天要当个剧作家的雄心。

我不知道《印加王之逃遁》是写了多少遍,反正是写了撕,撕了写,再撕再写。由于我代写情书和创作情爱小说的活动在莱昂西奥·普拉多的同学中赢得了当作家的权利,所以我写剧本不用偷偷地干,而是在学习时间里干,下课以后干,或者就在课堂上干,在夜间值勤时干。我外祖父佩德罗有一台旧式"下木牌"打字机,从他在玻利维亚时起就陪伴着他;周末的时候,我就坐在打字机前用两个手指敲打着键盘,誊写着原稿和比赛用的复写件。剧本写完以后,我把它念给外祖父母和胡安舅舅、拉乌拉舅妈听。亲爱的外祖父负责把《印加王之逃遁》交到教育部。

这个剧本,在我的记忆中,是第一部用后来同样写小说的办法写成的作品:写了改,改了写,写上多次乱七八糟的草稿,慢慢地通过修改,找到最后的定型。过了几个星期,又过了几个月,没有我在比赛中已经得到好运的消息；在我读完四年级上学期时，在 12 月末和 1952 年 1 月初的时候，我已经去《纪事报》工作了，这时几乎不再想我那部剧作——可怕地题了一个副标题：《三幕印加悲剧，现代生活作序、作跋》——也不再想我参加的那场比赛了。

第六章 宗教、市府选举与摇臀舞

解决了与人民行动党和基民党省市选举候选人的矛盾之后，1986年7月14日我回到了利马，此次出走二十二天。一群轿车、卡车、大客车来机场迎接我，为首的是奇诺、格拉迪丝·乌尔维纳和一伙自由运动青年团的姑娘和小伙子，后来就是这些人在秘鲁全国组织了我们全部的竞选集会。回到巴兰科街上的家中，我在草坪上对送我到家的人们讲了话，我说，我已同盟友和解并感谢人民行动党和基民党结束了省市候选人名额的争执。

次日，我去拜访了贝朗德和贝多亚，和解的障碍终于排除。我在国外期间，一个由爱德华多·奥雷戈和埃内斯托·阿莱萨·格伦迪——第一和第二副总统候选人——组成的两党委员会，已经把全国的市议员和市长的名额很有学问地分配完毕。

问题在利马的市长职位，它将对总统竞选产生最大的政治影响。这个位子应该由人民行动党提出候选人，最后确定的人选是建筑师爱德华多·奥雷戈。他于1933年出生于奇克拉约，是贝朗德早期的弟子和同志，此时被公认为人民行动党宝座的自然接班人。人民行动党全国代表大会于1989年4月底在库斯科召开，选举爱德华多·奥雷戈为第一副总统候选人。继贝朗德之后，他是人民行动党中形象最好的领导人。1981年至1983年，他曾任利马市长，有领导市府的经验。他的管理工作十分费力，并不成功，因为缺乏财力，人民行动党对此事加以曲解，指责他办事无能。在任期间，他做的最重要的事情是从世界银行弄来了一笔八千五百万美元的贷款，但是，官僚活动的结果是等这笔钱落实时，他任期已满，因此受益者是他的接班人左派团结组织的领袖阿方索·巴兰特斯，1983年市选举的获胜者。

在竞选活动之前，我对爱德华多·奥雷戈只是大略地了解。我认为他是继续发扬人民行动党在奥德里亚独裁下诞生时所具有的革新与浪漫精神的一位党员。我知道奥雷戈曾经周游世界，政治上得到一种自我培训——在阿尔及利亚工作过，跑遍了非洲、亚洲，特别是中华人民共和国的东西南北，我有一种感觉：他与人民行动党的其他领导不同，岁月并没有磨灭他青年时的勇气。因此，几个月以前，贝朗德讲了三四个人的名字，问我喜欢哪一个做第一副总统，我毫不犹豫地回答说："爱德华多·奥雷戈。"我知道，奥雷戈那时因做过心脏手术而十分虚弱，不过大家都肯定地说，他康复得很好。我很高兴有这样一个工作伙伴，尽管那个时候——1987年7月——我常常不无担心地考虑：在我这个总统外出期间，这个代替我工作的人是如何待人接物、处理日常工作的呢。

实际接触的结果表明，他待人亲切，聪明而使人感到愉快；他随时准备为削弱阿普拉人而说服人民行动党，并且与其他盟友达成协议；他的许多故事和想法常常使漫长的旅行和令人窒息的竞选集会变得有趣些。我不知道他是怎么安排时间的，只要每到一个城镇，他总会失踪几个小时，去了解市场情况和参观手工艺品作坊，或者去打听盗墓贼的秘密，回来时必定要带着一堆民间艺术品或者考古发掘出来的物品或者一只小鸟或者胳臂下夹着一头活着的小动物（我理解他和他妻子卡罗琳娜对动物的酷爱，以至于把他们的家变成了动物园）。我羡慕他在我们这种耗费精力的四处奔走中，居然能坚持自己的兴趣和爱好，因为我感到政治把我的爱好永远给夺走了。我和他在整个竞选期间，一次也没争吵过；我确信如果我们执政，他会是我忠实的合作伙伴。

但是，尽管爱德华多·奥雷戈从来没有对我说过，我觉得他是一个对政治已经失望的人，他的内心深处完全怀疑改变秘鲁的可能性。虽然他用一种非常有秘鲁特色的方式、用玩笑和趣闻减轻说话的分量，当他回忆自己执政时——任利马市长和短暂地担任交通与通讯部长时——如何发现周围的朋友政敌、甚至最不会让人怀疑的人中，从事非法买卖、权势交易和盗窃的情况，在他说话的口气中，却时时流露出某种苦涩、伤心的东西，反映出一个痛苦的内心世界。因此，对他说来，阿兰·加西亚政府的腐败不值得大惊小怪，仿佛他已看到腐败是怎样逐渐孕育成形，所以积习必然会有高潮到来的。这种体验，加上从人民行动党青春焕发的热情时期到秘鲁政治的阴暗演变，似乎使爱德华多的活力和对秘鲁的信心变得模糊了。

每次群众大会上，他都在我前面讲话。他说得十分简短，用一两个笑话攻击阿普拉党政府，然后转向我"马里奥·巴尔加斯·略萨总统"。这句话常常引起群众一阵欢呼。激动而紧张的竞选活动，一直不允许我多次跃跃欲试的企图：与爱德华多推心置腹地谈一谈，说不定通过谈话可以了解到他那似乎难以纠正的对政治、对政治家可能还有对秘鲁深刻的绝望原因。

竞选总统名单上的另一位伙伴，埃内斯托·阿莱萨·格伦迪博士，则完全不同。他比我们大得多——大概是七十七岁——是基民党推荐的第二副总统候选人，是参议员费利佩·奥斯特林和塞尔索·索托马里诺众议员妥协的结果，那是在基民党1989年4月28日至5月1日举行的全国大会上，似乎索托马里诺可能压倒奥斯特林而赢得提名，而此前奥斯特林以为是稳操胜券的。索托马里诺为人争强好胜，性格暴躁，一向坚决反对成立民主阵线，总是攻击人民行动党和贝朗德，愤怒地向我的候选人身份提出质疑，因此提名他做候选人是许多人不能接受的。贝多亚很有见识地向大会提出，双方都可以接受的候选人，随后即不再提名，于是可尊敬的阿莱萨·格伦迪登场了。

奥斯特林是律师、有威望的大学教师，议会中有出色的表现，没有被提名做副总统候选人，不能以其精力和良好的形象而做出贡献，这使许多人感到遗憾——其中包括我，因为我一向对他的印象很好。不过，后来我很快发现，尽管堂埃内斯托·阿莱萨·格伦迪年事已高，却是一个出色的人选。

我们是朋友，但保持着距离。有时用写信的方式友好地争论国家大事，在一次会上，我按照波普尔的说法，认为国家的存在是"一种必要的病痛"。堂埃内斯托作为教会社会理论正统派的追随者并且根据这一理论而怀疑自由主义的意义，便用极有礼貌的措辞批驳我的说法，同时阐明了他的观点。作为回答，我具体详述了自己的看法。我认为，从这一交流中我们两个都明白：一个自由主义派和一个像他那样的基民党人是可以互相理解的，因为双方完全赞同一个宽泛的意识形态提法。有时，堂埃内斯托总是用他那极细致的方式让我了解教会关于社会问题的通谕以及他自己的著作。虽说这些通谕和著作常常能给我以启发而不是热情——这种备用性的基督教社会理论,除去拗口的措辞之外,我总觉得它像一扇门,整个经济生活掩饰下的控制,可以用走私的方式,从这扇门渗透进来——堂埃内斯托的这番积极性却给我留下了愉快的印象。他在秘鲁政治家中是对思想、理论感兴趣的人,是把政治理解为文化现象的人。

我不是信徒这个事实,对于自由运动组织和基民党中支持我的天主教徒来说,尤其是对于那些并非普通、不严格、纯社会性的信徒,而是努力遵照信仰的启示生活的人(其中大部分我都认识)来说,是令人担忧、甚至令人痛苦的原因。这种类型的天主教徒我认识得不多,堂埃内斯托是其中之一。可以为证的是他一向积极参加由教会在教育和社会领域发起的活动;他的职业和家庭生活(有十一个子女)和他正直、诚实的无瑕疵形象,在半个世纪的公众事务活动中,这一形象没有一丝抓痕。

我一开始搞自己的政治活动,就抢在我政敌前面(他们在以后的岁月里极力打探我的底细),在一次与塞萨尔·伊尔德布兰特的会见中,说明我不是信徒,也不是一个无神论者,而是一个不可知论者,可是我不想在竞选活动中讨论宗教问题。因为宗教信仰如同友谊、性生活和感情生活一样,属于私人领域,应该严格受到尊重,绝对不能变成公开辩论的内容。我还明确指出,显而易见,治理秘鲁的人,无论他信仰如何,都应该清醒地意识到,大部分秘鲁人是天主教徒;行事时应该尊重这样的宗教感情。

整个竞选活动期间,我都遵守这一规定,我再也没有碰过这个话题;到了最后几个月,当政府派出代言人询问人民、询问那张因不安而扭曲的面孔:"你们愿意要一个无神论者当总统吗?你们知道一个无神论者当总统对于秘鲁来说意味着什么吗?"

（对于我的大部分同胞来说，不可能区别无神论和不可知论，尽管在那次会见中我尽量说明：无神论也是一种信仰——有人认为上帝是不存在的——而不可知论者声明：无论上帝存在还是不存在、世外生活存在还是不存在，都感到同样的困惑。）

但是，虽然我一再拒绝讨论这个问题，它总是像个影子一样地紧追不放。这不仅是因为阿普拉党和政府随心所欲地利用这个问题——在阿普拉党的报刊、传单上，在广播和电视的专题节目中，在大街小巷的宣传车的喇叭里，有无数的文章和演说——而且因为它折磨着许多我的支持者。就这个专题，我简直可以写出一部充满趣闻轶事的著作来。我收到成百上千封热情的信，普通百姓的为主，他们告诉我：为了我能皈依天主教，他们如何为我做九日斋、对神许愿和祈祷；还有许多好奇的人问我：人信奉的那个不可知论是个什么宗教，其教义、教规、精神是什么？教会在哪里？神父何许人也？可否认识一下？在每次群众集会或与群众见面时，或走在街上时，必定无疑地会有几十双手把纹章、圣牌、念珠、护身符、经文、圣水瓶和十字架塞进我的衣袋里。经常有不具姓名的人给我家寄送圣像、使徒传、虔诚的著作——重复最多的是埃斯克里瓦·巴拉格尔主教的《道路》——或者是精美的小盒，里面装着天主教的圣物、圣水或者耶路撒冷的圣土。1990年4月5日，在阿雷基帕结束竞选活动的那一天，在阿尔玛广场举行了群众集会之后，在圣卡塔利娜修道院里有个招待会。一位夫人神秘地跑来告诉我：女院长要见我。她挽着我的手臂，穿过修女们居住的一个个小房间，来到一扇铁栅门前。门开了。一位戴眼镜、亲切、可爱的小修女迎上前来。她就是女院长。请我进到一座小教堂之后，她指着暗处一群戴白头巾、穿黑圣服的修女低声说："我们在为您祈祷。您知道这是为什么。"

从很早开始，我就在自由运动组织内部的一次会议上提出了宗教这个问题。政治委员会同意我的意见：坚持我们既定的为人真诚的准则，根据竞选协议，我不能掩盖自己不可知论者的身份。与此同时，无论有人会挑起多大的响动，我们都必须避免关于宗教的论战。那时——1987年底——我们谁也没有想到在第一和第二轮选举中，由于成功地动员了天主教势力，宗教问题对于藤森获胜的重要性。

在自由运动组织的领导层中，有相当数量的天主教徒具有与堂埃内斯托·阿莱萨·格伦迪同等的重要性：他们投入、长期参与和极贴近教会高层、团体、机构的程度，使得我有一次这样暗示道：由于我被这样一些人包围着，因此我们政治委员会的会议有可能让圣灵来主持了。米盖尔·克鲁查加曾经在60年代组织过基督教义短训班。鲁乔·布斯塔曼特与耶稣会的教士们保持着十分亲密友好的关系，他曾经在耶稣会办的学校里读书，以及在与教会联系密切的太平洋大学里任教。我们新上任的利马地区书记是圣经会的在编人员，是个信奉顺从、贫寒和贞洁的人（顺便说一句，他坚定不移地捍卫"贞洁"的原则，抵抗许多主张绝对自由人士的猖狂进攻）。政治委员会中，如同其中一位开玩笑所说的那样，还有天主教徒、罗马使徒和居家修士（其中著名的人物，可以举出比阿特丽斯·梅里诺、佩德罗·卡特里亚诺和恩里克·奇里诺斯·索托）。

尽管可以肯定我的宗教立场让他们感到了不安，我得感谢他们从来不让我感觉到他们的不安，哪怕是用隐蔽的方式，哪怕是在竞选中反对我"无神论立场"的活动处于紧锣密鼓的时刻。的确，与我们主张尊重隐私权有关的是，我们从来不在自由运动组织内部讨论宗教问题。同样地，我的朋友中没有任何人公开利用自己的天主教徒身份反驳别人的攻击；如前所述，他们是努力根据自己的信仰而生活的信徒；对他们来说，用信仰做交易是不可思议的，既不能用信仰攻击对手，也不能用来抬高自己。

堂埃内斯托·阿莱萨·格伦迪的表现就是如此。他在整个竞选活动期间始终对宗教保持绝对谨慎的态度，他从来不在我们的谈话中提及这个问题，哪怕是出现棘手的事情时，比如控制人口出生率，我明确表示赞成，他则很难同意。

但是，堂埃内斯托除去谨慎和正直以外——我很高兴能有这么一位为人光明磊落的人物做副总统竞选人——还是一位绝妙的竞选伙伴。他不知疲倦，总是情绪愉快，其耐力让我们大家惊讶不已；他细心慎重，富有团结友爱的精神；他从来不利用自己的年龄和威望要求什么，也从来不接受什么特权。有几次，我态度十分坚决地请他不要陪着我——比如，需要去万卡韦利卡或者帕斯科山那种地方的时候，因为去那里要爬到海拔四千多米高的山路——因为他总是精神十足地准备登上安第斯山，准备在原始森林出大汗，准备在高原上冻得发抖，为的是走遍预定路线上的各个村镇。他那愉快的情绪、朴实和平易近人、对竞选活动中的紧张状态的适应能力以及对我们所做工作的热情，有助于忍受那无尽无休的走村串省的竞选宣传活动。他经常在群众集会上首先演说。他说话很慢，常常伸出长长的双臂，在主席台上凸现出那苦行僧般的身影。最后，他用尖细的、有些像假声般的声音，同时眼睛里闪烁着调皮的光芒，借助比喻结束了短暂的讲话："我已经洗耳恭听那深沉的秘鲁的脉搏跳动。我听到了什么？那跳动说些什么？它说：民——阵，民——阵，民——阵！"

在我动身去欧洲之前，就已经听说爱德华多·奥雷戈拒绝接受人民行动党提出的请他做利马市长候选人的要求。他同卡罗琳娜起程去法国的时间，几乎与我回国的时间相同；新闻界对此有许多猜测。贝朗德向我证实了奥雷戈的暗示，不过他相信可以在规定的时间——8月14日——之前改变意见；他要我帮忙说服奥雷戈。

我叫他到巴黎来，我觉得奥雷戈的决心十分坚定。他举出的理由是策略性的。民意测验他当市长的可能性是百分之二十，比我当总统候选人的百分比少一半。他对我说，如果得票很少或者市选举失败，其结果会妨碍我竞选成功。不应该冒险。从市政选举发生的情况看奥雷戈的否定意见，他的直觉是很准确的。难道他身上有可以猜测失败的功能？

也许还有另外更为秘密的理由。在我宣布放弃总统候选人时，随之而来的风波是众议员弗朗西斯科·贝朗德·特里——前总统之弟、人民行动党的创始人、在贝拉斯科独裁统治时期备受打击的民众主义者之一——要求奥雷戈对人民行动党在联合提名上不肯让步的态度承担责任，他措辞十分严厉地攻击了奥雷戈。我虽然从来没有听奥雷戈提及此事，但这一事件大概会影响到他的决心。

（附带说一下，弗朗西斯科·贝朗德·特里一向是我非常尊敬的民众主义者之一，是少数使得政治获得尊严的政治家之一。他从自己独立的人格出发，有时他的良知让他去直面自己的政党；他那耿直的怪癖使他在国会里拒绝接受议员们为增加收入而不断通过提薪、补贴、奖金等方式获得好处，虽然他的收入菲薄；当阿普拉党强行通过禁止参众议员拒收提薪的规定时，他把支票捐给议会的门卫和职员。弗朗西斯科·贝朗德——瘦长、羸弱的身材，一部活的历史百科全书、贪婪的读者、妙语连珠但仿佛来自文学和历史——绝对蔑视规定政治家生活的常规和慎重，他常常让我觉得他是来自另外一个时代或者另外一个国度的人，是一只置身于狼群中的羔羊。他能说出自己的见地和想法，尽管这可能把他送进监牢或者流放，如同奥德里亚和贝拉斯科独裁统治时期发生过的那样；但是，尽管这一敢想敢说的脾气使得他与本党同志或者与任何政治家都害怕因而恭维的新闻界为敌，他也依然如故。在 1985 年的竞选活动中，在那次我在电视台上宣布将不投阿兰·加西亚而投贝多亚·雷耶斯当总统的票时，我补充说，在议会候选人名单上，我将把票投给两位候选人，为了秘鲁的利益，我希望国会里能有这两个人：米盖尔·克鲁查加和弗朗西斯科·贝朗德·特里。

自从在圣马丁广场举行示威大会以来——或许更早——弗朗西斯科·贝朗德·特里就坚持成立民主阵线和推动我出来竞选总统。他曾经十分明确地说过，他不同意那些往往以粗暴的方式，坚持要他哥哥再当一次总统候选人而毫不掩饰对自由运动组织和我本人怀有敌意的人民行动党的成员的看法。这当然使他招致了许多党内同志的反感，尤其是无能之辈的白眼；这些人为了在人民行动党内占据领导岗位和当上国会议员的候选人，唯一的本事就是对领袖阿谀奉承，因此不择手段地阻挠民阵的成立。1989 年 6 月，当我提出放弃总统候选人时，弗朗西斯科·贝朗德认为形势严峻，他来到我家，充分表明他是主张自由主义的，随后与我一道去支持自由运动组织的活动。另外一方面，他的妻子伊莎贝丽塔是团结行动组织的积极活跃分子，几个月来一直同帕特丽西娅制定促进工作纲要以及在圣胡安市的穷人区做社会救济工作。

那些平庸之辈，几乎所有政党内都有，专制主义的政党内尤其，往往能够窃据领导地位，这时便策划阻挠弗朗西斯科·贝朗德·特里——毫无疑问是人民行动党内行为最正派的议员——成为民阵联合提名中该党的候选人。于是，我们自由运动组织提名他为利马大区议会的候选人；他接受了提名，为我们的候选人名单增光不少。但是，他没有当选，这是秘鲁议会的不幸。）

我把我同奥雷戈的谈话通报给贝朗德·特里的时候，后者心甘情愿地取代奥雷戈。他问我对胡安·因乔斯特吉的印象如何，我赶忙说，这是个出色的人选。胡安是个工程师、外省人，曾在贝朗德第二任执政后期担任能源与矿业部长，他加入人民行动党不是在任部长之前，而是在卸任之后。虽然我仅仅见过他一面，可是对贝朗德于总统任期中叶在总统府里的谈话时提到胡安的那些赞美之词，我是记得十分清楚的。

犹豫了一段时间之后——胡安·因乔斯特吉的财力极有限，利马市长的收入十分菲薄——他接受了民阵的提名。基民党则推举洛德斯·弗洛雷斯·纳诺做副市长候选人。洛德斯是位年轻的律师，早在反对银行国有化的动员大会上就以其动人的外貌和出色的口才闻名遐迩。

这一对搭档是极好的；我松了一口气，确信可以在利马市选举中取胜。胡安·因乔斯特吉的出现，他那闪烁着幽默火花的语言，讨论问题时的温和态度，后来为赢得居民的好感都起了作用。他那外省人的身份是另外一个有利条件。他虽然出生在阿雷基帕市，却是在库斯科读书长大的，他自认为是库斯科人，结果这一条件为他在这座一度成为秘鲁首都的外省人的城市里大得人心。他的搭档洛德斯·弗洛雷斯·纳诺——秘鲁政界的新面孔——的青春活力与聪明智慧是出色的补充。

但是，从9月起，民意测验表明一位新人：里卡多·贝尔蒙特·卡西内利开始超过胡安·因乔斯特吉。里卡多·贝尔蒙特拥有一家广播电台和一个小电视台，几年来一直播送一个很有听众、观众、公开对话的节目——人民之声。他本人此前未涉足政治，似乎并无兴趣从政。他的名字更多地是与体育联系在一起的，他身体力行，加以倡导——曾经开办拳击馆——还连续几年组织了为圣胡安·德·迪奥斯医院募捐的电视马拉松比赛。他的形象是一副讨人喜欢、浑身市民气的三流演员——满嘴的俚语，如"小爪子儿""小蹄子儿""小妞儿"，以及种种富有年轻人特色的黑话——因为他一向在演员、歌手、舞女的圈子里厮混，而与公众事务并无联系。可是，在上一届市政选举中，一些报纸、杂志，其中包括《假面》，是把他作为独立派可能竞选利马市长的候选人而提出的。

1989年7月中旬，里卡多·贝尔蒙特突然在维多里亚的格劳广场召开群众大会，在民乐作曲家奥古斯托·波洛·坎波斯的陪同下，宣布成立市民"工程"运动，并提出自己为候选人。

在随后的几周内，在一系列对他进行的电视采访中，他表达了几个非常简单的想法，后来在整个竞选活动中都不断地加以重复。他是个对党派和政治已经失望的独立人士，因为这些党派从来都没有履行过自己的诺言。现在到了由从业和技术人员自己动手解决问题的时候了。他总是补充说，他的思想可以概括为一个公式：有利于私营企业的发展。他还说，总统大选时要投我的票，"因为我的思想与巴尔加斯·略萨相同"，但是他不信任我的盟友：人民行动党和基民党不都是执过政的吗？他们又干了些什么呢？

（这正是麦克·马洛·布朗曾经希望我出面讲的话；或者更确切地说，根据他的调查，是秘鲁选民希望听到的话。在听到这一对政客和党派出言不逊的信息的人群中，有个人像贝尔蒙特一样是这种活动的新手,即一所技术大学默默无闻的前校长藤森,他一定在洗耳恭听并受益匪浅。)

自从贝尔蒙特宣布自己为候选人以来,我就肯定这一对独立人士的号召以及他对政体的抨击将在我们的选民中产生影响。但是,首先准确地指出这一事实的人是米盖尔·克鲁查加。我记得在一次谈话里,他为贝尔蒙特没有成为我们的候选人而感到遗憾:一张新面孔,可人们又熟悉他,透过他那些声明、宣言的肤浅和粗俗,他代表着我们提倡的东西:自强成才的青年企业家,主张发挥个人积极性和自由市场,政治历史上没有污点。

7月27日,我同里卡多·贝尔蒙特有过一次长时间的会面,地点在我巴兰科街上的住宅里,参加的人还有米盖尔·维加·阿尔韦亚尔。根据民阵内部的协定,我不得建议他做我们的市长候选人——如建议,他肯定接受——而只限于提醒他有这样一种危险:由于他出面做候选人,会把独立派和民主派的票分开,结果导致把利马市府的领导权再次交给阿普拉党(候选人是梅塞德斯·卡瓦尼利亚斯)或者左派团结组织(长期酝酿的内部危机此时爆发并产生了分裂)。

里卡多·贝尔蒙特为人非常坦率。他认为,我与政党结盟是个错误,因为广大社会阶层普遍排斥这两个党,尤其是人民行动党;他每天在播送的节目中都能掌握社会阶层的思想动向。他本人赞成群众的这一态度。另外,他感到痛苦的是,贝朗德政府一向歧视他,拒绝把军事独裁政权没收的电视台归还给他,就像对待其他电视台那样。

"我的选民主要在C区和D区,"他肯定地说,"我不会抢走民阵的票,而是抢走左派团结组织的票。我所在的这个阶级——资产阶级，对我持蔑视态度，因为我说切口，就认为我是个粗人。相反地，尽管我是个白人，贫民区的混血人和黑人却对我有好感，他们要投我的票。"

事情果然按照他对我讲的那样发生了。他在那次谈话中对我的许诺也是真的，他用一个比喻说出来，后来又多次加以重复："市级选举是预赛，我和民阵应该用自己的手帕跳舞。但总统大选可是实质性的比赛了，到时候我一定出来支持你。因为我赞成你的思想主张；还因为我需要你当总统，这样我这个利马市长才能干得有成绩。"

贝尔蒙特的竞选活动搞得非常巧妙。他在电视上做的广告比我们和阿普拉都要少，他一次又一次地走过最贫穷的街区，不厌其烦地声明：支持略萨，但反对"已经烧焦了的政党"；让大家吃惊的是，在与胡安·因乔斯特吉的一次电视辩论中，我们事先估计胡安以其技术准备完全可以压倒贝尔蒙特，结果胡安被弄得张皇失措，因为贝尔蒙特带来一群顾问，特别是他那土生白人的俏皮嘴巴和在摄像机前的丰富经验。

市级选举活动加速了左派的分裂，此前聚集在勉强维持的联合阵线上，领导人是阿方索·巴兰特斯·林甘。其领导地位很久以来就被左派团结组织中最激进的一群提出质疑；他们指责这位前利马市长犯了专制主义，指责他淡化了马克思主义，甚至蜕变为社会民主党的立场，更为严重的是，他对阿兰·加西亚政府非但不加反对，反而敬重有加，形同帮凶。

尽管秘鲁共产党一再努力避免分裂，分裂还是发生了。左派团结组织请一位左翼天主教徒、社会学家、大学教师亨利·毕阿塞·加西亚做利马市长候选人；后来又做共和国总统候选人。阿方索·

巴兰特斯那一派人则在社会主义协定的招牌下，抛出另一位社会学家恩里克·贝纳莱斯，作为第一副总统候选人，与巴兰特斯一道参加竞选。

自由运动组织成立二周年的日子临近了——我们把这个日子定为1987年8月21日，即在圣马丁广场举行群众大会的日期，因为这是自由运动组织的诞生日——在政治委员会上，我们考虑这是一次证明我们区别于社会党人和左派们的好机会，因为我们是团结一致的。

我们庆祝二周年的活动是在塔克纳城举行的，在街头公园里搞了一次示威集会。距离开会通知的时间之前不久，主席台周围只有几个人在好奇地围观。我在附近一位朋友家里等候；到了八点前的几分钟，我登上屋顶去察看情况。主席台上，佩德罗·卡特里亚诺用洪亮的声音和令人信服的手势向空中动员。几乎是空无一人，因为街头公园显得冷冷清清，与此同时，附近的街头巷尾只有三三两两的闲人冷漠地望着主席台。但是，半小时后，庆祝活动已经开始了，我们正在唱例行的歌曲时，塔克纳城的居民开始涌入会场，甚至附近的两个街区都站满了人。最后，一大群人陪着我走过几条大街，我不得不从一家旅馆的阳台重新对群众讲话。

为了庆祝二周年，我们选择了利马的阿玛乌塔大剧院为会场，这是赫纳罗·德尔加多·帕克免费借给我们的，因为地方十分宽敞——可容纳一万八千人——还因为我们想：这是个认真展示民主阵线建议的好机会，可以趁机把我们所有参加利马大区竞选市长、副市长和市议员的候选人集合在一起。我们还邀请了人民行动党、基民党、民主团结组织和团结爱国组织（由当时的众议员弗朗西斯科·迭斯·坎塞科领导的小团体，后来脱离了民阵）的主要领导人与会。

议程由两项组成。第一项，唱歌和跳舞，委托路易斯·德尔加多·阿帕里西奥办理，此人一方面是个专门处理劳工问题的律师，另一方面又是个在广播和电视中以搞花絮节目闻名的人物，或者像他本人说的那样，其风格是无法模仿的，是由"非洲—拉丁—加勒比—美洲"组成的音乐；此外，他还是个杰出的舞蹈家。第二项是政治议题，由我和米盖尔·克鲁查加发表演说。

为了坐满阿玛乌塔大剧院，动员委员会、青年团、大区各个基层委员会以及团结行动组织都做了极大努力。问题出在交通工具上。负责此事的胡安·切卡事先租了几辆公共汽车和大卡车，还借了企业里的几辆车，可是在指定的那一天，有好几辆车没有到集合地点。结果负责动员群众的自由运动组织的成员，连同几个区的上千群众，无法来到大剧院。查罗·乔卡诺在德利西亚斯镇跑到公路上，租了两辆行驶的公共汽车；在瓦依甘区，不知疲倦的弗里德尔·西尤尼斯及其人马实际上是强行拦截了一辆卡车，说服司机把大家拉到了阿玛乌塔大剧院。但是，有几千人没有来成，弄得十分扫兴。尽管如此，大剧院的座位仍然坐满了。

入夜七点，我已经在轿车里准备就绪，由保安人员陪同在大剧院附近兜圈子。但是，通过对讲机，会议的负责人——奇诺·乌尔维纳和阿尔贝托·玛萨——从会场里把我拦住，说还在入场，还需要时间让歌舞演员们——佩德罗·卡特里亚诺、恩里克·盖尔西和费利佩·雷诺——再把气氛搞得热烈些。这样过了半小时，又过了一小时，又过了一个半小时。为了克制心中的烦躁，我们在利马转了一圈又一圈；每当我们与大剧院通话时，回答总是一样的："再稍微等一会儿。"

最后，绿灯终于亮了，我走进了阿玛乌塔大剧院；会场里一片感人的欢乐节日气氛，各个基层委员会分别在自己的座位上挥舞着旗帜和标语，各区的啦啦队互相用歌曲和快板比赛。可是，比预定的时间已经超过将近两个小时啦！罗克萨娜·巴尔迪维索在主席台上演唱自由运动之歌。此前不久，胡安·因乔斯特吉和洛德斯·弗洛雷斯备受欢迎地步入会场，最后二人跳了一个瓜伊纽舞。这时，鲁乔·德尔加多·阿帕里西奥的节目已经演完了。敌对的报纸和电视台随后制造了一场闹剧，因为在民间歌舞中突然出来几个伦巴舞女，她们身穿内衣，跳了一通疯狂的伦巴。新闻界说，那些化装的大腿、臀部、胸膛和双臂使得基民党许多令人尊敬的议员感到窒息和脸红；有一家报纸声称，堂埃内斯托·阿莱萨·格伦迪，忠厚的化身，很为这个节目生气。但是，爱德华多·奥雷戈后来对我肯定地说，那一切都是假的；实际上，堂埃内斯托观看伦巴舞女的表演完全是用禁欲主义的眼光，可我确实知道恩里克·奇里诺斯·索托在看伦巴时幸福得直哼哼。

在米盖尔·克鲁查加做了普鲁斯特（因为米盖尔喜爱譬喻，这一次便用普鲁斯特打比方）式的介绍以后，我于是开始讲话，那时已经是夜里十点钟了。展开第一个问题——国内政治形势变化多大呀！从前占统治地位的是国务活动家们的思想，而现在群众关注的问题已经是市场经济、私有化和大众资本主义了——我还没用五分钟，便发觉座位上有人走动。弧光灯的光线让我睁不开眼睛，因而无法看到正在发生的事，但是我觉得座位已经空了。的确，人们在急急忙忙地退场。只有前面四边的座位上，两三百名市政候选人和民阵的领导人一直坚持到我讲完话；这时我一面心里纳闷出了什么乱子，一面匆匆结束了演说。

原来，公共汽车和卡车只租到十点，观众，尤其是家在偏远的新村的观众，不愿意徒步走五公里、十公里或者二十公里回家。

总之，由于我们缺乏经验、不善于协调工作，使得庆祝自由运动组织成立二周年的活动成了一场灾难，宣传方面便是如此。《共和报》《新闻日报》《民族报》和其他官方刊物都突出报道了我在讲话时大剧院只有一半听众的情景，还用德尔加多·阿帕里西奥指挥下的舞女摇臀为插图做了图片报道。鲁乔·略萨为了反击这一恶意进攻，连续几天用广告形式表现了庆祝活动的另一侧面：座无虚席，舞台上姑娘们在跳瓜伊纽舞。

第七章　新闻学与放荡的生活

　　四年级和五年级第二学期之间，我在《纪事报》工作的三个月，给我的命运造成了极大的混乱。在报社里，我的确学到了什么是新闻学，了解了在那之前对我是个未知数的利马，第一次也是最后一次过了放荡不羁的生活。如果想一想在那之前我还不满十六岁——那年的 3 月 28 日我才十六岁——我一直想离开少年时期当个大人的急切心情，到了 1952 年的夏天得到了补偿。

　　我在长篇小说《酒吧长谈》中通过不可避免的美化和补充回忆了那个时期的冒险生活，还回忆了怀着怎样激动和惊恐的心情在那个早晨登上潘多大街那座破旧之极建筑物的台阶；《纪事报》在那里，我要去社长办公室报到，社长名叫巴尔韦德，一位和蔼可亲的先生，他使我对新闻学有了一些了解，他还通知我：每月可以拿到五百索尔。那天或者是第二天，报社发给我一张上面有我照片、公章、签字和写着"记者"字样的证件。

　　行政部门在第一层，穿过一道铁栅栏和细砖铺地的院落，是排字、印刷车间。二楼有上午班的编辑部，那是一个小厅，里面编排晚报的版面；还有社长的住所，我们经常悄悄钦慕地望着社长两个漂亮女儿从编辑部门前的走廊过来过去。

编辑部的房间很宽敞，放着二十多张写字台，最里面的是指挥这支乐队的人：加斯东·阿吉雷·莫拉莱斯。地方消息、国际新闻和治安版面的三方编辑（体育新闻的编辑们另有办公室）瓜分了这块领土，被一条条看不见但是大家都遵守的边界线分隔开来。阿吉雷·莫拉莱斯——阿雷基帕人，长得又高又瘦，和蔼可亲，彬彬有礼——对我的到来表示欢迎，给我安排了一张写字台、一架打字机，下达了第一个任务：报道巴西新任大使递交国书的情况。于是就在那里，我听到了他口授的有关现代新闻学的第一课。消息应该从"内容提要"开始，即中心事实，用三言两语概括，然后在报道的其余部分用简洁和客观的方式加以展开。"一个记者的成功就在善于抓住提要，我的朋友。"当我胆战心惊地拿着起草的消息给他看时，他念了一遍。删去了几个没用的词——"简明扼要，准确具体，全面客观，我的朋友。"随后，他把文章发到排字车间去了。那一夜，我大概没有睡觉，一直等着我那变成铅字的消息。第二天早晨，我买到《纪事报》，赶快翻阅，那篇专栏消息有了："今日上午，巴西新任大使某某某先生递交了国书……"我已经是个记者啦！

大约每天下午五点钟，我去编辑部接受当天和次日的任务：采访开幕式、仪式典礼、到达和离去的重要人物、检阅、获奖消息、中彩人或者摸中"子鸡"彩和"肥鸡"彩的人——赛马赌博在那几个月的中奖金额极高——采访歌星、马戏团主、斗牛士、学者、小丑、消防队员、预言家、神秘论者以及一切有消息价值的活动、事物和人。我必须乘一辆报社的轻型运货卡车跟着一位摄影记者、有时就跟着摄影采访部的主任、了不起的埃戈·阿吉雷一道，只要事情本身能够说服这位主任，从利马的一个区跑到另外一个区。等我回来继续写报道时，编辑部里已经各就各位了。浓浓的烟雾盘旋在每个写字台上空，打字机"哒、哒、哒"地响动着机键。空气中散发着烟草味、油墨味和纸张味。耳边传来说话声、笑声、编辑们拿着稿件到阿吉雷·莫拉莱斯那里去的急促的脚步声，这位主任总是手里拿着一支红铅笔，在稿件上改动一番之后，就派人发到车间里去了。

　　治安版面的头头贝塞里塔的到来是每个晚上的一件大事。如果他神情庄重地进来，就一言不发、严肃地穿过整个编辑部向自己的写字台走去，身后跟着他的助手——面色苍白、性格耿直的玛尔科斯。贝塞里塔又矮又壮，头发总是抹着发蜡，长着一副叭喇狗不高兴时的大方脸，上面突出的是按直行描画的一字小胡，仿佛用炭笔画上的一条细线。他创办了治安版面——报道重大犯罪行为和事实——《纪事报》最吸引读者的版面之一；只要看一看和闻一闻他那永远在操心的粒状、酸性眼睛和那身散发着烟草和臭汗气味、翻领上满是大块油渍、经过重新熨烫闪闪发光的西装以及油污的领带上的细小皱折，就可以猜出贝塞里塔是地狱里的公民，这个城市的地下世界对他来说没有秘密可言。如果他来时喝醉了，那情况刚好相反，一阵流水般的猛烈笑声在他人没有露面之前已经传进编辑部，他那哈哈的大笑回荡在楼梯间，震动了编辑部那满是污点的玻璃和到处掉渣的墙壁。于是，米尔顿就吓得抖起来，因为贝塞里塔最喜欢捉弄他。贝塞里塔还常常到米尔顿的写字台前用整个编辑部听了都哈哈大笑的俏皮话嘲弄他。有时，贝塞里塔还挥动着手枪——他经常随身带枪，为的是更像自己那个漫画式的形象——追得米尔顿绕着写字台满屋子乱跑。有一次,正当大家万分恐惧的时候,他的手枪走火了,一颗子弹嵌进了编辑部房顶的蜘蛛网里。

但是,尽管贝塞里塔可能让我们度过一阵危险时刻,无论是米尔顿还是卡洛斯·奈伊,无论是我还是编辑部的什么人,大家都不恨他。我们都觉得他身上有一种迷人的东西。因为他在利马的报界里创造了一个新品种(后来,随着时间的推移堕落到了令人难以想象的地步);还因为尽管他常常酩酊大醉和长着一张不协调的面孔,他是一个利马之夜把他变成了王子的男子汉。

除去警察局之外,贝塞里塔熟悉并且经常光顾利马所有的妓院,在那里人们都怕他,巴结他,因为在《纪事报》发一条丑闻就意味着罚款或者查封。有时在下夜班以后,午夜时分,他带他的助手玛尔科斯、米尔顿、卡洛斯和我一起去格劳大街上的纳内特或者瓦迪卡区的妓院或者高洛尼亚尔大街上最豪华的妓院,我们刚一踏进妓院的门槛,老鸨就亲自出来迎接,还有值班的保镖,他们用亲吻和掌声来欢迎他。他从来都不笑一笑,也不回答人们的问候。烟头不离嘴,仅仅低声嘟哝一句:"给小伙子们上啤酒!"

然后,在酒吧里的一张小桌旁坐下,我们坐在他的两旁,他不停地喝着啤酒,一杯接一杯,不时地挪挪嘴巴上的烟头,全然不理会周围的喧嚣、跳舞的男女、某些好斗的顾客惹起的争吵。对这些打架的人,保镖们连推带搡地把他们弄出门外。有时,贝塞里塔用他那患结石病的声音回忆起他当治安版编辑中意外事件的故事。他曾经在很近的距离内了解和目睹了最坏的歹徒和利马黑社会中最凶狠的罪犯;他当作乐趣似的回忆着自己那些吓人的业绩、那些角逐、那些用匕首的争斗、那些英勇的或者卑鄙的杀人事件。尽管贝塞里塔由于生活在感冒发烧的人们中间而让人产生某种恐惧的感觉,他却使我感到眼花缭乱。我仿佛刚刚走出一部关于流氓阶层的令人震动的小说。贝塞里塔付账的时候——向他收费的时候很少——常常掏出手枪往柜台上一放:"这里唯一一掏皮夹的是我。"

后来,我在《纪事报》已经工作了两三周的时候,阿吉雷·莫拉莱斯问我是否愿意接手治安版一个患病编辑的工作,我高兴地答应了。尽管贝塞里塔由于脾气不好而让人感到害怕,他手下的编辑们却对他像狗对主人一样地忠诚;我在他指挥下工作了一个月后,也为能够加入这支队伍感到自豪。这个小组由三四个编辑组成,尽管或许应该称他们为"资料员",因为他们只管给玛尔科斯和我提供资料,我俩则负责撰稿。最有趣的人是个骨瘦如柴的小伙子,他好像刚从滑稽戏或者木偶戏里走出来似的。我忘记了他的真名实姓,但是我还记得他用的那个人们从电台广播中熟悉的名字——帕科·德内格里,还记得他那闲散的形象以及那魔鬼般夸大了他近视眼睛的厚厚眼镜。我还记得他在广播剧中扮演情郎的丝绒般柔和的声音,演广播剧是他业余在中央广播电台从事的活动。

贝塞里塔是个不知疲倦的劳动者,他对自己的职业有一种没有节制的狂热、一种专注。似乎世界上没有什么能让他感兴趣,除去那些流血的盛宴——殉情自杀、动刀结账、强奸、骗奸、乱伦、杀子、顺手牵羊、纵火、秘密卖淫、被海水拖上岸或者挂在悬崖峭壁上的尸体——我们这些他手下的杂工,日日夜夜地跑遍利马那些臭名远扬的城区警察局去搜集上述材料,那些城区是:维多利亚区、波韦尼尔区和卡亚俄港口区。他翻阅着那些事件,只需要片刻他就能把材料一一洗清和识别出有合适污垢的材料:"这里有消息!"他的指示简短而明确:"去采访这个人!去核实一下这个地址!我闻出来这里面有笔巨款。"当某个编辑带着按照他的指示写成的消息回来时,他总是善于——一面删节或者补充,那双小眼睛一面烁烁发亮,同时张着嘴巴露出了门牙——突出事件的精彩、恐怖、残酷、卑鄙、曲折的特征或者细节。有时在妓院里喝过啤酒之后,他还要到《纪事报》的印刷车间里去最后核实一下他那个版面——实际上那一个版面等于是两页、三页或者更多页——是否按照他规定的鲜血和污泥的配额原封不动地印出来了。

我到各个警察局的察看行动,在七点左右开始;但是,在比较晚一点的时候,大约从十点或者十一点起,巡警们带着"货物"回到局里来了:有窃贼、残忍的情敌、酒吧和妓院里斗殴的伤员或者男妓,对最后这一种人的追捕是很凶狠的,也总是让他们占据治安版的"荣誉"地位。贝塞里塔在便衣警察和国民警卫队里有一张敏锐的情报网,他给他们提供服务——在治安版上发表或者掩饰对他们有利的消息——通过这些情报人员的帮助,我们常常能够抢在我们的对手——《最后一点钟》——前面。贝塞里塔的版面是主宰暴力死亡和丑闻的多年女王。但是,这份新出来的报纸,《最后一点钟》,《日报》的晚报,在标题和报道中引进了土话和黑话——地方俗语和惯用语——在向贝塞里塔争夺王位并且有几天真的夺走了:这让贝塞里塔气得发疯。相反地,赢了《最后一点钟》一次,用大剂量的死亡和拉皮条的消息压倒《最后一点钟》,使得贝塞里塔不停地哼哼,发出离奇的大笑,那声音仿佛出自地道或者石洞的深处,而不是人的喉咙。

尽管我们两家报纸为争夺这个喜欢危言耸听的王权而有着残酷的竞争,后来我竟然成为《最后一点钟》治安版负责人诺尔文·桑切斯·赫尼非常要好的朋友。诺尔文是尼加拉瓜人,来利马天主教大学攻读律师资格。他利用业余时间开始搞新闻,结果发现了自己这一禀赋，还发现了自己有这方面的才干，如果可以把他和贝塞里塔具有的本事称之为才干的话（秘鲁的其他读者后来把这一本事发挥到犯罪的程度）。诺尔文那时很年轻，长得消瘦，绝对地放荡不羁，慷慨大方，孜孜不倦地寻花问柳，还是个啤酒"桶"。他常常喝到第三杯或者第四杯的时候就开始背诵《堂吉诃德》，他很会记东西。接着，他就热泪盈眶地喊道："他妈的，多棒的散文！"卡洛斯、米尔顿和我经常去联盟大街《日报》报社的大楼上《最后一点钟》的编辑部里找他，或者他到帕尔多大街来接我们，然后一起去喝啤酒，或者是在发工资的那一天去妓院。（几年以后，可爱的诺尔文回尼加拉瓜去了，据他在1969年给我的一封信中说，他意想不到地成了一个规矩人，那时他在波多黎各大学开办讲座。他放弃了新闻专业，改读经济，毕业以后，当上了政府官员。但是，不久以后，他的结局却是《最后一点钟》上常用的那一种：在马那瓜的一家酒馆里，斗殴中被人杀死了。）我们经常光顾的地方是中国人的小酒吧，位于科尔梅纳大街周围，那些地方破旧、充满烟味和散发不出去的其他臭味，整夜开门营业；有几个酒吧还把餐桌之间用屏风和薄木板隔开——就像中餐馆里那样——屏风和木板上有不少人用笔、刀子或者烟头写下、刻下或者烫下的种种铭文。所有这些酒吧中都有熏黑和布满污垢的屋顶，都有粉红细砖铺成的地面；刚从山里出来、勉强能说一些西班牙语的堂倌们，把成桶的锯末倒在地上，为的是比较容易地清扫醉鬼们呕吐的污物和黏痰。借助憔悴的灯光可以看到利马市中心夜游神们卑劣的弱点：顽固不化的酒鬼，捕捉机会的中产阶级的人妖①，妓女保镖，小流氓，刚刚告别了独身生活的职

---

① 指男扮女装的男妓。——译者

员。我们聊天，吸烟；他们讲述自己记者生涯中的惊险故事，我一面听他们说话一面感到自己远远超过了即将到来的十六岁，已经是个十足的放荡不羁的家伙和百分之百的记者。我悄悄在想：我现在的生活正是伟大的塞萨尔·巴列霍①从特鲁希略省来到首都时过的那种日子；我第一次阅读塞萨尔·巴列霍的作品是从那年的夏天开始的——大概是接受卡洛斯·奈伊劝告的结果。塞萨尔·巴列霍不是也在放荡不羁的利马酒吧和妓院里过夜吗？他的诗歌、他的短篇小说不是证明了这一点吗？

卡洛斯·奈伊·巴里奥奴埃沃在那几个月里是我的文学引路人。他比我大五六岁，可是已经读了许多书，特别是现代文学的书籍，并且在《纪事报》的文化副刊上发表了一些诗歌。有时到了深夜，当啤酒赶走了他的羞怯心理——鼻子已经绯红、眼睛由于体温升高而幽幽发光的时候——他从衣袋里掏出一首起草在报社稿纸上的诗歌念给我们听。他写的诗歌很难懂，里面有一些奇奇怪怪的话语，我好奇地听着，因为这些诗给我揭示了一个完全是前所未知的世界、现代诗歌的世界。卡洛斯让我看到了马丁·阿丹的存在，他能背诵许多马丁的《海外诗歌》中的作品；他一直在暗中侦查马丁那放荡不羁的形象——介于精神病院和酒馆之间——他怀着宗教般的热忱，到政府宫附近的科尔达诺酒吧，在诗人马丁·阿丹从原来决定住院的精神病诊所出院的日子里，那里是诗人的总部。

卡洛斯·奈伊对我文学方面的教海，远远超过军校的老师，也远远超过我在大学里的多数老师。通过他的帮助，我了解了一些作家和作品，这些作家用火焰给我的青年时期留下了印记——比如：

---

① César Vallejo（1892—1938），秘鲁著名诗人、小说家。重要作品有《黑色使者》《特里尔塞》《人类的诗篇》《乌矿》等。——译者

安德烈·马尔罗①的《人的状况》和《希望》,美国的"迷惘的一代"的小说家们,尤其是萨特。一天下午,卡洛斯送给我一本萨特的题为《墙》的中篇小说集,洛萨达出版社出版,吉列尔莫·德·托雷作序。从这本书开始,我就同萨特的作品和思想建立了一种对我的爱好产生决定性影响的关系。可以肯定,也是卡洛斯·奈伊第一个跟我谈起埃古伦②,谈起超现实主义,谈起乔伊斯,大概乔伊斯的《尤利西斯》也是卡洛斯给我买的,那是由圣地亚哥·鲁埃达出版的非常糟糕的译本,顺便说一句,我跳着页码勉强看了一遍,没有读懂什么东西。

但是,除去卡洛斯让我阅读的那些作品之外,我还应该感谢他的是,在那放荡不羁的夜晚,我的朋友卡洛斯·奈伊让我全部了解了我一直不知道的在那个广阔的世界里存在着的作家和作品,在此之前我竟然一点也没有听说过他们的存在;他还让我凭直觉感觉到文学的丰富多彩,而在此之前,文学对我来说仅仅是几部虚构的惊险小说和一些古典或者现代主义的诗人。

在利马市中心那几间肮脏的小房屋里或者是在喧闹和混杂的妓院里,跟卡洛斯·奈伊谈作品、作家、诗歌,是令人兴奋的。因为卡洛斯既敏感又聪明,他对文学怀着巨大的爱,文学对他来说,的确意味着是某种比他为之全部献身的新闻要更深刻和集中的东西。过去我一直以为,卡洛斯·奈伊总会在什么时候出版一部向世人展示他那巨大才华的诗集,因为他似乎在隐藏着自己的才华,在深夜里当酒精和失眠已经驱散了他心里的全部胆怯和自我批评精神的时

---

① Andre Malraux(1901—1976),法国作家。——译者
② José Maria Eguren(1882—1942),秘鲁大诗人,著有《象征》《形象之歌》《影子》《看守人》等作品。——译者

候,我们才能得以窥见他那巨大才华的一丝闪光。后来他没有出书,我倒是更怀疑他的一生是在利马报纸编辑部那令人失望的办公室与"放荡不羁的生活所需要的夜晚"之间虚度过去了,今天,我对于他这种情况已经不感到惊讶了。因为实际情况是,我看到了其他一些像卡洛斯·奈伊这样青年时期的朋友,他们似乎有可能成为我们共和国文坛的佼佼者,可是由于缺乏信心、由于那过早而致命的悲观主义情绪而逐渐冷漠和枯萎了;这种悲观主义的情绪尤其是秘鲁优秀人才身上的一种病,或许可以说是他们用来抵抗在一个如此贫困的环境中文化和艺术生活中庸俗、欺骗和失望的奇怪方式。

在我们有些钱的时候,就不去科尔梅纳大街上中国人的酒吧了,而是去一处放荡而幽雅的地方:"黑-黑"。在圣马丁广场一处檐廊下的地下室里,我感觉自己好像在梦中的巴黎,仿佛在一处地下室的酒吧里,朱丽叶·格雷科在唱歌,存在主义的作家们在恭听。"黑-黑"是一家带有知识文化包装的舞厅;那里常常举办戏剧演出和诗歌朗诵,可以听到法国音乐。黎明时分,在一张张小餐桌旁,在贴有"纽约"字样的四壁空间里,可以看到这样一个高雅而古怪的动物群体:有像塞尔乌罗·古铁雷斯那样的画家,此人从前当过拳击手,据说,一天夜里他向一名军人挑战、要对方钻进出租汽车里去抡拳头;那里有演出下来的男女演员和乐师;或者纯粹就是领带加西装的浪荡鬼和夜游神。就是在那里,一天夜里大家喝了很多啤酒,这里一个名叫贝兰多的阿雷基帕人让我尝一尝"比奇卡达",他向我保证说,如果我吸下这些白粉,酒精造成的眩晕一下子会消失得干干净净,我就会立刻清醒过来并且一整夜都会精神。果然。这种"比奇卡达"由于吸用过量或者是由于身体的过敏反应,让我产生极度的神经兴奋,产生一种比任人摆布的醉态还要糟糕的焦躁和不适,打消了我再次体验白粉滋味的愿望（这次可卡因事件四十年以后在1990年的竞选运动中又戏剧性地复活了）。

那年夏天，由于在《纪事报》工作的关系，我第一次看到了死尸。那情景留在我的脑海里，总是不时地回到我的眼前，让我感到悲伤和压抑。一天下午，我刚到报社，贝塞里塔就打发我去波韦尼尔区抓一条"情报员"刚刚告诉他的消息。圣保罗旅馆是个卖淫的下流去处，位于七·二八大街的巷道里，当时那个街区以卖淫、抢劫和杀人而臭名昭著。警察放我和摄影记者进了旅馆，穿过一条黑暗的走廊和两侧对称的小房间，走到尽头时我突然撞上了那具裸体死尸，他是被一个年轻的混血姑娘用刀捅死的。了不起的埃戈·阿吉雷一面从不同的角度拍照一面跟刑侦警察开玩笑。那里流淌着淫秽和粗俗的空气，超过了地下的暴行。在几天中，我用圣保罗旅馆里这桩神秘的"夜蛾"杀人案填满了《纪事报》一个又一个版面，一面打探着这名"夜蛾"的生平，一面寻找她的朋友和亲戚的踪迹，一面走遍酒吧、妓院和肮脏的街巷搜集一切与她有关的材料，一面写出成为《纪事报》一道道大菜的那些通讯报道。

回到地方新闻组以后，我还有点怀念那个因为在贝塞里塔指挥下工作才得以窥见的地下世界。但是，我没有时间感到厌倦。编辑部主任又派我去追踪采访"肥鸡"和"子鸡"彩票的中奖人。这个狩猎活动的第一周还是第二周让我们明白了那几百万的得主正在特鲁希略。我上了一辆报社的运货卡车，就同摄影记者一道寻踪去了。在七十或者七十一公里处，一辆迎面开来的卡车迫使我们的司机离开了公路。我们在沙地上滚了两滚，我的身体撞碎了玻璃被甩了出去。当我从昏迷中醒来时，一个好心的轻型载重汽车司机把我拉回了利马。我和摄影记者（他也受了一些轻伤）都住进了疗养院，《纪事报》用交通事故的消息刊登了一小块文章，把我俩当作战场上的英雄介绍了一番。

我在疗养期间，有一天，出现了一个极度危险的时刻，那是发生在我和摄影记者共住的房间里，突然来了一名高洛尼亚尔大街的"夜蛾"，她名叫玛戈达，从几天前开始我和她有了一段浪漫史。她年轻，颇有姿色，深栗色的头发梳着刘海儿；一天晚上，在妓院里，她同意用赊账的方式为我提供服务（当时我身上的钱只够房费）。后来，我们白天在展览馆公园茅屋旁边的冰激凌店里会面，然后去看电影，手拉着手，在黑暗里接吻。在她突然出现在我住的疗养院的房间里之前，我见过她两三次。当她正坐在我身边的床上时，我通过窗户看见我父亲正向这边走来，我的面部表情一定是显得恐怖极了，因为她立刻就明白了可能要发生某种严重的事情，便迅速起身离开房间，跨过门槛时与我父亲擦肩而过。我父亲大概以为这位浓妆艳抹的女士是摄影记者的客人，因为他一句话也没有问我关于她的事。尽管那个夏天我像个大人一样工作和娱乐一番，可是面对着父亲的形象我仍然是个孩子。

因为这段轶事，我现在提到了玛戈达——我不知道这是不是她的名字——还因为我想那时我是爱上她了，尽管当时毫无疑问我是不会向任何一位我那些放荡不羁的朋友坦白的，因为一个头脑清醒的人难道会爱上一个妓女吗？疗养院里那一天是我最后一次见到她。后来一系列事件突如其来地发生了。从疗养院出来不久，我不得不去皮乌拉旅行，我去找她的那个夜晚，她已经不在高洛尼亚尔大街那座房子里干活了。一年以后，当我重返利马时，又去那里打听，想看一看她是否还在；那座房子已经不是妓院了，（就像我一样）早已变成一个让人尊敬的地方了。

在《纪事报》工作了一个月或者一个半月之后，我和父亲就我的前途问题有过一次谈话。为了换个环境，在此之前我们又一次搬了家，从波尔塔大街那个单元房迁到胡安·方宁街上的一处住宅里，也还是在米拉弗洛雷斯区。由于我下班很晚——说真的是在黎明时分——我父亲就给了我一把家里的钥匙。我们在餐室里谈话，摆出一副他喜欢的那种过分虚假的郑重架势。我像一贯在他面前那样总是感到不自在和不放心，因此含含糊糊地低声说，新闻是我真正的爱好。读完军校之后，我打算从事新闻工作。不过，既然我已经在《纪事报》工作了，那为什么在我读中学五年级的同时不保留这份工作呢？不在莱昂西奥·普拉多读下去，我可以在任何一所国立中学注册读书，比如，瓜达卢佩或者梅利顿·卡瓦哈尔中学，工作和学习同时兼顾。然后再进圣马可大学，在上课的同时仍然不放弃《纪事报》的工作。这样，在我读书的同时就可以继续从事我的新闻工作了。

他让我把话讲完，最后表示同意：这是个好主意。不喜欢这个计划的是我母亲。这份让我每天都不在家过夜的工作，使她提心吊胆，还让她怀疑这里面有某种坏事（也就是说，怀疑这里面的真相）。我知道有许多个夜晚她都是在醒着等我回家，因为有几回在黎明时分，我在朦胧中听到她踮着脚尖走来收拾我随便扔在房间里的西装（我母亲除去对父亲表示的热情之外，其他的热情就表现在干净和整齐上。我继承了干净这个优点；我不能容忍肮脏；至于整齐，除去与写作有关的事，并不是我的长处）。但是，尽管我这个读中学最后一年时还要继续在《纪事报》过夜的想法让她感到害怕，她还是不敢反对我父亲的决定，再说就算她反对也顶不了什么大用。

这样，就在发生去北方公路上的车祸时——在3月中旬——我已经开出来学籍证明，同时告诉莱昂西奥·普拉多我不再回那里了；为了注册读五年级，我还在两三所国立中学做了大概的调查。这些学校都把我列入了等待注册的名单，我相信总会有个学校接受我的，因此对这件事就没放在心上。我以为到最后一封推荐信就可以为我打开瓜达卢佩、梅利顿·卡瓦哈尔或者别的哪个国立中学的大门（必须是国立中学，因为国立可以不交学费，还因为我想象这些学校对我从事新闻工作可以变通些）。

可是就在疗养院的医生们给我治疗翻车造成的内伤时，我这些计划全部落空了，而我还不知道呢。除去我母亲之外，我的几位舅舅、舅妈也在为我夜间的活动提心吊胆。他们从这里或者那里打听到有人看到我在酒吧里或者舞厅里；最糟糕的是，一天夜里，我突然在"黑-黑"舞厅撞上了我那个最爱玩、爱闹的舅舅：豪尔赫。当时，我跟卡洛斯·奈伊、诺尔文·桑切斯和会绘画的帕科·西斯内罗斯坐在一张台子旁边；那里还有两三个我刚刚认识的家伙。可是豪尔赫舅舅却对他们非常了解，一次单独谈话时他告诉我，这几个家伙是在逃犯、酒鬼和吸白粉的；他还问我：你一个毛孩子跟这种人混在一起能干出什么好事来？我的解释非但没有让他安心，反而更为我担心了。

他们为我开了一次家族会议，舅舅和舅妈们判断说，我显然正走在堕落的道路上，必须采取措施。他们的决心是无所畏惧的：要跟我父亲谈一谈。从前他们一直不见我父亲，也知道我父亲憎恨他们。他们认为我母亲的婚姻是不幸的，但是为着我母亲的面子，他们曾经为向我父亲敞开大门做过努力，并且在遇到我父亲的时候总是热情对待。可是，他却毫不退让，也不掩饰自己的感情。他从来不去拜访我的舅舅们。他总是把我母亲送到拉乌拉舅妈、卡比舅妈或者我外祖父母的家门口,可是绝对不下车去打个招呼,就是在夜里,当他回来接我母亲的时候也绝对不下车。跟我父亲谈话的决定是一杯他们喝下的苦酒,为的是他们认为的重大原因。

佩德罗舅舅、胡安舅舅和豪尔赫舅舅到我父亲的办公室去了。我一直不知道他们的谈话是怎样进行的。但是我可以猜想得出来他们都说了些什么。比如,要是我还在干这种工作,那就永远也念不完中学,也永远无法攻读什么专业了。还有:为了将来的前途,我必须立刻放弃这份夜间工作。

在我离开疗养院没有几天又重新回到我的工作岗位时,一天下午,我刚刚走进《纪事报》,阿吉雷·莫拉莱斯亲切地对我说:"亲爱的朋友,真遗憾,您就要离开我们啦!我们会想您的;我们觉得您已经是我们这个大家庭中的一员了。"这样,我才知道我父亲已经替我辞职了。

我来到他的办公室,只要看看他的脸色——那种处于紧要关头的脸色:带些铁青色,冷冰冰的嘴唇微微张开,眼睛直勾勾地盯着人,瞳孔里闪烁着黄色的火星——就可以知道要发生什么事情了。他没有告诉我舅舅们来访的事,就破口粗暴地骂起来,他说我进《纪事报》不像有责任心的人那样好好工作,而是染上一身恶习堕落下去了。他愤怒地咆哮着,我想他会揍我一顿。可是并没有打我。他只是给了我短短几天的时间,让我拿出我将要读中学五年级的学校注册证明。当然了,我可没有打算申辩说某个国立中学没有我入学的空位子。

这样,一夜之间,我从一个光顾酒馆和下流地方的人变成了一个四处寻找结束中学学业课堂的辍学的学生。在这之前,我浪费的时间太多了。当时已经是3月底了,我跑过的学校都没有空位子了。

这时，我冒出来一生中最为正确的想法之一。我去了电话中心站，给皮乌拉的鲁乔舅舅打电话。我给他讲了发生的事。鲁乔舅舅从我懂事起就不断地解决家里的问题，现在又来解决我这个问题了。他认识皮乌拉的圣米格尔国立中学的校长，那所学校在他家附近；他马上去找校长谈这件事。两个小时以后，他给中心站打来电话，告诉我已经替我注册了，某日就要开学上课，他说奥尔加舅妈很高兴我能跟他们住在一起。他还问我：需要买车票的钱吗？

我提心吊胆地来到父亲面前，确信他肯定会臭骂我一顿，不批准我这次出门求学。可是，恰恰相反，他认为很好，甚至说了一句很让我开心的话："我看你在皮乌拉再一面读书一面搞新闻。你可别拿我当傻瓜！"

干吗不边读书边搞新闻呢？为什么不一面读中学五年级一面在皮乌拉某家报社工作呢？我向《纪事报》的朋友们提出这个问题。和蔼可亲的阿方索·德尔沃伊，领班编辑，认识《工业报》的老板，他写了一封信把我推荐给老板。阿吉雷·莫拉莱斯为我写了另一封推荐信。

告别聚会那一天刚好是我的生日，1952年3月28日，我和卡洛斯·奈伊、米尔顿·冯·埃塞、诺尔文·桑切斯·赫尼在利马中国区卡彭大街一家中餐馆里喝啤酒。那是一次阴郁的告别聚会，因为他们都是我非常尊重的朋友，或许还因为我凭直觉感到，我再也不能同他们一道重新分享那结束了我童年生活的令人发烧的经验了。后来果然如此。第二年，当我重返利马时，既没有同他们交往也没有再度光顾那种环境，但是后来我的记忆还是怀着酸甜的味道保留着那段生活，并且过了好久以后，我用富有想象力的加工润色极力在《酒吧长谈》中再创造出来。

我用《纪事报》给我的最后一次工资买了一张克鲁斯·德·查尔彭长途汽车公司开往皮乌拉的车票。我妈妈含着眼泪给我打点行李，我把自己的全部书籍和那部小小剧作的手稿都塞进手提箱里了。

坐在摇摇晃晃的公共汽车上，穿过北部海岸无边无尽的荒原，心里捕捉着种种感想：一方面为离开那份冒险的工作、《纪事报》那有文学味道的东西以及我遇到的那些好友而感到非常难过，但是一方面又为能够重新看到鲁乔舅舅感到高兴，另一方面想象着这第二次居住在遥远的皮乌拉可能出现的情景而感到好奇和激动，就这样度过了旅途中的二十四小时。

第八章　自由运动组织

　　自由运动组织是在一位画家的工作室里策划出来的。1987年9月底，组织过争自由大会的一些人跟我在一起开会，召集人是弗雷迪·科贝，地点在费尔南多·德·西斯罗家里。我们在画稿、面具和西班牙征服者入侵美洲前的印第安人的羽毛披饰的包围下，就秘鲁的前途交换看法。反对阿兰·加西亚企图实行银行国有化的斗争胜利，让我们充满了热情和希望。因为，秘鲁正在变化。我们应该回到各自的职业中去呢（因为任务已经完成）？还是着眼于未来的选举，需要让这个新生的组织存在下去？

　　参加聚会的十几位朋友商定继续从事政治活动。我们要成立一个比政党更具广泛性和灵活性的组织：一个可以把反国有化斗争动员起来的独立派人士团结起来并且扎根于广大社会阶层，尤其是非正规的工商界人士的"运动"。他们可以证明：尽管国有化的思想理论在国内的精英中占据上风，在秘鲁人民身上却有一种创业的本能。自由运动组织在努力把这些人士组织起来的同时，将制定一个激进的纲领，并将把秘鲁的政治文化现代化，以便用自由主义去对抗社会集体主义和重商主义。

在西斯罗画稿的诱惑下，经过长时间的交谈，我们确定了一系列目标，取得完全一致的一项是制定纲领。由路易斯·布斯塔曼特·贝朗德主持起草的执政计划，就是我们在那个上午构思出来的：这个现实主义的纲领是为了消灭特权、唯利是图、保护主义、垄断、中央集权而制定的，是为了让秘鲁对外开放而制定的，是为了建立一个人人都有参与市场的机会和生活在法律保护之下的社会而制定的。这个执政计划，思想丰富，表现了要把握当代各种机遇，争取让处于赤贫和贫困线上的秘鲁人过上体面生活的决心，这是那三年中让我最感到自豪的事情之一。鲁乔·布斯塔曼特、劳尔·萨拉萨尔（虽然属于民主团结组织而不是自由运动，却担任了民阵经济组的组长）和起草班子中的十几位男男女女的工作精神对我是个巨大的鼓舞。每当我参加执政计划起草班子的会议或者专门委员会的会议，哪怕是技术性很强的会议——比如矿业、海关、港口、行政、司法等改革——政治便不再是那种疯狂、空泛、往往是肮脏的活动，占去了我许多时间，而变成一种脑力劳动，一种技术工作，一种思想、想象、理想和无私精神的切磋与交流。

在我们试图吸收到自由运动组织中来的各个阶层中，最为成功的是工程师、建筑师、律师、医生、企业家、经济学家这个阶层，他们组成了执政计划的各个委员会。其中多数人从前没有搞过政治，将来也不打算从政。他们热爱自己的专业，只希望在一个不同于这个日渐衰败的秘鲁成功地从事自己的职业。起初，我们用暗示的方法，最后慢慢说服他们，只有通过他们的参与才能把秘鲁政治改造成比较干净、有效的东西。

从西斯罗画室里的那次会议到 1988 年 3 月 15 日我们在玛格达雷娜区开办自由运动组织办公总部，为吸收支持者忙碌了五个月。我们做了许多工作，但都是摸索前进。在最初那批人中，谁也没有活动经验和组织才能，而我比我的朋友们更逊一筹。因为我过去整天在书斋里度日，构思着各种故事，从未准备成立什么政治组织。米盖尔·克鲁查加，我的右臂，亲密无间的挚友，自由运动组织的总书记，从前幽居在他那建筑师的工作室里，性格相当孤僻，他也不具备弥补我缺点的条件，但是，他不缺乏献身精神；如果可以称为英雄行为的话，他是第一个放下自己的专业把全部时间都投入到组织里的人。其他人随后也这样做了，他们或者自己尽可能解决生活问题或者由组织勉强帮助他们马马虎虎地度日。

从 1987 年最后几个月到 1988 年夏初，我们从广场集会的形式转到一家一户地做工作。由我们的朋友或者同情者邀请左邻右舍的男男女女召开座谈会，我和米盖尔·克鲁查加给他们讲话，回答他们的问题，我们组织的讨论往往持续到深夜。有一次会议是在格拉迪丝和卡洛斯·乌尔维纳家举行的，这两位都是动员群众参加争自由大会的优秀鼓动者。另一次是在贝尔塔·维加·阿尔韦亚尔家举行的，这位女士后来不久便同一群妇女成立了团结行动组织。

我们的另一个目标是让那些过去捍卫自由主义思想、与社会党和阿普拉党有过争论、用自由市场理论反对毁灭秘鲁的家长作风和保护主义的知识分子、记者和政治家重振精神——恢复斗志。为此，我们组织了争自由工作日：时间从上午九时到夜晚九时；举办了一系列展览，旨在用数字展示国有化是如何使国家贫困的，是如何助长了歧视与不公的，还展示了国家的干涉政策是如何毁灭了工业，损害了消费者，给黑社会以可乘之机，因为配额和美元优惠政策让他们发了大财,而丝毫没有给群众带来半点好处。这些展览还想说明"非正规"经济是穷人对所受歧视的回击,因为穷人是贵族法制歧视的目标,只有富人和权势才有可能享受这一法制。这些展览还旨在捍卫那些出身贫寒的小商贩、手工业者、"非正规"的商人和企业家,因为他们在许多领域——特别是交通和住宅——比国家、有时比正规的企业家还卓有成效。

在工作日里,对社会主义和对唯利是图的资本主义的批判,意在表明这两种制度在骨子里有着一致性,国家在二者所占有的统治地位使他们成为亲戚,因为国家是经济活动的"规划师"和特权的分配者。这个题目可以说明改造国家的必要性——加强国家职能,精简机构,办事技术化,提倡职业道德——这是社会发展的必要条件。

另外,还经常举办一个关于第三世界国家的展览,由于有些国家和地区,比如亚洲的四小龙——韩国、中国的台湾和香港、新加坡——实行了市场政策,鼓励了出口和私营企业的发展,结果带来了迅速发展,比如智利也是如此。在这些国家和地方,经济改革往往与政府的镇压活动不时地发生矛盾;在工作日的会议上,我们努力说明,这种情况是不能接受的,是不该发生的。在政治和经济领域,自由应该理解为是不可分离的。自由运动组织应该赢得选民的授权,以便在一个平等和民主的制度下得以实现这些思想。一场伟大的自由改革用民主的方式是可以进行的,只要多数人为它而投票,因此,必须增加透明度,说明我们要做的事情及其代价。

1988年2月6日,我们在利马克利温饭店召开了第一个工作日会议,第二次会议讨论农业问题,地点在钦查地区的圣何塞庄园;26日在阿雷基帕市一次会议;3月5日在利马,青年工作会议;3

月12日在瓦斯卡尔新村，关于非正规经济会议；3月14日，妇女工作会议，一位女律师首次到会，该女士一度成为颇负众望的自由运动领导人，她名叫比阿特丽斯·梅里诺。

通过这些工作会议，我们得到成百上千人的拥护，但更重要的是在思想领域。对于许多与会者来说，不寻常的是在秘鲁居然有个政治组织直言不讳地赞成市场经济，敢于为资本主义辩护，说它比社会主义有效而合理，说它是唯一可以坚持自由原则的社会制度，把私营企业看作是社会发展的动力，维护一种"成功的文化"，而不是马克思主义者和保守派用不同的词汇鼓吹的国家赠与以及那令人不满的文化。如同在几乎整个拉丁美洲那样，"资本主义"这个词在秘鲁已经成为禁区，除非辱骂它时才用（我收到过人民行动党和基民党措辞激烈的建议信：要我在演说中别用这个词）。

参加工作会议的人分为研究组和讨论组，各个展示会开过之后，我们举行了一次全体大会。最后，由工作会议的设计者米盖尔·克鲁查加用兴奋的话语把我介绍给大会；大会结束时，我们一起唱着圣马丁广场上那首歌，它已变成自由运动组织的标志。

我们原来在西斯罗画室用去大量时间讨论的"运动"与"党派"的区别，结果对我们的政治习惯来说实在是太细微而明显了。虽然名字不同，自由运动组织从一开始运转就与政党没有区别。绝大多数成员就是这样理解的，没有办法说服他们。由于传统的依附主义作祟而产生的根深蒂固的习惯，结果发生了一些可笑的情况。由于考虑到发党证与现行制度有关，人民行动党和阿普拉党政府都实行过发党证的办法，优先给自己的党员安排高官厚禄（党员可以出示党证），我们便决定自由运动组织不搞证明书。加入组织的登记表就是一张白纸。基层组织不能采纳这个意见，因为面对阿普拉党、共产党和社会党可以炫耀盖有印章和旗帜的党证,自由运动组织的成员感到低人一等。青年委员会、动员委员会、团结行动组织、省市区基层委员会要求我们发证明书的压力实在势不可挡。我们解释说,我们想区别于其他政党,避免明天执政时用证书当作附加标记去滥用职权,但是这个说法毫无用处。突然之间,我在街道和村镇发现,我们的一些基层委员会已开始发证,证书上除去鲜艳的颜色之外,还有签章,甚至我的印刷像。按照原则的考虑与积极分子这一理由发生了冲突:"如果不发证书,他们就不加入组织。"这样,到竞选活动结束时自由运动组织一张证书也没有发,但是基层委员会却随心所欲,五花八门地印制了许多证书。

哲学家弗朗西斯科·米罗·克萨达不时地来看看我,或者写些长信给我提了许多政治建议,他一度是人民行动党的领导人。大量经验使他得出这样的结论:在秘鲁,让政党具有民主结构是不切实际的。他叹息说:"无论左派还是右派,秘鲁的政党里充斥着流氓。"自由运动组织里没有充斥着流氓,因为幸运的是我们一发现那种耍无赖——经常用钱——的人,就立刻把他们赶走,在第一轮大选之前,我们的成员已超过十万之众,这种无赖仅仅是一小撮。但是,自由运动并没有成为我理想中那种现代、大众和民主的组织。从一开始,它就染上了其他政党的恶习:搞专制、搞小集团、搞权贵政治。有些小集团盘踞了基层委员会,把持组织,不许他人参加进来。为微不足道的区区小事,内部就打得不可开交,致使组织瘫痪,这就吓跑了许多有真才实学的人,因为他们不愿意把时间浪费在卑鄙的阴谋诡计中。

有些地区,比如阿雷基帕,开头创立组织的男男女女,年轻而又团结,他们建立了颇有实效的基层组织,其中有许多人才脱颖而出,比如奥斯卡·乌维奥拉,成了显赫的众议员。再比如伊卡,由于那里有德高望众的农艺师阿尔弗雷多·埃利亚斯,自由运动组织吸收了许多能人。类似的情况在皮乌拉也有,那里是何塞·特赫罗努力的结果。但是,另外有些地区,由于最初成立的小组随后分裂成两三个敌对的派别,两年中为控制地区委员会而打内战,因此自由运动得不到发展。还有些地区,比如布诺,我们错把组织工作交给了既无德又无才的人。我永远不会忘记在一次访问高原地区时留下的印象:我们那位普诺地区的书记竟然用过去酋长的派头对待农民。

有些地区自由运动之所以没有合适的领导人是有原因的(不是辩解)。从各省经常有些支持我们的人来访,既有团体也有个人,他们纷纷表示愿意为建立基层组织而出力;由于我们急于在全国范围内建立组织,便不加斟酌地接受了他们的条件,有时判断正确,有时错得厉害。这种情况本应该通过领导人去内地系统地巡视加以纠正,对于建设一个好的政治组织来说,这是一项必须的、往往是令人厌倦的、传教式的、默默无闻的工作。在我们成立第一年时,没有做这件事;因此,许多地方的自由运动组织一出生就是畸形的。后来,再要纠正已经很困难了。我觉察到了可能发生的事,但不知如何对付才好。我在执委员和政治委员会上呼吁领导人应该到各省看看,但收效甚微。他们常常同我一道去各省参加群众大会,可是这种快速访问对组织工作没有用处。他们不肯下乡的理由,不仅因为乡下有恐怖活动,还因为国内到处破坏得很严重,任何一种旅行都意味着无尽无休的苦头。我多次对我的朋友们说,他们这种坐着不动的本事将产生令人痛心的后果。后来果然如此。除少数例外,自由运动在内地的组织状况是缺乏广泛性的。还有那不朽的人物也在我们的基层委员会里称王称霸：酋长。

在那三年里，我认识了许多人；无论是海边的、山里的还是原始森林中的，似乎是由同一个裁缝剪裁的。他们是，或者曾经是，或者不可避免的是参议员、众议员、市长、省长、副省长。他们的精力、才智、手段和想象力都集中在一个目标上：通过一切正当或不正当的办法，获得一部分权力，保住一部分权力，或恢复一部分权力。他们都实践着可以归纳为这样的一条人生哲学："生活在意图之外就是生活在错误之中。"每个人都有一个由至爱亲朋和宠臣组成的小朝廷或随从班子，这些人都有民众——教师、农民、工人、技师——领导人的身份，都在基层委员会里有个领导岗位。他们都曾经像换衣服那样改变过自己的意识形态和党派，都曾经是或者在某个时刻都将是阿普拉党人、人民行动党人和共产党人（这是在秘鲁历史上分配俸禄的三股主要力量）。他们总是在路旁、车站、机场手持鲜花、带领乐队、满面笑容地迎接我；他们总是第一个伸出双臂拥抱我的人，他们曾经以同样的热情拥抱过贝拉斯科将军、贝朗德、巴兰特斯、阿兰·加西亚；他们总是设法在主席台上站在我身旁，手持话筒充当司仪或主持大会，为的是同我一起出现在报纸上和电视节目里。他们总是企图在示威游行之后把我举到肩上——模仿斗牛士的可笑习惯——我拒绝接受，有一次还动脚踢了他们；他们总是必定无疑地做东款待；丰盛的午宴、晚餐、辣椒烤肉，再配上华丽的演说。他们大多是律师，但也是车库的老板或者运输公司的主人，或者从前当过警察或者军人；我几乎可以发誓：他们的外表很像，都穿着同样款式的衣服，留着同样议员式的胡须，都有一副准备随时滔滔不绝地吐出甜言蜜语或大发雷霆的伶牙俐齿。

我记得其中一位就有这类人的标记，地点是在通贝斯。1987年

12月，在我首次对那一地区进行政治访问时，他出现在我眼前：微微谢顶，面带笑容，镶有金牙，五十余岁。他从一辆冒着热气的轿车上走下来，身边围着六七个人，他给我介绍说："博士先生，这几位是通贝斯地区自由运动的先锋。我是掌舵的，愿意为您效力。"后来，我查明，他先是阿普拉党的舵手，后来又为人民行动党掌舵，退出该党后又为军事独裁政权效力。钻进我们队伍之后，他想办法当上了弗朗西斯科·迭斯·坎塞科发起的独立公民联盟的领导人；最后，由我们的盟友民主团结组织推举他当上民阵地区候选人。

对付酋长、容忍酋长、利用酋长，是我一直不会干的事。他们让我感到不快，毫无疑问，他们从我脸上的表情里看出来了；这些人恰恰完全代表着我本不希望秘鲁政治会成为的这个样子，但是，我的不快并不能阻止自由运动在许多省份的委员会落入酋长手中。如何改变这种如此根深蒂固地渗入我们民族特性中的东西呢？

利马的组织运转得最好。地区的第一书记维克托·格瓦拉有个出色的班子支持，其中一个刚从建筑系毕业的年轻人佩德罗·格瓦拉才华出众，做了大量工作，他们经常召集各区的成员开会，请一些很好的人成立了最初的核心小组，为各种选举做了准备。当拉斐尔·雷伊接替维克托·格瓦拉的工作时，我们在首都已有五万多成员，分布在各个区县。在高收入和中等收入的居民区里建立的组织要比大众区为多，但是在后来的几个月里，我们也打入了具有重要意义的大众区。

我至今记忆犹新的是我们在贫民新村里的首次尝试。瓦斯卡尔是圣胡安镇上最穷的一个居民区，那里有一群居民写信给米盖尔·克鲁查加要关于自由运动的资料；我们建议他们在街道里组织一次有关自由运动的工作会议。1988年3月的一个星期六，我们到那里去了。当我们到达脏乱海滩边上的大众食堂时,那里空无一人。渐渐地来了五十几人:赤脚的妇女、光背的儿童、好奇的男人、一个不停地欢呼阿普拉党万岁的醉鬼、几只在讲话人腿裆里穿来穿去的狗。到场的还有马利亚·普里斯卡、奥克塔维奥·门多萨和胡文西奥·罗哈斯,几周后,这些人组成了秘鲁第一个基层委员会。费利佩·奥尔蒂斯·德·塞瓦略斯解释了如何使国家避免官僚化和精简现行的、构成沉重经济负担的法律制度,这样"非正规"的工商业者就可以合法地劳动了,所有的人都可以寻求法律的保护,并且推动大众福利事业的发展。我们还请去一位幸运的企业家,他起初也像许多与会者一样是"非正规"的企业主,后来获得了成功,我们邀请他的目的是为了让那些失败者看看成功是有可能的。

跟我们一道去圣胡安镇的还有一群妇女,她们从反对国有化运动一开始就以火一般的热情为自由运动工作。她们写标语、做彩旗、动员人们去广场参加集会、征集签名;那几天她们又打扫楼道、粉刷墙壁,修理门窗,为的是我们刚刚在哈维尔·普拉多大街租下的这幢房子可以在3月15日开张办公。这个地方,自由运动的总部,多亏了像她们——塞西里娅、玛丽娅·罗萨、阿尼塔、黛切等人——这样一些志愿工作的妇女才得以运转;她们上午、下午、晚上都在总部工作:为加入组织者登记、将资料输入电脑、写信、帮秘书处接待客人、负责出外采购、打扫卫生,总之照看总部这台复杂的政治机器。

其中有六位女士,以玛丽娅·特莱莎·贝朗德为首,于1988年夏末决定去利马郊区贫民新村和移民临时安置区工作。在这个巨大的城市四周,居住着从安第斯山上迁移下来的农民——躲避干旱、饥荒、恐怖,从他们使用的建筑材料——破砖烂瓦、木棍、铁皮和破席，可以像看地层那样看出迁徙的古老性，迁徙是国民经济失败和中央集权制度的最佳气压计。那里聚集着占秘鲁三分之二人口的穷人和赤贫户。那里集中着最赤裸裸的问题：缺少住房、水和下水道，没有工作，没有医疗救护，没有食物，没有交通工具，没有学校，没有人维护治安。可是那里充满了痛苦与暴力，也燃烧着旺盛的精力、才智和战胜困难的意志：就是在那里诞生了大众资本主义、"非正规"经济，如果从政治上意识到它所代表的力量，那么它可以变成一场自由革命的动力。

这样，便诞生了团结行动组织，整个竞选期间都是由帕特丽西娅主持领导工作。起初，她们只有六个人；两年半以后，首都发展到三百人，在全秘鲁有五百人；因为首都自由运动的妇女的榜样力量传播到了阿雷基帕、特鲁希略、卡哈马卡、皮乌拉和其他城市。这个组织的任务不是搞慈善事业，而是要产生政治影响，即一种哲理；按照这个哲理，应该给穷苦人提供依靠自己的力量脱贫的办法。团结行动组织帮助他们开办了作坊、商店、工厂，开办了讲授技能短训班，为居民选定的公共工程张罗银行贷款，当他们行动起来以后，又为他们提供管理与技术咨询。通过她们不懈的努力，在利马最迫切需要的区、县里，出现了几十处商店、手工作坊和小工厂，同样还有难以数计的母亲俱乐部和托儿所。她们还办了几所小学、几处卫生站，修通了几条街道，开挖了几口水井，甚至为希卡马农民区修成了灌溉水渠。所有这一切都是在没有官方的支持下办成的；确切地说，是在国家的敌视下进行的，因为这个国家已经变成阿普拉党的分公司。

参观了灶具、机械、剪裁、纺织、皮革作坊，听取了扫盲、医护、商业、家庭计划短训班的课程，目睹了团结行动组织的几处建筑工地,对我来说等于喝了兴奋剂。参观之后,我自信介入政治还是做对了。

我这里之所以谈到团结行动组织的女性,是因为推动这一自由运动分支力量发展的人,绝大多数是妇女;当然里面是有许多男士在与她们合作,比如何塞·德拉克斯尔医生,负责开办卫生短训班;工程师卡洛斯·哈拉,负责贫民区的开发工程;而不知疲倦的佩德罗·格瓦拉则像宗教使徒那样担当起最落后地区的工作。团结行动组织改变了许多女士的生活,因为她们在加入自由运动组织之前,很少有人具备主要领导人玛丽娅·特莱莎·贝朗德那样的才干和社会服务的实践经验。多数人是中等或高等收入家庭的主妇,加入组织之前,一直过着比较空虚的生活,甚至可以说是乏味的生活;面对秘鲁这个因贫穷而沸腾的火山,她们是麻木不仁的。每天与生活在愚昧无知、疾病、失业和种种暴力中的人们打交道,承担起一项既是道德又是社会的义务,使她们睁开了眼睛,看到了秘鲁的悲剧并且使她们许多人萌生了行动的决心。这其中就有我的妻子。我发现帕特丽西娅参加到团结行动组织的工作以后有了脱胎换骨的变化,特别是投入到社会扶贫纲要的制定时尤甚,这个纲要是团结行动的佳绩,是为在最贫困阶层平衡稳定经济效果的庞大计划。帕特丽西娅虽然特别厌恶政治,却终于爱上了贫民新村的工作,那三年里,她在新村度过了许多时光,为帮助我上台执政在做准备工作。

团结行动组织中的妇女没有政治才干,但我希望其中有些人将来能承担公众事务的责任。发现她们能迅速深入了解贫困问题并且将其化作社会动力——没有她们,自由运动绝对不可能在贫民新村扎根——是对民阵内酋长们的倒卖活动或者阴谋诡计的有效抵制。1990年初,当我们提出议会选举候选人名单时,利用自由运动第一次代表大会给我的授权，我试图说服团结行动组织中两位活跃的积极分子——迪亚娜·德·贝尔蒙特和南西·波那希——当利马地区众议员候选人，但是二人都拒绝用南方的工作去换那个国会的一席之地。

自从圣马丁广场集会以来，就有了经费问题。组织集会、开设分部、四处活动、建立全国性机构和维持三年竞选活动的费用都需要很多钱。按照秘鲁的传统，竞选活动也往往用来背地里捞钱，各党都不乏流氓、无赖，他们往往就是怀着这种目的入党的。没有法律规定政党和竞选活动的经费来源，即使有了法规，也是一纸空文，而在秘鲁至今没有这样的法律。个人和企业都谨慎地给候选人赞助——他们根据候选人在调查中的得分情况同时给几个人捐款是毫不奇怪的——好像进行投资一样，以唯利是图为原则确保丰厚的收入：进口许可、免税、优惠、专卖、佣金，整个经济结构建立在区别对待上，国家的干预性政策起着重要作用。不肯与之合作的工商业主心里知道：明天面对竞争对手，他将处于不利地位。

由占据总统宝座、部长席位和政府重要官职的人加以保护的非法交易，这一切是如此普遍，使得公众舆论像对不祥之物那样不得不加以忍耐：抗议天体运行或者万有引力法则难道有什么意义吗？贪污腐化、投机倒把、利用公职中饱私囊是自古以来与秘鲁政治一道的孪生物，而在阿兰·加西亚执政时期，这一切打破了全部纪录。

我曾经许愿要消灭秘鲁这一不发达的病态现象。因为如果执政者不遵守道德准则，秘鲁就不能有民主的生存之地，或者仍然是一幅漫画。还有一个非常个人的原因：流氓无赖以及与政治有关的无赖行径让我感到恶心。无赖行径是人类的一个弱点，对它我是不宽容的。在一个穷国里，当民主尚处于幼稚时期，执政者盗窃，我一向认为应该罪加一等。因为执政者不会失去任何威望,尽管他不遗余力地破坏民主和腐败成风。我心中有某种东西无法节制地反抗那种滥用纯真和满怀希望的人们的选票而获取的权力,不仅自己大发其财还要让亲朋受惠。也正因为如此,我反对阿兰·加西亚的态度是非常强硬的:因为他一上台无赖行径在秘鲁成风,其速度令人眩晕。

有时,为这个问题我夜间常常醒来,因为心里焦虑不安。如果我是总统,怎样不让窃贼在我的内阁里为所欲为呢?就此,我与帕特丽西娅、米盖尔·克鲁查加以及其他许多自由运动中的朋友谈了无数次。当然,取消国家对经济的干预政策可能会减少一些肮脏勾当。到那时,决定企业家成败的将不再是手持指令的部长、部委主任,而是消费者。确定外汇比价的将不再是政府官员,而是市场。进出口也不再有配额限制了。企业私有化将减少大小官员贪污腐败的可能性,但是,在真正的市场经济成形之前,非法交易的机会是各种各样的。即使有了市场经济,执政者也往往会给自己的亲朋非法提供出售或者利用手中的特权情报获取暴利的机会。一套有效而廉洁的司法机构是对上述犯罪行为的最好约束。但是,我们的司法界也被贿赂腐蚀了,尤其是近年来法官的薪水减少到可怜的程度。而加西亚总统预见到将来可能产生的结果,早已把自己的亲信塞进了司法界。在这个领域应该准备一场殊死的战斗,但是,打赢这一仗是比较困难的,因为敌人也隐蔽在支持我们的人中间。

我决定不过问哪些人捐了款,也不打听什么人给自由运动和民阵交纳了多少会费,也不想知道捐款的总数,为的是将来当上总统时不必考虑对捐款人表示好感。我提出只有一个人有权接受经济援助:费利佩·托尔迪克·贝尔特兰。菲力佩是个石油工程师、企业家和农场主,曾受到贝拉斯科将军独裁统治的迫害、全部财产充公。他不得不出国。在国外,他重操旧业而且又发了财;1980年,由于眷恋故土且一往情深,带着财产和工作的愿望回到了秘鲁。我相信他的诚实可靠,也了解他的慷慨无私——他是又一位圣马丁广场集会后用全部时间投入到我身旁工作的人——所以我把这样一个非常耗费精力而且并不愉快的任务委托给他。我成立了一个由为人正直、无可争议的人士组成的委员会以便监督竞选活动的开支,他们是:米盖尔·克鲁查加、路易斯·米罗·克萨达、费尔南多·西斯罗和米盖尔·维加·阿尔韦亚尔,有时管理委员会的书记罗西奥·西尤尼斯也参加工作①。我禁止他们中的任何人向我汇报收支状况;我仅仅给他们定了一条规矩,不得接受外国政府和公司的金钱(捐款人必须用个人名义捐赠)。他们一丝不苟地执行了这一规定。关于这个问题,他们极少向我请示汇报。(有一次例外,那是有一天费利佩·托尔迪克·贝尔特兰不得不告诉我:民阵制定执政计划的主任路易斯·布斯塔曼特·贝朗德转给他四万美元,这是几位企业家要帮路易斯竞选参议员的经费。)个别时候,比如在一次采访中,有人谈到一笔赞助的可能性,我打断他的话说,自由运动和民阵的财政线路不从我家经过。

在第一轮和第二轮选举之间,政府为败坏我们的名声所策划的计谋之一,就是借助国会的多数席位任命了一个委员会,请各位候选人到会上说明竞选活动的开支状况和财政来源。我至今还记得那个委员会的一些参议员的怀疑目光,当时我解释说,我无法告诉他

---

① 她与前四位不同,那四位的忠诚,我是无法感谢的;而她,当我们选举刚一失败时,就急忙贴出一张豪华广告,其目的是在读者的不满允许它存在的短时间内给自由运动的叛徒充当讲坛。

们竞选中花了多少钱,因为我不知道,其理由是我不想知道。第二轮选举结束以后,尽管并没有法令规定,我们还是通过费利佩·托尔迪克和民阵竞选活动委员会主任弗雷迪·科贝向国会的那个委员会报告了开支状况。于是,我才获悉:在那三年里,我们收入和支出了约四百五十万美元(四分之三用于电视通知上了)。这个数额对于拉美其他国家——比如委内瑞拉和巴西——的竞选活动是太节俭了,但在秘鲁是巨大的。可它绝对不是我们的政敌所说的浪费的天文数字。(一位总是装正经的众议员,阿古斯丁·阿亚·德拉托雷,有一天在《共和报》上铁嘴铜牙地说:"民阵已经花掉四千多万美元。")

1989年4月14日至16日,我们在利马的圣阿古斯丁中学召开了首届自由运动代表大会。组织委员会由我的挚友路易斯·米罗·克萨达·加兰主持,他虽然对政治怀着难以克制的反感,却在那三年里夜以继日地以无私奉献的精神同我一道工作着。我们选举他做大会的名誉主席,秘鲁全国各地都派代表赶来参加。在大会开幕前的几周里,内部在选举大会代表;利马的各区县都积极热情地参加了选举。14日当晚,各区县委员会带着乐团乐队赶到会场,年轻人的欢声笑语把开幕式变成了节日晚会。我觉得这种场合——那天上午,我们同贝朗德及贝多亚建立了民主阵线,地点在秘鲁联合会;民主团结组织也加入了这一联盟——应该写出来宣读,以代替讲话。

除去这篇演说稿之外,我还写过三篇;但即席讲话要多达几百次。到内地和利马各区县周游时,上下午我要讲几次话;在竞选的最后几周里,每天平均要在群众大会上讲三四次。为了保护嗓子可以讲话,贝多亚劝我嚼一些干石竹花;陪同我出游的医生——有两三位轮流工作,带着小小的急救设备,以防万一——总是让我吞几片药或者给我使用喷雾器。我尽量在群众集会上保持沉默，为的是喉咙可以有消炎的时间。虽然如此，有时仍然难免哑嗓或者声音撕裂。（一天下午，在原始林区，走到拉里奥哈镇时，我几乎失音了。我站在市府的阳台上，刚一开口讲话，一阵旋风吹来，结果毁了我的声带。为了讲完话，我不得不像人猿泰山那样捶胸顿足。）

在圣马丁广场集会之前，在广场上给群众讲话是我从来没有干过的事。而以前上过课和搞过讲座的经验，对于在广场上讲话，是没有用处的，甚至是有害的。在秘鲁，讲演术还停留在浪漫主义时期。政治家登上讲台去迷惑、麻痹、哄骗听众，声音洪亮与否比其思想重要，表情和手势胜过内容。形式的好坏决定着内容的成败。一个好的演说家可以说不出任何有分量的话，但每句话必须说得漂亮。重要的是声音要响、神采奕奕。逻辑性、条理性、内在联系、分析批判，这些是影响取得良好效果的障碍；而良好效果要靠动人的形象和比喻、哗众取宠的表情、辞藻和大话去获得。拉丁美洲优秀的演说家更接近于斗牛士或者通俗歌手，而不是学术报告人或者教授；演说家与听众的交流是通过本能、激情、感情来进行的，而不是智慧。

米歇尔·莱里斯（Michel Leiris）把写作比成斗牛术，这是表示诗人或散文家面对白纸时要准备冒风险的漂亮譬喻，但这个形象更适用于政治家身上，他要站在高高的讲台上、阳台上或教堂的台阶上居高临下地俯视情绪激昂的群众。他所面对的恰恰如同一头准备搏斗的公牛，它令人畏惧，同时又是如此的单纯和可以令人摆布，因此如果政治家会巧妙地按照调子和姿势摇摆那块红布的话，公牛是可以被他拉来拉去的。

圣马丁广场之夜让我吃惊地发现听众的专注力是十分脆弱的；

我还发现了群众的基本心态，他们容易与演讲人一道从欢笑转到愤怒，容易激动、狂热、流泪。让参加群众集会的人进入理智思考是很困难的，而让他们激动起来则容易得多。如果政治家的语言处处都是陈词滥调，那么在一个古老风俗已经把这种语言变成魔术的地方就尤为泛滥。

我尽量不坚持这个风俗，而是努力利用讲坛提倡思考、传播民阵的纲领，同时避免哗众取宠和八股文风。我常常想，广场是个理想的地方，可以在集会上说明投我的票就是为改革做具体事情，可以就我的企图和可能付出的代价避免产生误解。

但在这两方面，我都不太成功。因为秘鲁人在选举中是不为"思想"投票的；还因为尽管我采取了预防措施，我仍多次发现——特别是当疲劳占上风时——突然之间，我也滑向了过火的措辞和唐突的言辞，为的是获得掌声。在为第二轮选举而组织的两个月的竞选活动中，我试图把我们的建议概括为一些想法，然后包裹上大众圣像的外衣，用最简洁的方式多次加以重复。但是，每周的调查都表明绝大多数人投票的决心是根据对候选人的印象和模糊的冲动，而从不考虑施政纲领。

我记得，在所有我的演说中，最好的有两次，是我在玛吉和卡洛斯的疗养花园里，在没有卫士、记者和电话干扰的情况下准备出来的，一次是1989年6月4日在阿雷基帕阿尔玛广场上宣布我为总统候选人的讲话；另一次是最具个人特色的，是1990年4月4日结束竞选活动的演说。也许还有1990年6月10日当我们失败的消息传来时面对来到自由运动总部门前大批悲伤的人群的短暂讲话。

在自由运动的全国代表大会上有许多发言，但也有思想意识方面的讨论，我不知道代表们是否像我那样感兴趣。自由运动要提出市场经济呢，还是提市场"社会"经济？恩里克主张前者，路易斯·布斯塔曼特·贝朗德主张后者。在一次交换看法时，引起许多人发言。这场争论并非词义上的吹毛求疵。在对"社会"这个词的好感或是厌恶的背后，显露出自由运动组成的混杂性。参加到自由运动组织中来的不仅有自由主义分子，也有保守派、社会基督派、社会民主派，还有相当数量的人没有意识形态的立场，只是抽象地拥护民主，或者用否定的方法做出决定：不当阿普拉党人，也不当共产党人；从我们身上，他们看到有一种选择，可以避开讨厌或恐惧的东西。

最赞成自由主义并且人数最密集的一群——那时似乎如此，后来事情就起了变化——是一批年轻人，年龄在二十岁到三十岁，1980年贝朗德将《新闻日报》交还原主人之后，这些年轻人都曾经在该报上初试锋芒，受过两位几年前捍卫自由市场、反对国有化的记者的教育，即阿图罗·萨拉萨尔·拉腊因和恩里克·奇里诺斯·索托（二人都加入了自由运动组织）。但是，这些年轻人（其中也有我儿子阿尔瓦罗）可比他们的老师走得远。他们自称是米尔顿·弗里德曼（Milton Friedman）、路德维希·冯·米塞斯（Ludwig von Mises）和弗里德里希·哈耶克（Friedrich Hayek）的追随者；其中费德里科·萨拉萨尔的激进主义近似无政府主义（有时近似出洋相）。有几个人曾经或者继续在埃尔南多·德·索托的自由与民主研究所工作，有两个人恩里克·盖尔西和马里奥·吉贝利尼与索托一道合写了《另外一条道路》，我为该书作了序①。该书以详尽的调查为依据证明了为什么被宣布非法的非正规经济是穷人针对秘鲁资本

---

① 题为《静静的革命》，收在埃尔南多·德·索托的《另外一条道路》（1986年利马巴兰科出版社出版）。

主义重商思想设置的歧视性鸿沟的创造性回击。

在埃尔南多·德·索托领导下的那次调查，对于在秘鲁推动自由主义思想的传播是极为重要的，划清了一条界线。德·索托于1979年和1981年在利马举办了两次国际研讨会，请来了一些经济学家和思想家——哈耶克、弗里德曼、让-弗朗索瓦·雷韦尔（Jean-François Revel）以及休·托马斯（Hugh Thomas）等人——他们的思想给秘鲁带来一阵现代化的清风，而这时我们的国家正走出漫长的民众主义的煽动和军事独裁的统治。我参与了德·索托办的这些会议，会上都讲了话，还帮他成立了自由与民主研究所，一直密切注视着他对"非正规"经济的研究并为他的成果感到高兴。我鼓励他将这些成果写成专著；成书后，我除去给它作序外，还在秘鲁和国外大力推荐，而我对自己的作品从未这样做过（我甚至不合时宜地坚持要《纽约时报》杂志发表我一篇关于这本书的文章，1987年2月22日文章终于发表了；以后有许多国家加以转载）。我这样做是因为我一直认为德·索托将来会成为秘鲁杰出的总统。他自己也这样认为，因此我俩的关系似乎很好。德·索托是个好虚荣的人，敏感得像细弦。1979年我认识他的时候，他刚从欧洲回国；他大部分时间是在欧洲度过的。那时，我觉得这个人言过其实、十分可笑，因为他的西班牙语中夹杂着英语、法语和贵族式的做作（由于他的父姓前面加了一个"德"，因此贝朗德说到他时往往用"那个带征服者姓名的经济学家"）。但是，很快我就以为自己透过他那奇特的外表发现了一个比我们大多数政治家聪明和具有现代意识的人才、一个可以领导秘鲁进行自由改革的人物；为此，值得支持他那在国内外做广告的狂热。这就是我干的事，我认为干得还很成功；当我进一步了解了他并发现自己正在帮德·索托披上学者的外衣时，我不得不承认,正像我的同胞们说得那样,我为这个拔高的人物感到难过。

在动员群众进行反对国有化的斗争中,德·索托正在多米尼加共和国度假。我给他打了电话,讲述了正在发生的事情,他便提前回国了。起初,他对圣马丁广场的群众大会持保留态度——反之,他建议在阿玛乌塔剧院举办关于"非正规问题"研讨会——但是,后来,他与自由和民主研究所的全体人马都热情地参加了圣马丁广场大会的准备工作。他那时的助手恩里克·盖尔西成了大会的积极动员分子,德·索托本人是大会上在我前面发言的三名演说家之一。他在主席台的出现,背后产生了许多压力,我顶住了,因为我确信朋友们中反对他发言的人是出于妒忌,他们的理由是他那些英语怪词会让广场上的人们哄堂大笑;而我不相信他们说的德·索托是个野心勃勃、不大忠实的人。

德·索托后来的表现充分证明了我的朋友们是有道理的。就在8月21日群众大会前夕,理论上已进入大会启动状态,德·索托与阿兰·加西亚总统在政府宫秘密会晤,确定了阿普拉党政府和自由与民主研究所互利基础,从此他在急切实现野心的路上狂奔起来(后来,他在藤森政府及独裁统治中飞黄腾达起来)。这一互利合作是阿兰·加西亚精心设计的,为的是从1988年起突然之间运用政客们才能干得出来的魔术手段,摇身一变从一个正在实现秘鲁"无产阶级化"的总统成为在穷人中推动私有化的倡导者。为此,他同德·索托大张旗鼓地宣传秘鲁的"自由化",耗资巨大——通过数以百万计的广告——鼓吹贫民新村的开发计划;德·索托及其研究所为总统制定的这些计划,其目的在于同民主阵线公开竞争。这一行动并没有产生阿兰·加西亚预期的效果;可是对我了解德·索托这个人物出人意料的作为却十分有用，而我一度由于头脑简单竟然相信他能够净化政治，拯救秘鲁。

这是因为，就在德·索托由于容易恼怒或者由于更实际的原因而在秘鲁变成反对我竞选总统的狡诈敌人的同时，在美国他却四处展示圣马丁广场大会的录像带，以证明他的知名度①。但是，这位如此胆大妄为旨在为自己的研究所争取美国的各种基金会和官方机构的赞助的人，却同时在美国国务院和一些国际代理机构面前含沙射影攻击民主阵线；一些听众有时迷惑不解，跑来问我这种虚伪的手段意味着什么。其实，这仅仅意味着：这位曾经十分准确地描绘过秘鲁唯利是图的社会制度的人，自己却成了最唯利是图的典型。而我们这些提倡私有制的人——在某种程度上，我们发明了它——应该直言不讳地说：我们没有能为自由事业和秘鲁效力，却满足了一个名叫拉斯迪纳克的土生白人的胃口。

但是，通过他匆匆涉足的思想领域和自由主义的价值观，却为后世留下一部好书。并且以某种方式教育了一批激进青年，他们在首届自由运动代表大会上狂热地捍卫这部著作。

恩里克·盖尔西所领导的"土耳其青年"的激进与狂热态度——尤其是费德里科·萨拉萨尔的极端主张，时刻准备谴责重商主义或者背离中央集权主义的征兆——有些吓住了路易斯·布斯塔曼特，这个慎重的人作为制定执政纲领的负责人，希望我们这一纲领既符合实际同时又是激进的（因为还存在着自由主义的乌托邦思想）。因此，在他写作班子中几位经济学家和专业人员的支持下，他坚持要

---

① 作为这种圆滑的人之例证，请看1990年4月20日《华尔街日报》上大卫·阿斯曼写的文章，这位记者出于好心，把1987年8月21日争自由大会的成功算在德·索托头上。

自由运动采用路德维希·艾哈德（更确切地说是顾问阿尔弗雷德·米勒-阿马克 Alfred Müller-Armack）给1948年起推动德国飞速发展的经济政策命名的标签：市场"社会"经济。

我倾向取消"社会"二字。这并非因为它制造了与任何再分配格格不入的市场——尽管对一个开放社会里一种再分配政策应有的范围持种种不同的看法，还没有哪个自由派分子赞成这一观点——而是因为秘鲁与社会主义的联系要超过自由主义哲学思想的机会均等，其理由是明白无误的。军事独裁政权早就把"社会"二字用在与集体化和国有化有关的一切领域；阿兰·加西亚在任何演说中都用"社会"来折磨秘鲁人，他说实行银行国有化是为了让银行履行"社会职能"。这两个字在政治演说中的滥用程度，使之成为煽动民众主义的噪音，而不是一种概念（我一直很喜欢这些过激的青年，尽管有时他们中的某个人骂我是异教徒；后来，他们中有两个人——吉贝利尼和萨拉萨尔——变成了令人鄙视的政客。但是，在我说的那段日子里，他们表现得慷慨无私，富有理想。那时我常想，他们的纯洁和不妥协精神对于明天完成教化国民的巨大任务来说是十分有用的）。

代表大会对于"社会"二字未做任何决定，辩论展开了，但是意见的交流标志着此次会议中思考问题的最佳时刻，促使许多人去关心这一问题。在随后的十二个月里，实践做出了真正的结论；那期间，路易斯·布斯塔曼特的写作班子起草了秘鲁从未有过的先进而自由的执政纲领，对此，任何一个"土耳其青年"都提不出任何异议。

让这些思想在自由派心中扎根，我们能做到什么程度？投我票的秘鲁人支持自由主义思想到了何等程度？我很想弄明白这些疑团。

不管怎样,为了让自由化思想在自由运动组织生活中起重要作用,我们做了种种努力。我们成立了全国思想与文化书记处,大会选举恩里克·盖尔西主持工作;还开办了干部培训学校,这是米盖尔·克鲁查加提出的,费尔南多·伊万斯基和卡洛斯·苏苏纳卡极力促成了此事。

不久,劳尔·费雷罗·科斯塔加入了自由运动组织,他曾任律师协会主席;与他有联系的一群专业人士和学生也参加了我们的组织。主席一职使他能有机会走遍秘鲁的许多地方。当维克托·格瓦拉辞去全国组织书记一职时,我请劳尔出来接替;他虽然知道这一职务的艰巨性,还是答应下来。那个时期,总书记米盖尔·克鲁查加在他妻子塞西里娅的支持下,完成了一项特殊任务:训练了六万名我们需要在全国所有选举站派遣的代表(每个选举站的代表是防止选举作弊的唯一保证)。这样一来,全部组织工作便由劳尔·费雷罗掌握起来。

劳尔为改善自由运动组织在各省的状况做了巨大努力。他在二十几名助手的帮助下,不知疲倦地走遍了全国各地,建立了许多地方的基层委员会,对已存在的委员会做了整顿工作。自由运动组织迅速地壮大起来。我在去内地检查工作时,经常激动地看到在偏僻的卡哈马卡、安卡希纳、圣马丁和阿普里梅纳等省份一群群自由运动组织的成员在基层委员会所在地的门前欢迎我的来访,从老远的地方就可以看见自由运动红黑相间的徽章,那上面的文字很像波兰的团结工会。(1981年,当波兰通过了对瓦文萨领导的工会实施镇压令时,我和记者路易斯·巴萨拉在马尔特体育场领导了群众抗议活动;我猜想,因为有这个背景,许多人便以为徽章的相似之处大概是我的主意。但实际情况是,虽说这一相似让我感到高兴,但绝不是我的主意，甚至到今天我也不知道是不是负责宣传的豪尔赫·萨尔蒙策划的，或者是米盖尔·克鲁查加，或者是费尔南多·西斯罗，后者为帮助我们筹集经费，用自由运动组织的标志制作了一幅漂亮的金属版画。）

我们决定在全国大选之前自由运动内部首先进行选举。许多成员认为此举不够慎重，因为现在已进入最后冲刺阶段，正是应该集中精力与对手一搏的时候，内部选举会分散物力和精力，会导致窝里斗。我是主张内部选举在先的人之一。我想通过内部选举可以推动许多省市委员会的民主化，通过内部选举可以使基层组织从酋长的统治下解放出来，有了基层代表组织可以加强力量。

但是，我敢说，在三分之二的省市中，设法规定选举模式、争取让自己当选的人，都是酋长。他们使用的手腕从技术上说是无可非议的。他们发出候选人登记的期限和选举日期只有他们的支持者知道；他们掌握着选举成员的花名册，那上面或者没有登记对手的名字或者登记的日期错过了规定的时间。负责全国选举事务的书记阿尔贝托·玛萨——极富幽默感，在政治委员会的会议上，我们都急不可耐地盼着他发言，因为他的讲话总是闪耀着智慧的火花，总会让大家捧腹大笑——这时承受着许多受酋长诡计伤害的人的抗议，他把了解到的计谋一一给我们做了汇报，大家都惊呆了。

我们力所能及地纠正了这些过失。对于有些省份中的投票人数少得令人可疑的选举，我们宣布无效，凡是可以驳回重选的，一律驳回。但是，有些情况——这时全国大选已经迫在眉睫——我们不得不承认内地一些委员会颇有争议的合法性。

利马的情况则不同。地区书记处的选举是做了认真准备的，及时地避免了有人玩诡计，结果拉斐尔·雷伊当选。1989年10月29

日选举那一天,我到几个区县走了一遍,看着自由运动的成员排着队投票,真是令人激动。但是,与雷伊竞争的恩里克·福斯特不肯认输,退出了自由运动,通过官方报纸攻击我们,几个月后当上了官方众议员的候选人。

利马地区新的委员会在首都继续发展组织;在团结行动组织的支持下,在贫民新村,从1989年底到1990年初,我和帕特丽西娅几乎每天都收到出席新基层委员会成立仪式的请柬。凡是能去的,我们都出席了。那时,我每天的负担达到如此程度:早晨七八点开始工作,半夜结束。

对于开幕式,毫无例外地执行这样一条规定:越是贫困地区,仪式越是要隆重。正如小说家何塞·玛利亚·阿格达斯所回忆的那样,秘鲁是个"古老的国家",处处可见秘鲁人创造的悠久历史,比如喜欢种种形式的典礼和仪式。总要摆上一个喜气洋洋的主席台,上面摆满鲜花、彩旗,墙壁和天花板上挂着花环,桌上堆着美味佳肴和各种饮料。不可缺少的还有乐队,有时还有民间舞蹈表演。必须到场的还有教区神父,他要洒圣水,要为基层组织的办公处(往往就是在空地上用芦苇加泥巴搭成的简易棚)祈祷一番。再加上一大群五颜六色的男女老少,显而易见,大家都穿上最好的服装,仿佛参加婚礼或洗礼一样。开始时必须唱国歌,结束时唱自由运动之歌。当中要听很多人演讲。因为所有的领导成员——各区县的书记、思想与文化书记、妇女促进会、青年团、执政计划委员会、组织委员会、社会事务委员会,等等,都必须讲几句话,免得产生被怠慢的感觉。仪式就一再延长,再延长。随后,必须在证书上签字,其内容的行文是巴洛克式的冗长文字,盖满了图章,以证明仪式已经举行,从而给仪式涂上了圣油,行了圣礼。接着,演出开始:山区的瓦依诺舞、特鲁希略的水手舞、钦查的黑人舞、皮乌拉的耶稣受难舞。尽管我恳求、要求、命令——我解释说，如此漫长的仪式会让竞选计划破产的——缩短仪式的时间，却往往难以办到；难以免除的还有集体合影、签名留念，当然还有落在全身的粉末、细屑的混合物，这种东西无孔不入，弄得我浑身刺痒难熬。虽然如此，你不能不为这个大众阶层的洋溢热情所感动，他们与秘鲁上层和中层的人们不同，表达感情是无拘无束的。

我惊讶地看到帕特丽西娅也竟然上电视台接受采访了——从前她总是拒绝——并且在贫民新村发表演说。每当她看到我从这种开幕式上归来，浑身都是纸屑时，便故意问我："你还记得吗，你曾经是个作家啊？"

第九章 鲁乔舅舅

如果说在我生活过的五十五年里可以挑选一年重新过一次的话,那么我要选择在皮乌拉度过的那一年,那时我住在鲁乔舅舅、奥尔加舅妈家里,一面在圣米格尔学校读中学五年级,一面在《工业报》工作。从1952年4月至12月,那时我身边发生的一切事情,都让我处于一种脑力和体力都充满热情的状态,后来我一直怀着思念的心情记在心中。在种种事情里,最主要的是鲁乔舅舅。

各位舅舅中他排行老大,佩德罗外祖父之下,略萨部族的首领就是他,大家有事都找他帮忙;从我记事起,在科恰班巴,当他带我去游泳池学游泳的时候,我成了世界上最幸福的人,那时我就暗暗地喜欢上了他。

全家都为鲁乔舅舅感到骄傲。外祖父母和姨外婆经常讲述鲁乔在阿雷基帕耶稣会学校里如何每年都获得优秀奖;可爱的外祖母还翻箱倒柜地找出鲁乔的记分册,让我们看看鲁乔出色的毕业鉴定。大家都不怀疑凭着他的才干他可以赢得各种胜利,可是鲁乔舅舅没有能够把学业继续下去,因为他长得太帅了,在女人身上屡屡得手,这把他给毁了。在他还非常年轻的时候,刚要进大学,就把一位表妹的肚子搞大了;在特别大惊小怪和严肃至极的阿雷基帕,这一丑闻逼得他不得不离家去利马,直到全家平息下来为止。可是他一回到家里就又主演了另一场闹剧:在他刚刚结束少年生活不久的时候就同一个名叫玛丽的阿雷基帕女人结了婚,她比他大二十岁。这对夫妻不得不离开这座吓坏了的城市到智利去了;鲁乔舅舅在那里开了一家书店,他的风流韵事仍然不断,最后导致毁灭了他这一次早婚。

离婚以后,他来到科恰班巴,外祖父母住在这里。在我最早的记忆里,总是浮现着他那电影明星般年轻漂亮的相貌以及礼拜天家庭聚餐时大家讲述鲁乔舅舅追求和征服女人的业绩中的趣闻逸事;从这时起,鲁乔舅舅经常帮助我做作业,给我课外辅导数学。后来,他到圣克鲁斯工作了,起初跟外祖父一道承包萨伊比纳庄园;随后自己单干,给几家公司和产品做代理人,其中就有法国的波梅里香槟酒。圣克鲁斯以多有玻利维亚最漂亮的女人而闻名,因此鲁乔舅舅总是说,他在生意里赚的钱全都花费在波梅里香槟酒上了,他自己买下这些酒去招待当地的美人。他不断地来科恰班巴,每一次他的到来都成为拉迪斯劳·卡布雷拉大街上这所住宅里的一股巨大力量。我比任何人都高兴,因为虽说我非常喜欢各位舅舅,但是却特别爱他,我觉得他才是我真正的爸爸。

终于,他头脑清醒了,跟奥尔加舅妈结了婚。他俩到圣克鲁斯去了一趟,据传说,鲁乔舅舅在当地惹恼了许多恋人,其中有一位——名字也叫奥尔加的美人——一天下午骑马走到奥尔加的窗前,朝着里面连发五枪,因为她垄断了——至少在理论上——猎获的宝物。我对鲁乔舅舅的特别喜爱不仅仅因为他对我亲热,还因为他头上因生活永远更新而戴上的历险光环。因为从那时起我就为仿佛从小说里走出来的人们感到着迷,他们把乔卡诺的这一诗句变成了现实:"我愿意生活在激流中……"

鲁乔舅舅一生始终在变动工作,各种行当他都要尝试一番,总是不满意手上正在干的活计,虽然大部分尝试都结果不好,他却从来不感到厌烦。我们在玻利维亚的最后一年,他还在向阿根廷走私橡胶。这是一项玻利维亚政府口头上对外说要打击、私下里加以鼓励的生意,因为这是该国一个重要的外汇来源。阿根廷由于大战中倾向轴心国的立场而受到国际封锁的制裁,所以用黄金价购买这种亚马孙大森林里的橡胶——或者生胶。我记得我跟着鲁乔舅舅去过科恰班巴的一些仓库,那里的橡胶在经过伪装放进开往边境的卡车之前,必须撒上滑石粉以便去掉臭味;我还记得当让我也在那些违禁品上撒了一把粉时我感到一种犯罪般的刺激。在大战结束前不久,鲁乔舅舅的一支车队在边境上被扣留了,他和他的合伙人赔得只剩下了衬衣。正是在此时他和奥尔加舅妈——还有两个小女儿万达和帕特丽西娅——来到皮乌拉,在外祖父母身边安了家。

在皮乌拉,鲁乔舅舅在罗梅罗公司(一家汽车推销店)里干了几年;可是1952年我去他那里住的时候,他又在务农了。他租下了奇拉河畔的圣何塞庄园,在那里播种棉花。那座庄园位于派塔和苏亚纳之间,距离皮乌拉两小时左右的路程;我跟着鲁乔舅舅多次到过那里,每周总要开着一辆摇摇晃晃的黑色运货卡车去两三次,为的是检查灌溉、打药或者整地的情况。就在他跟雇工们说话的同时,我骑着马闲逛,或者在小溪里洗澡,或者给庄园里的小伙子和缝洗的姑娘们瞎编一些热闹的爱情故事。(我记得我写过一部这类中篇小说，还按上一个文绉绉的题目:《牧女》。)

鲁乔舅舅是个书迷，年轻时还写过诗歌。(后来，我进入大学以后，从他年轻时在阿雷基帕的朋友们，比如奥古斯托·塔马约·巴尔加斯、埃米利奥·尚皮翁、米盖尔·安赫尔·乌加特·查莫罗等老师们口中得知，他中学时期的同学们都确信他有知识分子的才华。)那时我还记得他写的一些诗，特别是一首十四行诗，他在诗中把一位贵妇人美丽的信物比作项链上的珍珠；那年在皮乌拉我们谈话时我说到我的爱好：哪怕是饿死我也要当个作家，因为文学是世界上最美好的东西；他常常给我朗诵诗歌，同时鼓励我要坚持自己的文学爱好，不要考虑后果，因为——这是我学到的重要一课而且也努力把这一课转达给我的孩子们——一个人最大的不幸就是一生在做他不喜欢的事情而放过了他愿意干的事。

鲁乔舅舅听我给他朗诵《印加王之逃遁》、很多诗歌和短篇小说，他有时做几点批评——我基本功方面的缺点是大量的——为了不伤害我这个爬格子新手的自尊心，他是很慎重的。

奥尔加舅妈事先已经为我准备了一个房间，在塔克纳大街他们住宅小院深处，那条街几乎与桑切斯·塞罗大道相通，面对着梅里诺广场，我要去的新学校——圣米格尔就在那里。鲁乔舅舅的家占据着一座旧建筑的底层，有小客厅、餐室、厨房、三间卧室，还有几间洗澡间和卫生间。我的到来打乱了家里的秩序——除去万达和帕特丽西娅两个表妹，一个九岁，一个七岁，那时小表弟鲁乔[①]也出生了，已经两岁——为了让我能够有个独立的房间，表妹和表弟不得不挤在一个房间里。我的房间里有两个书架，上面摆着鲁乔舅

---

① 与他父亲同名。——译者

舅的书：埃斯帕萨-卡尔佩①早年间的多卷本、雅典出版社出版的古典丛书，特别还有洛萨达出版社出版的当代文库多卷本选集，有三四十本小说、散文、诗歌和戏剧，可以肯定经过那一年狼吞虎咽的阅读，我把这些书从头到尾读了一遍。在鲁乔舅舅的这些书籍中，我发现了一本墨西哥迪亚纳出版社出版的自传，这本书让我好几夜不能入睡并且在我心里产生了巨大的政治震撼，那就是扬·瓦尔廷写的《黑夜落在后面》。作者在纳粹统治时期是德国共产党员，他这本自传中有大量地下战斗的故事、为革命做出牺牲的突发事变以及难以忍受的过火行为，这对我来说是一声爆炸，迫使我第一次认真思考正义、政治活动和革命。尽管在这本书的末尾，瓦尔廷严厉地批评德国共产党牺牲了他的妻子又用厚颜无耻的方式对待他，我记得在读完这本书之后我仍然非常敬佩这些世俗的圣徒，他们虽然冒着酷刑、砍头或者终生被监禁在纳粹地牢里的危险，却把毕生献给了为社会主义而奋斗的事业。

由于学校离家近在咫尺——我只要穿过梅里诺广场就到校了——我就尽可能晚地起床，然后飞快地穿上衣裳，上课的哨声吹响时便箭一般地射向学校。可是，奥尔加舅妈却不答应我不吃早饭，她常常派女仆把牛奶和黄油面包给我送到圣米格尔去。我不知道有多少次刚上早晨第一节课时就不得不窘迫地看着绰号叫"魔鬼"的教导主任走进教室喊我："巴尔加斯·略萨·马里奥！到门外去吃您的早饭！"在《纪事报》干了三个月夜游神加嫖客式的记者之后，现在倒退为受管束的孩子了。

对此我毫无怨言。奥尔加舅妈和鲁乔舅舅对我的溺爱让我感到

---

① 西班牙一大出版社。——译者

幸福，同时让我感到高兴的是，他俩拿我当成年人对待，让我完全自由地外出或者在家里看书看得很晚（这对我来说是常事）。因此，我早晨起床上学是很费劲的。奥尔加舅妈在空白卡片上为我签好字，这样我就可以随便为自己的迟到编造一些借口了。可是我迟到的次数实在太多了，于是就请两个表妹负责每天早晨叫醒我。可爱的万达做得小心、谨慎；可是小表妹帕特丽西娅则趁机发泄她的坏脾气，毫不胆怯地把一杯冷水泼到我的脸上。在那张长着翘鼻头、亮眼睛的面孔后面和一头卷发的脑袋里，隐藏着一个七岁的鬼精灵。她经常泼在我脸上的一杯杯冷水变成了我的噩梦，我总是在梦中怀着提前到来的战栗等待着冷水的袭击。冷水的打击使我目瞪口呆，我愤怒地用枕头砸她，可是她早就逃开了，站在院子里用一串笑声回答我，其声音之大与她那半是皮包骨的身体很不相称。她那没有礼貌的种种行为打破了家中传统的纪录，甚至我的纪录。如果有什么事情让帕特丽西娅表妹不高兴，她能够几个小时几个小时地又哭又跺脚，直到这闹声把鲁乔舅舅从小屋里叫出来为止；有一次，我看到鲁乔舅舅把她拉到淋浴喷头下面，让她穿着衣服洗澡，看她会不会停止哭闹。有一段时间，小表妹帕特丽西娅睡在我的房间；一天，我忽然心血来潮给她写了一首诗，她学会了记在脑子里，然后就经常在奥尔加舅妈的女友前面朗诵，这让我满脸通红，因为她故意拉长腔调，发出一种冻僵了的声音，让诗歌显得更糟：

> *小姑娘睡觉了*
>
> *她睡在我身旁*
>
> *小小的手*
>
> *白白的手*

轻轻贴在

她的身旁……

有时我飞快地掐她一下或者揪揪她的耳朵；于是，她就咋咋呼呼地尖叫起来，好像有人在剥她的皮一样；为了让鲁乔舅舅和奥尔加舅妈不相信她这一套，我不得不用恳求或者出洋相的办法安抚她。她常常给这样的交易标出价来："要么给我买巧克力要么我还叫喊。"

皮乌拉的圣米格尔中学面对着萨雷霞诺中学；它不像后者有一片宽敞、舒适的校舍，有的是用苇箔和铁皮建造的旧房子，不适合用于教学；但是，圣米格尔由于校长——玛罗金博士，我给他添了不少让他头疼的麻烦——的努力，成为一所极好的学校。那里既有来自皮乌拉贫困家庭——来自曼加切利亚、加伊纳塞拉和其他郊区——的孩子，也有皮乌拉中产阶级、甚至社会上层家庭的孩子，他们之所以去那里上学，是因为萨雷霞诺中学的神甫们让他们无法忍受，或者是因为受到圣米格尔优秀教师的吸引。玛罗金博士能够请来城里的杰出专家上课——特别是给我这个年级、毕业班的年级上课——由于这个关系，比如我吧，就有幸听到了吉列尔莫·古尔曼的政治经济学。我想，就是这门课，加上鲁乔舅舅的劝告，激励着我后来在大学里攻读文学和法律。在来到皮乌拉之前我曾经下决心只搞哲学和文学。但是，吉列尔莫的课程使人觉得法律要比纯粹与诉讼有联系的东西深刻和重要得多：它是通向哲学、经济、一切社会科学的大门。

我们还有一位优秀的历史教师，内斯托尔·马尔托斯，他每天给《时代报》写一篇地方题材的文章，题为《反对票》。马尔托斯老师一副生活没有条理的样子，放荡不羁且冥顽不化，有时似乎是从整夜喝奇恰酒的小酒馆里直接来上课的，头发不梳，胡须不剪，围巾遮住半张脸——在热带的皮乌拉居然用围巾！——一到了课堂上，他就变成了英俊的解释者、一位美洲历史中印加前和印加时期的壁画画家。我如醉如痴地听着他的课，一天上午在课堂上我感到自己成了孔雀，因为他虽然没有提到我的名字，却列出全部理由说明任何一个杰出的秘鲁人都不可能成为"西班牙语文化学者"，也不会去赞扬西班牙（这些话正是那天我说的，因为时逢西班牙大使来皮乌拉访问，我在《工业报》我管的专栏里发表了一篇文章）。他的理由之一是：在殖民统治的三百年间，有哪位君主屈尊访问过西班牙帝国的美洲属地吗？

文学教师有些乏味——我们不得不死记硬背那些修饰经典作家的形容词：圣胡安·德·拉·克鲁斯前面是"深刻而本质的"；贡戈拉前面是"巴洛克的和古典主义的"；克维多前面是"雕琢的、风趣的和不朽的"；加西拉索前面是"意大利化的、提前夭折的和胡安·博斯甘的朋友"——但是，这位老师善良至极，他名叫何塞·罗夫莱斯·拉苏里，这棵麻木不仁的栎树①发现了我的文学爱好时，对我非常赏识，经常借书给我看——他把所有的图书都用玫瑰色的纸张包上封皮和加盖图章——我记得在那些书中，我阅读的头两本书是阿索林的《经典作家之外》和《堂吉诃德之路》。

上了两三周课之后，我壮着胆子把我小小的剧作交给了罗布雷斯老师。看了作品以后，他提出一项让我激动不已的建议。当时学校正准备搞一场演出庆祝7月份的皮乌拉周。咱们为什么不向校长提议圣米格尔今年就演出《印加王之逃遁》呢？玛罗金校长批准了

---

① 西班牙语中的"罗夫莱斯"为"栎树"之意。——译者

这一建议；无需商量，我负责指挥排练，准备7月17日在百乐剧场首演。我欣喜若狂，急忙跑回家去讲给鲁乔舅舅听：我们要排练《印加王之逃遁》啦！而且是在百乐剧场呀！

即使仅仅让我在舞台上通过剧中虚构的生活体验由我来编造的故事，我欠皮乌拉的恩情也是无法偿还的。可我在其他方面也欠它的情。我有些要好的朋友，其中几位的情谊一直持续到如今。我在萨雷霞诺中学时的一些老同学这时已经转到圣米格尔来了，比如哈维尔·席尔瓦、马诺洛和里卡多·阿尔达迪；在新同学中还有特布伦孪生兄弟、莱昂表兄弟和赖加达兄弟，我同他们成为推心置腹的好友。中学的这个五年级结果成了开拓性的一年，因为第一次在一所国立中学里实行男女混合制。在我们班上有五个女孩子；她们坐在另外一排；我们男生跟她们的关系是很规矩的，总保持一定距离；其中一个女生名叫约兰达·比莱拉，根据我皮夹子里像护身符一样随身携带的那张褪了色的节目单上的记载，她是表演三个"信奉灶神的处女"之一。

在所有这群朋友中，最亲密的是哈维尔·席尔瓦。当时，他已经十六岁，可能后来发育得更厉害：肥胖、贪食、聪明、不知疲倦、不认真、惹人喜爱、随时准备参与任何冒险的勾当、比所有的人都慷慨大方。他说，那年我就把他给说服了：远离巴黎是无法生活的，我们应该及早到巴黎去，为了确保买到机票我还拉着他去开了一个联合储蓄户头（我记忆的情况是，此事发生在利马，我们已经是大学生了）。他的食欲大得异乎寻常，一到发零用钱的日子——他住得离我家很近——他就来找我，请我去桑切斯·塞罗大街上的女王饭店，叫来葡萄酒和啤酒共享。我俩还经常去看电影——去市府影院、百乐剧场或者是那个卡斯蒂亚露天电影院，那里用单机放映，因此每放完一盘就要停机换拷贝,另外还要携带座位才行——我俩还去格劳俱乐部游泳池游泳,在我打消了他父亲、皮乌拉城里一位深受爱戴的医生谆谆告诫他如果逛妓院会染上梅毒所造成的恐惧心理之后,还把他给拉到了通向卡塔考斯路旁的"绿房子"里去了。

"绿房子"是一座大茅舍,比住宅要简陋,比起通常淫秽和爱打架的利马妓院来,这里是个比较快乐和容易交际的地方。皮乌拉的妓院还保持着传统的聚会、聊天,同时又用于幽会场所的功能。皮乌拉社会各阶层的人都到那里去玩——我记得一天夜里让我大吃一惊的是,我遇上了省长堂豪尔赫·切卡,他为曼卡切三重奏的通德罗舞曲和库玛纳舞曲感动不已——去听音乐,去吃地方风味菜肴——恰维罗干白、羊肉干、辣子鱼片、奶油生菜、乳白蛋糕、泡沫饮料和浓奇恰酒,或者去跳舞、谈话,当然也做爱。那里的气氛是随随便便、没有规矩、处处欢笑的,只有偶尔一两次发生吵架的事。后来过了很久以后,在我看到了莫泊桑的作品的时候,不能不把"绿房子"同他笔下美丽至极的泰利埃之家联系起来,同样在我脑海里也总是把皮乌拉郊区粗俗、贫穷、欢乐的曼加切利亚区同大仲马小说中的奇迹宫联系起来。从小时候起,现实中越是让我感动的人和事就越是贴近文学中的那些人和事。

我们这一代人享受妓院里杰出音乐家的歌声,随着性习惯的改变、避孕药的发现、贞节神话变得陈旧过时以及男孩开始同恋人做爱,我们这一代人埋葬了这个走向灭亡的组织。性自身产生的通俗化,根据心理学家和性医学家的看法,对于社会是非常健康有益的,用这种方式社会可以宣泄超量的神经机能病的压抑。但是,这还意味着性行为的被忽视以及取消了当代人一个特殊的行乐渠道。性爱脱下了神秘的外衣、冲破了根深蒂固的宗教和道德的禁区以及精心设计的礼仪包围圈之后，对于一代又一代新人来说，便成为世界上最自然不过的事，成为一种体操运动，成为完全不是什么生活核心秘密的事，成为完全区别于我那一代人一度是通过性爱可以接近天堂和地狱的东西。妓院是那个地下宗教的庙宇，一个人可以去那里做刺激而富有冒险意味的礼拜仪式，可以在短短几个小时内体验一下另外一种生活。毫无疑问，那是一种建立在可怕的社会不公正之上的生活——到了第二年我才意识到这一点，为自己曾经像一个令人鄙视的资产阶级分子那样去逛妓院、去嫖妓感到非常羞愧——但事实上这为我们许多人提供了一种非常强烈、令人尊敬、几乎是神秘的世界关系，性爱的实践成为某种与占卜神圣和礼仪不可分离的东西、与积极发挥想象不可分离的东西、与神秘和羞愧不可分离的东西、与巴塔耶①称之为"触犯"的一切不可分离的东西。对于大多数人来说，性转变为某种自然的东西或许是件好事。对于我来说，过去从来不是，现在也不是。看着一个裸体女人躺在床上，总会有一种最令人激动和慌乱的体验，总是某种如果在我的少年和青年时期性爱不是在禁区、禁令和偏见包围之下，如果那时跟女人做爱没有那么多必须克服的障碍，那么对我来说也就不会有如此重要、如此受到崇敬和充满幸福期待的东西了。

去卡斯蒂亚郊区卡塔考斯路旁那座胡乱涂成绿色的茅舍，要花掉我在《工业报》挣到的微薄工资，因此在那一年里我仅仅去过几回。但是，每次我离开那里的时候脑袋里都装满了欲火中烧的影像，可以肯定，从那时起我就梦想着早晚有一天要编写一个以"绿房子"为舞台的故事。有可能记忆和怀念美化了某种不幸和下流的东西——

---

① Georges Bataille（1897—1962），法国哲学家。——译者

对于像皮乌拉这样的小城市里的小妓院还能指望什么呢？——但是，我记得，那个地方的气氛是欢乐而有诗意的，那里的人们真的都很开心，不仅嫖客如此，就是充当侍者和保镖的乌龟们、妓女们、演奏华尔兹舞曲、通德罗舞曲、曼博舞曲或者瓦拉查舞曲的乐师们以及面对大家准备菜肴同时在炉灶旁踏着舞步的厨娘也是如此。由于为男女准备的、带有床铺的小房间很少，因此常常要走出茅舍到附近的沙地上，露天之下，躺在紫荆和山羊的包围中性交。为这种不舒适的条件给予补偿的是，皮乌拉夜晚那温暖、发蓝的空气、那充满柔情的满月、那沙丘性感的曲线、从沙丘上可以远眺大河对岸城里闪烁的万家灯火。

到达皮乌拉之后没有几天，我拿着阿方索·德尔沃伊和加斯东·阿吉雷·莫拉莱斯写的推荐信，去《工业报》老板的家里面见堂米盖尔·塞罗·塞夫里安。这是个矮小的老人，有正常人的一半高，因户外活动而面孔黝黑，上面布满了阡陌纵横的皱纹，一对活泼、不安分的眼睛显露出不驯的精力。他拥有三家省级日报——皮乌拉省《工业报》、奇克拉约省《工业报》和特鲁希略省《工业报》——以强有力的手段在皮乌拉的一幢小住宅里领导这一切；在卡达卡奥斯那边还有一处棉花农场，经常骑着一头走路偷懒并且像他一样高龄的母骡亲自去农场监工。他骑在母骡上大摇大摆地走在通向旧桥的大道中央，全然不顾汽车和行人。往往在利马大街的《工业报》报社所在地停留片刻，那母骡不预先通知就用铁蹄敲击着砖地闯入报社带栅栏的院落，为的是让堂米盖尔扫一眼编辑部的材料。他是个从来不知疲倦的男子汉，甚至连睡觉时都在工作，谁也别想拿他开心，严肃甚至生硬，但是为人正直，让我们这些在他手下工作的人感到放心。人们传说，一天夜里有人在皮乌拉中心丰盛的酒席上问他是否还有能力做爱。据说堂米盖尔邀请食客们去逛"绿房子"，他在那里用实际行动解开了人们的疑团。

堂米盖尔非常仔细地看了推荐信，询问了我的年龄，猜测我如何能把报社的工作与中学的课程结合起来，最后决定雇用我。给我定的每月工资是三百索尔，那次谈话还草拟出我的工作范围。上午的课一结束我就得去报社，翻阅利马的报纸，摘录和改写皮乌拉人可能感兴趣的消息；晚上再去两三个小时，写文章，做报道，应付紧急情况。

《工业报》是件老古董。四个印张全是由排字工人涅韦斯先生手排的——我想他从来就不知道莱诺铸排法。看着他在那房间尽头的小隔断里、那由他一人代表的"车间"里工作，等于是看一出戏。干瘦的涅韦斯先生戴着一副镜片厚厚的近视镜，总是穿着一件短袖衬衫和一条曾经是白色的围裙，把原稿放在左手的阅读架上。他飞快地舞动着右手，从身边的字盘里抽出铅字，排好文章装进字模里，然后他本人用一台老掉牙的印刷机印刷出来，那台机器的颤音撼动了报社的四壁和屋顶。我觉得涅韦斯先生好像是从19世纪的小说、特别是狄更斯的小说里跑出来的人物；他这个行业，他这门娴熟的手艺，似乎是一件古怪的遗物、地球其他地方已经消亡的东西、在秘鲁也将随他一道消亡的东西。

《工业报》的新社长几乎是跟我同时到达皮乌拉的。堂米盖尔·塞罗·塞夫里安从利马把一名久经沙场的记者佩德罗·德尔·皮诺·法哈多拉到这里，为的是在与另一家地方报纸《时代报》的激烈竞争中提高报社的地位（还有第三家报纸《回音与消息》，出报晚，质量差，从来没有好过，印在五颜六色的彩纸上，几乎不能阅读，因为报纸上的字母都留在读者的手上了）。我们这里的编辑是皮乌拉河的测量员，负责体育消息的名叫欧文·卡斯蒂略——后来，他在军事独裁统治期间在利马那龌龊的新闻世界里飞黄腾达——我负责地方版和国际版。另外，还有社外撰稿人，比如路易斯·吉诺基奥·费霍医生，他酷爱新闻这一行如同爱自己的本行一样。

我们同佩德罗·德尔·皮诺·法哈多相处得很好；起初，他想让《工业报》走上非常引人注目的道路，这冲撞了皮乌拉的几位夫人，她们甚至对社长一篇报道中违反常情的口气写信表示抗议。堂米盖尔要求佩德罗恢复报社传统的严肃风格。

我在那里工作，感到非常开心，因为任何题材和内容我都可以写；有时，借助佩德罗对待我的文学热情的仁慈态度，让我奢侈地在报纸四分之一的印张上发表诗歌。其中有一次，我的一首诗别有用心地题为《绝望者之夜》，占据了一版；堂米盖尔刚刚下了母骡，他摘下了那顶精美的卡达甘大草帽，说了这么一句让我痛心疾首的话："今天这一期过于丰盛了。"

除去编写没完没了的消息或者做采访，我还要给两个专栏写文章——"早安"和"钟楼"——一个用真名，另一个用假名；我常常写些时事述评，经常谈论政治和文学（无知胆子大）。我记得有两篇大块文章是谈 1952 年玻利维亚民族主义革命运动组织发动的革命，这次革命导致维克托·帕斯·埃斯登罗登上了总统宝座，以及这次革命所进行的改革——矿业国有化，土地改革——我不停地唱赞歌，直到堂米盖尔提醒我：我们是生活在奥德里亚将军的军政府统治之下的，因此我必须克制自己的革命热情，因为他不愿意《工业报》被查封。

民族主义革命运动组织的这一次革命令我激动不已。我从一个非常直接的途径了解到这一革命的细节,因为奥尔加舅妈的老家,特别是她的小妹胡利娅就居住在拉巴斯,她写给奥尔加舅妈的信中有许多关于这次起义经过和领袖们的逸事和详情——比如,后来当上副总统的西莱斯·苏亚索以及矿工领袖胡安·莱钦——这些材料我都用到我写给《工业报》的文章中了。这场左翼社会化的革命,受到秘鲁报界——特别是佩德罗·贝尔特兰的《纪事报》——如此激烈的攻击,以至于如同我阅读了扬·瓦尔廷那本书之后一样,帮助我脑袋和心灵里装满了种种社会主义与革命的思想——或许更准确地说是装满了种种社会主义与革命的形象和激情。

在此之前,佩德罗·德尔·皮诺·法哈多患了肺病,在以治疗安乐国的结核病患者而闻名的医院(小时候,在外祖父母家里为了让我吃饭,大人们常常拿这家医院吓唬我)住了一段时间,他用半诙谐半恐怖的笔调写了一部关于这家医院的小说,在我们相识后不久,他把小说送给了我。他还让我看过一些剧作。他善意地看待我的文学爱好并且给予鼓励,但是他给予我的真正帮助却是反面性质的,因为他从那时起就让我预感到放荡的生活对于文学所意味着的致命危险。因为无论是他的情况还是我国许多活着的或者死去的作家的情况所表明的那样,文学爱好往往在真正诞生之前就淹没在混乱无序、不守纪律的生活中,尤其是烈性酒中。佩德罗是个不可救药的波希米亚人(放荡不羁的人),他可以一整天——整夜——泡在酒吧里,讲述着开心至极的趣闻逸事,啜饮着巨量的啤酒、皮斯科酒或者随便什么含酒精的饮料。他很快就进入一种微醉的激动状态,这样一待就是几个小时或者几天,在闪烁着智慧火花的独白中燃烧,这在当时大概就是一种天资的残余吧,而由于生活堕落的缘故,他的天资一直没能结出具体成果。他跟里卡多·帕尔马①的孙女结了婚，这位勇敢的金发女郎，背着一个婴儿，一次次把他从小酒馆里解救出来。

我一直没有学会喝酒；在我短暂的放荡生活里，在利马《纪事报》工作的那个夏季，与其说是爱好不如说是出洋相，我喝过很多啤酒——比如说，从来不能跟着同事们玩皮斯科酒的游戏——可是我挡不住酒力发作，因为我很快就感到头疼、恶心。来到皮乌拉以后，由于有这么多事情要做：要上课、要在报社工作、要读书、要写东西，因此在咖啡馆或者酒吧间里一坐就是几个小时、聊个没完没了的事，加上周围的人喝得醉醺醺，就让我感到厌烦和恼火了。我经常随便找个借口就逃走。这种对酒精的过敏症，我想是在皮乌拉才有的，与身体不能适应酒精有关，毫无疑问这是我父亲遗传的结果——他从来不能喝酒——还与我的朋友佩德罗·德尔·皮诺喝酒易醉的场面给我心中留下的不快有关系，这一不快的感觉越来越强烈，甚至变成了厌恶。在读大学的年代里以及后来的时光，我都没有干过放荡不羁的事，就连那最甜蜜、温和的形式也不沾，比如聚会或者聊天，我总是像猫避开水一样地躲开。

佩德罗·德尔·皮诺在皮乌拉仅仅待了一年半或者两年。他回利马去了，转而到《国家报》去当领导，那是一份为奥德里亚独裁政权效力的报纸，他未经我同意就把我发表在《工业报》上的专栏文章转载到《国家报》上了。我给他写了一封愤怒的抗议书，他没有发表；从此，我再也没有见到他。1956年，独裁政权结束时，他移居到委内瑞拉，不久后就去世了。

---

① Ricardo Palma（1833—1919），秘鲁著名作家，代表作为《秘鲁传说》。——译者

我们开始排练《印加王之逃遁》是在4月末、5月初，每周三四次，每天下午下课以后，在学校的图书馆里，圣米格尔中学和蔼可亲的图书管理员卡尔梅拉·伽尔赛斯女士为我们在楼上提供了一间大厅。挑选演员用了几天时间，演员表上有我们班上的同学，比如赖加达兄弟、胡安·莱昂和约兰达·比莱拉，还有瓦尔特·帕拉西奥斯，此人后来成为职业演员并且还是革命领导人。但明星是罗哈斯姐妹，她俩是校外的姑娘，在皮乌拉很有名气，一个叫里拉，以嗓音美妙而闻名，另一个叫鲁兹，以其戏剧才能而著称全市（此前曾经演过几出戏）。里拉·罗哈斯的美妙歌声，不久以后，在奥德里亚将军正式访问皮乌拉的时候被这位大人物听到了，当即决定给她奖学金并且送她去利马中央音乐学院深造。

我不想再提那部剧作（正像我说过的那样，是一场印加恐怖）；但是，我怀着激动的心情要提一提通过两个半月的时间，在八位演员和帮助我们搞舞台布景、道具和灯光照明人员的热情合作下逐渐创造出来的这一切。在此之前，我没有搞过导演，也没有看到过别人导演，因此我度过了好几个不眠之夜，整宿地做排练笔记。一次次排练、那样一种创作气氛、大家之间志同道合的情谊以及终于看到作品逐渐成形时的欣喜，那一年让我确信：我不当诗人，而是要当剧作家，因为戏剧是文艺之冠，我要像洛尔迦①或者勒诺尔芒②那样，让我的剧作流传到世界上去（我再也没有读过或者看过舞台上勒诺尔芒的剧作，但是那一年当代图书馆摆出的两部剧作，我读了以后产生了非常强烈的印象）。

从第一次排练开始，我就爱上了女主角、苗条的鲁兹·罗哈斯。

---

① Federico Garcia Lorca（1898—1936），西班牙诗人、剧作家。——译者
② Henri-René Lenormand（1882—1951），法国剧作家。——译者

她有一头波浪般的披肩发，细嫩的脖颈和非常漂亮的双腿，走起路来仿佛女王一样的高贵。倾听她说话是一种神仙般的乐事，因为她给那热烈、舒缓和音乐般的皮乌拉口音中增添了娇媚和戏弄特有的韵味，常常激动着我的心扉。但是，遇到我心爱的女人就总是占据我心头的胆怯，一直妨碍我对她说出恭维话或者让她猜出我对她有感情的话。另外，鲁兹有恋人，是个在银行工作的小伙子，他常来圣米格尔中学门口找她。

7月中旬，正式上演前夕，我们在剧场里仅仅排练了两次，那时看来阿尔达纳·鲁伊斯师傅似乎不可能按时画完舞台布景了。结果，他刚好在7月17日当天上午干完。为这次演出所做的宣传是巨大的：在《工业报》和《时代报》上做广告，在广播电台做广告，最后用广播车沿街做广告——我记得我亲眼看到从报社门口开过去一辆卡车，哈维尔·席尔瓦站在上面用喇叭筒吼道："请看本世纪的重大事件！千万别错过机会！日场和夜场，在百乐剧场！"宣传的结果是入场券销售一空。首演之夜，许多没票的人强行推倒栏杆，冲进剧场，挤满了两廊和乐池前的通道。由于混乱，省长本人堂豪尔赫·切卡的座位也被人占去，他不得不站着看完演出。

演出进行中没有发生事故——或者说基本上没有事故——我和演员们上台谢幕时响起一次又一次热烈的掌声。唯一一个小事故是，剧情中有个浪漫的地方，当印加王——由里卡多·赖加达扮演——亲吻女英雄的时候，后者认为自己深深地爱上了他，鲁兹却做出要作呕的嘴脸，并且要哭起来似的。后来，她给我们解释说，并不是因为印加王而恶心，而是皇帝的帽缨上吊着一只活蟑螂。《印加王之逃遁》的首演成功使得我们不得不在第二周又加演两场；其中有一场我偷偷地把万达和帕特丽西娅两个表妹带进了剧场，因为文化检查部门规定这部剧作为"十五岁以下少年儿童不宜"。

除去《印加王之逃遁》演出，还包括里拉·罗哈斯的歌唱节目和皮乌拉最有特色的人物之一霍阿金·拉莫斯·里奥斯的表演。他是个杰出的演说家，现在这一行当已经消失了，或者至少认为已经过时了、变得可笑了；但是，在那时演说术是享有崇高威信的。霍阿金年轻时居住在德国，他学会了德语，还带回来一架独目镜、一件斗篷、一些稀奇古怪的贵族举止和对啤酒没有节制的爱好。他经常绝妙地朗诵洛尔迦、达里奥、乔卡诺和皮乌拉诗人埃克托尔·曼里克的诗歌（后者的十四行诗《花园吟》是这样开头的："那是一个金色黄昏的临终……"我和鲁乔舅舅常常在穿过旷野走向农场时一起大声喊出这句话），皮乌拉的每次文学-音乐晚会上霍阿金都是闪光的明星。除去朗诵诗歌以外，他无所事事，只是戴着独目镜、披着斗篷、牵着那头当作羚羊向别人介绍的山羊在皮乌拉的街头上漫步。他总是喝得半醉，在奇恰酒铺、在酒吧里、在集市的烈酒摊上，面对着无动于衷、把他当作白痴可怜的印欧混血人，颇有感情地朗诵着奥斯卡·王尔德世纪末怪诞的言论或者利马追随王尔德的诗人们的作品，朗诵诗人和小说家阿夫拉姆·巴尔德洛马尔以及19世纪"科洛尼达"派的作品。霍阿金可不是白痴，因为就是在酒精上头的情况下，他往往突然用非常强调的口气谈起诗歌、诗人来，这反映出他跟诗人们有着很深的交往。尊敬之余，霍阿金还让我产生一种柔情，几年以后当我在利马街头看到他那副完全潦倒的样子，他醉得已经认不出我来，那时我心里痛苦极了。

到了国庆假日的时候，我们年级的同学本想去库斯科旅行，可是用《印加王之逃遁》的演出费，用摸彩、抽奖和义卖的办法集中起来的钱不够支付全部开销，我们只好去利马玩了一周。我虽然跟同学们一道晚上睡在巴西大街的一所师范学校里，可是整个白天我都去米拉弗洛雷斯区跟外祖父母、舅舅们一起度过。那时我的父母都在美国。那是我爸爸第三次美国之行了，可对我妈来说还是头一回。他们到洛杉矶去了，这大概也是我父亲又一次打算在那里做买卖的尝试，或者是找一份可以使他永远离开秘鲁的工作。尽管他从来也不跟我谈起他的经济状况，我的印象是，由于那次他在纽约探路赔了钱，这时的收入已经减少，所以情况开始变坏。这一次，我父母在美国待了几个月；再次返回秘鲁时，他们没有在米拉弗洛雷斯区租房子，而是在穷人区里马克区里租了一套仅仅有一间卧室的小单元房，这是经济拮据明白无误的标志。因此到了那年年底，我回利马准备上大学的时候，我没有同父亲住在一起，而是同外祖父母住在波尔塔大街的住宅里。从那以后，我再也没有同父亲一起生活过。

过完国庆我刚刚回到皮乌拉，就得到一个意外的消息（那一年在皮乌拉真是万事如意）：《印加王之逃遁》在戏剧比赛中获得第二名。这个刊登在利马各报上的消息，《工业报》在头版上转载了。这个第二名有一小笔奖金，这笔钱过了好几个月，直到外祖父——他不辞辛苦每个星期都去教育部催促——领到之后方才寄到皮乌拉来。这笔钱我用来买了一些书，大概还去了几次"绿房子"。

鲁乔舅舅经常鼓励我当个作家。他还没有天真到劝我只是当个作家的地步，因为仅仅靠写作，我可怎么活呀？他认为，当个律师可以把我的文学才能同维持生计的工作结合在一起；他催促我从那时起攒钱，为的是有一天可以去巴黎。从此，去欧洲旅行——去法国——的想法就变成了指针。直到六年以后我达到这个目的之前，我一直怀着这个惴惴不安的想法和信念生活：假如留在秘鲁，我将一事无成。

那时我还不了解秘鲁作家,除去作古的或者耳闻的。有一位当代作家,发表过诗歌,写过剧本,那时候路过皮乌拉,他就是塞巴斯蒂安·萨拉萨尔·邦迪①。当时,他是佩德罗·洛佩斯·拉加尔的阿根廷剧团的文学顾问,这个剧团在百乐剧场做短期演出(如果我没记错的话,上演了一出乌纳穆诺的剧作和一出哈辛托·格劳的剧作)。在这两场演出中,我克制着自己胆怯的心理,打算走到塞巴斯蒂安瘦高的身旁,他当时正在剧场的走廊里踱步。我很想同他谈谈我的文学爱好,请他给我出出主意,或者只是实实在在地证实一下一个秘鲁人有没有可能成为作家。但是,我不敢上前;几年以后,我和塞巴斯蒂安已经成为朋友的时候,我把那次踌躇不前的情形讲给他听,他简直不能相信。

我多次陪同鲁乔舅舅到内地去旅行,有一次我们去通贝斯了解一桩捕鱼业的生意。我们去过苏亚纳、派塔、塔拉垃、赛丘拉,还去过皮乌拉的山区,例如阿亚瓦卡和万卡班巴,但是在我脑海里留下深刻印象并且把我同大自然的关系连接起来的景物,却是那丝毫也不单调的皮乌拉沙漠,它随着太阳和风一道变化,望着广阔无垠的地平线和明净的蓝天,总会产生这样一种感觉:翻过随便一座沙丘,一定会出现银子般的闪光和泡沫飞溅的海浪。

每当我们乘着那辆吱吱咯咯作响的黑色运货卡车出门的时候,每当在我们眼前展现这样一幅画面的时候:在漫长、灰白、起伏而炎热的土地上,不时地有紫荆的色斑、泥巴和芦苇盖成的小小茅屋搅乱了平静的背景,有神秘的羊群似乎盲目地跑动在巨大的空间里,

---

① Sebastián Salazar Bondy(1924—1965),秘鲁诗人、剧作家、小说家,著有《爱情,伟大的迷宫》等。——译者

有突然蜿蜒爬行而过的蜥蜴，还有一动不动、惴惴不安晒着太阳的鬣蜥，我便感到非常激动，感到一种沸腾起来的冲动。那巨大的空间、那无边的地平线——时而像巨人的身影一样现出安第斯山脉的脊背——给我的脑袋里装满了冒险的念头和史诗般的逸事，我计划用这个场景布满舞台要写出的故事和诗歌真是难以数计。1958年我去欧洲——后来在那里住了很多年——的时候，那个景色是我对秘鲁保留的最牢固的印象之一，也是让我经常思念的景色。

临近期末时，有一天，玛罗金博士通知我们五年级的学生，这一次期末考试将不按照事先规定的时间表进行，而是临时决定。这个试验性措施的理由是，可以更为准确地评估出学生掌握的知识。那种事先通告的考试，学生可以在考试前一天夜里死记硬背有关的课程，他们领会的东西往往是不准确的概念。

全班一片惊慌。这种准备的是化学可到了学校里考的却是几何或者逻辑学的做法，把我们吓得毛发悚然。我们开始想到那无限延期的学年。那可是中学的最后一年啊！

在哈维尔·席尔瓦带领下，我们鼓动同学起来反对这一试验（很久以后我才知道那个试验计划是玛罗金博士的升级论文）。我们开了许多小会，又召开了一次大会，会上推举出一个委员会，由我当主席，以便跟校长对话。校长在办公室里接见了我们，他很有教养地听着我提出公布时间表的要求。但是，他对我们说，这一决定是不能更改的。

于是，我们打算罢课。不取消这一措施，我们决不上课。有几个特别兴奋的夜晚，我同哈维尔以及其他同学一道讨论这一行动的细节。到了商定的那个早晨，上学的时候，我们都到埃奇古伦防波堤上去集合。但是，到了那里以后，有几个小伙子害怕了——那个时代学生罢课是不可想象的——嘀嘀咕咕地说,这样做会被开除的。这种议论毒化了空气,终于使一群人破坏了罢课。由于这些人临阵脱逃,军心动摇,我们决定下午回去上课。我刚一走进校门,教导主任就把我拉到校长办公室去了。玛罗金博士声音颤抖地对我说,作为这一事件的负责人,应该立即把你开除出圣米格尔中学。但是,为了不影响我的前程,只罚我停课七天。他还让我告诉"略萨工程师"——他管鲁乔舅舅叫"工程师"是因为他经常看到鲁乔穿着马靴去农场——来学校找他谈谈。鲁乔舅舅只好来听听玛罗金博士的一通抱怨。

这个短期开除我的决定引起一场小小的骚乱,甚至连市长也上门来当调停人,让学校取消这一决定。我不记得是不是缩短了我停课的时间,也不记得是怎样度过那七天的;但是,惩罚结束以后,我感到自己就是那个《黑夜落在后面》从纳粹监狱里逃生出来的主人公。

我举出这个罢课失败的故事,是因为后来它成为我第一个发表的短篇小说《首领们》的主题,还因为在这个故事里可以隐约看到一种不安情绪的最初萌芽。我想在那个皮乌拉之年以前,我并没有过多地思考过政治问题。我记得,在我给国际新闻服务社当信差的时候,有份送给编辑们的通知让我非常生气,上面写道,任何有关秘鲁的报道在送往《纪事报》发表之前都必须征得政府领导委员会的同意。可就是后来我在这家报社当编辑的时候也没有想过我们是生活在军事独裁统治之下的,这个独裁政权早就宣布禁止政党活动,早就把许多美洲人民革命联盟的成员驱逐出境了,比如前总统布斯塔曼特·伊·里韦罗和他的几位合作者。

在皮乌拉的那一年,政治飞快地闯入了我的生活,伴随着常常闯入年轻人心中的那种理想主义和惶惑。由于我阅读的那些书籍使我的思想完全混乱,往往问题多于答案,我便整天追在鲁乔舅舅身后,于是他就给我解释什么是社会主义,什么是共产主义,什么是美洲人民革命联盟的纲领,什么是民族革命联盟的纲领,什么是法西斯主义;他还耐心地倾听着我的革命宣言。都是些什么内容呢?是要弄清楚秘鲁是个贫富悬殊惊人的国家,穷人有几百万,可是一小撮人却生活得非常舒适和体面;要弄清楚穷人——印第安人、混血种人和黑人——除去被剥削之外,还被富人蔑视,而大部分富人是"白人"。是要强烈地感受到这一不公正现象应该改变,而这一改变正在通过左派运动、社会主义和革命进行。在皮乌拉的最后几个月里,我悄悄在考虑,到了大学以后一定要设法与革命者联系上并且成为他们中的一分子。我还决定报考圣马可大学而不是天主教大学,因为后者是乖孩子、白皮肤和反动派上的大学。我要上那所国立的、混血种的、不信神的和共产党员集中的大学。鲁乔舅舅给他一位亲属、童年时的朋友、圣马可的文学教师——奥古斯托·塔马约·巴尔加斯——写信谈了我的计划。奥古斯托给我写了几行鼓励的话,告诉我在圣马可一定会为我的志向找到一片沃土。

由于那次罢课,我有些担心地参加了期末考试,心里想也许学校会采取报复行动。但是,我通过了全部考试。那最后两周是在疯狂、激动状态下度过的。跟哈维尔·席尔瓦、阿尔达迪兄弟和特布伦孪生兄弟一道,我们开夜车,复习这一年的课堂笔记;我们常常好像无知一样毫不负责地吃下安非他明,为的是保持清醒的头脑。这种药无需医生开方就可以在药房里买到;我周围这些人谁也没有意识到这是一种毒品。这种人为的清醒和精神亢奋使得我第二天处于虚弱无力的状态。

考完最后一门，有过一次文学遭遇，我觉得是有长远效应的。正午时分，我回到家里，很高兴离开了学校；由于连续开夜车，身体疲惫不堪，决定好好睡上几个小时。上床以后，顺手拿起鲁乔舅舅的一本书，那书名也没说出什么名堂：《卡拉马佐夫兄弟》。我飞快地阅读起来，在催眠状态下，像个幽灵一样从床上坐起来，不知道我在哪里、我是谁，直到奥尔加舅妈口气严厉地来提醒我：应该吃午饭了！应该吃晚饭了！应该吃早饭了！在陀思妥耶夫斯基的魔术和书中故事那些离奇人物所产生的痉挛性的力量以及由于两周考试开夜车和吃安非他明所造成的特别亢奋的神经状态之间，那一口气连续近二十四小时的阅读，与毒品文化和嬉皮士革命相比，在60年代"阅读"这个良性的词可能获得的意义上说，那是一次真正的"旅行"。后来，我又重新读过《卡拉马佐夫兄弟》，更加赞赏这部作品无穷无尽的复杂性，但是再也没有产生像那个12月的白天和夜晚有过的强烈感受，我用小说中那美妙无比的晚会结束告别了中学生活。

考试之后，我在皮乌拉又逗留了几个星期。豪尔赫舅舅大概要开着自己的汽车来钦博特附近的圣哈辛托庄园；佩德罗舅舅在那里当医生；鲁乔舅舅决定到那里去找他们，这样兄弟几个就可以见面了；我也可以顺便搭乘舅舅们的车返回利马去了。为了争取时间做好入圣马可的准备工作，外祖父早就把考试复习大纲给我寄来了，在去《工业报》上班之前，我把早晨的时间都用于学习大纲。

我向往考进大学、开始成年人生活的前景，但是离开皮乌拉和鲁乔舅舅让我感到难过。这一年，在我从少年儿童向青年过渡的时期里，他给我的支持是我一生中最美好的事之一。如果语言表达有意义，可以说这一年我过得很幸福，是前几年我在利马生活时所没有过的,尽管那时也曾经有过一些美妙时光。在皮乌拉,从1952年4月到12月,在鲁乔舅舅和奥尔加舅妈身边,我平平静静,过着无忧无虑的生活,无需掩饰我的想法、我的愿望和我的梦想,这帮助我安排好一种把才能与无能同爱好结合起来的生活。1953年全年,在写给我长长的复信中,鲁乔舅舅从皮乌拉继续用忠告和鼓励给我帮助。

或许就是因为这个原因,但不仅仅是这个原因,皮乌拉对我来说是有重大意义的。把我住在那里两次的时间都加起来也不超过两年,但是这个地方出现在我写的作品中的次数要比世界上任何一个地方都要多。以皮乌拉为背景的长、短篇小说和剧作,并没有把那里的风土人情透彻地表述完毕,仍然围着我争先要变成虚构小说。看到自己写的作品能够搬上舞台所产生的快乐和在那里结交的许多好朋友,并不能说明一切,因为理智从来不能解释感情,人们同某个城市建立的联系,其性质如同男人突然绑在女人身上一样,那是一种真正的激情、有着深刻而神秘根源的激情。实际上,尽管从1952年底开始我再也没有回到皮乌拉去住——偶尔去拜访过几次——我仍然以某种方式继续留在那里,我心里装着它走遍了世界,耳朵里总是响着皮乌拉人说话时唱歌般疲惫的声音——他们爱说"哎呀呀""妈妈的",和最高级形容词中的最高级:"美极极极了""贵极极极了""醉极极极了"——心里欣赏着它那郁郁寡欢的沙漠,有时还能感受到它那火舌般的阳光对皮肤的灼炙。

1987年反对银行国有化的战斗打响以后,三次抗议集会中有一次就是我们在皮乌拉举行的;1989年6月4日我在阿雷基帕宣布参加总统竞选以后,皮乌拉是我第一个去发动竞选运动的城市。皮乌拉地区是我走过最多的省和县的地区,也是我在竞选运动中回去最多的一个地区。可以肯定，我对皮乌拉的事和皮乌拉的人从内心深处的偏爱介入了我的竞选活动。毫无疑问，正是因为如此，1990年6月当我发现皮乌拉的选民并不回报我的感情时我感到非常失望，因为大批的人在最后一轮选举中投了我对手的赞成票，尽管那位先生在竞选运动中仅仅悄悄地访问过一次皮乌拉。

与豪尔赫舅舅会面的旅行一拖再拖，直到12月底的一个清晨我们方才出发。我们这次旅行还出了事故，在公路上不得不换掉轮胎和修理烧得过热的马达。同来自利马的舅舅们的会面是在钦博特进行的，当时那里还是个安静的渔村，下榻的旅游者饭店距离海水清澈的沙滩很近。我们办了一个家庭晚宴——有豪尔赫舅舅的媳妇卡比舅妈和佩德罗舅舅——次日清晨，我向鲁乔舅舅辞行，他要回皮乌拉去。跟他拥抱时，我哭了。

第十章 公生活

从圣马丁广场群众大会以后,我的生活便不属于私人了。直到1990年6月第二轮选举之后我离开了秘鲁,才重新享受私生活的快乐,这是我渴望已久的(甚至可以说,英国吸引我的地方是那里谁也不干涉谁的生活,人人都像幽灵一样)。从那次大会以后,我在巴兰科街上的家无论白天、黑夜时时刻刻有人来访,开会的,采访的,起草文件的,或者排队等候跟我、跟帕特丽西娅或者跟阿尔瓦罗谈话的。房间里、走廊上、楼梯旁总是有男男女女占据着,我常常不明白也不知道他们究竟在那里干什么,这让我想起卡洛斯·赫尔曼·贝利的一句话:"这并非您的家,您是个野人。"

由于我的女秘书玛丽亚·德尔·卡门的工作量很快就饱和了,随后便有席尔瓦娜,接着是鲁西娅和罗西,再后是两名志愿工作人员阿尼塔和埃莱娜加强了秘书工作;于是在我书房旁边便盖了一处邻接的房间,以便容纳这支娘子军和给妻子腾出一间私房;一向用手写作的我,这时仿佛在梦里一样看见这支队伍开进房间、安营扎寨，接着便运转起来：电脑、电传、复印、交换台、打字机、新的电话线路、大大小小的档案柜。这个办公室，邻接书房，几步之遥是寝室，从早到晚忙个不停；大选前的几周甚至工作到黎明，这使我感到我生活里的一切，包括睡觉，甚至隐私，都变成公开的事了。

组织反对国有化斗争的那些日子里，我们家里有两名私人警卫。后来由于四下里总是碰上带枪的人，他俩的手枪让我母亲和奥尔加舅妈害怕，帕特丽西娅便决定保卫人员都待在门外。

圣马丁广场之夜，私人警卫的故事出现了滑稽的一章。由于恐怖活动和刑事犯罪的增加——绑架成了发财的行当——私营保安公司在秘鲁急剧增多。其中一家起名"以色列人"，因为老板或者经理来自以色列，一直在为埃尔南多·德·索托做警卫工作。他和米盖尔·克鲁查加一道张罗，让"以色列人"在那几天负责我的安全工作。两名海军陆战队员，曼努埃尔和阿尔贝托，来到我家。8月21日，他俩陪着我去圣马丁广场，分别站在主席台下。大会结束后，我邀请示威群众一道前往正义宫，把反对国有化的签名簿交给人民行动党和基民党的议员们。游行的途中，曼努埃尔被人群吞食不见了。阿尔贝托在混乱中一直紧紧贴身跟定我不放。"以色列人"的一辆轻型卡车本应该在共和大道旁一处新古典主义风格的白色建筑物的台阶上把我接走。阿尔贝托一直在我身旁，好像我的身影一样，由于示威的人群把我俩挤得半死，我们便走下了石阶。突然之间，一辆黑色轿车出现在眼前，车门一开，几个人跳出来，一下子把我架到半空，很快就塞进了轿车里，几个带枪的人前后左右围着我。我以为他们是"以色列人"。但这时我听到阿尔贝托在大喊："不是这几个！不是这几个！"接着便看见他在奋力挣扎。终于，他钻进了轿车，像个大麻袋一样落在我和其他几个人身上。我半开玩笑半认真地问道："这是绑架吗？"开车的彪形大汉回答说："我们负责照顾你。"随后，他用手中的对讲机说了一句电影里的话："美洲豹平安无事，现在我们去月球。完毕。"

他名叫奥斯卡·巴尔维，是与"以色列人"竞争的另一家保安公司的头目。我的朋友皮波·托尔迪克和罗伯托·达尼诺雇用了他们，但忘了事先通知我这一夜的安全由他负责。他俩与这家公司的董事长豪尔赫·维加谈定了此事，由企业家路易斯·沃尔戈特支付费用（两年后我方知此事）。

过了一段时间以后，经胡安·霍查莫维奇办理，这家保安公司决定负责我的住宅和家属的安全工作，为期三年（竞选的时间），不取酬金（为此，政府取消了该公司与国营企业的合同）。奥斯卡·巴尔维负责组我外出和参加民阵大会的安全工作；在那几年里，我围绕秘鲁整整转了两大圈，乘飞机、直升机、大卡车、小货车、汽艇和骑马，他都一直在我身旁。只是在1988年9月21日黄昏，我才看见他支持不住了，那是在卡哈马卡省贡贝山脉的农民自治区里，海拔四千五百米使他头晕摔下马来，我们用氧气把他抢救过来。

我非常感激他和他的同事们，因为他们为我提供了一项无法酬谢而又十分必需的服务，这在政治暴力达到极端程度的秘鲁是必不可少的。但是，我不得不说：在别人保护下生活等于坐牢，对于一个像我这样酷爱自由的人来说，真是噩梦。

我不能做我一向喜爱做的事：从年轻时起，每当我写作结束时，黄昏时分我便去各个居民区转悠，去串胡同，去泡晚场电影——那里的破座位吱吱作响，跳蚤咬得你坐不住——去挤电车和公共汽车，毫无固定方向，只是想了解利马这个充满矛盾的迷宫内幕及其人群。近几年来，我渐渐出了名——更多地是由于我主持的电视节目而不是作品——因此，外出时不引人注意已经不大容易。可是，从1987年8月起，无论我去任何地方，不是围观鼓掌就是听到嘘声。外出活动时背后跟着一群记者，加上前后左右的保镖——起初是两个，接着是四个，最后是十五六个——实在是一场破坏我任何享受的小丑与逗笑者之间的表演。实际上，自杀性的作息时间表使我除政治之外没有时间干别的事情；但尽管如此，偶尔有些空闲时也不敢想干别的事，比如钻进一家书店——一进去就会有许多人围上来，结果就不能在书店里闻闻墨香，东翻翻西看看，希望找些有意思的书籍——或者走进一家电影院，我的出现会变成展览，比如发生在阿莉西亚·马吉尼亚独奏会上的事，那是在市剧院里，观众一看见我和帕特丽西娅走进场内，立刻分成两派：一派鼓掌欢迎，另一派吹口哨起哄。为了看一出话剧演出，何塞·桑奇斯·西尼斯特拉的《哎呀，卡梅拉》，排练组的朋友们把我一人安排在大不列颠剧场的顶层楼座里。我列举这两次演出是因为那几年里我就看了这么两场戏。至于电影，我也非常喜欢，如同书籍和戏剧一样，那几年也只不过看了两三次而已，其方式很像作案（电影开演后入场，结束前退出）。最后一次——是在米拉弗洛雷斯区的圣安东尼奥电影院——看了半场，奥斯卡·巴尔维就把我拉出了座位，因为刚刚有人向自由运动组织总部扔了一颗炸弹，还开枪打伤了一个值勤人员。我去看过两三次足球、一次排球赛，还有几次斗牛；但这些活动都是民阵竞选指挥部决定的，为的是必须泡在群众之中。

我和帕特丽西娅可以参加的娱乐活动，就是去朋友家吃晚饭，或者偶尔下下馆子，这样做我们明知会被窥视和做戏给人看。我常常毛骨悚然地想到："我失去了自由。"如果当上总统，这样的日子还要过上五年。我至今还记得，1990年6月14日，当大选的事都过去之后，我在巴黎下了飞机，行李还没有打开，就出门踏上了圣日耳曼大街，这时阵阵惊喜和生疏的感觉洋溢在心头，我觉得自己再次成为一个无名的游人，没有前呼后拥的卫队，没有远近监视的警察，没有任何人能够认出我是谁（几乎没有，因为突然之间，西班牙《国家报》的记者，无所不在、无所不知的胡安·克鲁斯仿佛从地里冒出来的一样拦住我的去路，我实在不能拒绝他的采访）。

自从我的政治生涯开始以后，我就下了一个决心："每天一定要读书和写作两个小时。哪怕当上总统，也要如此。"这个决心只有部分原因是自私的。另外还因为我确信：如果我能留一个自己的空间、抵挡政治，由思想、思考、理想和脑力劳动构成的空间，那么我想要做的事是可以干得出色的。

关于读书一项，我做到了，虽然不能保证每天不少于两小时，而写作则完全不可能。我是说写小说。这不单单是没有时间。我不能集中精神，不能进入艺术想象之中，不能与周围可怕的环境决裂，不能进入写小说和剧本的心境。种种杂念，种种眼前的忧虑，在不停地干扰，没有办法摆脱这令人窒息的现状。此外，我一直不能形成这样一个概念：一清早，秘书们没来上班之前，我是单独一人的。就好像是亲密的艺术精灵们因为缺乏孤独感而离散了。结果我很痛苦，便放弃了写作的打算。这样，在那三年里，我只写了一部消遣性的情爱小说——《继母颂》，为读者之友现代小说丛书写了几篇序言，还写了一些政治性演讲稿、文章和随笔。

给读书安排的时间是如此之吝啬，使我变得非常严格：不能像从前那样毫无章法、狼吞虎咽地读书了；只能够阅读那些会让我拍案叫绝的作品。这样，我重读了马尔罗的《人类的命运》、麦尔维尔的《白鲸》、福克纳的《八月之光》以及博尔赫斯的一些短篇小说。

当我发现每日的政治活动很少有智慧的闪光时，心中吃了一惊，便决定读些难懂的作品，强迫自己读书时再三琢磨并做笔记。自1980年《开放社会及其敌人》落入我手中之后，我就决心研究波普尔。在那三年里，我读了他的作品，是在每天一大早，出去跑步之前，这时天已放亮，宁静的住宅使我回忆起前半生未搞政治时的岁月。

每天晚上，入睡前，我读些诗歌，总是看黄金世纪的经典之作，大部分是贡戈拉的作品。每次读书，虽然只有半小时，却是一次净化心灵的沐浴，于是摆脱了种种争论、密谋、策划、攻击，成为一个完美世界的座上客，超脱于整个现实之外，那里光辉灿烂，充满和谐，居住着纯粹文学里才有的仙女和农夫以及神话中的鬼怪，他们在美轮美奂的风景中活动，述说着古希腊、罗马的神话传说，倾听着优美的音乐，欣赏着精心设计的建筑。我在大学读书时曾经读过贡戈拉的作品，钦佩但有些隔膜；其作品的完美性我觉得缺乏人情，他的世界过于抽象和虚幻。但是，1987年至1990年间，我是多么感谢他营造了这个超脱于现实之外的巴洛克语言区，它高悬于睿智与机敏的晴空之上，摆脱了多数人日常生活中的丑陋、卑劣、庸俗和下流。

第一轮和第二轮大选中间——1990年4月8日至同年6月10日——每天早晨即使我坐在书房、手里捧着《机遇和挑战》或者《客观认识论》也不能专心致志地读上一小时或一个半小时了。我的大脑整个陷入问题堆里，每天都处于极度的紧张状态，因为谋杀与死亡的噩耗不断传来：一百多位与民阵有联系的人士、各区的领导人、全国和地方的议员候选人或者民阵的支持者，在那两个月内被杀害；他们是平凡的人、普通的人，到处受政治恐怖主义的迫害（也受反恐怖主义的迫害）；我不得不放下书本。但就在投票的当天，我仍然读了贡戈拉的一首十四行诗、《复调》《孤寂》、几首谣曲和短诗，仍然通过这些诗歌感受到我的生命于片刻间得到了净化。这里应该把我对这位伟大的西班牙诗人的感激之情记录在案。

我一向以为自己了解秘鲁，因为从儿时起我就跑遍了内地的许多地方，但是那三年里不停地四处奔走让我看到了祖国的另一张满布阴影的面孔，或者说几张面孔，那上面有扇形的地貌、社会和民族状况，有各种复杂的问题，有激烈的矛盾以及多数秘鲁人无依无靠、令人震撼的贫穷与落后。

秘鲁不是单一的，它国中有国；人们生活在互不信任、互不了解之中，生活在不满与偏见之中，生活在暴力的旋涡里。这个暴力是复数的：政治恐怖与毒品走私的暴力；一般刑事犯罪暴力，由于贫困化和（有限的）法纪的废弛，使得日常生活越发野蛮化；当然还有社会制度产生的暴力：对广大群众的歧视、竞争机会不均、失业和难以为生的工资待遇。

所有这些情况，我都知道，从前也曾远远而匆忙地听说过、阅读过、目睹过，如同我们这些有幸属于所谓甲等特权阶层的少数秘鲁人看待自己其余的同胞那样。但在1987年至1990年期间，所有这些情况，我是从近处了解到的，是每天早晚都在亲身感到的，在某种程度上是在体验这些情况。我童年时的秘鲁是个贫穷、落后的国家；而近几十年来，主要是贝拉斯科独裁，尤其是阿兰·加西亚上台以来，秘鲁变得更加贫困，许多地区惨不忍睹，成了一个倒退到非人状态的国家。拉丁美洲那著名的"浪费的十年"——通过民众主义向内发展的政策，通过国家的宏观调控和拉美经济协调委员会推荐的经济民族主义（充满了该委员会主席劳尔·普雷比什的经济思想）——对秘鲁尤其是一场灾难，因为我们的政府在"抵抗"

外来投资和用财产再分配的方法牺牲创业方面，要比其他国家走得更远①。

有个地区，以前我是比较了解的，即皮乌拉，现在，我简直不能相信自己亲眼看到的情景。苏亚纳省的那些村镇——圣哈辛托、马尔卡维、萨利特拉尔——或者派塔省的村镇——阿莫塔佩、阿雷纳尔、塔马林多——更不要说万卡班巴和阿亚瓦卡的山区小村了，或者沙漠地区的乡村——卡塔考斯、拉乌尼翁、拉阿雷纳、塞丘拉——都似乎在奄奄一息之中、无力地处于毫无希望的停滞状态。的确，我还记得那里的住房极为简陋，泥巴加芦苇；还记得人们光着脚，骂咧咧地走在泥泞之中，因为没有道路，没有医疗站，没有学校，没有自来水和电。但是，我那儿时的皮乌拉的穷乡僻壤有一种活力，有可见的欢乐和希望，而这些现在都消失不见了。村镇是增加了——大约是三倍——到处是儿童和失业者；一股废墟加老朽的空气似乎在消耗这些地方。在多次与居民们开会时，我总是听到人们重复着这样一句口头禅："我们要饿死了，没有活干。"

皮乌拉的例子是对自然主义作家安东尼奥·雷蒙迪那句名言的最好说明，他在19世纪给秘鲁下了这样的定义："坐在金板凳上的乞丐。"又是一个国家如何选择了不发达之路的好例子。皮乌拉所面临的大海拥有可为所有皮乌拉人提供就业机会的渔业资源。沿海地区有石油，巨大的巴约瓦尔磷矿尚未开采。皮乌拉的土地极其肥沃，可以发展农业，从前的棉花、水稻和水果庄园足以为证，它们是秘鲁开发最好的农场。一个资源如此丰富的地区，现在为什么会挨饿、会失业呢？

---

① 1960年，秘鲁的经济在拉丁美洲占第八位；到阿兰·加西亚政府下台时，下降到第十四位。

1969年,贝拉斯科将军把这些庄园收归了国有,的确,庄园里的工人得到了一点点好处:庄园变成了合作社和"社会所有制"企业,理论上农民代替了老庄园主。实际上,这些"社会所有制"企业的领导都成了新业主,他们剥削农民的程度等于或超过从前的老板。不同的是,老庄园主善于耕作,经常更新农具、农机,不断地投入资金。新的合作社和"社会所有制"企业的领导人用政治挂帅的方法管理企业,常常只会中饱私囊。结果不久就无利润可分了。①

在我开始搞竞选活动时,皮乌拉的所有农业合作社,除一家之外,实际上均已破产。但是,"社会所有制"的企业永远不会倒闭。因为国家每年都免除企业欠农业银行的债务(就是说把损失转嫁到纳税人身上),阿兰·加西亚总统经常用火热的革命辞藻在公众场合宣布免除债务的决定。这样便可以解释自从那次土改之后秘鲁农村日益贫困的原因了;按照贝拉斯科的口号,土改是为了"地主从此再也不能用农民的贫困为自己准备饭菜了"。地主消失了,可是农民的饭菜却比从前减少了。唯一的受益者是政府派遣到企业里的小官僚;在我们的会议上,企业工人总是控诉这些官吏的恶劣行径。

关于渔业,事情更具有自我毁灭的性质。50年代时,借助几位企业家的远见卓识——尤其是塔克纳的路易斯·班切罗·罗西——秘鲁海岸出现了一个新兴工业:鱼粉工业。短短几年内,秘鲁成了世界鱼粉第一生产国。它为成千上万的人创造了就业机会,办起了十几家工厂,小小的钦博特港发展成一大工商中心,渔业的发展甚至使秘鲁在60年代变成一个比日本还重要的渔业国。

1972年,军事独裁政权将全部渔业企业收归国有,组成了一个

---

① 60年代,秘鲁的农业产值在拉美居第二位;1990年居倒数第二,仅高于海地。

庞大的联合体——秘鲁渔业集团——由一群官僚掌握。结果：渔业全面崩溃。1987年，我开始进行政治性出访时，这头猛犸象——秘鲁渔业集团——处境艰难。在拉利伯塔德、皮乌拉、钦博特、利马、伊卡、阿雷基帕，许多鱼粉工厂关闭了；不计其数的船只由于没有零件和设备而烂在港口不能出海打鱼。这是要国家津贴较多的公有部门之一，因此也是造成全国贫困的主要原因之一。（1988年10月，竞选中发生一件激动人心的事，阿雷基帕沿海地区的小镇阿蒂科居民在镇长率领下，突然决定动员起来要求把鱼粉厂私有化，此前这家工厂是为该镇提供就业机会的主要来源。现在，它已经关闭了。我一得知这个消息，就立刻登上一架小飞机飞向那里，飞机蹦蹦跳跳地降落在阿蒂科海滩上；此行的目的是要表示我对当地居民的支持并且向他们说明为什么我们主张私有化，不仅"他们的"工厂应该如此，而且所有的国营企业都应私有化。）

　　捕鱼和鱼粉业衰败沉重地打击了皮乌拉。当我看到塞丘拉海岸一片死气沉沉的情景时，感到大吃一惊。我还记得那里热气腾腾的景象：繁忙的店铺，来往穿梭的船只，成群结队驶过沙漠前来购买鲲鱼以及可以使钦博特大小工厂运转起来的鱼类的冷藏卡车。

　　至于皮乌拉海湾大陆架的石油以及塞丘拉的磷矿，它们期待着有人来秘鲁投资开采。阿兰·加西亚执政第一年就把开发北部海岸的美国石油公司贝尔克公司收归国有了。此后，秘鲁便与这家受害的公司卷入一场国际法律诉讼之中。此举加上加西亚政府对货币基金组织以及整个世界金融体系的公开对抗，再加上对外国投资的仇视政策和国内不安定因素的增长，秘鲁变成一个臭气难闻的国家：没有人给秘鲁贷款，没有人在秘鲁投资。秘鲁从出口石油转为进口。因此，皮乌拉大地上才显出那样一副令人沮丧的面貌。皮乌拉是整个国家近三十年来发生事变的缩影。

但是，贫困化的皮乌拉与其他地区相比还是令人羡慕的，几乎是繁荣的。在安第斯中部山区，在阿亚库乔、万卡韦利卡、胡宁、帕斯科山、阿普里马克，同样在与玻利维亚接壤的高原——普诺地区，被称为赤贫区，同时又是因恐怖活动和反恐怖活动而流血最多的地区，情况更为恶劣。很少的几条道路由于缺乏养护而废弃；"光辉道路"在许多地方炸毁了桥梁，用巨石阻塞了小道。他们还毁坏了农业和牧业的实验作物和实验设备，杀死了几百头潘帕·加拉斯保护区里的驼羊，抢劫农业合作社——主要是曼塔罗谷地最有活力的合作社——杀害农业部派遣的农技师和来秘鲁完成合作项目的外国专家，驱逐或枪杀了许多小农场主和小矿山主，炸毁了拖拉机、电站和水利设施，在许多地方消灭了家畜以及企图反抗这种焦土政策的合作社社员；"光辉道路"打算用这种政策扼杀城市，尤其是利马，让城里人挨饿。

语言没有准确地讲出"生存经济""赤贫"等提法在人类苦难和由于缺乏工作、希望和环境贫困化中生活已经动物化要表达的含义。中部山区的状况便是如此。那里的生活一向是贫困的，但是现在由于大批矿山关闭、土地荒芜、交通中断、投资停止、贸易几乎消失、生产与服务业破坏，生活水平已下降到令人恐怖的程度。

望着这些安第斯山里的村庄，墙壁留有"光辉道路"写下的斧头加镰刀以及标语口号，村中已空无一人，居民们纷纷逃往城市，加入了那里的失业大军；有些村庄尚有寥寥几人坚守，但也像《圣经》中大劫难后的幸存者，为此我常常想："一个国家有可能永远糟下去。不发达经济是个无底洞。"近三十年来，秘鲁发生的一切就是让越来越多的人贫困，就是让本来贫困的人更加贫困。面对那拥有新大陆中最富宝藏的群山,秘鲁曾因出产金银而享有慷慨大方的盛名,而现在秘鲁人却挣扎在饥饿之中,面对这样的现实,难道还不应该改弦更张,去吸收外资,开发工业,促进贸易,重新给土地作价,发展矿业、农业和牧业吗?

均富的思想有着不可争议的精神力量,但它往往妨碍了其维护者看到:如果它提倡的各种政策造成生产停顿、积极性下降、投资减少,这种思想是不利于公正的。也就是说,如果政策导致贫困的增加,均富就不会公平。而均贫,在安第斯山则是平均赤贫,即如阿兰·加西亚的做法,并没有推动人们像对待生死那样去认真解决问题。

我怀疑知识分子对中央集权的迷恋并非出于他们那创收的才能——受到保护文艺的政体的鼓励,这种政体使知识分子能够生活在教会和王子的庇护下,到了20世纪则由专制政府继承下来,知识分子只要听话,就自动地加入了精英阶层,也不是出于对经济的无知。从那时起,我就努力克服自己在这个领域的无知,虽然方式不大讲究专业性。1980年,自从我在华盛顿威尔逊中心用奖学金比较系统、比较有兴趣地学习经济以来,便发现经济不像其外表那样是一门严密的科学,它如同艺术一样极富想象力和创造力。1987年,我搞政治活动以后,两位经济学家,费利佩·奥尔蒂斯·德·塞瓦略斯和劳尔·萨拉萨尔,就秘鲁经济问题每周给我上课;晚上,我们用两个小时的工夫,在弗雷迪·科贝住宅花园的小屋里会面,我向他俩学了许多东西。我还学会了尊重劳尔·萨拉萨尔,他在制定民阵纲领时是个核心人物;假如大选胜利了,他就是我们的经济部长。有一次,我请劳尔和费利佩估算一下:如果一个搞平均主义的政府要在国内均分财富的话,每个秘鲁人可以分到多少钱。每个居民可分到近五十美元。① 换句话说，秘鲁仍然是个穷国，穷人仍占多数，更为严重的是，采取平均主义的办法之后，秘鲁永远无法摆脱穷国的地位。

要摆脱贫困，就不能用均富的政策；有用的是这样的政策：由于在生产多与寡的人中包含着不可避免的不等，它便缺乏一向裹在社会主义外表的那种思想与道德魅力，并且因为它鼓励赚钱而受到谴责。可是，基于休戚与共原则的平均主义经济，没有把任何国家从穷困中解放出来，而总是把国家变得更加贫困。鉴于平均主义需要严格的计划性，这首先从经济开始，随后扩展到社会生活的其他领域，它便缩减自由的程度，甚至消灭自由。于是出现了效率低下、腐败成风、特权横行，而这恰恰与平等思想是悖逆的。第三世界国家中经济起飞的有数个例证一律采纳了市场经济的良方。

1987年至1990年间，每次去中部山区，当我看到至少三分之一的秘鲁人的生活变成了那种情景，心里感到极为悲伤。每次出差归来，我都更加坚信必须做的事情。必须重开那些由于缺少出口诱惑力而关闭的矿山，因为美元比价人为压低之后，中小矿业纷纷倒闭，只有大矿厂在苟延残喘，但也难以为继。为了开发新企业，必须吸引外资和先进技术。必须取消对农产品的限价，因为这种政策是以廉价供应人民食品为借口，强迫农民补助城市。必须给近百万占有合作社土地的农民发放土地证。必须废除禁止有限股份公司在农村投资的法令。

但是，为要做到这一切，就必须结束肆意横行在安第斯山区的

---

① 到1990年，根据秘鲁最有影响的一百家私营企业的账簿，企业固定资产总计十二亿三千两百万美元。如果这笔钱分给两千两百万秘鲁人，每人平均可得五十六美元。（我很感谢费利佩和劳尔的精确计算。）

恐怖活动。

到山区出差是很困难的。为避免落入恐怖组织的埋伏，我不得不只带很少几个人前往，事前只提前一两天派动员委员会的骨干去通知最可靠的人。中部山区有许多省份——阿亚库乔之后，胡宁已变成不法行为最多的地区——是难从陆地上前往的。必须乘小型飞机在令人难以置信的地方降落——诸如公墓、足球场、干河床——或坐轻型直升机，如果遇上暴风雨，那就随便在某个地方着陆——有时在山顶上——直到雨停为止。这种危险的杂技使几位自由运动的朋友到了难以承受神经紧张的程度。比阿特丽斯·梅里诺不停地拿出十字架、念珠和护身符，念念有词地恳求上帝保佑，丝毫不感到难为情。佩德罗·卡特里亚诺不断地强迫驾驶员解释飞行仪器的状况，以便让大家放心；他还不断地给驾驶员指示有危险的乌云、突然出现的山峰和四周盘绕或蛇行的闪电。他俩害怕飞行的程度超过了害怕恐怖分子，但是，只要我请他俩一道出差，他们从来没有拒绝过。

我还记得1989年9月8日有个小兵被送到豪哈荒废的机场，让我们把他带到利马去。他是那天中午一次袭击中的幸存者，他的两个战友牺牲了——我在召开群众大会的主席台上（万卡约市的阿尔玛广场）听到了炸弹爆炸和枪声——这个小兵还在流血。我们请一名保镖下飞机给小战士让出地方来。他大概还不满法定的十八岁。他举着输液袋，可是时间一长，手就坚持不住了。

我们轮流扶住他的手。整个飞行期间，他都没有叫痛。他望着空中，神情绝望而发怔，仿佛努力要弄明白发生的事。

我记得1990年2月14日在我们离开帕斯科山米尔堡矿、乘坐的轻型载重卡车穿过敌视的人群时，三层窗玻璃距离我太阳穴的地方被打得粉碎，瞬间就出现了网状花纹。我发表了看法："人家以为这辆车是装甲车呢。"奥斯卡·巴尔维口气肯定地说："这车是防弹的。可打碎玻璃的是石头。"可是，这辆车也挡不住木棍。因为几周前在北方一座榨糖厂里，一小撮阿普拉党分子用棍子打碎了玻璃。除此之外，理论上的装甲把这辆车变成了火炉（空调一直就不能用），因此通常情况下，我们跑在公路上时，奥希罗教授总是用一只脚让车门开着。

我记得帕斯科山自由运动组织基层委员会的成员出席地区会议时，一些人鼻青脸肿，另一些脚手受伤，因为那天上午一群恐怖分子袭击了他们的办公地点。阿亚库乔的基层委员会也受到袭击，那里是"光辉道路"的首府，人的生命在那里比秘鲁任何地方都不值钱。那三年里，每当我去阿亚库乔与基层委员会见面时，总是感到这些男人和妇女随时都有被杀害的可能，便觉得十分内疚。当全国和地方众议员候选人名单正式提出以后，我们获悉名单上阿亚库乔的候选人面临的危险大大增加；如同其他政治组织一样，我们建议候选人撤离阿亚库乔，待选举后再回乡。他们不同意，只要求我与地方军警首脑协商允许他们携带枪支。可是，霍华德·罗德里格斯·马拉加准将不批准。

在那次会面前不久，胡利安·瓦玛尼·亚乌里，自由运动组织地方议会的候选人，半夜听到有人爬上他家屋顶，便急忙跑到大街上，才幸免于难。1990年3月4日发生了第二次袭击，他没有来得及逃走。光天化日之下，暴徒堵住他家门口，向他开枪之后，从容不迫地穿过围观的人群走掉了。十年的恐怖生活教会人们遇到这种情况不闻、不问、不动。我至今记得胡利安·瓦玛尼·亚乌里那打烂的尸体，那充满阳光的上午，那些女人的哭声，他的母亲，一位农妇，拥抱着我，用克丘亚语边啜泣边说着我听不懂的话。

对我下毒手，或对我家里人下毒手的可能性，我、我妻子和孩子们从一开始就想到了。我们共同约定，要小心谨慎，但不能为此而减少我们的自由度。儿子贡萨洛和女儿莫尔卡娜正在伦敦读书，对他俩来说，危险限于假期。但是，长子阿尔瓦罗仍在秘鲁，他是记者，又是民阵的新闻发言人，年轻气盛，向极左、极右、政府进攻时，日日夜夜，口无遮拦；另外，他经常躲开保安人员和警卫，独自一人去找他的未婚妻，因此，我和帕特丽西娅总是为他提心吊胆，生怕他被绑架或被杀害。

显然，只要国内不安定，恢复经济就没有可能，尽管抑制了通货膨胀。如果要冒着被绑架、被杀害、被迫交纳革命的摊派和企业被炸毁的危险，那谁会来开矿山、打油井、办工厂呢？（1990年3月，在我参观了瓦乔市食品股份有限公司一家出口罐头工厂一周之后，老板胡利奥·法夫雷·卡兰萨告诉我他如何躲开"光辉道路"的杀害，但后者炸坏了工厂，造成一千多位女工失业。）

国内安定是首要条件，与此同时抑制通货膨胀。维持社会治安不仅是军警的任务，而且是全体公民的义务。因为如果"光辉道路"要把秘鲁变成红色高棉或者第二个古巴，那么整个社会都要为其后果付出代价。把反恐怖斗争的任务交给军警完成，并没有产生积极的结果。确切地说，造成的是恶果。失踪与暗杀已经激怒了农民，而他们是不与当局治安力量合作的。没有人民的支持，民主制度也不能战胜叛乱活动。阿普拉党由于启用了反恐怖小组，即所谓罗德里戈·佛朗哥指挥部，使得形势恶化了。这些小组是由内政部直接指挥的，他们杀害了不少接近"光辉道路"的律师和工会领导人，在他们怀疑与恐怖组织有联系的报刊和团体办公地点安放炸弹，还迫害与总统坚决为敌的对手，比如众议员费尔南多·奥利韦拉，自从他坚持要在国会上谴责阿兰·加西亚非法占有国家财产以来，就成了佯装恐怖分子袭击的受害者。

我的观点是，不应该用伪装的恐怖来对付恐怖，而应该堂堂正正地动员工人、农民和知识分子，在非军警当局领导下进行。我宣布过：如果我当选总统，将亲自领导反恐怖主义的斗争，将用非军事当局代替戒严区的军政首脑，将武装起农民，组成巡逻队以对付"光辉道路。"

在卡哈马卡地区，农民巡逻队显示了威力，他们清除了农村里的牲畜偷窃犯，与政府密切配合，有效地遏制住恐怖活动的发展，恐怖组织一直没能在该地区站住脚跟。在我访问过的安第斯山的任何一个村镇、合作社，都发现农民由于不能抵抗恐怖分子的迫害而愤怒和绝望，他们不得不给恐怖组织提供食物、衣服和后勤支援，不得不服从那些梦呓般的口号，比如生产只为了自给自足，不去农贸市场做生意。此外，给叛乱组织提供帮助又让居民们担着来自治安军警的无情惩罚。很多乡村早已组织了巡逻队，用棍棒、匕首和猎枪对付"光辉道路"和"武装劳工革命运动"的机枪和步枪。

为此，我要求秘鲁人授权我武装农民巡逻队，让他们可以有效地抵抗杀害他们的人①。我的看法受到严厉批评。有人说，我武装农民就是为内战敞开了大门（好像内战并不存在似的）；还说，在民主社会里，负责维持公共秩序的是军警机构。这样的批评根本没有考虑到不发达国家的实际情况。在一个刚刚步入民主的社会里，虽然有了自由选举、不同的政党和新闻自由，这并不意味着一切机构

---

① 至1990年中期，在被恐怖组织杀害的二万人中，百分之九十是农民，是秘鲁穷人中最贫困的人。

和部门都是民主的。社会整体的民主化是一个非常缓慢的过程，等到工会、政党、行政部门、企业都能像法治国家希望的那样开始运作时，还需要很长时间。花时间最多，学会在法律范围内办事、尊重文职政府的领导的部门就是军警单位，因为独裁、半独裁、甚至民主体制已经习惯于那种专横的做法。

在秘鲁，治安力量在反恐怖活动中所表现的无能有几个原因。其中之一是它不能赢得民心，得不到人民的积极支持，而这一点对于与一个藏在暗处、打了就跑的敌人作战是必不可少的。无能是有些部门在反叛乱斗争使用了错误方法的结果，它们从来没有对付这类战争的准备，而这类战争与常规战争十分不同；它们往往局限于这样的战略：让居民们看到他们像恐怖分子一样地残暴。结果，在许多地方，治安武装力量在农民中引起的恐惧与"光辉道路"和"武装劳工革命运动"并无二致。

我记得有一次在戒严区的某个城市里同一位主教的谈话。对方是个年轻人，运动型的身材，非常机敏；他属于教会中的保守阶层，反对自由化的神学，如同这派人中的一些神父一样，断然不会同意激进派的宣传。他走过许多这类备受折磨的土地，同大量的人谈过话，因此我请他讲讲治安武装力量在滥用职权方面的真实程度，因为人们对他们的倒行逆施颇有微词。他的证词沉重得令人喘不过气来，特别是有关刑警的表现：强奸、抢劫、谋害、种种对农民可怕的蹂躏，而所有这一切都是绝对不受法律制裁的。我至今记得他的话："我觉得单独一人去阿亚库乔比在他们的保护下还要安全。"初级阶段的民主社会如果把维护法律的重任委托给这些行事如此野蛮的人，那是不可能进步的。

但是，对此也要避免简单化。人权是极左或极右派用来打击和推翻政府、操纵雄心勃勃但天真的人们和团体行之有效的武器之一。竞选活动期间,我同海军和陆军的军官们开过会,他们详细给我介绍了秘鲁造反动乱的形势,同时也了解到被迫对付动乱的士兵们和海军陆战队的队员所处的艰难境遇:缺乏训练,缺乏准备,经济危机造成的军无斗志、军心涣散。我记得在安达韦拉斯同陆军一位年轻中尉的谈话,他刚从坎加约和毕卡斯瓦曼地区扫荡归来。他告诉我,他的部下仅有"够一次冲突用的弹药"。假如同叛乱分子再次遭遇,他们就无法还击了。至于军粮,一点也没发。要吃饭就得自己想办法。"先生,您想想,要买粮食我们就得给农民付钱。可是拿什么付呢?我已经有两个月没拿到军饷了。而我挣的那点钱(每月不到一百美元)还不够养活我母亲的呢,她住在哈恩市。士兵的津贴只够抽烟用。您说说,我们出发打仗总要吃饭吧,可是没钱买粮那怎么办呢?"

近年来的通货膨胀减少了军人的实际收入,同样也减少了其他公务人员的收入,1989年的工资只相当于1985年的三分之一。用于反叛乱的款项也相应地减少了三分之二。与反叛乱有关的军官和士兵都心情沮丧、十分失望。在兵营和基地,由于缺少零件,使得卡车、直升机、吉普车和种种武器装备堆积如山。国家警察与武装部队之间在明争暗斗。国家警察认为自己是受歧视的;陆军和海军指责国民警卫队把武器卖给瓦亚加地区联合行动的毒品走私集团和恐怖分子。双方都承认由于缺乏财力,军事部门腐败成风,行政管理单位也没什么两样。

只有公民社会的坚决介入,才有可能力挽狂澜,1979年叛乱爆发以来,其势力逐渐扩大,而民主制度的影响却每况愈下。我的想法是:秘鲁人应该像以色列人那样组织起来保护企业、合作社、农村公社、交通道路、通讯设备，大家都在文职政府领导下通力与武装部队合作。这样的合作——如同以色列那样，那里有许多事情应该批评，但也有许多方面值得学习、模仿，其中之一就是武装部队与公民社会的关系——不会使社会军事化，而会使军警公民化，从而弥合了由于不了解而产生的裂缝，这是秘鲁和其他拉美国家军民关系在未到对立之前的普遍特点。在我们的《安定与人权》的纲领中——由阿马利娅·奥尔蒂斯·德·塞瓦略斯律师领导的委员会起草，有心理学家、社会学家、人类学家、社会救济专家、法律专家和军人参加——把农民巡逻队的行动看作是军事戒严区里公民社会恢复治安的重要步骤。在特别法令可能解除、农民巡逻队已开始行动的同时，由法官、医生、社会救济人员、农技推广人员和教师组成的机动大军可以开到那里，这样农民便有充足的理由反对恐怖主义，而不仅仅是单纯地求生存了。我早已下决心，如果当选总统，就较长时间地住在戒严区里，以便领导那里的反恐怖斗争。

1989年1月19日黄昏时分，与普卡尔帕机场为邻的茉莉花区的一位居民，发现有两个陌生人钻出灌木丛，扛着什么东西跑向机场的着陆跑道，那里是飞机停下来调头去停机坪的地方。刚刚从利马飞来的两架飞机中的一架刚刚着陆。那两个陌生人发现刚到的飞机是秘鲁航空公司的，便又回到灌木丛去了。那位居民急忙跑到居委会报警，因为该区成立了巡逻队。一群手持棍棒和砍刀的巡逻队员去察看那两个陌生人待在跑道旁干什么。他们围住了那二人，盘问了一阵，正当要把两个家伙送交警察时，二人突然拔出手枪就打。塞尔希奥·巴萨维腹部中六枪，何塞·巴斯克斯·达维拉被打碎了股骨，理发师温贝托·哈科沃被打断了一根锁骨，维克托·拉韦略·克鲁斯伤了腰部。两个家伙趁着混乱逃走了，但是，丢下了一颗二公斤重的炸弹，即那种被称之为"俄国奶酪"的玩意儿，里面装有炸药、铝皮、铁钉、铅弹、碎铁片和一小段导火索。他们本来要扔到福塞特的飞机上，它离开利马的时间与一架秘鲁航空公司的飞机相同，但是那天它晚点了两小时。我就坐在那架飞机上，是去普卡尔帕成立自由运动组织基层委员会的，还要去乌卡亚利地区看看以及主持莱克斯剧院的政治集会。

巡逻队员们立即把伤员送往地区医院，向警察局副局长报了案（局长去利马了），这位大尉还收下了那枚炸弹。我刚一知道此事，便跑到医院看望伤员。那情景真是惨不忍睹！病人一层又一层地挤在上下床上，室内苍蝇成群，医护人员创造奇迹似的检查和治疗，因为他们没有药品，没有医疗设备，连起码的卫生条件都不具备。我请团结行动组织帮忙把两位受伤最重的巡逻队员转到利马治疗，然后就到警察局去了。开枪者之一名叫伊达尔戈·索里亚，现年十七岁，已被抓获；据接待我的一名警官说，索里亚承认是"武装劳工革命运动"的成员并供出炸弹的目标是我的飞机。如同许多嫌疑犯一样，这小子没有被送上法庭。每当报界询问该犯的情况时，普卡尔帕当局都支吾搪塞，后来公布说，因该犯尚未成年，法官已将其释放。

为欢度1989年圣诞节，团结行动组织于12月23日在利马联盟体育馆举办了一场演出，请电影、电视、电台的艺术家表演节目，出席的人多达三万五千人。演出开始不久，有人通知说，在我家发现了一颗炸弹，警察局的清除爆炸物小组已经强迫我母亲、岳父母、秘书和雇员撤离现场。这枚炸弹出现的时间与体育馆的活动是如此地巧合，这引起我们的怀疑，一定是要破坏这次演出，让我们离开会场，因此，我和帕特丽西娅及孩子们就一直留在主席台上不动，等到联欢会结束①我就证实了：放炸弹是假，心理战是真，因为清除爆炸物的技术人员告诉我，那枚炸弹——我家隔壁的旅游学校的看门人发现的——没有炸药，只有沙土。

1989年11月26日星期日，一名海军军官身着便服，极为小心谨慎地来到我家。这一会见是豪尔赫·萨尔蒙事先全靠口头约定的，因为我的电话总有干扰。这位军官开着装有极化玻璃的轿车直接开进我的车库里。他来告诉我：海军情报部（他所在的单位）听说阿兰·加西亚总统在民族宫开了一次秘密会议，与会者有内政部长阿古斯丁·曼蒂利亚（人们说他是反恐怖集团的组织者）、众议员卡洛斯·罗加、阿普拉党安全局局长阿尔贝托·奇塔索诺和武装劳工革命运动的高级领导人。他说，这次会议决定对我"实行肉体消灭"，同时还要干掉我儿子阿尔瓦罗、恩里克·盖尔西和弗朗西斯科·贝朗德·特里。谋杀的方式要像"光辉道路"的手法。

这位军官还让我看了海军情报部呈送海军总司令的报告。我问他情报部对这份报告认真到什么程度。他耸耸肩说，无风不起浪嘛。不久，这条玩牌式的阴谋消息通过阿尔瓦罗传给了电视台的一位年轻记者海梅·贝利，后者大胆地将其公布于众，掀起一场巨大的风波。海军发言人急忙辟谣，说根本就不存在这样一份报告。

这只是我得到的要谋杀我的报告之一。其中有一些荒唐得令人发笑。另外一些报告显然是编造的，其作者是要利用这种报告来接近我。还有一些类似匿名电话那样，企图打消我们的勇气，在搞心

---

① 阿普拉党是搞这类行动的专家：1989年6月3日，宣布我为总统候选人的前夕，匿名电话说，带我去阿雷基帕的飞机上有炸弹。紧急撤出飞机后，在一个远离迎接我的人们所等待的机场检查了整个机舱，结果没有找到任何爆炸物。

理战。此外，有些好心人是出于关心我们，他们并不知道什么具体情况，可总是担心有人会谋杀我，由于不希望出事，便来告诉我伏击我的可能性，因为这是他们提醒我多加小心的一种方式。到了最后阶段，这种情形愈演愈烈，迫使我不得不一刀剪断：我请帕特丽西娅和鲁西娅在安排日程表时，再也不要安排与有这种要求的人会面："与巴尔加斯·略萨博士人身安全有关的重大而机密的问题，要求面谈。"

经常有人问我，竞选期间是否害怕。更多的是担心，不过是担心那些伤人的投射物，那些可以看得见的东西，而不是子弹或者炸弹。比如，1990年3月13日那个紧张的夜晚，那是在卡斯马，我们刚刚登上主席台，就有一群捣乱分子用石头和鸡蛋向我们打来。其中有个鸡蛋打碎在帕特丽西娅的前额上。再比如1990年5月一个上午，是在利马的塔克纳区，我朋友恩里克·盖尔西的好脑袋（双重含义）挡住了向我飞来的石块（落到我身上的仅仅是臭红漆）。但是，在那三年里，恐怖活动既没能夺去我的好梦，也没能阻挠我去做我想做的事和说我想说的话。

第十一章　阿尔贝托同志

1953年的夏天，我是关在外祖父母租的波尔塔大街的白色别墅里一个单元房中度过的：我一面读书准备进圣马可大学，一面写一个剧本（故事发生在一个荒岛的暴风雨中）；还作一些诗送给邻居的小姑娘玛德莱娜，她妈妈是法国人，也就是别墅的产业主。这是又一次半途而废的浪漫史，可这一次不是因为我胆怯，而是那位母亲对金发的玛德莱娜看管得太严。（差不多三十年以后，一天夜里，当我走进利马的玛尔萨诺剧场的时候，那里正在上演我写的一个话剧，一位美丽的太太拦住了我的去路，我没有认出她来。她面带一种难以确定的微笑递给我一首情诗，那第一行、我唯一敢念出声音的一行诗，烧得我像一个火把。）

我们人文科的考试是在圣马可大学分散在利马市中心的一所旧房子里进行的，地点在赫罗尼莫神甫大街，那里开办着幻影般的地理研究所。从那天起，我就跟莱娥·巴尔瓦和拉斐尔·梅里诺交上了朋友，她和他像我一样也是应考生，也同样喜爱读书。拉斐尔从前上过警察学校，那是决定攻读法律之前的事。莱娥是黑-黑社其中一位老板的女儿，是20年代一系列著名的工人战斗中一位无政府主义工团领袖的后代。在一场又一场考试的间歇中，在一天又一天、一周又一周等待通知我们去口试的日子里，我、拉斐尔（我们简称他"拉法"）和莱娥谈论文学，谈论政治；我感到与我的同龄人一道共同经受那心绪不宁的日子是得到了补偿的。莱娥是那样热情地谈到塞萨尔·巴列霍，她能背诵巴列霍的许多诗歌，至于我也开始仔细、认真地阅读起巴列霍的作品来，我尽可能像喜欢聂鲁达一样地喜欢这位诗人，我是从中学起就怀着永远钦佩的心情阅读聂鲁达的作品的。

我跟拉斐尔还去过海滩，还互相交换过书籍，我还给他念过我写的短篇小说。可是我们跟莱娥就专门谈论政治，用秘密谈话的方式。我们都吐露了心里的秘密：与独裁为敌，同情革命，赞成马克思主义。可是，秘鲁还有共产党员吗？埃斯帕萨·萨尼亚杜①不是把共产党人全都杀光、监禁和驱逐出境了吗？那时，埃斯帕萨·萨尼亚杜正在政府领导岗位上占据一席默默无闻之地，但是全国都知道就是这个没有资历、没有政治经验的人物，奥德里亚将军把他从不起眼的贩酒买卖中调到政府里来，现在是独裁政权倚仗的安全部门的首脑，是幕后指挥检查书刊、广播的人物，是下达逮捕令和流放令的人物，是在工会、大学、国家机关、通讯部门内建立密探和告密网络的人物，他镇压了一起又一起反对政府的活动。

尽管如此，圣马可大学忠于自己的革命传统，于前年，1952年，向奥德里亚挑战。以恢复学生权利为名，圣马可人要求佩德

---

① 奥德里亚总统手下的特务头子，以屠杀共产党人闻名。——译者

罗·杜兰托校长辞职,举行罢课,占领了校务委员会;后来警察把学生从那里赶了出去。几乎罢课的所有领导人都被下狱或者放逐了。莱娥知道这一事件的详情,知道圣马可学生联合会和各个联合中心的辩论情况,知道美洲人民革命联盟与共产党人之间的战争(这两个组织都受到政府的迫害,可是他们之间却相互厮杀);这些情况让我听得目瞪口呆。

莱娥是我接触的第一个没有受过系统教育的女孩,她不像米拉弗洛雷斯富人区我那些女友急忙结婚当个贤妻良母。她有文化修养,决心拿下学位,决心干自己的职业,决心自强、自立。她既聪明、有性格,同时又温柔多情,甚至会为一个故事激动得落泪。我想是她第一个对我谈起何塞·卡洛斯·马里亚特吉①和《关于秘鲁现实的七篇论文》的。大学还没有开课,我们已经成为莫逆之交了。我们一起去看展览,去逛书店,去电影院,看法国片子,当然是去市中心正在放映法国片的两家新电影院:巴黎和贝亚里兹。

我去法诺大街打听录取结果的那一天,有人刚一发现录取名单上有我的名字,周围便有一群人朝我扑过来,给我做新生洗礼。圣马可的洗礼是温和的:给新生剪掉一些头发,迫使他剃光头。离开法诺大街,晃着铰得乱七八糟的头发,我去买了一顶贝雷帽,到科尔梅纳大街一家理发店剃了个光头。

为了学习法语,我早就在法语同盟注了册。我那个班上有两个男生,一个是黑人、化学系的学生,另一个是我。其余二十几个女生——全都是米拉弗洛雷斯和圣伊西德罗的女孩——她们常常拿我俩开心,嘲笑我俩的发言,把我俩轰到大街上去。几周以后,那黑

---

① 秘鲁共产党创始人。著有《关于秘鲁现实的七篇论文》。——译者

人实在忍受不了她们的捉弄,就离开了这个班。我这个大兵式的光头理所当然地成了这些可怕的女同学(其中有一位是秘鲁选美小姐)欺负和开心的目标。但是,我感到听杰出的女教师索拉尔夫人的课真是一种享受,由于她的教导,短短几个月以后,我能够借助字典阅读法文书籍了。我在位于威尔逊大街上的法语同盟的小图书馆里度过了许多幸福的时光,时而翻翻杂志,时而读读那些明快的散文,比如纪德、加缪和圣埃克苏佩里的作品,这些作家使我有了掌握蒙田用的语言的理想。

为了挣些钱,我跟家里经济状况最好的豪尔赫舅舅谈了一夜。他是一家建筑公司的经理,他让我去做计时工——去银行存款,起草信函,再分送到机关办公室——这些都不影响我上课。这样我就可以买香烟——抽烟很凶,好像蝙蝠一样,总是抽黑烟丝,先是"印加王"牌,后来是"国家总统"牌——和看电影了。不久后,又找到了一份工作,是脑力劳动:《旅游》杂志的编辑。老板和社长是豪尔赫·奥尔古因·德·拉瓦列(1894—1973),一位非常文雅的画师和漫画家,三十年前,在20年代的大型杂志《多元与世界》上颇有名望。虽然是贵族却很穷,是地地道道的利马人,一讲起利马的传统、神话和流言蜚语就津津乐道、不知疲倦,可是一想起或者更确切地说是到了为支付每期的费用要收集足够的通知单的时候,奥尔古因·德·拉瓦列就成了一个心不在焉和爱做梦的杂志制作者。杂志由他亲自设计版面,由他和值班编辑从头写到尾。在我之前,到过这个窄窄的编辑部的还有一些著名的文人,其中就有塞巴斯蒂安·萨拉萨尔·邦迪;在我去跟奥尔古因·德·拉瓦列先生谈话那一天,他就给我提到这一情况,他用这种方式告诉我,尽管工资微薄,能继任如此卓越人物的岗位也算是对我的补偿了。

我接受了这项工作，从那时起有两年的时间，我用不同的笔名撰写了杂志上二分之一或者四分之三的文章（这些笔名中有一个是亲法味道的文森特·纳塞，用来署在戏剧评论文章上面）。所有这些文章中，我想起有一篇，题为《一座塑像周围》，是为抗议独裁政权中的教育部部长——塞农·诺列加将军——犯下的一桩野蛮行径而写的，因为他下令从一组纪念塑像中撤掉博洛涅西[①]漂亮的塑像（西班牙人阿古斯丁·克罗尔的作品），因为他觉得那姿势缺乏英雄气概。代替原来塑像（雕出的是他在中弹倒下的那一刻形象）的是难看的挥舞国旗的形象，现在成了利马美丽的纪念碑中不协调的一景。奥尔古因·德·拉瓦列对于这一破坏行径十分愤慨，但是他担心我的文章会激怒政府和查封杂志社。后来，他还是发表了这篇文章，并没有出什么事情。用我在《旅游》杂志社挣的工资，每期给我四百索尔——不是月刊，而是每两个甚至三个月才出一期——我可以支付两份法国杂志预订金——秘鲁索尔在什么时间又是怎样稳定的呢？——一份是萨特的《现代时光》，另一份是莫里斯·纳多的《新文学》——每个月我去市中心的一个小办公室领取。用这些收入，我可以生活下去——住在外祖父母那里我可以不交房租和饭费——特别是有空闲时间可以读书，可以去圣马可上学，不久又投身到革命中去了。

开课的时间很晚，除一门课程之外，其他的都令人失望。当时，圣马可还没有衰退到后来六七十年代一幅大学讽刺画的地步，更没有变成再后来的极左甚至恐怖主义的堡垒，但是已经没有20年代的

[①] Francisco Bolognesi（1816—1880），秘鲁军人。1880年6月初在抵抗智利军队向阿里卡城围攻的战斗中英勇牺牲，被称为"阿里卡英雄"。——译者

影子了,那是1919年会商组织的著名一代,即文科发展的最高峰时期。

那著名的一代人中,学校里还有两位历史学家——豪尔赫·巴萨德雷和劳尔·波拉斯·巴雷内切亚——以及前一代中的某些名人,比如,哲学方面的马里亚诺·伊韦里科,人种学方面的路易斯·巴尔卡塞尔。医学系,奥诺里奥·德尔加多在那里授课,有利马最优秀的医生。但是,大学里的氛围和运转既没有创造性也不严格要求。思想和心灵上已经出现崩溃,虽然很普遍却仍然没有明朗;老师们不时地缺课,一些教员很有能力,另一些则属于麻木的平庸之辈。进入法律系学习并准备攻读文学博士学位的人,必须进行两年基础课程的学习,其中要上若干门选修课。我当时选修的全部课程都是文学的。

大部分课程由于老师知之甚少或者失去了教书的兴趣而讲授得十分乏味。但是,我记得其中有一位使我青年时期获得了最佳的智育经验:讲授"秘鲁历史渊源"的老师——劳尔·波拉斯·巴雷内切亚。

这门课及其派生出来的内容,证明我在圣马可的那几年没有虚度。它的中心议题不可能十分严谨和博学,因为不是秘鲁历史,而是研究这门历史的开端。但是,由于讲课者的学问和口才,每堂课都精彩地展示了有关秘鲁过去和对这一过去互相矛盾的注释及读物的情况,这些注释和读物是编年史家、旅行家、探险家、文化学者、各种书信和文件造成的。波拉斯·巴雷内切亚身材矮小、大腹便便、穿着孝服——那一年他母亲去世——他天庭很宽,蓝眼睛里闪烁着嘲讽的目光,翻领上总是落满头皮屑;他在那小小的课堂里变得高大起来,我们都怀着宗教般的热忱,全神贯注地追踪着他的每一句话。他的讲述优雅、完美，一口有趣而纯正的西班牙语——他的大学专业是从教授黄金世纪的经典作家开始的，他深入研读过这些作家，这在他讲述的过程和准确、丰富的表达中留有痕迹——但他绝不是让人听起来没有根底空话连篇的教师。波拉斯注重准确性到了狂热的程度，对于未经证实的东西他绝对不能肯定。他那些精彩的表述总是要通过宣读用小字写好的卡片加以标定，那些卡片距离眼睛很近，为的是可以一字不漏地念出。在他的每一堂课里，我们都感觉可以听到某些前所未闻的东西，即个人研究的成果。转年，当我开始同他一道工作时，我证实了波拉斯的确在准备这门他开设了多年的课程，其严谨程度仿佛是个首次面对听众的人。

我在圣马可的头两年里，做到了在中学时没有做到的事：成为一个非常用功的学生。我深入地学习每一门课程，甚至我不喜欢的课程，完成老师要求的所有作业，有时还请老师开出补充书目，以便去圣马可图书馆或者阿班凯大街的国立图书馆借阅，我在这两个图书馆里度过了这两年中的许多时光。虽说这两个图书馆远非标准图书馆——在国立图书馆里，你得跟做作业的小学生分享阅览室，他们把房间闹成了疯人院——在那里我养成了在图书馆读书的习惯，从此凡是我住过的城市我都要去图书馆读书，其中有些城市的图书馆——大不列颠博物馆的阅览室——我甚至在那里写出了我的大部分作品。

但是，在所有的课程中，我读书最多、用力最大的还是"秘鲁历史渊源"这门课，波拉斯·巴雷内切亚的智慧闪光照得我眼花缭乱。我记得，有一次上过一堂关于美洲史前神话的精彩讲解之后，我跑到图书馆去找课堂上引证过的两本书，其中一本是恩斯特·卡西尔的书，它几乎立刻就征服了我，但另一本——弗雷泽的《金枝》——却成为 1953 年我最重要的读物之一。波拉斯这门课对我的影响是如此之大，以至于我在上大学的头几个月里甚至常常在想：我是否应该攻读历史而不是文学，因为历史即波拉斯的化身，有颜色，有动人的力量，有创造力，似乎更加扎根于生活。

我在班上交了几个朋友，我鼓动朋友们一道来排演一出戏。我们选定了帕尔多·伊·阿里亚卡的一出风俗喜剧，甚至抄好了脚本，分配了角色，可是到最后这个计划落了空；我想这是我的过错，因为在此之前我已经搞政治了，政治活动开始越来越多地耗费我的时间。

在这群男女朋友中，内莉·阿尔瓦的情况是很特别的。她自幼在艺术学校学习钢琴，其爱好是音乐，因此她进圣马可是为了获得全面的知识。自从我们头几次在文科大院的棕榈树下的谈话开始，我在音乐方面的无知着实让她吓了一大跳，于是她给自己规定了一项任务：对我进行音乐教育；她拉我去市府剧场听音乐会，坐在楼座的第一排，她给我简略地介绍演出者和作曲家的情况。我则在文学方面为她提供咨询；我清楚地记得：我和她都喜欢罗曼·罗兰的巨著《约翰·克利斯朵夫》，我们一卷一卷地从阿桑卡洛大街上胡安·梅西亚·巴卡的书店里买全了这套作品。热情的胡安先生赊给我们这套书，我们按月分期付款。每周去这家书店一两次翻翻有无新书，成为一项职责。赶上走运的日子，梅西亚·巴卡还在旁边的书库里请我俩喝咖啡、吃热馅饼。

但是见面次数更多的、实际上是每天课堂内外都要见面的人，还是莱娥。开课不久，一个名叫费利克斯·阿里亚斯·施赖贝尔的就加入到我们中间来了，于是很快就成立了三人小组。费利克斯是前一年进圣马可的，但是因病中断了学习，所以跟我们在一个年级读书。他的家族属于上层社会——其姓氏常常与银行家和外交家联系在一起——但是他本人却来自一个贫困、或许贫困至极的家庭。我不知道他母亲是寡居呢还是离异，但只有费利克斯与她生活在一起，母子二人住在阿雷基帕大街的一幢小别墅里；虽然他曾经在利马富家子弟学校——圣玛丽亚——读书，却一向是分文无有的，从他的衣着打扮上看，显而易见，是过着拮据的日子。热衷于政治在费利克斯身上——这种情况非同一般——要比莱娥和我强烈得多。他对马克思主义已经有所了解；他有些书籍和小册子，借给我俩阅读。我读了以后为这些禁书的性质吓得目瞪口呆；这些书籍必须重新包上书皮，免得让埃斯帕萨·萨尼亚杜安插在圣马可的密探发现，这些走狗时时刻刻准备抓捕《新闻日报》上所说的"搞动乱的"和"煽动分子"——那时所有的报纸都支持独裁政权，当然也都是反共的；但是佩德罗·贝尔特兰这家报纸要比其他所有报纸加起来都反共。自从费利克斯加入进来以后，别的话题都放到次要地位了，而政治——确切地说是社会主义和革命——成为我们谈话的中心议题。我们的谈话有时在圣马可的门廊里——大学花园的老房子前面还保留着，就在利马的市中心——有时在科尔梅纳或者阿桑卡洛咖啡馆；有时是莱娥把我们带到圣马丁广场穿廊下"黑-黑"地下室去喝咖啡或者可口可乐。与从前我在《纪事报》时光顾这里的情形不同，这时我滴酒不沾，我们谈的都是严肃的大事：秘鲁独裁政权的倒行逆施，在苏联发生的政治、经济、科技、文化、伦理道德方面的巨大变化（保尔·艾吕雅的诗中写道："在那个国度里/没有妓女/没有盗贼/没有神甫。"），在毛泽东领导的中国发生的巨大变化，一位法国作家——克洛德·鲁瓦——访问了中国并且写下许多奇迹，《开启中国的钥匙》就是我们每字每句都很相信的一本书。

我们的谈话常常持续很长时间。有好几次，我们从市中心步行到莱娥的家，位于小多列士大街。然后，我和费利克斯继续前进，直到位于阿雷基帕大街、几乎邻近安加莫斯大街的费利克斯家门口；最后我一个人向波尔塔大街走去。从圣马丁广场到我家需要走一个半小时。亲爱的外祖母在餐桌上给我留了饭菜，我不在乎饭菜凉不凉（总是老样子，那时我唯一可以吃干净的是：肉末炒饭和炸土豆片）。如果说我不在乎饭菜（外祖父开玩笑说："对于诗人来说，饭菜是连篇废话。"），那么也不十分需要睡眠，因为尽管我上床的时间很晚，我仍然还要在入睡前看几小时的书。由于我的热情和一向的专注精神，费利克斯和莱娥变成了一件时时刻刻盘踞在脑海里的事；我跟他和她在一起的时候，心里总是想：有这样的朋友真是愉快，跟他们可以推心置腹，可以共同计划一道分享的未来。我内心深处还悄悄在想，千万别爱上莱娥，因为对三个人来说都是致命的。再说，谈恋爱这种事不是典型的资产阶级的弱点吗？发生在一个革命者身上是不可想象的。

在此之前，我们已经接上了一直渴望的关系。在圣马可的走廊里，已经有个人来找我们打听情况，仿佛漫不经心地问我们：怎样看待被捕的大学生，或者是大学里不讲授的文化题目——比如，辩证唯物主义、历史唯物主义和科学社会主义——根据一般常识任何一个受过教育的人都应该知道的话题。第二次和第三次，那人又问了同样的问题，他顺口问我们：是否有兴趣组织一个研究小组，以便研究审查机关、对独裁政权的恐惧和资产阶级大学本身的性质阻挠圣马可研究的问题。莱娥、费利克斯和我都回答说：我们乐意组织起来。从我们进大学以后不到一个月，我们就成立了一个研究小组，这是卡魏德（处于地下秘密状态的共产党试图重建的名称，几年前由于镇压、脱党和内部分裂这个名称已经销声匿迹了）的成员必须步入的第一阶段。

我们那个小组的第一位指导员名叫埃克托尔·贝哈尔，后来到了 60 年代成为民族解放军的游击队长，为此还蹲了几年监狱。这个小伙子长得很高，可亲可爱，面孔像个圆圆的奶酪，声音响亮悦耳，这份天赋使他能够当上中央广播电台的播音员。他比我们三个大几岁——那时已经在读法律了——跟他一道学习马克思主义是一件愉快的事，因为他很聪明，善于组织小组讨论。我们学习的第一本书是乔治·波利策写的《哲学基础教程》，接着是马克思的《共产党宣言》和《法兰西内战》，后来是恩格斯的《反杜林论》和列宁的《怎么办？》。我们这些书籍是在帕尔多大街上的一家小书店里买的——有时作为饶头还能得到一本过期的《苏联文化》，那封面上总会有一些面色红润、带着微笑的农妇，她们身后是麦田和拖拉机——书店的老板是个智利人，嘴上的大胡须总是被裹在宽宽的领带里，他在书店后面有个大箱子，里头藏着大量的造反文献。若干年后，在我阅读康拉德那些充满阴郁的阴谋家的小说时，这位供应秘密图书的书店老板灰色而神秘的面孔，总是浮现在我的脑海里。

我们在不断变动的地点开会。有时在阿班凯大街一座破旧的楼里找个可怜的小房间，那里住着我们的一个同志；有时在下桥大街一个小房子里，那是一位面色苍白的姑娘的家，我们给她起了名字叫"白鸟"，有一天在她家里让我们着实吓了一大跳：就在我们讨论得最热烈的时候，突然之间来了一个军人。原来他是"白鸟"的哥哥，看到我们他并没有感到吃惊；可是我们再也不去那里开会了。有时是在上区的一家公寓里，女主人秘密地同情我们，她在花园深处给我们找了一间挂满蜘蛛网的房屋。我至少参加过四个社团的活动；转年，我成为其中一个团体的指导员和组织者；我已经忘记了指导我、同我一道接受指导和我指导过的同志的面貌和姓名。但是，我十分清楚地记得第一团体的同志；后来我们开始参加卡魏德的活动时，我们同第一团体里的大部分同志组成了一个支部。除去费利克斯和莱娥，还有一个瘦瘦的、说话声音细细的小伙子，他浑身上下都是小模小样的：小小的领结，轻柔的举止，缓缓的碎步。他名叫玻德斯塔，是我们支部第一任负责人。另外一个成员则相反，他名叫马丁内斯，人类学系的学生，他身体健壮，性格爽朗；他是印第安人，长得魁梧有力，为人热情，工作起来很有韧性；他在团体里作汇报时总是说个没完没了。他那古铜色岩石般的面孔从来没有表情变化，就连最激烈的争论也不能使他变脸。相反地，安东尼奥·穆尼奥斯，胡宁地方的山里人，却有幽默感，有时他开起玩笑来能够打破我们会议中那葬礼般的严肃气氛（1989—1990年的大选期间，我又遇到了他，他正在胡宁各省组织"自由运动委员会"）。还有就是那个神秘的姑娘"白鸟"，她常常让我、莱娥和费利克斯暗暗在想：她是否知道什么是团体，是否意识到有可能被捕，是否知道自己已经是个造反战士了。"白鸟"虽然长得光洁白皙、举止娇媚，却能够读任何书籍和作汇报，但是似乎领会的东西不多，因为有一天她突然跟团体里的人一一告别，理由是做弥撒要迟到了……

我们参加团体短短几周之后，贝哈尔就认定莱娥、费利克斯和我已经成熟，可以去承担更重要的使命了。他问我们是否乐意与党的某个负责人见面。他为我们安排了当天夜里见面，地点是米拉弗洛雷斯区的帕尔多大道；于是华盛顿·杜兰·阿瓦尔卡露面了——当时我只知道他的假名——他说，捉弄密探的最佳办法就是在富人区的露天地里聚会，这让我们吃了一惊。坐在一张长椅上，头上就是以前我不成功地追求美丽的弗洛拉·弗洛雷斯和另一位资产阶级女孩的林荫道旁的榕树树冠,华盛顿给我们描绘出一张共产党历史的简表,从1928年何塞·卡洛斯·马里亚特吉建党开始,直到今天用卡魏德的名称从废墟中重新站立起来为止。有了这样的历史开端之后,在《阿毛塔》①的启发下——我们在团体里也学习了《关于秘鲁现实的七篇论文》——党已经落入欧多西奥·拉维内斯之手,这个人在当上总书记之后被第三国际派往智利、阿根廷和西班牙(内战时期)作代表,后来叛变成秘鲁最反共的人,成为《新闻日报》和佩德罗·贝尔特兰的盟友。后来,除去何塞·路易斯·布斯塔曼特·伊·里韦罗②短暂的三年执政期共产党可以在光天化日活动之外,一届又一届独裁政权和残酷的镇压使得党在越来越困难的秘密状态下偷偷摸摸地生存。但是,以后,"取消派和反工人的逆流"破坏了党组织,使得党脱离了群众,向资产阶级妥协:比如,前领导人胡安·卢纳卖身投靠奥德里亚政权,现在是军政权欺骗性国会的参议员。一些像豪尔赫·普拉多这样真正的领导人或者流亡在国外或者被捕入狱(最近一位总书记劳尔·阿科斯塔的情况就是如此)。

尽管是这样,党依然在暗中活动,前年在圣马可的罢课中党起着决定性的作用。参加罢课的许多同志被迫流亡或者进了监狱。党集合起残存的支部又成立了卡魏德,直到能够召开全国党代会为止。卡魏德由学生总支和工人总支组成,为安全起见,每个支部只能认识一位上级领导负责人。在任何文件和谈话中都不得使用真名实姓,

---

① 马里亚特吉创办的杂志。——译者
② Bustamante y Rivero (1894—1988),法学家,1945—1948年任秘鲁总统。——译者

只能用假名。加入卡魏德的人可以是党员,也可以是同情者。

我和费利克斯都说,我们希望当个同情者,但是莱娥却要求立刻入党。由华盛顿·杜兰用半是教堂侍童的声音带领她进行的宣誓是庄严的——"你宣誓为工人阶级、为党奋斗终生吗?"——这情景给我们留下深刻的印象。后来我们每个人都得找个假名。我的假名是阿尔贝托同志。

虽然学习小组继续在活动——每隔一段时间成员和指导员都有变化——我们三个同时开始在一个学生总支下的支部里工作,参加这个支部活动的还有玻德斯塔、马丁内斯和穆尼奥斯。这时的环境使我们的战斗限于散发传单和秘密销售一份叫作《卡魏德》的小报,组织上有时也让我在这份小报上写些用"无产阶级"和"辩证"观点分析国际问题的文章。

直到后来圣马可大学学生联合会和各系学生会终于可以举行选举为止(1952年罢课之后学生组织就已瘫痪)。在文学系卡魏德提出的候选人中以及为学生联合会提出的五名代表里,我和费利克斯都当选了。我不知道我俩是怎样当选为学联代表的,因为无论在系学生会里还是在学联,美洲革命人民联盟都占据多数。不久以后,发生了一件事,牵扯到我的部分,后来成了写小说的素材。

前面说过有大批学生被捕入狱了。国内安全法使得政府可以把任何"动乱分子"送进监狱,不经法院审理就可以无限期地关押下去。监狱——建在利马市中心的一座红色建筑物,现在那里是喜来登酒店,只是在若干年以后我才发现,那是根据英国哲学家杰里米·本瑟姆的指示建成的少有的全景建筑之一——里的条件是很艰苦的:囚犯们必须睡在地上,既没有垫子也没有毯子。为了给他们买毛毯,我们搞了一次募捐活动;可是当我们把毛毯送往监狱的时候,典狱长告诉我们,这些犯人不得与外界联系,因为他们是政治犯——这在独裁统治时期是一句侮辱性的话——只有经过政府办公厅主任的批准,才能把毛毯交给政治犯。

出于人道主义的考虑,我们是否应该要求这个镇压机关的首脑接见我们一次呢?这个问题先是在支部里后是在学联引起一场令人窒息的争论。那时无论什么问题我们总是先在卡魏德内部讨论一次,制定出作战方案,然后在学生组织里实施,我们按照纪律和协同配合行动,因此虽然与美洲革命人民联盟相比我们是少数,但是往往能够达成一致意见。我已经不记得关于要求埃斯帕萨·萨尼亚杜接见一事我们究竟要维护什么,但是争论是非常激烈的。最后,通过了要求接见的决定。学联选派了一个代表团,马丁内斯和我均在其中。

那位政府办公厅主任约我们上午在意大利广场旁他的办公室里见面。就在我们等待接见的时候,周围是油腻的墙壁、身穿制服和便衣的警察以及拥挤在易患幽闭恐惧症的小房间里的办事员,这让我们感到紧张和激动。终于,有人前来叫我们去萨尼亚杜的办公室了。埃斯帕萨·萨尼亚杜就在里面。他没有起身问好,也没有请我们坐下。他从写字台后面静静地打量着我们。我永远也不会忘记那张干瘦和令人生厌的面孔。那是个滑稽可笑的家伙,有四五十岁,或者确切地说,看不出年龄来,衣着朴素,体形瘦小,是枯燥乏味的化身,一个毫无特色的人(至少外貌如此)。他几乎令人难以察觉地微微颔首,让我们说出要求来;然后不动声色地倾听着我们的叙述——结结巴巴地说着——说明垫子和毛毯的事。他的面部肌肉纹丝不动,心里似乎在想着别的什么地方,但是他在注视着我们,仿佛我们是昆虫一样。终于,他还是那副冷淡的表情,拉开一个抽屉,拿出厚厚一叠报纸，一面冲我们挥动着一面低声道："那这个呢？"在他手里乱舞的是几期地下的《卡魏德》。

他说，在圣马可发生的一切他都知道，甚至也知道谁写的这些文章。他很感谢我们每期报上总是惦记着他。但是，他警告说，你们要小心点，因为上大学是去读书的，不是去准备共产主义革命的。他说话的小嗓门既无棱角也无色彩，语言贫乏，是那种自从混完中学之后就再也没有念过任何书的人。

我不记得毯子的事后来怎样了，但是有个印象却记忆犹新，就是我发现这样的看法与实际是有过之而无不及的：秘鲁造就了这样一个阴险的家伙——他要对无数的流亡、监禁、杀害、告密、搜查的事件负责，要对我们眼前的平庸生活负责。离开接见的地方时，我心里想，早晚有一天我要把这些写出来，后来这就成为我的长篇小说《酒吧长谈》的内容了。（1969年这本书问世以后，埃斯帕萨·萨尼亚杜正住在乔西卡，从事慈善事业和园艺研究，记者们纷纷问他对这部小说有何想法，因为书中的主人公卡约·贝尔穆德斯与他非常相像，他回答说——我可以想象出他那令人生厌的表情来："哼……假如巴尔加斯·略萨事先请教我的话，我会给他讲出许许多多这样的事来……"）

在我参加卡魏德一年多的时间里，我们的革命业绩是微乎其微的：企图轰走一个教师（没有成功），给系学生会办了一份小报（只维持了两三期），在圣马可内组织了一次声援电车工人的罢课。另外，还为报考圣马可的学生组织了一期免费系列讲座，这样我们就可以为团体招募新兵了，我讲了一次文学。轰走劣质教师的权利（后来变成驱逐反动分子的权利）是20年代大学改革获得的成果之一，1948年发生军事政变以后就被取消了。我们企图用轰走逻辑学教师萨拜尔宾的办法来重新恢复这一权利,我不知道究竟为什么轰走他,因为系里还有比他更糟糕的教师;但是我们失败了,因为在两次乱哄哄的学生大会上,结果捍卫他的人比反对他的人要多得多。

至于那份小报,我特别还记得在卡魏德内部为一个无聊的问题而展开的那些疲惫不堪的争论:文章要不要署名。那时我们无论做什么都要进行思想意识的分析,此事当然不能例外,每个人的论点都要用阶级和辩证的理由加以斟酌,最严重的指责是:资产阶级主观主义,唯心主义,缺乏阶级觉悟。关于署名的辩论持续了好几天;在一次交换意见时,费利克斯对我提出了毁灭性的指责:"你是个废人!"

但是,尽管在卡魏德内部的辩论中发生争执,我仍然喜欢费利克斯和莱娥,虽说重友情是资产阶级的玩意儿。后来,党组织让我先是离开了团体,接着又离开了支部,结果费利克斯和莱娥仍旧在一起,这使我非常难过。我觉得在这两次分离中费利克斯用难以察觉(对那种没有警惕触觉的人来说)的方式策划了我的离去,可与此同时他在表面上却装出无可奈何的样子。由于我这个人生性多疑、敏感,便暗暗思量,他考虑到他俩继续在一起可能让我忌妒便制造了这些阴谋。但是,我不能不想到,费利克斯近来是如此的坚定,很可能他要锻炼我、治一治我情谊缠绵的毛病,因为这是我最顽固的阶级烙印之一。

虽然有这些事,我们还是经常见面。只要有机会我就去找他俩。一天下午——大概是在我们认识的七八个月之后,莱娥说想跟我谈一谈。我到她家去了(位于小多列士大街)。她一个人在家里。我俩沿着阿雷基帕大街的中央便道走去,头顶上是高高的树冠,两旁是来来往往的车辆,上行的开往市中心,下行的开往海岸。莱娥有些紧张。我觉得她那薄薄的衣裳里面浑身在发抖,尽管天色昏暗——夜幕开始降临——我还是可以看到她的眼睛,我知道她的眼睛一定是湿润而炯炯有神的,如同以往她心中有烦恼时那样。我也很紧张,一心等待着她要说的话。终于,经过一阵长时间的沉默之后,她声音非常细微地——但是没有挑拣字眼,因为她知道自己善于谈话和讨论——告诉我:前天夜里费利克斯向她求爱了。他说,他很早以前就爱上了她;对他来说,她比什么都重要,甚至比党组织还重要……我的心像刀绞一样地疼,我骂自己为什么这样胆怯、以前不敢做现在费利克斯做出的事。可是当莱娥说完这件事并且坦率地告诉我由于我们三个一直很要好,她觉得自己有责任把发生的事情讲给我听,因为她不知道应该怎么办的时候,我呢,由于在某些场合受虐狂心理常常占据着我的心头,我便急急忙忙鼓励她说,既然费利克斯是爱你的,还有什么可怀疑的呢?结果那天夜里是我入圣马可大学以来最难成眠的一宿。

我仍然还同费利克斯和莱娥见面,但是我跟他俩的关系逐渐冷却下来。由于革命者羞于观察他人的私事,因此在表面上看不出他和她是恋人呢还是情人或者是未婚夫妻,除非二人双双走去,人们从来也没有看到他俩手拉手,也没有看到可以暴露他俩之间有某种感情关系的举动。但是我知道他俩有那种关系;尽管每当我跟他俩在一起的时候他俩掩饰得很好,我仍然感到心里空荡荡的,有一种失意的资产阶级分子的醋意。

过了一段时间——大约一两年之后——我听到有人讲到他俩的事,此人当然不会相信我曾经爱过莱娥。事情发生在他俩所在的支部里。在此之前,二人有过某种争执,比一般的吵架要严重些。在一次支部会议上,莱娥突然控告费利克斯对她有某种资产阶级行为,她要求从政治的高度对这一行为进行分析。这番话把大家吓了一跳；费利克斯做了自我批评，会议在悲剧气氛中结束。由于一种我无法说明白的理由，这件我得到消息很晚并且可能有所歪曲的轶事，多年来一直陪伴着我，有好几次我试图重新恢复此事的本来面貌，猜出当时的背景及反应。

转年，1954年中，当我脱离卡魏德的时候，几乎看不到莱娥和费利克斯了，从那以后实际上就再也没有见过他俩。在圣马可后来的几年里，我们再也没有谈过话，也没有互相找过，如果上下课遇见时最多是打个招呼。我在欧洲生活期间，仅仅知道他俩的一些消息。听说他俩结了婚并且有了孩子，他俩，或者至少是费利克斯，仍然走在那一代党员时断时续的轨道上，时而脱党时而回到党内，领导或者忍受着五六十年代秘鲁共产党人分歧、分裂、重新组合、再度分裂的痛苦。

1972年，萨尔瓦多·阿连德总统访问利马之际，我在智利使馆的招待会上遇见了他俩。在人群中，我们仅仅说了几句话。但是，我记得莱娥说到《酒吧长谈》时的玩笑："你那些魔鬼呀……"在这部长篇小说里，经过改头换面之后，表现了我们在圣马可大学里的一些故事。

后来，在十八年或者二十年的时间里都不知道他俩的消息。有一天，那是在总统竞选运动期间，1989年5月在阿雷基帕准备宣布我做总统候选人的前夕，在要求采访我的记者名单里出现了费利克斯的名字。我立刻同意见他，心里在想是否真的是他呢。果然是他。尽管过去四十多年了，我仍然认出了记忆中的费利克斯：温和而有心计，穿戴上依然朴素大方，提问时依然急不可耐，嘴上总是挂着不可缺少的政治角度，依然为一份不稳定的花边小报写东西，如同当年我们在圣马可办的那份一样。看到他让我很激动，我想他也同样激动。但是两个人谁也没有让对方察觉出那惆怅的暗火。

在卡魏德期间，让我感到唯一为革命在工作的事情就是圣马可为声援电车工人的罢课。电车工人工会当时是在我们的党员控制中。学生总支竭尽全力去争取圣马可大学学生联合会举行声援罢课，结果我们成功了。那几天真是激动人心，因为是我们支部的党员第一次有机会到大学之外去工作，是跟工人们在一起啊！我们出席了工会召开的会议，还同工人一道，在维多利亚大街的一家小印刷车间办了一份每日快讯，我们在各个车站上把快讯分发给由于没有电车而滞留的人群。在那几天里，我们还有机会在罢工委员会的会议上认识了从前不认识的卡魏德的成员。

我们一共有多少人？我一直不清楚，但是我猜测也就是几十人。同样，我也一直不知道谁是我们的总支书记和由哪些人组成的中央委员会。那几年的严厉镇压——只是在埃斯帕萨·萨尼亚杜倒台之后、从1955年起保安体系才有所松动——逼得我们必须秘密行动。但是这还与党的性质有关、与党的秘密状态有关、与喜爱地下活动有关，因此使它一直不能成为群众的党——尽管我们对此谈得很多。

在我脱离卡魏德的行动中，意识形态的分歧也起着作用，这尤其来源于萨特和《现代》杂志，我是他们虔诚的读者。但我想这是次要因素。因为无论我在学习小组中能够阅读多少东西，那时我对马克思主义的了解也是支离破碎的和肤浅的。只是到了60年代，我在欧洲时，我才认真努力攻读马克思、列宁、毛泽东和一些非正统的马克思主义者的著作，比如卢卡奇、葛兰西、吕西安·戈德曼，以及超正统派的阿尔都塞，这是在古巴革命热情的鼓舞下的行动，自1960年开始，古巴革命重新唤起了我对马克思主义-列宁主义的兴趣，我以为自从脱离了卡魏德以后我已经忘记了这一革命理论。

虽然在那个时期圣马可、卡魏德、莱娥和费利克斯整个占据着我的心头，我仍然经常去看望舅舅、舅妈们——一周内，我每天轮流去各家吃午饭和晚饭——仍然经常给鲁乔舅舅写信，向他详细报告我做的一切和打算做的一切，我也经常从他那里收到充满魅力的书信。我还经常去看望来利马读大学的皮乌拉的朋友们，特别是哈维尔·席尔瓦。他们中有几位跟哈维尔一道住在米拉弗洛雷斯区的谢尔大街的一家公寓里，他们称之为"慢性死亡"之家，因为伙食太糟糕。哈维尔原来决定攻读建筑学，他把自己打扮成建筑师，留起一副智慧型的小胡须，穿着圣日尔曼德佩式的高领黑色衬衫。我曾经说服他我们必须去巴黎，甚至鼓励他写了一篇小说，我还给他在《旅游》杂志上发表了。小说那缺乏条理的开头是这样的："我的脚步往地面上延伸……"但是，第二年，突然之间他决心当个经济学家，于是考入圣马可，这样一来，从1954年起，我们又成为大学同学了。

哈维尔报到之后，我在他的帮助下又同我原来住过的迭戈·费雷区重新建立了联系。此事我是悄悄进行的，因为那些男孩和女孩都是资产阶级分子，而我已经不再是资产阶级的人了。假如莱娥、费利克斯或者卡魏德的同志们看到我在科隆大街的拐角议论那些刚刚搬到奥恰兰大街的"野妞"或者看到我在准备周末的惊喜聚会的话，他们会说什么呢？这个富人区的男孩和女孩如果知道卡魏德除了是个共产党组织，里面还有就像在他们家里当用人的印第安人、混血种人和黑人的话，他们又会说什么呢？这是两个世界，中间被一道鸿沟分开了。当我从这个世界跳到另一个世界的时候，我感到换了一个国家。

在那个时期我看望比较少的是我的父母。他俩在美国住了几个月,以后回国不久,我父亲又走了。他为了找到新的工作或者办起可以永久居留的买卖在做新的尝试。我母亲留在外祖父家,那里我们几乎要住不下了。我父亲的离去使她焦虑不安,我猜测她是担心我父亲一时心血来潮会像第一次那样又失踪了。但是,他回来了,那是1953年快要结束的事,有一天他约我到他办公室见面。

我去了,可是忧心忡忡,因为跟他见面我从来没指望有什么好结果。他对我说,《旅游》杂志的工作不太正经,只能挣几个小钱;他说,我应该像很多美国小伙子那样一面从事有助于学业的工作一面读书。他已经跟人民银行一位朋友谈过了,为我在银行里安排了一份差事,从1月1日开始。

1954年新年伊始,我便成了人民银行维多利亚支行的职员。上班的第一天,经理问我是否有工作经验。我说,一点没有。他吹了一声口哨,神情诡秘。"从后门过来的吧?"的确如此。他声称:"你可自找麻烦了。因为我需要的是一个收款员。看看你怎么玩命吧!"这是个从星期一到星期五一直延长到办公室的八小时之外的艰苦体验,是夜间噩梦的翻版。我必须从手持活期储蓄本或者活期存款账户的人那里收款。其中大批客户是瓦迪卡红灯区的妓女,因为支行就在红灯区的拐弯处,她们常常发火,因为我数钱和开收据的速度太慢。钞票往往掉到地上或者与手指纠缠不清,有时乱得一塌糊涂,我就佯装算账,结果未经核对交款数额就把收据给了她们。有好几天下午,结算账目不对,我不得不怀着万分焦虑的心情重新把钞票清点一遍。有一天少了一百索尔,我只好低着头去找经理,我说请您从我的薪水里扣除吧。可是,他简单地看了看账目就发现了差错,对我这个生手笑了起来。经理是个年轻人,可爱可亲;他极力怂恿同事们推选我当出席银行联合工会的代表，因为我是个大学生。可是我不肯当这个工会代表，也没有把此事向卡魏德汇报，因为组织上有可能让我接受这一推选。如果我担起这份责任的话，那我就得永远当个银行职员，永远背着这个包袱上山。我讨厌这份工作，讨厌常规性的时间表，我像在莱昂西奥·普拉多军校那样盼望着星期六的到来。

这样，到了第二个月，出人意料地出现了可以逃离账本的机会。我去圣马可拿分数单的时候，系里的女秘书罗西塔·科尔彭乔告诉我，波拉斯·巴雷内切亚教授希望见见我，因为我在他那门课程上考了一个"优"。我好奇地给他打了一个电话——以前我从来没有和他单独说过话——他请我到他家里去，地点在米拉弗洛雷斯区科里纳大街。

我怀着非常好奇的心理去了，很高兴能够走进他的家门，因为在圣马可人们谈起他的藏书和收集的各种《堂吉诃德》的版本如同某种神话一般。他把我领进平时工作的小书房，那里堆满了各种版本的书籍，书架上还摆着各式各样的堂吉诃德和桑丘的塑像和图画；他祝贺我考试取得的好成绩，祝贺我交给他的读书报告——他赞成我报告里指出的考古学家泽楚迪犯下的历史错误——建议我同他一起工作。此前，胡安·梅西亚·巴卡委托秘鲁主要的历史学家选编秘鲁史。波拉斯负责撰写"征服"和"解放"各卷。出版商可以为他支付整理图书资料所需的两名助手的费用。一名助手已经同他一道工作了，即卡洛斯·阿拉尼瓦尔，在圣马可攻读历史的博士生。我是否愿意做另一名助手呢？我可以拿到每月五百索尔的工资，从星期一到星期五每天下午两点至五点在他家里工作。

我怀着难以描述的愉快心情离开那里，去人民银行写辞职书，次日上午我把辞职书交给经理，并不掩饰自己高兴的心情。这一点，他是无法理解的。我是否意识到为了某种短暂的东西而放弃了一个牢靠的职位呢？支行里的同事们在维多利亚大街的一家中餐馆为我举办一个告别宴会，席间大家就我不陌生的红灯区的女客户们开了许多玩笑。

我怀着颇为不安的心情把这个消息告诉父亲了。虽说我已经是十八岁的人了，可是在这种时候，当着他的面我还是会感到恐惧——一种令人瘫痪的感觉使得自己也会缩小和取消我自己的论点，即使在那些我可以肯定自己是有道理的事情上也是如此——同样地当他在我身边时更会感到不安，哪怕是在最乏味的场合下也一样。

他一面听我说话，脸色微微发白，一面用一种我从来也没有在别人眼中看到的冷冷目光盯着我看；我刚一说完，他就要求我拿出可以挣五百索尔的证明来。为了拿出证明，我只好再去波拉斯教授家里一趟。他给我开了证明，虽然有些奇怪。我父亲只是胡说一通而已，他说：你离开银行不是因为另外有了更感兴趣的工作而是你缺乏雄心壮志。

就在我办成了与波拉斯教授一道工作的同时，又有一件好事发生了：鲁乔舅舅来到了利马。原因并不美妙。由于皮乌拉山区连降暴雨，奇拉河水猛涨，洪水冲破了圣何塞农场的堤防，毁坏了所有的棉田，这一年的耕耘使得那里的土地很有劲力，本来是丰收在望的。多年来的财力、精力和努力顷刻间化为乌有。鲁乔舅舅交还了农场，卖掉了家具，让我舅妈奥尔加、我的表妹万达、帕特丽西娅和表弟小鲁乔上了轻型运货卡车，准备再拼搏一场，这一回是在利马。

我心里想，他的到来会是一件很好的事。说真话，这里需要他。

因为这个家族开始举步维艰了。外祖父的身体早已衰弱,记性也有问题。最令人担心的情况是胡安舅舅。自他从玻利维亚回来之后,他在一家工业公司谋得一个很好的位置,因为他工作能力很强,另外他也热心家务,很关心妻子和儿女。他一向喜欢饮酒过量,但这似乎是凭借毅力可以控制的事,在周末、节日和家庭聚会上可以放纵一下。但是,一年半以前,从他母亲去世以后,情况就变得严重了。当发现胡安舅舅的母亲患了癌症时,就让她从阿雷基帕搬来与胡安同住了。她的钢琴弹得绝妙之极,我去南西、戈拉兹表妹家里时,总会要求劳拉夫人弹奏路易斯·邓肯·拉瓦列的华尔兹《打盹》《白色的城市》以及可以使我们回想起阿雷基帕的曲子来。这位夫人非常令人同情,因为她死得从容不迫。她的去世使得胡安舅舅垮了下来。他关在书房里,不给任何人开门,不停地饮酒,直到失去知觉为止。从那时起,他就经常酗酒,天天喝,一喝就是几个小时,一个亲切、善良、有节制的人就这样变成了一个脾气粗暴的人,给周围带来的是恐惧和毁灭。对于他的颓废,我像拉乌拉舅妈和我的表兄弟姐妹们一样地痛心,只要他一发生精神危机就毁坏家具,就得进疗养院,然后再出来——一次又一次地试图给他治疗,可结果总是无效——他给这个家庭造成了痛苦和经济拮据,尽管如此,我依然爱着他们全家。

佩德罗舅舅同一位非常美丽的姑娘结了婚,她是圣哈辛托农场管家的女儿,他俩在美国住了一年,这时他和我罗西舅妈住在巴拉蒙卡农场,罗西舅妈管着那里的医院。他们家的日子过得很好。可是,豪尔赫舅舅和卡比舅妈却如同猫狗相遇那样剑拔弩张,他俩的婚姻似乎也在风雨飘摇之中。在此之前,豪尔赫舅舅的位子步步高升。随着飞黄腾达,他沾染上了吃喝玩乐的恶习,他这放荡不羁、欲壑难填的胃口成为夫妻间争吵的起源。

　　这些家庭问题对我的影响很大。我也在分担这些问题，仿佛略萨家族不同地点的每出悲剧都与我紧密相连。我怀着美好天真的愿望认为，随着鲁乔舅舅的到来，一切都会处理好的；有了这个解除他人痛苦的伟人，略萨家族会重新成为稳定而不可摧毁的部落，如同过去围坐在科恰班巴长长的餐桌那样，共进热热闹闹的礼拜午餐。

第十二章　阴谋家与四小龙

1989年9月底至10月中旬，我在全国选举委员会注册为总统候选人以后，便对四个国家和地区做了一次闪电旅行；我从竞选活动一开始便举出这四者为发展的榜样，即只要选择经济自由之路并与世界市场接轨，任何一个边缘国家都有可能像这四者一样发展起来，它们是：日本、中国台湾地区、韩国和新加坡。

这四者都缺少自然资源，人口密度大，或由于殖民地的地位，由于落后，或由于毁灭性的战争，起点都是零。这四者因为选择了向外界发展和提倡私营企业之路，都迅速地实现了工业化和现代化，极大地提高了人民的生活水平，甚至能在世界市场上与最发达的国家竞争。这对秘鲁难道不是一个榜样？

此行的目的是要向秘鲁人表明：我们主张向太平洋开放我们的经济，从现在起我们就推动它实现，首先要同这四者的政府、企业界和金融界交往，还要表明我在国际舞台上由于受到不少国家首脑的接待是有相当知名度的①。阿尔瓦罗办成了：1989年9月27日至10月14日我出访这亚洲四个国家和地区期间的每个晚间，秘鲁电视台都播送由陪同我们的小胡子摄像师帕科·贝拉斯克斯经卫星传回的录像。

这位摄像师能够随同我们出访亚洲，要感谢赫纳罗·德尔加多·帕克的帮助，后者是电视五台的股东之一，由他支付摄像师的费用。到那时，赫纳罗已经从老熟人和朋友变成了对我竞选总统的热情支持者。1989年6月4日，我在阿雷基帕市公布自己竞选总统之夜，他送给我们一百万美元用于商业广告时间，此举是在与鲁乔·略萨发生争论之后。鲁乔在争论中批评赫纳罗在政治行动中态度暧昧，见风使舵。赫纳罗时常来看我，给我提些建议和讲些政治笑话；他还解释说，如果电视五台在节目和新闻中有攻击我的内容，那是他弟弟埃克托尔的过错，因为埃克托尔是阿普拉党员、阿兰·加西亚执政第一年时的总统顾问和密友。

据赫纳罗说，埃克托尔为着自己的事业把弟弟曼努埃尔争取过去了；二人联手使他在电视台里处于少数地位，因此他被迫放弃了一切行政和领导职务。赫纳罗总是设法让我觉得造成他与埃克多尔决裂的根本原因是我——他甚至挨了弟弟一拳——但是他宁肯家里打架也绝不放弃与我看法一致的政治、经济观点。年轻时，自从我作为记者与赫纳罗一道工作起，那是在泛美电台，就对他产生难以克制的好感；但对他的政治表白，我总是抱以嘲讽的态度。因为我

---

① 此行之前，我曾经与一些国家和政府的首脑会晤过：德国总理科尔、英国首相撒切尔夫人、西班牙首相冈萨雷斯以及委内瑞拉、乌拉圭和巴西的总统。在竞选广告中，我们利用这些会晤的图片和影片给我制造一个国务活动家的形象。

想我还是很了解他作为企业家的巨大成功不仅由于他的精力和才干（他绰绰有余），而且要归功于他那变色龙的天才，那可以在油和水中游泳的唯利是图的灵活性以及可以同时说服上帝和魔鬼的口才。

他在反对国有化的运动中，表现是飘忽不定的。起初，他坚决反对国有化政策；那时他是电视五台的领导，便敞开大门，几乎成了我们动员群众的喉舌。圣马丁广场群众大会前夕，他来看我，提了一些建议，其中有些看法很有趣，可以用到我的演讲中，后来五台现场直播了我的讲话，但是，随后几天，他的立场从支持转向中立，后来更转为敌视，其速度是宇航式的。原因是在这场斗争最艰难的时刻，他收到阿兰·加西亚一个接见通知，总统邀请他去执政宫共进早餐。接见刚一结束，赫纳罗便跑到我家来讲了经过。他对总统的谈话做了一番说明：总统除去对我出言不逊之外，还对他进行了隐隐约约的威胁，对此他没有细说。我发现这次接见搅得他心里很乱：又怕又喜。实际上，这之后赫纳罗立刻动身跑到迈阿密躲了起来。要想找到他是不可能的。曼努埃尔——也是广播节目的经理——担起电视台的领导工作，他取消了我们的新闻稿，甚至对播送我们已付款的广告都设置重重障碍。

数月后，赫纳罗回到了利马，好像没有发生任何事情一样，又恢复了同我的来往。他经常到我在巴兰科街上的家里去，给我提供帮助和建议，但是他告诉我，他对电视台的影响现在极为有限，因为埃克多尔与曼努埃尔联合起来反对他。尽管如此，赫纳罗赞助我们用于宣传的一百万美元，电视台依然照付，虽然他已不是领导了。几乎整个竞选期间，赫纳罗都站在我们这一边。在阿雷基帕宣布我为总统候选人时，他在场；为了推动竞选工作，他集合了几位记者，征得我儿子阿尔瓦罗同意之后，他们在新闻界散发可以帮助我们的材料。这就是摄像师帕科·贝拉斯克斯能够同我一道做亚洲之行的原因。

埃克多尔没有他哥哥赫纳罗那么聪明、灵活，宁肯站在阿普拉党一边。担任着阿兰·加西亚政府中一些棘手的工作。他代表阿兰·加西亚与法国政府谈判减少购买二十六架鬼怪式飞机的问题，这是以前贝朗德政府订购的，现在阿兰·加西亚决定减少一部分。漫长的谈判以签订一项从未公开的协议而告终——最后秘鲁决定收下十二架，退货十四架。这是引起人们长期议论的事情之一，因为其中有花招和几百万的佣金①。

不止一次有民阵的顾问和盟友劝我别提鬼怪式飞机的问题，因为担心电视五台会变成反对我竞选的无情敌人。我拒绝了这一劝告，理由如前所述，为的是如果我当选总统，对于我要做的事，谁也别打错算盘。关于这件事，我没有正式指控阿兰·加西亚和埃克多尔。因为尽管我极力要了解鬼怪式谈判的详情，却一直不能形成一个完整的看法。但正因为如此，才需要调查那份协议是否干干净净地谈成的。

亚洲之行期间，一天夜里，阿尔瓦罗发到我在汉城下榻的饭店里一份电传：1989年10月4日，埃克多尔于泛美电视台附近被图帕克·阿玛鲁革命运动组织绑架，他的司机被杀害，他本人受伤。埃克托尔被绑架一百九十九天，至1990年4月20日，绑架者在米拉弗洛雷斯区的街道上将其释放。在绑架期间，电视五台的台长是他们的小弟弟曼努埃尔，但是，赫纳罗重新插手电视台的工作。1990年1月30日在一次记者招待会上——全国农业大学组织的

---

① 1991年7月，发生BCCL国际丑闻以后，纽约检察官罗伯特·摩根索指责阿兰·加西亚政府使美国损失了一亿美元，因为阿兰下令不得干预将那十四架鬼怪式飞机转卖给中东某国的行动。结果人们明白了那里面有肮脏交易。

1990年至1995年经济与农业研讨会——（顺便提一下，那几天官方报纸的诬蔑达到疯狂的程度，出于愤怒，我的用词有些过分，称阿兰·加西亚的政府是由"混蛋加骗子组成的"）我提到一系列应该查清的事件，其中就有鬼怪式的问题。几天后，又发生一件竞选期间的神秘事件，埃克托尔的绑架者同意他从"人民监狱"中回答我的问题并宣布他是清白的，方式是录像，1990年2月11日星期日，电视四台在塞萨尔·伊尔德布兰特主持的节目里播放这盘录像带。2月10日，曼努埃尔曾经找过阿尔瓦罗，告诉他有这么一盘带子并且肯定地说家里人不同意播放。阿普拉党的报纸指责我危及了埃克托尔的性命，因为在他绑架期间提及了鬼怪式一案。此事之后，电视五台就变成了政府指挥下攻击我们的重炮。

不过距离那时还有几个月；1989年10月初，东方之行期间，由于赫纳罗和那位摄像师的鼎力协助，阿尔瓦罗可以用有我的画面冲击电视和报纸；在这些画面里，我几乎以国家首脑的身份出现。我同中国台湾地区领导人、日本首相分别进行了会谈。日本首相对我特别友好热情，1989年10月13日，为了与我会面，他把与美国商业部长的约见延期举行。在我们简短的会谈中，他向我保证：日本将支持我的政府为使秘鲁重返世界金融组织的努力。他说，他很重视我们吸引日本投资的看法。这位首相曾任秘鲁-日本友协主席，他知道我经常用日本证明一个国家是可以从废墟上站起来的，还知道我主张秘鲁的经济应该向太平洋开放。（在第二轮选举中，藤森工程师从这一主张中捞到好处，他对选民说："我赞成巴尔加斯·略萨博士关于日本的说法，但是，你们不认为一个日本人的后代会比他在这一政策中取得更大成绩吗？"）

日本私营企业联合会在东京为陪同我出访的秘鲁企业家胡安·

弗朗西斯科、拉福、帕特里西奥·巴克莱、贡萨洛·德·拉普恩特、费尔南多·阿里亚斯、雷蒙多·莫拉莱斯、费利佩·托尔迪克与日本的工业家、银行家组织了一次聚会。我请这些人一道出访的原因是，他们是有关方面的代表：金融、出口、矿业、渔业、纺织、冶金机械——代表着现代化企业，还因为我认为他们是有实效、愿意发展、有能力学习四小龙经验的企业家。应该让亚洲各国（地区）政府和投资商看一看：我们的开放计划得到秘鲁私营企业的支持。

这是我作为总统候选人与企业界有组织集团共同合作的机会之一，虽然这种机会并不多。反对国有化斗争时，这个阶层对我的同情是一致的。后来，当我提出市场经济、要求授权拆除保护主义、为进口敞开边境时，他们中有许多人惊慌起来。有些人把那具可怕的骷髅又发掘出来：这样会毁灭民族工业。民族企业家怎么能同外国强大至极的大亨竞争呢？他们会用倾销的价格、优质的产品冲垮我们的市场的。我回答说，是可以竞争的，现在智利的经济是开放的，工业不但没有毁灭，反而繁荣起来。

关于这个问题的争论既漫长又困难。被唯利是图做法扭曲的经济，扭曲了企业家本人；他们有被动、依附国家保护的思想，有一种恐惧、不定的心理。我同汽车装配厂老板们见过几面。经济自由化可能会给秘鲁带来使用过的低价汽车，一想到这种情况他们就感到害怕。如果韩国的现代汽车才卖五千美元，那谁肯买在秘鲁装配的价格在二万五千美元的丰田呢？我的回答是明白无误的。如果一个企业不能与外国竞争并得以生存，那就应该改造或关闭，因为筑起保护主义的屏障维持它，是违背秘鲁人民利益的。

有些秘鲁企业家始终不接受我的主张——有人告诉我，一位最保守的企业家，堂希安芙拉维·海尔保利尼甚至声称："宁要共产党,不要巴尔加斯·略萨!"——但实际上,其他人,我认为有许多人,比如陪我去亚洲出访的这几位就终于相信:只有自由化的改革才能保证私营企业的未来。

秘鲁企业家由于不停地受到左派的痛恨和攻击(在左派的鬼话中,企业家总要为剥削和贫富悬殊负主要责任,总是一副卖国帮办或者外国资本雇佣的嘴脸),由于唯利是图制度的压力而不断地贿赂官员、逃税犯法捞取好处,由于习惯根据独裁政治的变化而适应矛盾、变化的法令和法规,为此不肯做长远行动规划,而总是把部分资金转移到国外以求自保,因此绝对不能做创举的首领,不能像发达国家中的企业家那样扮演伟大工业革命的主角,但是,秘鲁企业家也不能做替罪羔羊,尽管社会党人和阿普拉党人总是认为他们应对秘鲁的不发达负责。秘鲁企业家几乎没有参与过政治,或者其参与是羞羞答答的;他们只限于极力影响政治家,换句话说,常常是收买政治家。

他们中许多人感到吃惊的是:从我第一次公开讲话起,我就为私营企业和企业家的权利而努力奋斗;在我的竞选活动中,他们的面貌在我的演说里与他们习惯被人对待的样子大相径庭。他们还吃惊的是:我不止一次地说,在我们要建设的社会里,私营企业家是发展的动力;借助他们发展的企图,就可以创造我们所需要的就业机会,秘鲁所需的外汇可以源源而至,人民生活可以改善;私营企业家将受到一个没有心理障碍的社会的承认和赞赏,因为这个社会已经意识到在市场经济为主的国家里,企业的成功将使整个社会受益。

对企业家我从来都不掩饰地说,在第一阶段,他们必须做出巨大牺牲。现在我不大肯定了,但那时我觉得他们中的许多人,或许是多数人都同意:如果他们想有一天也成为在日本、韩国、新加坡和中国台湾地区给我们显示他们的工厂、用他们的增长指数和境外销售额让我们感到眩晕的企业家,那就必须付出代价。其中有几位,我至少用这样的信念打动了他们:在并非遥远的将来,这个从前的"国王之城"(殖民时期的利马旧称)、现在肮脏并充满暴力的城市,将会像毫无瑕疵、极为现代化的新加坡之城那样,在旅游者面前闪闪发光,而这仅仅取决于我们自己。

"您看那边的摩天大楼,那条有时装商店的大街,那些商店让您根本不必羡慕苏黎世、纽约、巴黎的豪华商店,还有那些五星级的大饭店,这一切在我三十年前来这里的时候还都是挤满鳄鱼、蚊蝇飞舞的沼泽地。"我望着眼前这个说话的人,他是新加坡商会的会长,这时站在商会办公室的窗前,用手指着这个小小国家的市中心,此情此景给我留下了不可磨灭的印象。

新加坡像秘鲁一样也是个多种族社会——白人、华人、马来人、印度人——语言、传统、风俗和宗教各异,而且国土很小,居民几乎难以容身,备受酷热和暴雨的折磨。除良好的地理位置外,缺少自然资源。可以说身受种种不利发展因素的害处。尽管如此,新加坡却变成了亚洲最现代、最发达的社会之一,它的生活水平极高,拥有世界上最大、效率最高的港口——如同一堂临床课:仅用八小时就可以装卸一艘货船——和以高科技为基础的工业①。(1981年

---

① 我记得在伦敦,刚从新加坡归来的作家希瓦·奈保尔(Shiva Naipaul)就这个国家的发展与我有一场争论。他认为,那种发展和那样迅速的现代化,是对新加坡人民的文化犯罪,因为他们为此而"失去了灵魂",那么从前他们住在烂泥、鳄鱼和蚊蝇的包围下时是不是比现在身居高楼大厦中更纯正呢?毫无疑问,从前更有地方特色,但是可以肯定:他们大家——第三世界的人民——都准备放弃这一特色而换来工作和起码安全、体面的生活。

至1990年间，国民生产总值每年平均以百分之六点三的速度增长；1981年至1989年间，出口额每年以百分之七点三的速度增长，这是世界银行和国际货币基金组织提供的资料。）新加坡的不同种族、不同宗教和风俗习惯都和平共处在这个金融市场里，他们拥有世界上最活跃的证券交易所和遍布全球网络的银行系统。所有这一切都是通过经济自由发展、市场和国际化在不到三十年的时间里办成的。的确，李光耀政权曾经是镇压性的（只是现在刚刚允许反对派的存在和批评的声音），这一点我是不会学习的，但是，秘鲁为什么不能在民主制度下实现类似的发展呢？如果大多数秘鲁人下决心的话，实现发展是可能的。竞选活动表明已经达到这样的水平，数字显示是有利的：调查结果说明我是遥遥领先的，倾向投我票的人数占百分之四十至四十五。

仅仅作为总统候选人是不易争取到援助和投资的许诺。尽管如此，我们却为社会救援计划争取到四亿美元的具体帮助。出访中，我得以向这些国家和地区的政府及企业家说明为了纠正秘鲁已踏上的自毁方针，我们可以做哪些事情。秘鲁的形象早已落到令人可怜的地步：一个充满暴力、不安定的国家，被世界金融组织排名到第四十位；自从阿普拉党政府向该组织宣战以来，该组织已将秘鲁排除于议事日程之外，任何贷款和援助计划中都没有秘鲁的位置，完全忽略了秘鲁的存在。

对于我陈述的秘鲁拥有亚洲国家需要的资源——首先是石油和各种矿藏——因此通过变太平洋为交流的桥梁从而使双边经济得以互补的种种理由，回答往往都一样。您说得对，但是秘鲁必须首先解决与国际货币基金组织的僵局状态；没有该组织的担保，任何国家、银行和企业都不会相信秘鲁政府。第二个条件是结束恐怖活动。

在日本问题上，事情变得格外棘手。日本政府和企业家直截了当地对我们说，对于秘鲁不履行有关北部输油管（日本投资的）的有关承诺，他们感到不快。几年以来，历届政府就已停止偿还军事独裁期间欠下的债务；但对一个讲究形式的国家来说，更严重的是现政府不肯做任何说明。有关负责人士既不复信也不回电传。无论总统还是部长都不接见特使，而由二等官员支吾搪塞一番（秘鲁官场有名的办事方法：拖延到对方厌倦为止）。这是友好国家之间办事的方法吗？

我对他们的政府官员和企业家反复重申：我一直在反对这种办事作风和精神状态。我向他们说明：在我们的执政纲领中，放在优先位置的是与国际货币基金组织重开谈判以及反恐怖斗争。我不知道他们是否相信我的话，但我还是办成了几件事。其中之一是与日本私营企业联合会达成一项协议，大选一结束立刻在利马举行秘鲁与日本企业家联席会，会议将为一种合作关系打下基础；这一合作包括未偿还的债务问题、日本帮助秘鲁重返国际金融社会的问题以及日本企业可能在秘鲁的投资范围问题。原来负责组织我们出访亚洲的米盖尔·维加·阿尔韦亚尔，又不知疲倦地担起筹备此次会议的重任，时间定于 1990 年 4 月底或 5 月初（大选是在 4 月 10 日。我们没有排除第一轮获胜的想法）。

我出访中受到最精彩的接待是在中国台湾。离开那里时我确信，一旦我们大选获胜，台湾地区就会进行大规模投资。负责外事的官员在舷梯下迎接我们，两辆鸣着警笛的轿车一前一后护送着我们。我们还同国民党的领导人及私营企业家举行了工作会议。我再三坚持请对方就农业改革做详细介绍，因为这一改革使得其由蒋介石上岛时的半封建统治状态转变为由私营主控制的中小型现代化农场。

这一改革是工业起飞的原动力，从而把台湾变成今日的经济强者。

50年代，当我还是个大学生时，"台湾"在拉丁美洲是个坏名词。进步人士都认为"台湾化"对于一个国家来讲是最大的耻辱。按照当时盛行的思想，即那个给拉美经济造成巨大损失的社会主义、民族主义和大众主义的杂烩，台湾的形象是半殖民地买办，是个为一盘小豆就出卖主权的政府，即美国的投资，使大批工厂得以生存的投资；几百万工人在这些工厂里只拿到一点可怜的工资，却为跨国公司生产长裤、衬衫和服装。50年代中叶，秘鲁的经济——出口额每年高达二十亿美元——高于台湾；两者的人均收入都在一千美元/年以下。当我访问台湾地区时，秘鲁的国民收入下降到50年代的一半，台湾则增加了七倍（1990年为七千三百五十美元/年/每人）。经过1981年至1990年每年以百分之八点五的平均速度增长以后（1981年至1989年每年出口平均增长百分十二点一），台湾现在拥有七百五十亿美元的外汇储备；与此同时，阿兰·加西亚执政结束时，外汇储备是负数，二百亿美元的外债压得秘鲁喘不过气来。

与韩国的经济发展不同，韩国是以七大经济集团为动力，其印象也很令人深刻，中国台湾地区则以中小规模的企业为主，配以水平极高的新科技：1990年，台湾百分之八十的工厂，其中大部是外向型、极具竞争力的企业，使用不到二十名工人。这是适合我们秘鲁的模式。台湾当局和企业界不遗余力地满足我的好奇心，为我安排了一个虽然令人筋疲力尽却受益匪浅的参观项目。我至今还记得新竹工业科技公园给我留下的科幻印象，那里有来自世界各国的大企业，应邀表演用于未来的新产品和新工艺。在台湾，我得到了最坚决的援助许诺，当然是在民阵上台之后。

如同我向撒切尔夫人和冈萨雷斯首相征求有关反恐怖措施那样，

因为他们都有类似的问题，我也请台湾当局领导人就反恐怖行动问题出谋划策。像前两位一样，台湾当局也答应帮忙。他们立刻给了我两个奖学金名额，可以参加反暴乱战略训练班，为期八周。自由运动组织派遣亨利·布拉德参加，他是民阵和平与人权委员会的律师和委员；还派遣了一个神秘又能干的人物，我对此人一直不大了解，只知道他会武术和气功，名叫奥希罗老师。他一直担任保安公司安全人员技术部主任和教练；是他接替了奥斯卡·巴尔维——或者是加强了——贴身跟随我出席群众大会和到外地出差。他的年龄难以确定——大约在四十至四十五岁之间——墩实得像块岩石，总是一身轻便的运动服，神情冷静而沉着，让我产生信任感。奥希罗老师从不开口，除去偶尔嘟哝几句人们听不懂的话，似乎任何事都不会使他惊慌或者搅乱他的沉思。就是游行中流氓、打手的袭击或者出差中让飞机颠簸不停的暴风雨也不能让他变色，但是，必要时，他的反应极快。比如那次在布诺过圣烛节时就是如此。当时我们刚一走进体育场，那里正在跳民间舞，一阵石雨从主席台迎面向我们打来。我还没来得及举起双臂，奥希罗老师已经像张开雨伞那样——石伞——打开了他那件皮夹克，护住了我，拦住或至少减少了石块的命中率。对台湾的反暴乱训练班，他觉得一般化，但还是认真地把所见所闻写了一份报告给我。

由于亚洲之行是政治性的，日程安排得很紧张，那期间我几乎没有时间参加文化活动和看望作家。只有两次例外。在台北，我同当地的笔会领导人共进一次午餐；还同杰出的女作家三毛有过短暂的交谈，我同三毛的友谊是从我任国际笔会主席时开始的。在汉城，韩国笔会中心为我举行了招待会，也邀请我的随行人员一道出席。主持招待会的是一位令人敬畏的人物，身穿华美的纯丝和服，上面印着花朵和扇形花纹。银行家和工业家贡萨洛·德·拉普恩特行了一个文艺复兴时期的大礼,弯腰亲吻人家的手背,口中说道:"尊敬的夫人……"(我们谨慎地告诉他,这是一位"尊敬的先生",一位令人尊敬的诗人,似乎很有名气。)

我刚一回到利马,就举行了一次新闻发布会,报告了我的出访以及秘鲁与这些太平洋沿岸国家和地区发展经济关系的良好前景。新闻界对这次出访做了很好的报道。对于秘鲁改善与这些拥有巨额外汇储备可用于工业投资的国家和地区的交往,似乎有着共同的看法。失去这个机会难道不荒唐吗?因为智利正从这一机会中捞到了大量好处啊!

阿兰·加西亚由于担心民意测验宣布的民阵可能获得绝对胜利,终于在1989年11月27日打破宪法和惯例规定的竞选期间总统应持的中立态度;在新闻发布会上,直接对着镜头说:如果没有人出来对付他(指巴尔加斯·略萨),那我亲自出马。于是,举例驳斥了我说过的秘鲁公务人员的数目。按照他的说法,国家编制的名单上仅有五十万零七千人。这对我们是个重要问题,此前我们力所能及地做过调查。我曾经多次出席了我们民阵的全国控制系统委员会的会议,主持该委员会的是玛丽亚·里耶纳法赫女博士,她极其生动地说明了历届政府为了在公家部门塞进自己的人马所玩的花样和非法手段。阿兰·加西亚政府的做法更是变本加厉,几乎到了疯狂的程度。比如,秘鲁社会保险研究院与所谓的保险公司有合同关系——还有一笔受军事秘密保护的基金——政府可以用这笔钱支付准军事集团中打手和枪手的薪水,因此,同阿兰·加西亚辩论这个问题对我毫不困难;第二天,我手持数据证明:领国家薪水和工资(正式的或者通过临时合同)的秘鲁人超过一百万。此次辩论后的民意调查表明：每三个秘鲁人中有两个信我的话，一个信他的话。

于是，阿兰·加西亚为对我的亚洲之行进行报复，便宣布承认金日成政权，与朝鲜建立外交关系。他以为用这种方法可以阻挠或至少干扰秘鲁与韩国的经济交流，间接地阻挠与其他太平洋沿岸国家的交往，因为，金日成的执政方式——在世界范围提倡恐怖主义方面可以同利比亚媲美——造成这些国家不愿意与之交往。

但这还不是唯一的原因。阿兰·加西亚以此举报答了他和他的党从这个残暴的政权中得到的好处。1985年总统竞选期间，秘鲁的传播媒介惊讶地指出阿普拉党领导人及阿兰·加西亚本人接二连三地出访平壤，比如众议员卡洛斯·罗加习惯于身穿革命制服同朝鲜的领导人合影留念。金日成政府给阿兰·加西亚出钱搞竞选活动则是不争的事实；甚至有这样一个可怕的揭发：《请听》杂志的一位摄影记者意外地发现阿普拉党领导人与朝鲜一官方代表团在秘鲁秘密会晤。

阿兰·加西亚执政期间，双方继续在接触，其方式更为令人不安。为更新警察和国民警卫队的武器装备，内政部长令人奇怪地去购买朝鲜的冲锋枪和步枪，但是，只有其中一部分枪支真正到达警察手中；其余枪支——据说有一万多支——的下落，则有各式各样的揭发。这是又一件政府一直未做明白解释的事。对进口朝鲜武器一事感到不安的不仅是新闻界，还有军队。在我同海军、陆军军官的谈话中——与他们见面像玩三人牌游戏，需要换几次车、几个地方——他们都说到这个话题。那些枪支究竟哪里去了？据最令人担心的说法，那些枪支已经落入阿普拉党的冲锋队和准军事敢死队手中，而另外一些人则说，已经转卖给贩毒集团、恐怖组织，或者国际市场上去了，总之让总统身边一小撮头目捞到了好处。

与一个搞恐怖活动、在60年代训练和资助秘鲁革命左派运动和民族解放阵线的游击小组的政权建立合法关系能给秘鲁带来什么益处呢？这个政权现在既不能成为秘鲁产品的市场，又不能成为投资的来源，为什么要同它建交呢？反之，建交带来的害处则是一大堆，首先这妨碍了从韩国政府获得贷款和投资——而后者则是真的财力雄厚。

根据民阵外交政策委员会的决定（该会由前大使阿图罗·加西亚领导，由几位现任外交官担任顾问——非常谨慎），我于11月29日宣布：一旦当选，我的政府将结束与金日成政权的外交关系。为抗议阿兰·加西亚承认朝鲜的决定，外交部领事司的一些官员愤然辞职。

第十三章　勇敢的小萨特

我同劳尔·波拉斯·巴雷内切亚一道工作，开始于1954年2月，结束于1958年我去欧洲旅行前的几天。在那四年半中每天下午的三个小时里，他教会我许多关于秘鲁的知识，对于我文化养成所起的作用远远超出圣马可的课程。

劳尔·波拉斯是个老派教师，喜欢身边簇拥着一堆学生，要求弟子们绝对忠诚。他独身，一直同母亲生活在这个古老的宅院里。去年母亲逝世，现在一位老黑人女仆陪伴着他，这女人可能是他的奶妈。她用"你"跟教授说话，像对孩子一样地责备这位历史学家；她会调制香喷喷的巧克力，让教授用来招待顺便"朝拜"科里纳大街的知识精英们。在这些人物中，我记住了那些谈话最为有趣的人，比如西班牙著名学者佩德罗·莱因·恩特拉戈；委内瑞拉历史学家、散文家、非常敏感的幽默作家马里亚诺·皮康-萨拉斯；墨西哥学者阿方索·洪科，只要谈话中一出现使他热衷的这样两个话题：西班牙和信仰，他那胆怯的神情就消失了，因为他是西班牙语言文化和天主教的十字军战士；另外还有我们的同胞诗人何塞·加尔韦斯，他说一口纯正的西班牙语，有研究家谱的癖好；以及维克托·安德烈斯·贝朗德——那时是秘鲁驻联合国大使，路过利马——那一次，他谈了一整宿，不让波拉斯和参加欢迎他巧克力茶会的客人们插话。

维克托·安德烈斯·贝朗德（1883—1966）属于波拉斯前一辈的人，除外交家之外，还是哲学家和天主教的散文家，曾经同何塞·卡洛斯·马里亚特吉有过一次著名的论战，他关于秘鲁社会的论点，以基督教行业合作主义的名义，在《民族现实》一书中批驳共产党人，但无论他的观点还是《七篇论文》那图解式的马克思主义说明——尽管一度非常新鲜并且产生了长远影响——都是牵强附会和不真实的。波拉斯敬重贝朗德，但不赞成他那极端保守的天主教教义，也不赞成何塞·德·拉·里瓦·阿圭罗（1885—1944）的同样立场，更不赞成后者对法西斯主义没落的热情，尽管他欣赏何塞·德·拉·里瓦关于秘鲁历史的全面学术观点，即把秘鲁历史理解为土著文化与西班牙文化的合成。波拉斯对里瓦毫无保留地表示敬佩，他尊里瓦为师，他们一起小心对待论据和引证，同样热爱西班牙和按照米什莱（Michelet）的浪漫方式热爱历史，都对蔑视个人和逸事的新思潮——比如人类学和人种-历史学——冷嘲热讽；但是，在政治和宗教问题上，一种非常灵活的态度使他有别于里瓦。

外交工作曾经占去了波拉斯的部分生活，使得他非常分心，妨碍他达到大家寄希望于他的高度，即皇皇巨著《秘鲁发现与征服史》——或者《皮萨罗传》——的写作，波拉斯从青年时期就为这些专题做了准备，他在这方面掌握的资料已经达到了近似无所不知的程度。在此之前，波拉斯的学问具体表现在一系列用渊博的知识介绍独立运动时期的史学家、旅行家或者思想家、演说家的文章和专著上，同样还表现在介绍利马和库斯科的漂亮选集中，以及后来几年介绍里卡多·帕尔马、里瓦·阿圭罗的《秘鲁风景》和《秘鲁历史渊源》的教材（1965年在利马由梅西亚·巴卡出版社出版）中。但是，所有我们钦佩他的人和他本人都知道，这些成果是他关于秘鲁历史分界期、秘鲁与欧洲和西方接合期整体巨著的下脚料，对这个问题他比任何人都了解得透彻。他的一位同辈同学，豪尔赫·巴萨德雷，已经完成了类似的工程，写出了不朽的《秘鲁共和国史》；波拉斯为这部著作从头到尾做了注释，并且在最后一卷用他那微型文字留下了介乎尊敬与严厉的批评。另一位同辈同学，路易斯·阿尔贝托·桑切斯①，那时正在智利流亡，也完成了一部多卷本的秘鲁文学史。波拉斯对巴萨德雷虽然有保留和分歧，但是却尊重他的学问；对桑切斯，却只有嘲弄性的同情。

与巴萨德雷和波拉斯不同的是，路易斯·阿尔贝托·桑切斯这个19世纪著名的"三剑客"中的第三位（第四位是豪尔赫·吉列尔莫·莱吉亚，英年早逝，仅留下一部作品的草稿），由于是人民党的领袖，多年生活在流放地，因此是"三剑客"中最富国际性、最多产的一位，但是在发表作品时也是最为喜欢即席创作、乡土味道十足，也是最不严谨的一个。他写书喜欢一气呵成，完全信赖自己的记忆力（路易斯·阿尔贝托·桑切斯的确博闻强记），不核实资料，引证没有阅读过的书籍，因此常常弄错日期、书名、人名，这在他大量发表的著述中屡屡发生，对此波拉斯大为光火。桑切斯不求实、不严谨的作风——加之在大量著述中对政敌和个人仇家的恶毒攻击

---

① Luis Alberto Sánchez（1900—1994），秘鲁人民党领导人，历史学家和文学评论家。著有《秘鲁文学》（六卷）、《美洲通史》和《美洲比较文学史》等。——译者

与报复——使波拉斯生气是有原因的,随着时间的推移,我认为有个理由可以较好地理解、可以超过我那时简单地以为只是同辈角逐的解释。因为桑切斯对待自己职业随随便便的态度是以读者文化素质低下为前提的,同时也是以公众没有鉴别谬误和批评能力为前提的。而波拉斯——如同巴萨德雷和豪尔赫·吉列尔莫·莱吉亚,在他们之前是里瓦·阿圭罗——虽然写得少,发表得少,其做法却仿佛总是在世界上文化最发达、资料最翔实的国度里那样,要求自己达到极端严谨和完美的程度,就像后来这位历史学家所做的调查要经受最有权威的学者检验一样。

就在那几年里,爆发了路易斯·阿尔贝托·桑切斯和智利评论家里卡多·A.拉查姆之间的论战。拉查姆谈及桑切斯关于拉丁美洲小说的一部专著——《西班牙美洲小说的进步和内容》——指出书中有一处错误和几处疏漏。桑切斯用聪敏和玩笑做了回答。于是,拉查姆摆出一个长长的谬误清单——近百个之多——用以压倒对方;我记得曾经看到波拉斯从一本智利杂志上读到这篇文章时的情景,只听他低声嘟哝道:"真丢人哪!真丢人!"

由于桑切斯活的岁数要比莱吉亚、波拉斯和巴萨德雷长好几年,他对19世纪这一代人的说法——这一代人的智力水平是空前绝后的——几乎以正典的方式被置于受崇拜的地位,但是,说实话,这个说法就沾染了这位不发达的好作家即桑切斯本人的大量作品给不发达的读者带来的毛病。我特别想到他为波拉斯的遗作《论皮萨罗》(1978年在利马出版)写的序言;这是由波拉斯的一群弟子出版的,以补缀为基础编排,未加必要的说明,把已经发表和从未发表的文章混杂在乱七八糟一锅粥里。我不知道是谁负责照管(确切地说是不负责)这个丑陋的版本的——书里面插有商业广告——它会把那个精益求精的历史学家吓得毛骨悚然的，但是，我至今还不大明白为什么要请路易斯·阿尔贝托·桑切斯作序，因为桑切斯按照自己一贯的脾气和习惯把序文写成巧妙的影射之作，他一面用甜言蜜语向劳尔·波拉斯表示友情，一面提起曾经让波拉斯感到不快的一些事情，比如，在1945年的大选中拉乌尔支持了乌雷塔将军而没有支持布斯塔曼特·伊·里韦罗；又如，1948年奥德里亚发动军事政变时拉乌尔没有辞去驻西班牙大使的职务，而这一职务是由布斯塔曼特任命的。

波拉斯的弟子和朋友们辈分不同，职业各异——有历史学家、教授和外交官——但是大家都去科里纳大街看望他，参加他的晚间巧克力茶会，给他带去大学里、政界和外交部的传闻——他很喜欢听——或者是向他求教和帮忙。其中光顾次数最多的是一位他的同辈同学，也是外交官、地域（皮乌拉省）历史学家和新闻记者，名叫里卡多·维加斯·加西亚。里卡多博士眼睛近视，衣着整洁，脾气暴躁，对于波拉斯讲述的奇闻逸事，他常常独自发火，好像波拉斯亲眼看到——确切地说是亲耳听到——他打碎过抽水马桶，就因为拉链让他太费劲了；还亲眼看到他用拳头砸坏了一张桌子，因为从一开始他就不耐烦地拍打着桌面。里卡多博士总是风风火火地迈进科里纳大街的宅院，总是邀请大家去布兰卡小店喝茶，在那里他总是要吃小饼干。谁要是不接受他的邀请，那就有好受的了！尽管里卡多博士言行唐突、无礼，他却是个慷慨大方、可爱可亲的人；波拉斯极为看重他的友情和忠诚，后来一直非常想念他。

来往最频繁的教师是豪尔赫·普奇内利和路易斯·海梅·西斯内罗斯；塞萨尔·巴列霍的遗孀、令人畏惧的若尔热特也是常客：自从巴列霍在巴黎去世以后，波拉斯就担起保护若尔热特的责任；还有许多诗人、作家和文化圈内的记者，他们的到来给科里纳大街这座宅院增添了热烈而刺激的气氛,其中,文化的讨论和对话充满了流言蜚语和别有用心的攻击——秘鲁伟大的吹牛体育——波拉斯这个地道的老利马人(尽管他出生在皮斯科)是讨论和对话的优秀组织者。这种聚会通常要延长到夜里很晚的时候,总是在米拉弗洛雷斯区的某个咖啡馆里结束——"吉卜赛小提琴"或者"斜街比萨店"——或者在苏尔吉约大街的"胜利",一家名声不大好的酒吧,波拉斯给它重新起了名字:"黑貂山"(Montmartre)。

我在这位历史学家家里的第一个任务是,一面阅读《征服记事》,一面做有关秘鲁神话和传说的卡片。对于阅读那些有关西博拉的七座城市、大百地地(Gran Paititi)王国、宏伟壮丽的黄金国、亚马孙地区、青春泉地区以及一切有关乌托邦式的王国、魔幻的城市,与美洲相遇在好冒险、喜欢游牧、为在迪亚旺地苏约的土地上看到的事物感到眼花缭乱、为理解这些事物而去求助中世纪古典神话和传奇宝库的欧洲人身上唤醒并且使之成为现实的、已经消失的一些大陆,我一直保留着激动不已的记忆。这些历史记事资料尽管写作和雄心各异,其中有些出自没有文化、没有思想启蒙的粗人手笔,一种正在经历某个意义重大事件的准确本能使得他们为所做、所见、所闻做见证,这些记事却是西班牙美洲书面文学的开端,并且以想象力和现实主义、热烈的联想和残酷的写实的独特结合以及丰富多样、生动活泼、史诗般的魄力、精雕细刻的描写,为拉丁美洲后来的文学确定了某些特征。有些记事,特别是修道院里编年史家们的记事,比如卡兰查神甫,就写得冗长、令人生厌;但是,另外有些记事,比如印加·加西拉索①和谢萨·德·莱昂写的,我读

---

① Inca Garcilaso(1539—1616),秘鲁著名记事文学作家,西班牙殖民军官和印加公主之子,代表作有《秘鲁王家述评》。——译者

起来就很有兴味，仿佛是一个新的文学种类的纪念碑，它把文学和历史中最佳成分结合在一起了，因为它像历史那样双脚深深地植根于生活的经验中并且有善于虚构的大脑。

在查阅历史记事中度过那三个小时，不仅令人感到愉快，而且因为总要查问题，便有可能听到波拉斯关于征服时期人物和事件的评论了。我记得有个下午，我不知道是我还是阿拉尼瓦尔提了个什么问题，波拉斯教授馈赠给我们一堂精彩的关于"太阳异端邪说"的课，指的是对印加帝国国教的偏离和异化现象，这是教授通过记事中的见证材料重建了这一学说的，他一直想写成文章（这个计划就像其他许多计划一样，终究没有完成）。波拉斯早就熟悉秘鲁文学的大作家，也熟悉拉丁美洲和西班牙文学中的许多大师；我经常着迷地听他讲塞萨尔·巴列霍的事，他在巴黎时，巴列霍去世前二人过从甚密，为巴列霍出版了遗作《人类的诗篇》；还听到他谈论何塞·玛利亚·埃古伦，他用大不敬的口气嘲笑埃古伦儿童般的脆弱和天真；还听他说过奥肯多·德·阿马特启示录式的结局，这位诗人的健康被肺病和狂犬病摧毁了，是波拉斯和一位征服时期获得侯爵称号的后裔——皮萨罗的后代——女侯爵，在内战爆发前夕把奥肯多送进一家西班牙疗养院的。

虽然只有我和卡洛斯·阿拉尼瓦尔在科里纳大街这座宅院里按钟点拿工资工作（出版商梅西亚·巴卡每月月底给我们发薪水），波拉斯的新老学生——费利克斯·阿尔瓦雷斯·布伦、劳尔·里韦拉·塞尔纳、巴勃罗·马塞拉以及后来的乌戈·内腊、瓦尔德马·埃斯皮诺萨·索里亚诺——都经常来看望教授。在所有这些学生中，波拉斯寄予希望最大但是也是最让教授生气、由于为人处世不当而令教授愤怒的是巴勃罗·马塞拉。此人比我大五六岁，已经读完系里的课程,但是不论波拉斯如何劝导和告诫,他就是一直不交论文,波拉斯没有看见过马塞拉稍稍约束一点自己的生活、把才能用到有魄力的工作上的时候。巴勃罗一向才华横溢,常常以炫耀才华取乐,特别是有口头表现癖,经常弄得人眼花缭乱。有时,他突然来到波拉斯的藏书室,我和阿拉尼瓦尔还来不及跟他打招呼,他就向我们建议成立秘鲁绅士俱乐部,是卡尔·豪斯霍费尔①的地缘政治说给了他启发,其目的是同一个实业家集团结成联盟之后用五年的时间控制国家并且将其置于贵族和文化精英的独裁统治之下,治国的第一个举措将是恢复宗教裁判法庭,把异教徒烧死在阿尔玛广场上。到了第二天,巴勃罗已经把专制统治的胡话忘在脑后,详细阐述为一夫二妻立法并加以倡导的必要性,要么就大谈恢复活人祭祀的必要性,要么大谈为民主确定地球是圆的还是方的而举行全民投票的必要性。最糟糕的谬误、最荒诞不经的胡说八道,一到巴勃罗口中就变成了种种诱人的现实,因为他具有别人没有的、如同阿瑟·库斯勒②所说的知识分子的狡猾才能,即能够证明一切他们相信的东西,也相信一切能够证明的东西。巴勃罗什么也不相信,但是可以口若悬河地证明任何东西的存在;每当他那些胡说八道的理论、怪诞的想法、颠倒的俏皮话、诡辩和沙皇式的上谕能让我们惊奇,他就开心极了。他这一赶文化时髦的癖好是同迸发幽默的火花调和在一起的。他点起香烟来一支接一支——好彩牌——仅仅抽上一口就扔掉,为的是让可以回答他问话的迷惑的观众发出议论,而他则惬

---

① Karl Haushofer(1869—1946),德国地缘政治学家。主张国家和生物一样需要生长和"生存空间",为德国谋求世界霸权辩护。——译者
② Arthur Koestler(1905—1983),匈牙利作家、记者和评论家。著有《中午的黑暗》《蓝天中的箭》《看不见的笔迹》等。——译者

意地一字一顿地笑着说:"我神经紧张地吸烟。"这个代价高昂的"神经紧张地",使他快乐得颤抖起来。

波拉斯有时对马塞拉的智力巫术也让步,也听他说话,对他做作的话语游戏也感到开心;但是,很快就厌烦了,对他的胡说八道、赶时髦的癖好和喜欢炫耀自己的神经机能病颇为愤怒,而马塞拉如同有人养猫、养花那样培植着身上这些毛病。就在那时,波拉斯说服马塞拉参加国际石油组织举办的历史散文比赛,硬把马塞拉关在藏书室达几星期之久,直到写完作品为止。这本书——《民族意识发展的三个阶段》——获了奖,可是后来马塞拉本人不承认有这部作品,把它从自己的著述中剔除了,只有在骂这本书时才提到它。

尽管后来马塞拉在圣马可对自己有所克制并且工作时有些规矩了(我想他是一直教书的,也发表了许多关于游记作家、史书和经济史的论文),但是至今没有写出波拉斯老师寄希望于他的皇皇巨著来,老师曾经指出他具备写出巨著的聪明才智。他关于巴尔卡塞尔、波拉斯和豪尔赫·吉列尔莫·莱吉亚说的那番话——载于《与豪尔赫·巴萨德雷的谈话》的序言上——现在对他本人正好合适:"他们没有完成自己的劳作,其成果要少于他们渊博的知识应该产生的结果。"正像波拉斯本人一样,他的精神生活似乎也分散成零碎的工作了。另外一方面,尽管有好多年我没有看到他,也没有再同他谈话了,根据偶尔落到我手中某些报刊的访问来看,他那说话专横的口气和可怕的言行失当的老毛病,并没有随着时间的推移而消失,再说现在面对世界上特别是秘鲁发生的一切,什么虫蛀的、生锈的不是都会出来叫喊一番吗!

在那几年里,我跟马塞拉处得不错,我喜欢逗他,跟他争论。这并不是为了赢他——很难——而是为了掌握他那套辩证法、佯攻术和圈套，还有他那用强有力的理由刚刚维护一个论点而又很快地用同样的理由改变看法、反驳自己相反论点的快乐、轻松劲儿。

我在波拉斯家里的工作和在那里渐渐了解的一切，成为巨大的刺激。1954年至1955年间，我上午和下午都拼命地读书、写作，空前未有地确信：我真正的爱好是文学。我决定：将来一面写作一面教书。大学学业是对我的爱好的理想补充，因为像在圣马可大学这样的学制下，上课之余会留下许多空闲时间。

我早已不写诗、不写剧本了，因为这时我更对叙事文学充满幻想。我不敢试写长篇小说，但是我在用短篇小说练笔，而且大小故事不论，特别是题材不论，不过几乎总是以撕毁告终。

我给卡洛斯·阿拉尼瓦尔讲过我写小说的事，有一天他建议我在朋友聚会的圈子里朗读一篇给大家听听，这种聚会的主持人是豪尔赫·普奇内利，文学教授和《秘鲁文学》的主编，这个杂志尽管出刊从不准时，却是一本质量很好的刊物，青年作家拥有的园地之一。抱着能够通过这一考验的希望，我在稿纸堆里找了又找，选中了我觉得较好的一篇——题目叫《黑白混血女郎》，描写一个走遍咖啡馆讲述自己生活故事的女人——我把稿子改了一遍，在那个指定的晚上我出席了聚会："庭院"咖啡馆，那里是爱好斗牛的人、艺术家和生活放荡者聚集的地方，位于赛古拉剧场前的小广场上。这第一次面对听众朗读自己作品的体验，对我来说是糟糕透顶的。在"庭院"二楼上长长的会议桌旁，围坐着至少十几个人，我记得其中除去普奇内利和阿拉尼瓦尔之外，还有巴勃罗·马塞拉的弟弟胡利奥·马塞拉、卡洛斯·萨瓦莱塔、诗人和评论家阿尔贝托·埃斯科瓦尔、塞巴斯蒂安·萨拉萨尔·邦迪，可能还有阿韦拉尔多·奥肯多——两年以后我们成了好朋友。我有些害怕，朗读了自己的小说。

念完之后是一阵不祥的寂静。没有评论，没有首肯或者非难的表示：只有一阵令人压抑的沉默。那似乎永远没有终结的冷场之后，谈话又复苏了，是另外一些话题，仿佛什么也没发生。又过了很长时间，大家说起别的事情来，阿尔贝托·埃斯科瓦尔为了强调他赞成现实主义和民族叙事文学的理由，轻蔑地谈起他称之为"抽象文学"的东西，这时他指了指我那篇放在桌上的小说。聚会结束以后，我们在大街上互相道别的时候，阿拉尼瓦尔对我那篇受到虐待的小说发表评论以示歉意。可是我一回到家里就把稿子撕得粉碎，并且暗暗发誓今后再也不要这种体验了。

那段时间的利马文坛相当可怜，但是我却非常羡慕地注视着它，极力要混入其间。那时有两位剧作家：胡安·里奥斯和萨拉萨尔·邦迪。前者幽居在米拉弗洛雷斯区的住宅里；后者经常露面，在圣马可各系的院子里，总是跟在一个漂亮的女生后面——我的同学罗西塔·塞瓦略斯，有时他在教室门口手持一朵浪漫的红玫瑰恭候她。圣马可大学文学系的院子是全国有潜力、有才华的诗人和小说家的大本营。其中大部分人仅仅发表过一两部薄薄的诗作，因此，在欧洲生活了多年刚回到秘鲁的亚历杭德罗·罗穆阿尔多嘲笑这些人说："他们是诗人？不！是血小板！"最神秘的人是华盛顿·德尔加多，有人解释他的长期沉默是深藏不露的表示。他们说："只要他一开口，秘鲁诗坛将充满永远值得回味的琶音和颤音。"（果然，几年后他一开口，秘鲁诗坛就充满了模仿布莱希特①之作。）这时，直觉能力很强的诗人巴勃罗·格瓦拉以其《创造物的回归》刚刚崭露头角，他那多产的诗作似乎与布莱希特无

---

① Bertolt Brecht（1898—1956），德国诗人、剧作家和戏剧理论家。——译者

关,也与书本——不久,他就离开书本投身电影事业了——无关;流亡的诗人们也开始回国了,其中有几位——曼努埃尔·斯科尔萨、古斯塔沃·巴尔卡塞尔、胡安·贡萨洛·罗塞——已经脱离美洲革命人民联盟,成为共产党员(比如巴尔卡塞尔)或者同情者。斯科尔萨退出美洲革命人民联盟一事产生了最大的轰动效应,他从墨西哥给联盟领袖写了一封公开信,指责这位领袖卖身投靠帝国主义——"别了,阿亚·德拉托雷先生!"——这封信在圣马可大学内广为流传。

在小说家中,最令人尊敬的是胡利奥·拉蒙·里贝罗,那时他侨居在欧洲;尽管还没有结集出书,《商报》的《星期副刊》和其他杂志常常发表他的短篇小说(例如那时写的《秃鹫群》);我们大家都非常钦佩地谈论着他的作品。在国内的小说家里,最活跃的是卡洛斯·萨瓦莱塔,他在那几年除去发表了第一批短篇小说外,还翻译了乔伊斯的《室内乐》,他还是福克纳长篇小说的积极倡导者。毫无疑问,多亏了他的介绍,我才在那时认识了"约克纳帕塔法世系"的作者;自从我读到他的第一部长篇小说——博尔赫斯翻译的《野棕榈》——他就让我感到眼花缭乱,这一感觉至今不断。福克纳是我手持纸笔学习的第一位作家,为的是不迷失在他那时间和视角变化和家谱的迷宫里,也为了琢磨他每一个故事组成的巴洛克建筑的秘密,还为了琢磨那蜿蜒曲折的语言、时序的错位,这种形式赋予每个故事的神秘性、深刻性、忐忑不安的模糊性和心理的敏锐性。虽然在那几年里我阅读了很多美国小说家的作品——厄斯金·考德威尔、约翰·斯坦贝克、多斯·帕索斯、海明威、沃尔多·弗兰克——却是在阅读《圣殿》《我弥留之际》《押沙龙,押沙龙!》《闯入尘埃》《这十三篇》《让马开局》等等的过程中发现了叙事形式的可塑性以及如果能像这位美国小说家那样娴熟地使用虚构技巧会产生怎样的奇迹。如同萨特一样，福克纳是我在圣马可读书期间最为钦佩的作家；福克纳让我感到了学习英语的紧迫性，为的是直接阅读他的原作。另外一位在圣马可磷火般地稍纵即逝的小说家名叫巴尔加斯·毕古尼亚，那时刚刚出版了他精美的小说选《纳乌茵》，人们期望他会有大作问世，不幸的是一直没有出现。

但是，每天我在圣马可文学系院子里遇到的所有诗人和小说家中，最引人注目的形象是亚历杭德罗·罗穆阿尔多。他身材矮小，走起路来像人猿泰山，留着弗拉门戈男舞蹈演员式的鬓角，在拿着西班牙文化奖学金——对于无偿付能力的秘鲁作家来说，这是一座通向外部世界的桥梁——去欧洲之前，曾经是豪华音乐诗人，即所谓的形式主义者（针对社会性诗人而言），手里拿着一本漂亮的、获得全国诗歌奖的《幻觉者之塔》。与此同时，他还以画政治漫画闻名——特别是一些不同人物的杂交——发表在佩德罗·贝尔特兰主办的《每日新闻》上。罗穆阿尔多——朋友们叫他"萨诺"——从欧洲回来以后变了，他赞成现实主义、政治承诺、马克思主义和革命。但是，他并没有丢掉幽默感，也没有丢掉用话语和玩笑的游戏流布于圣马可各个院子里的智慧火花。他常说："我听不明白那个抽象画画家的话。"他还挺着胸脯说："我相信辩证唯物主义。我妻子支持我！"他带回一些手稿，后来成了杰作——《具体诗歌》——是些承诺性诗歌，充满主持正义的口气，做工精细、悦耳，有文字游戏、令人困惑的支架和道德、政治空话，在西班牙期间布拉斯·德·奥特罗对他的诗歌方向有一点影响，他俩结为好友。在圣马可举行的一次诗歌朗诵会上，有几位诗人参加，罗穆阿尔多成了明星，他的诗作——特别是那首追求轰动效果的《齐唱图帕克·阿玛鲁自由之歌》——激起了一阵阵欢呼声，差不多把圣马可的大礼堂变成了政治集会的场所。

实际上，那次诗歌朗诵会就是一次政治集会。大约发生在1954年底或者1955年初，会上所有的诗人都朗诵或者讲些可以理解为抨击独裁统治的话。这次集会是全国逐渐动员起来反对这个从1948年10月横行霸道、镇压一切批评的政权的第一批示威之一。

圣马可是各种抗议示威活动的策源地和传播中心。抗议活动有时采取闪电示威的方式。人数不多的各个小组——一两百人——事先约好在某个热闹地点，比如联盟大街三角地、圣马丁广场、科尔梅纳大街或者大学公园，在人流的高峰时间里，一声令下，我们就集合在街道中央，齐声高喊："自由！自由！自由！"有时，我们还在一两个街区里游行一下，也邀请行人加入到队伍里来；只要埃斯帕萨·萨尼亚杜布置在城市中心的骑警和用高压水龙喷射臭水的消防车一出现，我们就解散队伍迅速撤退。

我们跟哈维尔·席尔瓦一道参加每一次闪电示威游行，他长得太胖，每当我们跑起来躲避警察的追捕时，他必须做出超人的努力才能不落在后面。在那些日子里，他的政治才能，如同他那高大的身材一样，越来越出名，他想把一切都揽在怀中，想在每个地方都扮演策划阴谋的主角。一天下午，我陪着哈维尔去兰巴三角地的一个小小办公室拜访小小的社会党主席卢西亚诺·卡斯蒂略，他跟哈维尔一样也是皮乌拉人。几分钟以后，哈维尔从小办公室里出来了，满面春风。他拿出一个证件给我看：卢西亚诺·卡斯蒂略除去让他登记入党外，还提升他为社会党青年团总书记。过了几天，一次晚会上，他以这个身份在赛古拉剧场的舞台上，发表了一篇反对奥德里亚政权的措辞激烈的革命演说（是我给他起草的）。

可是，与此同时，他还和重新复活的美洲革命人民联盟的成员以及在利马和阿雷基帕市新成立的反对派团体勾勾搭搭。在这些团体中，有四个在后来的岁月里渐渐崭露头角，其中有一个是昙花一现——名叫民族联盟，由《每日新闻报》和堂佩德罗·贝尔特兰遥控，这时此人已经反对奥德里亚政权了；联盟的领袖佩德罗·罗塞略还是产业主协会的组织者，很快也销声匿迹了——其他三个团体后来成为比较有发展前途的政治组织：基督教民主党、社会进步运动党和全国青年阵线——人民行动党的萌芽（组织者之一是爱德华多·奥雷戈，当时是建筑系的学生）。

1954—1955年期间，奥德里亚的独裁统治已经有些松动了。镇压性的法令原封未动——特别是国内安全法，一道畸形的法令，从1948年起，政府凭借它把成千上万的美洲革命人民联盟成员、共产党人和民主党人投入监狱或者流放边疆——但是这个独裁政权已经在广泛的资产阶级和自从他推翻布斯塔曼特·伊·里韦罗政权以来（主要因为他反对美洲革命人民联盟的纲领）就支持他的传统右翼势力中间失去了支撑的基础。其中，主要的、自从与奥德里亚决裂以后就变成了最有经验的反对派力量的可以说是《每日新闻报》了。前面我说过，该报的老板和主编佩德罗·贝尔特兰·埃斯潘托索（1897—1979）曾经是秘鲁左翼的煞星。此人的情况很像何塞·德·拉·里瓦·阿圭罗。贝尔特兰如同阿圭罗一样，也属于豪门世家，在伦敦经济学院受过良好教育。在英国，他接受了自由经济派的思想，从青年时期起就成为在秘鲁宣扬这一思想的旗手。如同阿圭罗一样，贝尔特兰也试图组织和领导一场政治运动——前者是保守派，后者是自由派——而他面对的是自己社会阶级的冷漠，如果不说傲慢的话，这个所谓的领导阶级极其自私和无知，眼睛只盯着蝇头小利。二人年轻时组织政党准备在社会舞台上大干一番的企图最后都以惨败而告终。阿圭罗中年时期可怕的狂怒——他的《求真小书》和《传统与祖国》可资证明——破坏了他的脑力劳动，推动他去捍卫法西斯主义并且把自己封闭在荒唐的等级傲慢之中，毫无疑问与他无力动员那些民族精英而感到的失望是很有关系的，这些精英除去不是依靠继承遗产就是不义的手段弄来的金钱之外，真是一无所有。

与阿圭罗不同的是，贝尔特兰依然在政治舞台上活动，但是方式比较间接，是通过《每日新闻报》进行的；在50年代，由于他的努力，《每日新闻报》变成了一份开明的报纸，有一群非常团结、才华出众的记者为社论版写文章，或许可以说是一份秘鲁现代刊物中最好的记者群（我说几个最佳手笔的名字：胡安·塞加拉·鲁索、恩里克·奇里诺斯·索托、路易斯·雷伊·德·卡斯特罗、阿图罗·萨拉萨尔·拉腊因、帕特里西奥·里基茨、何塞·玛利亚·德·罗马尼亚、塞巴斯蒂安·萨拉萨尔·邦迪和马里奥·米格里奥）。贝尔特兰有了这样一班人马，也许是通过他们在那时发现了政治民主的力量，而在此之前他是不相信政治民主的。相反地，在那之前，《每日新闻报》——如同秘鲁报界的元老《商报》一样——也曾经猛烈攻击布斯塔曼特·伊·里韦罗政府，参与策划反对这个政府的活动，支持过1948年奥德里亚将军的政变和1950年的大选闹剧，奥德里亚就是在这次选举后宣布自己是总统的。

但是，从50年代中期开始，贝尔特兰不仅维护市场和私营企业原则，而且维护政治自由和秘鲁的民主化。他抨击新闻检查，说人们早就不理睬这一制度了，他允许发表针对政府人士和措施的越来越尖锐的批评。

埃斯帕萨·萨尼亚杜既不迟钝又不懒惰，查封了报社，派密探和警察突然袭击了工作人员，把贝尔特兰和他的主要合作者都关进了卡亚俄港口郊区的伏龙洞——一座囚禁犯人的岛屿。三个星期以后，贝尔特兰出狱了——这中间为了他获救，国际社会给当局施加了很大压力——他成了为争取新闻自由而斗争的英雄（泛美新闻社就是这样宣告的），手持金光闪烁的民主人士委任状，后来为此而鞠躬尽瘁。

气候突变，秘鲁人又可以搞政治了。流亡者纷纷从智利、阿根廷、墨西哥回国，薄薄几页的周刊、半月刊也纷纷出笼，都是半秘密刊物，都属于意识形态的类型，其中一些出过几期之后就销声匿迹了。最有特色的刊物之一是革命工人党（托洛茨基派）的喉舌，该党领袖，也许就是唯一的党员，伊斯梅尔·弗里亚斯，刚刚从国外流放归来，他那高大、肥胖、驼背的身躯每天中午都出现在圣马可大学的院落里，他预言在秘鲁全国上下会很快建立工人、士兵的苏维埃政权。另外一份刊物，比较严肃，刊名按照年份更换——1956、1957、1958——由赫纳罗·卡内罗切卡主编，此人尽管因为支持奥德里亚发动政变而被共产党开除，并且后来又被奥德里亚驱逐出境，却总是同苏联和社会主义国家保持联系。在当时的国会里——1950年欺骗性大选的产物——几位到那时还守纪律的众议员和参议员，因为感到船已经漏水，便一改往常的奴性独立自主了，甚至有些人公开敌视主子。大街小巷，广场内外，到处提及准备1956年总统选举的人名和可能性。

从地下坟墓钻出来的新政治团体中，最为有趣的是后来成立基督教民主党的那个小组。该组织的许多领导人是阿雷基帕人，比如马里奥·波拉尔、埃克托尔·科尔内霍·查韦斯、海梅·雷伊·

德·卡斯特罗以及罗伯托·拉米雷斯·德尔·比利亚尔——或者他们的利马朋友，路易斯·贝多亚·雷耶斯、伊斯梅尔·别利奇和埃内斯托·阿莱萨·格伦迪——他们曾经同布斯塔曼特·伊·里韦罗政府一道工作过，有些人也为此受过迫害和流放。这些人都是有职业的年轻人，与大经济利益集团没有联系，属于地地道道的中产阶级，没有受到过去和现在的政治脏水的污染，他们似乎给秘鲁的政治生活带来一种民主的信念和一种显而易见的正气，这一点在布斯塔曼特·伊·里韦罗执政三年中就已经用他独特的方式体现了出来。我像很多人一样，自从这个组织出现以后，就以为组织起来是为着布斯塔曼特·伊·里韦罗成为他们的领袖和导师，也许在未来的选举中成为他们的候选人。这一点对我来说是非常有吸引力的，因为我对布斯塔曼特的敬仰——因为他诚实和信奉法律，对此美洲革命人民联盟竟然嘲笑他，给他起了个绰号："未骟的猪"——即使我在加入共产党的外围组织时也没有动摇过。我这份敬仰之情，现在看得比较明白了，那时恰恰与普通秘鲁人在他失败时深表同情的一句话有关："他适合给瑞士而不是给秘鲁当总统。"的确，布斯塔曼特·伊·里韦罗在他《为在秘鲁争取民主而斗争的三年里》——他在流亡期间撰写的见证之作的书名——治理国家的方式仿佛选举他的这个国家既不野蛮也不落后，而是一个文明的国度，公民们个个遵纪守法，有责任心，使得社会和平共处成为可能。他甚至亲自动手起草自己的演说辞，用一种世纪末流行的、明快而优美的散文对自己的同胞讲话，绝不允许半点蛊惑或者粗俗的话语，好像他出发的前提是全体同胞构成了一个智慧水平很高的群体，因此我把布斯塔曼特当作典范，当作一个贤明的执政者看待；我想如果有一天秘鲁能够成为适合由他来治理的国家——自由、文明人的真正民主国家——秘鲁人将会怀着感激的心情纪念他的。

我和哈维尔·席尔瓦参加在平安剧场举行的反奥德里亚的全部政治活动,在那时疲软的独裁政权已经允许这类活动了。有佩德罗·罗塞略的民族联盟的活动,有卢西亚诺·卡斯蒂略的社会党的活动,有基督教民主党的活动,从成员和演说者的素质看,绝对不是最好的。我和哈维尔热情很高,在这个组织的发起宣言书上签了名,在《每日新闻报》上发表了。

当布斯塔曼特在流亡七年之后终于能够回到秘鲁时,我和哈维尔当然要去机场迎接他的归来了。路易斯·洛埃萨讲了一个关于布斯塔曼特这次回国的故事,我不知道是否属实,但可能是真的。为了保护布斯塔曼特下飞机以后的安全,事先组织了一群年轻人准备护送他去玻利瓦尔饭店以防备政府派遣的打手或者美洲革命人民联盟的"水牛"们(随着开放时期的到来,这帮家伙又出来攻击共产党人的集会了)的攻击。上级组织指示我们手臂挽着手臂组成一道攻不破的铁环。但是,据洛埃萨说,显然他也参加了这个由两位渴望当文学家的青年和一群天主教行动党的好小伙子们组成的特殊保镖大队,布斯塔曼特手持他那永不离身的绳边帽刚一出现在飞机舷梯上——他摘下帽子,很有礼貌地向前来欢迎他的人群致敬——我就冲出了铁环,发烧似的迎上前去,高喊着:"总统!总统!总统!"结果,铁环粉碎了,人群淹没了我们;在走向送布斯塔曼特去玻利瓦尔饭店的轿车之前,他被大家又拉又推又揉搓——其中还有鲁乔舅舅的一份,他也是热情拥护布斯塔曼特的一员,拼命挣扎的人群撕毁了他的西装和衬衫——布斯塔曼特从饭店的阳台上做了简短的讲话,感谢大家的欢迎,丝毫没有表示他有重返政界的企图。果然,在以后的几个月里,他拒绝加入基督教民主党,拒绝在政治活动中扮演任何角色。从那时直到去世为止,他起着这样的作用:高贵的智者,超脱于党派斗争之上,由于他在国际法律问题上的资格,经常有国内外的人向他请教(后来他当上了海牙国际法庭首席法官);只要出现危机,他就发表声明号召全国保持平静。

尽管1954年和1955年的气候比前几年沉闷、压抑的气氛好得多,第一批允许的政治示威和新出版的刊物在国内创造了一种刺激了政治行动的自由氛围,我用在脑力劳动上的时间要比政治活动的时间多。我一面去圣马可上课,一面几乎每天上午都去法语联盟参加活动,还从那时起只读短篇小说,也只写短篇小说。

我想,《黑白混血女郎》在豪尔赫·普奇内利沙龙圈子里的倒霉时刻产生了这样的后果:我不知不觉地就远离了那几年我写的大部分故事——永恒的和世界性的题材,而转向更现实主义的题材,其中有意地利用了我对往事的回忆。那时,圣马可大学文学系举办了一次短篇小说有奖比赛,我交上两个故事;这两篇都以皮乌拉做背景,也是源于那里的生活;一篇题为《首领们》,以圣米格尔中学那次罢课未遂的事实为根据;另外一篇题为《绿房子》,以皮乌拉郊外的妓院为根据,那妓院是我少年时期的一盏明灯。这两个短篇小说连提名奖都没有拿到;收回稿子的时候,我觉得《绿房子》很糟糕,就撕掉了(几年以后,我把这个材料又用到长篇小说里去了)。可是,《首领们》这部稿子,因为还有些史诗的味道,还显露出阅读过马尔罗和海明威作品的痕迹,所以尚可救药;后来我用了几个月的时间又重新写了一遍,直到我觉得大概可以发表了为止。这篇小说对于《商报》的《星期副刊》来说实在太长了,它的第一版上总是刊登一个带插图的故事,因此我就把《首领们》交给了主编《秘鲁水星报》的历史学家塞萨尔·帕切科·贝莱斯。他接受并且发表了

《首领们》（1957年2月），还送给我五十份单页在朋友们中间散发。这是我正式发表的第一部小说，也是我后来出版的第一本书的书名。这个短篇小说预先充分展示出后来我作为小说家做的事情：运用个人体验作为虚构的出发点；通过地理和城市的具体化，使用一种伪装现实主义的手法；通过对话和从无人称的角度写景以抹去作者的痕迹达到客观性；最后，对构成故事背景或者活动范围的某些问题持批评态度。

那时，圣马可大学正在举行校长选举。我不记得是谁推举劳尔·波拉斯·巴雷内切亚做候选人的；他满怀希望地接受了提名，可能是为了增加知名度——那个时候当上圣马可的校长还是很有意义的——但他主要还是出于对母校的热爱，因为他把自己的大好年华和热情都献给了圣马可。这次候选提名的结果无论对他还是对秘鲁历史都是不幸的。从一开始，周围的环境就把他给变成了反政府派的候选人。他的竞选对手，奥雷利奥·米罗·克萨达，《商报》的董事之一，被认为是贵族、豪门和反美洲革命人民联盟的象征人物之一（米罗·克萨达家族一直不肯饶恕美洲革命人民联盟杀害前《商报》社长堂安东尼奥·米罗·克萨达和他妻子的罪行），接受了官方正式候选人的提名。由美洲革命人民联盟和左派控制的大学生组织支持波拉斯竞选，参加美洲革命人民联盟的教师们也是如此（其中许多人，比如桑切斯，还流亡在国外）。在竞选之前，波拉斯和奥雷利奥一向保持友好关系，经过一场尖刻的书信和报刊辩论二人便疏远了；《商报》（由于被圣马可的大学生们用石头给砸了，他们还在游行中高喊"自由"和"选举波拉斯当校长"的口号）在一段时间里不让波拉斯的名字在版面上出现（《商报》对自己的敌人都处以"著名的褫夺公民权"的惩罚，据说，这比秘鲁社会上的政治迫害还要可怕)。

我们这些与波拉斯工作的人以及他的所有弟子，为了他能够当选都做了不屈不挠的努力。对有选举权的教授和校务委员会的委员们，我们都做了分工；分给我和巴勃罗·马塞拉去家访的是理科、医科和兽医科的教授。除一人之外，其余所有的老师都答应我们投波拉斯的票。选举的前夕，我们在科里纳大街的食堂里做了总结：波拉斯可以拿到三分之二的选票。可是在校务委员会上进行秘密投票的时候，奥雷利奥顺利地赢得了胜利。

选举后，波拉斯在法律系的院子里发表演说，他面对一大群用掌声和欢呼声安慰他的学生们轻率地说道：他虽然落选了，却高兴地听说圣马可大学几位著名的教授投了他的票，他还举了几位事先向我们保证投波拉斯一票的名字。后来，被点名的人中有人写信给《商报》，声称并没有投波拉斯的票。

选举胜利没有给奥雷利奥带来半点高兴。选举后，大学生们针对他的政治敌视（激烈而非常不公正），几乎就把他给变成了独裁政权的象征，而他并非如此，这一敌视态度使他几乎无法迈进圣马可的大门，他不得不在远离中心的办公室里处理校务工作，长期处于各系教师和学生的敌意包围之下。这时，由于镇压的减轻，美洲革命人民联盟和左派的地下力量开始抬头，后来很快就控制了整个大学。过了一段时间之后，这种气氛使得奥雷利奥这位优美的散文家辞去了校长的职务并且离开了圣马可大学。

对于波拉斯来说，落选给了他沉重的打击。我的印象是，校长一职是他多年梦寐以求的——超过任何政治头衔——因为他与这所大学有着长期和亲密的关系；这个他没有拿到的校长职位让他感到痛苦和失望，从而导致他在 1956 年的大选中接受了作为民主阵线参议员的候选人提名（美洲革命人民联盟党的杰作）；在普拉多执政期间，他接受了外交部长一职，并且一直做到1960年去世前的几天。实际上，他是个不同一般的参议员和外交部长；但是，泡在那耗费精力的政治中一下子就中断了他那智慧性的劳动，妨碍他写完那部《征服时期的历史》，而这部著作在我开始同他一道工作的时候，他似乎决心一气呵成。竞选校长时，他正是处于这样一种精神之下。我记得，在我给神话传说做了几个月的卡片之后，波拉斯让我把他关于皮萨罗的所有专题文章、已发表和未发表的论文用打字机抄在一份稿子里，然后他要做注释、修订和补充内容。

由于他这个圣马可大学校长候选人是美洲革命人民联盟和左派支持的——真是奇怪的巧合，因为波拉斯既不是联盟成员也不是社会党人，而是一个反对保守党的自由人士——政府对他采取了报复措施，开始对他发表的文章进行攻击，有时社会上也有人参与。奥德里亚政权支持的一家周报——《号角报》，发表了几篇骂波拉斯的文章，里面充满令人作呕的话。于是，我想到应该写一份声援波拉斯的宣言并且在学者、教师和学生中征集签名。我们征集到几百人的签名，但是没有地方给发表，我们只好把它交给波拉斯本人。

通过起草宣言这件事，我结识了一个人，他后来成为我那时最要好的朋友之一，在我迈向文坛的起步时期给了我许多帮助。为了让人们能够在这份宣言上签名，我们在宣言后面加上一些白纸交给几个人去传阅，这时有人告诉我：天主教大学有个学生愿意帮忙。他名叫路易斯·洛埃萨。我给了他一页白纸，几天后我们在拉尔科大街的鲜奶油店碰头，大家把签名都交给我。路易斯只征集到一份签名：他自己的。他身材高大，一副心不在焉、浑身疲倦的神情；他比我大两三岁；虽然学的是法律，可他只重视文学。他阅读过几乎所有的文学名著,他说出来的作家,我都不知道他们的存在——比如博尔赫斯,是他常常引证的大作家,或者墨西哥的作家胡安·鲁尔福和阿雷奥拉——当我炫耀自己对萨特和承诺文学的热情时,他的反应是:像鳄鱼那样打呵欠。

不久,我俩又见面了,是在他那小多列士大街的家里;他给我念了几篇即将出版(非卖品)的散文——《吝啬鬼》(1955年,利马出版)——我们在他那堆满了书籍的书房里谈了很长时间。路易斯·洛埃萨以及后来我认识的阿韦拉尔多·奥肯多,是那个时期我最要好的伙伴,是在思想领域最亲近的朋友。我们讨论作品,围绕文学上的打算交换意见,真正成了热闹的文学社团。除去对文学的共同热爱,我们在许多方面与路易斯有分歧,这使得我们之间不觉得厌倦,因为总有可争论的话题。我一向关心政治,随便一件小事我都会热情洋溢地投身进去而不多加思考。路易斯与我不同,他特别讨厌政治;对于这样或者那样的热情——除非是一本好书——他都嗤之以鼻,绝不相信。当然了,他也反对独裁统治,但更多的是出自艺术上的原因而不是政治。有时,我也拉他去参加闪电游行;有一次,是在大学公园里,他丢了一只鞋;我记得他在我身边跑,面对骑警的冲锋,他依然是一副拘谨的样子,低声问我:干这种事是不是绝对有必要。我对萨特及其有关社会承诺的观点非常钦佩,这让路易斯有时感到厌烦,有时他很生气——他更偏爱加缪,因为加缪更有艺术气质,其散文比萨特的好——他用故弄玄虚的嘲讽态度对待萨特的文章,往往气得我咆哮不已。我用攻击他敬爱的博尔赫斯的办法加以报复,我说博尔赫斯是形式主义者,有艺术纯正癖,甚至是资产阶级的看门狗。关于萨特-博尔赫斯的争论往往持续好几个钟点,有时会不欢而散,弄得几天不见面,不说话。大概是路易斯——也许是阿韦拉尔多,我一直没闹明白——给我起了一个绰号,拿我开心:"勇敢的小萨特"。

正是为了对付路易斯·洛埃萨,我读起博尔赫斯的作品来,起初,我还带有某种心理暗示——那种纯粹或者过分精神上的东西,似乎是从一种非常直接的生命体验中分离出来的东西,让我难以读下去——但是,我又总是怀着惊讶和好奇的心理重新再读。直到后来,慢慢地随着月月年年的推移,这种距离渐渐变成了钦佩。除去博尔赫斯之外,在结交路易斯之前,我对许多拉丁美洲的作家是不了解的,或者是出于无知而没有放在眼里。如果要排个名单的话,这样的作家有很多,但是其中有阿方索·雷耶斯、阿道夫·比奥伊·卡萨雷斯、胡安·何塞·阿雷奥拉、胡安·鲁尔福和奥克塔维奥·帕斯;有一天,路易斯找到一本薄薄的帕斯诗作——《太阳石》——我们高声朗读起来;这本书吸引我俩急切地去寻找帕斯的其他作品。

我对拉丁美洲文学的冷漠——只有聂鲁达除外,我一向怀着崇敬的心情阅读他的作品——在认识路易斯·洛埃萨之前是百分之百的。或许换掉"冷漠"这个词,可以说是敌视的。其原因应该归咎于:大学里学习的和在文学杂志以及副刊上看到的唯一的现代拉丁美洲文学,就是土著文学或者风俗主义文学,比如像阿尔西德斯·阿格达斯的《青铜种族》、豪尔赫·伊卡萨的《养身地》、欧斯塔西奥·里韦拉的《旋涡》、罗慕洛·加列戈斯的《堂娜芭芭拉》,或者里卡多·吉拉尔德斯的《堂塞贡多·松布拉》,甚至包括米盖尔·安赫尔·阿斯图里亚斯的小说。

这类叙事文学和秘鲁的小说,我是在圣马可大学的课堂上作为必读书来阅读的,我对这类作品深恶痛绝,因为我觉得这类小说是对于本该是优秀小说的东西的丑化,土里土气并具有蛊惑性的丑化。

因为在这类作品里，景物比有血有肉的人物还要重要（其中有两部作品《堂塞贡多·松布拉》和《旋涡》，大自然最后把英雄们吞食了）；还因为这些作家似乎还不了解结构故事的最基本的技巧，而是从观点的连贯性出发：作者总是卷入到故事里面去，甚至在设想自己是无形的时候，作者还要发表意见；另外，这种雕琢的书本语言风格——特别是在对话里出现时——把设想的故事弄得极不真实，以至于到了这种程度：在那些粗野的土人心里从来就没有产生过幻想。一切所谓的土著文学就是一连串自然主义的俗套和极端贫乏的艺术性，因而给人的印象是：对于作家来说，要想写出好小说就得去找"好"题材——不寻常的可怕事件——然后从词典里挖出远离常规的生僻字词来用到作品中去。

路易斯·洛埃萨让我看到了另外一种拉丁美洲文学，更有城市味道，更有世界性，也更优美，主要出现在墨西哥和阿根廷。于是，我就像他那样，开始每个月都阅读维多利亚·奥坎波主编的《南方》杂志，这是一扇向文化世界敞开的窗口，它来到利马以后似乎用来自各种语言和文化的思想、论战、诗歌、短篇小说、散文组成的巨大瀑布震撼了这座可怜的城市，并且把我们这些狼吞虎咽这本杂志的人置于地球文化动态的中心。维多利亚·奥坎波通过《南方》杂志做的事情——当然，办这份冒险杂志的还有以何塞·比安科为开端的合作者——是我们至少三代拉丁美洲人称道不已的（1966年，在纽约举行的一次国际笔会上，当我认识了维多利亚·奥坎波的时候，我就是这样对他说的。我一直记得，看到自己有篇文章发表在这份让我们每月抱着从精神上进入时代先锋行列的幻想的杂志上时，我当时欢乐的心情）。在一期路易斯收藏的忘记了是新的还是过期的《南方》上，我读到了萨特和加缪关于苏联是否存在集中营的著名论战。

我同路易斯的友谊，很快就变得亲密无间了，这不仅与读书和共同的爱好有关，还与他为人慷慨、重情谊有关；还与跟他在一起度过的快乐时光有关：听他谈谈他着迷的爵士音乐，或者电影——我和他喜欢的影片从来都不一样——或者在伟大的民族体育运动中吹牛角逐一番，或者看着他 au-dessus de la melee（法语：超越混战之上）地创作忧郁而高雅的唯美主义散文，有时他想用这样的散文让自己的朋友们高兴。有一个时期，他染上了有趣——但是也很不舒服——的伦理和美学躯体化症：凡是他觉得丑恶或者应该蔑视的都会让他作呕。跟他一道去看展览、听讲座或者朗诵会、看电影，或者仅仅站在大街上同某人谈话都是很危险的，因为如果那人或者那场演出不能证明是高雅的，他就会立刻发生胃痉挛。

很早以前，路易斯是通过天主教大学一位老师才了解了那些拉丁美洲作家的，这位老师是从阿根廷来的，名叫路易斯·海梅·西斯内罗斯。我在圣马可大学曾经听过他的西班牙文学课，但还是后来通过洛埃萨和奥肯多才跟这位老师交上了朋友。路易斯·海梅·西斯内罗斯对教书很有热情，课余时间，在他的书房一角还要给人上课——家住米拉弗洛雷斯区的一幢别墅里，位于普拉多大街的横街上——经常与爱好语言学（他的专长）和文学的学生们聚会，他还借书给学生阅读（在一本大型账簿上登记姓名、书名和日期）。路易斯·海梅长得瘦弱，温文尔雅，有礼貌，但是在同事们面前往往露出一副卖弄和逞能的神气，使他招致大学里尖刻的敌意。我本人对他就有这样错误的印象，直到开始结识他并且加入到路易斯·海梅把自己的文化和友谊全部投入的这个小圈子之后方才改正过来。

路易斯·海梅曾经在基督教民主人士的第一个宣言上签过名；

当时这些人士为了建立政党迈出了头几步，他们请路易斯·海梅领导机关报。他问我是否愿意助他一臂之力，我说乐意效劳。这样，《民主》就问世了，这是一份理论性的周报，但实际上是只有给每期弄到经费时才能出版，因此有时每两周出一期，有时每个月出一期。在创刊号上，我写了一篇关于布斯塔曼特·伊·里韦罗和把他赶下台的政变的长文。我们在路易斯·海梅的书房里安排版面，但每一次我们都在不同的印刷厂印刷，因为每个印刷厂都担心埃斯帕萨·萨尼亚杜——奥德里亚为了在秘鲁重建民主制度，在一次意外的政治错误中把此人提升为国务部长——会惩罚他们。由于路易斯·海梅不想给自己在大学里的工作找麻烦，他不愿意以主编的身份露面，于是我就用上了自己的名字，这样，《民主》就出笼了。在第一版上有篇文章，我想是路易斯·贝多亚·雷耶斯写的，但是没有署名，是批评普拉多派的，因为有人正在重新组织力量准备把前国家元首曼努埃尔·普拉多再度提名为总统候选人。

《民主》刚一出版，我父亲就约我到他办公室里谈话。我看到他脸色铁青，手里挥舞着我作为主编的那份报纸。难道你忘了《纪事报》是属于普拉多家族的？你忘了《纪事报》有国际新闻服务社的专利权？你忘了你父亲是该社的主任？难道你想《纪事报》取消你父亲的合同，让你父亲失业不成？他命令我不许再登出自己的名字。于是，从第二期还是第三期开始，我这个假主编——真主编是路易斯·海梅——就由我圣马可的同学和朋友吉列尔莫·卡里略·马昌德代替了。出了几期以后，由于这位同学也有同样的问题，后来的《民主》就用了一个虚构的主编，那名字是我们从博尔赫斯的短篇小说中挪用过来的。

在埃斯帕萨·萨尼亚杜下台的事件中，基督教民主党人起了主导作用，这一事件加速了这位八十老翁的死亡。假如这个老家伙继续负责独裁政权的安全事务，这个政权的寿命说不定会延长到1956年的大选之后，因为他会制造假选举，就像1950年那次一样，结果有利于奥德里亚或者某个傀儡（已经有几个人排队准备担任这个角色了）。这样，这位铁腕人物的下台就削弱了政权的稳定，使得政府陷入混乱之中，反对派趁机就可以上街了。

在独裁统治期间，埃斯帕萨·萨尼亚杜原来担任了一项并不显赫的职务——办公厅主任，因而常常躲在暗处，这样，尽管所有治安问题都是由他决定的，但是对于公众来说，治安问题是由国务部长负责的。促使奥德里亚把埃斯帕萨放到部长岗位上的原因，可能是没有人愿意担任这个傀儡们干的职务了。人们传说，当奥德里亚将军召见埃斯帕萨任命他为部长时，他说，出于对将军的忠诚可以接受这个职务，但是此举等于是军政权的自杀。果然如此。埃斯帕萨刚刚变成明显的目标，反对派所有的武器都瞄准了他。致命的一击就是佩德罗·罗塞略领导的民族联盟在阿雷基帕举行的群众大会。埃斯帕萨雇佣了打手和便衣警察搞反示威游行企图破坏这次大会，阿雷基帕市民把这些坏蛋打得落花流水；于是，警察开枪镇压群众，结果伤亡无数。这好像是在重复1950年的惨剧，在那次欺骗性的大选期间，奥德里亚面对阿雷基帕人民准备城市暴动的局势实行了大屠杀。但是，这一次，独裁政权没有敢动用坦克和野战部队上街去屠杀人民，而据说埃斯帕萨本想这么干的。阿雷基帕工人宣布总罢工，全城立刻响应。与此同时，根据古老的风俗习惯（因此为它赢得了城市-首领的名字，因为秘鲁共和国的大部分起义和革命都发生在这里），阿雷基帕人挖路面上的石块，筑起街垒，成千上万的社会各阶层的男女老少都在严阵以待，看看政府如何答复以下几项要求：

埃斯帕萨辞职，废除内部安全法，举行自由选举。极为紧张的三天过去了，政府牺牲了埃斯帕萨，后者辞职后，马上跑到国外去了。尽管独裁政权任命了一个军人内阁，但是从奥德里亚本人开始，大家都心明眼亮：阿雷基帕人——在布斯塔曼特·伊·里韦罗的土地上——给了政府致命的一击。

在阿雷基帕人做出这一伟大壮举的同时，在首都利马，我们圣马可人也以闪电游行的方式支持他们。游行中我和哈维尔·席尔瓦总是走在第一排，领导游行的人有马里奥·波拉尔、罗伯托·拉米雷斯、埃克托尔·科尔内霍、海梅·雷伊以及刚刚成立的基督教民主党中的阿雷基帕人。他们当中有著名的大律师，略萨家族的朋友和亲戚；其中马里奥·波拉尔，按照我外婆卡门的说法，曾经"迷恋"过我的母亲，年轻时给我母亲写过许多热情洋溢的诗歌，我母亲都偷偷藏了起来，因为我父亲一想起这类往事就会醋意大发。

所有这些理由都让我感到激动，所以基督教民主党刚一成立，我就登记入党了。随后，我立刻不知怎么就像乘火箭一样升到利马地区委员会里了；这个委员会里还有路易斯·海梅·西斯内罗斯、吉列尔莫·卡里略·马昌德，还有一些像法学家伊斯梅尔·别利奇和精神病专家奥诺里奥·德尔加多这样令人尊敬的教授。这个新党在章程里宣布：它不是宗教性团体，因此入党时不一定非是信徒不可；但实际上，党部所在地——带阳台的苇箔泥墙旧房子——位于古斯曼·布兰科大街，距离博罗涅西广场很近的地方，很像一座教堂，至少像圣器室，因为利马有名的虔诚信徒都集合在那里了，从堂埃尔斯托·阿莱萨·格伦迪直到天主教行动组织和全国天主教大学生联合会的领导人；所有的年轻人似乎都是天主教大学的学生。我在想：那个时候除去我和吉列尔莫·卡里略之外（哈维尔·席尔瓦是后来才登记的）恐怕没有别的圣马可学生了。

我在这里搞什么鬼呢？这周围都是令人尊敬至极的人士，可我不久前还根据萨特的思想反对教会，还是个依然感觉自己没有完全摆脱马克思主义思想的极左派呢！我说不明白。我的政治热情要比我的思想意识力量大得多。可是，我记得，每当我不得不从思想上说明加入基督教民主党的理由时，总是感到有某种烦恼。后来，事情更糟了：通过安东尼奥·埃斯皮诺萨，我读了一些教会社会理论和利奥十三世的著名通谕《新事物》，这是基督教民主党人经常引用的承诺根据：争取社会正义和决心进行有利于穷人的经济改革。我一面读着通谕那家长式的修辞、那汽水般的感情、那对过剩资本的含糊批评，那本著名的《新事物》慢慢地从我的手中落下。我记得曾经跟路易斯·洛埃萨说过这件事——我想他也在基督教民主党的什么文本上签过字，或者做过入党登记——我对他说了在看过那本让我感到非常保守的著名通谕之后心里很不舒服。他也试着读这本书，结果仅仅看了几页，恶心就涌上了喉咙。

但是，我并没有离开基督教民主党（退出该党是几年以后在欧洲的事情，因为在保卫古巴革命的问题上该党不热心，可是当时对我来说，这一革命成了令人热衷的大事业），因为这个党为反对独裁统治和争取国家民主化进行的斗争是无可挑剔的；还因为我一直认为，布斯塔曼特·伊·里韦罗终将成为该党的领袖以及可能成为总统候选人。但主要原因是：我和其他一些比较激进的青年，发现在基督教民主党的领袖中，有一位阿雷基帕的律师，他虽然也像别人一样是个虔诚的基督徒，但从一开始我们就觉得他是一个比其他同事更有先进和进步思想的人，他不仅主张对秘鲁政治要道德化和民主化，而且坚持要进行深刻的改革，以便消灭使穷人受害的不公正现象,这个人就是:埃克托尔·科尔内霍·韦查斯。

现在我这样谈到他,可能会让很多人发笑,因为他后来的表现是令人作呕的,他既是贝拉斯科军事独裁政权的顾问,又是荒唐的没收一切通讯工具的法令的作者,还担任了收归国有的《商报》第一任社长。但实事求是地说,50年代中叶,这位年轻的律师从家乡阿雷基帕来到利马的时候,还是一副政治上很纯洁的模样,是一个热心于民主的、为种种不公正义愤填膺的人。他曾经给布斯塔曼特·伊·里韦罗当过秘书;那时,我希望在他身上看到前总统焕发青春和充满激情的影子,同样像前总统那样道德高尚,坚定不移地为建立民主和法制的社会而奋斗。

科尔内霍·韦查斯博士谈过土地改革,谈过工人参与收益和管理的企业改革,用雅各宾派式的言辞谴责过寡头政治集团、大土地主和四十个大家族。的确,他不使人感到亲近,而是一个脾气暴躁、令人疏远的人,说起话来常常流露出阿雷基帕人那种自负和讲究礼仪的毛病(尤其是那些从事法律的人),但是他那俭朴、甚至寒酸的生活让我们许多人考虑到:基督教民主党如果以他为首是可以改造秘鲁的。

事情的发生往往大不一样。科尔内霍·韦查斯真的当上了该党领袖——不是在1955年或者1956年,那时我正在党内——1962和1963年的大选中,他两次被提名为总统候选人,而这两次选举他得到的票数都是微不足道的。他专横的作风和对别人的偏见慢慢在党内造成了紧张空气和派别斗争,终于在1965年导致了基督教民主党的分裂:以路易斯·贝多亚为首的大部分领导人和党员另外组织了基督教人民党,与此同时,科尔内霍的党减少到徒有其名而已,直到1968年贝拉斯科将军发动军事政变时该党才以不光彩的方式幸存下来。这时，他看到机会来了。科尔内霍博士通过选举没有办到的事，借助独裁统治的力量成功了：捞到了权力。军政权交给他的工作丝毫没有民主味道，例如，钳制传播媒介和司法机关（因此他还是创办全国司法委员会的负责人，通过这个机构，独裁政权命令法官们为他们服务）。

贝拉斯科政权垮台以后——1975年，莫拉莱斯·贝穆德斯将军发动宫廷政变取代了贝拉斯科——科尔内霍退出了政界，他给人们留下的只是恶劣的回忆。

这个不存在的基督教民主党——一小撮野心家——与阿兰·加西亚联合却依然出现在秘鲁的政治生活中；阿兰·加西亚为了虚构一个开放的架势，总是在内阁中给基督教民主党留一个位子。阿兰·加西亚下台之后，基督教民主党消亡了，或者更确切地说，篡夺了该党名称的领导集团进入冬眠状态，等待时机，以求得从另外上台的执政者嘴里拾些残羹剩饭。

但那时我们是在1955年，后来那些事情距离我们还很遥远。那年夏天过去之后，我开始上大学三年级的课程了，我经常跟路易斯·洛埃萨讨论文学，参加基督教民主党的活动，在波拉斯家里做历史书卡，写短篇小说。就在这时，意味着我生活中又一次轻微地震的那个人来到了利马：胡利娅"姨妈"。

第十四章　廉价的知识分子

1989年10月26日,"光辉道路"的喉舌《日报》以所谓"保卫人民革命运动组织"机关报的名义发布通告,为"支持人民战争",号召于11月3日发起"无产阶级的武装与战斗的总罢工"。

次日,左派团结阵线竞选利马市长和总统的候选人亨利·毕阿塞·加西亚,宣布他将在"光辉道路"选择武装罢工的那一天,同他的支持者一道上街游行,以表明"民主比暴乱更坚强有力"。我从广播中听到这一消息时,正与阿尔瓦罗在我的书房里翻阅一遍每日的工作安排——每天早晨开碰头会之前要做的事。我立刻想到应该声援这一游行,11月3日那天我也应该与同志们一道上街示威以回击"光辉道路"的挑战。阿尔瓦罗赞成这个主意;为了避免在与盟友的磋商中纠缠不清和浪费时间,我通过与广播节目报的电话采访公布了这一想法。采访中,我向亨利·毕阿塞表示祝贺并建议与他一同游行。

若干年前,我就是国内进步知识分子攻击的靶子,而亨利·毕阿塞就是这些知识分子中的一员,现在我给人们的印象是在支持左派的倡议，我的一些朋友认为这是个政治错误。朋友们担心我这一行动等于承认了毕阿塞的竞选人地位（调查结果表明投他票的可能性低于百分之十）。但这是特殊情况，道义上的考虑应该高于政治。"光辉道路"这个时期以来活动日益猖狂，范围日渐扩大，杀人越货的勾当频繁发生。在利马，他们屡屡出现在工厂、学校和贫民新村，光天化日之下办起了训练中心。就在恐怖分子用武装罢工威胁社会的那一天，文明社会的公民们上街呼吁和平难道不对吗？和平进军的倡议得到许多政党、工会、社会文化团体和知名人士的热情支持，还吸引了大批群众参加。人们都想表示对恐怖主义的深恶痛绝，因为由于一小撮人救世主式的狂热，秘鲁陷入了可怕的气氛中。

由于形势所迫，阿普拉党和社会主义协议党也支持和平进军，但是显然缺乏热情。两党的代表在共和大道的米盖尔·格劳纪念碑前露了一面，就带着为数不多的几个人撤退了，而那时左派团结组织和民阵的队伍还没有会合，前者从五月二日广场出发，我们从七月二十八日大街的豪尔赫·韦查斯纪念碑前动身。

游行的队伍走得很慢，人们很热情，也很有纪律，最后两支队伍在米盖尔·格劳纪念碑前会师；我和亨利·毕阿塞热烈拥抱。我们给纪念碑献了花，大家一起唱国歌。参加此次游行的人不仅有党派成员，也有许多无党、无派、对政治无兴趣的人，因为他们感到有必要谴责这些谋杀、绑架、置放炸弹以及其他近年来在秘鲁草菅人命的暴力行为。在米盖尔·格劳纪念碑周围还有许多宗教界人士——主教、神甫、修女、基督徒——透过如林的臂膀和攒动的人头可以听到他们的呼声："基督，基督，在倾听你们的呼唤！"

如果游行的倡议不是由亨利·毕阿塞提出来的，我可能不支持和平进军，因为这个作为思想和政治上的对手，是值得我尊敬的。

有许多方式可以界定"值得尊敬"的含义。至于我本人，我尊敬那种言行一致、不口是心非、不拿思想和语言作为向上爬的阶梯的知识分子或者政治家。

在秘鲁，这个意义上值得尊敬的知识分子为数不多。说这句话，我很伤心，但我清楚自己想说的意思。多年来，我一直在思考这个问题，终于有一天我认为自己明白了为什么不道德的人数在我这一行中要比其他行当的人多。我还明白了为什么正是这一行中的许多人以如此行之有效的方式加速了秘鲁文化和政治的衰败。从前，我常常绞尽脑汁极力猜测，为什么在我们知识分子中，尤其是进步知识分子中——绝大多数——骗子、无耻之徒、诋毁他人者、流氓加无赖的人数会如此之多？这些人为什么能够如此下作地生活在道德分裂中，往往用私下的行动戳穿他们信誓旦旦地在文章与公开场合提倡的一切？

他们在宣言中、文章里、课堂和会议上个个都是反对帝国主义的好汉，读读他们写的东西，你准会以为他们早就成为仇恨美国的使徒了，但是，几乎他们每个人都申请过、接受过、确确实实地吃过美国各种基金会的奖学金、赞助、旅行支票、佣金和特殊的有价证券；都在"魔鬼的内脏"里（古巴诗人何塞·马蒂的说法）、在古根因莫基金会、辛格基金会、梅龙基金会、洛克菲勒基金会以及其他等等基金会的供养下度过一个又一个学期、一个又一个学年。他们都疯狂地四处奔走，而其中不少人的确成功地钻进美国的大学里当上了教师，而在此之前，他们教导自己的学生、弟子和读者要憎恨这个美国，因为秘鲁的全部灾难都应由这个国家负责。如何解释这类知识分子的人格分裂？为什么这么多人都急急忙忙跑向这个依靠神经错乱整日谴责过活的国家？而这些人恰恰通过谴责美国完成了自己的学业，捞到了社会学家、文学批评家、政治学家、人种学家、人类学家、经济学家、考古学家、诗人、记者和小说家的小小名气!

有些荣耀的花环是偶然被摘取的。胡利奥·奥尔特加开始他的"知识分子"生涯时是在争取文化自由大会上领薪水的,那是60年代,在利马,恰恰在那个时期揭露出大会的常设机构是从中央情报局拿赞助的,这样一来,使得在那里的许多作家天真地离开了大会(但胡利奥·奥尔特加没有离开)。于是,对于进步人士来说,他成了臭不可闻的人。以后胡安·贝拉斯科·阿尔瓦拉多将军开始了革命与社会主义的军事独裁,他摇身一变成了革命者和社会主义者,薪水照拿。在军政权没收的报纸之一——《邮报》——的文化副刊上(已经交给他领导),他在那几年里用一种思想无知与政治卑鄙对称结合的结构主义黑话,谩骂攻击不赞成贝拉斯科政权实行的流放、监禁、没收财产、查禁报刊等流氓政策的人;他还献计献策,比如建议殴打说社会主义革命坏话的外交官。当他为之效劳的独裁者被自己的追随者搞下台时,身边的一些知识分子也被解雇了。这位笔杆子跑到哪里去谋生了呢?去他思想上热爱的古巴吗?去朝鲜?去莫斯科?都不是!他到得克萨斯去了!先是进入奥斯汀大学,后来不得不离开时,又钻进了最宽容的布朗大学;至今他还在该校,我想他大概继续踏着坦克和军刀的节拍还在从事反帝革命吧。竞选期间,他从美国不断地给一家俯首帖耳的秘鲁报纸——《共和报》——写文章,劝告万里之遥的同胞们:千万别失去"为社会主义投票"的大好机会!

另一个例子,也属于道德上的怪物。安东尼奥·科尔内霍·波拉尔博士,文学批评家和"社会主义的天主教徒"——这是他喜欢的定义,因为既可以上天堂又不会失去地狱里的某些好处——是在圣马可、激进派和主张"光辉道路"的堡垒完成大学学业的;后来,凭着唯一的功劳:政治,那时和现在可以向上爬的手段,当上了校长。他那"正确"的进步路线赢得了必要的选票。

1987年3月18日,我在美国一次谈话中,说到拉丁美洲国立大学的危机,说到政治化和极端派如何降低了大学的学术水平,有些地方——比如我的母校——已经变成了某种不配称之为"大学"的玩意儿。这番话在秘鲁引起一场轩然大波,其中最强烈的抗议就来自那位"社会主义的天主教徒",这时他已离开校长的宝座,理由是学校里的问题弄得他快要"心肌梗塞"了。可是,他却义愤填膺地质问我怎么能够站在纽约的大都会俱乐部攻击一所秘鲁革命的人民大学呢?至此,似乎一切都是有联系的。不久后,美国鬼子的一所大学的学术委员会请我写一份关于此公学术资格的鉴定,因为他要争取该大学西班牙语教研室里的一席之地(当然是办成了),我实在惊讶至极。我想,他至今仍在那里任教,他是既在学术上长进又在正确时刻坚持正确的政治方向的活榜样。

这样的人的例子,我可以举出一百位,都是这种行为的变种:装出一副为公众服务的人格,装出以事业为重的思想、信念和价值观,与此同时却用私下的行为,快乐地戳穿这些假面。这样装假的结果,对于知识分子的生命来说,就是说话贬值,就是空洞的标语口号、夸夸其谈的胜利,就是思想和创造性成了陈词滥调。因此,绝非偶然的是:近三四十年来思想界毫无建树,但是却制造出一大堆与秘鲁现实问题毫不沾边的民众主义、社会主义和马克思主义的语言垃圾。

在政治领域,这一伪善作风的结果更为恶劣。因为那些把口是心非和思想欺骗变为一种生活方式的人,几乎绝对控制了秘鲁的文化生活。他们制造着供秘鲁人学习和阅读的几乎全部作品以及可以安抚青年一代好奇与不安的精神食粮。一切都在他们的掌握之中:国立及许多私立的大中小学,研究院和科研中心,杂志、文化副刊和读物。当然还有教材。保守派直到40年代或50年代还在文化界处于霸主地位——那一代出色的历史学家如劳尔·波拉斯·巴雷内切亚和豪尔赫·巴萨德雷、哲学家如马里亚诺·伊韦里科和奥诺里奥·德尔加多——但由于对任何文化活动的鄙视态度,早已失去战斗力,既没有造就出人才,也没有搞成足以抵挡左翼知识分子进攻的联合行动,结果后者于贝拉斯科将军独裁之日起就垄断了文化生活。

尽管如此,左翼思想界却有一位秘鲁卓越的思想先驱:何塞·卡洛斯·马里亚特吉(1894—1930)。在他短暂的一生中,他留下了数量惊人的传播马克思主义的文章,分析秘鲁现实的著述,文学评论和抨击时弊的政论,这些佳作以其敏锐的思想、往往是创见而令人赞叹;从这些作品中可以感到其思想新颖和声音独特,这些特点在后来自称其门徒的身上再也没有出现过。虽然人人都说"我是马里亚特吉派",从最温和的到最激进的都如是说("光辉道路"的创始人和领袖阿比维马尔·古斯曼称自己是马里亚特吉的弟子),中间经过马里亚特吉主义统一党的强调,但实际上,自从他给社会主义思想带来一个小小的高潮以后,秘鲁的社会主义思想就进入衰退时期,至军事独裁年代(1968—1980)达到低谷,那时思想界的辩论似乎只局限于这样两条路:左倾机会主义或者恐怖主义。

对于那段时间,特别是贝拉斯科将军上台的前七年里——1968年至1975年——秘鲁发生的事情,知识分子像军人那样有同等的责任,那几年对国内重大问题做出一系列错误决定,结果问题更加严重,把秘鲁迅速推向崩溃,后来的阿兰·加西亚更是雪上加霜。知识分子为用暴力摧毁民主制度大声喝彩,而这一制度不管是多么漏洞百出、效果不佳,毕竟允许多元政治、舆论批评、工会活动和享有自由。他们还借口"形式上"的自由是剥削的假面具,证明党禁、不搞选举、征收土地并实行集体化、将几百家企业收归国有、取消新闻自由和批评的权利、书刊检查法制化、没收所有的电视台、报纸和大批广播台、下令司法界必须服从并为政府服务、监禁或流放和杀害了成千上万的秘鲁人……统统都是有理的。那几年里，由于他们掌握了秘鲁全部的传媒手段，便大肆强调反对民主观念和自由民主的口号，还不遗余力地以革命的名义维护独裁统治的贪赃枉法与倒行逆施。当然，他们还破口大骂我们这些不同意贝拉斯科的马屁精们所说的"人人参加、个个自由的革命"的人，而我们当时没有讲坛可以还击。

　　他们中有少数人是出于天真才那样做的①，因为真的相信为消

---

① 他们之中应该包括卡洛斯·德尔加多，他是贝拉斯科执政时影响最大的文官，总统的演讲稿大部分是由他起草的。卡洛斯·德尔加多曾经是阿普拉党的领导人阿亚·德拉托雷的秘书，又是社会学家和政治学家，贝朗德·特里第一次执政时，阿普拉党与奥德里亚派达成协议，他便退出了该党。他支持军事政变，从思想上为该政权辩护，同时极力推动各项经济改革——工业一体化，农业改革，调控与补贴政策，等等——其中许多政策都是阿普拉党执政纲领的复制品。卡洛斯·德尔加多相信这一"第三种立场"，他对独裁的支持建筑在这一幻想之上：军队可以成为在秘鲁建立他所捍卫的民主社会主义的工具。在支援社会动员的体系内，卡洛斯·德尔加多周围聚集了一群知识分子——卡洛斯·佛朗哥、埃克托尔·贝哈尔、赫兰·哈沃斯基、海梅·略萨等人——他们赞成德尔加多的观点，其中大部分人像他一样抱着良好愿望，积极与军政权合作，推行国有化和对经济与社会生活的广泛干预政策。但是，对这些做法的批评，应该加以说明，尤其是对德尔加多，不能怀疑他的善良愿望，也不能怀疑他办事的一贯性和透明度，因此，我认为他是个可尊敬的人，并且可以同他争论问题——争论得很凶——而没有中断我俩的友谊。另外，还需说明的是，德尔加多借他的影响，尽了一切努力阻止共产党人及其亲信总揽政府大权，还利用自己的影响力所能及地减少践踏法纪的事情。当《假面》杂志被查封、社长恩基克·兹莱利被追捕时，他设法让我见到了贝拉斯科将军（我唯一的求见）；当我为这一查封和追捕事件抗议并要求解除禁令时，德尔加多支持了我。

灭贫困、不公和落后而渴望已久的改革是可以通过一次军事独裁实现的，因为与从前的军政权不同，这一次不谈什么"西方基督教文明"，而是说"社会主义与革命"。这些天真汉中，比如阿尔弗雷多·巴内切亚和塞萨尔·伊尔德布兰特很快就醒悟过来，马上加入到反政府集团中去了。但是，他们中的大多数人支持独裁不是出于天真和信念，而是像他们后来的行为所表明的那样是出于投机。他们是"应召男士"。这是秘鲁政府第一次召唤知识分子，给他们一星半点的权力。于是，他们毫不犹豫地扑到独裁政权的怀抱里，其卖力和勤恳的程度远在人家的要求之上。因此，贝拉斯科将军本人，一个说话并不刻薄的人，谈及政府里的知识分子时，把他们比作恐吓资产阶级的警犬。

的确，政府把知识分子的作用就降低到这一点：让他们从报纸、电台、电视台、各政府部门去狂吠和撕咬我们这样一些反对暴政的人。那几年在许许多多秘鲁知识分子身上发生的事情，给我造成了极大的精神创伤。60年代末，我便成了许多知识分子攻击的目标，但尽管如此，我感觉他们还是在一种信念和思想指引下做他们认为应该做的，捍卫他们正在捍卫的东西。贝拉斯科独裁统治的年代里，当我看到秘鲁知识分子中整整一代人都放弃信仰之后，我发现了至今仍然如此认为的事：对于绝大多数人来说，那些信仰只是让他们得以生存、求业、发达的策略。（在宣布银行国有化的日子里，阿普拉党的报纸大张旗鼓地散发胡利奥·拉蒙·里贝罗发自巴黎的愤怒声明，指责我"客观上站在秘鲁保守派一边"、"反对人民大众不可阻挡的进攻"。胡利奥是位自尊、自重、非常严肃的作家，此前一直是我的朋友，贝拉斯科独裁政权任命他为驻联合国教科文组织的外交代表，以后的历届政府无论民主的还是独裁的都一直维持这一任命，他本人总是不偏不倚，小心谨慎，听话地效力。不久后，何塞·罗萨斯-里贝罗，一个长驻法国的秘鲁极左分子，在《变化》杂志上著文①介绍胡利奥如何在巴黎与阿普拉党政府的其他官员四处奔走征集支持阿兰·加西亚和银行国有化的签名，发起人是定居在法国的一群"秘鲁知识分子"。是什么使得不问政治、持怀疑论的胡利奥·拉蒙·里贝罗变成了一位不合时宜的社会主义战士？莫非思想转变了？是维护外交官生涯的本能！这正是在他本人亲自让我了解到的，而又正是在他发表声明谴责我的日子里，通过他的出版商、我的女友皮尼利娅捎来的口信〔其结果比他的声明让我更难过〕："请你告诉马里奥·巴尔加斯·略萨，别介意我声明中反对他的那些话，因为那是形势所迫。"）

于是，我明白了不发达状态中最富戏剧性的一种说法。实际上，一个像秘鲁这样国家的知识分子，如果不采取革命的姿态，在公开场合的活动中——著述和公民行为——不表示自己是左派成员，那就没办法找到工作，没办法维持生计，在某种程度上没办法过知识分子的生活。为了能发表作品，为了能够提职称，为了拿到奖学金，为了公差旅行，为了得到免费出国邀请，他就必须表明自己与社会主义革命政权的象征和神话是保持一致的。凡是不听话的人就要被打入另册，这样便可以解释产生伪善的原因了。按照让-弗朗索瓦·雷韦尔的说法，伪善是"道德上的半身不遂"，人们一方面在公开场合重复这些自卫性的话——为确保生活地位的一种标记——另一方面则与他内心信仰并不一致，纯粹是英语中所说的"维持生计"的手段。但如果这样生活的话，就必不可免地出现思想和语言上的倒

---

① 详见1987年10月25日利马《独角兽》副刊，第5页。

错。所以，一部像埃尔南多·德·索托及其自由与民主研究所的写作班子的著述——《另一条道路》——会让我感到那样地欢欣鼓舞：秘鲁终于有了某种独立思考的东西，终于有了用独特的视角分析秘鲁问题的著作，终于打破了种种禁区和僵化的思维模式。但是，再次来到这个诺言不兑现的国家时，刚刚萌生的希望就落了空。

当我以为找到了秘鲁作家在独裁时期的地位（萨特后来称之为"处境"）时，我给《假面》杂志写了几篇文章，总标题是《廉价的知识分子》[1]；这一回有理由引起那些自认是廉价的知识分子对我的新仇加旧恨。阿兰·加西亚以其对此类行动的准确直觉招募了其中几人当猎犬，然后放他们出来，用他们娴熟的武器向我扑来。这些人在竞选期间扮演着重要角色，不遗余力地要让竞选活动降低到拆烂污的水平。

第一个被招募来的人——荒诞的悖论——是在《纪事报》社长的位子上给贝拉斯科忠实效过力的雇佣记者，关于此人，可以毫无顾忌地说，是秘鲁粪堆新闻学专业培养出来的最佳产品，他名叫吉列尔莫·托尔迪克。他利用那家报纸，带着一小撮从文学阴沟里掏出来的合作者（阿韦拉尔多·奥肯多除外，他是我年轻时的好友之一，我一直不明白他混在那堆人里做什么，因为那里都是米尔科·劳埃尔、劳尔·巴尔加斯、托马斯·卡哈迪约之流的鬼鬼祟祟的蹩脚写匠），时而拍拍独裁者的马屁，时而大肆诽谤反对派以坚决捍卫独裁者的行动，而书刊检查法和对传媒的控制则使我们不能还击。挨骂受害最重的人中，有阿普拉党人；贝拉斯科独裁政权在剽窃该党的大部分执政纲领的同时，还企图通过支援社会动员体系夺走该

---

[1] 收入《顶风破浪》第2卷，第143—155页。

党的群众。发生1975年2月5日事件时，一次警察罢工转变为群众性反政府的骚乱和军营及《邮报》①的纵火事件，托尔迪克领导的报纸把动乱的责任强加给阿普拉党，并且通过一场反阿普拉党运动毒化公众舆论；这一招对于一个在30年代就搞过反军人参政的阿普拉党来说，实在是巫婆捉鬼式的儿童游戏。

但是，仅仅几年以后，托尔迪克这个人物就站在《共和日报》——阴沟变报纸的最佳表演——的领导岗位上摇身一变为阿普拉党和阿兰·加西亚服务了，其热情和奸诈的手段与为贝拉斯科效力时并无二致。阿兰·加西亚大选胜利后，作为奖赏，派他出使华盛顿，花的是秘鲁纳税人的钱（他那和蔼可亲的妻子，任何人从来也不知道她同文化有过什么联系，居然被任命为驻美洲国家组织的秘鲁文化参赞）。在推行银行国有化的日子里，阿兰·加西亚总统迅速将托尔迪克从华盛顿召回，命他立刻开动毒化舆论的机器并对我们这些反对国有化的人展开一场肮脏的攻击战。一间"仇恨办公室"设置在克利温饭店的套间里。在托尔迪克的领导下，并经他亲手炮制，从那里向报刊、电台和电视台源源不断地流出针对我和我家属的最卑鄙下流的攻击、影射和指控（流言蜚语中，就有那贼喊捉贼的古老伎俩：我居然是个贝拉斯科分子）。感谢那些出乎我们意外的盟友，他们从阿普拉党内部揭露出有这么一个仇恨办公室在办公，《每日快讯》给它曝了光，还配发了一张托尔迪克正走出克利温饭店的照片，至此，他们的活动才有些收敛。后来，这个总是为主子辛勤效力的人物，为阿兰·加西亚出版了一部歌颂圣徒式的传记，阿兰·加西亚再次召他回秘鲁领导一份报纸——《自由之页》——它

---

① 详见拙文《革命与骚乱》，1975年3月6日利马《假面》杂志；后收入《顶风破浪》第1卷，第311—316页。

在选举前的最后几个月里扮演着可以想象得到的角色。(第一轮大选前的几天,有位妇女来敲我家的门,她敲了一次又一次,坚持要同我或帕特丽西娅说话。她解释说,只能向我俩暴露身份。最后是帕特丽西娅上前同她谈了起来。这位妇女出生在阿根廷,跟秘鲁人结了婚,她是托尔迪克的母亲。我们并不认识她。她来这里是要告诉我们,她为儿子在其主管的报社里干的勾当感到羞愧;她还决定大选中要投我的票,以示赔礼道歉;还说我们可以公布她的话。那时我们没有这样做,但现在我将其公布于众,同时感谢这一的确让我吃了一惊的建议。)①

这些并非趣闻故事,而是普遍现象,表明了影响秘鲁文化的那些事情的状况,并且给政治生活带来了恶果。关于第三世界的当代神话之一是:在这些往往深受腐败、专制、独裁奴役的国家里,知识分子代表着一块道德精神的净土,虽然面对统治者的残暴而无所作为,却是一种希望,是事情开始变化时可以发掘思想、价值观以及推动自由与正义向前发展所需人才的源泉。实际上,并非如此。秘鲁就是证明,特别证明了知识分子的软弱性和轻而易举地就会贪污受贿、厚颜无耻和野心勃勃,因为他们长期缺乏发展的机会,缺乏安全感,缺乏劳动手段,而需要产生实际影响时又无能为力。

当我投身于秘鲁的政治活动以后,便准备对付这些知识分子的同行,早在60年代末我与他们发生冲突时就了解了他们的本领。从那时起,我就成了他们发泄怨怒的靶子,表面上看是出于意识形态

---

① 从那时起,这个人物又以新的丰功伟绩充实了自己的档案。1990年,他领导一家同情图帕克·阿玛鲁革命运动恐怖组织的小报《阿尤》,疯狂攻击他的前主子阿兰·加西亚,拿出一大堆后者在台上时的暴行资料,耸人听闻地公布于众。现在(1992年9月),他在主持《国家报》,是一份为1992年4月5日藤森建立的独裁政权服务的报纸。

领域的原因，而实际上则往往是争强与嫉妒，当某人得到认可或曰有了成就，或者被那些面对种种困难而不能施展才干的人感觉到某人似乎有了成就的时候，嫉妒也是不可避免的。于是，我也准备应付那些长期以来我只阅读他们作品而绝不交往的秘鲁知识分子。

因此，我感到惊讶的是在知识分子同行中遇到了这样一些作家、教授、记者和艺术家，他们明知在其工作的环境中有被魔鬼化掉的危险，却在自由运动组织中团结一致，为我整个竞选活动帮了大忙。我说的不是像路易斯·米罗·克萨达·加兰或者费尔南多·德·西斯罗这样的朋友，我跟这两位从多年前开始就一道战斗了；我指的是像人类学家胡安·奥西奥、历史学家和出版家何塞·博尼利、散文家卡洛斯·苏苏纳卡和豪尔赫·吉列尔莫·略萨、小说家卡洛斯·托尔内以及一大批像这些人一样坚持为民阵的胜利而努力工作的朋友，还有几十位参加我们执政计划委员会工作的大学老师；还有那些虽然没有加入自由运动组织却在他们的文章和演说中给予我难以估价的支持的朋友，比如记者路易斯·雷伊·德·卡斯特罗、弗朗西斯科·伊瓜杜阿、塞萨尔·伊尔德布兰特、马里奥·米格里奥、海梅·贝利、帕特里西奥·里基茨和曼努埃尔·托尔内亚[1]；还有话剧导演和演员里卡多·布卢姆，每当需要他捍卫我俩的看法时，他总是非常坚定、勇敢和富于牺牲精神。还有像费尔南多·罗戈毕罗西和路易斯·巴萨拉这样的学者和像阿尔弗雷多·皮塔、阿隆索·奎托以及吉列尔莫·尼诺·德·古斯曼这样的青年作家，他们站在无党派人士的立场，有时还站在与我对立的立场，在竞选大

---

[1] 这后两位，作为民主记者的榜样，让我们感到痛心的是1992年4月5日以后转而坚决捍卫工程师藤森发动的政变了，而这一政变摧毁了秘鲁的民主制度。

战的轰鸣声中，以高尚的品德对待我的人格和言行。

就是在政敌中，也有几位知识分子的表现引起我的注意，因为根据我前面说过的理由，我不指望他们会品行端正，更不要说政治辩论进入白热化的时刻了，但亨利·毕阿塞就是为人正直的一例。他是大学教授、社会学家，曾任德国社会民主党资助的一所社会研究中心的主任，与阿方索·巴兰特斯密切合作，曾任利马市副市长，随后分道扬镳，各为左翼中两个派别的领袖，争夺总统宝座。亨利·毕阿塞的表现可以称为楷模，因为他领导着左翼中最激进的一群，恰恰是廉价知识分子成堆的地方。但他努力搞思想上的竞选，推动执政纲领时绝不搞人身攻击或者可恶的阴谋诡计；他在任何时候都表里如一、朴实无华，与他某些追随者的表现截然相反。另外，他个人的生活使我感到与他作为公众人物而写的文章和所捍卫的主张是始终如一的。这是我要同他一道搞和平进军的决定性因素。

和平进军之后，整个公众的注意力和我自己的活动都集中到市政选举上了。游行后的周末——11月4日和5日——我同胡安·因乔斯特吉和洛德斯·弗洛雷斯一道到坎特·奇戈、玛丽亚·奥乌西利亚多拉、圣伊拉翁、瓦斯卡尔以及乔西卡和恰戈拉卡约区里类似的贫民新村转了一遭。接下来的一个星期，我又出差去内部各省——阿雷基帕、莫克瓜、塔克纳和皮乌拉——参加十几次大会、游行示威和会见，以支持民阵的候选人。在市政选举前的最后几天，联合阵线中各种力量间的内部紧张状态似乎消失了；我们给外人的印象是理解和团结的，这预示着11月12日第一次选举中的战斗洗礼将有好结果。

但是，市政选举的结果并没有给我们带来民意调查公布的压倒性胜利。民阵获得了全国半数以上县市的胜利，可这个多数受到关键城市中失败的抵消，比如，在阿雷基帕，全国工农联合阵线的路易斯·卡塞雷斯·贝拉斯克斯再次当选；在库斯科，前左翼市长丹尼尔·埃斯特拉达取得广泛胜利；在塔克纳，前基民党成员蒂托·乔卡诺当选；特别是在利马，里卡多·贝尔蒙特以百分之四十五的得票率战胜了获百分之二十七的胡安·因乔斯特吉①。

我们刚一获悉选举结果，当夜就同因乔斯特吉一道去威尔逊大街的里维拉饭店，向贝尔蒙特表示祝贺，此时那里变成了竞选活动的大本营了。我站在贝尔蒙特和因乔斯特吉中间，面对挤满大厅的摄影记者和摄像师的镜头，举起二人的手臂，郑重地暗示：在某种意义上，这位"独立派人士"的胜利也是我的胜利，因乔斯特吉的失败也于我无损。阿尔瓦罗尽量努力让这一形象通过报刊和电视传播开来。

我在声明中极力突出了民阵"不可抗拒的胜利"，因为我们赢得了大利马市中三十个县长的位子（左派团结组织获七个位子，独立派两个，社会主义协议党一个，阿普拉党一无所获）。

但是，私下里，我们却为市政选举的结果深感不安：因为广大群众对现有的政治力量，无论左翼还是右翼都有一种冷淡情绪，近似不快；有一种把信任和希望寄托在可以代表某种区别现状的人的倾向。用不着别的方式便可以解释贝尔蒙特的极高得票率，他最主要的长处——除去电台和电视台节目主持人的名气之外——似乎唯一就是无派别和来自政界之外。更为严重的是，最近一次调查表明：尽管全国大选的投票意向继续有利于我，仍高达近百分之四十五，

---

① 落在后面的有：亨利·毕阿塞，属于左派团结组织，获票百分之十一点五四；阿普拉党候选人梅塞德斯·卡瓦尼利亚斯，百分之十一点五三；社会主义协议党候选人恩里克·贝纳莱斯，勉强到百分之二点一六。

但在最贫困的社会阶层里,却有越来越多的人把我看作那名誉扫地的政治集团中的一员。

我已经意识到需要做些什么以纠正这一印象,但我那时总想,最好的办法就是向秘鲁人民展示我的执政纲领。这个纲领将表明,我这个总统候选人是与传统政治做彻底决裂的。它很快要完稿了,我们马上有个机会将其公布于众,即行政长官年会。

有些话我提前说出来意在使人们看到里卡多·贝尔蒙特在利马市长选举上的胜利驳斥了那些在6月10日后仅仅用种族因素解释我失败原因的人。如果这种人的话是对的,就像许多评论家说的那样——包括麦克·马洛·布朗——①是因为仇恨那个"白种人",是因为种族团结的情绪使广大群众去投那个"中国人"(chinito)的票,因为他们感到——就像藤森工程师在第二轮大选时极力暗示的那样——"黄种人"比"白种人"(传统上总是把"白种人"与权贵和剥削者联系在一起)更接近印第安人、印欧混血人和黑人,那么如何解释这个红发碧眼的"洋鬼子"、这个白人贝尔蒙特取得的不容讨论的胜利呢?此外,据他本人预测,大批投他票的人属于中下层,即利马印第安人、印欧混血人和黑人所在的阶层。

我不否认种族因素会影响竞选活动——在秘鲁当然存在着与此有联系的隐蔽的仇恨和复杂的心理障碍,民族拼盘上的各个种族群体也与这一因素有关并深受其害。这个因素已经存在了,尽管我极力回避它和消除它,这一因素还是起了作用。但选举中的决定因素不是肤色——不在于我的还是藤森的——而是诸多原因的总和;种族偏见仅仅是其中一个因素罢了。

---

① 详见《咨询》第36期,1991年夏,第87—95页。

第十五章　胡利娅姨妈

1955 年 5 月底，胡利娅，奥尔加舅妈的妹妹，来到利马度假。不久以前，她刚刚跟她的玻利维亚丈夫离了婚，这夫妻二人曾经在高原上的庄园里生活了几年；离婚后，她到拉巴斯跟一位圣克鲁斯女友住在一起。

我童年时在科恰班巴就认识胡利娅。她是我妈妈的好朋友，经常来我们拉迪斯劳·卡布雷拉大街上的家；有一次，她借给我一部两卷本的浪漫主义小说——F. M. 赫尔（Hull）的《阿拉伯人》和《阿拉伯人之子》——我非常喜欢这部作品。我那时一直记得妈妈那位女友苗条、优美的倩影；我母亲和我几位舅舅都叫她"智利小疯鬼"（因为她虽然居住在玻利维亚，却像奥尔加舅妈一样出生在智利），因为她在豪尔赫舅舅和卡比舅妈的婚礼晚会上跳舞跳得非常起劲；当时，我和两个表妹——南西和戈拉兹——躲在楼梯底下偷偷地看着大人们跳舞直到深夜。

鲁乔舅舅和奥尔加舅妈住在米拉弗洛雷斯区的阿门达里斯大街

上的一处单元公寓里，距离克夫拉达很近，从二楼客厅的窗户望出去，可以看到耶稣会的神学院。那时我经常去鲁乔舅舅家里吃午饭或者晚饭；我记得，一天中午我从大学里出来正好赶上胡利娅到达那里，她正在打开行李拿东西。我认出来她那粗声大气、震耳的笑声、苗条的身材和修长的双腿。她跟我打招呼的时候，开了几句玩笑："天哪！你就是多丽塔的小儿子？就是那个科恰班巴爱哭的小娃娃？"她还问我从事什么工作。鲁乔舅舅告诉她：略萨不仅是文学和法律系的学生，还给几家报刊撰稿，甚至获得了一项文学奖。胡利娅听了大吃一惊。"可是你今年多大了？""十九岁。"她当时三十二岁，可是一点都不像，看上去既年轻又漂亮。我告辞的时候，她对我说，如果我的女朋友们给留点空闲时间，希望我哪天夜里陪她去看一场电影。当然了，由她来请客。

说实在的，很长时间以来我没有女朋友了。除去我和莱娥柏拉图式的恋爱之外，那几年我的生活全部投入到读书、写作、上课和搞政治上去了。我和女性的关系是友谊或者战友性质的，没有感情色彩。从皮乌拉出来以后，我再也没有进过妓院的大门，也没有任何爱情冒险活动。我并不认为这样的禁欲生活有什么压抑感。

我可以非常肯定地说——这从后来发生的一件事情也能够证明——我对胡利娅并没有一见钟情；告辞以后，我也没有怎么想她；就是在鲁乔舅舅、奥尔加舅妈家里连续又见到她两三次之后，我大概也没有爱上她。一天夜里，我们在路易斯·海梅·西斯内罗斯家里开过几个小时的秘密会议（经常举行）之后，我回到波尔塔大街上的住宅时，发现床上有外祖父写的一张纸条："你鲁乔舅舅说你是个野人，你已经答应胡利娅去看电影，可是你没有露面。"实际上，我把这件事忘得个一干二净。

次日，我赶忙跑到拉尔科大街上的一家花店，请他们给胡利娅送去一束红玫瑰并附上一张卡片，上面写道："深深的歉意"。当天下午，我下班之后从波拉斯教授那里出来去给胡利娅道歉的时候她已经不生我的气了，只是为我送她红玫瑰开了很多玩笑。

还是在那一天，或许是第二天，我俩就开始一起去看电影了，总是看夜场。而且几乎总是步行去电影院，我们常常穿过克夫拉达大街和那时还在的湖畔小动物园，去巴兰科电影院。或者去贝纳维德斯大街上的雷鸟罗电影院，有时甚至去科里纳，这意味着要走一个小时的路程。每次我俩都要为买票的事争执一番，因为我一直不肯让她买票。我们看墨西哥的故事片，看美国的牛仔和盗匪喜剧片。我们聊许多事情，我逐渐告诉她，我想当个作家，一旦有可能，我就要去巴黎生活。她已经不再拿我当小孩子对待了，但是可以肯定，她脑袋里也绝对没有想过什么时候我会超过眼下夜里空闲时陪她看电影的身份。

原因是：胡利娅来到利马不久，她周围就有不少人像苍蝇一样飞来嗡嗡叫了。其中就有豪尔赫舅舅。此前，他同卡比舅妈已经分居，后者带着两个儿子到玻利维亚去了。他俩的离婚让我感到非常难过，离异是我那位小舅舅拈花惹草、放荡不羁、丑闻百出的结果。自从他回到秘鲁开始给怀斯公司当普通职员时起，他就一天天发达起来了。后来在他担任一家建筑公司经理的时候，有一天他突然失踪了。次日上午，在《商报》的社会新闻版上，他的名字出现在开往欧洲的"海上女王号"的旅客名单中。他的名字旁边是一位西班牙贵夫人的名字，豪尔赫一直公开地追求这个女人。

这对家里人来说是奇耻大辱，卡门外婆为此痛哭不已。卡比舅妈动身去玻利维亚了。豪尔赫舅舅在欧洲待了几个月，整天花天酒地，过着帝王般的生活，最后，滞留在马德里，连回国的钱都没有了。鲁乔舅舅不得不创造出奇迹才把他弄回秘鲁来。回国以后，他没了工作，又分文无有，家庭也丢了，但是他有冲劲和能力，加上一副可亲的面孔，使他又一次东山再起。胡利娅正是在他又一次兴起的时候来到利马的。在追求并邀请胡利娅外出的人里，也有豪尔赫一份。但是，在道德和风气问题上决不让步的奥尔加舅妈，以豪尔赫轻浮、爱闹而将其拒之门外，将妹妹置于监督之下，这些做法让胡利娅常常哈哈大笑。她对我说："我头上又被戴上紧箍咒了，出门时要得到许可才行。"她还说，她不接受追求者们的邀请而跟马里奥①出去看电影，奥尔加可以松口气。

由于我经常在鲁乔舅舅家落脚，奥尔加舅妈和舅舅常常外出，便把我也一起带上，这种情况就把我变成了胡利娅的陪同。鲁乔舅舅喜欢赛马，我们有时就去跑马场；奥尔加舅妈生日那天，6 月 16 日，我们四个在玻利瓦尔饭店给她过生日，那里可以用晚餐，又可以跳舞。我跟胡利娅一起跳，有个舞曲中，我吻了她面颊一下；等她扭过脸看我的时候，我又亲了她一下，这一次是在嘴唇上。她一句话也没说，但是露出惊讶的神情，仿佛见了鬼一样。后来，我们坐上鲁乔舅舅的轿车回米拉弗洛雷斯区，我在黑暗中抓住她一只手，她没有躲开。

第二天，我去看她——事先我俩约定要去看电影——刚好家里一个人也没有。她半微笑半好奇地望着我，似乎我不是我，似乎不可能发生我亲吻她的事。在客厅里，她跟我开了一个玩笑："我已经不敢给你可口可乐了。来杯威士忌好吗？"

---

① 巴尔加斯·略萨的小名。——译者

我对她说，我爱上你了，你怎么对待我都行，但是再也不能拿我当小孩了。她告诉我，她一生干过许多冒险的勾当，但是这一回她不再干了。尤其是不能跟鲁乔的外甥、多丽塔的儿子一起干。她可不是勾引少年的坏蛋。接着，我俩就接吻了；后来，又去巴兰科电影院看晚场。我们坐在最后一排，从开演起就亲吻，直到电影演完才结束。

一个令人激动的秘密幽会时期开始了，在一天的不同时间里，在市中心的小咖啡馆里，或者在街区的电影院里，我俩时而低声细语地交谈，时而长时间地默默相望，两只手握在一起，心里总是害怕家里什么人突然出现在眼前。我俩相爱的地下状态和在鲁乔舅舅、奥尔加舅妈或者其他什么亲戚面前佯装无事的样子，给我俩的爱情加上了一种危险加冒险的作料，把我这样一个不可救药的情种变得格外多情。

我把发生的事情第一个袒露给与我形影不分的哈维尔。他在爱情方面的事也是头一个向我倾诉，我也一样。他长期以来的生活内容就是追求我的表妹南西，他经常邀请她外出，没完没了地给她送礼物；她美丽而娇媚，总是跟他玩猫捉老鼠的游戏。与我生死之交的哈维尔设法为我和胡利娅的恋爱提供方便，他一会儿组织我们去看电影，一会儿拉我们去看戏，另外无论什么情况总有南西陪伴着我们。一天夜里，我们去赛古拉剧场看莫里哀的《吝啬鬼》，是由鲁乔·科尔多瓦主演的；哈维尔无法对付他那巨大的天才，就买了包厢的票，这样剧场里任何人也就看不到我们了。

家里是否起了疑心？还没有。人们的怀疑是在6月底周末一次远足里发生的，那是去巴拉蒙卡庄园看望佩德罗舅舅的事。不知道由于什么原因，庄园里有个聚会，我们大家就成群结队地去了，有鲁乔舅舅和奥尔加舅妈，有豪尔赫舅舅——我不能肯定是不是还有胡安舅舅和拉乌拉舅妈——还有胡利娅和我。佩德罗舅舅和罗西舅妈尽最大努力把我们安排在他们的住宅里和庄园的客房里；于是，我们在那里愉快地玩了几天：我们去甘蔗园里散步，参观榨糖厂和周围的设备；星期六晚上举行了舞会，大家一直玩到吃早饭的时候。就在那天夜里，我和胡利娅大概有些疏忽，在互相注视、窃窃私语或者跳舞时引起了别人的嫉妒。豪尔赫舅舅突然闯进胡利娅和我坐着聊天的小客厅里，他一看到我们就举起酒杯高声喊道："未婚夫妻万岁！"我们三人大笑起来，但是一股电流穿过了小客厅，我感到不安，也觉得豪尔赫舅舅不安极了。从那时起，我就预感到要出事情。

回到利马，我和胡利娅仍然见面，白天偷偷在市中心令人紧张的小咖啡馆里，晚上则去电影院。但是，胡利娅怀疑她姐姐和姐夫已经嗅出了什么，这是从他俩望着她的那种方式中猜出来的，特别是当我去找她看电影的时候。或者我俩所有这些忧心忡忡的表现都是问心有愧的产物？

不，并非如此。一个偶然的机会让我发现了问题：一天夜里，我心血来潮想去胡安舅舅和拉乌拉舅妈家里走一趟，他们住在迭戈·费雷大街。我从街道上看到客厅里灯火辉煌，透过薄薄的窗帘，我看见整个家族的成员都集合在那里。除去我妈妈之外，所有的舅舅和舅妈都到齐了。我立刻猜出，我和胡利娅是这次秘密会议的缘由。我走进房间，刚一在客厅露面，他们急忙改变了话题。后来，南西表妹——简直吓坏了——向我证实说：她的爸爸、妈妈几乎要把她给吃了，问了她一大堆问题，一定要她说出："马里奥和胡利娅是不是在恋爱？"这个"瘦小子"居然跟一个离了婚的、大十二岁的女人谈情说爱，可把大家吓了一跳；于是，决定整个部落开会商讨对策。

我立刻猜出可能要发生的事情。奥尔加舅妈会把她妹妹打发回玻利维亚；大家会把事情报告给我的父母，让我的父母提醒我：你还是未成年的男子呢（那时，他们大多数人都已经达到二十一岁了）。当天夜里，我就去找胡利娅，借口是看电影；我求她跟我结婚。

我俩商定去米拉弗洛雷斯区的防波堤上散步，就走克夫拉达到萨拉萨尔公园那一段路，晚上那里总是没有人影的。防波堤下面，大海在咆哮。在潮湿的黑夜里，我俩手拉着手慢慢地向前走去，走几步就停下来亲吻一阵。胡利娅首先说了一番早在我预料之中的话：这是在发疯；我还是个半大小子，她可是个货真价实的女人；我还没有念完大学，也没有开始独立生活，连一份正经工作都没有，身无立足之地；因此在这种情况下结婚就是胡闹，任何一个有点头脑的女人都不会干这种蠢事。但是，她爱我，如果说我是个疯子的话，那她也一样。她说，马上结婚，绝对不能让他们把咱俩分开。

我俩说好了：尽量少见面，与此同时由我来准备私奔的事。第二天上午，我就行动起来了，对要干的事毫不迟疑，也不打算仔细想一想一旦拿到结婚证书我们将来怎么办。我去叫醒哈维尔，他那时住的地方距离我家很近，在波尔塔与七·二八大街拐角的一处公寓里。我把最新情况说给他听；他在问完必然要问的问题——这不是伟大的胡闹吗？——之后说：我怎么帮助你呢？需要在距离利马不太远的一个小镇上找一个镇长，请他给我们办结婚手续，尽管我还不到结婚年龄。这个镇子在哪里呢？谁是这样的镇长呢？这时，我想起来一位大学同学、基督教民主党内的同志：吉列尔莫·卡里约·马昌德。他是钦查镇人，每个周末他都带家里人回那里去。我去找他谈了；他向我保证说：没有问题，因为钦查镇的镇长是他的朋友；不过他宁愿先去了解一下，这样可以保险一些。几天以后，他到钦查镇去了，回来时很乐观。镇长本人亲自给我俩办结婚手续，我们私奔这个主意让他乐不可支。吉列尔莫还给我带来一张所需证件清单：身份证、照片和贴好印花的申请表。由于我的出生证明是保存在妈妈手里的，如果直接去要那就太冒险了；于是，我就去求我的朋友、圣马可大学的罗西塔·科尔彭乔，她帮我把我的档案弄出来做个复印件加以认证。胡利娅的证件总是带在身边的。

那段日子过得真是紧张，除去没完没了地四处奔走之外，还要跟哈维尔、吉列尔莫和我表妹南西激动地磋商；南西也成了我的同谋，我请她帮助找一间带家具的小房间或者一处公寓单元。当我把要结婚的消息告诉南西表妹的时候，她的眼睛睁得有灯泡那么大；她刚要惊叫出声，我连忙堵住她的嘴巴，对她说：必须马上行动起来，否则计划就要落空。她一直很喜欢我，一听我说完，立刻跑出去为我们找住处去了。两三天以后，她通知我：一位皮乌拉太太，是她在搞一项社会救济计划时的同事，在西斜街附近有一处别墅公寓，到月底可以腾出一个小单元。房租每月要六百索尔，略高于波拉斯教授付给我的工资。除此之外，我就得操心去弄我俩吃饭的钱了。

一个星期六的上午，胡利娅、哈维尔和我三人乘公共汽车前往钦查镇。吉列尔莫前一天到达那里迎接我们。我把自己在银行里的存款全部取了出来，哈维尔把他的存款也借给了我；这些钱大概可以支付这次冒险行动的开销了，我们估计此次行动需要二十四小时。按计划，我们应该直奔镇政府，在镇广场旁边的南美旅馆过夜，次日回利马。一位名叫卡塞伦的圣马可大学的朋友负责在那个星期六下午给鲁乔舅舅打电话，内容就是一句话："马里奥和胡利娅已经结婚了。"

到了钦查镇，吉列尔莫告诉我们，婚事被个意外事件耽误了：镇长中午有个饭局，由于事先他坚持要亲自为我俩主持婚礼，大家不得不等上几个小时。吉列尔莫说，还是先去吃午饭吧，由他来请客。小饭馆面对着钦查广场上遮阳的高大棕榈树林。饭馆里有十一二个人，都是男的，他们已经喝了好一阵啤酒了，因为有的已经打嗝了，有的喝醉了，其中就有那位年轻、可亲的镇长；他开始为新郎、新娘祝酒，不久就跑到胡利娅面前来阿谀奉承一番。我很生气，真想给他一个大耳光，但是想到实际利益我才忍耐住了。

当这顿可恶的中饭终于结束，我、哈维尔和吉列尔莫把个完全醉倒了的镇长架到镇政府的时候，又出现了一个新的麻烦。登记处的主任或者是副镇长，一直在为我俩的结婚手续做准备，这时说道：如果我拿不出父母同意这桩婚事的公证书，那我就不能结婚，因为我还是个未成年男子。我们一会儿恳求他，一会儿又威胁他；可他软硬不吃，绝不妥协。与此同时，那位处于半酣睡状态的镇长，半睁半闭着那玻璃状的眼睛，一面打着嗝儿一面漠然地听着我们的争论。最后，那位管登记的先生劝告我们去坦博-德莫拉试一试。那个地方可能不会有问题。这种事情到一个小村里可能办成；但是在钦查可不行，这里毕竟是省里的要镇啊。

于是，我们就在钦查周围的村子转悠起来，寻找那么一位通情达理的村长，这用去了整个星期六的下午、晚上和几乎星期日的全天。我至今回想起这件事来，还觉得它是某种折磨人的幻觉：破旧至极的老出租车拉着我们跑在尘土飞扬、坑坑洼洼的石子路上，道旁一会儿是棉田、葡萄园、养殖场，一会儿是突然出现的大海和一个又一个破烂的村政府。这些村长只要一看到我的年龄就把我们推出门外。在所有这些村长和副村长中，我至今还记得坦博-德莫拉的村长。那是一个高大的黑人，光着脚，挺着大肚子，哈哈大笑之后高声喊道："这么说是该您拐跑这位姑娘啦！"可是等他看完了出生证明之后挠挠头皮说："这事连门儿也没有呀。"

天黑的时候，我们又回到了钦查，既泄气又疲倦，决定明天上午继续寻找。那天夜里，我和胡利娅第一次做爱。房间狭小，有一扇蒂内派式的窗户，从屋顶上采光；墙壁上有一些胡乱张贴的色情画和宗教画。整个晚上都有醉鬼们的喊声和歌声从饭馆的酒吧和附近的酒店里传来，但是，我俩不理睬这一切，仍然幸福地互相爱抚并且发誓：即使全世界的村长都不肯为我俩办结婚登记，那也没有什么力量能够把我们分开。当我俩入睡的时候，阳光已经高高地照进了房间，上午嘈杂的人声已经可闻。

将近中午时分，哈维尔跑来把我俩叫醒。从一大早起，他和吉列尔莫就继续坐那辆老爷出租车在附近村庄里侦察，可是没有多大成效。但是，最后哈维尔找到了解决办法，他跟戈罗西奥·普拉多村长谈话之后，这位村长告诉他：只要我们把我的出生证明上的出生年月从1936年改为1934年，给我俩办结婚手续就没有什么不便之处了。有这两年，我就可以算是成年男子了。我们仔细看了看出生证，结果很容易：只要在"6"上加一竖就可以变成"4"了。我们立刻去戈罗西奥·普拉多，走的是一条布满尘土的小路。村政府已经关门了，不得不再等一会儿。

为了消磨时间，我们去参观使这个村庄出了名并且成为旅游热点的那位人物故居：修女梅尔乔里塔。她在不久前死在这所芦苇加泥巴的茅屋里，生前她一直在这里照顾穷人，修行祷告。人们认为她能用奇迹治病，能预言未来，能在灵魂附体时用奇怪的语言和亡人对话。墙上有张全身照片，一副混血女人的面孔围着粗布头巾，身上穿着长到脚跟的苦行衣，照片前面有十几根点燃的蜡烛，有几个女人跪在地上祈祷。村子很小，到处是沙土，村外有一大片空地，既是广场又是足球场，周围就是庄稼地。

村长终于来了，下午的时间已经过半。手续办得极慢，令人焦躁不安。当一切似乎已经齐备的时候，村长说，还缺少一个证婚人，因为哈维尔也是个未成年男子，没有资格当证婚人。我们跑到大街上，准备遇到头一个行人就劝说他给我们帮忙。附近一个小地主答应了我们的请求；但是，他想了一想之后说，连一杯为新娘、新郎祝贺的喜酒都没有，他怎么当证婚人呢？说罢，他就走了；过了时间仿佛永远停止的那么几分钟，他拿着贺礼回来了：两瓶钦查出产的葡萄酒。在村长给我俩讲解了作为夫妻的权利和义务之后，大家同证婚人一起干杯。

天黑下来的时候，我们回到了钦查镇；哈维尔立即动身去利马，任务是找到并安抚鲁乔舅舅。我和胡利娅在南美旅馆过夜。上床前，我俩去旅馆的小酒吧间吃些东西；突然之间，我俩不约而同地笑起来，因为我们发现我俩一直像阴谋家似的窃窃私语。

第二天上午，旅馆的服务员通知我有利马的长途电话。是哈维尔打来的，他惊慌极了。在回利马的途中，他乘坐的公共汽车为避开撞车而滑进路沟里去了。他与鲁乔舅舅的谈话"在一定程度上"还是不错的。可是后来，我父亲忽然出现在哈维尔住的公寓里并且拿手枪顶着他的心窝，逼他供出我俩落脚的地方，这时可把他给吓死了。他说："他简直像个疯子。"

我俩起床，赶到钦查广场去坐开往利马的长途汽车。这趟车要走两个小时,我俩手拉着手,目不转睛地互相注视着,既害怕又幸福。到了利马,我俩直奔阿门达里斯大街上鲁乔舅舅的家。他在楼梯口上接待了我俩。他亲亲胡利娅的面颊,指着卧室说:"去看看你姐姐吧!"他很难过,可是并没有责备我,也没有说我这事干得太疯狂。他要我向他保证:不要辍学,一定要大学毕业。我发誓说,一定大学毕业;另外,我虽然和胡利娅结婚了,但挡不住我会成个作家。

就在我们谈话的同时,我听到从远处紧闭的卧室里传来一阵阵胡利娅和奥尔加舅妈的声音,我觉得舅妈的嗓音很高并且还在哭泣。

从鲁乔舅舅家里出来,我到波尔塔大街的单元房去。外祖父母和姨外婆真是谨慎的模范。可是刚好我母亲在那里,结果听着她又哭又喊可就让人震动了。她说,这下子可把我的生活给毁了;她不相信我将来能当什么律师甚至外交官的誓言(当外交官是她对我的最大希望)。最后,她慢慢平静一些之后说,我父亲已经气疯了;她要我千万躲一躲,因为他真的能把我给宰了。他随身总是带着那把出了名的手枪。

我洗了澡,迅速穿好衣服,准备去看看哈维尔;刚要出门,警察局送来一张传票。这是我父亲到米拉弗洛雷斯区警察局干的事,他要求警察传讯我去局里说清是否真的已经结婚,在什么地方办的手续,新娘是何许人士。询问我的民警命令我一句一句地回答他的问题,与此同时他用两个指头狠命地敲打着一架笨重的打字机。我说,的确,我已经跟胡利娅·乌尔吉蒂·伊利亚内斯女士结了婚;但是,我不想说明在哪个村政府办的手续,因为我担心我父亲会让这桩婚事作废,我可不想为他这一企图提供方便。那位民警亲切地提醒我说:"他要干的是控告胡利娅教唆未成年男子犯罪。""他来我们这里报案时就是这么说的。"

走出警察局，我去找哈维尔；我们向一位皮乌拉的律师、哈维尔的朋友请教。这位律师非常乐于助人，连咨询费也不肯收。他告诉我们，更改出生日期不会使婚事作废；但是，如果经法庭审理的话，可能成为作废的理由。假如不经法庭审理，两年以后这桩婚事就是无懈可击的了。但是，我父亲可能会控告胡利娅勾引未成年男子，尽管我已经是十九岁，任何一位法官也不会认真看待这个年龄。

那些日子过得真是既困难又荒唐。我仍然住在外祖父母家里，胡利娅住在奥尔加舅妈家；我去看我那新婚的妻子时，只能待上几个小时，同结婚前一样。奥尔加舅妈依然像从前那样热情地接待我，但是一天夜里，她的脸色很难看。通过我母亲，我父亲给我送来威胁性的口信：胡利娅必须出国，否则承担一切后果！

第二天或者是第三天，我收到父亲一封信。其口气既凶狠又疯狂。他只给我短短几天的时间让胡利娅自动出境。此前，他已经同奥德里亚政府中一个部长谈过话；此人是他的朋友，这位部长向我父亲保证：如果胡利娅不自动出境，政府将宣布她为不受欢迎的人，把她驱逐出去。这封信越往下读就越不能让人忍受。到了末尾，除去连篇的粗话，他说，假如我不听他的话，他就会像打死一条疯狗那样把我杀死。在签名后面，他还用附言的形式补充说，我可以到警察局去要求保护，但是这挡不住他向我连开五枪。他又签了一次名，以证明决心之大。

我们同胡利娅商量怎么办才好。我有几个不可能实现的想法，比如两人一起出国（可是怎么弄护照呢？又到哪里去借钱呢？），或者，躲到某个我父亲鞭长莫及的省份去（依靠什么生活？找什么样的工作？）。最后，她提出一项切实可行的办法来。她去智利，住到她外祖母和舅舅家里。只要我父亲的火气一消下来，她就回来。与此同时，我可以再找一些其他挣钱的途径并且设法租个公寓单元房。鲁乔舅舅讲了一些理由，支持这个计划。我真是又愤怒又难过，又感到无能为力，大哭一场之后，不得不接受胡利娅离去的办法。

为了给胡利娅买去瓦尔帕莱索①的机票，我几乎卖掉了全部衣裳，把打字机、手表和一切可以典当的东西典当在利马市政府后面的当铺里了。胡利娅动身的前夕，奥尔加舅妈和鲁乔舅舅非常同情我俩，吃过晚饭后就悄悄地退场了；这样，我就可以和我的妻子单独在一起了。我俩做爱，我俩抱头痛哭，互相保证每天写信。整整一宿我俩没有阖眼。黎明时分，我和奥尔加舅妈、鲁乔舅舅去利马东博机场为她送行。那天是利马冬天典型的清晨，看不见的雨雾把一切弄得湿漉漉，这种雾给麦尔维尔②留下了深刻印象，它把房屋、树木和人影都变了形。当我站在候机楼的平台上望着胡利娅向即将带她去智利的飞机舷梯走去的时候，我的心在愤怒地咆哮，几乎无法抑制自己的泪水流出。什么时候我才能再见到她呢？

从那天起，为了找到能够让我独立成人的工作，我进入了拼命活动的时期。此前，我已经有了波拉斯教授给我的工作以及《旅游》杂志给我的稿费。通过路易斯·洛埃萨——他在了解了我这段游戏式的婚史之后，发了一通令人不快的议论，说沉默而不讲究实际的英国婚姻要比没有章法和俗气的拉丁民族婚姻高明得多——的帮助，我在《商报》的《星期副刊》上占据了每周专栏的一席之地，这个副刊上的文学版是由阿韦拉尔多·奥肯多主管的。他是洛埃萨的密友，大概也就是从那时起，我也成为他的好朋友。阿韦拉尔多委托

---

① 智利一城市。——译者
② Herman Melville（1819—1891），美国作家。——译者

我每周去采访一位秘鲁作家，由亚历杭德罗·罗穆阿尔多用精彩的素描做插图，为此每月付给我几千索尔。路易斯·海梅·西斯内罗斯很快为我找了又一份工作：撰写《公民教育》手册，是天主教大学为考生准备的复习教材之一。尽管我并不是天主教大学的人，路易斯·海梅想办法说服了该校校长把这本书的撰写任务交给了我（这是我出版的第一本书，虽然它从来没有在我的著作目录上出现过）。

波拉斯教授那方面也很快为我找到了两份既舒适、酬金又体面的工作。同教授的会面着实让我吃了一惊。我刚一开始向他解释我这两三天缺席的原因，他就打断了我的话："一切我都知道了。你爸爸来找过我。"他停顿了片刻，巧妙地跳过了难以启齿的部分，继续说道："他很是紧张。是个脾气急躁的人，对吗？"我极力想象他们的见面会是怎样的情景。"我用能够打动他的道理安慰了他一番。"波拉斯教授眼里流露出精明的目光，谈到坏事部分时这样说道："不管怎么说，巴尔加斯先生，结婚终归是男子汉成熟的表现。证明您儿子有男子气概。并没有那么可怕嘛！如果他吸毒或者搞同性恋岂不更糟，您说对吗？"教授肯定地说，我父亲离开科里纳大街的时候似乎平静多了。

波拉斯教授说："你没有事先跑来告诉我你的打算是对的。因为我可能会打掉你脑袋里的这个荒唐念头。可现在既然木已成舟，那就应该给你弄些正规的收入。"

他立刻行动起来，其慷慨热情如同他将学问倾注在学生身上一样。第一份工作是给民族俱乐部图书馆管理员做助手，这个俱乐部是秘鲁贵族和政治寡头集团的象征性机构。俱乐部主席名叫米盖尔·穆西卡·加略，是个打猎迷和黄金迷，他让波拉斯以图书馆管理员的身份进入领导委员会；我的工作就是每天上午两小时在图书馆设有英国式和桃心木家具的漂亮大厅里给新购进的图书做卡片。可是，因为很少买书，我就可以把这两小时用到读书、做功课和写文章中去了。说真的，1955年至1958年期间，在民族俱乐部那豪华、宁静的环境中，我每天利用那两个小时阅读了很多东西。这个俱乐部的图书馆相当不错——确切地说是一度不错，因为后来有个时期削减了预算经费——有一套情爱方面的精装书籍；我阅读了其中的大部分，有些至少翻阅了一遍。我特别记得由阿波利奈尔①主编的那套《爱情大师》，他往往亲自作序；通过这些作品，我了解了萨德②、阿雷蒂诺③、安德列亚·德·内西亚特④、约翰·克莱兰⑤；还有其他许多作家，其中印象最深的是具有特色、写单一题材的雷斯蒂夫·德·拉·布勒东（Restif de la Bretonne），这是个很任性的人，他非常勤奋，从对女性的恋足癖开始，在他的小说和自传中，重建了所处时代的世界。阅读这些书籍是非常重要的，在一个很长的时期里，我认为性欲在社会领域和艺术领域是反叛和自由的同义词，是文学创作的奇妙源泉。这至少在18世纪，在那些"放荡不羁"（由于这个说法容易令人想起罗歇·瓦扬，他不说"淫荡的人"而说是"向上帝挑战的人"）的人的作品和态度中是如此。

但是，不久——也有好几年——我才明白：以现代放纵的生活为开端，随着今天工业、开放社会的到来，性欲改变了标志和内容，成为一种最为商业化、最为顺应时尚、最为常规的制成品，而几乎

---

① Guillaume Apollinaire（1880—1918），法国作家。——译者
② Marquis de Sade（1740—1814），法国色情文学作家。——译者
③ Pietro Aretino（1492—1556），意大利作家。——译者
④ Andrea de Nerciat（1739—1800），法国作家。——译者
⑤ John Cleland（1709—1789），英国小说家。——译者

又总是艺术极端贫困的产物。但是,我在民族俱乐部那被人遗忘的书架上所发现的优秀色情文学,对我的创作产生了影响,在我的作品中留有痕迹。另外一方面,知识渊博的雷斯蒂夫帮助我理解了虚构小说的一个基本特点:虚构是为小说家按照自己的模样重建世界、根据自己内心的秘密欲望精明地重新组合世界服务的。

波拉斯教授为我找到的另一份工作可是有点阴森可怕:给利马的祭司神甫侨民公墓中最古老的坟茔做墓碑卡片,因为有关的登记资料早已经散失(这处公墓的管理工作由利马的公共慈善机构负责,那时还是个私人机构,波拉斯教授是领导成员之一)。这份工作的好处是,我可以一大早晨起来去干,也可以下午晚一点去干,工作日或者节假日都可以,时间长短也是可以随意的。公墓管理处的主任根据我做好的墓碑卡片数量发给酬金。通过这份工作,我每月可以拿到五百索尔。哈维尔有时陪着我在坟墓中间转来转去,他拿着我的记录本、钢笔、梯子、刮铲(有时为了刮掉墓碑上的泥土)和手电——如果赶上天黑可以照明。管理处主任是个和蔼可亲、健谈的胖子,他一面计算亡人卡片和我的工作量,一面给我讲述每届总统在国会举行就职典礼的趣闻逸事,因为他从儿时起每次典礼必到。

不到两个月的时间,我一共有了六份工作(一年后,达到七份,因为我又进入泛美广播电台工作了),从而工资增加了五倍。每月有了三千或者三千五百索尔的收入,如果再找到一处便宜的住房,那我和胡利娅就有可能一起生活了。非常幸运的是,人家答应南西的那套小单元房这时空出来了。我去看了,很满意,决定租下来;那位皮乌拉太太埃斯佩兰萨给我保留一个星期,这样我用上全部工资收入就可以交上住房押金和第一个月的房租了。这套小单元在一幢黄褐色别墅公寓里,房间都很小,仿佛玩具一样,地点在波尔塔大街的尽头，街道狭窄，一道与西斜街相隔的大墙截断了去路。这套小单元包括两个房间、一个厨房和一个洗手间，里面都很小，一次只能容纳一人，而且还要收缩肚皮。房间虽小，家具也简单，那悦目的窗帘、屋前那碎石铺路和种满天竺葵的小小院落却使人感到十分亲切可爱。南西帮助我打扫和布置了一番，准备迎接新娘的到来。

自从胡利娅走后，我俩每天都给对方写一封信。我天天都去卡门外婆那里，她把信交给我的时候，一面诡秘地笑着开玩笑说："这是谁的信呀？谁的呀？""谁给我的外孙孙写这么多的信呀？"胡利娅去智利四五个星期以后，上述工作我全都办成了，于是，我给父亲打电话，要求跟他见面。早在我俩结婚之前，我就没有见过父亲；后来我也没有答复他那封恐吓信。

去他办公室的路上，我非常紧张。这是我生平第一次决心告诉父亲：您开枪好了，但是现在我能够养活我的妻子，我再也不能跟我的妻子两地分居了！但是，在我内心深处还是很害怕，就怕到关键时刻我失去勇气，让他的愤怒给吓瘫了。

可是我同他谈话时看到他惊人地平静和理智。从他说出来的事情和有意回避说的话来看，我一直猜想，他跟波拉斯教授那次谈话——我和他都丝毫没有提及——有了效果，帮助他最终不得不接受这桩未经他同意的婚事。在我给他说明我已经找到的每份工作、全部收入和保证我足以维持生计的时候，他脸色极苍白，一言不发地听着。另外，我还说明，尽管有这么多工作，但其中有些可以晚上在家里做，所以能够去大学上课并且参加考试。最后，我用力咽了口唾液说道，我已经跟胡利娅结婚了，再也不能让她一人孤零零地在智利，而我在这里、在利马，继续两地分居了。

他一点也没有责备我，而是像个律师那样跟我谈话，还使用一些他详细打听来的法律术语。他手里拿着一份我在警察局里声明的复印件,指给我看他用红笔画出的句子。由于我承认了只有十九岁就结了婚,所以自己把自己给出卖了。仅此一点就足以控告这桩婚事无效了。但是,他不打算这样做。因为,虽然我结婚是干了一件蠢事,但无论如何,是男子汉的事,是有种的表现。

接着,为了使用一种从来没有用过的和解口气,显而易见,他做了努力,突然开口劝我:不要因为结婚就放弃了学业,毁坏了前程,放弃了未来。他相信只要我不再干傻事,我会很有出息的。过去他一直对我十分严厉,那也是为了我好,是为了纠正略萨家族出于溺爱给我养成的坏毛病。但是,与我以前的看法不同的是,他是爱我的,因为我是他的儿子,一个父亲怎么会不爱自己的儿子呢?

正当我惊惶失措的时候,他张开了双臂,要我拥抱他。我拥抱了他,但没有亲吻,为这次会面的结局感到迷惑不解,可我还是说了一些感谢的话,其方式尽量让他不觉得虚伪。

(发生在1955年7月底或8月初的这次会面,标志着我从父亲的统治下终于解放出来了。尽管他的影子一定会陪着我走进坟墓,尽管直到现在有时突然回忆起在父权下生活的那些年代中的某个场景或者某个形象,会让我产生一瞬间空荡荡的感觉,我们从那时起却再也没有争吵过。至少没有当面争吵过。实际上,我们很少见面。无论是他和我都在秘鲁生活期间——到了1958年我到欧洲去了,他和我母亲去了洛杉矶——还是我们恰巧都回利马或者我去美国看望他们的时候,他多次在言谈话语中有所表示,积极主动缩小距离,消除过去的记忆阴影,以便建立我们之间从未有过的亲密关系。但是,我作为他的儿子却自始至终没有响应他的行动;虽然我总是在他面前尽量表现得有教养,却从来没有向他表示比现在更多的敬爱

[也就是说没有敬爱]。我儿时那可怕的怒火,对他熔岩般的仇恨,随着这些年岁月的流逝而逐渐消失了,特别是我渐渐发现他和我妈妈在美国初期的艰苦生活,他俩在那里像普通工人一样地拼命工作的时候——我母亲在纺织厂干了十三年的纺织工,我父亲在鞋厂当工人——后来他俩又在洛杉矶一处犹太教堂当看门人和警卫。实际上,就是在他俩刚到美国难以适应的日子里,我那倔强的父亲也不肯向我求援——他也不让我母亲向我伸手,除了他俩来秘鲁度假时我给他们买飞机票例外——我想他仅仅到了晚年才接受了我弟弟埃内斯托的帮助,住进了在帕萨迪纳给他准备的一处单元房。

每当我们见面时——每两年,有时是三年见一次,每次总是短短的几天——我们的关系是文明礼貌的,但却是冷冰冰的。对他来说,他一直无法理解的是:我怎么会通过自己的作品而成为名人的;他不明白怎么会经常在《时代》周刊和《洛杉矶时报》上看到我的照片和名字;这当然让他感到高兴,但同时也让他感到困惑不解,因为我们从来也不谈我的小说如何,直至我们最后那次争论,那以后我们就中断了一切联系,直到他1979年1月去世。

那是一次我们没有见面、没有交谈、距离万里之遥发生的争执,起因是《胡利娅姨妈与作家》的问世,在这部小说里有许多自传成分的故事,其中叙述者父亲的行为方式与我跟胡利娅结婚时我父亲的相同。这本书出版了相当一段时间以后,我忽然收到父亲一封信——当时我住在英国的剑桥——信中他感谢我在小说里承认他对我的严格要求是为我好,"因为父亲一向是爱我的"。我没有回信。不久以后,我给在洛杉矶的母亲打电话的时候,她说,我父亲想跟我谈谈《胡利娅姨妈与作家》,这让我吃了一惊。我预感到他又要下达什么圣旨,就在他拿到电话之前跟母亲告辞了。几天后,我又收到他一封信,里面口气粗暴,指责我心怀嫉恨和在书中诽谤了他,而没有给他辩护的机会,责备我不是个基督徒,预言上帝要惩罚我。他警告我:他要在我的熟人中散发这封信。果然,几个月后和随后的几年里,我陆续得知,他寄出几十、可能几百封复印的信给我在秘鲁的亲戚、朋友和熟人。

我再也没有见到他。1979年1月,他和我的母亲从洛杉矶回利马度假。一天下午,我的表妹希安尼娜——佩德罗舅舅的女儿——给我打电话说,我父亲在她家吃午饭的时候突然失去知觉。我们叫了一辆急救车,把他送进了美洲诊所,到那里的时候他咽了气。那天夜里,守灵的时候,前来太平间向他遗体告别的只有这个略萨家族的舅舅们、舅妈们和外甥们;他曾经是那样厌恶这个家族,到了他晚年终于同这个家族和解了,在他不时地来秘鲁做短期旅行时,也拜访这个家族的成员,并且接受他们的邀请了。)

我万分激动地离开了父亲的办公室,去给胡利娅打电报,告诉她流亡生活已经结束,我很快就给她寄飞机票款去。接着,我跑到鲁乔舅舅和奥尔加舅妈家里把这个好消息告诉他俩。那时,虽然我肩负着那么多工作因而忙碌至极,但只要一有空闲时间,我就跑到鲁乔舅舅家里去吃午饭或者晚饭,因为跟他们我可以谈谈我那被流放的妻子,这是我当时唯一感兴趣的话题。奥尔加舅妈终于也接受了她妹妹的婚事已经不可逆转的思想,因此很高兴我父亲能够同意胡利娅回来。

我立刻考虑给她买飞机票的方案。当我正在想如何用分期付款的方式或者从银行借款的方式买票时,我接到了一封胡利娅的电报,她通知我次日到达。因为她卖掉了手中的首饰,赶在我的想法前面了。

我同鲁乔舅舅、奥尔加舅妈一道前往机场迎接她。一看到胡利娅出现在来自圣地亚哥的旅客中间，奥尔加舅妈说了一番让我非常高兴的话，因为这表明家庭环境正常化了："你看，为了重逢你媳妇打扮得多漂亮！"

的确，那天对我和胡利娅来说真是幸福极了。波尔塔街上那个小单元房收拾得整齐、清洁，摆上了欢迎新娘的鲜花。前一天，我已经把我的全部书籍和衣裳都搬了过来，因为我怀抱着在自己家里（一种说法）终于开始过独立生活的期望。我原来就打算读完大学，读完现在正进修的两个系的课程，而不仅仅是因为我向家里这样保证过。还因为我确信，仅仅凭着这两张文凭将来我也可以过上起码舒适的生活，以便全力投入到写作中去；因为我想没有文凭就永远也去不了欧洲，去不了法国，这可是我生活的中心计划。我以前所未有的决心要努力成为作家，并且坚信如果不离开秘鲁、不去巴黎生活就当不上文学家。这个想法，我跟胡利娅说过一万遍了；她这个人很果断，而且喜欢新奇事物，因此带着我向前冲：对，对，先毕业，然后申请人民银行和圣马可的奖学金去西班牙读研究生。下一步咱们就去巴黎，把你脑袋里的那些小说都写出来。她一定给我帮忙。

从第一天起，她就给了我许多帮助。没有她的帮助，我不可能完成七项工作，不可能有时间去圣马可上课，不可能完成老师们规定的作业；仿佛这些事情并不多，还写出了相当数量的短篇小说。

现在，当我重新排列那三年——1955年至1958年——的工作时刻表的时候，我惊呆了：当时怎么可能干了那么多事情，加上阅读了那么多书籍，结交了像路易斯和阿韦拉尔多这样出色的朋友，有时还要去看看电影，还要吃饭和睡觉呢？每天的时间安排在纸上都容纳不下了。可是当年我安排好了；虽说那时疲于奔命并且经济拮据，那几年却过得激动人心，充满了日日更新、发财的理想；的确，那几年我丝毫不后悔自己匆匆忙忙的婚事。

我想胡利娅也是不后悔的。我俩相亲相爱，互相让对方高兴；尽管在去欧洲之前、在利马的三年里，家务事上难免有摩擦，我俩的关系是丰富多彩的、互相激励的。因为我追溯往事而产生的醋意是产生争吵的原因之一，当我发现胡利娅曾经有过一段浪漫史的时候，我感到心里有一种荒唐而折磨人的狂怒；尤其是发现她在离婚之后来到利马的前夕还曾经狂热地爱上过一个阿根廷歌手时，我就越发地按捺不住了，因为这个家伙到了拉巴斯以糟蹋女性闻名。出于一种神秘的原因——现在这件事让我感到可笑，可那时却把我给折磨苦了，并且为此也让胡利娅感到十分痛苦——我妻子与那位阿根廷歌手的爱情故事，是出于她那质朴的性格而在我们婚后不久讲给我听的，但是却往往不能让我安心入眠，而且常常让我感到事情虽然过去了，但对我俩的婚姻却是一种威胁、一种危险，因为有人偷走了胡利娅生活的一部分，而这一部分又永远是我不可企及的，为此会永远不能使我们得到完整的幸福。我总是要求她详详细细地把那个爱情历险记讲给我听，因此有时就发生激烈的争吵，而最后又总是以亲热的和解告终。

可是，我俩还经常娱乐消遣。当一个人几乎没有时间和金钱去娱乐消遣时，不管这些娱乐的次数是多么稀少又多么简单，却有一种妙不可言的牢固性，却能产生一种那些任意享受的人所不了解的快乐。我还记得，有时到了月底我俩去埃斯佩兰萨德国餐厅吃午饭时那种儿童般的激动心情，那里会做味道鲜美的火腿煎蛋，为吃这顿饭我们提前好几天做准备。或者有时晚上去吃比萨饼、喝葡萄酒，那比萨店是一对瑞士夫妻刚在西斜街开业的,原来那里是间简陋的车房,几年以后变成了米拉弗洛雷斯区有名的餐厅之一。

电影院是我俩每周至少要去一次的地方。我们都喜欢看电影。与看书不同的是,如果遇到坏书,除去厌烦之外还会让我生气,因为坏书浪费了我的宝贵时间;坏电影我却能好好忍受,除非故意胡编乱造之外,它们会让我感到开心。因此我俩不管上演什么都去看,特别是玛利亚·费利克斯、阿图罗·科尔多瓦、阿古斯丁·拉腊、埃米利奥·图埃罗、米尔塔·阿吉雷等人表演的墨西哥轻歌剧片,我和胡利娅都别有用心地偏爱。

胡利娅是个出色的打字员,因此我就把公墓里抄来的亡人名单请她给誊清;她交回来的卡片都是整整齐齐的。她还替我誊清准备在《商报》《旅游》杂志和《秘鲁文化》杂志上发表的采访和文章,那时我刚刚开始给《秘鲁文化》写每月专栏文章,是关于19、20世纪秘鲁思想家和政治家的内容,专栏的题目是:"人物、书籍和思想"。在两年多的时间里为这个专栏写文章是一件非常愉快的事情,因为借助波拉斯教授的书房和民族俱乐部的图书馆,我可以读到从桑切斯·卡里翁·比西尔开始,经过冈萨雷斯·普拉达,直到何塞·卡洛斯·马里亚特吉和里瓦·阿圭罗的几乎全部作品;冈萨雷斯·普拉达运用闪烁着帕尔纳斯派光芒的优美散文,以无政府主义为武器,对各种政治制度和各类政治领袖的猛烈抨击,的确给我留下了极深刻的印象。

阿韦拉尔多委托我每周为《商报》的《星期副刊》所做的采访是很能说明秘鲁文坛情况的,尽管有些采访有时令人失望。第一个采访对象是何塞·玛利亚·阿格达斯。那时他还没有发表《深沉的河流》,但是这位创作了《血的节日》和《钻石与火石》(刚刚由梅西亚·巴卡出版）的作者，作为文笔抒情优美、深刻了解印第安世界的文学家，身边已经有一群崇拜者了。他的胆怯和谦虚使我感到惊讶，更让我惊讶的是他很不了解当代文学的情况，以及他的种种顾虑和犹豫。他要我把写好的采访给他看一看，他改正了几个地方；后来，他写信给阿韦拉尔多，请求不要发表这篇文章，因为他不愿意由于这篇采访而使别人感到痛苦（有几处地方影射他的异母兄弟在童年时对他的欺辱）。他的信寄到编辑部时，那篇采访已经上版了。阿格达斯没有为此生气；后来他给我寄来一个热情的短笺，感谢我在文章中写的那些关于他为人为文的好话。

我记得通过这个专栏我采访了那时只要在秘鲁发表过至少一部长篇小说的全部作家。从老一辈的活古董恩里克·洛佩斯·阿尔武哈尔开始，这位老人住在圣米格尔的小住宅里，他时时搞错人名、日期和书名，称呼七十岁的人为"那些小伙子"；直到最年轻的作家埃莱奥多罗·巴尔加斯·毕古尼亚，此人常常在开会时打断别人的讲话，高声喊出他的口号："生活万岁！他妈的！"他在发表了优美的散文集《纳乌茵》之后，就至少神秘地从文坛上销声匿迹了。当然这中间还有可亲的皮乌拉人弗朗西斯科·维加斯·塞米纳里奥，又名阿图罗·埃尔南德斯，即《萨伽马》的作者；还有几十个多种题材的男女作家，有写土生白人的，有写土著人的，有写混血人的，有写风土的，有写黑人的；这些作品总是读了一点就被我扔到一旁去了，从写作技巧上看，特别是从结构故事的角度看，这些小说是太老了（不是古老，而是陈旧）。

那个时期，福克纳的作品让我感到眼花缭乱，我被他的小说技巧给迷住了，他的作品凡是能够弄到手的，我都用一种诊断的眼光去阅读，去观察作者的视角如何转换、如何组织时间、叙述者的作用是否连贯、技巧上不连贯或者笨拙之处——例如，形容词修饰过多——是否破坏（阻挠）真实性。对所有我采访的长、短篇小说家，我都询问有关叙事形式和对技巧的关心程度，可他们的回答因为都蔑视那些"形式主义"，所以让我感到泄气。有人还加上一个那是"洋化的形式主义""欧洲化的形式主义"；还有人甚至用所谓"乡土"来讹诈："对我来说，重要的不是形式，而是生活本身。""我用秘鲁的国粹给我的文学以营养。"

从此，我就恨起"乡土"这个词来，因为那时有许多作家和评论家常常把这个词挂在嘴巴上，作为每个秘鲁作家的最大文学美德和责任。写"乡土"题材的意思就是写扎根于大地深处、自然风光、风土人情，特别是安第斯山的风情，就是谴责山区、森林和海边的权贵政治和封建主义，运用白人强奸农妇、花天酒地的地方当局的偷盗行径、布道时让印第安人忍耐的狂热而堕落的神甫等等可怕的故事。从事和提倡这个"乡土"文学的人们，没有意识到这一文学刚好与自己的初衷相反，是世界上最为常规和听话的东西，是一系列用机械方式重复制造的老俗套，里面的民间语言既过分修饰又过分讽刺，加上结构故事的懒散，便完全扭曲了他们试图伸张正义所运用的历史——批评证据。作为文学作品，它们的可读性很差，作为社会文献来看，它们又是骗人的；因为实际上，它们是用粉饰、空洞和奉承的话语对复杂现实的歪曲。

"乡土"这个词，对我来说，就是文学领域不发达和乡土观念的标志，就是那种天真汉对作家才能肤浅和低级的解释；那种天真汉认为只要发明好"题材"就能写出好小说，因为他们还不懂得：一部成功的小说是思想勇于探索的结果，是一种语言劳动，是要发明叙事程序、时间的安排、动作、介绍情况和沉默的劳动，一部虚构小说的真实与虚假、动人与可笑、严肃与愚蠢，完全取决于上述劳动。那时我还不知道自己将来能不能成为作家，但是那时我就明白：我绝对不当"乡土"文学作家。

当然，并非我采访的所有秘鲁作家都轻视形式、躲在形容词后面维护乡土的纯洁性。其中就有塞巴斯蒂安·萨拉萨尔·邦迪。他没有写过长篇小说，但是短篇小说很多——此外还有散文、剧作和诗歌——因此他也进入了被采访的系列。这是我第一次长时间跟他谈话。我到他的《新闻日报》办公室去找他，我俩下楼去联盟大街"香奶酪"店喝咖啡。他又高又瘦，侧面看上去像把匕首，非常和蔼可亲，且极聪明；他可是很了解当代文学状况的，谈起文学来无拘无束、锋芒毕露，这让我十分钦佩。如同每个渴望当作家的青年一样，我也犯过打击父辈抬高自己的错误；塞巴斯蒂安·萨拉萨尔·邦迪由于在文坛上活跃和多产——似乎一度是秘鲁文化的代表——所以我那一代人为着获得独立人格就要埋葬他这个"父辈"，攻击他也就成为时髦的事了。在采访他之前，我也这样干过，曾经在《旅游》杂志上严厉地批评过他的剧作《没有幸福岛》，就因为我不喜欢这部作品。尽管是过了好久以后我俩才结为密友，我却总是记得那次采访他给我留下的好印象。同他谈话可以与其他被采访者形成鲜明对照，他本身就是个生动的证明：一个秘鲁作家不一定非得是"乡土"的不可，他的双脚可以扎根在秘鲁生活中，敞开胸怀去理解世界上一切优秀的文学。

但是，在所有被采访的作家中，从远处说，最为生动有特色的是恩里克·贡戈莱茵·马丁，他当时正处于名声显赫的顶峰。他比我大几岁，金黄色的头发，一副运动员的身材，但是严肃至极，我想，对于幽默他是滴水不进的。专注的目光里时时流露出一丝不安，他全身都散发着充沛的精力和行动的力量。他走上文学之路，出于纯粹实际功利的原因，虽说这听起来像是撒谎。从小时候起，就卖过各种商品，据说，他还发明过洗锅的清洁皂，他设想的狂热计划之一是组织一个利马厨娘工会，通过这个团体（当然是由他来操纵）要求首都所有的主妇必须使用他发明的清洁皂来清洗家用器具。人人都会做发财的梦，恩里克·贡戈莱茵·马丁却有能力——在秘鲁，这种能力可是不寻常的——把自己的疯狂设想付诸实践。他从卖肥皂改行卖书籍；后来又决定自己写书、自己出版、自己发行，因为他确信谁也不会反对这样一个道理："请买这本书吧！我就是作者！您消遣、消遣，帮秘鲁文学一把！"

这样，他就写了《利马》《零点》《基库约》等短篇小说和长篇小说《死者并非一个，而是许多》，并且以这部作品结束了他的作家生涯。这些书他自己出版，然后走家串户地去卖。谁也不能说不买；因为如果有人说没钱，他回答说，可以分期付款，每星期只交几分钱而已。当我采访他时，正是他把所有的秘鲁知识分子弄得眼花缭乱的时候，大家没法想象恩里克怎么能够同时干这么多事情呢？

而这一切仅仅是开始。如同他来到文坛上那样迅速一样，走得也很迅速，他又改行当上了设计师和销售者，专卖奇形怪状的三条腿家具；后来又栽种和出售日本矮树；最后成为密谋造反的托洛茨基分子并且因而下狱。出狱后，结了婚，有了一对孪生儿子。有一天，他突然失踪了；有很长一段时间我不知道他的消息。又过了几年，我发现他在委内瑞拉居住，成了一所快速阅读学校的产业主，他在推行一种新的教学法，当然也是由他发明的。

从智利回来两个月以后，胡利娅怀孕了。这个消息在我心里产生了一种难以言状的恐惧，因为当时我坚信（难道萨特的影响在这个问题上也显露出来了?)我的才能是可以结婚的,但是如果中间出来要喂养、教育的儿女,那我的才能就必不可免地要毁掉了。永别了,去巴黎的梦想!写出长篇巨作的小说计划,也就永别了!为了维持一家生计,如何投入需要严肃认真非喂养性的活动并且又干些能挣钱的活呢?可是,胡利娅做美梦的劲头是那样大,我不得不掩饰自己的焦虑,甚至为着从当爸爸的角度考虑,我还得装出心中并没有的热情。

胡利娅与前夫没有孩子,医生说,她不能有孩子,这对她一生都是个极大的不幸。这次怀孕,惊喜之余,使她浑身都感到幸福。为她诊断的德国女医生,给她怀孕的头几个月规定了严格的起居、饮食制度,按照这些规定她几乎都不能下床。她一一照办,严格遵守纪律,可是在出现某些症状之后,还是流产了。由于是妊娠初期,她很快从沮丧的情绪中恢复过来。

我想就是在那段时间里有人送给我们一只小狗。它长得很滑稽,可爱至极,虽然有点神经质;我俩给它起了个名字,叫巴图盖。它小巧、好动,总是跳起来迎接我的回家;我读书时,它就躺到我的膝盖上来,但有时它也不合时宜地狂怒一番,有时向我们的女邻居、诗人和作家马利娅·特莱莎·利昂纳发起进攻,她一人独居在波尔塔大街的别墅里;我不晓得为什么她的腿肚子常常引起巴图盖的注意和愤怒。她对这种情形很潇洒,可是我俩觉得很不好意思。

一天中午我回到家里,看到胡利娅眼泪汪汪地在哭。原来是打狗队的人把巴图盖抓走了。卡车上的人几乎就是从胡利娅的怀里把它给抢走的。我飞也似的跑出去找它,直奔军队大桥旁边的打狗队的狗棚。我及时赶到了,把可怜的巴图盖救了出来,刚一把它抱在怀里,它的屎尿就蹭了我一身,浑身一直抖个不停。打狗队里的情景把它和我都吓得够呛：两个黑土混血种人，那里的雇工，就当着笼子里的狗群把几天后没有主人认领的小狗一一用棍子打死。看到这些我有点不知所措，抱着巴图盖连忙就走，遇到头一家咖啡馆就进去坐了下来。那家咖啡馆的名字叫大教堂。就是在那里，由于那样一个场面，我将来要写一部长篇小说的念头涌上心来，灵感的源泉就是埃斯帕萨·萨尼亚杜和奥德里亚独裁政权，到了1956年这个政权终于咽下了最后一口气。

第十六章　巨变

按照惯例,在行政长官年会上,各位总统候选人应该介绍自己的执政计划。会议总是引起强烈的关注,而介绍又是在企业家、政治领导人、行政当局和大批记者面前进行的。

在十位候选人中,行政长官年会只邀请四人介绍执政计划,因为根据调查,在1989年12月有当选可能的是我们四人:民阵、阿普拉、左派团结和社会主义协议的候选人。距离选举还有四个月的时候,阿尔韦托·藤森还未在调查表上出现;后来在表上露面时,是与世界新契约教的以色列教会的创始人、预言家埃塞基耶·阿塔乌古西·加莫纳尔争夺最后的席位。

我焦急地等待着介绍自己执政纲领时刻的到来,我要让秘鲁人民看看我的竞选纲领中有新鲜东西,里面充满了改革精神。我是年会闭幕前最后一个发言的,时间是第二天的下午,前面三位发言人是阿尔瓦·卡斯特罗、亨利·毕阿塞和巴兰特斯,后者是12月2日星期六上午。最后发言,我觉得是个好征兆。我讲话时主持会议的是一位民阵的支持者、全国工业协会主席萨尔瓦多·马赫鲁夫和两位正派的对手：农艺师曼努埃尔·拉霍·拉索和记者塞萨尔·莱瓦诺，秘鲁罕见的温和的马克思主义者。

虽然执政计划起草班子还没有写完纲领，11月最后一周，鲁乔·布斯塔曼特交给我一份演说草稿，把主要措施都写在上面了。为了让时间创造奇迹，因为那几天正是与阿兰·加西亚辩论公务员问题的时候，我设法用整整两个上午的时间把自己关在书房里重写讲稿①；年会的前夕，同执政计划起草班子的领导成员关于会议主持人和听众可能提出的质疑进行了回答演练。

描述了近几十年来秘鲁的贫困化以及阿普拉党和政府灾难性的"政绩"之后（凡是相信1984年年会上阿兰·加西亚先生的讲话、把储蓄投在国库券上的人，都做了一笔伤心的生意：今天落到手中的钱只有百分之二还不到），我陈述了我们把"秘鲁从饥饿、失业、恐怖、平庸和蛊惑宣传中拯救出来"的建议。我开门见山，不加修饰，直接阐明了改革的方针："我们已经有了政治上的自由，但秘鲁从来没有试过真正的经济自由之路，而没有经济自由，任何民主都是不完整的，都会导致贫困……我们的全部努力都旨在把现在这个贫富悬殊、遍地失业的秘鲁改造成一个充满企业家、产业主和法律面前人人平等的国家。"

我自告奋勇承担起领导反对恐怖活动的斗争的责任；我保证动员社会力量，武装农民巡逻队，采取行动让这一自卫的榜样成为城乡生产中心学习的目标。文职政府和机关将从军事当局手中收回戒严区的控制权。

---

① 《改革行动：民阵执政计划》（1989年12月利马）。

这一行动将是坚决的，但在法律范围之内。必须结束军警在反暴乱行动中滥用职权的做法：民主的合法性取决于这一措施。秘鲁的农民和穷人只要感到军警的祸害，就永远不会帮助政府。为了表明政府不容忍这类滥用职权的行为的决心，我决定成立人权委员会，办公处将设在总统府里——这样，我就向国际特赦组织秘书长扬·马丁预告了我的计划，他是1990年5月4日与我会见的。在其后的几个月里，经过挑选，我请鲁乔·布斯塔曼特到年轻的律师迭戈·加西亚·萨扬那里试探一下，此人是安第纳法学会创始人，虽然与左派团结组织有联系，似乎有能力公正地担起人权委员会主任一职。这个委员会不是装饰品，将有权处理检举揭发，自行调查，直接向法院起诉，起草设计在学校、工会、农村和军警部门的咨询与教育方案。

此外，还要成立另一个委员会，负责全国私有化纲要的工作，这是关键性的改革举措，我要密切注意它的进展情况。这两个委员会的主任都是部长级别的，后一个任务已经交给哈维尔·席尔瓦·鲁埃特，他领导着私有化计划的起草工作。

执政的第一年将是最困难的时期，因为这是反通货膨胀政策的隐性特点所致，抑制通货膨胀的目标是将物价上涨的指数压低到每年百分之十。在随后的两年里——推行自由化和大规模改革——生产、就业和收入的增长是适中的，但从第四年起，我们在坚实的基础上将进入一个生气勃勃的时期。秘鲁将开始向福利、自由的阶段飞跃。

我对全部改革的措施做了说明，首先从最有争议的问题开始。从国营企业的私有化，直到将现有各部委压缩和精减一半的计划：第一批实行私有化的有七十个单位，其中有大陆银行、巴拉蒙卡公司、迪塔矿厂、秘鲁航空公司、秘鲁房地产公司、秘鲁电话公司、国际银行、人民银行、秘鲁保险公司、劳保公司、统一实验中心、秘鲁再保险公司；随着私有化的发展，国有部分将全部转到私人手中。

在教育方面，我提出一项全面改革的计划，使就学机会均等最终成为可能。只有秘鲁贫苦的青少年能受到高级教育，在生存竞争方面，才有可能与来自中高收入家庭、能够进出私立大中学校的青少年处于平等地位。为提高青少年的教育水平，必须改革教学计划——要让青少年记住秘鲁社会文化、地区和语言的多样性——必须使教育工作者的培训现代化，必须给老师优厚的工资，必须用图书馆、实验室和配套的基础设施很好地装备学校。贫困至极的秘鲁能有钱进行这样的改革吗？当然没有。因此，我们要取消不加区别的免费教育。从中学三年级开始，用奖学金和贷款的方式取代义务读书，目的在于，凡有条件学习的人都可部分或全部地得到资助。任何人都不会因生活困难而无学可上；但是中、高收入的家庭必须为穷人受教育从而摆脱贫困做出贡献。家长将介入学校的管理工作并决定家庭捐赠的数额。

这项建议几乎立刻就变成了向民阵发动猛攻的一个理由。阿普拉党人、社会党人和共产党人纷纷宣告：将用"鲜血和生命"捍卫"免费教育"，说我们之所以要取消它是为着不仅在吃饭和工作上，而且连教育也变成只属于富人的特权。就在年会演说后的几天，费尔南多·贝朗德来到我家，手持一份备忘录，提醒我说：免费教育是人民行动党提出的原则。他们是不会放弃的。该党领导人按照这个意思纷纷发表声明。盟友们的批评已经达到这个程度，我便召集民阵内各党派在自由运动组织总部开会讨论这一措施。会议如狂风骤雨。会上，教育委员会的主席莱昂·特拉登贝尔受到人民行动党的安德烈斯·卡多·佛朗哥、加斯东·阿库里奥等人的粗暴质问。

我本人也参加了辩论，而且不止一次，因为我是这一建议的后台。提出普遍免费教育的主张是一种蛊惑人心的宣传，因为这种教育的后果是：四分之三的儿童在缺乏图书馆、实验室、洗手间、桌椅和黑板的学校里读书；这些学校往往连屋顶和墙壁都没有；老师的培训水平不足，工资难以糊口；因此，只有中、上层社会的青少年——可以交得起好学校的学费——能受到确保其就业前程的教育。

我在同贝朗德的谈话中态度非常明朗：无论是教育问题还是执政纲领中的任何一点，我都不让步。关于市政选举和议会候选人名单上，我都做了让步，给了人民行动党和基民党许多好处；但在执政纲领上，我不会让步的。我想当总统的唯一原因就是这些改革。教育的意义旨在结束文化歧视中最不公平的一种形式：因收入差别而派生出来的歧视。

最后，尽管极不情愿，又难以避免地从联合阵线内部不时地发出反对这一建议的不同声音，我们却让人民行动党接受了它。但是，我们的政敌仍然毫不留情地就这个问题向我们发难，他们大造宣传攻势，请教师工会和教师联合会发表声明，捍卫"人民教育"。其活动声势之大，使得莱昂·特拉登贝尔向我递交了辞呈（我没有接受）；到1990年1月初，他甚至建议我做出让步，因为否定的呼声甚嚣尘上。在鲁乔·布斯塔曼特的支持下，我坚持认为继续捍卫这一建议是我们的责任，因为它是必要的。但尽管我到处宣讲——从那时起，每有演说必谈这个问题——这项改革措施吓坏了许多选民，使其中相当一部分人投票反对我。

我写这段文字的时间是1991年8月，从利马寄来的剪报上我看到，国内的教师——三十八万人——已经罢教五个月，因为生活条件让他们感到绝望。国立学校的学生们有耽误一年学业的危险。就算学生不耽误这一年，那也可以想象这五个月巨大的空白对这个学年来说意味着什么，对学生们来说又意味着什么。瓦拉斯主教在一份杂志上说，教师每人每月的平均工资刚刚超过一百美元，这简直是犯罪，令人气愤，教师和家属是要挨饿的。由于罢课，国立学校已关闭五个月了，而自从新政府上台以来，国家没盖一间教室，因为缺乏资金。可是教育仍然是免费的呀！应该为群众这一伟大成果未被破坏感到欢欣鼓舞啊！

这场论战使我受益匪浅，让我了解到思想神话的力量，它能完全代替现实。因为我那些对手热情捍卫的免费教育是不存在的，是一纸空文。很久以来，由于国库空虚，国家无力建新学校；贫民区和工人新村为满足不断增加的要求而盖成的新教室，绝大部分是居民自己动手兴建的。此外，学生家长还管起这些国立学校的维修、清洁和日常开支，因为国家无力支付。

每当我走进利马或者其他省市的贫民区，就一定要去一些学校看看。"这些教室是政府修建的吗？""不是！是我们自己！""那这些桌椅、黑板呢？是谁造的？政府还是家长？""家长！""是谁清理、粉刷、打扫学校，修起倒塌的围墙？是你们，还是政府？""当然是我们！"由于经济危机，秘鲁政府长期以来只能支付教师工资。家长进校担起了修建学校的任务，全国收入少的区县都是如此。我在多次演说中总是强调指出，团结行动组织通过居民的捐款、义务劳动与合作，在两年里建成的幼儿园和校舍比国家的还多。此外，恩里克·盖尔西发现，就是这个日夜攻击别人破坏免费教育的阿普拉党政府，连续下令强迫学生家长在国立学校给孩子报名注册并向家长联合会交纳"一定数额的费用",因为要增加国家教育基金。如同其他许多不现实的规定一样,免费教育这个只是有害穷人、增加歧视的法规,也逐渐在实践中被事情本身的力量所改正。

我对教育改革寄托了许多希望。我坚信在秘鲁达到社会公正的最有效方法是高水平的普及教育。我再三说明,我在国立学校读过书,比如莱昂西奥·普拉多、皮乌拉的圣米格尔和圣马可大学,因此我了解这种教育制度的弊端(而且从我当学生时起就每况愈下)。但是,这些让同胞们知道我们的教育改革是颇有道理的努力,竟然无用,反而让人指责我要实行愚民政策。

我在年会上宣布的另外两项改革也成了别人疯狂攻击的目标:一项是劳动市场,另一项是重新编制国家工作人员。前者被我的政敌们歪曲成可以让资本家辞退工人的诡计,后者被说成是让五十万公务员流浪街头。(在一盘攻击我们的录像带里,政府把我描绘成一副青面獠牙的样子,说我会造成世界末日式的冲击波:工厂纷纷倒闭,物价飞涨直冲云霄,孩子们失学,工人失业,全国笼罩在核爆炸的烟雾中。)

如同免费教育那样,劳动市场的稳定也是骗人的社会假象,它并没有保护正当工人不受非法解雇的威胁,反而变成懒散工人的保护伞,并且是创造新就业机会的障碍(1989年底,秘鲁每十个成年人中有七个需要工作)。稳定劳工的结果使百分之十一的劳动力受益,即少数人受益,而把失业的人固定在失业状态。劳工保护法意味着,一个工人经过三个月的试用期以后就成了这个工作岗位的占有者,实际上再也不可能让他离开,因为宪法规定的"正当解雇理由",已经被现行法令压缩为几乎无法查证的"严重过失"。结果便是:企业的运转只靠最低限度的人数;发展企业之前犹豫不决,因为担心陷入人员超编的净重里。在一个失业和半失业影响到三分之二人口的国家里，创造就业机会已成当务之急，就应该给这个劳工稳定的原则赋予真正社会性的含义。

我解释说，我们尊重工人已经拥有的权利——改革仅仅影响刚刚签合同的人，我在年会上一一列举了为减轻劳工稳定法的恶果影响，我们将采取的主要行动：将把出工不出活列入解雇的"正当理由"中；考评工人能力的试用期将适度延长；让企业有多种雇佣期可以选择，以便让劳动力适应市场的变化；为了解决青年人的失业问题，将设计出培训与半日劳动合同，接班与提前退休合同。还将允许工人在私营企业中兼职并与业主签订劳务合同。在这一揽子措施中，还将有罢工民主化的位置，因为这一权利是由工会领导人垄断的，他们往往用制造混乱的办法将罢工强加在工人头上。罢工将通过秘密、直接和广泛投票的办法决定；禁止影响国计民生的部门罢工；禁止支持其他工会或企业的声援罢工；严惩抓人质和占领地方的做法，不得以其作为工会罢工的补充手段。

（1990年3月，我们在召开"自由革命"大会期间，艾伦·沃尔特斯先生——撒切尔夫人的前顾问——口气肯定地对我说，这些措施将对创造就业机会产生有利结果。他责备我说，你在这个问题上不够彻底，不像对待最低工资那样，坚持要增加工资。他说："好像涨工资是个公平行动。但这种公平仅仅是对有工作的人而言，而最低工资政策对于失业的、进入劳工市场而碰壁的人则是不公平的。对于这些最需要社会公正的人来说，若要使他们受益，最低工资就是不公平的，就是堵住就业道路的障碍。凡是就业率高的国家，也就是劳工市场自由的国家。"）

我特别在访问工厂时解释说，企业要想解雇一个高效率的工人是代价很高的事；我们的改革并不影响工人已获得的权利，仅仅影响新工人，那几百万失业或半失业的秘鲁人，我们有责任为他们创造就业机会、迅速给予帮助。我能理解那些被民众主义说教弄糊涂的工人为什么会表示敌意，因为他们不明白这些改革的道理，或者虽然明白了却感到害怕。但是，这支失业大军，虽然是根据他们的利益制定的这些政策，却成群结伙地投票反对这些改革措施，这本身说明了他们头上压着多么巨大的平均主义思想的包袱，竟然使这些最受歧视、最受剥削的人投票赞成这个让他们处于悲惨处境的政权。

　　关于那五十万公务员的问题，整个故事都值得讲一讲，因为此事如同免费教育一样，在穷人中对我产生了毁灭性的影响，还因为通过这件事可以看出政治欺骗是多么的行之有效。说我一上台就要解雇五十万公务员的消息，是在一片谎言大合唱中出现在《共和日报》上的①，说它是恩里克·盖尔西、自由运动组织中年轻的土耳其人对智利记者②发表的声明。实际上，盖尔西并没有说这种事，他刚一回到利马便赶忙辟谣，分别在报纸③和电视上发了消息。不久后，那位智利记者费尔南多·比列加斯本人亲自来利马在秘鲁报纸和电视上辟谣。④ 但是，这个五十万公务员的谎话——经《共和日报》《今日报》《新闻日报》、政府的广播电台和电视台的编造——已经变成不可动摇的真理了。甚至连我的盟友、某些民阵的领导人也信以为真了，比如人民行动党的里卡多·阿米耶尔、基民党的哈

---

① 见1989年8月9日该报第三版。
② 对盖尔西的采访发表在1989年8月4日圣地亚哥的《今日报》上，他只泛泛地谈到精简机构，未讲任何具体数字。
③ 见1989年8月10日利马《快讯》第四版。
④ 见1989年12月22日利马《注目》报。

维尔·阿尔瓦·奥兰迪尼,他们不但不辟谣,反而批评盖尔西,承认人家对盖尔西的诽谤是有道理的①!

实际上,无论盖尔西还是民阵的什么人都不可能说出这种话来。因为无法确定有多少公务员是超编的,甚至无法弄清楚有多少公务员。民阵里有个委员会,是由玛丽亚·里耶纳法赫女博士领导的,正在调查具体数字,已查出一百多万(不算武装部队),但核算工作还在进行中。庞大的官僚机构当然应该精简,国家只要必不可少的公务员。但是,几十万超编人员转到私营部门的工作,并非通过不合时宜的解雇方式。我们已经意识到了失业问题的严重性;将来我的政府不仅从法律和道义上,而且也从实践中,都不会不明智地去火上浇油。我们打算对超编人员进行无痛再分配。随着改革的深化、经济的发展、新企业的开工和原有企业生产力的全部发挥,再分配便可逐步展开了。政府方面将用鼓励自愿辞职和提前退休的办法加快这一工作。在不损害任何人权利的前提下,努力调整市场,大部分公务员便可以转移到私营部门去了。

但是,谎言击败了现实。《共和日报》的谎言刚一出笼(头版通栏大标题),政府便以完美的同步方式开始行动,通过国家控制的广播电台和电视台及其追随者的宣传工具,在全国散发几百万份传单;每天不厌其烦地以各种方式,通过所有的发言人,上至党和政府领导人,下至阴暗的小报记者,重复说我一旦上台就要解雇五十万人。无论我本人、盖尔西还是起草执政纲领的人怎样澄清、辟谣和解释都无济于事。

我从小就整天沉湎于幻想中,因为性格使我对编造故事变得非

---

① 见1989年8月6日里卡多的声明,1989年11月30日哈维尔的声明。

常敏感，但是后来我渐渐发现虚构的领地远远超出了文学、艺术等人们认为的狭小天地。也许是因为虚构是人类极力用任何方式、甚至通过难以置信的渠道要满足的一种强烈需要，它便到处出现，在宗教、科学以及表面上最反对虚构的活动中崭露头角。政治是让虚构和想象扎根的一块沃土，特别是在无知与狂热在政治中起着十分重要作用的国家里尤甚，比如秘鲁。在竞选活动中，我多次有机会证实这一点，尤其是这个被我的自由神斧所威胁的五十万公务员的问题。

左派立刻卷入这一运动，工会纷纷作出决议，公务员和政府官员发出一片抗议和谴责的呼声，并且上街示威，焚烧我的肖像，抬着贴有我姓名的棺材游行。

此事的顶点是国家工作人员跨部门联合会对我提出的法律指控。这个联合会是左派控制的，长期以来都在争取合法地位。阿兰·加西亚趁此机会赶忙予以承认。该会便开始搞起用诉讼行话的说法"由于同业人员担心失业"而向法庭提出"预审供词"的活动来。于是我收到了利马第二十六民事法庭的传票。此事不仅荒唐，也是司法界的越轨行为，甚至连我们的对手社会党参议员恩里克·贝纳莱斯和阿普拉党众议员埃克托尔·巴尔加斯·阿亚也指出了这一点。

自由运动组织执委会和政治委员会讨论了我是否应该出庭的问题，如果这样做是否刚好中了阿兰·加西亚的奸计，因为一旦我被受到解雇威胁的公务员拉上法庭，那么对方的记者便可在司法大楼发起喊杀声。我们决定只让我的律师出庭。我把这个任务委托恩里克·奇里诺斯·索托去完成，他是自由运动组织政治委员会的委员，我是请他给该委员会当顾问的。恩里克是无党派参议员、新闻工作者、历史学家和法律专家，如同阿图罗·萨拉萨尔·拉腊因一样，是堂佩德罗·贝尔特兰的左右手、老自由党人。他是个很有影响的记者，擅长写政论，又是个心怀坦荡的保守主义者和坚定的天主教徒，还是秘鲁不可多得的聪明的政治家——虽然相当轻浮——更是善于维护法律传统的阿雷基帕人。政治委员会的会议，他差不多场场必到，会上经常一言不发、纹丝不动，身上散发着令人陶醉的名牌苏格兰香水气味。偶尔也有什么把他从沉重的困倦中惊醒的时候，便急急忙忙发言；他的话简单明了，对于我们解决复杂问题非常有用。他还不时地记得自己作为顾问的责任，给我送来一些便条，我都一一高兴地看过，既有政治形势分析、策略建议，或者针对某些事件的简单看法，也有机敏而幽默的文章（但是，这么多的才能却没能拦住他在第一轮和第二轮大选中犯了一个极大的过失）。恩里克在法庭上将会轻而易举地证明这一指控在法律上的不当。

1月2日，利马第二十六民事法庭在决定我出庭的问题上让步，随后又宣判联合会的指控无效、不予受理。联合会提出上诉；1990年1月16日，利马高等法院民事第一庭听取了奇里诺斯·索托的口头陈述①，后者大显身手，促使高等法院维持原判。

作为这个事件的补充，我再指出一点奇怪的巧合。阿兰·加西亚执政期间，由于经济衰退、通货膨胀，分析专家估计秘鲁有五十万人失去工作，这刚好是我在竞选期间宣布的精简机构的人数。这个话题可为弗洛伊德的转移说写一篇论文，当然也可充做政治-虚构小说的素材。

反之，我在年会宣讲的另一个激进的改革措施却无大反响，即自贝拉斯科将军开始、现在仍进行的农业改革。我们的对手不在这

---

① 奇里诺斯·索托的陈述转载在1990年1月23日的利马《商报》上。

个问题上兴风作浪的原因，大概是秘鲁农村的现状——特别是国营农场与合作社——为农民深恶痛绝，因此很难为眼下的局面进行辩护。也许是因为农民的选票仅仅代表全数的百分之三十五——近十几年来，大批人口移向城市（外居的人数农村比城市多）。

我们建议也把市场机制引入农业，即实行私有化，通过国营、半国营农场向私营企业的转换，可以造就大批独立经营的企业主。这一改革的绝大部分已经推行开来，是农民的自发行动，如前所述，他们已把合作社的土地分田到户——私人占有——尽管法律禁止私分土地。这一行动已波及三分之二的农村地区，但是不合法。农民这一行动是自发产生的，与左派工会和政党的理论背道而驰，对我来说，多年前就是"非正规企业主"的行为，是希望的标志。赤贫的人们宁肯选择私有制、宁肯摆脱国家的监护，虽然他们自己并不清楚其含义，事情本身却充分表明：集体化和国有化的理论已被秘鲁人民所唾弃。他们通过惨痛的切身经历发现了自由民主制度的诸多优越性。因此，6月4日我在阿雷基帕市阿尔玛广场上宣布参加总统竞选时，我演说中的英雄是这些"私分土地的农民"和"非正规的企业主"；我称他们为"改造世界的先锋"，我希望秘鲁人为改革而做出抉择。

（我竞选活动的战略，在很大程度上是基于这样一个假设："私分土地的农民"和"非正规的企业主"将是我的主要支持者。也就是说，我的竞选活动主要在于让这两个阶层的人明白：他们在城乡所做的事与我要推行的改革是吻合的。我失败了，可罪过并未减轻：绝大多数"私分土地的农民"和"非正规的企业主"投票反对我，并非赞成我的对手，而是被我反民众主义的激烈谈话吓坏了，也就是说，他们要捍卫民众主义，反对那首先出来造反的人。）

农业改革的更新之处在于给决定实行私有化的合作社社员颁发土地证书以及建立其他合作社可以模仿这些农民的合法机构。私有化不是硬性规定的。凡愿意继续按现状发展的合作社可以继续下去，但国家不再补贴。至于沿海的大型糖厂——比如卡萨格兰德、万托、卡亚迪——政府将为它们提供技术咨询，以便改造成有限公司；合作社员可以做股东。

这些糖厂的破败状况——这些企业从前是秘鲁出口、创汇的大户——是国有化制度介入企业后产生效率低下、腐败成风的恶果。只要实行竞争机制和私有制，这些工厂可以恢复原貌，成为提供就业和发展农村经济的得力工具，因为那里有秘鲁最肥沃的土地和发达的交通网络。

对土地所有制的改革将会产生几十万新的企业主；借助开放性体制，又清除了城乡关系中以往乡村备受欺压的因素，他们一定会发展起来。导致农业衰退——迫使农民种古柯——对农产品的限价以及对整个农村地区的控制政策一定要取消，因为农民在这种政策的压迫下不得不赔本出售产品，结果便是现在秘鲁要大量进口粮食。（我再重申一遍：这种制度已经产生令人永世难忘的欺诈行为：享有特权的人们手持进口证，可以弄到低价美元，仅仅一次交易，就能把几百万美元存到外国银行的账号上。就在我写这一段文字的时候，《请听》杂志①揭露说，加西亚政府的农业部长和总统的心腹雷米希奥·莫拉莱斯·贝穆德斯——前独裁者之子——利用出差之便，在美国迈阿密大西洋银行存入两千多万美元!）随着市场经济体制的确立，农民出售农产品的价格是根据供求关系决定的；对于农业投资、

---

① 详见1991年8月12日利马《请听》杂志。

耕作技术的现代化和可以增加国库收入以改善某些地区破败的道路状况都是必要的刺激。在阿普拉党政府的最近几年里，由圣马丁地区贫穷的农民生产的成吨的稻米烂在仓库里，与此同时秘鲁却花费几亿美元进口稻米，顺便又让几位有权势的人物发了横财，这种情形再也不能继续下去了。

我多次演说中另一个常提到的话题，特别是面对农民听众时，是这样的：一系列改革措施将首先使几百万耕种土地的秘鲁人受益，自由化经济将使得农业、畜牧业和农牧产品加工业得到迅速发展，将会产生有利于穷人的社会改组。但是，我去过高山大川无数次，每次都发现农民，尤其是最原始状态的农民不肯接受这些道理。毫无疑问，这是几百年的不信任和多次失望造成的；但是也有我的无能，我没有能力用令人信服的方式传达这一信息。就是在我这个总统候选人名气最响亮的时候，我感到反对我最厉害的地区还是农村。尤其是普诺，一个最贫困的地区（历史上曾经是富饶的，自然风光极美）。我每次去普诺活动都遇到强烈的反对。1989年3月18日，我们到达布诺市，比阿特丽斯·梅里诺刚刚讲完话，面对起哄和叫喊"胡利娅姨妈滚回去！"的人群并没有胆怯（只有少数几个人民行动党的成员给我们鼓掌，因为该党抵制此次集会），却由于过分激动和身处海拔四千米的高山上而晕倒了，只好在主席台上的一角给她输氧。次日，3月19日，在胡利亚卡，我和米盖尔·克鲁查加由于口哨声和叫喊声（"西班牙人滚回去！"）几乎无法开口。另一次，是1990年2月10日和11日，民阵领导人让我在圣烛节期间闯入体育场；前面我已讲过一阵石块加鸡蛋向我们袭来，幸亏奥希罗老师反应迅速，我没有受伤，但是那无耻的谩骂却把我打倒在地了。1990年3月26日，在阿尔玛广场上举行竞选活动结束仪式时，参加游行的人很多；捣蛋分子破坏集会的努力收效甚少。但这纯粹是假象，因为无论第一轮选举还是第二轮，我在秘鲁得票最低的地区还是这个普诺。

在年会上，我还讲到了对邮电、海关的私有化和税收改革；其他方面还有许多问题，限于时间关系，仅仅提了一下。所有问题中，对我来说最重要的是私有化。关于这一点，我和哈维尔·席尔瓦·鲁埃特是下了许多功夫的。

哈维尔这个人物，看过我一些作品的读者可能认识他，当然虚构和实际有距离，他是我早期短篇小说和《胡利娅姨妈与作家》中哈维尔的原型；他学业成绩突出，毕业于经济系，多次担任政界要职。从圣马可大学毕业后，赴意大利进修，回国后在中央储备银行工作。他是贝朗德·特里首届政府中最年轻的部长——那时他是基民党员——随后，担任安第斯条约组织秘书长。贝拉斯科将军被宫廷政变赶下台以后，其继任者莫拉莱斯·贝穆德斯将军任命哈维尔为经济部长；经哈维尔的整顿，贝拉斯科时期的某些混乱状态得以纠正，例如，通货膨胀以及与一些国际组织的隔阂。在哈维尔主管经济的时候形成了一个小团体，后来便诞生了由专业技术人员组成的政治组织"民主团结"，以后加入民阵（哈维尔当经济部长时，中央银行的行长是曼努埃尔·莫雷拉）。"民主团结"的人，比如曼努埃尔·莫雷拉、阿隆索·波拉尔、吉列尔莫·冯·奥特、劳尔·萨拉萨尔等人，在制定我们的执政纲领中，起着头等重要的作用；我从他们那里总是可以得到对改革的支持；他们永远是我对付人民行动党和基民党反改革力量的盟友。

为了争取人民行动党同意接纳"民主团结"加入民阵，我不得不设法创出奇迹，因为贝朗德和人民行动党有极深的成见。起因是

"民主团结"的人从前与军事独裁合作过,后来尤其是曼努埃尔·莫雷拉和哈维尔曾经坚决反对过贝朗德的第二届政府。另外,还因为"民主团结"的人在阿兰·加西亚竞选总统时与之合作过,一度成为盟友;在会议选举中,"民主团结"有两名成员分别当选:哈维尔当选为参议员,奥雷利奥·洛雷特·德莫拉当选为众议员。此外,阿兰·加西亚执政第一年时,哈维尔还当过总统顾问。但是,我设法让贝朗德看到"民主团结"的人是如何与阿普拉党决裂的;自从该党搞银行国有化以来,他们又是如何支持我们斗争的;此外,我还让贝朗德看到执政时有这样一支高水平的专业技术人员队伍的必要性。最后,贝朗德和贝多亚只好让步,但对这支盟军一直没有好感。

让贝朗德和贝多亚感到不快的还有:哈维尔是《共和日报》的业主之一。在吉列尔莫·托尔迪克领导下,这位专家最初创办的是一家孜孜不倦地发掘和炮制耸人听闻消息的黄色小报——凶杀、流言、丑闻、疾病、病态、人类种种污垢的大暴露;后来,《共和日报》在不放弃这些专栏的前提下变成了既是阿普拉党同时又是左派团结阵线的喉舌,变成一种只有在秘鲁才可能发生的政治精神分裂症。这种行为至少说明在《共和日报》几位业主中,参议员古斯塔沃·莫赫麦与暴发户卡洛斯·马拉维(阿普拉党人)之间有平衡力,他们事先已达成协议:让新闻和社论为两个对立的主子服务。哈维尔在这个乱团里和复杂的人堆中——他的身份是报社董事会的董事长——究竟起什么作用,对我始终是个谜。我从来没有问过他为什么要这样做;我俩也从未谈过这个话题,因为无论他还是我都想维护意义重大、从小结成的友谊,都极力不把这一友情带入居心叵测的政治中加以考验。

当他做军事独裁政权的部长和后来给阿兰·加西亚当顾问期间,

我俩很少见面。可只要我俩在某个社交场合一碰头时,彼此的情谊立刻表现出来,远远胜过一切。当乌丘拉卡伊事件发生时,在我写的调查报告发表并且公开辩护之后,《共和日报》掀起一场反对我长达几周的运动,其中先是伪证和谎言,接着是谩骂,最后发展到偏执狂的程度。这种事不太让我难过,当然是因为掌握着这个机关报的人中,有一个是我的老朋友。我俩的友谊连这样痛苦的经历都经受过。这是我用来说服贝朗德和贝多亚,以便让"民主团结"组织参加民阵的又一个理由:《共和日报》用了很少几个同我奋战过的人。因此应该摈弃猜疑,相信哈维尔和他的人马会忠实地与民阵并肩作战的。

"民主团结"的态度转变起因是银行国有化。曼努埃尔·莫雷拉是最早起来谴责这一政策的人之一,他从阿雷基帕市连连就这个问题发表声明,举行记者招待会和发表文章。这样坚决的态度带动了他的所有同事,从而加速了"民主团结"与阿普拉党的决裂。"民主团结"的两位议员哈维尔和奥雷利奥·洛雷特·德莫拉在国会奋起反对这一政策。从此,该组织与"自由运动"建立了良好的合作关系。

我把私有化委员会的领导工作托付给哈维尔的理由是他的资格和工作能力。1989年头几个月,我俩在他的书房谈过话,我问他是否可以接受这个任务,前提是:私有化应该包括一切国营单位。私有化应该理解为,在私有化的企业及其服务对象的消费者中造就新业主。他表示同意。国营转为私营的中心目标不是技术性——减少财政赤字,增加国家财力——而是社会性的:成倍增加国内民营股东的人数,给几百万低收入的秘鲁人提供致富的机会。哈维尔以其特有的热情对我说,从今以后放下其他事情,全心全意地投入到私有化纲领的制定工作中去。

他带领不多的几个人，另开了一间办公室，用竞选预算中规定的经费，工作了一年，察看了近两百家国营企业，为私有化规划出一套政策和程序，准备于 1990 年 7 月 28 日起实行。哈维尔在凡是有私有化经验的国家里查询资料、请教专家，如英国、智利、西班牙等国；他还同国际货币基金组织、世界银行、泛美发展银行进行了磋商。每过一段时间，他和他的起草班子便向我汇报一次工作进展状况。工作全部完成以后，我邀请一些外国经济专家，比如西班牙的佩德罗·施瓦茨、智利的何塞·皮涅拉提提意见。工作的结果扎实而全面，是技术严谨与勇于创新、改革精神相结合的产物。当我能够读完那厚厚的卷宗并看到这的确是可以打断秘鲁产生腐败与不公的主要根源的脊柱的有力武器时，真是感到由衷的喜悦。

哈维尔除了接受私有化委员会的领导工作之外，还同意不参加国会议员竞选，以便把全部精力投入到这项改革中去。

新闻界和公众舆论对我在年会上演讲的反应是一片慌乱，因为我谈及的改革规模很大，我的态度十分坦率；人们普遍承认，四个发表执政纲领的人中，唯一提出全面方案的是我（《假面》杂志说我是"极能干的巴尔加斯"）[1]。12 月 5 日，我在喜来登酒店与国内外一百多位记者共进早餐，会上我就执政纲领又介绍了一些细节。

我在年会上的讲稿本应该通过报纸、电台和电视台搞一次宣传活动，形成前后连贯的气势，以便较长时间地传播我们的改革主张。这个活动开头很好，是在 1989 年头几个月，后来由于种种原因中断了。其中之一是民阵内部的分歧和紧张关系；另一个原因是被一个可恶的电视体育节目所破坏，因为里面出现一个正在小便的猴子。

---

[1] 1989 年 12 月 4 日《假面》上说："最后，巴尔加斯·略萨在年会上给听众留下深刻印象，但是人人感到发抖。"

豪尔赫·萨尔蒙是广播电视活动的负责人,他和我的大舅子鲁乔·略萨合作得很好;由于鲁乔在电影和电视制作方面有经验,我便请他做这方面的顾问。在反对国有化运动中以及自由运动组织成立的初期,他俩负担整个广播、电视的宣传工作。后来,民阵成立了,负责宣传的主任弗雷迪·科贝与萨尔蒙和鲁乔处得不好,便越来越多地让丹尼尔和里卡多·维尼斯基兄弟的公司参与宣传工作,这两位也在自己制作体育节目(非要说明的是,如同萨尔蒙那样,维尼斯基兄弟也是诚心诚意地支持我们并且是不收费的)。从那时起,在广播电视这块敏感的领域上,便出现了平行线,有时则变为无政府状态并严重地损害了我们应该进行的思想宣传工作。

1989年初,丹尼尔·维尼斯基提出一个电视宣传的系列计划,其中要用动物,为的是提倡自由运动的思想。第一次用了一只乌龟,结果很有趣,人人都喜欢。第二次用了一条鱼,我、帕特丽西娅和我们的子女也要参加,但电视片始终没有拍成,原因有:鱼儿窒息而死,乌云遮住了太阳,黎明时分我们准备拍摄的维亚海滩上刮起黄风。第三次用一只猴子克服了自然灾害。这是个很短的体育节目,是丹尼尔构思的,表现官僚政治膨胀所产生的恶果。节目里有个变成猴子的公务员,坐在办公室里不干活,看看报纸,伸伸懒腰,游手好闲,可要处理的文件堆成了山。一个忙忙乱乱的下午,在会见与会议的间歇中,弗雷迪让我看了这个节目,我没有看出什么可怕的东西来,无非有些庸俗而已,但也不会惹观众生气,所以我就批准了。假如这个片子事先让负责广播、电视工作的萨尔蒙或者鲁乔·略萨审查一遍,毫无疑问,这一轻率行事的错误就可以纠正了;但是,由于个人之间的恩怨往往影响到工作,弗莱迪便常常越过他俩直接让我批准这些节目。于是,我们就为此付出了沉重代价。

这只撒尿的猴子掀起了一场特大风波,让敌我双方都感到生气,阿普拉党趁机捞取好处。恼怒的女士们投书报刊或去电视台抗议这个"粗俗"的节目;党和政府的领导人纷纷在电视上露面,个个做沉痛状,因为竟然有人如此凌辱做出牺牲的公务员,把他们比作动物。巴尔加斯·略萨一旦当上总统就会这样对待公务员的,把他们当猴、当狗、当老鼠或者更糟糕的东西。有发表社论的,有向官僚们道歉的,有支持我们的人给我家和自由运动总部打电话要求撤回那个节目的。我们刚一发现结果适得其反,当然就撤回了节目;可是政府坚持要再播放几天。甚至到选举前夕,国家电视台还在让它活着。

对猴子的批评当然来自盟友方面,洛德斯·弗洛雷斯甚至在公开讲话中责备我们不够团结。当《假面》上公开批评豪尔赫·萨尔蒙发开会通知不与别人商量时,事情就荒唐透顶了。但豪尔赫无论在这一次还是从前不愉快的事件中代人受过,整个竞选活动期间都表现出十分豪爽的态度,如同对我的忠诚一样。

过了一段时间,为了给执政纲领的推出做舆论准备,我们发起一场思想宣传活动;这时,豪尔赫·萨尔蒙与维尼斯基兄弟——丹尼尔已从撒尿的小猴事件中恢复正常——分别交给我一个宣传计划。豪尔赫的计划是政治性的,十分谨慎,避开了冲突和论战;关于改革,提得简单明了,尤其强调了积极的方面:和平与稳定的必要性,努力工作,实行现代化。其中,我的形象是:重建秘鲁人民之间友好、合作的兄弟关系。维尼斯基兄弟的则相反,他们计划搞个系列片,每个节目都很短小,但十分直率,一一揭示我们面临的弊病——通货膨胀、一党专制、官僚主义、国际上孤立、恐怖活动、对穷人的欺压、低水准的教育——又一一提出疗救的方法:强调法纪、重建国家体制、实行私有化、改革教育制度、提高农民素质。我喜欢后面这个计划并表示同意，萨尔蒙也以公正友好的态度赞成对方的计划。后来，由鲁乔·略萨领导这头两部宣传教育节目的拍摄工作。

这头两个节目拍得很出色；为了解在中、下层社会群众中的反应，我们搞了调查，结果令人鼓舞。第一个节目表现了通货膨胀给唯一依靠工资收入的人们带来的危害以及唯一抑制通胀的办法：大幅度压缩货币的发行；第二个节目介绍了国家宏观干预政策对生产领域产生的停滞性后果，这种政策既窒息了私营企业的生命，也阻挠了新企业的出现，还说明了如何通过自由市场刺激劳动岗位的增加。

为什么我在年会演说之后正是非常需要传播改革思想的时候，这套系列片竟然中断了呢？对此，我只能大概说明，显而易见，是犯了严重错误。

我记得最初我们停拍维尼斯基兄弟设计的这套新节目，是因为圣诞新年将至。为圣诞节，我们还发了特别通知；我和帕特丽西娅分别录制了元旦贺词。到1990年正月，我们本该恢复思想宣传活动时，却不得不对付一场声势浩大败坏我名誉的宣传总动员，对方乔装打扮，用攻击我个人的办法歪曲我们的改革措施，把我说成是无神论者、黄书作者、乱伦者、乌丘拉卡伊谋杀案的帮凶、逃税犯以及其他可怕的罪犯。

不集中全力去宣传改革思想，却极力用电视广告节目回击对方的诬陷，这是错误的。卷入这种场场必输的辩论中，我们最后落得我的形象萎缩成一个小里小气的政客。麦克·马洛·布朗一语中的，因为他坚持我们别去理睬那肮脏的战争。本来我是这么想的，但是

* * * * *

从正月初开始，我忙昏了头，不能及时纠正这一错误。再说，到了这个时候，为时已晚，因为给民阵又一沉重打击的事情已经开始了：我们参加议会选举的候选人在电视上展开了费时费钱的混战。

自由运动组织领导机构早已授权我决定候选人的座次和指定少量参、众议员。关于座次顺序，参议员候选人名单，我安排米盖尔·克鲁查加打头，因为他是从创立之日起就是自由运动组织的总书记和排头兵；众议员候选人中，请拉斐尔·雷伊坐第一把交椅，因为他是利马大区的书记。大家都同意这个次序，其中除极个别例外；我是根据内部选举每人得票的百分比排定的。唯一反对的人，因排在第四位——前三位是米盖尔·克鲁查加、鲁乔·布斯塔曼特和比阿特丽斯·梅里诺——而伤心的是劳尔·费雷罗；他在我宣读完候选人名单后到政治委员会上提出放弃候选人的资格。可是几天后，他说重新考虑自己的决定。

我邀请了一些人做我们组织的候选人，其中众议员方面有弗朗西斯科·贝朗德·特里；参议员方面有企业家里卡多·维加·利昂纳，他从反对国有化运动一开始就支持我们。里卡多在企业界代表着现代自由精神，这正是我们想在秘鲁企业家中看到的精神，他讨厌唯利是图，坚决支持市场经济，毫无社会偏见、贵族派头的傲慢和许多秘鲁商人的赶时髦癖。参议员候选人中，我还邀请了豪尔赫·托雷斯·巴列霍，他因为批评阿兰·加西亚总统而离开了阿普拉党；我们考虑他作为特鲁希略前任市长，可以在这个阿普拉党的老窝里给民阵拉过来一些选票。我还请了经常在《每日快讯》专栏里为我们辩护的记者帕特里西奥·里基茨·雷伊·德·卡斯特罗。在我们自己的成员中，我同意了我朋友马里奥·罗盖罗的要求：他虽然没有参加内部选举，但希望做众议员候选人。考虑到他担任自由运动组织全国工会工作委员会书记所做的出色工作，曾经把不同阶层的专业技术人员组织起来，我就把他列入了名单；但是没有想到他刚一当选就背叛了帮他进入议会的人们：他先是借口去国外旅行躲开了议会投票表决是否审判阿兰·加西亚在1986年6月屠杀事件中的刑事责任，从而帮了这位总统的忙；随后又同这个政府眉来眼去，全然忘记这是组织和同志们坚决反对的政权①。

到了1989年最后两三周，有一天——12月15日——在繁忙的政治活动中，有个小小的文学插曲：去法语协会出席兰波《圣袍下的心》西译本首发式，这是三十年前完成的译作，一直未能出版，直到热情的法国使馆的文化参赞丹尼·勒福尔和吉列尔莫·尼诺·德·古斯曼鼓起勇气才使它面世。在两个小时里，听着别人谈，自己也谈诗歌和文学，谈一位从小就喜爱的诗人，觉得令人难以置信。

12月的最后几天，我再次到外地出差，原因是要在秘鲁各地散发新年圣诞礼物，这是一个由格拉迪丝·乌尔维纳和塞西里娅·卡斯特罗——卡哈马卡地区自由运动组织第一书记的妻子领导的委员会和动员委员会主办的。成百上千的人参加了这一活动，其目的除给几万名穷苦儿童送去礼物——沙漠里的一滴水——之外，还想考验一下我们组织这类活动的能力。我们想到了未来：在抵制通胀的艰苦岁月里，必须花极大的勇气把粮食和药物送到全国各地去，从

---

① 这种事并非一件。自由运动组织中的十五名参、众议员，在新政府上台的一年半里，有四名脱离组织，理由各异，他们是参议员劳尔·费雷罗和比阿特丽斯·梅里诺、众议员路易斯·德尔加多和马里奥·罗盖罗。但前三位脱离组织后与自由运动保持谨慎甚至友好的态度，而罗盖罗则公开声明攻击组织，以此报答政治委员会的宽大决定：没有因他逃避议会的表决而将他开除，仅仅提出批评而已。数月后，众议员雷伊因被组织批评，也宣布退出，起因是他声明支持1992年4月5日的藤森独裁政权，并为其效力。

而通过严峻的考验。在紧急情况下，如自然灾害、巡防自卫、扫盲、全民卫生防疫等活动中，我们能把群众大规模地动员起来吗？

从这个角度上说，由于帕特丽西娅、格拉迪丝和塞西里娅的出色工作，结果是令人满意的。除万卡韦利卡地区之外，我们通过工厂、商店和个人募捐来的礼物装箱打包之后陆续运到了全国各省区首府。全部运作都在规定的时间内完成：入库、打包、运输、分发。运输工作通过卡车、大轿车、飞机进行，动员委员会的姑娘和小伙子们负责押送；每个城市都有自由运动组织的基层委员会接货，他们也在本地收集了大批礼品和馈赠。万事齐备，就等12月21日开始的分发了。最后几天，我到位于玻利瓦尔大街的团结行动委员会走了两遭，那里像个沸腾的蜂房：墙上贴满表格，人们匆忙地进进出出，满载礼物的货车、卡车来来去去。那几天，我差不多见不到帕特丽西娅，因为她每天有十八个小时在这个活动中；我们一道去阿亚库乔参加分发工作的那天早晨，我对她说，如果整个民阵早就这样运转，那我们就可能稳操胜券了。

12月21日黎明时分，我同女儿莫尔卡娜去阿亚库乔，她这时正放假回家。到达后，接待我们的有自由运动组织的基层委员会和我的二儿子贡萨洛。他从几年前开始，利用寒暑假——正在伦敦读大学——给儿医安德烈斯·比万科·阿莫林帮忙。儿童收容所是1980年在这个地区爆发了"光辉道路"革命战争的后果。由于这个原因，阿亚库乔到处是流浪儿，他们沿街乞讨，晚上就睡在阿尔玛广场的长椅上或门廊下。一名中学老师堂安德烈斯·比万科·阿莫林，人虽然一贫如洗，心却比太阳还热，立刻采取行动。他求爷爷告奶奶，跑遍了大大小小的办公室，终于弄到了一个可让许多儿童栖身并吃上一口面包的地方。这个孤儿院让他付出了惊人的劳动。

贝朗德总统夫人在初期给予他许多帮助。因此，老先生在郊区弄到了一块地盘。1985年，我把长篇小说《世界末日之战》获得的海明威文学奖奖金五万美元捐献给堂安德烈斯·比万科；帕特丽西娅又设法请阿亚库乔紧急救援协会给他提供了赞助。这个协会是在美国大使夫人阿纳贝娅·茹尔旦的倡议下，她和一群女友于80年代初创办的，旨在援助阿亚库乔这块受苦受难的土地。

从那时起，贡萨洛就迷恋上了这个孤儿院，他经常在亲朋好友中募捐，一到假期就给负责照看孤儿们的修女送去食物、衣服和糖果。贡萨洛与他哥哥阿尔瓦罗不同，对政治毫无兴趣；我开始搞竞选活动时，他每年仍然要去阿亚库乔几次，给堂安德烈斯·比万科送去粮食，似乎本应该如此。

在阿亚库乔分发礼物的工作安排得十分紧凑，让我们无暇预测其他城市的进展情况；之后，我去堂安德烈斯·比万科墓前献了花圈，又去参观了圣弗朗西斯科的大众食堂、瓦曼卡大学和中央市场。在旅游者饭店后面一个小餐馆里，我们与自由运动组织的领导人共进午餐。这是我最后一次见到胡利安·瓦玛尼·亚乌里，不久后他就被杀害了。

从阿亚库乔，我们乘飞机进入林区，前往马尔多纳多港；在那里分送完圣诞礼物后，节目中安排了上街游行。自由运动组织总部给各基层委员会下达的指示是明白无误的：分送礼物是组织内部的活动，目的是给组织成员的孩子们一份小小的礼物，并不面向整个社会，因为我们没有那么多东西送给秘鲁几百万穷苦儿童。可是，在马尔多纳多港，分发礼物的消息早已传遍全城；活动地点选在消防队大院，我到达那里的时候，已经有几千名孩子和怀抱或肩扛幼儿的母亲们排成了长长的队伍，为争一个位子许多人拼命地挤来挤去，因为他们预感到了后来果然发生的事：队伍长，礼物少。

那场面令人心碎。孩子们和母亲们排着长队，头上顶着亚马孙地区的烈日，从清早就在等候。五六个小时过去了，就为领到一个小塑料桶、一个小木偶、一块巧克力或者一包糖果；还有许多人领不到。那天下午，我置身于自由运动组织的青年中感到不知所措，这些姑娘和小伙子极力向那一大群赤身裸体或破衣烂衫的娃娃和母亲解释：礼物发完了，请大家回家吧。那一张张失望的或者生气的面孔，让我一分一秒也不能忘记：当我在大会上讲话时、参观基层委员会的办事处时，眼前总是晃动着那一张张面孔；当天夜里，在旅游者饭店，周围是林涛的吼声，我同自由运动组织的各位领导讨论亚马逊地区的竞选策略时，仍然忘不掉那些面孔。

次日，我们飞往库斯科。那里的地区委员会是由古斯塔沃·曼里克·比利亚洛沃斯领导的，他们组织分发工作的方式比较谨慎，地点就在委员会的办事处里，范围只限组织成员和同情者的家属。这个委员会是由年轻人组成的，在政治上都是新手；我很信任他们。因为与其他委员会不同，领导成员之间似乎是互相理解、团结友爱的。那天上午，我发现自己搞错了。临出发时，库斯科的两位领导人分别交给我两封信。乘上飞往安达韦拉斯的飞机时，我读了信。两封的内容都是用火药的口气互相攻击，罪名是惯用的——背信弃义、机会主义、任人唯亲、阴谋诡计——因此，以议会选举为起因，库斯科的基层委员会发生分裂和有人退出组织是毫不奇怪的。

在安达韦拉斯，参加了阿尔玛广场的集会后，我和帕特丽西娅被带到分发圣诞礼物的地方。我一看到就像在马尔多纳多港那样，似乎全城的儿童和母亲都排成长龙盘旋在一个街区时，心里一下凉到脚后跟。我问当地委员会的朋友们：召集全城的人来领这连十分之一的人都不够发的礼物，是不是原来太没有信心了。可是，他们正为广场上集会的成功而高兴呢，便笑我的担心是多余的。分发工作开始后，我和帕特丽西娅动身离开那里的时候，我们看见孩子和母亲们冲破动员委员会的小伙子们设置的保卫圈，在一片难以形容的混乱中向礼品堆扑过去。发放礼物的女士们眼瞅着如林的手臂急不可耐地伸过来。我不相信这个圣诞节会为我们在安达韦拉斯赢得一张选票。

在大选的最后阶段来到之前，为了能够充分休息几天，我和帕特丽西娅，加上大、小舅子及四位朋友，大家一道去加勒比海中的一个小岛度过了1989年的最后四天。回到利马后不久，我看到《假面》杂志上一篇措辞严厉的社论①，批评我去迈阿密辞旧岁，因为我这次旅行被说成是支持美国出兵巴拿马去推翻诺列加政府。（对于美国的武装干涉，自由运动组织已经用我起草的声明表示谴责，阿尔瓦罗在新闻界宣读了全文。我们坚决反对美国这一粗暴行径，同时也严厉谴责了诺列加将军的独裁统治；我很久以前就对诺列加提出过批评；而恰恰在那时，加西亚总统邀请诺列加这个巴拿马的独裁者来利马访问并授予勋章。除此之外，我们对巴拿马民主派的声援，在几个月前，即1989年8月8日，在自由运动组织邀请巴拿马两位副总统——总统是吉列尔莫·恩达拉，但诺列加不承认这次选举——的大会上，正式公布；我和恩里克·盖尔西都讲了话。再说那次短暂的休假，我并没有去迈阿密，连美国的领土也未踏上。）这篇小小的社论发表在这份杂志上，消息不准确，用心又险恶，其方式让我惊讶。多年来，我一直是《假面》的合作者，视社长和总编

---

① 见1990年1月利马《假面》杂志。

恩里克·兹莱利为知己。《假面》受围攻、受军事独裁政权迫害时，我在国内外不屈不挠地谴责这一事件，甚至要求贝拉斯科将军本人接见，尽管此公令我不快，为了替该刊的事说话，因为此事是世界上最正当合理的：新闻自由。当《假面》渐渐向阿兰·加西亚靠拢时，因为这会给杂志带来实惠（给政府做广告），还因为据说兹莱利很为加西亚总统的能言善辩、甜言蜜语所迷惑，这时我依然出现在合作者的名单上。后来，1989年5月，我同意在柏林举行的国际新闻学院大会上讲话，因为会议的主席是兹莱利，是他请我发言的。那时，《假面》已经对我的政治活动和自由运动组织露出反感的神色，但并未使用与该杂志传统精神相悖逆的手段来。

因此，对于不指望《假面》在未来几个月会有什么支持，或者说大选临近它的敌意有增无减，我是忍气吞声的，坦白地说，这是因为多年来该杂志是我在秘鲁的讲坛。但我绝没想到，这份在国内有一定思想水平且为数不多的杂志，竟然会变成阿兰·加西亚操纵舆论反对民阵、反对自由运动组织和我本人的一个最驯服的工具。那篇社论等于剥去了我们熟悉的《假面》的假面；从那时起直到第一轮大选结束——第二轮中改变了态度——它的报道极有倾向性，企图加剧民阵内部的分歧，给阿普拉党为攻击我而编造的谎言蒙上庄严的外衣，或者以伪君子的手段假装辟谣而实际上加以扩散，与此同时则贬低或不睬任何有利于我们的报道。

《假面》在形式上有所保留，不使用《共和日报》和《自由之页》那种鼠窃狗偷的下作手段；它专门在中产阶级中散布针对我竞选总统的谣言和悲观情绪，因为该杂志的读者大多来自这个阶层，它有理由推测这些读者会赞成它的看法，对这类读者当然要格外优雅，他们不同于下流新闻的消费者。

尽管我的顾问们都劝阻我不要从这份杂志中撤销自己的名字，看到那篇社论之后，我还是通知该刊撤掉我这个合作者，我想如果两位创刊人——多里斯·希夫松和弗朗西斯科·伊瓜杜阿——健在的话，该刊不会扮演那次竞选中的角色的。1990年1月10日在给兹莱利的辞呈中有这样一句话："请求你从贵刊的合作者名单上撤掉我的名字，因为我不再是合作者。"①

---

① 见1990年1月15日利马《假面》杂志。

第十七章 波斯鸟

自从结婚以后，由于要去大学上课和打工以维持生计，我参加政治活动的时间就不多了，尽管如此，我还是不时地出席基督教民主党的会议，为《民主》杂志不定期地写些文章。（读完大学三年级以后，我就离开了法语联谊会，不过那时我已经可以熟练地阅读法文书刊了；此外，在圣马可大学的文学博士课程中，外语课我选了法语。）但是，到了1956年夏天，政治再次闯入我的生活，其方式非常出人意料：是一种有偿劳动。

结束奥德里亚独裁统治的选举程序已经启动，三位竞争总统宝座的候选人也——亮相：埃尔南多·德·拉瓦列，利马的大律师、贵族、富豪；前总统曼努埃尔·普拉多，刚从巴黎归来，自1945年下野后一直住在法国；第三位最年轻，由于缺乏财力和临时筹备而显得力量单薄，即：建筑师和大学教师费尔南多·贝朗德·特里。

选举程序进行的方式颇有争议，从法律的角度说，是在违反宪法的国内安全法的影响下操作的，而这一法令是独裁政权控制国会、将美洲人民革命同盟和共产党排除在外——禁止这两个党提出候选人——的产物。共产党获得的选票一向很少；阿普拉由于是群众性的政党，加之组织严密，有长期地下活动的经验，因而其选票是决定性的。拉瓦列、普拉多和贝朗德都从一开始就通过秘密和不十分秘密的谈判来寻求阿普拉的支持。

阿普拉打一开头就将贝朗德排除在外，凭着准确的直觉，阿普拉的领袖阿亚·德拉托雷就感到贝朗德不会成为他们的工具，恰恰相反，很快就成为对手（这个对手是如此的有力量，在 1963 年和 1980 年的两次选举中击败了阿普拉人）。支持曼努埃尔·普拉多，估计也是不可能的，因为此公在 1939—1945 年执政期间曾将阿普拉宣布为非法组织，监禁、流放和追捕了大量的阿普拉人。

埃尔南多·德·拉瓦列似乎可以受到青睐。阿普拉要求合法地位，拉瓦列许诺：可以制定一部使阿普拉重返公众社会的政党法。为了进行这一系列谈判，阿普拉的几位领导人从流亡的地方回到秘鲁，其中有拉米洛·布里亚雷，此人成为联合政府（1956—1961）的著名设计师。

波拉斯·巴雷内切亚在阿普拉与埃尔南多·拉瓦列靠拢的过程中做了协调工作。尽管波拉斯从来都不是阿普拉人，更不是阿普拉斯顿——属于秘鲁中产阶级、甚至上层资产阶级的阿普拉成员——由于他是阿亚·德拉托雷和路易斯·阿尔贝托·桑切斯的同一代伙伴，他与这二人一直保持友好关系，至少表面上如此，于是同意接受阿普拉之友的参议员提名。在这个提名的名单上，为首的是诗人何塞·加尔维斯，阿普拉在 1956 年的大选中给予了支持。

波拉斯与拉瓦列过从甚密，二人是大学同学，前者为大联合或曰平民联合执政做了许多工作，后者则以这一联合为竞选基础。在种种政治力量中，还有几近衰亡的、由路易斯·阿·弗洛雷斯领导的革命团结党以及基督教民主党，波拉斯与后者有过多次十分深入的谈判。

一天下午，波拉斯把我和巴勃罗·马塞拉叫去，要我们与拉瓦列博士一道工作，后者正需要两个"笔杆子"为他起草政治演说稿和报告。报酬相当丰厚，而且没有固定的工作时间。波拉斯当天夜里把我俩带到拉瓦列家中——一座华丽的住宅，四周是花园，种有许多高大的树木，位于米拉弗洛雷斯区七·二八大街——让我们认识一下这位总统候选人。拉瓦列为人和蔼可亲，长得很帅，说话极为谨慎，甚至有些胆怯的样子；他很有礼貌地接待了我和巴勃罗，他说明：以卡洛斯·奎托·费尔南迪尼——一位年轻而出色的哲学教师为首的一群文化人正在起草他的执政纲领，其中尤其强调要重视文化工作，但是，我和巴勃罗不同他们一道工作，我俩专门为这位候选人服务。

虽然我在1956年的大选中并没有投拉瓦列的票，而是投了贝朗德——其原因我后面再说明——但是通过在他身边工作的几个星期，我对他十分敬重和佩服。从他年轻时起，周围的人就说，他迟早会当上秘鲁总统。拉瓦列出身名门世家，大学时是高才生，此时是成绩斐然的大律师。只是，现在他已入花甲之年，方才决定——确切地说是他周围的人决定——涉足政界，此举正如选举过程中人们所见到的那样，他是不具备条件的。

我和巴勃罗·马塞拉认识他的那天晚上，他给我俩讲的那番话，他一直坚信不疑：他竞选的目的是经过了八年的军事独裁统治之后，需要在秘鲁重建民主生活和文人执政体制，为此需要秘鲁各种政治力量的大联合和认真地遵守法制。

一天，在波拉斯这位历史学家家中的茶点会上，我听到波拉斯的一位朋友嘲讽地说："拉瓦列这个傻瓜居然想干干净净地赢得大选。""1956年那次大选别人都是有后台的，他怎么能取胜呢，可这位狂人竟然想干干净净地取胜。就因为这个他才输掉了！"事情果然如此。但是，拉瓦列博士不是因为狂妄才想干干净净地取胜，而是因为他为人正派，居然天真地以为通过种种法则可以在选举中取胜，而这些选举活动自从独裁政权一开始存在就改变了选举的性质。

我和巴勃罗被安置在一间幽灵般的办公室里——除去我俩一直没有他人来过——地点在利马市中心科尔梅纳大街的二层楼里。拉瓦列博士偶尔来要我们起草一些讲演稿或者宣言。第一次与拉瓦列开会时，巴勃罗突如其来地向拉瓦列放了这样一炮：

"要征服群众是居高临下呢还是好言奉承？我们应该用什么方法？"

我看到拉瓦列博士的眼镜后面那张圆脸变得发白。有好长一段时间，我模模糊糊地听到他给巴勃罗解释：不走这两个极端，还有另外一种赢得公众舆论的方法。他更喜欢比较温和、符合他性格的方式。巴勃罗这些唐突、离奇的言论使拉瓦列感到害怕——拉瓦列在演说中往往喜欢引述弗洛伊德或者格奥尔格·齐美尔[①]的话或者他正在阅读的著作——但这些言论也让拉瓦列着迷。他出神地听着巴勃罗那些胡说八道的理论——后者每天都苦心钻研出许多这样的理论、互相矛盾的理论，而且很快就扔到脑后去了——有一天，他推心置腹地对我说："这小伙子多聪明啊！可是又多么让人捉摸不透啊！"

[①] Georg Simmel（1858—1918），德国哲学家、社会学家。——译者

在基督教民主党内部召开了一次关于党在1956年大选中做法的辩论会。最保守的布斯塔曼特派主张支持拉瓦列，而有许多人，特别是年轻人都支持贝朗德。在地区委员会讨论这个问题时，我汇报说，我在为拉瓦列博士工作，但是如果党组织决定支持贝朗德，我会服从决定并辞去工作。一开始，支持拉瓦列的意见占了上风。

就在总统选举登记即将结束的时候，利马传说全国选举委员会不接受贝朗德的登记，其理由是提名者的人数不足。贝朗德立即于1956年6月1日组织了一次示威游行——此举在某种程度上使他那小小的但充满朝气的竞选活动变成了一次大规模的群众运动，并从此诞生了人民行动党——他想把游行队伍一直拉到总统府的门前去。他和几千名追随者（其中就有哈维尔·席尔瓦，他是每有游行必到者）在联盟大街的岔路口上被警察用高压水龙头和催泪瓦斯拦截住了。贝朗德高举着秘鲁国旗迎着警察的暴行向前走去，这一行为使他名声大振。

当天夜里，拉瓦列博士文雅而机智地照会奥德里亚将军：如果全国选举委员会不准许贝朗德登记，他将退出竞选并且谴责这一选举程序。据说，奥德里亚收到照会时叹息道："这个傻瓜没有资格当秘鲁总统。"这个独裁者及其顾问一直认为，由于拉瓦列有大联合的想法，奥德里亚自己的党——那时叫复兴党——便可在联合执政中有栖身之地，因此万一未来的议会坚持要调查奥德里亚八年统治所犯下的种种罪行，那么拉瓦列就是最好的保护伞。这个照会表明，这位胆小而保守的贵族不是完成这一使命的合适人选。拉瓦列的命运就这样被决定了。

奥德里亚命令全国选举委员会给贝朗德登记，后者在圣马丁广场举行的一次群众大会上，为登记一事而感谢"利马人民"。借助他高举国旗、迎着水龙前进这一闻名全国的事件，他开始可以同普拉多及拉瓦列竞争了，而这两位候选人由于做了耗资巨大的宣传和拥有基层组织的支持，似乎一直是可能取胜的人。

与此同时，普拉多在暗地里争取阿普拉的支持，他答应一旦上台立即宣布阿普拉合法，而无需经过拉瓦列建议的那道政党法的手续。这一许诺是有决定意义的，据说普拉多还有别的许诺和馈赠，但一直无法证实。事实是在大选前几天双方达成了协议。阿普拉党中央指示全体党员：不得投拉瓦列的票，而要投那个曾经宣布他们非法、监禁并追捕阿普拉的前总统普拉多的票，党员们都服从了这一指示，再次表现了阿普拉铁的纪律。结果阿普拉的选票使普拉多获胜。

由于拉瓦列公开接受了复兴党的支持，并且通过戴维·阿吉拉尔·科尔内霍支持"奥德里亚将军继续进行的爱国行动"，使得他最终陷入失败的绝境。基督教民主党立刻撤回了对他的支持，让党员自由投票。许多原来准备投拉瓦列票的无党派人士，是因为被他那正派而有能力的形象所折服，此时看到这样一份包括对独裁统治确认的声明便纷纷弃权而去。我像很多基督教民主党的成员一样投了贝朗德一票；他的得票率很高，这成为几个月后他创建人民行动党的群众基础。

失去了拉瓦列博士那里的工作之后，我的收入减少了一大块，但不久后，几乎是立刻就又找到了两份工作，一份是真正的，另一份是理论的。这份真正的工作在《美佳》杂志社，社长名叫堂豪尔赫·切卡，他是皮乌拉地区的前长官，看着我从小长大。他把我带到《美佳》，此时这份杂志已经濒临破产。每到月底，我们这些编辑便要经受一番煎熬，因为只有先到管理处的几位能领到工资，其余的人只能领到代金券。我每周都为《美佳》写影评和以文化为题的文章。有几次，我也没领到薪水。但是我不像有些同事那样把打字机抱走，甚至把编辑部的家具搬走，因为我对豪尔赫·切卡一直怀有好感。我不知道慷慨的堂豪尔赫在出版这份杂志的冒险中损失了多少钱；但是，他是以大将风度和保护文化的姿态花掉这些钱的，对那群他养活的记者，其中有几个非常无耻地偷他的东西，他既不责怪也不开除。他对全部情况似乎都明白，可他并不在乎，好像还十分有趣。的确，他非常开心。他常常把《美佳》的记者领到他情人的住处，那女人很漂亮，他在赫苏斯·玛丽娅为她安排了一处住宅，经常在那里设宴款待大家，而最后总是一醉方休。由于吃醋，我和胡利娅结婚后一年半发生的严重口角，便是在这样的一次午宴之后——那时《美佳》离停刊只剩下不多几周了——回到家中时，我脸上的样子不大好看，手帕上又有唇膏的痕迹。那一次我俩吵得很凶，从此我就不敢出席堂豪尔赫那令人激动的午宴了。再说，后来也没有机会了，因为几个星期之后杂志的总编——聪明而细心的佩德罗·阿尔瓦雷斯·德尔·比利亚尔带着堂豪尔赫的情人逃出了秘鲁；没有领到薪水的编辑们把办公室里剩下的家具和打字机席卷一空，这样一来《美佳》由于消耗殆尽而倒闭了。（我会永远怀念堂豪尔赫·切卡的，在他当皮乌拉行政长官、我还是圣米格尔五年级的学生时，一天夜里，他在格劳俱乐部用下令的口气对我说："马里奥，你也是半个知识分子了，上台去，给大家介绍一下《西班牙的孩子们》。"堂豪尔赫关于知识分子的概念，毫无疑问适用于他认识和雇用的文化人。）

波拉斯·巴雷内切亚在利马当选为阿普拉之友名单上推荐的参议员；在议会的第一次选举中，又当选为参议院第一副议长。由于他有权聘用两名助手，于是便把这一差事给了我和卡洛斯·阿拉尼瓦尔。助手一职是个名义，因为我俩仍然在波拉斯家里工作，继续搞历史研究，只是每到月底去参院一趟，领取那菲薄的工资。过了六个月，波拉斯通知我和卡洛斯：我俩的职务已被取消。这就是我第一次、也是最后一次的半年官场生活。

在此之前，我和胡利娅已经从波尔塔街上的小小住房里迁到槐树街上的一处单元房，两室——其中一室我用做书房——一厅，十分宽敞，距离鲁乔舅舅、奥尔加舅妈的街区不远。这个单元在一座新式楼房里，靠近防波堤和米拉弗洛雷斯海湾，只有一扇窗户面向大街，因此我俩不得不整天开着电灯。

我俩在那里生活了两年多；我认为尽管生活的节奏非常累人，对我却是一个收获颇丰的季节；其中最大的收获，毫无疑问是与路易斯·洛埃萨以及阿韦拉尔多·奥肯多结下的友谊。我们结成形影不离的三剑客。每个周末都是三人一起度过，时而在我家，时而在路易斯家，时而在阿韦拉尔多家（位于安加莫斯大街上）；或者去吃中国饭，从那里出发再与其他朋友会合，比如塞巴斯蒂安·萨拉萨尔·邦迪、何塞·米盖尔·奥维多——此时已拿起文学批评的武器，洛埃萨的一位西班牙朋友——何塞·曼努埃尔·穆尼奥斯、巴勃罗·马塞拉、演员达奇·依贝克、未来的心理学家巴尔多梅罗·卡塞雷斯——那时他更关心神学而不是科学，因此马塞拉给他起了一个绰号：基督·卡塞莱斯。

但是，我、路易斯和阿韦拉尔多三个人，就是星期一到星期五也要每天见面。我们随便找个借口就在利马市中心集合去喝咖啡、聊天，哪怕是课间或工间休息的几分钟也要聊上一会儿，因为通过见面，我们可以谈论某本书，可以交换政治、文学和大学里的流言蛮语，这对于我们每天要办的大量无聊、机械性的事情是个刺激和补偿。

路易斯和阿韦拉尔多早已放弃了大学的文学专业，转而攻读法律。此时，阿韦拉尔多刚刚获得律师资格，在他岳父的事务所里开业。路易斯已经读到法律专业的最后一年，正在普拉多派的首领卡洛斯·莱德加德的事务所里实习。但是，只要了解一下对他俩真正重要的是什么便足以认识这两个人了；而对他俩唯一重要的可能就是文学了；而每当他俩要离开文学时，文学就一次又一次地把他俩重新卷入到生活里去。我想，阿韦拉尔多那时是打算放弃文学。他早已读完文学系了，并且拿了奖学金在西班牙住一年，做关于里卡多·帕尔马作品中的谚语的博士论文。我不知道是否是这项枯燥乏味、制作标本式的研究——那时在文体学内是十分时髦的，在各个大学的文学教研室里处于毫无建树的独裁地位——使他感到厌倦以及对学业前景的不快。要么就是出于实际情况，他放弃了文学，考虑到刚刚成家立业，不得不想一想养家糊口的实际问题。的确，他放弃了博士论文和学业。可是，没有放弃文学。他读书很多，谈起文学作品来极为敏锐，尤其是诗歌，他格外关注和偏爱。他有时写些书评，总是十分尖锐，是书评中的范本，但是他从来不署名发表；有时，我心里想，阿韦拉尔多从他那严格的批评意义上说，并未放弃写作，他仅仅想当个读者，而从读者的角度反而可以达到他所追求的完美。他对黄金世纪的经典作家有很深的研究，我经常设法让他讲讲对谣曲、克维多和贡戈拉的看法，其意见真让我羡慕得要死。

他对种种名利的淡泊与厌恶，对礼貌举止的格外在意——表现在衣着、谈吐和交友上——使人想到他是个精神贵族，由于阴差阳错才身披一个中产阶级青年的躯壳，误入一个讲实际的艰苦世界中来，他要费很大力气才能勉强生活。我和路易斯私下里谈到他时，总是称他为"王储"。

路易斯那时除去喜爱博尔赫斯的作品，还迷恋亨利·詹姆斯①，而我没有这份热情。他读起英文书籍来真是狼吞虎咽；他常在柏林路上一家外文书店里买书或订书，又常常拿新书或者新发现的作家叫我吃惊。我至今还记得他在市中心一家旧书店里发现马塞尔·施沃布（Marcel Schwob）的《不寻常的生活》的优秀译本的情景，他简直高兴坏了，竟然买下所有的书，为的是——送给朋友。我俩的文学爱好往往不一致，这就引起多次精彩的争论。通过路易斯的帮助，我看到了许多令人热血沸腾的作品，比如：保罗·鲍尔斯②的《遮蔽的天空》、杜鲁门·卡波特的《别的声音，别的房间》③。有一次，我俩激烈的文学争论结束得十分滑稽。起因是：纪德④的《地粮》，他赞不绝口，我厌恶至极。我说，这部作品我觉得废话太多，行文刻板，空洞无物；他说，没有纪德迷巴尔多梅罗·卡塞雷斯参加，这种讨论没法进行。于是，我俩去找巴尔多梅罗。路易斯要我当着他的面把我对《地粮》的看法重复一遍。我讲了一通。巴尔多梅罗听罢笑了起来。他放声大笑，时间很长，捧着肚子弯着腰，仿佛有人在胳肢他一样，像是听了世界上最有趣的笑话。这种发表意见的方式弄得我哑口无言。

当然，我们一直梦想搞出一本能够成为自己的讲坛和我们友谊的可见标志的文学杂志来。幸运的一天来了，路易斯向大家宣布：

---

① Henry James（1843—1916），美国作家。——译者
② Paul Bowles（1910—1999），美国小说家、作曲家。——译者
③ Truman Capote（1924—1984），美国小说家。——译者
④ André Gide（1869—1951），法国作家。——译者

由他来赞助第一期的费用，用的是莱德加德事务所发的工资。于是，《文学》诞生了；后来只出了三期（最后一期出版时，我和路易斯已在欧洲）。第一期上有一篇纪念塞萨尔·莫罗的文章，不久前我发现了他的诗歌，他被流放在国内一事以及他的作品引起了我的注意和好奇。莫罗曾经在法国和墨西哥侨居多年，回国后在秘鲁过着秘密、游离于社会之外的生活，不与作家们交往、几乎不发表作品，但用法文写作，文章仅在朋友中间传阅。安德烈·科依内为第一期《文学》送给我们几首莫罗未发表的诗歌；为这一期撰稿的还有塞巴斯蒂安·萨拉萨尔·邦迪、何塞·杜兰德和一位青年诗人：卡洛斯·赫尔曼·贝利，是路易斯在一份《秘鲁商报》上发现了这位诗人写的几首十分优美的诗。这一期还包括一篇反对死刑的宣言，我们三人都签了名，起因是要在利马枪决一名罪犯（"魔鬼"阿门达里斯），这成为人们要过节庆祝的借口：黎明时分，人们起床去共和大道听执行的枪声。这一期上还用了路易斯为印加·加西拉索·德·拉·维加画的肖像。这本小杂志的出版，虽然只有薄薄的几页，对我来说，却是令人激动的历险记；因为这番忙碌，如同与路易斯以及阿韦拉尔多谈话一样，让我感到自己是个作家，而这个幻想与我那时的实际相去遥远，那段时光都被养家糊口的事消磨一空。

我想，由于我对新奇事物的好奇心一直不减——至今依然如此——使我在1957年夏天，让大家参加了招魂聚会。这种会经常在我家举行。胡利娅和奥尔加有个表姐从玻利维亚过来，也叫奥尔加，是个女巫师，常常滑稽地到另外一个世界走一遭。在招魂会上，她表演得是那样出色，让你没法不相信鬼魂是在借助她的嘴巴讲话；更确切地说是借助她的手在口述信息。问题是所有服从她召唤的幽灵都有一样的书写错误。尽管如此，还是制造出令人精神紧张、激动的时刻，随后，我便彻夜不能成眠，沉迷于与阴间的交往的臆想中而在床上辗转反侧。

在一次这样的招魂会上，巴勃罗·马塞拉猛然拍案喝道："安静！这是我奶奶。"他面色青紫，毫无疑问，他相信这个。"问问她是不是因为我把她给气死了。"奶奶的幽灵拒绝答疑；他有很长一段时间都在生我们的气，因为他说：由于我们起哄，他失去了解开这个长期折磨他的疑团的机会。

在全国俱乐部的图书馆里，我还找到几本关于崇魔主义的书籍，可是朋友们坚决不同意按那些书上开的污秽的处方把魔鬼招来。大家只赞成夜半时分去苏尔科那座浪漫的陵园；有一次，巴尔多梅罗突然兴致大发，在月光下，绕着一座坟墓，跳起了芭蕾舞。

星期六在槐树街我家里的聚会往往延长到天亮，经常玩得十分开心。我们有时玩一种有点歇斯底里的可怕游戏：笑。输的人必须做小丑状让别人发笑。我有一招非常见效：学鸭子走路，一面转动眼球，一面呱呱地叫着："波斯鸟来了！波斯鸟来了！波斯鸟来了！"好面子的人，比如路易斯和巴勃罗，当他俩不得不装小丑时，吃的苦头难以形容；巴勃罗唯一有趣的地方是像婴儿似的撅着嘴唇哼唧：吭吭吭吭。非常危险的游戏是说真话。在一次这种集体曝光性质的聚会上，大家突然听到胆怯的卡洛斯·赫尔曼·贝利——出于对他诗歌的钦佩，我去国会誊写处他那极寒酸的岗位上找他——做了令人惊讶的忏悔："我跟利马最丑的几个女人睡过觉。"卡洛斯·赫尔曼一直是塞萨尔·莫罗式的坚定不移的超现实主义者，骨子里是个有教养、循规蹈矩的青年。一天，他决定冲破对女人的抑制心理，于是站到单位门口，即联盟大街的拐角处，向过往的女人说些恭维的话。但是，胆怯的性格使他不敢对漂亮姑娘开口，只有见到丑陋的女人，他才张嘴……

另外一位来参加聚会的常客名叫费尔南多·依贝克，是路易斯在法律系的同学，是个演员。路易斯说，有一天，那是大学的最后一年，七年来依贝克首次对一堂课发生了兴趣："老师，怎么会有几部法典呢？不是全部的法律都在一本书里了吗？"老师把他叫到一旁说："告诉你父亲，让他放你当演员去吧！可别叫你在法律系再浪费时间了。"依贝克的父亲只好认命，为儿子没有当上他梦想的法庭新星而感到难过。他把儿子送往意大利，要求儿子用两年的时间在影坛成名。我在罗马见到了依贝克，是在预定期限前的几天。他仅仅在一部影片中捞上一个没有台词的罗马百人队长，可他还挺高兴。后来，他去了西班牙，攻读影视专业，最后消失得无影无踪——又一个秘鲁人选择了归隐之路。在招魂会上或者发笑的游戏中，依贝克是战无不胜的：他的表演才能把聚会变成了令人发狂的演出。

一个偶然的机会使得劳尔和特莱莎·德乌斯图亚搬到槐树街我们隔壁的单元来住，他俩刚从美国回来；劳尔多年来一直在联合国当翻译。他是塞巴斯蒂安·萨拉萨尔·邦迪、哈维尔·索洛古伦和爱德华多·艾尔森这一代中的诗人，还写过一部话剧：《胡迪兹》，一直没有发表。劳尔很有才气，是个饱学之士，尤其是英文和法文书籍；他是那类回避秘鲁文化的人物，稍一露面，转瞬即逝，因为他们出国走了，中断了与秘鲁的各种联系，或者像塞萨尔·莫罗那样，在国内离群索居，远离群体和任何可能令人想他在艺术、思想和文学方面匆匆涉猎的脚步。这些出于一种悲剧式的忠诚、忠于难以和环境共处的才能而与环境决裂的秘鲁人，其事迹总是让我非常着迷，他们为了不做出奴颜婢膝的让步和妥协，显然与他们最可宝贵的东西决裂了：情感、智慧和文化。

劳尔已经不再发表作品（实际上他发表的东西很少），但是没有停止写作，他的谈话极富文学性。我们成了朋友，他很高兴看到这群为文学伤心的青年能够了解他的作品，能够找他参加会议。他收藏了许多好书和法国杂志；他很慷慨地借给我们，由于他的帮助，我得以读到不少超现实主义的作品和印刷精美的《魔鬼》杂志。他译出波德莱尔的《散文诗集》，我们同他以及路易斯为校对译文而度过许多时光。我想这部译稿一直未能出版，如同他经常给我们阅读的大部分诗歌和一部《乔西卡日记》一样。

我不知道为什么劳尔要回到秘鲁。大概是怀念祖国和梦想找到一份好差事。他在几个不同的地方工作，泛美电台和外交部，是波拉斯带他去外交部的，但是并没有找到他渴望的宽松环境。短短几个月以后，他便辞了职，又出国走了，这一回是去委内瑞拉。他的妻子特莱莎已是胡利娅的好友，这时怀了孕，便留在利马，等待分娩。特莱莎非常可爱，怀孕期的任性使她常常想吃一些美味食品："我真想吃馄饨皮。"于是，路易斯和我就去中国饭馆给她买来。孩子出生以后，劳尔一家要我做孩子的教父，于是我便抱着小宝宝去教堂接受命名礼。

劳尔在去加拉加斯之前问我是否愿意接替他在泛美电台的位置。那里是计时工，同我其他的工作一样，我接受了。他领我去柏林路的一座高层建筑上，那是电台的办公地点，这样我就认识了赫纳罗与埃克托尔兄弟，其父姓是德尔加多·帕克。那时，他俩刚踏上后来的成功之路。他们的父亲——中央广播电台的创始人——把泛美电台交给兄弟二人管理；这个电台与中央台不同（中央台是大众化的，专播广播剧和滑稽节目），旨在面向文化精英，节目是欧美音乐，很高雅，但有点赶时髦。在赫纳罗的推动与雄心鼓舞下，这个只面向高层听众的小电台,短期内就成了国内颇有威信的广播台之一,并且成为日后秘鲁全国范围内真正视听王国的起点。

我干的事情已经成堆了,现在如何安排才好呢?在我已有的头衔中,又加上了这个言过其辞的头衔——泛美广播电台新闻部主任。我不知是怎么安排的,反正事情是做了。我猜想那时有些老工作已经结束了,比如公墓登记、为《美佳》撰稿、在参院做秘书、编写《公民教育》、为天主教做事。但是,下午在波拉斯家里的工作,为《商报》和《秘鲁文化》写文章,仍在继续。我还选了法律系和文学系的课程,虽然我去听课的次数不多,考试还是都参加的。泛美电台的工作占去我许多时间,这样后来的几个月,我放弃了为几家报纸撰稿的事,集中精力办好电台节目。我在电台任职期间,节目量逐渐增加,直到出现夜间通讯稿《泛美新闻》为止。

我在长篇小说《胡利娅姨妈和作家》中,用了许多我对泛美电台的回忆材料;这些材料与其他一些回忆和想象混杂在一处。现在我怀疑回忆和想象是否分得清楚,可能有些真事中掺入某些虚构,但我想这还是可以称为自传体小说的。

我的办公室在屋顶平台的木板夹层中,与一个干瘦的人合用,只有蹭到那无形的身影方知他的存在——萨穆埃尔·佩雷斯·巴雷特。他惊人地出活,电台的全部商业广告都是他写的。看着萨穆埃尔用两个手指打字,嘴里叼着香烟,不停地跟我谈着赫尔曼·黑塞[①],还能不假思索地写出一串串关于香肠、卫生巾、水果或服装剪裁的谜语,汽车、冷饮、玩具、彩票的广告词,真让我目瞪口呆。写广告就像他呼吸一样地容易,两个手指下意识地工作。那几年,

---

[①] Hermann Hesse (1877—1962),德国诗人、小说家。1946年获诺贝尔文学奖。重要作品有《车轮下》《荒原狼》等。——译者

他生活中的情趣就在赫尔曼·黑塞身上。他总是一读再读赫尔曼·黑塞的作品，总是兴致勃勃、富有感染力地谈到这位德国作家，到最后，为了萨穆埃尔我也一头钻进《荒原狼》里，弄得我喘不出气来。有时，他最要好的朋友、一位梵文大学生何塞·莱昂·埃雷拉跑来看他；我听着他俩专心致志地用梵文谈话，而萨穆埃尔的手指则不知疲倦地打出一页又一页的广告。

我在泛美电台一大清早就开始工作，因为第一份新闻稿早晨七点要用。随后，每小时播一次，每次五分钟，直到午间播一次十五分钟的新闻。下午，六点钟开始有新闻；到十点钟，播半个小时的《泛美新闻》。每天我都进进出出多次，播完一次新闻，我便出去，或去全国俱乐部图书馆，或去圣马可大学听课，或去波拉斯家里。下午和晚上，我要在电台待上四个小时。

说心里话，我爱上了泛美电台的工作。它开始成为养家糊口的事情，但是，随着赫纳罗不断鼓励我们花样翻新、改善节目内容从而使听众增多、影响扩大，这份工作变成一种承诺，一种努力要用创造精神办好的事情。我们同赫纳罗成了朋友，他虽然是最高领导，但对大家说话时总是一副亲切、随便的样子，他关心每个人的工作，不管它是多么细嫩。他希望泛美电台的威信经久不衰，希望它超过纯粹娱乐的性质，为此，他请佩佩·卢德米尔主持电影节目，请巴勃罗·德·马达林戈依加主持时事讨论与会晤——叫作"巴勃罗与朋友们"，请西班牙一位共和派人士本哈明·努涅斯·布拉沃主持国际政治述评——叫作"日日夜夜"。

我向他建议：搞个国会的节目，转播一部分会议情况，加上我写的短评。他采纳了。波拉斯为我们办成了会议录音的许可证；这样"议会综述"就诞生了，这个节目相当成功，但持续时间不长。

在议会里录音意味着不仅国父的演说要留在磁带上，而且会录下议论声、喊叫声、谩骂声、窃窃私语和种种悄悄话，我在编辑时都要小心翼翼地删除。但是，有一次，帕斯夸尔·卢森在节目里播出了普拉多派参议员普诺一些佐料太多的脏话，目标是当时的参议长托雷斯·贝隆。第二天，就禁止我们去议会录音了，这个节目就从此夭折。

到那时，我们已经出了《泛美新闻》，这个节目在电台持续了很长时间，后来电视台上也采用了。由我负责的新闻部很阔气地有三四位编辑、一位首席社论撰稿人——路易斯·雷伊·德·卡斯特罗——以及电台的明星播音员——温贝托·马丁内斯·莫罗希尼。

我刚开始在泛美工作的时候，唯一的合作伙伴是勤快、忠实但危险至极的帕斯夸尔·卢森。他能早晨七点钟就灌一肚子烧酒，坐在打字机前被我给他指定的报纸消息弄得团团转，与此同时，面部肌肉纹丝不动地发出一阵阵震动玻璃的逆嗝。几分钟后，夹层办公室里就充满臭烘烘的酒气。他面无惧色，继续敲出一条条新闻，我常常用笔从头到尾把那些重写一遍，再送给楼下的播音员。我稍一不留意，帕斯夸尔·卢森就给新闻稿里塞进一条灾害消息。因为他对水灾、地震、火车出轨有一种近乎性欲般的狂热；天灾人祸使他兴奋，能点燃他的双眼。他总是焦虑不安地拿来法新社的电讯或者剪报给我看，如果我表示同意，说一声"好吧，写上四五行吧"，他会表示由衷的感谢。

不久以后，为了补充力量，又来了一位新人，名叫德梅特里奥·图帕克·尤潘基。他是库斯科人，克丘亚语教师，曾经在神学院读书；对这位仁兄，只要我一放松警惕，他就给新闻稿里塞满宗教消息。我一直不能使讲究礼仪的德梅特里奥称"主教"为"主教",他非要称"主教"为"枢机主教"——不久前,我惊讶地看到一家西班牙的杂志上有他的肖像,他身穿印加服,站在马丘比丘之巅,自称是印加王图帕克·尤潘基的嫡系后裔。第三位编辑是一位芭蕾舞演员,喜爱各种罗马头盔——由于在秘鲁难以找到,他的一位铁匠朋友为他打制了几个——在编写新闻稿的间歇中,我们经常谈文学。

随后,又有卡洛斯·帕斯·卡费拉塔与我一道工作,几年之后,他跟着赫纳罗干出了一番事业。那时,他已经是个记者了,可他不像记者(至少是不像秘鲁记者),因为他沉默寡言,面对阴间和阳间有一种玄学般的冷漠。他是个出色的编辑,区别重要和次要的新闻有可靠的准则,同时也会相应地强调或者压低其地位,但是我不记得什么时候看见过他对某人某事感兴趣。他是个禅宗和尚,已到涅槃的境界,身在七情六欲、善恶之外。萨穆埃尔·佩雷斯·巴雷特这个热情、喋喋不休的话篓子,面对卡洛斯·帕斯的沉默和厌倦,简直要发疯,因此总是千方百计设下圈套让卡洛斯高兴,让他激动或者生气,但是一直没有成功。

泛美广播电台到了与美洲广播电台争夺全国最佳广播台称号的时刻了。二者之间的竞争激烈,赫纳罗日日夜夜开动脑筋设计新节目和压倒对手的领先措施。那时,他购置了一系列的转播台,一旦在国内各地安装起来,电台的播音即可覆盖大部分地区。争取让政府批准安装转播台便成为头等壮举;在这件事上,我看到赫纳罗初次施展他的商业才干。的确,没有这种才干,无论是他还是什么企业家都丝毫不能在秘鲁取得成功。手续没完没了。他时时刻刻受到竞争者制造影响和贪婪地想拿回扣的官僚们的困扰。赫纳罗不得不寻求高层势力去压制这些困扰;几个月来不得不四处奔走,到处许愿,就为了拿到这么一张有益于国家广播一体化的许可证。

我在秘鲁的最后两年,一方面为泛美电台写新闻稿,另一方面又设法找到了一份工作:在圣马可大学做秘鲁文学课的助教。是这门课的教授奥古斯托·塔马约·巴尔加斯介绍我去的;从我上大学的第一年起,教授就对我非常亲切友好。他是我几个舅舅的老朋友(年轻时,他追求过我母亲,我从母亲藏在外祖父家里的爱情诗中发现的),第一年我上教授的课就非常用功。因此,不久,奥古斯托就要我同他一道工作,每周要去几个下午,帮他增补秘鲁文学史。我编排书目和用打字机誊清手稿。有一次,我把自己的短篇小说念给他听,他很热情地鼓励了一番。

奥古斯托·塔马约·巴尔加斯在圣马可大学还给外国人开一些课程;我上到三年级以后,他让我给外国人开秘鲁作家专题课,每周讲一次,可以挣几块钱。1957年,到了文学系的最后一年,他问我将来有什么打算。我说想当作家,可是靠写作没法维持生活,我打算大学一毕业就去搞新闻或者教书。因为,那时我虽然在理论上读着法律系的课——在读三年级——但可以肯定将来我不会干律师那一行的。教文学是可以兼容写作的,因为可以有更多的业余时间。马上开始教书最好。他已经向系里提出给他这门课安排一名助教。是否可以提我的名呢?

秘鲁文学这门课有三学时,奥古斯托让我上一学时;于是,我就在全国俱乐部的图书馆里,或者在撰写新闻稿的间歇中,在泛美电台我那夹层办公室里,紧张而又激动地备课。这每周一学时的课迫使我阅读或者重读一些秘鲁作家的作品,特别是要用一种有条理的连贯语言把读后感写成卡片和注释。我喜欢做这件事,常常急不可耐地等待着上课的时间;有时,奥古斯托亲自去听课,看看我是否能胜任（阿尔弗雷多·布赖斯·埃切尼克是我的学生之一）。

自从结婚以后，虽然我去上课的时间减了许多，我的感情依然系在圣马可，特别是文学系，但是，对法律系的课程则完全没兴趣。我无精打采地上着那些课程，为的是结束一件开了头的事情，也朦胧地希望律师这个头衔将来也许能用来找个养家糊口的工作。

可是，有几门文学博士生的课程，我是纯粹出于爱好才去听的。比如拉丁文课，是由费尔南多·托拉教授开的，他是文学系最有趣的人物之一。年轻时，他起初教现代语言，比如法语、英语、德语，后来改教希腊语和拉丁文。可是当我做他的学生时，他又迷上了梵文，是自学出来的，接着便开设了梵文课，唯一的学生，我想就是何塞·莱昂·埃雷拉，即萨穆埃尔·佩雷斯·巴雷特的朋友。波拉斯按捺不住地开玩笑说："都说托拉博士懂梵文，可谁能证明呢？"

托拉博士属于所谓上流社会，那时刚刚制造了一出轰动的闹剧：抛弃了发妻，公开与自己的女秘书同居。他与情人住在米拉弗洛雷斯区贝纳维德斯大街的一处小别墅里；那里到处堆满了书籍，他毫无保留地借给我看。他是一位杰出的教授，所开设的拉丁文课总比规定的学时要延长许多。我感到听他的课是一种享受，我至今记得那彻夜不眠、激动地翻译拉丁文课规定的罗马碑文时的情景。有时，我夜晚去贝纳维德斯大街的小住宅拜访他；我一坐就是几个小时听他谈那个自己着迷也让别人着迷的话题：梵文。在我跟着他读书的三年里，他教给我的东西远远超出了拉丁文本身；从托拉教授要求我阅读的有关古罗马文化的许多书籍中，有一天，我忽然想出写一本关于贪食者的小说来，这个计划被搁置了多年，停留在草稿阶段。

托拉博士在语言研究所出版了一套双语对照小丛书；我建议他翻译兰波的中篇小说《地狱一季》，这个译本直到三十年后，在大选活动的高潮中方才出版。几年后，我在巴黎又见到了托拉博士，那时他正在索邦学院进修梵文。后来，他去了印度，在那里生活了多年，并且第三次结婚，妻子是当地人，梵文教师。后来，我听说这位印度女人去拉丁美洲四处寻找他，而这位逍遥学派且永葆青春的男子汉则在阿根廷定了居（又第四次或者是第十次结了婚）。那时，他已经是古梵文方面的国际权威了，有大量梵文和印文的专著和译作。现在得知几年前他又放下了印度，据说目前对中文和日文发生了兴趣。

文学系中我喜爱的其他课程，还有路易斯·阿尔贝托·桑切斯讲授的秘鲁与西班牙美洲文学，他是1956年从流放地回利马的，这门课我至今记忆犹新，因为通过他的课我才看到了鲁文·达里奥的作品，桑切斯教授生动而翔实地介绍这位拉美现代主义诗歌大师的创作；一下课，我便一路跑着去图书馆借阅他推荐的作品。在上这门课之前，我像许多读者一样把达里奥看作是如同其他现代主义诗人一样废话连篇的作家，以为在他笔下那用语言制造烟火的技术、那动听的韵律和法式形象，毫无深意可言，因袭的思想，也是从高蹈派那里借来的。但是，上了这门课，我才了解了实质上的和放荡不羁的达里奥，方才认识了这位现代西班牙语诗歌的奠基人：没有他发动的强大的语言革命，就很难理解如此杰出的一些人物，如西班牙的胡安·拉蒙·希门尼斯和安东尼奥·马查多、西班牙美洲的巴列霍和聂鲁达。

桑切斯与波拉斯不同，他很少备课，对自己的博闻强记很自信，常常即兴发挥。实质上，他的确博览群书，热爱书籍；比如他对达里奥研究得很深刻，可以揭示出达里奥大部分作品中现代主义假象遮蔽的隐秘辉煌。

通过这门课，我决定我的文学论文就以达里奥为题；从1957年起，我开始用空闲时间做摘记和卡片。假如我想继续走大学教师这条路，我是需要文学这个学衔的；何况由于奥古斯托·塔马约·巴尔加斯的帮助，我已经迈出了第一步。再说，那时我还没有读完文学系课程以及为申请哈维尔·普拉多奖学金而提交论文，拿奖学金的目的是在西班牙攻读博士学位。

争取奖学金的梦想，我一直没有放弃。由于我已经结婚，拿这种奖学金是唯一可以使我去欧洲旅行的办法。因为其他种类的文学奖学金或者西班牙文化奖学金勉强维持一人的生活，一对夫妻则不行。而哈维尔·普拉多奖学金支付一张去马德里的飞机票，可以分解为三分之二的船票，还每月发一百二十美元，这在50年代的西班牙就是一笔财富了。

去欧洲的想法那几年一直在我脑海里盘旋，就是在爱情和友谊的帮助下，我生活得充实、感觉愉快的时候也是如此。一只小虫用这样的问题啃蚀着我的良知：你不是要当作家吗？你什么时候能当上作家呀？因为尽管我在《商报》的《星期副刊》《秘鲁文化》杂志和《秘鲁水星报》上发表了一些文章和短篇小说，暂时产生了我已经是作家的感觉，但突然之间，我睁开了双眼。不，我不是作家。这些忙里偷闲、急急写就的文字是模拟作家的赝品。我只有把上午、下午、晚上的全部时间都投入到写作中去，把现在浪费于各种事情上的全部精力都放到这项持之以恒的事业中去，才有可能成为作家。只有我感到周围是令人鼓舞的气氛、是一种适合写作的环境时，才有可能成为作家。对我来说，这种环境有个名字。能有一天我去巴黎生活吗？一想到如果拿不来哈维尔·普拉多奖学金（能把我送到欧洲去），我就永远也去不成法国，我就会失败，会像许多有文学才华的秘鲁青年那样永远不能提高，一股强烈的压抑感就不时地钻进我的骨髓中。

写作水平不能提高，当然是我和路易斯及阿韦拉尔多经常的话题。他俩常常在我写完六点钟那份新闻稿后来到泛美电台我那夹层办公室；在动笔写下一份稿子之前，我们三个可以一道度过一段时间，在阿尔玛广场或者科尔梅纳大街上某个老店里喝一杯咖啡。我常常给他俩鼓劲：咱们一起去欧洲。三个人在一起，可以更好地对付生存问题，可以写出雄心勃勃的大量作品来。目的地是巴黎，但是如果实在没有办法，可以在摩纳哥王国首都蒙特卡洛做短暂的停留。这个地方，有名有姓地说出来，就变成了我们三人的暗语；有时，我们跟其他朋友在一起时，三人中有一人说出这个有象征性的暗语——摩纳哥王国首都蒙特卡洛——时，经常弄得别人迷惑不解。

路易斯决心走一趟。法律系的实习让他明白了这一点，我想律师这一行使他产生同样的排斥感，因此到欧洲去度过一段时光的想法让他感到兴奋。他父亲已经答应等他大学毕业以后给他经济帮助。这对他动手做毕业论文是个鼓舞。

除去三人共同分享的未来计划与想象，地方上文学之战的某些演变，也有助于我们友谊的加深。有一件事，我记得特别清楚，因为点火人就是我。那时，我经常给《商报》的《星期副刊》写些书评。阿韦拉尔多让我给一本西班牙美洲诗选写篇评论，这本书是西班牙语文化学者玛蒂尔德·波梅斯女士编选和翻译成法语的。文章中措辞有些激烈，我不满足于只评论作品，还冒出一些很尖锐的话，批评整个秘鲁作家，批评大地小说、土著主义、地域主义、风俗主义，尤其是现代主义诗人何塞·桑托斯·乔卡诺。

有几位作家做了回应——其中有亚历杭德罗·罗穆阿尔多于

1957年题为《不仅巨人创造历史》的文章——还有大力提倡文学和生活要讲究雕琢的诗人弗朗西斯科·本德苏,指责我由于侮辱了杰出的诗人何塞·桑托斯·乔卡诺而损害了民族荣誉。我写了一篇长文回击。路易斯·洛埃萨也用碑文式的排炮参战。奥古斯托·塔马约·巴尔加斯本人撰文捍卫秘鲁文学,他提醒我说:"青春少年期应该快些结束了。"于是,我才想起自己是秘鲁文学专题课的助教啊!我竟然对它发动了进攻(我记得文章里,除去塞萨尔·巴列霍、何塞·玛利亚·埃古伦和塞萨尔·莫罗三位诗人之外,其余的作家我都给枪杀了),因此我担心奥古斯托会针对这种背叛行径而剥夺我的助教职务,而他为人非常正派,是不会干这种事情的;他一定会想:随着时间的推移,我会尊重和宽容这些土生土长的作家的(事实果然如此)。

这些文艺方面小小的论战和骚乱——经常发生——虽然反响极为有限,却让人想到,不管反响多么小,那时的利马还有些文化生活。这之所以可能,是因为普拉多政府给国家带来了经济繁荣,在一段时间里,秘鲁敞开门户与世界交流。这种情况的发生,虽然没有改变重商轻文的社会结构——穷苦的秘鲁人依然不能摆脱贫困,很难有机会改变社会地位——但是却给中产阶级和上层社会带来了一个繁荣时期。这基本上应归功于那个充满机智、聪明的土生白人政治家曼努埃尔·普拉多(在秘鲁人们叫他"伟大的傻瓜")的果断而令人吃惊的主动精神。对普拉多政府最激烈的批评者是《新闻日报》的老板佩德罗·贝尔特兰,他在自己的报纸上每天都攻击政府的经济政策。突然有一天,普拉多把贝尔特兰请去,让他当财政部长兼国务部长,可以按自己的想法全权处理。贝尔特兰接受了任命,两年内实行了他在伦敦经济学院学过的保守型货币政策:财政紧缩、平衡预算、对国际竞争实行开放、鼓励私营企业和私人投资。对这些举措，经济做出了令人赞叹的反应：货币硬挺——后来再也没有过当时那样有力的支付能力——国内外投资成倍增加，失业率下降，那几年全国处于一片充满信心的乐观气氛中。

　　在文化领域产生的效应是：各种图书从四面八方来到秘鲁；还有音乐团、话剧团、各种外国展览——当代艺术研究院，私人集团成立的机构，有一段时间是塞巴斯蒂安·萨拉萨尔·邦迪领导的，请来了本大陆最优秀的艺术家，其中有玛塔和拉姆，还邀请了很多欧美艺术家；出版图书和文化杂志也是可以办到的事了（《文学》就是其中之一，但是还有几种，不仅在利马，而且在特鲁希略和阿雷基帕也有）。诗人曼努埃尔·斯科尔萨在那几年里出版了几套普及本的丛书，后来取得了巨大成功，让他发了一笔小财。他原来的社会主义勇气早已锐减，举止行为中已出现万恶的资本主义的苗头：他付给作者的版税可怜至极——有时还不支付，其理由是，作家应该为文化做出牺牲；可是他本人却坐着光彩夺目、火红的别克车，口袋里揣着奥纳西斯的传记。大家聚会的时候，为了给他添些烦恼，我故意朗诵他诗中最不值得记忆的一句话："秘鲁，我唾弃你这无用的名字。"

　　但是，除去少数在《新闻日报》工作的记者之外，却没有人评价贝尔特兰指导经济政策所做的工作。也无人从那几年发生的事情中得出有利于市场政策、有利于私营企业和对外开放的结论来。恰恰相反，贝尔特兰其人依然受到左派的激烈攻击。从那几年开始，社会主义冲出了长期幽禁其中的地下陵墓，开始在公众舆论中占领阵地。民众主义哲学，主张经济上搞民族主义、国有部分要增强、政府要干预，此前一直是阿普拉和一小股马克思主义左派垄断的思想，这时传播开来，并经贝朗德的手，用另外的说法加以复制，此时贝朗德已成立了人民行动党，那几年正把他的文告挨家挨户地传送到整个秘鲁；基督教民主党也插了一手，科尔内霍·查韦斯激进的倾向日益占据上风；还有一股压力——社会进步运动组织——由左派知识分子组成，虽然脱离群众，却对那时的文化、政治有着重要影响。

（佩德罗·贝尔特兰在普拉多政府中整整工作了两年以后，他以为自己的经济政策的成功提高了自己的知名度，便辞去了部长之职，准备搞政治活动，目标是1962年的总统选举。这一企图在一片喧闹中失败了：贝尔特兰在雷科莱塔中学里组织好一支游行队伍，刚一走上街头就被阿普拉的打手们冲得七零八落，结果非常荒唐可笑。后来，贝尔特兰再也没有担任公职，甚至到了贝拉斯科独裁统治登台以后，还查封了贝尔特兰的报社、在蒙塔尔万的庄园，还借口修路推倒了他在利马市中心殖民时期的古老住宅。他流亡到了巴塞罗那，通过女记者埃尔莎·阿拉纳·弗莱雷的帮助，我在70年代认识了他。那时，他已经老了，用伤感和怀念的口气，谈到那些愚蠢而卑鄙的政敌推倒了他那处利马殖民时期的古老住宅。）

普拉多总统以任命贝尔特兰为财长的同样胆识突然任命波拉斯·巴雷内切亚为外交部长。波拉斯自从当选为参议员以来，在议会中所起的作用就十分突出。他与无党派人士和基督教民主党以及人民行动党的议员一道指挥了一场战役：让议会调查奥德里亚独裁政权犯下的政治、经济罪行。这一倡议没有得到响应，因为大部分普拉多派议员，加上在野党的盟友（几乎全部是波拉斯当选的那个名单上的人）以及奥德里亚派本身的人，都抵制这一努力。这样，波拉斯就成了反对普拉多政府的参议员，他极其认真而殷勤地担起了这一职责。因此，任命他为外长一事让大家都吃了一惊，甚至包括波拉斯本人；一天下午，他惊讶地把这个消息告诉我和卡洛斯·阿拉尼瓦尔：总统刚才给他打电话，请他出来当外长，谈话只有两分钟。

他接受了任命，我猜想可能是出于一点点虚荣心，还有可能是对他竞选校长失败的补偿，这一失败是他心灵上的创伤。由于当上了部长，他那关于皮萨罗的著作便完全停顿下来。

任命外长的举措之后不久，普拉多总统又干了一件颇为精彩的事，使得利马传播流言的渠道达到炽热的程度：解除了与他生活四十多年的妻子（和孩子的母亲）的宗教婚约，借口"形式上的差错"说服罗马教廷，他们的婚姻是未经教皇批准的；随后立即在总统府与他多年的情妇举行了婚礼——这是个什么事都干得出来的人，另外，如同这个世界上一切脸皮厚的人一样，有迷惑人的一套方法。我亲眼看到，就在他的新婚之夜里，一群利马上层社会的贵妇人，身着华丽的披巾和念珠，手持一幅大标语，上书"天主教婚姻的不可拆散性万岁！"在总统府对面的阿尔玛广场上兜圈子。

第十八章　肮脏的战争

1990年1月8日,国会候选人登记结束。次日,我们准备参加参议院和众议院的候选人便开始了一场电视宣传运动,其结果严重地破坏了1987年8月以来我讲的一切。

秘鲁有优选法。投票人除在参、众两院的候选人名单中选举外,还可以在名单上圈出自己格外喜欢的两名候选人来。根据获票的百分比,一批参议员和众议员分别进入两院。入院的顺序是由优选的结果决定的。

优选法的理由在于让选民修正各党派候选人名单上的顺序。这样,据说可以抵制高层强加的意志,使选民能够净化党派选人的过程。但实际上,优选法成了十分恶劣的制度,它把选举大战带进国会议员名单中来,因为每个候选人都极力给自己拉票以便压倒同伴。

为了减少优选法的恶劣影响,我们起草了一封建议书,详述了纲领中的敏感问题,分发给自由运动组织内部的候选人。在建议书中,我、鲁乔·布斯塔曼特、豪尔赫·萨尔蒙、弗雷迪·科贝希望这些候选人不要许诺我没有许诺的事，更不要谎话连篇、自相矛盾。自从我在年会上演说以后，竞选活动成了阿普拉党和社会党向我们纲领的轮番轰炸，因此不应该给对手提供破坏我们建设成果的机会。另外，避免浪费也很重要。豪尔赫·萨尔蒙关于用宣传广告充斥银幕可能造成的危险给候选人们上了一课。

他们似乎充耳不闻。只有少数几人——总计不超过十位——动手组织自己的竞选活动时在宣传中与我们的执政纲领是保持一致的。自由运动组织的候选人中也有人只顾自己，他们也有责任。

从1990年1月9日起，利马各大报以整版的篇幅刊出阿尔贝托·波雷阿·奥德里亚的特大照片，此人是人民党的参议员候选人，要刊登到3月底——即大选前几天。我们的候选人为争取优选的拉票活动以迅猛、混乱之势发展起来，甚至到令人发笑和厌恶的程度。我对帕特丽西娅说："他们这种做法让我都感到恶心，那老百姓对这种丑剧会有什么反应呢？"

全部私营电视台从早到晚播放着我们候选人的嘴脸，广告不仅挥霍浪费，还往往伴有低级趣味；许多人在广告中把凡是能想象出来的一切都拿出来许愿，全然不顾他们的话是否与我们的主张相抵触。有些人许愿说要搞公共设施；另一些人则说要控制物价，提供就业机会；可是大部分人都不提任何主张，只是尖声固执地自报家门和候选人号码。一个男中音歌唱家在为一位参议员候选人高唱赞美诗。另一位众议员候选人为了表现对人民的热爱，出现在跳着非洲摇摆舞的黑女人的巨大臀部后面。另一位流着眼泪，身边围着一群老人，他声音颤抖地表示同情老人们的命运。

民阵候选人的宣传活动逐渐独揽了广播和电视；到2月底3月初，甚至给人的印象是只有民阵是存在的。其他候选人早已销声匿迹；或者零零星星出现一两次，仿佛矮子在与巨人比赛；或者更确切地说，饿鬼与百万富翁在较量。

阿兰·加西亚在电视中说明，他估计了一下：民阵参、众议员几位候选人用在电视宣传上的开销比这几位如果当选后五年的工资总和还要多。这是因为他们有寡头财团的赞助，他们会到国会上捍卫财团的利益，与秘鲁人民的利益做对。否则他们如何报答自己的主子呢？

尽管阿兰·加西亚总统并非是说明这种顾虑的合适人选，很多人脑海里却留下了大肆宣传的背后一定有某种见不得人的勾当的印象。大批的选民是不动脑子分析的，他们凭冲动办事；大肆张扬只能让他们感到不快，只能熄灭起初他们为健康、新鲜建议而燃起的热情。许多候选人不是新人，而是政治掮客中的国粹，其中有的人手脚不干净，因为在上一届政府里就留下了污点。

从索耶与米勒公司最初一些调查的结果显示，这种毫无节制的宣传负效应已在收入低下的选民中表现出来，官方的宣传本来就一直念经说我是富人的代理人，电视上发生的这一切不就是炫耀财富的最好证明吗？我通过一年半来对自由改革的宣讲所取得的成果，面对狂涛般的电视系列宣传、广告和标语，垄断了荧屏、广播、墙壁、报纸和杂志的舆论进攻，在短短几周内便丧失殆尽。在那挥舞着民阵标志——一个西班牙人入侵美洲前的木梯侧影——的嘈杂人群中，互相矛盾的标语口号改变了我的声音，使之失去了改革的面孔。我的人格也与职业政客混同起来，仿佛我就是官场中的一员。

到了1990年2月，调查结果表明准备投我票的人数下降。下降的百分点不多，但是距离第一轮取胜所必需的百分之五十尚远。弗雷迪·科贝召集民阵国会议员候选人开会。他说明了发生的事态，建议大家把电视上的宣传活动停下来。与会者寥寥数人。弗雷迪面对着的是一种哗变：基民党和人民党毫不委婉地对他说：他们不接受这一建议，因为它有利于自由运动的候选人，后者开始竞选活动的时间要早于盟友。

发生上述情况时，我正在北方兰巴耶克地区考察，因此直到我回利马时才得知一切。我会见了贝朗德和贝多亚；我对他俩说：如果我们不立即结束这一耗资巨大的宣传活动，我们在选举中要失败，他俩要我在民阵执委会上讨论此事，这就意味着又要耽误几天的时间。

在执委会上，联盟内部的脆弱性暴露无遗。竞选委员会主任一手拿着调查报告，就为优选法而大搞宣传的灾难性后果做了说明，这丝毫没有打动执委会的成员，几乎全部委员都是参议员或众议员的候选人。参议员费利佩·奥斯特林以基民党的名义发言，他说：该党许多候选人就等待着这最后几周，以便发动宣传攻势，如果现在限制他们，那既不公平也是一种歧视；另外，还会有众叛亲离的危险。人民行动党方面，加斯东·阿库里奥也搬出同样的理由，此外又加了一条，出席会议的许多人表示赞成：如果减少我们的宣传活动，就等于为以银行家弗朗西斯科·帕尔多·梅索内斯为首的无党派人士竞选名单开了绿灯，而这些人的确做了许多宣传。帕尔多·梅索内斯竞选团体的口号是："我们做自由人！"阿库里奥说，他们做的是"阔佬"，此话引起执委会上一场大笑。难道我们能堵住自己候选人的嘴巴，去给"阔佬"们的候选人铺路搭桥吗？最后，通过了一项抒情性的协议，号召候选人们减少宣传活动。

在那同一个星期日里，我在塞萨尔·伊尔德布兰特对我的电视采访中说：我们有些候选人过分的宣传活动给秘鲁人产生一种毫无节制的浪费印象，另外也给执政纲领造成了混乱；我呼吁大家纠正这一行为。在另外三次采访中，我再次发出呼吁；但是连自由运动组织的候选人都不理睬我的呼吁。不过也有例外，其中一位是米盖尔·克鲁查加，他在我发出呼吁的当天就停止自己的广告节目。几周后，在新闻发布会上，阿尔贝托·波雷阿宣布：响应我的呼吁，停止自己的宣传活动。但距离选举日只剩下很少几天了，损失已经无法弥补了。

并非我们所有的候选人都肆无忌惮地搞宣传，再说也并非人人都有财力这样做。这样做的是一部分人，但他们是那样地毫无节制，以至于坏印象损害了整个民阵，特别是损害了我。这是削弱了百分之二十支持我们的选民的原因；据调查，他们在竞选活动的最后几周，转而支持阿尔韦托·藤森工程师了，后者在1月和2月，甚至包括3月上半旬，还停留在百分之一上。

在我每日努力完成的慌乱的工作安排中，已发生的事多次让我思考：一旦大选获胜，未来可能出现怎样的前景。我们的联盟是用别针别在一起的，各方领导人对我所提的思想、道德准则和一系列建议的支持是从属于纯粹的政治利益的。即使我们在国会获得多数席位，也不能保证多数议员就一定支持我的自由改革。改革若想成功只能依靠公众舆论的强大压力。因此，从1月起，我把全部精力都集中在争取内地各省区的支持上，那里有的地方我没有去过或者只是匆匆而过。

在考察兰巴耶克地区时，我第一次走进卡亚迪和波玛加农业合作社的大门，这里被认为是阿普拉党的坚强堡垒，但是，我在这两个地方都讲了话，并没有麻烦。我说明了何谓土地私有化，合作社如何转变为私营企业，合作社员如何转变为股东。我不知道他们是否能够理解，但是无论在卡亚迪还是在波玛加，听我讲话的工人和农民都发出一阵阵欢笑，我说：你们有幸生活在这样肥沃的土地上；如果不对农产品压价，国家不搞垄断，你们将是首先从自由化得到好处的社会阶层。比起南方的榨糖厂来，在费雷纳尼亚费、兰巴耶克、萨尼亚、奇克拉约的群众大会或者该地炎热的小村庄，那些天来，竞选活动搞成了热气腾腾的节日活动，每有集会就必不可少地要唱歌，跳北方舞蹈。人们欢乐和热情的态度是解除疲劳的良药。同时，也暂时让我们忘记了竞选活动那阴险的面孔：暴力。

1990年1月9日，前国防部长恩里克·洛佩斯·阿尔武哈尔将军被恐怖组织杀害在利马街头。大家一直不明白出事的那天上午这位将军为什么没有带警卫。由于阿尔武哈尔将军的妹妹是塔克纳自由运动组织的成员，我便中断了在北方的考察，回到利马参加将军的葬礼。此次谋杀是一系列政治杀人案的起点，是"光辉道路"和图帕克·阿玛鲁革命运动组织旨在破坏选举进程的活动。从1月到2月，有六百多人死于政治暴力；杀人案多达三百多起。

就是在合法活动的人，由于大选日渐临近，人们的情绪也很容易激怒。阿普拉党再次使用秘鲁史上让他们臭名昭著的方法来——石头、手枪加大棒——派成群结队的打手攻击我们的群众集会，企图把我们打散。小规模冲突时有发生，结果便有人受伤住院，但他们一直无法阻拦我们的集会、游行。不过有一次我去内地活动时，有几次冲突几乎变成惨剧。

北部地区是阿普拉党的摇篮与堡垒，那里有沿海地区最重要的农业合作社，比如卡萨格兰德和卡塔维奥，我坚持要去那里看看。在卡萨格兰德，尽管阿普拉打手队的捣乱闹得甚嚣尘上——他们爬上广场周围的屋顶又堵住四面的通道——我和前阿普拉党员、参议员托雷斯·巴列霍还是在一辆运货卡车上讲了话,甚至在散会前,在广场上还徒步走了一圈。但是,在卡塔维奥,阿普拉党人却事先准备好了埋伏。集会本身平安无事地过去了。大会刚一结束,当游行的人群正准备出发时,一群手持石块、利刃和手枪的打手向我们这里扑来,其中有人还把点燃的轮胎扔过来。当时,我正在那辆所谓的防弹卡车上,乱石飞来,其中一块玻璃被打得稀碎;混乱之中,我一把抓住了一名保镖的手腕,因为我发现他由于恐惧或是愤怒,正准备近距离向攻击我们的人开枪,而指挥进攻的正是阿普拉党地区领导人贝尼托·迪约赛斯和希尔韦里奥·席尔瓦。我们有四辆汽车被毁被烧,受伤者中有英国记者凯文·拉弗蒂,他一直在北方对我进行跟踪采访;许多人告诉我:凯文虽然满脸是血,却镇定自若,毫不惊慌。类似令人鼓舞的表现,还有我的小舅子路易斯·略萨,他总是留在最后查看电视音响设备是否完好;还有民主团结组织的领导人马诺洛·莫雷拉,他那习惯性的漫不经心使他落在了后面,而此时游行队伍已经解散,打手们的进攻让他俩来不及找车。于是,二人便混进打手的队伍中,而这些人竟然没有认出他俩来,于是免去了一顿好打。此次事件激起公愤;加西亚总统通过电视发表讲话说,"不要因为几块石子落到巴尔加斯·略萨身上就大惊小怪",结果暴力愈演愈烈。

实际上,扔石块是加西亚及其追随者对我发动肮脏战争的次要部分。在这个竞选的最后阶段,主要部分是搞一系列败坏我声誉的行动。从1月起,看来整个政府都参加进来了,指挥者是经济部长。活动的数量和频繁程度逐渐增加,直到大选为止。要一一尽述是不可能的,但值得说说最引人注目的行动,因为它们表明了其策划者是如何把竞选化为垃圾的,有时又是多么荒唐可笑。

1990年1月28日，经济部长塞萨尔·瓦斯克斯·巴桑——阿兰·加西亚执政期间内阁中最无能的一个——在电视五频道"全景"专题节目中，向我发出挑战：要我说明1984年以来的报税情况，以证明我完税的问题。次日，左派团结组织的一位参议员，哈维尔·迭斯·坎塞科，在电视上拿出了那些申报单，他断言：这些单据有问题，"除非还有版税收入"。他肯定地说：为了逃税，我贬低了巴兰科街上住宅的价值。

于是，一场日益扩大范围的宣传活动就这样开始了，那些所谓的对立派互相合作——阿普拉党政府与由马里亚特吉派统一党代表的极左派联手，向国人证明近五年来我是如何逃税的。我至今还记得当我两三次看到瓦斯克斯·巴桑（如今是秘鲁追捕的在逃犯）在电视屏幕上如何编织谎言时心中那种难以抑制的厌恶。尽管宣传的内容是彻头彻尾的谎言，这种长达数月的大规模同步宣传以及利用政府部门歪曲真相的做法，却在大选后期让谎言扮演了主角。

一个作家拿到稿酬后很难逃税，也可以说是不可能的。在出书的时候，出版社就已经扣除了应上缴的税金。依靠版税生活对秘鲁人来说是很少见的；因为早在大选前多年我就向一位国内最出色的税务律师做过咨询，他就是我的挚友罗伯托·达尼诺。他——更确切地说是他的事务所，尤其是胡利奥·卡约博士——多年前就照管我的报税问题。我很清楚，一旦涉足政治，如果有人要找我的弱点，那么我生活里的一切都会被仔细察看一遍，因此在向税务部门申报收入问题上我特别认真。

我的作品都没有在秘鲁出版，因此有关的税金都交给出版和翻译我作品的国家了。秘鲁法律准许从纳税人在秘鲁应缴纳的税金中扣除此人在国外已缴纳的所得税额，但是，我没有办这个手续，而是在秘鲁——我没有国内收入——借助一项具有艺术价值的作品可以免税的法令，这道法令是1965年①由阿普拉党在国会提出并由阿普拉和奥德里亚多数议会联盟通过的（顺便提一句，我的执政纲领考虑取消全部免税法令，首先从1965年这一条开刀）。为了使我的作品列入有艺术价值的类别，每本书都必须在全国文化委员会和文化部办手续，最后文化部都一一做了决定。阿兰·加西亚政府对我最近的三部作品都做了决定。那怎么是逃税呢？

一个阿普拉党的律师，路易斯·阿尔贝托·萨尔加多，面对成群的记者和摄像师，要国家税务总局对我进行调查，以确定逃税总额。驯服的税务总局不仅这一次做了调查，而且还查了十几次。他们就这样不断地扰乱着人心。税务总局这蓄谋已久的查验，每一次结果都先送往阿普拉党和左派报纸，而不是我本人，其公布的方式是耸人听闻的，给人的印象总是已经抓住了把柄，巴兰科街上的住宅似乎很快就被查封了。

每次查验——我再说一遍，查了十几次——为了找出证据，找出哪次去某大学讲座的机票，找出给上述大学的信件和电传以证明那年报税中的一千或一千五百美元已由自己支付，需要秘书们付出大量劳动。罗伯托·达尼诺所属的律师事务所，不断地要提供每次查验或同时进行的几种查验所需的材料；税务局对我近年来的旅行、讲座、文章进行了十分离奇的查验，以便证实是否有什么收入我未申报。全部查验一一有了答案，结果证明我没有半点违法行为！

可是，为对付这些由加西亚总统亲自下令的税收检查（实际上是肮脏的竞选战争的一部分），罗伯托·达尼诺律师事务所的同事们

---

① 1965年12月14日公布的15792号法令。

要付出多么巨大的劳动啊！假设他们向我要报酬的话，我可能支付不起，因为陷入政治活动的这三年后果之一就是几乎断绝了收入来源，我只好靠储蓄过活。但是，罗伯托和他的同事们不接受酬劳，他们认为应该努力证明我没有违法，是阿普拉党政府厚颜无耻地利用法律整人。

一天，奥斯卡·巴尔维给我带来一盘《自由之页》主编吉列尔莫·托尔迪克和税务局长的电话交谈录音，二人在商量就我的报税问题下一步应如何行动。因为税务局的每次行动计划都是根据这家黄色小报的宣传战略制定的。该报用特大号标题宣布稽查人员已动身去欧洲，因为当局获悉我是西班牙赛依斯·巴拉尔出版社的主要股东，是卡门·巴尔塞尔斯文学代理公司的老板，在巴塞罗那和蓝色海岸拥有不动产。一天上午，我正在家里的一个又一个房间参加一个又一个会议的时候，看到母亲和岳母正全神贯注地倾听国家广播电台播送这样一条消息：司法部门派出的人员正前往巴兰科大街去查封巴尔加斯·略萨的住宅及全部财产，以防止国家利益受损。

在这次行动中，与政府积极合作的是极左派的一些领袖，尤以参议员哈维尔·迭斯·坎塞科为甚，他在小小的荧屏上挥舞着阿普拉党给他提供的我的报税单，作为指责我的证据。有一天，我从收音机里听到里卡多·莱兹在讲话，他也是马里亚特吉派统一党的成员，他骂我是"无赖"。我多年以前就认识莱兹，虽然我同他在意识形态上有分歧，却一直与他保持友好关系，我绝不相信他会用诬蔑朋友的方法捞取政治好处。但是，攻击战已经打到这个水平，我便明白了：在秘鲁，搞政治的人很难不被政治这个狡诈的东西变成肮脏的人。

纳税问题只是败坏我声誉的行动之一，政府极力想通过这些行动阻挠民阵到那时似乎还在发展的节节胜利①。另一个行动是把我说成"堕落分子"、"喜欢黄书";证据就是我写了《继母颂》这部小说,国家电视七台每天在黄金时间播送一章。主持该节目的女士用戏剧化的腔调,事先警告主妇和母亲让孩子们离开电视机,因为下面要听到的东西令人作呕。接下来,播音员开始播下一章,遇到情爱描写时故意装腔作势地变调。全书播完后,便开始讨论,阿普拉党的心理学家、性医学专家、社会学家对我进行分析。由于我实在忙得不可开交,因此无法看那些节目;但有一次我赶上了节目的时间,其内容极有趣,我盯着荧屏听阿普拉党的将军赫尔曼·帕拉在发挥这样一个思想:"依据弗洛伊德学说,巴尔加斯·略萨博士应该接受心理治疗。"

阿普拉党的另一匹战马是"我是个无神论者"。"秘鲁同胞:难道你愿意一个无神论者当秘鲁总统?"一则电视广告这样问道;画面上有一张半魔鬼样的嘴脸——我的面孔——好像是一切凶兆的化身和前奏。负责诽谤活动的研究员们从我写的一篇关于八股文(国人的不良爱好)的文章中——题为《哥们儿,来杯小香槟?》——发现一句嘲笑基督显圣游行的话。阿兰·加西亚为了向秘鲁人民表示他是多么的虔诚,于10月身穿深紫色外衣,肩扛圣像担架,满脸悔罪的神情,这时急急忙忙向报界声明:巴尔加斯·略萨严重冒犯了教会,伤害了秘鲁人民最宝贵的虔诚信仰。他手下的宠臣们赶忙响应,几天之内,报纸、电台和电视台,只见政府的部长们和议员们变成了捍卫信仰的十字军战士,纷纷向显圣的基督赔礼道歉。我还记得

---

① 到1990年3月,据民意测验,我在全国可能获票的百分比占百分之四十三;阿尔瓦·卡斯特罗百分之十四点五;巴兰特斯,十一点五;毕阿塞,六点八。

那位热情的女部长梅塞德斯·卡瓦尼利亚斯因愤怒而颤抖的面孔，她像女圣徒胡安娜·德·阿尔科那样叫喊着说，为保卫自己的宗教可以赴汤蹈火。(有趣的是，一个由阿亚·德拉托雷创建的政党竟然会大搞宗教狂热活动，而托雷于1923年5月开始他的政治生涯时是反对耶稣圣心会搞崇拜活动的；他一生的绝大部分时间被指责为教会的敌人、无神论者和共济会员。)

面对这场肮脏战争的种种手腕，我心头充满好奇的感觉。我不知道这是否是心力交瘁的缘故，因为这意味着每天要开会、出差、大会演说、会见和辩论；或者是生出一种自卫的心理机制。但是我观察这些把戏的角度，仿佛是另外一个人，而这场逐渐代替了一切理性讨论的激烈征战恰恰是针对我的。但是，面对这种种偏激的闹剧和无数的暴力事件，我开始在想把战略重点放在说真话和搞改革上是否错了。因为思想、智慧、团结，特别是正直，看来在竞选中越来越没有位置。

第一轮大选前夕，教会方面的态度如何？极其谨慎。直到1990年4月8日，教会一直没有参与竞选辩论，也不卷入攻击我是"无神论"和我讽刺紫袍基督的活动，但是对我竞选总统一事也丝毫不表示好感。1990年初，秘鲁教区首席大主教、红衣主教胡安·兰达苏里·里基茨因年龄限制——已七十六岁——退职；接替者比他小十岁，是耶稣会的奥古斯托·巴尔加斯·阿尔萨莫拉。我对这两位主教都做了礼节性拜访，丝毫没有料到教会在第二轮大选中的重要作用。兰达苏里红衣主教是阿雷基帕人，与我母亲的家族有亲戚关系，在亲友聚会时我见过他几次。是他批准我和帕特丽西娅表妹于1965年结婚的（因为鲁乔舅舅和奥尔加舅妈要求我们去教堂结婚），但去找主教的不是我，而是我母亲和我舅妈劳拉。兰达苏里红衣主教是从1955年5月上任主管教会的,那大概是教会史上最困难的时期,因为教会的分裂导致神学的解放、大批神父和修女加入革命组织以及教会的世俗化,这在近几十年的发展速度远远超过前几个世纪。兰达苏里红衣主教为人十分谨慎,思想上既缺乏创建也缺乏勇气,但善于调解纠纷,是个极灵活的外交家,他终于维持住了教会的团结,虽然它被可怕的分歧已瓦解得几乎崩溃。1990年1月18日,我同米盖尔·克鲁查加去维多利亚大街的府邸看望他;我们谈了好长时间,谈到阿雷基帕,谈到我的家庭——他还记得鲁乔舅舅是中学同学,还给我讲了我母亲做姑娘时的一些趣事——但他回避政治话题,当然也一点不提攻击我是无神论者的宣传(这时正在高潮中)。只是在我告辞时,他递了一个眼色,一面指指伴着他的神父,一面低声对我说:"这位神父是民阵狂热的支持者。"

我从前不认识巴尔加斯·阿尔萨莫拉主教。他上任时我前去祝贺,陪同我的有阿尔瓦罗和鲁乔·布斯塔曼特,后者是荣誉教士。他在圣母会一间小办公室里接待了我们;从谈话一开始,他观察秘鲁问题所表现出的机敏和明了就给我留下了深刻印象。我们虽然没有提及竞选活动,但就秘鲁的落后、贫困、暴力、无政府状态、失衡与不平等现象却谈了很多;他了解的情况十分扎实,其见解也极中肯。巴尔加斯·阿尔萨莫拉主教身材矮小且瘦弱,谈吐极小心,但表现出一种十分坚强的性格。我觉得他是个有现代思想的人,坚信可以完成自己的使命,彬彬有礼的举止背后是一颗十分坚强的心,他肯定是秘鲁教会这一时期最好的掌舵人。告辞出来,我把上述想法告诉鲁乔·布斯塔曼特了。那时,我可没想到再度见到这位新任利马首席大主教时是在极富戏剧性的条件下进行的。

在此期间,我对秘鲁的考察仍然持续不断,每天要走四五个地方，有时更多；我想最后一次走遍二十四个地区，每个地区要尽量多走几个省和县。由弗雷迪·科贝及其工作班子制定的日程安排都圆满地执行了；应该说，群众集合、出差、联络、食宿等后勤工作很少有失误，如果考虑到国情和国民性，这简直是创举了。飞机、直升机、游艇、卡车和马匹总是预先准备停当的；村村镇镇总要搭个小小的主席台；动员委员会总会有两三个青年男女事先到达开会地点，以确保话筒和扩音器状态良好，并且布置好起码的安全措施。弗雷迪有几个助手专门帮助他完成这一任务；其中一位名叫卡洛斯·洛萨达，我们都叫他伍迪·艾伦，因为他很像这位美国导演和演员，也很像格劳乔·马克斯，他有一种无处不在的本事，我觉得很奇怪。他似乎总是装扮成什么，头上戴着一顶硬盔帽，上面缀有护耳，这让我想起查理·包法利那顶帽子；背上总有一个大口袋，他经常从中掏出需要进餐时的三明治、需要呼人时的手提扩音器、需要解渴的饮料、保镖需要的手枪、汽车用的电瓶，甚至当天的报纸，为的是随时掌握消息。他总是在跑，总是对着挂在胸前的小小话筒说话，通过这个小话筒他与某个神秘的总台永远保持联系，不停地报告情况，又不停地接受指示。我的感觉是：伍迪·艾伦的不断独白在安排我的行程，他决定我在哪里讲话、睡眠、动身，考察中见什么人或不见什么人，可是，我从来没有和他说过一句话。后来，我才知道他原来是搞广告的，自从开始以职业方式为竞选活动工作以来，他发现了自己的真正才能和秘密的本领：搞政治组织活动。他的确干得很出色，可以解决任何问题，从不制造麻烦。站在原始林莽里，或身处陡峭的安第斯山的群峰中，或漫步在海边村落的沙原上，只要看到他那古怪的身影——面戴厚厚的近视眼镜，身穿花花绿绿的衬衫，背着那有外壳的大口袋，那可以掏出意想不到的东西的宝盒——我就会有一种轻松的感觉、一种平静的预感：一切会按计划顺利进行。一天上午，我们刚刚到达伊洛，在前往广场参加预定的游行之前，我决定去码头上看看，那里有条船在卸货。我向一群码头工人走去，想同他们聊一聊。这些人都靠在船舷上，注意着临时工装卸货物情况。突然间，工人中好像多了一人，他夹杂在中间，盔帽和背包遮住了他的面孔，在用小话筒说话，那就是伍迪·艾伦。

在走遍秘鲁的行程中，我还用了一天的时间去巴西，那是应刚刚当选的总统费尔南多·科洛尔·德梅洛的邀请去访问的。科洛尔的胜利似乎也是激进的自由改革纲领的胜利，这一纲领类似我的执政纲领，是与卢拉·达席尔瓦①重商、国有、政府宏观控制的主张针锋相对的；因此，考虑到巴西对秘鲁的重要性——有三千多公里的边境线——民阵领导委员会决定让我出访。我的随行人员有鲁乔·布斯塔曼特，他可以同已任命的经济部长、著名的泽利娅·卡多佐女士进行接触；还有米盖尔·维加·阿尔韦亚尔，他的促进发展协会早已准备好一系列与巴西进行经济合作的意向计划。米盖尔和他的人给我描绘了这些计划，其中之一使我激动不已，从此便不断促成这一计划的实现。这就是把太平洋和大西洋连接起来的计划，办法是连接两国的公路网，即走这样一条线：里奥布兰科——阿西斯——伊帕纳罗——依洛——马塔拉尼；这样既可满足巴西由来已久的向往——通向太平洋和崛起的亚洲经济强国的出口——又可以从经济上极大地推动整个秘鲁南部的发展，尤其是莫克瓜、普诺和阿雷基帕。

---

① 巴西总统候选人。——译者

热情的科洛尔——谁能想到今天他竟然以盗窃罪被赶下台呢？——在巴西利亚一处布满好莱坞式小花园的府邸里接待了我。我们共进午餐的时候——身边有苍鹭和天鹅在漫步——他说了一句给我打气的话："我给您加油！"我还意外地见到一位老朋友：何塞·吉列尔莫·梅基约尔，巴西驻联合国教科文组织的大使。梅基约尔是散文家、自由派哲学家，是雷蒙·阿隆和以赛亚·伯林的弟子，先后就读于索邦学院和牛津大学，他是坚持不懈地捍卫拉美市场和个人权利原则的思想家之一，顶住了集体化和国有化浪潮意在垄断拉美文化的冲击。他在科洛尔餐桌旁的出现，让我觉得科洛尔政府会有出色的成绩（不幸，判断失误）。梅基约尔那时已重病在身，不久以后便结束了他的生命；可那时他没有对我说，反之，我看他很乐观，他开玩笑说，十年前在伦敦，我们两国让人觉得是拼命在抵挡自由文化的进攻，到现在事情发生了多大变化啊！

与科洛尔的会晤极为亲切友好，但是成果不多，因为午餐中大部分谈话时间被佩德罗·巴勃罗·库科金斯基给独占了，他是我的经济顾问之一，他时而开玩笑，时而出主意，时而仿佛下命令一样告诉新上任的巴西总统应该做什么和不应该做什么。佩德罗·巴勃罗在贝朗德第二届政府中曾任矿业、能源部长——贝朗德内阁成员中最出色的一位——曾长期受到贝拉斯科军事独裁政权的追捕。可是，流亡生活使他从秘鲁中央储备银行的一个普遍职员上升为纽约第一波士顿银行的高管，后经贝朗德的张罗，终于当上董事长。近年来，他周游世界——经常要乘私人飞机出行，实在没办法，便坐协和式——收购国营企业，凡是愿意知道何为市场经济以及如何过渡到市场经济的政府，不管属什么意识形态，也不管位于什么地理环境，他都肯提供咨询。佩德罗·巴勃罗在经济领域才华横溢（也骑马，弹琴，吹箫，讲笑话）；但是，他更爱慕虚荣，在那次午餐上，表现得淋漓尽致，话多得到了饶舌的程度，时而大谈学问，时而表示愿意效力。吃饭后点心时，科洛尔把我拉到隔壁一个房间里，我俩单独谈了一会儿。他望着我吃惊的样子说，连接大西洋和太平洋的计划可能会遭到美国的抵制甚至反对，因为美国担心如果这一计划实现，它同太平洋地区的亚洲各国的贸易往来会受到损害。

后来，我回想起科洛尔在那次午餐上讲的许多话，其中一句是趁着佩德罗·巴勃罗喘息的当口说出的："但愿您第一轮大胜，不要经历我发生的事！"他解释说，巴西的第二轮选举紧张到了令人难以忍受的程度，使他生平第一次对自己的政治才能发生动摇。

我非常感谢科洛尔——如同感谢乌拉圭总统桑吉内蒂那样——在竞选高潮中邀请我来访，而且明明知道这可能令加西亚总统不快；如果我不能获胜的话，也会让未来的秘鲁元首不高兴。我为这位年轻有为的总统感到遗憾，因为他似乎为在巴西进行自由化革命已经准备停当了，可惜未能进行，反之是零敲碎打，矛盾百出，更糟的是他庇护了腐败行为，并造成了灾难性的后果。

一回到秘鲁，我便看到了秘鲁劳动者总会送来的请柬，这由共产党领导的工会组织让我出席第四届劳动者全国代表大会，去介绍我的执政计划，会议地点在利马的爱国协会中心。组织这次会议的目的是给左派团结组织的总统候选人亨利·毕阿塞·加西亚搞一个庄严的仪式，他既作为工人的候选人又是对那次年会的抵制。因为那次年会上只有我们四个有可能当选的候选人被邀请参加。阿方索·巴兰特斯由于担心被骂做"亲资产阶级分子"和"修正主义者"，便找了个借口没有出席。阿普拉党的候选人阿尔瓦·卡斯特罗则不怕，他出席了会议并顶住了嘲弄。我觉得我也应该参加，恰恰因为该党中央的领导人肯定我没有勇气深入虎穴。另外，我也很想了解这些深受教育的工会代表们对我的执政建议有何反应。

我立即召集劳工与私有化两个委员会的领导人开会——因为那边规定的题目是劳工制度改革与大众资本主义——随后又是在阿尔瓦罗的陪同下，我们于1990年2月22日下午出席了爱国协会中心的会议。会场上座无虚席，代表有数百人之多，一群"光辉道路"组织的极左分子在一个角落里围成一圈，冲我高声喊道："乌丘拉卡伊！乌丘拉卡伊！"①但负责会场秩序的劳动者总会的工作人员让他们安静了下来，因此我可以讲话了。我讲了一个多小时，没有被打断，大家都专注地听着，其神情仿佛神学院的学生在听魔鬼讲话。我希望他们中能有人发现撒旦并不像人们描绘的那么丑陋。

我对他们说，在民主社会里，工会组织是必不可少的；工会只有在民主生活中才能真正担起捍卫工人利益的职能，而在极权主义的国家里，工会只是政治官僚机器和政府口号、命令的传声筒。我说，因此在波兰是团结工会率领群众为国家的民主化进行了斗争，我们于1981年在利马为声援团结工会而发动了示威游行。

关于秘鲁的形势，我告诉大家：虽然我国的情况与大家最坚定的信仰相背，一大堆国营企业和政府的宏观调控政策使得秘鲁更接近大家的国有化和集体化理想，而不是资本主义制度；对资本主义，大家也仅仅了解了它最卑鄙的一面：唯利是图。我提出的改革旨在清除一小撮特权阶层对穷人压迫和剥削的全部工具，社会公正将伴随繁荣而来。繁荣的到来，不是靠对现有财富的再分配——这意味着传播贫困——而是通过制度，一种人人能有机会进入市场经济、

---

① 指责巴尔加斯·略萨在乌丘拉卡伊记者采访团被杀害事件的调查中应负责任。——译者

进入企业管理、进入私人合法占有的制度。

在陪我出席会议的哈维尔·席尔瓦·鲁埃特的帮助下，我们说明了国营企业私有化之后，职工可以变成股东——我们举了具体的例子，比如秘鲁石化公司、一些大银行和秘鲁矿业公司等单位——我们说，以社会公正的名义保护像秘鲁冶金公司这样的企业，是谬误推理，因为人为地维持该公司的生命要花掉国家巨额资金，这些浪费掉的财力，受益者是一小撮官僚政客，而这些钱本可以修建穷人十分需要的学校和医院。

秘鲁政府的首要任务是结束几百万秘鲁人的贫困状况，为此，就应该吸引外资，鼓励开发新企业和现有企业的发展，清除任何障碍和阻力。劳动岗位的稳定不变是企业发展的障碍之一。从稳定不变中受益的劳动者是少数人，而需要工作的是多数人。世界上就业条件优厚的国家和地区，比如瑞士、中国的香港和台湾都有比较灵活的劳工法，这并非是偶然的。劳工委员会的维克托·费罗解释了为什么劳动岗位稳定制度的取消不会帮助资本家欺压工人。

我不知道我们是否说服了什么人，但对我来说，与这样的听众谈谈这样的话题，实在是一大快事。当然，要想把他们争取过来参加我们的事业，可能性不太大，但是我坚信至少有些人会明白：我们的执政纲领是要进行一场秘鲁社会前所未有的改革；我们努力实现的中心目标是要改善工人、非正式工人、穷苦人，总之是收入低下阶层的人的现状。会议结束时，响起一阵礼节性的掌声；我同秘鲁劳动者总会的总书记、秘共中央委员巴伦廷·帕乔交换了一些看法——阿尔瓦罗将这次谈话收入他的《魔鬼在行动》。帕乔说："您看，巴尔加斯·略萨博士，用不着害怕工人。"我说："帕乔先生，您瞧，工人也用不着害怕自由化。"在新闻界，我出席劳动者全国代表大会一事，政府部门下令避而不谈；但是朋友们都给予好评。甚至连《假面》和《是》都承认这是一次大胆的行动。

第二天，阿尔瓦罗非常激动地冲进家中的会议室，打断了我同麦克·马洛·布朗的会谈，告诉我尼加拉瓜大选的结果：与所有的预测相反，比奥莱塔·查莫罗击败了丹尼尔·奥尔特加，给桑地诺阵线的十年执政画上了句号。巴西大选之后，维奥莱塔的胜利证明了拉美大陆意识形态的风向在变。我打电话向她表示祝贺——我从1982年认识她，那时看到她顶住了似乎难以阻挡的势力：她家的院墙上写满了骂人的脏话——竞选指挥部有些人考虑我应该对尼加拉瓜来一次闪电访问，就像会见科洛尔那样，也同比奥莱塔合影留念。米盖尔·维加·阿尔韦亚尔甚至想出了在二十四小时内完成这一行动的方式，但是，我没有批准，因为2月26日我要在高等军事研究中心与秘鲁军官会面。

在这场肮脏的战争中，对方使用的重武器还有我是"反黩武主义的"和"反民族主义的"。特别是阿普拉党，不过也有部分左派人士——从贝拉斯科独裁时期开始就变成了黩武主义者——提醒人们说，1963年军队曾公开举行仪式焚烧了我的长篇小说《城市与狗》，认为该书侮辱了武装部队。政府的宣传部门翻遍了我的作品目录，找出来我的文章和对我的采访中攻击民族主义的大量言论，比如其中有这样的话，"愚蠢的言行在人类史上一再造成大量流血事件"——我的确赞成这一观点——他们用传单的形式大量散发，印刷的单位是国家出版社。在一张匿名传单上，他们警告选民说，军队将不允许"敌人"掌权；假如我大选获胜，会发生军事政变。

这一点也正是民阵领导人所担心的，因此他们劝我采取公开行动和私下与军界首脑会晤的方式，让他们放心我在二十多年前作品中的"反黩武主义"观点和对某些问题的立场（比如，支持古巴革命和赞成 1965 年路易斯·德拉普恩特和吉列尔莫·洛巴顿的游击战尝试）。

武装部队在大选中有着决定性的作用，因为他们负责确保选举的顺利进行；如果阿兰·加西亚企图改变选举的结果，他能否达到目的也取决于军队。假如明天我们同军队一道执政的话，那么绝对有必要与军界首脑公开对话以保证他们有公正的立场。可是与高级将领会晤并非易事；因为如果总统察觉他们有亲民阵候选人的倾向，他们担心总统会施加报复。而这种担心不无道理，因为阿兰·加西亚早已在军队内部制造了混乱，他调动、撤换和提升了一批又一批军官，以确保自己的亲信能留在关键岗位上。海军顶住了一次又一次冲击，坚持按一定的章程提升和轮换职务；但空军，尤其是陆军，已经受到来自总统府任命的创伤。

民阵内部，我们有个国防、内政委员会，由乔尼·乔沙莫维兹主持，由六位将军组成，为保护这些成员不受恐怖分子的袭击和政府的迫害，该委员会的活动方式是秘密的。每次我同他们开会，由于不得不采取安全保卫措施——不停地换轿车、换司机、换地址——我有一种转入地下活动的感觉；实际上，从他们每次给我的汇报中——通常由西内西奥·哈拉马将军口述，他是游击战专家——我感觉他们做了大量工作。从首次会议开始，我就对他们说，我们国防政策的目标应是武装部队的非政治化，为保卫公民社会与民主而恢复原来职能，以及军队要现代化。改革应保障政治不介入军事，同时军队也不干涉政治生活。这个委员会与绥靖和人权委员会（由阿马利娅·奥尔蒂斯·德·塞瓦略斯主持，也有几位军官参加工作）起初有些摩擦，但后来终于可以协调工作了，特别是在叛乱问题上。

通过这些委员会的成员或者友人，有时是他们自己要求，我同军界首脑就"光辉道路"和图帕克·阿玛鲁革命运动问题有过几次会见。其中最具官方色彩的是1989年9月18日在促进发展委员会上与内政部长、阿兰·加西亚的大管家阿古斯丁·曼蒂利亚的会见，他的陪同有几位将军和警官；他向我和自由运动组织的少数领导十分坦率地介绍了"光辉道路"的情况，他们在城乡的组织，派遣特工和从这样一个如此严密、庞大、方式冷酷的组织内获取情报的难处。曼蒂利亚部长（顺便说一下，我觉得他比一个毕生指挥打手和枪手的人要聪明、思路清晰得多）详细给我们介绍了"光辉道路"最近一次行动，地点在山区某村，他们按照惯例处决了各级官员，通过几位政治委员控制了地方政权，将其改造为游击根据地。一个平暴指挥部经过一夜行军，登上安第斯山陡峭的岩石到达那里，俘获并处决了那些政委，但是那支武工队却溜走了。曼蒂利亚部长没有转弯抹角，他冷酷地告诉我们，这是在"光辉道路"发动的你死我活的战争中唯一可行的方式；他承认暴乱的范围在扩大。会见结束时，他把我叫到一旁说，总统要他转达对我的问候（我也请他向总统致意）。

此前，1989年6月7日，海军情报局——据说是组织得最好的部门，因为部门之间的竞争使得无法成立一个统一的情报部——向我、贝朗德、贝多亚和几位民阵的人，就同一个问题讲了几个小时，地点在海军基地。做报告的几位军官口才很好，掌握的情报也很丰富，从表面上看理由也很充足。他们有"光辉道路"为在整个欧洲搞宣传和募捐而让访问者拍摄的根据地照片，特工人员是从巴黎搞到手的。那么，平暴斗争为什么如此不得力呢？据他们的看法，武装部队面对这种战争既缺乏训练又缺乏装备,他们一直是为针对常规战争而备战的;还有缺乏老百姓的支持,群众觉得这是恐怖分子与军人的斗争,与自己无关。

尽管他们一再告诫我们要严守秘密,这次会面还是被泄露出去了并产生了后果,因为加西亚总统要处罚负责人。从那时起,我同现役军官见面时便单独进行了,好像拍电影似的移来移去,几次换住宅和车辆,仿佛我要谈话的对象是悬赏捉拿的要犯,而不是令人十分尊敬的高级将领。最为荒唐的是,几乎所有的会晤都毫无用处,因为他们不谈有意义的内容,除去讲些政治笑话或者政府为阻止我大选获胜可能策划的阴谋。我想,在大多数情况下,这些虚张声势的会见是些想见见我的军官安排的。

那些会见让我感到非常失望。由于经济危机和世风日下,军人生活已不再吸引有才干的青年,军人的水平下降到危险的程度。同我谈话的有些军官狂妄而缺乏教养,当我给他们解释军队在现代、民主社会中应起的作用时,他们看着我的神情好像我是个怪物。另外有些军官给人以好感、落落大方,比如那位炮兵上校,刚刚做过介绍之后,他就劈头问我:"你酒量怎么样?"我说差劲极了。他口气肯定地说:"那你可操蛋了!"据他说,阿兰·加西亚在国庆阅兵式之后在总统府与高级将领一道组织了"越障赛跑"并赢得了胜利,从而博得同事们的尊敬和好感。什么是"越障赛跑"呢?在一张长长的餐桌上,交叉地放好盛满啤酒、威士忌、秘鲁酒、葡萄酒、香槟及一切能想到的饮料的杯子。总统指定比赛选手,他也亲自参加比赛。谁能像醉鬼那样绕过的障碍越多并且不把杯子撞倒在地,谁就是赢家。我告诉这位上校,由于我酒量小,一喝酒就过敏,如果我在总统府搞国庆招待会一定非常简单。

在所有这些会见中，给我留下最佳印象的是二区军事长官海梅·萨利纳斯·塞多将军；几乎每次军事政变都来自该区的装甲师。由于那里有他领导，民主似乎有了保证。有文化，有口才，举止优雅，好像非常关心秘鲁公民与军界由来已久的不沟通现象；他说，这对法制构成不断的威胁。他跟我谈到部队技术现代化的必要性，谈到有必要根除政治的介入，有必要严惩近年来屡屡发生的腐败案件，以便让军事部门在国内树立起法国或英国军队那样高的威信。他和帕尼索海军上将一样（后者当时是联合指挥部主席，我同他也私下会晤过两次），都用强调的口吻保证，军队绝不允许选举中有舞弊。①

我在高级军事研究中心的演说，是我在竞选期间写出并发表的三篇文章之一②。我觉得给军事研究部门的精英们深入地谈谈秘鲁自由改革的核心问题是很重要的，因为军队已加入进来。

与现代民主国家的情形不同，秘鲁从未有过军民间的真正团结，这是多次军事政变及军民间几乎完全不沟通造成的。为了军民团结与沟通，军队必须非政治化和专业化；面对政治分歧和论战，军队必须保持全面独立与公正。军人必须意识到，由于秘鲁的经济现状恶化，在最近的将来，用在军事装备上的开支几乎是零，用于反恐怖斗争的装备除外。如果军民并肩战斗打击那些给国家造成几百亿美元损失的人，斗争才能取得胜利。如果我当上总统，将亲自领导这一斗争，将号召农民和工人参加斗争，在军人指导下组织武装巡

---

① 1992年4月5日独裁者发动政变七个月后，11月13日，已退役的萨利纳斯将军为忠于上述思想、在秘鲁恢复民主制度，企图发动护宪运动，但失败了。他和支持他的军官在我校对本书清样时，已被关进监狱。
② 《自由秘鲁的军与民》，1990年2月26日在利马高级军事研究中心给海陆空三军军官的报告。

逻。军队如果要赢得人民的支持,就绝对不能践踏人权,这与法制国家不容,其效果也适得其反。

把民族主义与爱国主义混淆起来是不对的。爱国主义是对自己出生地的真正热爱;民族主义则是19世纪的一种理论,既有局限性,也已过时,它在拉丁美洲造成国与国之间互相残杀,破坏了我们的经济发展。应该学习欧洲的榜样,与民族主义的传统决裂,为友邻国家的一体化而努力,取消国境线,整个大陆实行裁军。如果我当选,我的政府从第一天起就努力拆除一切与拉美各国、尤其是我们邻国发展密切、友好合作关系的障碍。我用了一件在伦敦大学国王学院教书时发生的事结束了演说。有一天,我在电影学院发现,我的两个最用功的学生是英国军队的青年军官;是部队掏钱供他俩读拉丁美洲研究硕士:"通过这两个学生我才知道,在大不列颠,进皇家陆军学院或者海军学院或者空军学院,是给最有能力、最勤奋的青年保留的特殊荣誉——等于进入名牌大学。那里所受的训练,不仅教给他们如何对付战争(这是当然的),而且要对付和平:就是说,作为科学家、研究员、技师、人文学者有效地为国家服务。"在秘鲁整顿军队的目标就是这个。

在高级军事研究中心开会之后过了两三天,索耶与米勒公司搞出一个新的全国调查的结果来,也是到那时为止包括人数和地方的最重要的调查。我仍居榜首,在投票意向中占百分之四十一或四十二。阿尔瓦·卡斯特罗上升到百分之二十,巴兰特斯仍停留在百分之十五,亨利·毕阿塞占百分之八。这样的结果,我觉得还不坏,因为由于优选法而搞的错误宣传,我以为要大滑坡呢。但是,我没有接受麦克·马洛·布朗取消内地之行的建议——他让我集中精力搞好新闻媒介宣传活动——还要到利马周围的贫民区里走一走。我在首都，人们都已了解我的人品和纲领；而在内地，许多人还不知道我是谁。

在那个星期里，利用一次集会和下一次之间我乘飞机和汽车的小小空当里，在我正起草一份会见发言时（自由运动组织于3月7日到9日组织了各国自由派知识分子大会），传来我们阿亚库乔领导人胡利安·瓦玛尼·亚乌里被杀害的消息。我立即动身去参加他的葬礼。我到达那里时，人们正在为他守灵，灵堂里点着蜡烛，设在会计学校的二楼上。站在那里，望着那颗被恐怖分子的子弹打碎的头颅，有一种奇怪的感觉。这个朴实的阿亚库乔人，我每次去那里，他都自始至终陪着我，谨慎而有礼貌；那里的老乡往往如此。他的被害充分表明"光辉道路"这一恐怖主义战略的非理性和愚蠢的残暴性，他们在这个老实巴交的胡利安身上不是要惩罚什么暴力、剥削或者为非作歹的行为，而仅仅是要通过这一罪行恐吓那些相信选举可以在秘鲁改变现状的人。他是自由运动组织倒下的第一人。还会有多少人随后牺牲？我们抬着他的遗体向教堂走去，我心里一面在想，一面沿阿亚库乔大街走下去，心里首次产生了一种有过失的感觉；尤其是在第二轮大选时，每当我宣布我们的成员或候选人被恐怖分子杀害时，这种感觉就格外强烈。

胡利安被杀事件发生后不久，3月23日，民阵又一位众议员候选人、人民行动党的何塞·加尔韦斯·费尔南德斯，被杀害于他领导的学校门前，地点在科马斯区，利马的平民区之一。何塞朴实、可亲，是人民行动党基层委员会领导人中为民阵各派团结合作做了大量工作的一位。那天夜里，我来到人民行动党党部为他设的灵堂里，看到贝朗德和比奥莱塔在那里，二人因自己同志的被害而十分难过。

但在发生这些流血事件的同时，在竞选期的最后几天里，有一桩令人鼓舞的事：各国自由派知识分子大会的召开。好多月以前，我们就计划在利马举行各国自由派知识分子大会，大会的思想会有助于世界政治、文化的巨大变化，还可以表明我们在秘鲁准备做的一切是重建民主秩序的一部分，世界上有越来越多的人民正参加到这一进程中来。同时还要让我们的同胞知道：最先进的思想是自由化思想。

大会开了三天，地点在利马郊区的普韦布洛，分别举行了讲座、报告会、圆桌会、讨论会；每天晚上有音乐会和舞会，一些自由运动组织的青年参加了晚上的活动，给晚会增添了许多色彩。我们一直盼望瓦文萨能出席会议。米盖尔·维加曾经去格但斯克看望他，这位波兰团结工会的领袖答应米盖尔尽量出席会议；但是到了开会前夕，国内问题使他无法成行，于是派了波兰团结工会的两名领导人——斯特凡·尤尔恰克和亚采克·赫韦多鲁克——带了一封贺信前来秘鲁。那天晚上，当我们宣布他俩登上主席台时，会场上爆发了长时间的热烈欢呼声（我至今记得阿尔瓦罗比平时还要兴奋，双手高举，拼命高呼瓦文萨的名字）。

文化性质的大会往往是乏味的，但是这一次却不是，尤其是对于我而言；对于我们从全国各地召集来的青年来说，我想也不会是乏味的；我们的目的是让他们听一听自由化的浪潮是怎样席卷全世界的。许多年轻人是平生第一次听到这样的事情。可能由于长时期被竞选斗争的刻板语言包围了，我觉得那三天品尝到了美味的禁果，听到的那些话是没有政治心计的或是为现实服务的，说话的方式是个人的，是要说明正在发生的巨变，或者说明在那些充分发挥政治、经济自由作用的国家里改革会产生哪些变化——哈维尔·图塞利的题目——或者仅仅抽象地描绘市场的性质，就像伊斯雷尔·柯兹纳做的那样。我还记得让-弗朗索瓦·雷韦尔和艾伦·沃尔特斯的精彩报告,使大会达到高潮;我记忆犹新的还有何塞·皮涅拉关于经济改革给智利带来社会进步与民主化的说明。特别是通过哥伦比亚的普利尼奥·阿普莱约·门多萨、墨西哥的恩里克·克劳泽和加布里埃尔·扎伊德、危地马拉的阿曼多·德拉托雷等人的发言,非常令人鼓舞地证实了:在整个拉美大陆,都有与我们思想一致的知识分子,他们对我们的竞选寄予希望,如果自由化革命能够在秘鲁成功,那么它将影响其他国家。

与会者中有两位来自第一线的古巴斗士:卡洛斯·弗朗基和卡洛斯·阿尔贝托·蒙塔内尔。他俩自从感到为之奋斗的革命已被卡斯特罗所背叛,便长期以明确的民主信念反对卡斯特罗的统治。我觉得在大会闭幕时应该公开支持他们的事业,明确宣布古巴的自由也是我们的旗帜;如果我们获胜,为争取自由的古巴人将在秘鲁有一支盟军,共同反对世界上最后几个专制统治。于是,我在宣读讲演稿之前,便做了上述声明,结果不出所料,引起那位古巴独裁者的愤怒,两三天后,他在哈瓦那用惯常的辱骂做了回答。

奥克塔维奥·帕斯不能与会,寄来一盘录像带,上面录了贺信,解释为什么现在支持我当总统候选人,而在两年前,他在伦敦极力劝阻我不要参加总统竞选。米盖尔·维加·阿尔韦亚尔急忙四处去找大量的电视机,为的是让所有与会者都能听到这封贺信。他真的办成了,结果那几天我们一直可以看到帕斯的形象并听到他的声音。他对我的鼓励非常及时,因为说真的,两年前,那次在他下榻的伦敦饭店里谈话,我们一面饮着传统的碗茶,他一面给我阐述的理由总是不时地回响在我耳中,他劝我不要涉足政界:因为当官与做学问水火不容;当官以后会失去独立的人格;当官以后会受到职业政客的摆布,慢慢地便产生失望和浪费生命的感觉。在贺词中，帕斯以其阐释理由、即他最佳的思辨特性所使用的敏锐，加上行文的优美，否定了从前的理由，着重提出另一些理由、更为现实的理由，既证明了我的目的有道理，又将我的努力与东欧自由与民主的巨变联系在一起。此时此刻，亲耳聆听一位我从年轻时就十分敬佩的人亲口说出长期以来我自己说服自己的那些道理，对我来说，真是一剂滋补药，但是，过了不久，证实他最初判断是多么准确的机会便来到我身边，随后又证实了秘鲁的现实是如何急急忙忙地反驳他的第二种看法。

除去这些要考虑的道理之外，开会的三天时间是一次真正的休假，因为我可以与很久以来未见面的朋友交谈，可以结识与会的优秀人物，他们给我们这个由于贫困和暴力而变得文化闭塞和落后的秘鲁带来了新鲜的思想和信息。除去会场处于严格的保安措施管理之下，与会的外国代表看不出暴力的迹象，看不出秘鲁生活在暴力之中，他们甚至可以通过秘鲁的歌舞节目娱乐一番，安娜和佩德罗·施瓦茨加上几位塞维亚姑娘自发地参加了表演。（我为历史注明此事，因为每当我讲起佩德罗·施瓦茨参加演出的事，没有人相信这位出色的西班牙经济学家还能做出这样的壮举。）

这相对休息的三天，还为我度过最后一个月提供了精力，而那一个月真弄得我晕头转向。3月11日，我恢复了竞选活动，在瓦拉尔、瓦乔、巴兰卡、瓦尔梅和卡斯马召开了一系列群众集会；从那时起直到4月5日在阿雷基帕宣布竞选活动结束，我每天跑五六个城镇，演说，游行，每到一地都搞新闻发布会，几乎每天夜里都飞回利马，与民阵全国竞选指挥部、执政计划委员会、核心顾问小组开会；帕特丽西娅作为我工作日程安排的协调员参加会议。

由于每次示威游行几乎总是群众性的，加上最后几周内部冲突似乎已烟消云散,以及民阵给人以团结、坚强的印象,我便觉得胜利在握了。民意测验也是这么说的,虽然每次调查都排除了第一轮选举就完全取胜的可能。会有打破均势的第二轮投票,到那时我宁肯与阿普拉党的候选人决一高低,因为我想左派中某些反阿普拉的势力会让我赢得他们的选票,但在我内心深处一直希望秘鲁人民在关键时刻会从4月8日起给我我所要求的执政权。3月28日,我的生日,我在伊基托斯受到热烈欢迎。从机场到城里,大批群众夹道欢迎我;我和帕特丽西娅乘坐着敞篷汽车,我们激动地看到家家户户不断有人热情地加入到游行队伍中来,人们不断地高呼民阵的口号,以难以描述的欢乐与热情载歌载舞(在亚马孙地区一切都可以变成节日)。主席台上摆了一个特大的蛋糕,上面插着五十四根蜡烛;虽说遇到临时停电,话筒也不好使,但集会的规模是如此之大,我和帕特丽西娅都感到浑身像过电一样。

那天我就在那里过夜,此前我的睡眠已减少到三四个小时;次日一大清早,我飞往库斯科,然后从锡夸尼、乌尔科斯、乌鲁班巴和卡尔卡一路下去,两天后走完上述城镇,于下午五时到达印加帝国古都的阿尔玛广场。从历史、也从政治上看库斯科,这个左派的传统城堡,在秘鲁有着象征意义。城内的阿尔玛广场,古老的印加宫殿基石是殖民时期庙宇和住宅的基础,它是我见过的广场中最庄严、美丽的一个,也是最大的广场之一。自由运动组织库斯科委员会曾向我保证那个下午广场上会挤满人群;无论阿普拉党还是秘鲁共产党都破坏不了这次集会(前几次我来这个地区时,这两党都曾经企图袭击我们)。

我正准备动身去会场的时候,阿尔瓦罗从利马打来电话。我听出他很激动。他正在竞选指挥部,与麦克·马洛·布朗、豪尔赫·萨尔蒙、路易斯·略萨、巴勃罗·布斯塔曼特以及民意测验分析专家在一起。他们刚刚收到最新的一次调查，结果令众人大为惊讶：在利马郊区的贫民窟和工人新村里——占首都人口的百分之六十——总统候选人阿尔韦托·藤森近日来以令人眼花缭乱的方式腾空而起，在投票意向中逐渐超过了阿普拉党和左派，数字表明他的知名度"仿佛泡沫一样一分钟一分钟地扩大"。据专家分析，这一现象只限于利马最贫困的区县和下层群众；在其他区县和秘鲁其他省份，力量对比依然未变。麦克认为这个危险后果严重，他劝我停止外地活动，甚至不参加库斯科的集会，立即返回利马，以便从今天开始到选举时为止，集中全部精力于首都各郊区和县，制止藤森现象的蔓延。

我答复阿尔瓦罗说，如果这里的人以为在基亚班巴和马尔多纳多港集会之后我就扔下库斯科人不理睬、次日就回利马的话，那他们准发疯不可。我向库斯科的阿尔玛广场走去；那里的情景让我忘记了竞选指挥部的种种疑惧。这时正是夕阳西下，一轮红日点燃了周围的群山和坡地。圣布拉斯大教堂的屋顶以及各个教堂和修道院的古老基石发出耀眼的光芒。靛蓝色的天空上，没有一丝云彩；一些星星已经闪闪发光。拥挤的人群覆盖了整个广场，热情得仿佛要爆炸一样；在山区特有的纯净空气里，男人黝黑的面孔、女人首饰发出的闪光、如林的臂膀挥动的彩旗和标语，一一清晰可辨，搭在大教堂门廊前的主席台上如果有人要去抚摸他们，似乎都是伸手可及的。在整个竞选活动期间，我从来没有像在库斯科这个黄昏里，在这古老而美丽的广场上那样激动过，在这块我出生的不幸国土上，也曾经有过最为崇高的辉煌时刻，也一度有过文明、昌盛的时期。我压低声音把这些想法说给自由运动组织地方委员会的建筑师古斯塔沃·曼里克·比利亚洛沃斯听。他听了以后眼睛湿润起来，一面指着如潮水般的人群，一面低声说："马里奥，保证已经兑现！"

当天夜里，晚饭时，在旅游者饭店，我问大家这个距离大选仅剩十天才出来做总统候选人的阿尔韦托·藤森是何许人、哪方人士。在此之前，我想我一次也没考虑过这个人的情况；在民阵和自由运动组织分析竞选情况时，我也没听到有谁提起过他。此前，我曾偶然见过为他注册候选人身份的那个幽灵般的组织贴的稀稀拉拉的标语——该组织的名称是"90变革"，套用了一个我们的口号："以自由的方式进行伟大的变革"；也曾见过他本人颇有特色的照片，他竞选的战略就是驾驶拖拉机漫游，有时在那张东方人的面孔上方戴一顶土著人用的护耳帽，嘴里不停地重复着这样的口号："诚实、科技、劳动"——包括了他全部的执政纲领。但就是用这种民间艺术式的奇特打扮，这位五十二岁的工程师、日本人的后代、有着重姓的藤森·藤森，在经全国选举法院登记的十名总统候选人中也不占优先地位，因为在这方面是阿塔乌古西·加莫纳尔先生或称埃塞基耶尔的预言家一直排在他前头。

预言家埃塞基耶尔是一门新宗教的创始人，称为寰宇新约古以色列教，起源于安第斯山高峰，在农村和城市贫民中设有组织。他出身贫寒，生于阿雷基帕省的小镇乌尼翁，受过中部山区福音派的教育；在塔尔马有所启示以后脱离了福音派，另创新教。人们可以认出他的信徒，因为女人都穿着庄重的衣衫，头上裹着披巾；男人留着长头发、长指甲；因为他们的信条之一是顺其自然。他们住在村社里，以种地为生，一切收获共同分享，曾经与"光辉道路"发生过冲突。竞选活动初期，研究古以色列民族的人类学家胡安·奥西奥与该教派的人有良好关系，曾邀请我在他家与预言家埃塞基耶尔以及使徒首领赫雷米亚斯·奥尔蒂斯·阿科斯弟兄共进午餐，因为我想这个教派如果支持我们,那可以帮我们赢得农民的选票。对那次午餐,我保留着有趣的回忆,同我的全部对话是由赫雷米亚斯弟兄进行的,这是一个强壮而狡猾的土著混血儿,乱蓬蓬的头发编成几条辫子,说话的姿态是摆出来的;而那位预言家则一声不哼,沉浸在一种神秘的陶醉中。直到吃饭后点心时,他狼吞虎咽一番之后,方才回到这个世界上来。他望着我的眼睛,用他那黑色的爪子抓住我一只胳臂,吐出这样一句决定性的话:"博士,我送您上宝座。"我们把这句话理解为答应帮助我拉选票。胡安·奥西奥和弗雷迪·科贝深受鼓舞,便去利马郊区一个古以色列式的帐篷里与预言家埃塞基耶尔及其使徒共进午餐。弗雷迪一直记得那次宴会,他认为那是自己短暂的政治生涯中最难受的考验之一。另外,那顿饭是白吃了,因为不久后预言家本人决定要上宝座,便宣布自己竞选总统。虽说在民意中他连百分之一都没有到过,民阵的分析专家却估计他有可能拿走一部分农民的选票,使得政治前景不稳,但任何人都没有察觉偷袭来自工程师藤森。

3月30日下午,我刚回到利马就得到一个奇怪的消息。我们负责安全的小组探听到前一天夜里阿兰·加西亚总统给所有地区发展促进会一项命令:从现在起,一切后勤支持工作——运输、通讯和广告宣传——都必须从阿普拉党候选人阿尔瓦·卡斯特罗那里转到支援"90变革"去。与此同时,从那天起,附属政府和追随加西亚总统的全部新闻媒介——尤其是电视五台、广播节目报、《共和日报》《自由之页》和《纪事报》——都开始有系统地提出此前几乎没提及的一位总统候选人。对这些消息唯一不感到吃惊的是费尔南多·贝朗德,我回到利马的当天晚上就同他见了面。这位前总统语气肯定地对我说:"藤森这个候选人是阿普拉党为抢我们的选票而搞的典型阴谋。"他补充道:"1963年,他们就这样搞过我,制造了一个马里奥·萨玛梅·博希奥工程师当候选人,我说什么他也说什么,也是我那个大学的教授,最后得到的票数比他在选举注册书上签名的人还要少。"这个戴耳帽、开拖拉机的候选人是不是阿兰·加西亚在重演故伎?不管怎么说,麦克·马洛·布朗已经惴惴不安了。《快讯》——我们在利马办的报纸——的调查证实在工人新村里,这个"小日本"在飞快地长大。

此人何许人?来自哪方?他曾是数学教授,农业大学校长;以此身份做过全国大学校长联席会主席。但是,他的总统候选人资格并不很够。他连自己党派议会候选人名单应有的数额都没有填满。那名单上有很多福音会的牧师,全部人选无一例外地是无名之辈。后来我们发现那名单上甚至连他自己家里的园丁和一个占卜、看手相的女人卡尔梅利太太也写上去了,而这个女人涉嫌一桩走私毒品案件。但这位总统候选人不够严肃的最好证据是藤森本人还同时登记了参议员候选人的身份。秘鲁宪法容许这种双重身份出现,因此许多议会候选人都利用这一条款,以便赢得更响亮的名声,故而同时报名做总统候选人。但是,没有人抱着真的去当总统又当参议员而报名的,因为根据宪法,两个职务是不相容的。

虽然我没有取消计划中最后几天应出访的其他地方——万卡约、豪哈、特鲁希略、瓦拉斯、钦博特、卡哈马卡、通贝斯、皮乌拉和卡亚俄港——我几乎每天上午动身去各省之前,都要去藤森似乎已站住脚的利马工人新村;还在系列电视宣传中与中下层群众谈话,请他们向我提出执政纲领中最受人攻击的问题。开着政府大力支持的飞机和汽车,藤森开始到各省去游说,大量消息表明:每次集会都有大批秘鲁穷人参加;这个在讲演中攻击所有政治家的"小日本",身披斗篷、头戴护耳帽、驾驶着拖拉机,仿佛一夜之间对老百姓施了魔法一样。

3月30日星期五,利马新任市长里卡多·贝尔蒙特转而支持我竞选总统。此事是在一场对我十分有教益的谈话之后,在我巴兰科街上的住宅里进行的。藤森的腾飞让里卡多感到十分不安,因为藤森不仅完全在重复里卡多早在市政选举中说的话——"我不是政治家","所有的政治家都失败了","现在该轮到无党无派的独立人士做主了"——而且里卡多自己的组织(名叫实践派)的基层委员会,在利马的穷人区里开始被"90变革"所吞噬。那些委员会的办公地方换上了人家的旗帜,有里卡多肖像的招贴画换上了"小日本"的照片。里卡多坚信不疑的是:藤森是阿普拉党的产品。他告诉我,阿普拉党前利马市长豪尔赫·德尔·卡斯蒂略曾经极力要把藤森拉进市议员名单,后来没有做成是嫌藤森名气不够。六个月以前,"90变革"的总统候选提名人仅仅想当一个市议员而已。

由于里卡多·贝尔蒙特事先曾多次与阿尔瓦罗举行过预备会议并且二人成了莫逆之交,所以那次与我会面时,他便保证:"我要让藤森停下来!"在竞选的最后八天里,为了支持我当总统,他做了力所能及的一切,在新闻发布会上都登台支持我竞选,直到利马的竞选活动为止。但是,这些都没能挡住记者命名的"藤森潮",可里卡多给我留下了美好的印象;可以预断,后来的秘鲁政府一定会跟他算账的,果不其然,先是用停发财政拨款窒息利马市政府,后又指责他管理无能。

4月3日有两件好事。美丽的希塞拉·巴尔卡塞尔,早已从杂技艺术转到主持最受欢迎的电视节目之一,在采访藤森之后,当着他本人的面,向电视观众宣布她将投我一票。此举实在大胆,因为电视五台早先就极力阻止希塞拉参加团结行动组织为圣诞节筹备的联欢会。但她仍然到体育场去了，为晚会助兴——甚至拉我跳了一圈民间舞——如今大选前夕，她公开支持我，并且极力把她的观众拉过来投我的票，我给她打电话表示感谢，并希望此事不要给她带来麻烦和报复，幸运的是后来没有麻烦。

第二个好消息是麦克和他的分析专家于星期三下午带到我家来的最后一次民意调查结果：投票意向中，我仍然占百分之四十；藤森的冲击波不仅涉及利马，也传到了秘鲁各地——只有亚马孙地区除外——他抢走了阿普拉和左派团结的票，位居第二；阿普拉和左派分别为第三、第四，几乎各地区的情况都是如此。藤森在首都郊区的发展似乎已被扼制；我在有些区县，比如圣胡安和科马斯还恢复了几个百分点。

成百上千名来自世界各地的记者为1990年4月8日星期日的大选而云集利马。竞选指挥部担心喜来登酒店会议厅一千五百人的容量可能不够用。我在巴兰科街上的住宅已被摄影、摄像记者日夜包围；保安人员面临困境，难以拦住登梯上墙或跳进花园的人群。为私人活动，我们不得不关上百叶窗和拉上窗帘，让来客乘车进入车库，如果他们不想被记者群围追堵截的话。选举法不允许在大选前十五天公布民意测验结果；但是在国外报纸早已传出消息说：秘鲁总统大选的最后一分钟会意外地窜出一匹日本种的"黑马"。

我并不感到惊慌，比如像我们参加议会竞选的人们争相做广告时那样——在最后两周，广告的声音已经降到不太震耳的程度——尽管我不能不想到大肆宣传与藤森现象之间有某种内在联系。在竞选中大肆花钱搞宣传的情形正好被藤森抓住，他便以讨厌那个从未解决秘鲁问题的政界的姿态、一个穷人的身份出现在贫困的秘鲁人面前。尽管如此，我那时想，投藤森的票数——即惩罚我们的票——不可能超过全部选民的百分之十，因为这个阶层是不易得到信息和没有文化的。除此之外，什么人才会投一个无名之辈的票呢？何况他既无纲领又无执政班底，更没有起码的政治委任状，再说利马之外他几乎没搞竞选活动，仅仅于一夜之间就宣布自己参加总统竞选了。不管民意测验怎么说，他怎么能与我们搞了三年工作、做了巨大努力的民阵抗衡呢？我暗暗地抱着这样的希望：星期日秘鲁人民会把"以自由方式进行伟大变革"的执政权交给我的，这个想法，我连帕特丽西娅都没有告诉。

类似的希望在很大程度上是基于错误地理解了最后几次集会的情况，从库斯科的阿尔玛广场集会开始，每次大会都是盛况空前。4月4日在利马共和大道举行的这一次也是如此，我在会上坦率地说到自己和自己的家庭，反驳了把我当成特权人物加以介绍的宣传。我解释说：我目前的一切都是我劳动的结果。4月5日在阿雷基帕最后一次集会上，我向自己的同胞做了这样的许诺：如同秘鲁史上我的故乡那样，我要"做一个造反和闹事的总统"。组织得极出色的这些活动，挤满情绪激昂、狂呼民阵口号的沸腾人群——尤其是青年男女——的广场与大街，给人的印象是全民已经动员起来与民阵站在一起了。在最后那次集会之前，我同帕特丽西娅及三个孩子乘着敞篷汽车，与游行的人群一道，在阿雷基帕市的主要街道上走了几个小时；人们不断地从四面八方加入到队伍中来，手举花束或彩旗，使得整个气氛像是在发狂。有一次在阿雷基帕游行时，发生了那几年中最美好的花絮之一：一位年轻的妈妈走近我坐的汽车，把一个出生几个月的婴儿举到我面前，让我吻一吻，她高声喊道："马里奥，你要是赢了，我就再生一个儿子！"

但是，任何人只要冷静地坐下来计算一番，仔细观察观察都是什么样的人参加游行和集会，他就会发生怀疑：到场的人几乎只代表三分之一高收入的秘鲁人。他们虽然是少数却足以挤满秘鲁的城市广场，尤其是现在上、中产阶级如同秘鲁史上那样很少成群结伙地支持一项政治设计。但是，那另外三分之二的人，被近几十年国家衰退弄得贫困、失望的秘鲁人，在竞选开始阶段，其中部分人还对我的治国方案感兴趣，后来由于恐惧、迷惑和生气而疏远了我的想法，因为他们对那种突然出现的类似过去白人与富人狂妄而奢侈的秘鲁极为不满——就是我们竞选宣传制造的那种气氛，再加上政敌的大肆诽谤——结果，就在我主持那些使我产生已确保调查中所说的绝对多数的印象的狂热集会时，他们已经用另外的方式决定了大选。

有些朋友从国外到秘鲁来了，比如，我在巴塞罗那的文学出版代理人卡门·巴尔塞尔斯（也是许多事情的合伙人）、我的英国出版商罗伯特·麦克拉姆以及哥伦比亚作家、记者普列尼奥·阿普莱约·门多萨；在大选前夕，在日程安排上挤满了与外国记者会面的令人窒息的气氛中，我见到了这些朋友。一个意外的惊喜是，我的芬兰出版商埃尔基·林巴和他的妻子居然出现在集会上，他二人那斯堪的纳维亚的面孔仿佛魔术般地突然在皮乌拉的集会上出现在人群之中，而我不明白这两位赫尔辛基的朋友怎么可能会在秘鲁偏远的边陲露面。后来，我才知道，在那大选前的最后一周，他俩一直在几个城市里跟着我走，时而租汽车时而乘飞机，奇迹般地参加了最后几次集会。那天夜里，我在家中收到一封来自日内瓦的电报，是我年轻时的好友路易斯·洛埃萨打来的，我有多年没有见着他了；电文让我很激动："拥抱你，勇敢的小萨特。"

4月8日星期天，我同帕特丽西娅、阿尔瓦罗和贡萨洛一大早便去巴兰科区的梅塞德斯·因达科切亚中学投票;莫尔卡娜也陪着我们,她对两个哥哥有权利投票羡慕得要死。随后,在前往喜来登酒店之前,我问了问在全国各投票站工作的几万名监票员的情况,这支队伍是几个月前由米盖尔·克鲁查加和塞西里娅领导训练的,专门为选举日准备的。一切都井井有条;交通已经运转,我们的监票员从黎明时便已上岗。

为迎接大选这一天,我们事先包下了喜来登酒店的几层楼。第一层是民阵的新闻办公室,驻扎着阿尔瓦罗和他的人马;第二层为记者安排了电传机、电话机和书桌,这里是我在得知选举结果之后发表讲话的地方。第十八层有间电子机房,麦克·马洛·布朗及其部下接收选票的投影情况、我们监票员的报告、从各个投票站出口处进行调查后将结果报给米盖尔半秘密地设在圣安东尼奥电脑中心的材料。中午时分,麦克将交给我第一份投影情况。

第十九层留给我的亲朋好友,保安人员受命不得让任何人入内。上午十一点左右,我独自一人关进了一个套间里。我望着电视荧屏上各党派领导人、体育与艺术界知名人士是如何投票的;突然之间我痛苦地想到:可能将有五年时间,我还是不能读文学书,也一点不能从事文学创作。于是,我坐到写字台前,在随身携带的一个小笔记本上写下这首快乐的小诗,这是我自从读了一本阿方索·雷耶斯关于希腊的书之后,在休息的时候,反复思考出来的:

赫丘利

我心里想着强大的赫丘利,
他的名字又叫大力神。

十分强壮的他，在摇篮里

便踩死了两条蛇，一脚

一条。还是在少年里，

杀死一头狮子，勇敢无比。

身披狮子皮，游历，

潇洒地走遍各地。

我想象着：他健壮、皮肤发亮，狩猎，

捕捉尼米亚的狮子。

在吕底亚炙热的广场上，甘当奴隶

让翁法莱女王开心娱乐。身披

女人外衣，这个希腊男子纺线、织布；

绝妙的化装使王室开心无比。

我把这个常胜的年轻人

留在那里：荒唐可笑的沉思里，

砰的一声响

就把他忘却。

    一点钟左右，麦克、鲁乔和阿尔瓦罗带着第一张图表上来看我：我已突破百分之四十，藤森升到百分之二十五。这匹"黑马"证实了他在全国的力量。麦克向我解释说，现在的趋势是我在继续上升；但望着他的面孔，我知道他在撒谎。如果这些数字得到印证，选民们已经把执政权给了别人，因为议会的大多数席位是反对我们执政纲领的。

    我下楼去找我母亲、我舅舅、舅妈、表姐妹和朋友们谈话；跟大家一起吃了三明治，没有把已知的消息告诉他们。连鲁乔舅舅都来了,虽然他身患偏瘫和麻痹,手脚不能动也无法说话,却在微笑,在那伟大的时刻陪伴着我。我回到十九层的套间里;下午两点半时,送来了第二张比较完整的全国情况表。我立刻发觉灾难来了:我失掉了三个百分点——在百分之三十六,藤森维持在百分之二十五,阿普拉接近百分之二十,两个左派合起来达到百分之十。无需占卜、算卦的本领便可预知未来了:将举行第二轮大选,到那时阿普拉、社会党和共产党会整个把选票投给藤森,送给他一份舒服的胜利果实。

阿尔瓦罗留下来单独陪我待一会儿。他面色苍白,眼圈发蓝,这在儿时便是要跺脚的前兆。我的三个孩子中,他是最像我的一个,好激动,热情,毫无保留、毫无顾忌地爱和恨。他已经二十四岁,这次竞选是他一生中颇不寻常的经历。让他做新闻发言人并不是我的主意,而是弗雷迪·科贝提出来的,因为他是记者,因为他对秘鲁的事着了迷,因为他经常在我身边并完全赞成自由化思想。让他接受这个职务很费了一番工夫。他对弗雷迪和我说:不干;但是后来,帕特丽西娅比他还固执,说服了儿子,为此,我们被阿普拉的报纸指责为"任人唯亲",并且起名为"王室家族"。他非常出色地干起了自己的工作,经常同许多人吵架,当然是为了不让步和不随便许诺,免得我们将来后悔,这正是我对他的要求。在这段时间里,他学到的东西比他在伦敦经济学院三年里学的还要多,他了解了秘鲁、人和政治;他从少年时起就迷上了政治,从此一直吸引着他,如同他在儿时宗教吸引过他一样(我至今保存着他十三岁那年从寄宿学校给我寄的那封令人吃惊的信,他告诉我已下决心放弃天主教的信仰,而由英国教会施坚信礼)。他面色铁青地说道:"一切都见鬼去了。再也不会有什么自由化的改革了。秘鲁不会有变化的,永远是老样子。对你来说，现在最糟糕的是获胜。"但我知道这个危险已经被排除了。

我让阿尔瓦罗去找我们在全国选举法院与监票员的代表；恩里克·埃利亚斯·拉罗萨一走进十九层的办公室，我就问他：从法律上说，是否有可能允许决赛中的两位候选人中有一位放弃第二轮选举，让另一位一下子就当上总统。他用强调的口气肯定地说，有可能①。他还给我打气说："当然了，你得给藤森一两个部长席位，请他放弃第二轮选举。"但是，我正考虑送给我对手的东西比几个部长席位还要诱人：总统绶带。条件是我们经济纲领中的几个关键问题和实施这一纲领的得力班子。从那时起，我的担心是，通过居间调停的角色，阿兰·加西亚和阿普拉继续统治秘鲁，近五年来的灾难继续不停，甚至发生秘鲁社会整个瓦解。

自从看了第二张图表以后，我对结局便有了明确的看法，对第二轮取胜的可能不抱任何幻想。这几年以来，我亲身感受到对手对我的仇恨；对他们来说，我一闯入秘鲁政治生活就主张自由化思想，就聚众于广场，就把从前他们给吓唬住和蒙骗住的中产阶级动员起来，就阻挠银行系统的国有化，就试图打破他们设立的禁区——正规的民主、私有制、私营企业、资本主义、市场经济——这就粉碎了他们认为万无一失地垄断政权和秘鲁未来的美梦。以近三年的调查为基础，一种没有合法方式可以拦住那个复辟"右翼"势力、带着群众的希望去掌权的闯入者的感觉，早已毒化了他们的仇恨；再经阿兰·加西亚在总统府策划阴谋的刺激，这种感觉以更加疯癫的

---

① 1985年大选曾有过这种事：阿兰·加西亚获票不到百分之五十，阿方索·巴兰特斯居第二位。因此本应有第二轮选举，由于左派团结阵线的候选人放弃了权利，便避免了重选。

方式加剧了对我的敌意。藤森在关键时刻的出现，是神仙送给阿普拉和左派的礼物；毫无疑问，这两党将会尽全力为藤森的胜利而工作，丝毫不会考虑把这样一个仓促上阵的人送上宝座是多么的危险。常识和理智是秘鲁政治生活中的奇花异草；我可以断言：即使阿普拉和左派当时知道投了藤森的票二十个月以后此人会结束民主制度、关闭国会、宣布独裁并开始镇压阿普拉和左派，这些人同样会投藤森的票，因为他们的目的是要拦住那个"头号敌人"的去路。

上述想法是在与埃利亚斯·拉罗萨谈话后产生的，那时（投票结束、电视开始播送第一批结果）还不知道结果比人们暗示的还要糟糕：我的得票率在百分之二十八和二十九之间；藤森仅少百分之五，达到百分之二十四；阿普拉和左派加在一起超过了百分之三十。

我心中已计划好应该采取的行动。尽快与藤森谈判，现在就让他做总统，条件是进行经济改革，应包括：制止通货膨胀、降低关税、将竞争机制引入经济生活、与世界货币基金组织和世界银行就秘鲁重新加入世界金融体系问题重开谈判，如可能，对某些国营企业实行私有化。我们有藤森缺乏的技术人员和干部。我的主要理由是："有一半以上的秘鲁人投票赞成变革。显而易见，多数人不赞成我提出的激烈变革；结果说明多数人倾向于温和、渐进的变革，根据这样一个我经常说的意味着瘫痪和与原则矛盾的协议。极为明白的是，我不是那个可以指定推行这种政策的人。如果'90变革'将为阿普拉继续统治秘鲁效力的话，而只有百分之十九的秘鲁人赞成这种终身无限期连任制，那么这将是对多数人决定的嘲弄。"

下午六点半，我到二层去与新闻界谈话。酒店里的气氛十分凄惨。走廊里、楼梯上、电梯间，我看到的是一张张长脸、一双双含泪的眼睛、难以形容的惊愕表情或是气愤的面孔。大厅里挤满了记者、照相机和聚光灯以及民阵的人，他们克制着难过的心情拿出力气来向我欢呼。等我终于能够讲话时，便首先感谢选民送给我的"胜利果实"，接下来便祝贺藤森获得了较高的得票率。我说，选举结果极为清楚地表明多数秘鲁人是赞成变革的；我说，因为这个原因，就应该让全国不再吃第二轮选举的苦头，应该协商出一个方案来：一下子就成立一个马上投入工作的政府来。

正在这时，米盖尔·维加打断我的话，在我耳旁说：藤森已经来到酒店。让不让他进来？我说：可以。于是，主席台上便出现了他的身影并站在我身边。他比照片上要矮小，是个地地道道的日本人，甚至连他那有缺陷的西班牙语发音都是日式的。后来，我听说，他出现在喜来登酒店门口的时候，一群民阵的支持者要揍他，但被另一群人拦住了，并且帮助藤森的保镖们开道和护送藤森走进新闻发布会。我和藤森拥抱，让记者拍照；我对藤森说：咱俩得谈一谈，时间就定在明天吧。

十九层里早已挤满亲朋好友，他们刚一知道结果，就跑到酒店来了并冲破了保安人员的警戒线。房间里像是在守灵，有时又像疯人院。一张张面孔上流露出惊讶、慌乱、迷惑和极大的痛苦，都是选举结果引起的。广播和电视里早已开始放风说我要退出选举，阿普拉和左派领导人纷纷暗示在第二轮选举中支持"人民的候选人"藤森工程师。《商报》的两位老板亚历杭德罗和奥雷利奥，是第一批来酒店的人，他俩坚持要我不放弃第二轮选举，因为胜利的可能性依然很大。随后，贝朗德和比奥莱塔、鲁乔和劳拉·贝多亚以及民阵的领导人都纷纷露面了。一直到夜里十点钟，我待在那里，时而说着时而听着那些家常话，我和亲戚、朋友、同事们都企图掩饰心中的失望。

走出喜来登酒店时,帕特丽西娅一定要我下车给几百名自由运动组织的青年讲讲话,他们从黄昏起就在那里不停地呼口号和唱歌。我认出那里面有约翰尼·帕拉西奥斯和负责青年团的书记、热情能干的费利佩·莱诺,每次集会他都在主席台上站在我身旁,用他那雷鸣般的声音给群众打气。他两眼湿湿的,却极力要做微笑状。快到家门口时,尽管已近半夜,还是看到一大群男男女女,我只好下车谢谢他们的热情支持。

当终于剩下我和帕特丽西娅二人时,东方已经发亮。在上床睡觉之前,我还起草了一封告秘鲁同胞书,说明我为什么放弃第二轮选举并号召民阵的选民支持藤森执掌总统大印。我准备次日把这封告同胞书拿给我的对手看,以便促使他接受一项能够使用自由方式改造秘鲁的执政纲领要点得以实施的协议。

第十九章　巴黎之行

1957年9月的一天，路易斯·洛埃萨带来一个令人难以置信的消息，由法国一家杂志组织一次短篇小说比赛，获奖者可去巴黎旅行十五天。

《法国杂志》是装帧极精美的刊物，发表艺术作品，由波维赫先生主持，为一些国家出专刊号。这种短篇小说征文赛，用这样诱人的奖励，便属于专号。这样的机会推动我坐到打字机前，也推动了整个活跃的秘鲁文坛；《挑战》就是如此诞生的，讲的是一个老人如何看着自己的儿子用匕首与别人决斗而死的故事，地点是皮乌拉河的干河床上，后来收进我的第一本短篇小说集《首领们》(1958)之中。我把这篇小说寄给了征文比赛委员会，评委会由豪尔赫·巴萨德雷领导，还有一些评论家和作家——塞巴斯蒂安·萨拉萨尔·邦迪、路易斯·海梅·西斯内罗斯、安德烈·科依内以及《法国杂志》主编本人——我极力想些别的事情，免得若是别人获奖了自己太伤心。几周之后，一天下午，我正在准备六点钟的新闻稿，路易斯·

洛埃萨出现在泛美电台我那夹层办公室的门口,兴奋地说:"你要去法国啦!"他那股高兴劲好像自己获了奖一样。

我想,此前和此后,还没有哪个消息像这次一样让我如此激动。我的双脚就要踏进那座梦想已久的城市了,就要踏进那个神话般的国度了,那里诞生了我最钦佩的一些作家。"我要去见见萨特,我要握握萨特的手。"那天夜里,我反复对胡利娅、对鲁乔舅舅、奥尔加舅妈说;我们几个人为这桩大事庆贺了一番。那一宿,我彻夜未眠,亢奋至极,高兴得在床上辗转反侧。

获奖的正式结果是在法语联盟宣布的;我敬爱的法语老师索拉尔夫人也在场,她很高兴自己从前的学生获得《法国杂志》征文奖。我认识了波维赫先生,同他商定等大学考试和年底过节之后我再去法国旅行。1957年最后的几天是激动不安的日子:几家报纸纷纷来采访,朋友们也一一前来道喜。波拉斯教授为庆祝此次获奖特别办了一个茶点晚会。

我一一分别登门去感谢评委,这样就认识了豪尔赫·巴萨德雷:秘鲁培养的非外省的大知识分子。此前,我一直没有同他说过话。他不像波拉斯那样风趣和机敏,但是对各种思想、主义和哲学要比波拉斯关心得多,对于种种历史问题和广泛的文化状况,有一系列整体上的看法。他的住宅整洁而淡雅,似乎反映出这位历史学家的思想颇有章法,十分明晰。他不慕虚荣,绝不炫耀;寡言而有礼貌,但是非常实在。我同他一起度过了两小时,听他讲让他感动的一些优秀小说;他谈及托马斯·曼的《魔山》的方式是那样动人,以至于我刚一离开他在圣伊西德罗大街上的住宅便跑到书店买了一本。塞巴斯蒂安·萨拉萨尔·邦迪不久前在法国待了几个月,他妒忌地说:"去巴黎,这是世界上最美的事,让你赶上了!"他给我准备了一份清单,上面写着我在法国首都必须做的事和必须看的东西。

安德烈·科依内把《挑战》译成了法文,但是校改、加工译文的是若尔热特·巴列霍,这工作是跟我一起进行的。我早就认识塞萨尔·巴列霍的遗孀,因为她经常去拜访波拉斯,不过仅仅是在她五月二日大街的家里帮助她搞翻译,我们才成为朋友。当她讲述她认识的著名作家的趣闻时,可以说颇为迷人,尽管那些趣闻总是被一种隐秘的激情压抑住了。所有研究巴列霍的人最后都变成了她不共戴天的死敌。她恨这些人,似乎只要一接近巴列霍就会从她那里抢走些什么。她矮小而纤细,仿佛是个托钵僧,性格令人生畏。在圣马可大学举办的一次著名的研讨会上,机敏的诗人赫拉尔多·迭戈开玩笑地说到巴列霍生前还欠他几分硬币呢;那位著名的遗孀霍地从听众席上站起来,一扬手就飞出一把硬币,越过听众们的头顶,直奔台上的报告人,同时响起了她那震耳欲聋的吼声:"巴列霍从来都是欠债还钱的,你这个小气鬼!"聂鲁达讨厌她,她也讨厌聂鲁达;这位智利诗人发誓说,巴列霍非常怕若尔热特,为了单独去会诗友,竟然从巴黎他们住房的屋顶或窗户爬出去。巴列霍去世后,若尔热特生活很苦,给私人上几节法语,情绪压抑使她患上了神经官能症。她在家里常常用小勺给蚂蚁喂糖;我从来没看见她摘下那黑色的头巾;她用悲天悯人的口气可怜她隔壁中餐馆里被砍头的鸭子;她写下措辞强硬至极的公开信,拼命反对出版或试图出版巴列霍诗集的书商。她生活得十分节俭;我记得有一次,我和胡利娅请她在一家馅饼店吃午饭,她热泪盈眶地责备我们说,世界上还有那么多挨饿的人,你们还剩下这么多饭菜。对人苛求的同时,她又乐善好施;热心帮助遇到政治或经济问题的共产党诗人,有时这些人受到追捕时就藏到她家里去。与她交友极为困难,如履薄冰,如踏针毡,因为一点小事就会意想不到地惹她大发脾气。尽管如此,我们却成了好朋友;我和胡利娅经常去找她,或请她来家,或在周末请她到外面去玩。后来,我去欧洲生活以后,她还经常委托我办一些事:替她去收版权稿酬,给她寄顺势疗法的药物——她从小就是巴黎奥德翁十字路口一家药房的顾客,我得从那里买药——直到有一次为这种委托的事,我们在信上还吵了一架。虽说后来是和好了,但往来已经不多了。最后一次我跟她说话,是在梅西亚·巴卡书店,是在她开始那可怕的生命最后阶段之前不久。后来,她在一家诊所成了植物人,有几年之久;我问她近况怎样,她快速地摩擦着卷舌音回答说:"在这么一个国家里,还能怎么样?人们变得越来越坏,越来越丑恶,越来越野蛮!"

泛美电台给了我一个月的假期;鲁乔舅舅从他工作的银行里给我借了一千美元,让我在巴黎可以自费多住两周;豪尔赫舅舅翻箱倒柜找出一件他年轻时存的、利马的毛毡虫还蛀得不太厉害的灰色大衣。1958年1月的一天早晨,我便开始了伟大的历险记。除去胡利娅,到机场为我送行的,还有鲁乔舅舅、阿韦拉尔多、普皮和路易斯·洛埃萨。我趾高气扬地在行李中装上了《文学》第一期的复印件,为的是让法国作家也见见我们的杂志。

我一生做过多次旅行,但差不多都忘记了,但那一次的两天飞行,每个细节我都记得,以及那时一刻也不离开我脑海的迷人想法。"我要见到巴黎啦!"飞机上有个学医的秘鲁大学生,他回马德里去;有两个哥伦比亚女孩,她俩是在巴兰基亚市登机的;我俩同她俩在亚速尔群岛照了相(一年后,秘鲁小伙子鲁乔·加里多·莱卡在马德里一家酒馆里,把照片拿给胡利娅看,结果让她醋意大发)。飞机在每一站(波哥大、巴兰基亚、亚速尔群岛、里斯本)都要停几个小时；最后，终于到达奥利机场，那时它比利马的机场既小又简陋，天空在发白，冬季里一个多雨的早晨开始了。波维赫先生正等在那里，不断地打着呵欠。

当波维赫开着轿车顺着香舍丽榭大街向凯旋门驶去时，我觉得那一切简直是个奇迹。一个寒冷的黎明来到了；大街上没有车辆和行人，可是周围是多么雄伟、壮丽啊；建筑物的外观与橱窗是多么和谐啊！凯旋门是多么庄严、气派啊！波维赫先生绕星形广场兜了一圈，让我好好看看街景，然后才送我去拿破仑酒店。它位于弗里德兰大道，我将在那里度过奖励我的十五天。那是一家豪华酒店；路易斯·洛埃萨后来说，我描写自己走进拿破仑的情景，仿佛哥伦布把"野人"带到西班牙走进卡斯蒂利亚和阿拉贡王宫一样。

在巴黎那一个月过的生活与后来我在法国近七年的日子毫无相似之处；后来的七年，我几乎是一直幽禁在 rive gauche① 的天地里。而1958年初的这四个星期，我是个上等公民；看外表，任何人都会把我当成一个来巴黎寻欢作乐的南美花花公子。拿破仑酒店给我开了一个带阳台的房间，从阳台上可以看见凯旋门。我房间对面住着一位也是获奖者，奖励的一部分是住在这家饭店，她就是1958年的法国选美小姐。她名叫安妮·辛普朗，是个金发、细腰的女孩。酒店的经理马科夫斯基先生把她介绍给我，并且邀请我俩共进晚餐和在时髦的白象舞厅跳舞。窈窕的安妮·辛普朗请我坐着她的轿车（选美获的奖品）在巴黎转一圈；我自以为学到手的不仅可以阅读而且可以说话的法语，竟然在那个兜风的下午，惹得安妮一阵阵大笑，她的笑声至今音犹在耳。

---

① 法语：意为"左岸"，这里指塞纳河。——译者

拿破仑酒店有个鲜鱼餐厅，装潢之华丽吓得我踮着脚尖走进店堂。我的法语还不足以弄明白各种菜肴的丰富含义，身穿礼服、酷似皇家侍臣的餐厅总管就侧立在我身旁，我慌慌张张拿起菜谱，用手随意点了一道菜。一天，午饭时，我吃了一惊：侍者送来一张渔网。原来，我点了一份鳟鱼，必须由我亲自去餐厅的拐角处从池子里捞一条。"这真是普鲁斯特的天地。"我呆呆地想道，尽管我连一行《追忆似水年华》也没有读过。

到巴黎的次日，中午刚一醒来，我便出门去逛香舍丽榭大街，这时，到处是人群和车辆；玻璃门里面，深褐色的咖啡馆里，挤满了男男女女，在抽烟、聊天。我觉得一切都很美好、无可比拟，令人眼花缭乱。我是个不知羞耻的好奇者。我感到这就是我的城市：我要在这里生活，我要在这里写作，我要在这里扎根，我要在这里永远待下去。那时，在市中心的街道上，常有买卖美元的叙利亚-黎巴嫩人转悠——控制外汇兑换的必然后果——我不明白这些不时地走近前来、神色谲秘的人究竟要干什么。终于其中一个人能费力地讲一种不伦不类的葡萄牙语，才给我说明白他要干的事。他跟我换了一些美元，价格比银行好，但是我不该把我住的饭店泄露给他。后来，他给我打了好几次电话，要为我提供五颜六色的娱乐方式，有"非常漂亮的姑娘作陪"。

波维赫先生事先为我准备了日程安排，其中包括巴黎市长接见，市政府颁发给一份证书，出席这个仪式的还有秘鲁文化参赞。这位老先生后来在联合国教科文组织大会上发表了一篇批评毕加索的演说，一时名声大噪——他特别强调：他的批评是"画家对画家的"，因为他在公务之余也画些风景画——可是，在这次颁发证书的仪式上，他却极为礼貌（或者是心不在焉），竟然一一亲吻市府传达室里的所有女职员的手；波维赫先生颇为惊讶，他问我这是否是秘鲁的习惯。我们这位文化参赞长期生活在欧洲，对秘鲁的记忆已经消失，或许就从来不存在。我至今还记得，我认识他的那个下午，他让我吃了一惊——市府仪式之后，我和他去夏特雷喝咖啡——突然，我听到他说："利马人，太轻浮了，每个星期天都在科隆大街上转呀转个没完。"利马人是在何年何月每个礼拜日去市中心那条破破烂烂的林荫道遛弯的？毫无疑问，那是三四十年以前的事了。由此可见，那位绅士大概有一千岁了。

波维赫先生安排《费加罗报》对我进行采访，还在拿破仑酒店为我举办了一次招待会，摆出了有我那篇小说的《法国杂志》。正像他自己说的，他是理性沙文主义者，我对周围一切的狂热态度和对法国作家、作品的着迷，让他开心又得意。他惊讶地看到我随时随地把巴黎的纪念碑、街道和地方同我从小说和诗歌里记住的联系在一起。

他费了九牛二虎之力要萨特接见我一次，但是没有办成。我们见到了那时任他秘书的让·科，他很会工作，对我们的要求一再拖延，直到我们放弃为止。但是，我见到了阿尔贝特·加缪，跟他握了手，谈了几句。波维赫先生打听到加缪正在某个林荫大道的剧场里导演他的某部剧作；一天上午，二十一岁的我，很冒失地跑去见他。我站在剧场门外等着他的到来，时间不长，加缪来了，跟他在一起的还有女演员玛丽亚·卡萨雷斯。我立刻认出她来，因为她演的一部影片——马塞尔·卡尔内（Marcel Carné）导演的《天堂的孩子》——我看了两次，特别喜欢；而路易斯·洛埃萨很不喜欢。我走过去，用我那糟糕的法语结结巴巴地说，我对他仰慕已久，我想送他一份杂志；望着慌乱的我，他用很漂亮的西班牙语（他母亲是奥兰地方的西班牙人）说了几句亲切友好的话。他穿着照片上见到的那件雨衣，手上习惯地夹着香烟。这时，他和她说了几句什么，中间夹着"秘鲁"，那个时期在法国，这个名字往往与发财联系在一起。

我到达巴黎的第二天，波维赫先生邀请我去圣日尔曼区的尤美西·马尔提尼瓜酒吧喝开胃酒，然后去菲亚克吃晚饭。他告诉我，领我去那里，是因为那家餐馆很出色，不过一楼的酒吧可能让我讨厌。我自以为毫无偏见的，但实际上，刚一穿过那座酒吧，就看见一些年事已高、穿着体面的绅士好色而得意地对几个青少年又亲又摸。众目睽睽之下，此情此景着实让我迷惑不解：书中说的是一回事，亲眼所见是另一回事。

相反地，菲亚克餐厅则又规矩至极：在那里，我才知道波维赫先生在办《法国杂志》以前是个军人。不知是政治上还是个人原因，总之出于极度的失望他脱下了军装；但他谈到此事的口气给我留下深刻的印象，因此这似乎是搅乱了他生活的一出悲剧。我惊异地听他说萨拉查政府的好话，按照他的看法，萨拉查结束了葡萄牙长期存在的无政府状态；我急急忙忙反对这种说法，因为一想到有人竟会以为像萨拉查或者佛朗哥这样的独裁者还能为国家做好事，我就感到愤怒。他没有坚持下去，而是换了话题，他说，改天给我介绍一个姑娘，是朋友的女儿，她可以陪我参观博物馆和逛巴黎。

这样，我就认识了热纳维耶芙，从此直到我回利马的前夕，我每天都能见到她好几个小时。通过她的帮助，我才知道，更美好的事还在后头：我二十一岁结识了一位亲切而美丽的法国姑娘，还要同她一起去发现巴黎的美妙之处。

热纳维耶芙留着栗色短发，长着一双机灵的蓝色大眼睛，面色白皙；脸发红时，或者因为发笑，或者因为害羞，使得她格外动人。她大约有十八岁，是个地道的16世纪的小姐，一个规规矩矩的姑娘，因为她总是穿戴得整整齐齐，行动举止很有教养和分寸，但她又是很聪明、活泼，撒娇时优美而得体；望着她清秀的面容，听着她柔柔的法语和感到一个苗条的身影就在自己身旁，使得我脊背上觉得有小蛇在爬行。她在艺术学校读书，熟悉卢浮宫、凡尔赛的程度真可谓了如指掌，因此跟着她参观博物馆，真是双重享受。

我俩一大早就见面，然后开始逛教堂、画廊和书店，一切按详细计划进行。下午，我俩去剧场或影院；有几个晚上，饭后去某个左岸的酒馆听音乐和跳舞。她住在维克多·雨果大街的一条横巷里，是单元房，同父母和姐姐在一起，她多次带我去她家吃午饭或晚饭；这样的事在我生活在法国的多年里，再也没有发生过，就连我最要好的法国朋友也没有这样做过。

两年后，当我重返巴黎定居时，特别是起初我经济非常拮据时，我总是回想那神话般的一个月：我同漂亮的热纳维耶芙每天去看戏，每晚下馆子，每天就忙于逛画廊、钻巴黎的大街小巷、买图书。波维赫先生为我俩弄到了进法国大剧院和巴黎电视台的请柬，导演是让·维拉（Jean Vilar）；我看到舞台上有钱拉·菲利普（Gérard Philippe），在演克莱斯特（Kleist）的《洪堡亲王》（*Prince de Homburg*）。另外一出值得纪念的话剧演出是莎士比亚的喜剧，皮埃尔·布拉瑟（Pierre Brasseur）参加了表演；他演的影片我一向是追踪观看的。当然，我们还看了尤内斯库（Ionesco）的《秃头歌女》和《教训》，是在于赛特小剧院（这个节目上演了近四十年至今不衰）；那天夜里，散场之后，我俩沿着塞纳河走过了一个又一个码头，路上我说了几句语法不对的恭维话，热纳维耶芙一一做了纠正。

我还参观了位于乌尔姆街上的电影厂；我俩在那里整整关了一天，看了四部马克斯·奥菲尔斯（Max Ophuls）的影片，其中有《迪太太》，是美艳绝伦的达妮埃尔·达里厄（Danielle Darrieux）主演的。

由于对我的奖励只让我在拿破仑住十五天，所以我事先就在拉丁区的一个小旅馆里预订了一个房间，再住两周，这个小旅馆是萨拉萨尔·邦迪推荐的。可是，当我去找拿破仑酒店的经理辞行时，马科夫斯基先生说，让我住下去，费用就交相当于那个小旅馆的钱。这样，我便继续享受凯旋门，直到离开巴黎时为止。

巴黎有许多美妙之处，对我来说，其中有塞纳河畔的商亭以及拉丁区里的小小旧书店，我采购了很多书，到后来不知道如何装入行李才好。我买全了一套《现代》杂志，从第一期开始，那里有萨特主张承诺的最早宣言，我几乎可以背诵出来。

几年后，我已经在法国住下来，一天夜里，我同胡利奥·科塔萨尔关于巴黎有一次长谈。他也喜欢这个城市，有一次他说，选中巴黎是"因为在一个城市就是一切的城市里，宁可无足轻重也不要举足轻重"。我讲了自己生活中对一个神话般的城市的幼稚激情，因为我仅仅从文学故事和传闻中才知道这个城市的；我还给他讲了自己在那个一千零一夜式的月份里如何在实际核对之后非但没有失望，着迷的程度反而增加了（到1966年为止）。

他也觉得巴黎给他的生活提供了某种深刻和难以支付的东西：一种人类体验中最美好的感觉，一种对美的可触摸的感觉。一种与历史的神秘联系，文学上的创新，技术上的娴熟，科学知识的丰富，建筑与造型艺术上的智慧，都是这个城市创造的；当然它也在许多方面制造了不幸；但是，沿着塞纳河散步，走过一个又一个码头和一座又一座桥梁，或者长时间地观察巴黎圣母院滴水嘴上的螺状物，或者冒险到玛莱区阴森可怖的小巷迷宫里走一遭,或者在这个区的某个小广场上坐一坐,都是令人激动的精神享受和艺术享受,有一种沉浸在一部巨著中的感觉。科塔萨尔说:"这就如同一个男人选中了一个女人,同时也被她选中一样,城市也是如此:我们选中了巴黎,巴黎也选中了我们。"

科塔萨尔那时正生活在法国,但是1958年1月份的时候,我还不认识他,也不认识任何一位住在法国的拉美作家和画家(塞巴斯蒂安·萨拉萨尔·邦迪在一部以这些人为题材的短篇小说中,称他们是"巴黎的可怜虫");但是,秘鲁诗人莱奥波尔多·查理阿尔塞除外,我早就听阿韦拉尔多·奥肯多讲过他那十分有趣的新闻(比如他在大庭广众宣称:他的诗歌才能"产生于小时候被一个黑女人强奸的那一刻")。查理阿尔塞那时是个超现实主义者,在布勒东发起的这一运动最后剩下的小圈子里有很高的威信;后来成了琵琶演奏家、东方文化学者、德国一个静修院的负责人、一个门派的大师和精神领袖。法国的超现实主义者以为他是被秘鲁独裁政权迫害的革命家(那时是十分温和的曼努埃尔·普拉多执政),没有想到他是秘鲁史上唯一经国会法令批准拿奖学金来欧洲的诗人。

这些情况,我是从诗人本哈明·佩雷特那里得知的,我去本哈明住的十分简陋的单元房里拜访他,希望他能给我提供一些有关塞萨尔·莫罗的材料,因为我那时的计划之一是写一篇关于莫罗的论文。莫罗在法国的那几年里,参加了超现实主义小组——他参加这一运动是"为革命服务,也是为纪念维奥莱特·诺齐埃"[①]——他还与贝莱特和布勒东一道,在墨西哥举办了一次超现实主义国际展

[①] Violette Nozière (1915—1966),法国女权主义运动领袖。——译者

览,但是,在这一组织的正式历史上,很少提及此事。佩雷特支吾搪塞,他几乎不记得莫罗了,或者有别的什么原因,对这位出生在秘鲁、真正的超现实主义者,甚至是拉美真正的超现实主义者,他没有讲出什么来。是莫里斯·纳多[①]为我提供了莫罗被布勒东及其友人谴责和排斥的原因线索;我去看莫里斯是受若尔热特·巴列霍的委托,领取发表在《新文学》上巴列霍诗歌的稿酬。莫里斯·纳多(我读过他写的《超现实主义史》)给我介绍了一位年轻的法国小说家米歇尔·布托;当我问莫里斯是什么原因让超现实主义者们似乎非清洗莫罗不可时,他当着米歇尔的面对我说,莫罗可能主张搞同性恋。布勒东对各种"恶习"都采取宽容和鼓励的态度,只有同性恋除外,因为从20年代起超现实主义者就被人指责为"搞同性恋的人"。这真是一个令人难以置信的理由,为此,莫罗在超现实主义运动内部被流放了,可是莫罗以其正直的性格和才干所体现出来的精神与哲学,要比布勒东封为正宗的大部分超现实主义者纯正得多。

在巴黎的那一个月,我第一次悄悄问自己:这么早结婚是不是太急了一些?这并非因为我和胡利娅相处得不好,我们即使吵嘴也是像任何夫妻一样为着家庭琐事;实际上,胡利娅给我的工作帮了许多忙,对于我的文学才能总是给予鼓励,从来不泼冷水。这是因为起初那种狂热的激情已经熄灭,代替这种热情的是家规和责任,我渐渐感到这是一种奴役。这婚姻能持久吗?时间不但不能缩小我俩之间的年龄差距,反而会戏剧化,甚至会把我们的夫妻关系变成某种虚伪的东西。家里人的预言迟早会应验:这段浪漫关系可能以

---

① Maurice Nadeau(1911—2013),法国超现实主义作家。——译者

失败告终。

这些阴郁的念头是间接产生的，因为那些日子经常与热纳维耶芙一道在巴黎散步并且说了不少甜言蜜语。她如饥似渴地问我许多关于胡利娅的问题——女性的好奇心比她那高尚的教养要强烈得多——还要我拿胡利娅的照片给她看。跟这样年轻的姑娘在一起，我觉得自己也年轻了许多；在那几周里，某种程度上我在重温米拉弗洛雷斯区的童年生活和迭戈·费雷大街上那为恋爱而发生的冲突。因为我从十三四岁起就再也没有女友，也再也没有如此美妙地把时间浪费在散步和娱乐上，就像在巴黎的这四个星期一样。到了最后几天，归期迫在眉睫，一股可怕的痛苦袭上心头，留在法国，与秘鲁和家庭决裂，立刻在这个国家、这个城市开始一种新生活等想法在诱惑着我，因为在这里当作家似乎是可能的，周围的一切好像都愿意提供帮助。

与热纳维耶芙告别的那一夜过得温柔多情。夜深了，天下着小雨，我俩在她家门口没完没了地说着再见。我一再亲吻着她的手，她那美丽的大眼睛里闪烁着泪花。次日，我到了机场，我俩又一次通过电话道别。后来，我们通过几封信，但是我再也没有见到她。（三十年以后，在大选最激烈的日子里，突然有一天，没等我认出是谁，有个人在我家门下塞进一封她写的信。）

回利马的旅行，由于耽搁了两天而持续了一周的时间。第一段路程，从巴黎到里斯本，没有问题，是准时起飞的，但是，刚一飞渡大西洋，飞行员通知说，有个马达出了故障。于是，返回里斯本。我们在那里待了两天，由航空公司支付费用，等待来救援的飞机，这样我便趁机看了看这个漂亮但阴郁的城市。我身上的钱已经花光，全靠航空公司给的饭票吃饭；但是，有个哥伦比亚的旅伴请我去里斯本一家风景独特的餐馆吃鳕鱼。这个小伙子是保守党的成员。我看他像个怪物——总是戴着一顶宽边帽子，说起话来带着波哥大人故意字正腔圆的特点——便不时地调侃他："年轻人怎么能当保守党呢？"

两天后，我们终于登上了备用的飞机。我们直飞亚速尔群岛，可是恶劣的天气不允许飞机降落。我们拐向一个海岛，名字我忘记了；着陆时极可怕，不知驾驶员怎么搞的，好像要毁掉飞机一个轮子，故意让我们体验恐怖的滋味。到达波哥大以后，方才知道我应该乘坐飞往秘鲁的班机三天前就飞走了；负责赔偿损失的航空公司不得不给我在波哥大安排两天的食宿。我刚在特肯达玛饭店住下，就出门去逛市中心的跑马大道。当我正在一家书店前观看橱窗里的书籍时，突然发现一群人朝我这个方向跑来，他们还喊叫着什么。还没等我明白过来发生了什么事情，只听到一阵阵枪声，只看到军警朝四下里挥舞着大棒；于是我撒腿就跑，也不知道方向和起因，心里不住地想：这算个什么城市，我刚下飞机就要干掉我。

我终于到了利马，劲头十足，决心尽快完成论文，创造奇迹要拿到哈维尔·普拉多奖学金。我给胡利娅、给路易斯和阿韦拉尔多、给舅舅、舅妈们，兴致勃勃地讲了巴黎之行；我的记忆力很高兴把在巴黎的见闻又复习一遍，但我没有很多时间去怀念巴黎。因为实际上我立刻动手写起关于鲁文·达里奥短篇小说的论文来，所有的空闲时间我都用上了：有时在全国俱乐部的图书馆里，有时利用给泛美电台写新闻稿的间歇，有时夜间在家里，有时趴在打字机上就睡着了。

一件倒霉的事打断了我的工作节奏。一天早晨，我觉得腹股沟有些疼，我以为就是腹股沟的问题，结果是阑尾出了毛病。起初，我去看圣马可的一位医生。他给我开了一些药。吃下去毫无效果；后来，赫纳罗看到我一瘸一瘸地走路，就把我塞进他的轿车里，一直拉到了国际医院，因为泛美电台与这家医院有协定。医生赶忙给我做了紧急手术，因为阑尾发炎已经很厉害了。据路易斯·洛埃萨说，我刚一从麻醉状态下醒来，就说了一些粗话；我母亲吓坏了，赶忙堵住我的嘴巴，胡利娅抗议道："你会把他憋死的。"手术的费用，虽然电台为我支付了一半，我还要再交另一半，加之要还银行那一千美元，这样就打乱了我的预算。为了补上这些开销，我只好额外多写文章：在《商报》副刊上发表书评；亲切友好的《秘鲁文化》杂志总编何塞·弗洛雷斯·阿劳斯让我同时占两个专栏，发表不署名的文章或注释。

用了不到半年的时间，我写完了论文，起了一个看上去很严肃的题目——《阐释鲁文·达里奥的基础》。接着，我就催促我的两位导师奥古斯托·塔马约·巴尔加斯和豪尔赫·普奇内利，请他俩尽快写出评语报告，以便举行答辩。1958年六七月的一天上午，那时的文学系的主任、历史学家路易斯·E. 巴尔卡塞尔通知我去答辩。我全家都出席了。地点在大学答辩厅。组成评审委员会的教授们提了一些意见和问题，但是都是善意的。论文通过了，评为"应受嘉奖"，建议在系刊上发表，但是，我自己推迟了发表的事，我想把论文再修改加工一下，可此事一直没做成。这篇论文是在为维持生计的工作间歇中匆忙写成的，没有什么价值；过誉的评语只能说明评委们的好心肠和圣马可大学日趋下降的学术水平，而不是论文本身有什么功劳。不过，通过写这篇论文，我读了许多这位语言大师的作品；西班牙语之所以能够有一场根本性的革命，应该归功于这位诗人的灵感和娴熟的技巧，因为以鲁文·达里奥为开端——所有未来先锋派的起点——西班牙和拉丁美洲的诗歌开始现代化。

为了申请哈维尔·普拉多奖学金,以便在马德里的康普斯顿大学攻读博士学位,我提出一项在西班牙继续研究鲁文·达里奥的计划,因为可以利用马德里大学一位老师安东尼奥·欧利维尔·贝尔玛斯刚刚发现的鲁文·达里奥的档案,那时假如环境允许,我当然很想这样做。但是,要查阅那份档案,却存在着不可逾越的障碍;加上在圣马可做的论文,中断了我对达里奥的批评工作。但是,阅读他作品的好习惯并未中断,因为从那时起,每隔一段较长的时间,我都要重读他的作品,并且总要重新体验一下首次读他的诗歌时所产生的美妙感觉。(与阅读小说不同,我读小说时总爱追求所谓的现实主义;在读诗歌时没有这一不可克服的弱点,而偏爱丰富的非现实性,诗中有雕琢的语言和优美的音韵时尤甚。)

路易斯·洛埃萨毕业的时间比我早一点(也许在我之后),他也决心去欧洲。我俩都在等待哈维尔·普拉多奖学金的评定结果,以便制定旅行的具体计划。发通知那天上午,我胆战心惊地走进圣马可。可是,罗西塔·科尔彭乔——那个喜欢报喜的女秘书——刚一看见我露面,就从办公桌后面站起来喊道:"给你奖学金啦!"我跌跌撞撞地跑出校门,我要告诉胡利娅:咱们要去马德里啦!我一边沿着科尔梅纳大街向圣马丁广场走去,准备乘公共汽车到米拉弗洛雷斯区,一边觉得我真是幸福极了,简直想像人猿泰山那样大吼一通。

我俩立刻着手做旅行的准备工作。为了能带上几个钱,我们卖掉了家具;我的全部书籍都装进大大小小的箱子里,再撒上樟脑球和黑色的烟丝,因为大家都肯定地说,这是防蛀虫的好办法。结果并非如此。1974年,当我重返秘鲁定居时,经过十六年以后——中间曾短暂地回去过，1972年是个例外，回去了六个月——我重新打开那些一直放在外祖父和舅舅家的书箱，结果有几只箱子的样子简直可怕极了：书皮上长了一层绿色苔藓，那下面可以看到有许多洞眼，是蛀虫们钻进去搞破坏的通道。有好几只箱子已经成了粉末加虫粪的混合物，只好扔进垃圾堆里。不到三分之一的藏书侥幸逃过利马不要文化的无情气候。

与此同时，我的各项工作继续在做；我同路易斯和阿韦拉尔多在准备第二期《文学》，其中有我一篇关于塞萨尔·莫罗的文章；还有一篇向七·二六运动的古巴人略表敬意的文字，开头还有一幅游击队员的浪漫画像——我们觉得那就是卡斯特罗——他们正在与巴蒂斯塔的暴政进行战斗。那时利马有一些古巴流亡者，其中有个人在抵抗战线里活动，他也在泛美电台工作。他给我介绍了卡斯特罗游击队的情况，不用说，我在感情上是与他们一致的。但在利马的最后一年里，除去这一次支持反对巴蒂斯塔的斗争之外，我没参加任何政治活动，疏远了基督教民主党，但还保持了几个月的党籍，直到卡斯特罗取得胜利之后，秘鲁基督教民主党只表示不冷不热的支持，我于是从欧洲正式提出退党。

在利马的最后几个月，我把全部精力和时间都放在打工挣钱和准备旅行上。这次旅行，虽说在理论上是一年——奖学金规定的时间——我却下决心长期住下去。在西班牙待上一年之后，看看如何转到法国去，我要在那里定居。我要在巴黎当作家，即使回秘鲁，也是探亲性质的；因为如果要留在利马，我永远不会超出目前这种末流作家的水平。我非常严肃地把上述想法跟胡利娅谈了，她赞成出国定居。她对欧洲之行也抱有期望；她绝对相信我将来能成为小说家，她保证全力帮我成为作家，为此做出必要的牺牲也在所不辞。

我听到她这一席话之后，心中涌起阵阵内疚，为在巴黎产生那样一些坏念头而后悔。（我一向不会玩对妻子不忠的常见把戏；我看到周围的许多朋友玩起来是那么轻松自如，而我一旦爱上什么女人，这种不忠的行为总是给我带来道德和感情上的创伤。）

我把不再回秘鲁的打算只告诉了一个人，那就是鲁乔舅舅；他一如既往，鼓励我去做自己认为对自己发挥才能有益的事。对其他的人，我只说这是一次攻读博士学位的旅行。在圣马可大学，奥古斯托·塔马约·巴尔加斯为我请了假，给我在文学系留了几节课回国后再上。波拉斯帮我弄到两张乘坐巴西邮政飞机的免费机票，可以从利马坐到里约热内卢（耽搁了三天时间才到达，因为夜间在圣克鲁斯和大坎波停了两次）；这样，我和胡利娅只需支付从里约到巴塞罗那的三等舱船票即可。路易斯·洛埃萨自费到巴西旅行，在里约会合后，再一起乘船。遗憾的是阿韦拉尔多不能同行，不过他向我们保证：要设法弄到去意大利的奖学金。几个月后，他会出现在欧洲，让我们吃一惊。

当各项准备已相当充分时，有一天，在文学系，罗西塔·科尔彭乔问我想不想来一趟亚马孙之行。因为有个西班牙后裔的墨西哥人类学家胡安·科马斯要来秘鲁，夏季语言学研究所和圣马可大学趁此机会组织一次对上马拉尼翁地区的考察；那位人类学家对该地区的阿瓜鲁纳和万比萨部落感兴趣。我同意参加；通过这次短暂的旅行，我见到了秘鲁原始大森林，看到不少风土人情，听到许多故事，后来成为我三部长篇小说的原始素材，即《绿房子》《潘达雷昂上尉和劳军女郎》和《叙事人》。

我这一生，在世界上转来转去，还没有哪次旅行有这么大收获，它总是引起我一再回忆，总是有许多令人激动的人物、场景让我联想出一些故事来。三十四年以后的今天，那次考察中的一些趣事和美妙时光还不时地在我脑海里闪现。那次考察所走的地方当时还处于原始状态，只有几个偏僻的村落，那里的生活绝对不同于秘鲁的其他地区，比如在我们去过的万比萨、莎普拉和阿瓜鲁纳部落的小小临时落脚点里，史前生活依然存在，还在搞人头兑换，还奉行万物有灵论。但正是由于这次考察对我的写作非常重要并且受益匪浅，我在叙述考察的体会时觉得没有把握，因为讲别的体验时没有这么多的联想掺杂进来，因为这些联想把一切都搅乱了。另外，关于我这首次原始森林之行，我已经写了许多文章，也讲了多次，因此可以肯定，如果有人费心比较、核对我对这次考察所做的全部介绍材料，就会发现由于潜意识和想象力介入了对那次考察的回忆，因而材料中会有差距很大的明显变化。①

可以肯定的是：我们发现了亚马孙尚未驯服的风光的巨大潜力；亚马逊这个原始、蛮荒、危险、具有秘鲁城市地区不了解的自由世界，让我眼花缭乱，惊奇不已。这次考察还以令人难忘的方式使我了解到：对某些秘鲁人来说，社会的不公正达到了何等野蛮和逍遥法外的程度。但与此同时，在我眼前展现了这样一个世界：如同所有的优秀小说里描写的那样，生活可以是一种无边无际的冒险，可以产生最令人难以置信的勇敢精神，生活几乎总是意味着永久性的变化和危险。所有这一切都在森林、河流和湖泊的画框中，仿佛一座人间天堂。在后来的岁月里，这一切总是成千上万次地回到我脑

---

① 关于那次考察，我第一次写文章发表在《秘鲁文化》杂志上（利马，1958年9月号），题目是《原始林之行散记》；后来在会议上发言，题为《一部小说的秘史》（巴塞罗那，1971年图斯盖茨出版社）；小说《叙事人》第四章（巴塞罗那，1987年巴拉尔出版社）；另有大量文章。

海中来，总是我取之不尽的创作源泉。

我们第一站到了普卡尔帕附近的亚里纳科查，那里有夏季语言学研究所的基地，我们认识了该所的创始人汤森博士，他办这个研究所既有科研目的，也有宗教企图：他手下的语言学家，同时也是耶稣教的传教士，他们必须学习土著方言，目的是把《圣经》翻译给土著人听。接着，我们出发去上马拉尼翁的一些部落，先后到过乌拉库察、奇卡依斯、圣玛丽亚-德涅瓦以及许多大小村落；我们常常睡在吊床或板床上；为了去某些村落，有时在离开水上飞机之后，还要坐土著撑筏人的独木筏。有一次在乘坐迪里里酋长的独木筏时，他给我们解释如何兑换人头，他的部落至今还在实行：如果作战时抓到其他部落的俘虏，此人可以在抓他的人面前自由走动，但是必须把他的狗关进笼子里去。在乌拉库察，我认识了酋长洪，他刚刚被圣玛丽亚-德涅瓦的政府官兵拷打了一通；后来我们也见到了这些官兵和当地的企业主；在《绿房子》里我再现了酋长洪这个人物。我们每到一处，我都听说了许多令人难以置信的事，认识了不少不寻常的人物，因此这个地区如同一个用之不竭的文学宝库永远保存在我的记忆中。

除去胡安·科马斯，乘坐小水上飞机同我们一道旅行的还有人类学家何塞·马托斯·马尔，从那时起，我同他成了好友；《秘鲁文化》杂志总编何塞·弗洛雷斯·阿劳斯；阿亚库乔地区的人类学家和民俗学家埃弗拉因·莫罗特·贝斯特，为了让水上飞机能够起飞，我们不得不把埃弗拉因抬起来。莫罗特·贝斯特曾任双语学校视察员，到过许多部落，他以大无畏的精神在利马强烈谴责土著人所受的凌辱和迫害。他在村落里受到土著人的热烈欢迎，纷纷向他倾诉衷肠和讲述他们的问题。他给我的印象是，为人慷慨无私，完全站在秘鲁被压迫者的一方。我无论如何也没想到，几年以后，这位温和谨慎的莫罗特·贝斯特博士，在担任阿亚库乔大学校长期间，为"光辉道路"的理论基础敞开学校的大门，聘请"光辉道路"的导师阿维马埃尔·古斯曼为教授，他本人也被尊为这个秘鲁历史上残忍的极左运动的精神领袖。

等我回到利马以后，已经没有时间撰写事先答应弗洛雷斯·阿劳斯关于此次旅行的散记了（去欧洲的路上，我从里约热内卢写好寄给他了）。在秘鲁的最后几天，我忙于向亲朋辞行的同时，选好了一些笔记和卡片带在身上。一天早晨，我去外祖父母和姨外婆那里告别，我心里很难过，因为不晓得是否还能见到三位老人。鲁乔舅舅和奥尔加舅妈赶到机场为我们送行的时候，我和胡利娅已经走进那架巴西军用飞机，那里面没有软席座位，只有供伞兵坐的硬板凳。我俩从小小的舷窗里看到了舅舅和舅妈，明知他们看不见我们，我俩还是频频挥手与他们道别。对于舅舅和舅妈，我心里暗暗在想：肯定能见到他们；同时还想：到那时我一定会成为作家。

第二十章 句号

第一轮选举的次日，1990年4月9日星期一，一大早，我给阿尔韦托·藤森所在的克利温饭店打电话，那里是他的大本营；我说，我当天就需要跟你谈谈，无需证人在场。他答应告诉我会面的时间和地点；过了一会儿，他的电话打来了：地点在圣胡安·德·迪奥斯医院所在的居民区，一座加油站和汽车修理部旁边的住宅里。

前一天出人意料的选举结果已经制造出一种慌乱的气氛；利马成了嗡嗡叫的马蜂窝，谣言满天飞，其中一条是：政变迫在眉睫。失望和目瞪口呆之后是民阵各派间的狂怒；这一天，电台广播了米拉弗洛雷斯区和圣伊西德罗发生冲突的消息：日本移民当街受辱骂和被逐出饭馆。这样的反应，除了愚蠢之外，也是不公平的；因为小小的日本移民团体，从竞选一开始，就对我多方表示支持。一群日本裔的企业家和专业人员每隔一段时间便与皮波·托尔迪克开会，为民阵提供经济援助。我曾经三次同他们谈话，向他们说明执政纲领并倾听他们的建议。自由运动组织还选举一位钱凯地区的日裔农场主作为利马大区的众议员候选人（选举前不久，由于擦枪时走火而丧命）。

我对秘鲁-日本侨民一直怀有极大的好感，因为他们会理财又勤劳——早在二三十年代就把利马北部的农业发展起来——还因为他们在曼努埃尔·普拉多第一次执政期间（1939年至1945年）所受到的掠夺与欺侮，这位总统在向日本宣战之后，没收了日本侨民的财产并将已入秘鲁的第二、三代日侨驱逐出境。奥德里亚独裁时期，亚洲后裔的秘鲁人也受到敌视，其中许多人被吊销了护照并被迫流亡他国。起初，我以为这些辱骂和欺负日本人的报道是阿普拉的宣传诡计、为第二轮选举中藤森取胜而开始活动。但事出有因。种族偏见在后来的几周里成为极其重要的因素——这一爆炸性的因素，虽然在秘鲁人的生活中是一直就存在的，但此前在我们的选举中还从未如此厚颜无耻地表现出来。

选举结果已经给民阵和自由运动组织造成了精神创伤；在最初的几个小时里，民阵的领导人没有正确地做出反应，他们躲避记者或者支吾搪塞、前后矛盾地回答记者的提问。没有人能够正确地解释选举结果。我准备退出第二轮选举的传闻——电台和电视台反复播送——给我家造成洪水般的电话冲击，还有不见队尾的来访长队；我任何人都没有接见。许多朋友从国外打来电话——其中有让-弗朗索瓦·雷韦尔——他们不明白发生了什么事。中午前不久，许多支持民阵的人纷纷聚集在我家对面的防波堤上。他们互相轮换，待在那里一整天，直到天黑为止。人们静静地坐着，面色郁伤，或者唱一阵化作他们失望和愤怒的民歌。

由于我知道与对手的会见如果在记者包围下进行可能会失败，我们和鲁乔·略萨组织了一次乘面包车的秘密出行，结果连保安人员也给瞒住了。他把车子停进车库，我躲进后座；门外的观众、记者和保安只看到鲁乔自己开车出去了。走了一个街区之后，我直起身子看看后面没有人追来，便大松了一口气。我已经完全忘记了这种既无警卫又无记者尾追地在利马兜圈子的滋味。

那座住宅位于国家公路的出口附近，隐蔽在一堵高墙、一座加油站和汽车修理部后面。藤森亲自来给我开门；看到这个贫民区里居然在高墙后面有日式花园、矮树丛、几座小小木桥连接的池塘、满园吊挂的宫灯和一座典型的东方式住宅，我着实吃了一惊。我感到自己是在日本料理店或者九州或者四国传统的建筑物里，而不是在利马。

除我们两人外，没有旁人，至少看得见的人是没有了。藤森领我走进一个小客厅，那里有扇面向花园的窗户；他请我在一张摆着一瓶威士忌和两只酒杯的桌前落座；我俩面对面，好像要决斗一样。他身材矮小，不大灵活，比我年轻，两只小眼睛在镜片后面不舒服地打量着我。他说起话来不大流利，有句法错误，柔和，拘泥形式，有着土生拉美人的防御性格。

我说，我希望对第一轮结果的理解能够与他一致。有三分之二的秘鲁人投票赞成变革——民阵的"伟大变革"和他的"90变革"——就是说，反对终身连任制和阿普拉的政策。假如他为了第二轮获胜而变成了阿普拉和左派的俘虏，那就会给国家造成极大损害，也就背叛了多数选民，因为他们要的是与近五年不同的东西。

我得到的三分之一选票不足以实施我认为秘鲁需要的激进的改革纲领。多数秘鲁人似乎倾向于渐变、大家都同意的变化，倾向于以互相让步为出发点的共同承诺；我认为，这种政策不能够结束通货膨胀，不能使秘鲁重返国际社会，也不能在现代基础上重建秘鲁社会。他似乎更有条件使全国达成这种协议；而我感到不能推动这种我不相信的政策。为了对选民传来的信息负责，藤森必须努力依靠以某种方式代表"变革"的各种力量，即："90变革"、民阵和左派中最温和的力量。我们应该免去第二轮选举可能造成的紧张状态和精力浪费。为此，在我宣布不参加第二轮选举的决定的同时，还将号召那些曾经支持我的人们以积极的方式响应与藤森合作的要求。这一合作对于藤森政府的成功是必不可少的；如果他接受我建议中的某些思想，特别是经济领域的主张，实现这一合作是有可能的。现在有一种紧张的、威胁到民主秩序的空气，因此有必要让新的政府班子立即开始工作，以便在这漫长而激烈的竞选过程之后恢复国人对政府的信任。

他望着我有好一阵工夫，似乎不相信我的话，好像我刚才对他说的话里隐藏着什么陷阱。终于，他从惊态中恢复过来，开始用犹犹豫豫的口气谈起我的爱国精神和慷慨大度；但是，我截住了他的话头，说道：咱们还是喝上一杯，谈谈具体事情吧。他往酒杯里斟了有一指高的威士忌，问我什么时候公布我的决定。我答道：第二天。我们应该保持联系，这样的话，我一散发公开信，藤森就可以响应并呼吁各党派给予合作。我俩就此达成协议。

接着，我俩又谈了一会儿，话题不太广泛。他问我这个决定是我一个人做出的，还是同别人商量过。他声称，因为一切重要的决定他总是独自做出的，绝对不同任何人讨论，连妻子在内。他问我，给我当顾问的经济学家里，谁最好；我说是劳尔·萨拉萨尔；我还说：从已发生的一切来看，最让我感到遗憾的可能是，秘鲁人在投票之后竟然选不出像劳尔这样的经济部长来。但是，我说，藤森你可以弥补这个损失,请劳尔出任此职。从他提出的问题中,我发觉他不大明白我要求选民授予我权力是什么意思;他大概以为"授权"就是可以无约束执政的空白支票。我告诉他,那可绝不是空白支票,恰恰相反,那是执政者与多数选民为落实政府的特别纲领而达成的契约,是在民主制度下进行深刻改革而必不可少的东西。我俩又谈了一阵左翼温和派的某些领导人,比如参议员恩里克·贝纳莱斯,藤森告诉我,这位参议员会支持这一协议。

从我进门到起身,没有超过三刻钟的时间。他一直送我到街门口;这时我跟他开了一个玩笑,用日本人的方式与他道别,一面鞠躬一面低声说:"再见!再见!"可是,他并没有笑,只是拉拉我的手。

我躲在鲁乔的面包车里回到家中;在我的书房里,"王室家族"全体都在——帕特丽西娅、阿尔瓦罗、鲁乔和罗克萨娜——我们召开了一次非官方会议。我给他们讲了与藤森会面的经过,还念了放弃参加第二轮选举的公开信。院子外面,防波堤上,静坐示威的人更多了。总有近千人之众。他们要求我出去与大家见面,不时地高呼自由运动与民阵的口号。就在这样的音乐伴奏下,我们展开了讨论——这是第一次如此激烈地讨论问题——因为只有阿尔瓦罗同意我放弃选举;而鲁乔和帕特丽西娅则认为:民阵的各派力量不会赞成与藤森合作的,因为藤森与阿兰·加西亚及阿普拉抱得太紧了,我这一行动不足以摧毁他们的联盟。此外,鲁乔和帕特丽西娅还认为,我们在第二轮选举中能够获胜。

就在我们讨论的时候,我听见外面的人群开始喊起种族主义加民族主义色彩的口号来——"马里奥是真正的秘鲁人","我们要真正的秘鲁人当总统!"还有其他一些骂人的话。我很生气,跑到阳台上用扩音器给他们讲话。支持我的人中竟然有人在秘鲁人中搞种族歧视,这是不可思议的!拥有多民族和多种文化是我们最珍贵的财富,这使得秘鲁与世界上五湖四海的人们可以团结在一起。无论白人、印第安人、中国人、黑人还是日本人都可以成为秘鲁人。藤森工程师像我一样是地地道道的秘鲁人。电视二台的摄像师刚好在场,他们录了我的部分讲话,在"一分半新闻"节目里播出了。

第二天,4月10日星期二,一大早,我们与阿尔瓦罗有个工作例会,商议散发我放弃选举的公开信的方式。我们决定请海梅·贝利做此事,因为整个竞选期间,他都非常坚决地支持我,而且他的节目都有很高的收视率。我打算在预定的十一点的自由运动政治委员会上汇报此事,然后从巴兰科出发,与贝利一道去电视四台。

那是个值得纪念的日子,上午十点不到,当两位副总统候选人爱德华多·奥雷戈和埃内斯托·阿莱萨·格伦迪来到时,一大群记者已经云集在防波堤上,他们试图冲过保安人员的警戒线;第一批示威的人群也已到达我家门前,到中午时分就变成了群众集会。阳光极灿烂,空气清澈但炎热。

我给爱德华多和堂埃内斯托说明了我不参加第二轮选举的理由,给他俩看了我的公开信。我事先已料到二人会劝我打消这个念头,事情果然不出所料。但埃内斯托作为法学家毫不含混的断言让我感到迷惑不解;他说,放弃第二轮竞选是违反宪法的。总统候选人不得放弃第二轮选举。我告诉他:事先向全国选举法院的监票人埃里亚斯做过咨询,后者明确说没有法律障碍。在目前形势下,我放弃竞选是唯一可以防止藤森变成阿普拉的俘虏和确保对正在毁灭秘鲁的政治进行局部改革的办法。这个理由难道不比任何都充足有力吗?1985年不是也找到一个法律技术术语,巴兰特斯面对阿兰·加西亚时就放弃了竞选吗？爱德华多·奥雷戈是黎明时分接到费尔南多·贝朗德从莫斯科参加国际会议的地方打来的电话获悉我放弃竞选计划的。这位前总统告诉奥雷戈：阿兰·加西亚从利马打电话给他说："我十分担心，据悉巴尔加斯·略萨打算放弃竞选，这会破坏整个选举程序。"阿兰·加西亚总统怎么会知道我放弃竞选的事呢？唯一可能的渠道就是藤森。他在与我谈话之后就跑到总统那里汇报并请总统指示了。藤森与阿兰·加西亚沆瀣一气，这不是最好的证据吗？我放弃竞选也没有用处。反之，如果我们证明藤森是现政府政策延续的代表，我们可以还原事情的本来面貌，因为许许多多无党派人士由于天真和无知以为藤森是个与阿普拉无关的人才向他靠拢的。

我们正在讨论的时候，一群人乱哄哄地出现在我家门口，我们只好停下来。藤森不合时宜地来到我家门前，保安人员极力拦住那些询问藤森为何而来的记者以及向他吹口哨的民阵成员。我让人领他进客厅，与此同时两位副总统候选人分别去人民行动党和基民党报告我们谈话的内容。

藤森与前一天看上去十分镇静的样子不同，我发觉他非常紧张。他一开口就感谢我谴责昨夜的种族主义口号；接着，丝毫不掩饰心中的烦恼，说道：您放弃竞选的事宪法上可能有麻烦。这是违反宪法的，会造成选举无效。我对他说，我认为并非如此；但是我告诉他，一定保证不给政变提供方便之门。我送他到大门口，但是没有到街上去。

这时，家里门外成了一锅沸腾的开水。自由运动组织政治委员会的成员已全部到齐——我想这是唯一一次无人缺席——到会的还有些高级顾问，比如劳尔·萨拉萨尔。海梅·贝利也来了，他是阿尔瓦罗请来的。帕特丽西娅此时正在院子里与一群团结行动组织的领导人开会。我们三十多人尽量挤在一楼的客厅里；天气虽然闷热，大家还是关了窗户，拉上窗帘，免得让街上的记者和群众听见我们的声音。

我说明了我认为搞第二轮选举是无用的和危险的理由，以及考虑到星期日的选举结果，民阵力量与藤森达成某种协议的好处。阻止阿兰·加西亚继续执政是当前压倒一切的任务。秘鲁人民已经拒绝了我们执政的要求，因此推行我们的改革已无可能性。即使我们假设在第二轮取胜的情况下也不行，因为议会的多数席位是反对我们的，所以我们应该让国家免掉一次选举，其结果我们已经知道了，因为显而易见的是阿普拉和左派会与我的对手一起对付我们。接着，我给大家宣读了公开信。

我记得所有与会者都发了言，其中有几人慷慨激昂，除恩里克·盖尔西之外，大家都劝我不要放弃选举。只有盖尔西指出，原则上，他不反对与藤森谈判的想法，只要谈判可以换取我们执政纲领的一些要点的实施；但是赫尔希也怀疑"90变革"的候选人是否能独立自主地决定什么事情，他与其他参加会议的人一样，认为藤森已经对阿兰·加西亚许下某种诺言。

最为慷慨激昂的发言之一是恩里克·奇里诺斯·索托，选举的意外结果把他从困倦中唤醒并使他进入大脑极度清醒状态。他列举了大量技术理由以证明放弃第二轮选举是违反宪法条款与精神的；但他认为更严重的是放弃斗争、把战场拱手让予一个既无纲领、又无思想、更无人马的政治冒险家、暴发户，可能会造成此人一上台民主制度便垮台的局面。他不相信我这样的论点：第二轮选举中可能出现有利于藤森的阿普拉-社会党-共产党的神圣同盟；他确信秘鲁人民不会选举"一个第一代没有先人葬在秘鲁的秘鲁人"。① 这是我第一次听到这种论调,但不是最后一次。后来,我经常从我的那些非常有文化、聪明的支持者口中听到类似恩里克这样的言论:由于藤森是日本人的后裔,他在秘鲁土地上没有根基,他母亲还是外国籍、至今没学会西班牙语,因此不像巴尔加斯·略萨那样是个地道的秘鲁人——印第安人和白人——世世代代生活在秘鲁。在后来的两个月里,我多次出面声明:这种理由反而让我盼望藤森能够获胜,因为它们暴露出两种我毕生通过写作和演说所反对的愚蠢言论:民族主义和种族主义(实际上二者是一回事)。

阿尔弗雷多·巴内切亚通过长长的历史回顾论述了秘鲁的危机与没落;他说,近年来这一危机已发展到危险的程度,很可能不仅对民主制度的存在,而且对国家的命运都会引发不可抗拒的灾难。绝对不能把政府交给一个纯粹代表外来流氓利益的人,而此人很可能是阿兰·加西亚的傀儡;如果我放弃竞选,人家并不认为此举是慷慨无私的,也无助于目前形势的改变。人家会认为:这是个自尊心受到伤害、爱虚荣的家伙的出逃。再说,还可能让人觉得荒唐可笑。鉴于放弃选举是违宪的,全国选举法院会举行第二轮大选,而选票仍然留着我的名字,而不管我是否愿意。

正在这时,帕特丽西娅进来打断了会议,她在我耳边说:利马大主教来看我了,是秘密来的。现在上面,我的书房里。我向开会的人道了歉,十分惊讶地上楼接待这位贵宾。他怎么会来这里呢?又怎么能穿过记者和示威群众的封锁线而不被发现呢?

关于大主教这一来访流传着种种说法;的确,这一访问对于我

---

① 从1992年4月5日起,奇里诺斯·索托就以宪法为由,替藤森的政变张目并攻击我们谴责改变的人。

从不参加第二轮大选的决心向后倒退是起决定性作用的。而唯一正确的说法,是现在通过帕特丽西娅口中我才知道的。她为了本书能说出真相,终于鼓起勇气向我坦白了事情的经过。第一轮选举之后的次日,大主教的办公室打来两次电话,说巴尔加斯·阿尔萨莫拉大主教想要见我。混乱中,没有人捎给我这个口信。那天上午,就在我们政治委员会讨论时,鲁乔·布斯塔曼特、佩德罗·卡特里亚诺和阿尔瓦罗几次离开会场给帕特丽西娅通风报信,在场的还有聚在花园里团结行动组织的各位女将。"没有办法说服马里奥。他非要放弃第二轮大选不可。"于是,帕特丽西娅记起我在认识大主教那天老人给我留下的极好印象,她便想出一个主意来。"请大主教来跟他谈谈。大主教能够说服他。"她便跟鲁乔·布斯塔曼特密谋策划,于是鲁乔给大主教打电话说明正在发生的事,结果大主教同意来我家谈谈。为了他老人家不被认出来,他们让司机开着我经常乘坐的轿车(有深色钢化玻璃)直接去接大主教并送他到车库。

我上楼进了书房——百叶窗也放了下来,避免街上的目光——大主教正在浏览书架上的图书。我们进行了半小时或是四十五分的谈话,在我的记忆中,与我读过的优秀小说的某些意外情节混淆在一起了。尽管此次谈话的唯一理由和问题是政治性的,巴尔加斯·阿尔萨莫拉大主教这样一位精明人物,却巧妙地把谈话变成一次关于社会学、历史和宗教的学术交流。

对这次躲在轿车里游戏式的来访,大主教笑着评论了一番;仿佛说说话以消磨时光似的给我讲起:每天早晨起床以后,总要读几页信手翻开的《圣经》。这天早晨他偶然看到的内容让他惊讶不已:好像是对秘鲁现状的评论。你手头上有《圣经》吗?我拿出一本耶路撒冷版的《圣经》;他给我指出那有关的章节。我高声朗读起来,接着二人都笑了。是的，确实如此，《圣经》上那个魔鬼的阴险、狡诈与卑劣行径让人想起地上和眼前那种人的行为。

在两天前的选举中，藤森工程师的候选人名单上有二十几位福音教派的人当选为参、众议员，此事他感到惊讶吗？是的，很惊讶，就像每个秘鲁人那样。尽管大主教通过各个教堂事先就听说福音教派的牧师们非常活跃地在动员群众投藤森的票，特别是在工人新村、贫民区和山区的村镇，他还是吃了一惊。福音教派的人早就钻进了秘鲁社会的贫困阶层中，填补了天主教由于缺少神父而留下的空白。当然了，没有人想重新点燃已经熄灭并深深埋起的宗教战火。在这个宽容和基督教联合的当今世界，天主教与宗教改革后的历史分支相处得十分和谐。但是，这个福音教派，通常情况下人数很少，有时却言行离奇古怪，现在把老窝安到坦帕和奥兰多了，那么这不是给已经四分五裂的秘鲁社会又增加了一个分裂的因素吗？特别是从新上任的福音教派的某些参、众议员好战的声明来看，他们好像是来向天主教挑战的。（其中一位声称：从现在起，秘鲁每座天主教堂旁边都要有福音派的教会。）无论四面八方如何议论和批评天主教，它总是不同种族、语言、地区和经济状况的秘鲁人之间联系同胞关系最广泛的纽带之一，也是联合起来抵制产生敌视和仇恨的离心力的关系之一。如果宗教变成秘鲁人的分裂因素之一，那就太遗憾了。你不这样认为吗？

既然已经有那么多东西坏掉了或者正在变坏，那么对于剩下的好东西就应该尽量爱护它们，如同爱护珍宝一样。比如，对待民主就应该如此。绝不能让民主制度再次从我们的历史中消失。绝不能给那些企图消灭民主的人以任何借口。此事虽然并不正式属于大主教的管辖之内，但他一直是铭刻在心的。这一两天来，人们都惊慌地传说，有可能发生政变；大主教认为有责任把这一形势通报给我。如果我退出竞选，那么怀念独裁的人就可能以此为借口，声称选举程序的中断造成了社会不稳和无政府状态，从而下手搞政变。

前一天，大主教与各教区主教开会，就上述问题交换了看法，大家一致同意大主教刚才给我讲的那番话。此前，我见到过古斯塔沃·古铁雷斯神父，这位朋友也劝我继续竞选。

我感谢巴尔加斯·阿尔萨莫拉大主教的来访并向他保证会认真考虑他的话。的确如此。直到大主教来访前，我一直坚信：我能做的上上策是通过放弃第二轮选举，用事实打开一个藤森有极大可能与民阵联合的局面，以此支持未来的政府并阻止藤森成为阿兰·加西亚政策的纯粹延续。但是，大主教警告说这可能引发政变——"我说这番话是有充分根据的"——这让我踌躇起来。在秘鲁可能降临的所有灾难中，最坏的是再一次回到军事独裁时期。

我陪同巴尔加斯·阿尔萨莫拉大主教走进车库，他钻进轿车藏好，车子便开走了。我上楼回书房，去取笔记本；这时我看到健壮的玛丽亚·阿梅莉亚·福特·德·科贝仿佛飘然上天一样从我用的小卫生间里飞出来。大主教的来访把她给堵在里面了；她只好缩着不吭声，听着我们谈话。那全部内容她都知道了，她好像吓傻了。"你跟大主教一起读了《圣经》，"她十分神往地低声说，"我亲耳听到的；如果必要，我可以发誓：神-鸽就是从这里飞过的。"玛丽亚·阿梅莉亚一生酷爱四件事：神学、戏剧、心理分析学，但最喜欢带巧克力、蜜糖和奶油的蛋卷。1987年圣马丁广场的群众大会上，黑幕下，她竟然爬上主席台后边的建筑物的顶上，随身带着几口袋纸屑；我一面讲话，她一面朝我头上抛撒纸屑。在阿雷基帕的大会上，阿普拉和左派分子抛出的瓶子使我免去了这些刺痒的纸屑，因为玛丽亚不得不和帕特丽西娅一道躲在一个警察的盾牌后面；可是在皮乌拉的集会上，她改进了抛撒方法，弄到一个火箭筒，从主席台的一角向我发射纸屑弹，其中一颗炮弹正赶上大会结束时的欢呼声并恰巧打在我嘴巴上，几乎把我给憋死。我劝她在竞选剩下的时间里别再惦记这些细屑了，最好去自由运动组织的文化委员会干点事情。她果然去了，召集起一群优秀的知识分子和文化鼓动工作者做了许多有益的事。如同自由运动组织中许多天主教徒的成员一样，玛丽亚总是希望我回到宗教信仰的正路上来，因此，书房那一幕使她激动不已。

我下楼到了客厅，向政治委员会的朋友们汇报与大主教会面的经过，请求大家保守秘密；为了缓和紧张气氛，我开玩笑说，这个不可思议的国家常常发生不可思议的种种事情，突然之间，天主教为击退福音教派的进攻，居然把希望寄托在一个不可知论者的肩上。

我们又继续交换了一阵看法，最后我同意暂不作决定。我想离开利马去休息两三天。与此同时，还可以躲一躲报界的追踪。为了安抚门外的记者，我请恩里克·奇里诺斯·索托与记者们谈谈。他只能说：我们对选举结果已经做了评估。可是恩里克把这理解成他已经是我永久的新闻发言人了；所以刚一离开我家，无论是在纽约还是后来在西班牙（他外出几天），就以民阵的名义发表极不慎重、缺乏理智的声明——他整天都是糊里糊涂的——比如，他说秘鲁从来就没有哪位总统是第一代秘鲁人，还说许多电报打到秘鲁纷纷要我出来担保实现那些过时的、种族主义的主张。阿尔瓦罗急忙出来辟谣，尽管他必须辟谣，但心中很难过，因为他一直非常尊敬和感激恩里克这位在《每日新闻报》时的老师；每当我听到恩里克的胡说八道，也一次又一次地辟谣，反对用这种理由攻击我的对手。

但是，这并不能阻止自4月8日至6月10日那令人窒息的六十天里那天上午在我家会议上提出的两个问题变成选举的主角：种族主义和宗教。从那时起，事情的变化让我感到自己被一张误解的网给罩住了。

那同一天下午，我们同帕特丽西娅——阿尔瓦罗因为我对压力做了让步而拒绝同行——到南方海滩一些朋友家里，希望安安静静待两天，但是，尽管我们极力把这次出行搞得很复杂，新闻界在那天下午就发现我们到了普尔波斯，并立刻把我下榻的住宅包围起来。我不能到阳台上去晒太阳，免得受摄影师、摄像师和记者的围攻，这些人已经吸引了不少好奇的行人，这个住处已经变成马戏团。于是，我只能同前来看我的朋友聊聊天，写写有关第二轮选举的备忘录，其中有：应该纠正前几周导致群众支持率下降的那些错误。

次日上午，赫纳罗·德尔加多·帕克来海滩找我。由于我怀疑他来访的动机，便没有见他。鲁乔·略萨与他谈了话；结果不出所料，他捎来阿兰·加西亚的口信：希望同我秘密会晤。我没有接受；后来总统又通过其他人提出同样的建议（有两次），我仍然拒绝了。搞这种秘密会晤的目的是什么？商谈第二轮选举中阿普拉投票支持谁的问题？这种支持是有代价的，我可不想付出；我对这位总统的不信任以及他搞阴谋的无限本事，从一开始就无法达成谅解。尽管如此，几天以后，当阿普拉党正式建议与民阵会谈时，我还是任命皮波·托尔迪克和米盖尔·维加·阿尔韦亚尔为代表；他俩与阿韦尔·萨利纳斯以及利马前市长豪尔赫·德尔·卡斯蒂略（均为总统的亲信）举行了几次会谈。对话毫无结果。

4月14日和15日周末，我一回到利马，就开始准备第二轮选举的各项工作。在海滩上，我终于确信：别无选择，因为我如果放弃竞选,除去给宪法制造绝境从而为政变提供借口之外是毫无用处的;民阵的各派力量都不赞成与藤森达成协议,认为他与阿普拉牵连太深。应该面带笑容地迎接坏天气,努力振奋支持者的士气,因为自4月8日以来士气大跌;这样的话即使我们最后失败了,也要输得漂亮。

对第一轮选举结果的批评和追究责任的声音,在我们队伍中屡屡响起;新闻界有人散播对几头替罪羔羊的指控。弗雷迪·科贝首当其冲,因为他是竞选委员会主任,要拿他开刀;还有阿尔瓦罗、帕特丽西娅——指责她幕后操纵,滥用她对我的影响——还攻击鲁乔·略萨和豪尔赫·萨尔蒙,因为他俩是主管宣传的。当然也不乏对我的批评,因为我同意民阵议员候选人大肆铺张、浪费财力搞竞选以及其他许多事情。有些批评是十分合理的;还有一些则是正话反说:为什么民阵中不用印第安人、黑人和混血种人平衡一下而提出那么多白人领导人和候选人?为什么是一个金发碧眼的女歌手——罗克萨娜·巴尔迪维索——每次集会上高唱民阵之歌,而不找一个海边的混血姑娘或者山区的印第安姑娘唱歌,以便更好地得到有色群众的认同?虽然这些声音后来有所收敛,这种偏执狂和受虐狂的冲动,却在后来第二轮竞选的两个月中,在我们的队伍里经常可以听到。

弗雷迪·科贝提出辞职,我没有同意。我还说服了阿尔瓦罗继续做新闻发言人,虽然他仍认为我参加第二轮竞选是犯了错误。为了平息不满的声音,罗克萨娜不再为我们的集会唱歌。帕特丽西娅虽然还在团结行动组织和社会支援规划委员会工作,却不再接受采访,也不出席民阵公开场合的活动,更不陪我去内地出差了(这是她的决定,不是我的)。

那个周末，我召集核心组开会，人数这时减少到只有竞选委员会、财政委员会、宣传通讯委员会的负责人，加上新闻发言人和比阿特丽斯·梅里诺，后者有着极好的公众形象，优选中得票率甚高；会上我们制定了新的竞选战略。当然，对执政纲领我们不做任何修改。但是，我们将少说社会支援纲要所做的牺牲，而要多讲该纲要的成绩以及其他已开始充实的援助计划。我们的竞选活动今后要重点介绍改革中社会团结互助的方面，集中力量搞好利马郊区的工人新村及贫民区的工作以及全国人口密集的城市工作。广告费要减少到最低程度，节约下来的预算将用到社会支援纲要中去。由于麦克·马洛·布朗及其顾问毫不含混地提出：必须开展一场否定藤森的活动，要在公众面前剥去他的假象，要求他拿出执政纲领来并指出其弱点，我说：我只批准那些证据确凿的新闻报道，但是，从这次会上我可以预感到敌我双方在今后的几周里会落入何等肮脏下流的程度。

4月16日星期一，我在迪加诺大街的大本营里与执政计划班子及各主要委员会主席开会。我勉励大家继续工作，权当我们7月28日上任一样；我请鲁乔·布斯塔曼特和劳尔·萨拉萨尔拿出一份内阁各部工作建议书来。鲁乔将任总理，劳尔将任经济部长。各个行政部门的筹备必须做好换班的准备工作。另外，还应该对4月8日选出的国会内的力量对比做一评估，并且制定7月28日以后的对立法机构的政策，以便实施起码的核心计划。

同日下午，我参加了民阵的执委会，贝多亚、贝朗德·特里、奥雷戈和阿莱萨都出席了会议。会上，人人拉着脸，个个深藏着不满和流露出明显的担心。就连老政治家中最有阅历的人也不明白这个藤森现象。比如奇里诺斯·索托或者贝朗德，他们怀着根深蒂固的秘鲁必须是个印欧混血国家的老概念，对于某人的先辈全都埋葬在日本却要当秘鲁总统感到惊慌失措。一个实际上的外国人怎么可能对秘鲁有真正的承诺呢？这套理由，我从许多支持者的口中听了无数遍，其中有一群来访的退休海军军官，这些话让我感到自己处在完全荒谬的境地。

但这次会议也产生了一些积极的东西：民阵各派力量的合作精神，这是前所未有的。从那时起到6月10日，人民行动党、基民党、自由运动组织和团结行动组织一直团结起来工作，没有发生争执，没有前几年那种打黑拳、说坏话的事，出现了与从前大不一样的景象。由于得票率低下对大家的巨大打击，或者由于大家意识到一个无名之辈或者代表权力的真空或者代表阿兰·加西亚政府通过这个傀儡而继续执政可能给秘鲁带来的危险或者仅仅是因为已经无利可争，所以敌意、仇恨、嫉妒、猜疑都一一消失了。在第二阶段里，无论是民阵的领导人还是普通成员，都有合作的诚意，这对于改变最后的结果虽然是迟了，但却让我可以集力全力对付敌人而不被内部问题所分心，而这些内部问题在第一轮竞选期间是让我最头疼的事。

弗雷迪·科贝与人民行动党、基民党、自由运动和团结行动组织的领导人一道成立了一个小小的指挥部，为搞鼓励宣传而搭配好的班子纷纷前往各地开展工作。所有召集起来去工作的人，没有谁拒绝出差的；许多领导人在内地各省、县一跑就是几天或者几星期，努力拉回失去的选票。奥雷戈去了普诺；莫莱伊拉去了塔克纳；基民党的阿尔贝托·波雷阿、自由运动的劳尔·费雷罗和人民行动党的埃德蒙多·德尔·阿吉拉到戒严区去了；我想每个地区都有民阵的人在给我们的支持者重振低落了的士气。所有这些工作都是在暴力增加的气氛下进行的,因为自大选之日起,"光辉道路"和图帕克·阿玛鲁革命运动就发动了新攻势,在全国有十几人伤亡。

第一轮竞选期间,自由运动组织的领导人和积极分子为协调竞选活动而遇到的最大困难户是人民行动党的人。而现在正相反,我从人民行动党那里得到了最大的支持,尤其是该党的利马地区书记和领导人劳尔·迭斯·坎塞科;他从4月中旬起到选举日为止,日夜在我身旁工作,负责组织我们每日去利马郊区的活动安排。我不大了解劳尔,以前只知道他在群众集会上与自由运动组织的积极分子发生过冲突——他是贝朗德搞群众动员工作的大将——但在这两个月中,我由衷地赞赏他那投入斗争的劲头,而他这样做的理由丝毫没有个人利益,因为实际上他在议会的地位已经确定无疑了。他是最热情、最投入的人之一,既努力做好组织工作,解决各种问题,鼓舞泄气的人,又给所有的人以争取胜利的信心,无论真假,这一信心是对抗那困扰我们的失败情绪与疲倦的兴奋剂。他每天一大清早就来到我家,手里拿着我们要去访问的街道、商场、学校、合作社和社会支援计划正在进行的工程;出访的每时每刻,他都面带微笑,做些令人愉快的评论,贴身走在我身旁,以防歹徒袭击。

根据麦克·马洛·布朗的调查,第一轮竞选时穷苦人对我的印象是:此人傲慢且脱离群众。为了改变这一形象,他们决定第二轮竞选期间,我不在保镖们的前呼后拥下走街串巷了。保镖们分散在群众里,远远地跟着我,这样人们可以走近我、握握手、摸摸我、拥抱一下,有时或许从我衣服上扯下一块布头,如果人们高兴或许让我在地上打个滚或者把我挤扁。我服从这一安排,但说心里话,这很需要一点果敢精神。让群众这样给我"洗澡",我一直没有兴趣——如今也是——我不得不创造奇迹来掩饰那推推扯扯、亲亲摸摸和半歇斯底里抚摩所造成的不快；即使这些友好的表示挤碎了我的骨头或者撕破了我的肌肉，我也要做微笑状。另外，由于时时都会有歹徒袭击的危险——多次出访中我们不得不对付藤森分子的挑衅；前面我也讲过，我朋友恩里克·盖尔西的硬脑袋如何在陪伴我时挡住了向我打来的石块——劳尔·迭斯·坎塞科随时准备挺身而出去对付歹徒。天黑以后，我回到家中时浑身酸痛，赶忙洗澡、换衣，因为每天晚上还要跟执政计划委员会或者竞选指挥部开会；有时需要用山金车花酊揉搓全身的青斑。有时我便想起康拉德·劳伦兹（Konrad Lorenz）关于"攻击"的皇皇巨著，书中讲道：野鸭在狂热的求偶飞行中会突然发怒和自相残杀。因为我多次被淹没在极度兴奋的人群中，被拉扯、拥抱时，我感到自己距离为国捐躯仅有一步之遥了。

4月28日，我正式宣布开始第二轮竞选，通过电视宣读了题为《重新竞选》的讲演稿，接着为出访利马的贫困区县，我紧张地工作了两周。在讲演中，我答应"为不仅深入到秘鲁人的智慧中也要深入到他们的心灵里而竭尽全力"。

新的竞选战略中有一项是宣传介绍团结行动组织的工作，其中主要是社会支援规划的成绩，那时在利马郊区已有十几项工程在兴建。面对那些教室、体育场、托儿所、大众食堂、水井、排水沟、灌渠和帕特丽西娅领导的这一组织修筑的几条道路，我解释说：我领导的竞选人马已经具体协调各方的支援，让低收入的秘鲁人在摆脱国有化陷阱和通货膨胀时牺牲最少。社会支援规划绝不是广告宣传活动。在社会支援规划的基础设施完工前，在由两位负责人——海梅·克罗斯比和拉蒙·巴鲁亚——确保用于三年内在秘鲁穷乡僻壤兴建两万个小型工程的十六亿美元资金由国际组织、友好国家和秘鲁企业界承担支付之前,我本不想谈这个社会支援规划。1990年4月和5月,这一规划已经是个正在实施的现实;虽然援助是一点一点来的——这取决于我们执政后如何落实这一规划,世界银行特别要求如此——看到有这么多工程技术人员、成百上千的工人正在把规划(由居民们自己研究决定的、作为紧急项目提出)变成现实是非常令人激动的。我在每次演说中都用一半的时间说明:我们正在做的这些拆穿了那些指责我们缺乏社会责任感者的谎言。是否有社会责任感要靠实干而不是夸口。

许多民阵的领导人和自由运动组织的朋友都认为:新的竞选战略多了谦虚谨慎和群众性,少了意识形态的成分和论战性质,这样的调整是非常及时的;他们说:这样一来我们可以重新赢得一部分失去的选票,即那部分投藤森的票。因为谁也不会对阿普拉、社会党和共产党的选票抱幻想。此外,教会越来越坚决的支持对我们也是很大鼓舞。秘鲁难道不是个深入骨髓的天主教国家吗?

于是,我能想象到的便是一夜之间我必须在竞选中变成天主教的伙伴。竞选活动刚一恢复,这种事便发生了,因为显而易见的是:在"90变革"当选的参、众议员中,至少有十五名福音教派的牧师(其中有藤森的第二副总统卡洛斯·加西亚·加西亚,此人曾主持过秘鲁全国福音教派教务会议)。这些此前被打入另册的教派组织突然在政治地位上有所提高,天主教的领导层感到不安,尤其是当选的牧师中有人发表了不够慎重的声明之后,前者的不安变成了愤怒,比如,吉列尔莫·尤斯伊卡瓦(阿雷基帕的众议员)在信徒中散发一封公开信,劝他们投藤森一票,理由是:藤森当选后,福音教派办的学校和教堂将得到与天主教同等的认可与津贴。阿雷基帕市大主教费尔南多·巴尔加斯·鲁伊斯·德索莫库西奥于4月18日通过电视台责备吉列尔莫先生在竞选中以宗教为由向秘鲁人民多数人的信仰发出挑战。

两天后，4月20日，秘鲁的所有主教发表声明，强调"操纵宗教为政党利益服务是不正派的"，但同时声称，天主教不支持任何候选人。这封主教们的教书旨在减轻亲政府的圈子中的批评风暴——圈子中有大量进步的天主教徒。这场风暴是由利马大主教在4月15日复活节礼拜专门为电视五台全景节目而做的采访而引起的。当记者就我的不可知论的信仰向巴尔加斯·阿尔萨莫尔大主教提问时，他老人家用一种有争议的神学观点，广泛论证说：不可知论者并非不要上帝的人，而是上帝的追随者，是个没有信仰但却想有信仰的人，一个乌纳穆诺式探索不可知论者，探索的最终结果可能是回到信仰中来。阿普拉和左派的新闻工具早已发动了支持藤森的宣传攻势，此时便纷纷指责大主教公开支持这样一个"不可知论的"候选人。一位"左派知识分子"，卡洛斯·伊万·德格雷戈里，在一篇文章里断言：巴尔加斯·阿尔萨莫拉大主教给不可知论者如此下定义，说明"他'神学入门'一课是不及格的"。

4月19日，下午开始工作时，阿雷基帕大主教来到我家，他也是躲在轿车里一直开进车库才下车的——因为记者的包围直到6月10日才撤掉。这位大主教身材矮小，但声音洪亮，极和蔼可亲，幽默风趣，让我度过了一阵愉快时光——不能说是两个月中唯一的愉快时光，但也是为数不多的几次之一——他告诉我：最好忘掉"声明自己是不可知论者的那些蠢话"，因为我的父母都是天主教徒，我的洗礼和婚礼都是在天主教堂进行的；我儿子、女儿的洗礼也是如此，因此不管我承认与否，从实际后果上说，我是个天主教徒。他还说：如果我想赢得胜利，就不要固执地把经济调整中的全部真相都说出来，因为这等于为对方效力，特别是当着那位对手的面只说出可以给他拉来选票的话。不撒谎当然很好，可是竞选中把一切都说出来就等于切腹自杀啦！

除去玩笑之外，阿雷基帕这位大主教对于福音教派在阿雷基帕新村和贫民区支持藤森的攻势感到非常不安；他们的活动有着明确的宗教方向；有时从某些不遗余力地批评天主教，甚至在演说中攻击教皇、圣徒和圣母玛利亚的牧师的宗派情绪中，可以看出一种反天主教的倾向。他与巴尔加斯·阿尔萨莫拉大主教一样，也认为这场宗教战争会导致秘鲁社会的解体。尽管天主教不能公开为我宣传，他告诉我，在他的教区，他已经鼓励那些决定为我搞竞选的信徒，要回击福音教派的挑衅。

从那时起，竞选斗争逐渐露出一张宗教战争的面孔：单纯的担心、偏见和正当的手段与肮脏的阴谋、小动作和背信弃义的诡计混杂起来，双方都是如此，甚至近似闹剧和超现实主义的程度。两年前，竞选活动刚刚开始不久，团结行动组织的一位积极分子，莱希娜·德·巴拉西奥斯，当时正在圣佩德罗新村工作，她把我同村里二十几个男女关进自由运动组织支部的一个房间里，而没有向我说明这是些什么人。我刚进去不久，其中一人便开始神灵附体似的说起来，然后就背诵《圣经》；突然之间，别的人高声呼喊着"赞美上帝、赞美上帝"给背诵《圣经》的人伴奏，一面起立，双手伸向天空。与此同时，大家都催我模仿这些动作，因为圣灵已经来临，还催我下跪表示自己在圣灵面前是谦卑的。我完全糊涂了，面对这一突发事件不知应取何种态度——有人已经放声哭起来；有人跪下来祈祷，两眼紧闭，双臂高举——我预感到那些经常去自由运动组织办公处开会的代表，如果推门看看，会遇到类似的情况。最后，福音派的教徒们终于平静下来，整理好衣裳，一面离去一面告诉我：我已经施了涂油礼，将会赢得大选的胜利。

我想那是我第一次直接深入了解国内贫困阶层的福音教派。但是，尽管后来我又有过许多类似的经历，其中有些像第一次那样令我吃惊，而且每次访问贫民区之后，我已经习惯在破旧的木屋、茅屋的门上看到圣灵降临、施洗礼、基督教联盟、耶稣会、神的子民以及十几种教会各种不可少的标志，我仍然是在第二轮竞选中才发觉这一宗教现象的巨大规模。的确，在秘鲁许多贫困地区，天主教由于缺少神甫或者由于恐怖主义的暴力迫使神甫离去（许多教士被"光辉道路"杀害）而没有代表存在，这个空白便被福音派的传道士填补了。这些人，无论男女几乎都出身贫寒，具有开拓者不知疲倦的干劲与热情，他们就生活在与贫苦居民同样恶劣的条件下，成功地为福音教派争取到大量信徒；这个教派要求信徒完全献身给主耶稣基督并不停地传教——与天主教松散、有时仅仅是社会性的承诺完全不同——这对于那些生活不稳定的人来说，由于这一教派使他们感受到了可以依赖的安全和稳定，因此对他们有着不可思议的吸引力。传统和习惯把天主教变成了秘鲁国教——正规宗教，福音教派于是就代表了非正规宗教，这是极普遍的现象，就像经济领域里的非正规工商业者一样（藤森很精明地把这些人拉入他的竞选名单里，请马克西莫·圣罗曼——一个库斯科平民、非正规企业家做第一副总统候选人，此人于1988年起就串联起各省非正规工商业者的主要组织，成立了秘鲁小企业联合会并当选为主席）。

我对福音教派的人毫无反感，甚至可以说有好感，因为他们的牧师敢在山区和贫民区拼命地传教（不仅恐怖分子迫害他们，军警也镇压他们），还因为福音教派在世界各地都赞成自由民主和市场经济，但是，他们中有人在传教时的狂热与焦躁，我非常讨厌，如同我讨厌天主教或政治家有时表现的狂热与焦躁一样。在竞选过程中，我曾经几次与福音教派的首领和牧师会面，但是我一直不肯在他们与我这个总统候选人之间建立什么形式的组织联系；除答应我执政时在秘鲁充分尊重信仰自由之外，我对他们不做任何许诺。正是由于我从前声明过自己是个不可知论者，所以在那三年里，我一直注意避免不让宗教问题插到竞选中来，尽管我从不拒绝接见任何想来看我的宗教人士，而不管他是什么教派的。五花八门的教派中，我接见了十几个；通过这些会晤一再证实了没有什么能像宗教这样容易诱发狂热了（也刺激狂热）。一天下午，我的儿子贡萨洛慌慌张张地跑来把我拉出了会议室："你去看看我妈那里出什么事了？我一开门，看见她紧闭双眼，两手合拢跪在那里，她身边有个家伙跳来跳去像个北美红种人，在她头上拍个不停。"那是个行洗手礼的法师和牧师，名叫赫苏斯·利纳雷斯，受到参议员罗赫尔·卡塞雷斯（全国工农联合阵线）的保护；这位参议员曾经催促我接见此人，声称这位牧师有神灵感应和特殊透视功能，在历次选举中都帮了他大忙。我没有时间见他，帕特丽西娅便替我接待他。这位牧师说服她接受那个奇怪的仪式，据他说，这可以使精神健康，选举获胜。① 这个人物是最具特色的之一，但不是唯一想用篡改功能为我竞选而工作的人。另外一位是个女巫，第二轮大选前不久，她托人捎来一封信，建议我为了选举获胜应该让我、帕特丽西娅和她一道洗个"星星浴"（没有具体说如何洗法）。

有这样的背景，福音教派牧师中最激进、最狂热的某些人，在

---

① 这个人也看望了阿尔瓦罗；我儿子也像他母亲一样接受了洗手礼，后来还写下一篇散文留做见证，题为《竞选中的魔鬼》。

藤森第一轮很高获票率和福音教派选入国会人数的鼓舞下，便很有可能向天主教发起进攻或曰口诛笔伐了。事情果然这样发生了。就在一位杰出的美国福音教派的传教士巴勃罗教友——他的广播节目整个美洲大陆都可以收听到——从加利福尼亚被拉到秘鲁，在各省体育场召集了群众大会，公开为藤森在阿雷基帕、利马、钦博特、万卡约、万卡韦利卡搞竞选活动的同时，他们开始散发传单，上面除号召基督徒投藤森的票之外，还声称藤森执政以后将结束天主教的垄断地位，并指责天主教与剥削者和富人勾结给秘鲁带来许多灾难。似乎这样做还嫌不足，于是在天主教堂的正面和墙壁上突然出现了谩骂天主教教义、圣徒和圣母玛利亚的标语。

我给竞选指挥部和自由运动组织的领导人下达了明确的指示：不得使用这类手段，禁止我们的成员搞这种肮脏的战术，因为这是不道德的，还因为发动宗教战争可能适得其反。但此事无法避免。后来，我得知自由运动组织动员委员会的一些小伙子曾经冒充支持藤森的福音派教士走村串市说天主教的坏话，墙上有些标语也是他们写的，但不是全部。不管多么不可思议——说到狂热，没有什么是不可思议的——有些福音派的组织，尤其是那些最古怪的组织，认为在他们的候选人成功地选入议会之后，向天主教公开宣战的时刻到了。比如，在安卡斯，"耶和华之子"（请不要与"耶和华的见证人"混淆起来，都是支持藤森的积极分子）散发了一份传单，让地区主教拉蒙·古鲁恰卡不能容忍的是，他们竟然把传单送进了修道院；传单上说：秘鲁人民摆脱"那个异端和拜物的天主教"的奴役的时刻来到了；应该把孩子们从"教育他们崇拜偶像的教会学校里"解放出来。类似的或更具挑衅性内容的传单撒遍了万卡约、塔克纳、万卡韦利卡、瓦努科，特别是钦博特，因为多年以前福音派就把教堂盖到渔民区和鱼粉工人区里去了。① 钦博特福音派的动员工作与反天主教紧密地联系起来，使得路易斯·班巴林主教——秘鲁天主教中杰出的进步人士——发表一系列强硬声明，批评那些"用绰号攻击天主教信仰"的宗派并支持秘鲁大主教的号召。②

宗教问题占据了竞选辩论的中心位置。它引发了仇恨、诡计、争执、惊人的主动性和滑稽的误解，这些在秘鲁史上是前所未有的；秘鲁与哥伦比亚或者委内瑞拉不同，没有发生过宗教战争；而在19世纪的哥伦比亚，教会与自由派的冲突发展到流血的程度。进入5月第三周，巴尔加斯·阿尔萨莫拉大主教给利马的天主教徒发布一封教书，上面写道："仁慈让我们不能再沉默下去了"；大主教感到自己有责任谴责福音教派"由于最近在议会选举中获得了政治权力，便发动了居心叵测的攻击我们信仰的运动"。

这封教书招致阿普拉和左派刊物一场暴风雨般的批评，他们指责大主教"戴上了束头带"（自由运动组织的成员在开大会时都戴上束头带）；巴尔加斯·阿尔萨莫拉没有被吓倒，他于5月23日举行了新闻发布会，他说，面对亵渎圣母和教皇、把天主教说成是"异端、残酷、拜物"的种种刊物，他不能保持沉默，因为"沉默等于默许"。他声明，不是所有的福音教徒都应该为那些攻击的话负责，只是少数人，"他们的谩骂应该收敛收敛"。他还宣布：5月31日，基督显圣真像、利马人最崇拜的圣像，将沿市中心的街道游行，为向神请罪，还将抬出圣母像，以表示秘鲁人民是天主教徒。在此之

---

① 请看何塞·玛利亚·阿格达斯在长篇小说《山上和山下的狐狸》（遗作）中的精彩描写（1971年布宜诺斯艾利斯洛萨达出版社出版）。
② 见1990年5月28日利马《快讯日报》。

前，阿雷基帕大主教巴尔加斯·鲁伊斯也以同样理由于5月26日抬出南方地区最受崇拜的圣像——察比圣母像举行宗教游行。

在我们同阿尔瓦罗做的提早的总结中，我记得那几天在书房里我对他说：宗教论战竟然发展到如此光怪陆离的规模，因此我开始相信魔幻现实主义了；我说：那些相信福音教派无形之中为我塑造捍卫天主教的形象是在给我提供最后胜利的支持者显然是搞错了。秘鲁的天主教从神学解放的年代开始就严重地分裂了；我了解相当多的秘鲁天主教进步人士，我知道他们的思想比天主教本身进步得多。他们由于对主教阶层支持我竞选的态度而感到气愤，便怀着神圣的热情和以信徒身份的名义（毫不困难就变成了政治商品），坚决转向劝说信徒不要被"反动的主教阶层"所操纵并以"人民的教会"为名投藤森的票。这样一来，无论怎样，我不仅要输掉大选，而且会由于意识形态的混乱、宗教上的误解和荒谬的政治而输得很惨。

发生的事果然如此。卡哈马卡地区的主教何塞·达梅尔特，天主教中的进步派，5月28日在《共和日报》上发表文章，批评利马大主教被民阵牵着鼻子走，还谴责大主教企图"复活十字军和征服者、西班牙称之为民族的天主教"。这位地区主教就是如此理解大主教关于宗教游行中在抬出显圣基督像的同时还要抬出由西班牙征服者带到秘鲁的福音圣母像的决定的。（还有一些天主教中的进步人士质问：这是否意味着巴尔加斯·阿尔萨莫拉企图复辟宗教裁判所？）就在天主教行动组织、天主教教育中心联合会、神作协会、仁慈会、圣母军团这类被认为是天主教保守派中的许多人士和团体，在大主教领导下加强团结时，政府部门和左派组织中散发着杰出的天主教进步派人士对主教领导层的批评，比如参议员罗兰多·阿梅斯1990年5月30日在《共和日报》上抗议主教领导层为支持我竞选而使用政治手段,以及某些主教反对另一位总统候选人的阴谋。《自由之页》上每天都登有"天主教进步派人士"的名单,呼吁人们投藤森一票;还登有"属于罗马天主教的"母亲俱乐部中成千上万名贫困妇女寄给教皇的通知书,上面的签名有一百二十页之多!抗议天主教领导层威逼信徒投票反对藤森——"一个人民的候选人"(1990年6月1日)。

阿兰·加西亚总统宣布将参加向圣母玛利亚谢罪的宗教游行,因为他从十年前开始就是"紫袍基督教友会第九组"的成员了;但是,他说:那些认为这是附庸风雅、自称是不可知论者无权参加。可与这些无意中表现出滑稽特色的声明媲美的是一项十分严肃提出的建议,那是我在民阵竞选指挥部的一次会议上收到的,为的是批准一桩在这次宗教游行过程可以发生的奇迹。具体说,就是借助灵巧的电子技术在游行的高潮时刻让显圣基督开口说出我的名字来。皮波·托尔迪克眉飞色舞地说:"如果紫袍基督都开口说话了,那咱们一定能赢。"

很自然的是我、帕特丽西娅和阿尔瓦罗一直就没想参加这次宗教游行(尽管我母亲是去了,那是因为她真心为福音派的魔鬼会主宰秘鲁而担忧),但是自由运动组织的领导人中最富战斗精神的一些天主教徒也没有参加,因为他们响应巴尔加斯·阿尔萨莫拉大主教向政党领袖发出的这一号召:不要歪曲这一宗教游行。那一天,庞大的人群覆盖了整个阿尔玛广场;同样地在阿雷基帕也有大量群众参加了护卫察比圣母像的游行。

藤森在这次竞选活动一开始手段就很灵活,他在每次讲话中都感谢大主教和教区主教,一再宣称自己是虔诚的天主教徒——让子女们跟圣奥古斯丁教派的神父读书——许诺一旦执政后,天主教与国家的关系不做丝毫变动，还为"我们崇拜的显圣基督"临时上街——因为游行是在十月——而感到高兴，一个"不可知论者是不会有这种感情的"。① 从那时起，藤森每有机会便在各个教堂里留影，或者自豪地拿出他儿子成吉初次领圣餐时的照片给人们看。他似乎一点也不记得自己那些勇敢的盟友了——那些福音派的朋友；后来他刚一上台便急急忙忙甩掉了他们。②

在这场混乱的宗教旋涡中，正当我感到茫然不知所措又不想干蠢事、不想显得投机取巧也不想当犬儒主义的信徒，更不想否认我曾经说过的信什么和不信什么的话时，我收到罗马教皇使节要求会谈的谨慎邀请。我们在阿尔弗雷多·巴内切亚的办公室里见了面；那位枢机主教——按照我过去的老编辑德梅特里奥·图帕克·尤潘基的说法——一位温文尔雅的意大利外交使节，还没有完全说出来意，我便明白了天主教担心福音教派有可能在秘鲁这样一个传统的天主教国家里掌握政权。您能不能做点什么事呀？我跟他开玩笑说，我正在尽一切可能阻止他们上台，可是要赢得第二轮大选并不仅仅取决我一人啊。几天以后，弗雷迪·科贝来我家通知说，教皇保罗二世三天以后在罗马要特别接见我。我可以应邀前往，用四十八小时多一点的时间回国，竞选活动时间表也用不着更改。教皇的接见可以让近来的忸怩作态消失，尽管发生了一些事情，这样的态度仍能鼓舞一些老派的秘鲁天主教徒去投一个不可知论者的票。这既是竞选指挥部的意见，也是"核心内阁"的看法。但是，虽然起初我

---

① 1990年5月30在电视上发表的告秘鲁人民书。
② 附带应该说一下：福音教派的参、众议员在他们昙花一现的议会活动中对天主教的态度是谨慎和尊重的。藤森在执政二十个月关闭国会、自封独裁者时，他们几乎全体在副总统卡洛斯·加西亚的带领下谴责藤森的做法并与民主派团结一致共同反对藤森的政变。

很想跃跃欲试——更多的是出于对教皇的好奇而不是因为相信会见能带来什么好处,我还是决定不去罗马。如果真的赴约了,那可真是一次地地道道的投机活动了,会让我们大家羞愧得无地自容。

发生宗教问题的同时,另一个同样出乎意料但更棘手的问题闯入竞选中来:种族主义、种族偏见、社会不满。所有这些早在欧洲人来到美洲之前就已经存在,那时山区已开化的克丘亚人就十分歧视弱小、原始的海岸尤卡人文化;这一切成为一种暴力因素,一个阻挠整个共和时期秘鲁社会一体化的重要障碍。但是,在以前的任何一次选举中都没有像这次第二轮大选中如此赤裸裸地表现出来,公开地暴露出最丑陋的民族恶习之一。

一说起种族偏见,人们立刻会想到处于特权地位的人对于被压迫、被剥削阶层的歧视,具体到秘鲁,就是白人对印第安人、黑人和其他混血种人(印欧、黑白混血)的歧视;如果简而言之——近十几年来简化了许多——实际情况是经济大权往往集中在一小撮欧洲后裔手中,贫困毫无例外地压在秘鲁土著和非洲后裔身上。这少数白种人以及由于金钱和地位的高升而变成的白人,从来不掩饰他们对另一种肤色和文化的秘鲁人的歧视,甚至连他们口头常说的"印第安人""土人""黑人""混血人""华人"都有轻蔑的含意。虽然没有见诸文字,也不受到法律保护,这些塔尖上的白人总是对其他秘鲁人抱有这种不言而喻的歧视态度,以至于有时会闹出乱子来;比如,50年代有件事很出名,全国俱乐部用表决的方式阻挠伊卡地方的一位杰出的农场主和企业家加入该俱乐部,理由是他有亚洲血统;再比如,奥德里亚独裁统治下的傀儡国会,一位名叫福拉的议员曾企图通过一项法令,让山里人(实际上是印第安人)来利马时必须申请通行证。(在我自己的家族里,我小时候,埃利安娜姑妈因与东方人结婚而被开除家籍。)

这样一来,与上述感情与情结平行和对应存在的是其他种族和社会阶层对白人的偏见与仇恨;在有色人种内部,对乡土的忠诚又使得他们分别产生了对其他种族的歧视,并与偏见和仇恨混杂在一起。(比如,西班牙人征服时期过后,秘鲁社会的政治、经济生活中心从山区转移到沿海,从此沿海人开始歧视山区人,把山区人看作下等人。)可以毫不夸张地说,如果剥去秘鲁社会的外衣,对那深深影响着几乎我们每一个居民(古国居民)的形式——一说古老就总要说到礼仪和形式,即做假和虚构——做一个深层透视的话,那么暴露出来的是一大锅仇恨、不满和偏见;其中白人歧视印第安人和黑人,印第安人蔑视黑人和白人,黑人傲视白人和印第安人;每个秘鲁人从各自的社会、民族、种族和经济地位的小小天地里,歧视他认为比较低下的人,同时又忌恨在他之上的人,以便稳固自己所处的地位。这一情况,在拉丁美洲不同民族与文化的所有国家里几乎相似,但秘鲁格外严重,因为与墨西哥或者巴拉圭不同,比如,我们秘鲁人中的血统混杂过程十分缓慢,社会、经济差别一直高于拉美大陆的平均数之上。对社会起着巨大平衡作用的中产阶级,直到50年代中叶才慢慢发展起来,到60年代进入停滞状态,从此日渐削弱。1990年,中产阶级的力量十分弱小,无力缓和经济金字塔尖上——大部分是白人——与数百万社会地位低下、贫困之极的秘鲁人之间的严重紧张状态。

自从贝拉斯科独裁统治开始,这些潜在的紧张关系和分裂状态在秘鲁日趋严重;贝拉斯科政权在竞选宣传活动中以相当明确的方式利用种族偏见和不满,为的是制造出一副大众的面孔:代表土著混血和印第安人的政权。这一目的没有达到,因为贝拉斯科一直不能在最贫困的阶层站稳脚跟,即使在他推行一度引起下层希望的民众主义改革——庄园和企业民族化,石油国有化——时期也不行;但是那种有冲突但一直被压抑着的某种东西浮现出来,开始以比从前明显的方式威胁着社会生活,开始发火和膨胀。与此同时,由于那些错误改革造成的大量恶果,使秘鲁更加穷困与落后,秘鲁人之间的经济不平衡更加严重。到1990年4月和5月,在竞选大战中,那一切便像泥石流一样地爆发出来。

我前面说过,是我的一些支持者首先采取公开的种族主义态度,这迫使我于4月10日夜里提醒人们:藤森和我一样是秘鲁人。第二天,当藤森意外来访、感谢我的做法时,我对他说:咱俩应该让种族问题从竞选中消失掉,因为在一个像秘鲁这样充满暴力的国家里,种族问题具有爆炸性。他向我保证说,他也是这么认为的;可是,在后来的几周里,他却捡起了种族问题并捞到了好处。

由于重新开始竞选以后处处表明亚洲人在4月下旬受到侮辱和谩骂,我便做了许多与日侨团体表示亲近、友好的姿态。4月20日和25日,在自由运动组织总部,我同日侨领导人会晤;在这两次见面中,都请了记者参加,都谴责了任何形式的歧视,因为我们这个国家能成为多种民族和文化的交叉点是一种荣幸。4月20日当天,我同从东京特派前来采访第二轮大选的全体记者谈话,在这次选举中,秘鲁史上第一次,一位日本人的后裔有可能在一个日本之外的国家当上元首。

5月16日,日本侨团发布公告,抗议一系列挑衅事件,同时强调:侨团不以组织形式站在任何候选人一方;日本驻秘鲁大使满佐——一向对我和民阵表示亲善——也发表声明否认日本向某位候选人做过许诺(藤森一再暗示:如当选总统,捐赠和贷款会从日本纷纷飞向秘鲁）。

我以为这样一来种族问题便可以渐渐化解了；我想竞选辩论可以集中到我占优势的题目上了：执政纲领和社会支援规划。

但种族问题到此时仅仅露出头部来。它将很快把全身都展现在角斗场上，这一回是被我的对手从大门猛然推进来的。藤森从首次公开讲话起就开始重复什么是他竞选的中心思想："小日本加四种混血人。"这正是巴尔加斯·略萨派分子认为对方的候选人便是如此，可他们并不因为自己与几百万日裔、华裔、混血人、印第安人、黑人是同样的人而感到羞愧。秘鲁仅仅属于白人的难道是公正的吗？秘鲁也是属于像他这样的日侨、像他的第一副总统候选人那样的混血人的。他便这样介绍那个给人好感的马克西莫·圣罗曼；后者双臂高举，一张库斯科混血人的粗黑面孔望着群众。当有人让我看一下5月9日埃尔萨尔瓦多镇上集会的录像带，上面有藤森赤裸裸地利用种族问题——此前他在塔克纳已经这样干过——面对新村中的贫苦混血人和印第安人把选举竞争说成是白人与有色人种的冲突时，我感到遗憾，因为用这种方式煽动种族偏见就是在玩火，但我想他这样做会捞到好处。长期以来被剥削、被压迫的人们，把白人看作有权有势的吸血鬼，他们的仇恨、不满和失望很可能被蛊惑人心的政客巧妙地利用，另外，如果他再反复讲这样一个有根据的事实：秘鲁的白人似乎把我这个候选人作为唯一一个集团加以支持的话，那效果就更好。

这样一来，种族问题在竞选活动中占据了中心地位。这些种族主义的行动使我的支持者乱了方寸，让他们感到心烦意乱。我记得从电视上看到人民行动党的一位领导人接受采访的情景，他名叫海梅·德·阿尔陶斯，在民阵的执政计划委员会工作，鲁乔·布斯塔曼特和劳尔·萨拉萨尔曾推荐他担任农业部长；采访中，他反驳电视五台记者的指责（指责我是白人的候选人），明确指出我们有许许多多领导人是出身贫寒的混血种人，其肤色之黑与任何一位藤森分子别无二致。海梅好像极力在为自己的黄头发、蓝眼睛辩解。

一踏上这条路，我们可就完蛋了。当然了，如果涉及的就是种族问题，我们本可以证明：民阵中不仅有白人，而且有成千上万的有色人种，凡是想象得出来的各种民族，民阵里都有。问题不在这里；对我来说，无论是对日裔或印第安后裔的秘鲁人的偏见，还是对白人秘鲁人的偏见，都让我感到一样的厌恶；每当我不得不涉及这个话题时，我都说到我的厌恶情绪。竞选活动已经摆脱不了这个话题了；一批数量难以确定的选民——我想人数很多——对这个种族问题十分敏感，他们觉得投票支持一个黄种人去反对一个白人（在秘鲁种族的镶嵌画上，我算是白人）是干了一桩声援亲者、报复仇者的行动。

如果说这场竞选大战在第一轮时是肮脏的话，那么现在就更是污秽的了。通过不同渠道而来的材料和民阵自己人的调查或者支持我竞选的新闻界朋友，比如《快讯》《商报》《注目》、电视四台、《请听》杂志，尤其是塞萨尔·伊尔德布兰特主持的电视专题节目"亲自到场"，围绕藤森工程师的秘密一一暴露出来。他的真实情况与那个阿普拉和左派控制的传播媒介乔装打扮出来的神话故事相去甚远。突然之间，这位穷苦人的总统候选人原来一点也不穷苦，他的财产相当可观，比我雄厚多了，只要看看他拥有的十几幢大楼和住宅就够了，这是他近年来在利马各区购置的，为了少交税金，在登记财产时都压低了价格；这是众议员、独立派人士费尔南多·奥利韦拉揭露出来的。这位众议员长期以来把为道德教育而奋斗变成了自己全部活动中的特长;由于这个原因,他向第三十二检察院对那位"90变革"的总统候选人提出了刑事诉讼,因为藤森犯有"漏税和欺骗公众罪";此案当然未被受理。①

另外一方面,有人发现藤森是一处面积十二公顷的农场——名叫"美丽的草原"——的主人,是阿普拉政府免费让给他的土地,地点在利马北郊的沃土上;为了给这次出让行动辩护,政府搬出土改法中一条免费分配土地的规定:把土地分给贫农!这并不是藤森与阿普拉政府的唯一联系。根据加西亚总统的命令,国家电视台请藤森主持一周一次的专题节目达一年之久;藤森还率领政府代表团出席过生态会议;他在1985年的大选中给阿普拉的总统候选人充当农业问题顾问;阿普拉党经常请他出马完成各种任务(比如,加西亚总统委派他作为政府代表出席圣马丁地区的区域年会)。藤森工程师尽管不是阿普拉党员,但得到了该党政府的保举和特权,这只能理解为他是阿普拉信任的人。他反对传统政党的理由和他以纯洁无瑕的面貌出现在政治活动中的努力,是一种竞选姿态。

所有这些情况都是在与我们观点接近的报刊上刊登出来的,但是打破这一揭露真相活动纪录的则是塞萨尔·伊尔德布兰特所主持的周日专题节目"亲自到场"。塞萨尔是个优秀的记者,不屈不挠的侦探,不知疲倦、勤奋的研究员,其文化修养要比其同行的平均水准高出许多,勇敢的程度令人生畏,但他也是个性格极古怪、敏感和暴躁的人,其独立人格使他树敌过多,让他与他工作过的杂志、报纸和电视台的社长、主编、台长发生种种争执;每当他感到自己的自由受到限制或者威胁,便同上述单位断绝来往(虽然有时也和

---

① 这位众议员是道德教化独立派阵线的领袖,没有参加民阵,也不支持我这个总统候选人。

好如初，但最终必不可免地又破裂了）。这样的处世为人，当然会遭到许多人的敌视，到最后甚至不得不离开秘鲁，但是，这样的为人也为他赢得了威信、独立人格的保证和秘鲁电视节目中从未有过（我担心今后很长时间不会再有）的可以议论、批评的道德力量。尽管他是左派某些阶层的朋友和知己，在节目中为这些朋友提供讲坛，他在第一轮竞选期间却对我这个总统候选人明确表示好感，当然这丝毫不影响他对我和我的合作者提出批评，只要他认为有这个必要。

但是，在第二轮大选中，塞萨尔·伊尔德布兰特以履行道德责任的态度竭尽全力去阻挠他称为"跳楼"的行为，因为他认为：一个随心所欲地把卑鄙无耻和肆无忌惮结合在一起的人如果胜利，那么就等于狠狠地踢了国家一脚，而近年的政治已经使国家颓败不堪，比历史上任何时期都更加四分五裂和暴力横行了。"亲自到场"这个节目每星期天都增加了关于藤森私人交易——正当的或可疑的——他与阿兰·加西亚遮遮掩掩的关系、在拉莫利纳国立农业大学担任校长期间所表现的专横跋扈作风等方面的证据和严厉的指控。藤森在农大的许多同事，由于害怕他当上总统而行动起来了。农大有两个教职工代表团来看望我（一次是5月19日，另一次是6月4日），公开支持我竞选，领队的是新任校长阿方索·弗洛雷斯·梅雷（于是我有幸又见到了一位儿时的朋友巴尔多梅罗·卡塞雷斯，现在是农大的教授，他极力为种植古柯叶辩护，理由是要考虑到历史因素和种族因素）。在这两次会晤中，农大的老师们用大量事实论述了这位前校长所表现出的独裁性格，以及此人如当上总统国家可能出现的危险；其中有些人的发言公开在塞萨尔主持的节目里播放了。

通过这一揭露真相的活动，第一轮中投藤森票，把他视作人格独立、贫寒、纯正、受种族歧视的代表，一位与百万富翁和傲慢的白人的卫士、丑陋的巨人对抗的大卫的穷苦秘鲁人是不是失望了呢？到5月底我掌握的迹象还没有出现失望的苗头——不管奇里诺斯·索托或者前总统贝朗德感到多么沉重，穷苦的秘鲁人毫无顾虑地愿意拥护一个第一代来秘鲁的同胞，而不要另一个有几百年根基的白人——5月底的一天，麦克·马洛·布朗和弗雷迪·科贝把我带到一家广告社，让我躲在幕后看看对中、下层选民情绪的定期摸底调查。此时距离大选还有两三个星期；我已经用了一个多月的时间走遍了首都的工人新村，为社会支援纲要计划中的几百项工程典礼剪过彩。从那次调查会上我的所见所闻来看，我们的努力没有产生丝毫结果。参加调查的人有十二三个，是从利马郊区中最贫困地区选出来的男人和妇女。主持会议的是位女士，口才之流利说明她干这一行很有经验，她能让与会者哇里哇啦地说个不停。这些人全都拥护藤森，可以用这样的说法："毫无理智地拥护"。他们一点也不在乎对藤森房地产交易和庄园的揭露和指控，反而对他有这么多财产表示赞赏。其中一位吃惊地瞪大眼睛，无限钦佩地点头说："这小子真他妈了不起！"另一位坦率地说，如果能证明藤森是阿兰·加西亚的工具，他会感到不安。但是，他说明：即使这样，他还是投藤森的票。当主持会议的女士问大家：藤森的纲领里最打动他们的是什么，唯一能回答这个问题的是个怀孕的女人。其余的人吃惊得面面相觑，仿佛别人说了什么根本不懂的事；那怀孕的妇女说，"小日本"答应给所有大学毕业的学生每人五千美元，让他们人人都开店做生意。当问到为什么不投我的票，大家都显出迷惑不解的神情，要求解释一下他们从来就没有想过的这个问题。后来，终于有人提到了对方经常指责我们的两件事：说穷人没文化和没教养。但是，下面这个回答似乎更好地概括了大家的感想："有钱人都站在巴尔加斯·略萨一边的，对吗？"

在肮脏的战争中，也有因干蠢事而闹出的笑话。5月30日出现在阿普拉党报《今日》上的一则消息便受到赞赏。它全文转载了美国中央情报局关于此次竞选活动的一份秘密报告，其中对我进行了攻击，其中的理由很像土生土长的左派人士对我的攻击。说是由于我的亲美倾向和对古巴政权的批评，一旦我上台，会在秘鲁制造出一种危险的分化并激起反美情绪。美国不应该支持我竞选总统，因为这对华盛顿在这一地区的利益不利。我刚刚浏览了一下这篇文章——用了一个耸人听闻的标题：《美国害怕马里奥·巴尔加斯·略萨的狂妄与固执》——便断定这是政府报纸编造的又一谎言。6月4日，美国大使就上述文章前来给我做令人不舒服的解释时，我怎么能不感到惊讶呢？这么说不是编造出来的玩意儿？安托尼·昆顿大使坦率地说：报告是真的。这是中央情报局的意见，不是大使馆的，更不是国务院的，所以他来给我说明白。我对他说，这事的好处是左派们可再也不能指控我是这个闻名至极的机构的间谍了。

竞选期间，我同美国官方没有很多接触。关于我的主张，美国有大量报道；可以认为无论白宫、国务院还是与拉丁美洲有关系的政治、经济机构，都会对一个捍卫自由、民主社会的样板，主张与西方国家保持团结密切关系的人表示好感。与华盛顿方面的财经机构的联系——世界银行、国际货币基金组织、泛美发展银行等美国政府有决定性影响的机构——是由劳尔·萨拉萨尔、鲁乔·布斯塔曼特和他俩的助手进行的；他们不断地向我报告说，他们对我们很理解。我在参加竞选之前，由于我给《纽约时报》写了一篇关于尼加拉瓜的文章，美国国务卿乔治·舒尔兹邀请我去华盛顿他的办公室共进午餐；会晤中，除去秘鲁的具体问题外，我们还谈了美国和拉丁美洲的关系。由于这一华盛顿之行,通过白宫礼宾司司长、女使节塞尔瓦·罗斯福的帮助,我收到一封白宫晚宴与舞会的请柬,会上由这位女司长安排让我与里根总统匆匆见了一面。(我同里根并没有谈政治,而是谈总统欣赏的作家路易斯·拉摩。)另外一次,我受国务院国务卿助理艾略特·艾布拉姆斯的邀请,就拉丁美洲问题与他以及负责拉美地区的官员交换了看法。竞选期间,我三次去美国做短暂访问,为的是与迈阿密、洛杉矶和华盛顿的秘鲁侨团恳谈,但只有最后一次出访时,我拜访了国会两党领袖,给他们说明我准备在秘鲁推行的计划以及当选后我对美国的希望。参议员爱德华·肯尼迪那时不在首都,他打电话告诉我,他在注视着我的竞选情况并希望我能成功。以上就是我在那三年里与美国的全部关系。民阵没有从美国任何单位的经济援助中拿一分钱;正像中央情报局那份文件所泄露的,由于我捍卫自由民主制度的方式过于明确,甚至有机构认为我对美国在西半球的利益是个威胁。

在这场肮脏的战争中,并非所有的故事都像这个一样有趣。除去每天有消息传来在各地不断有民阵活动分子被杀害,因而惊吓整天陪伴着竞选之外,政府为反击对藤森财产和生意方面的指控,重新掀起一场指责我有所谓逃税行动的风波,仍由当时的税务局局长、能干的豪尔赫·托雷斯·阿谢戈少将出马(藤森后来为褒奖他的效力任命他担任国防部长,再后又出任驻以色列大使),不断地派部下给众人瞩目的宣传部门送去捕风捉影的所谓我前几年逃税的证据。写有最荒唐可笑指控的传单,在利马和各省城的街头满天横飞、不可计数,结果弄得阿尔瓦罗根本没时间一一辟谣,甚至没有时间阅读那几百页毒化社会舆论的传单和标语,炮制者是乌戈·奥特罗、吉列尔莫·托尔迪克以及阿兰·加西亚的其他搞宣传的笔杆子,在竞选的最后几周，他们打破了制造这些臭大粪的全部纪录。阿尔瓦罗从那些散发臭气的粪堆中挑选出一两则像样的文字让我们在每天上午的例会议论一番，有时大家便奚落我那试图搞思想运动的良苦用心。有一张传单上说我吸毒成瘾；另一张传单上有我被一群裸体女郎围住的照片，是把对我的采访拼凑到《花花公子》杂志上的结果，传单上问道："难道就为这个而当无神论者吗？"另一张传单上编造了全国天主教妇女委员会的声明，呼吁信徒加强团结与无神论者斗争。有一张传单上转载了《共和日报》上的消息，发出报道的地方是玻利维亚的拉巴斯，里面说我的前妻"胡利娅姨妈"奉劝秘鲁人不要投我的票，而应该投藤森一票，她本人就准备这样做（为此，鲁乔·略萨给她打了电话询问她是否真的这样说过；她寄来一封信，对这种诬蔑表示气愤）。有一张传单编造一封所谓我的亲笔信，是发给自由运动组织成员看的；信中说，为了炫耀我自诩的直率性格，我常常对大家讲：我们一定要解雇一百万职员，以便让精简机构获得成功；还说，不错，在改革初期会有几万秘鲁人饿死，但是随后繁荣的时期就会来临；还说，教育改革会让几十万穷人仍然不识字，但是这些人的子子孙孙会过上好日子；还说，我先是跟姨妈结婚，后来跟表妹成家，将来会娶外甥女当老婆，对此我毫不知耻，因为自由就是干这个用的。这一运动以一脚精彩的射门而达到高潮：距离大选还有两天的时候，根据法律已不得再搞任何竞选宣传了，国家电视台却无视这一法令，宣布说：万卡约地区的儿童由于吃了帕特丽西娅夫人领导的社会支援纲要委员会送的食物而"有人中毒而死"。

当然，也有相当数量的传单是攻击我对手的，其中有一些手法是如此地下流使得我在想：这真是我们的人干的吗？抑或阿普拉的人为了用这种假货来开脱他们是种族主义的批评?这些传单几乎总是提到藤森的日本出身,提到他岳父发财致富的妓院,还有指控藤森强奸少女及其他一些荒唐勾当。阿尔瓦罗和弗雷迪·科贝多次保证:这些传单绝不是出自我们的新闻办公室或者竞选活动指挥部;但是,我相信其中有相当数量是出自民阵的某个或某几个办公室或应民阵某个部门的要求而炮制出来的——有些部门也达到狂热的程度。

第二轮竞选的高潮时刻应该算是我同藤森的辩论了。这是我们提前认真准备的一件事。大选一开始,我曾宣布:第一轮竞选时我不辩论——对于民意测验中遥遥领先的人是白白浪费时间。但是,如果出现第二轮选举,我要搞辩论。4月中旬我重新组织竞选活动以来,我们一直在测定分析辩论的期望值;我打算在辩论中以不容置疑的方式显示民阵以其执政纲领、发展模式和技术队伍做后盾的执政思想要远远胜过藤森的那一套。藤森已经意识到在一场他不可能不谈具体计划的公开辩论中所处的劣势,便试图减少冒险程度;他提出挑战说:要多搞几次辩论,先搞四次,再搞六次,每次题目不同,地点不同,与此同时,他又制造种种托词躲避辩论。但是这时新闻界抓热门话题的癖好和舆论界焦躁帮了我们的忙:观众要求从电视荧屏上看到这次辩论。我说:只搞一次辩论、完完整整的一次辩论,涉及执政纲领的各个方面;为了商谈辩论的细节,我任命阿尔瓦罗、路易斯·布斯塔曼特和基民党的好斗领袖阿尔贝托·波雷阿组成一个委员会。后来,阿尔瓦罗笑着讲了谈判的详细情况①:谈判中,藤森的代表极力想阻挠辩论而未能成功;由于此次谈判的

---

① 详见《竞选中的魔鬼》第195—204页。

细节被新闻界一天天公布出来,这就有助于我们一直想创造的机会:让广大群众听到我们的声音。准备阶段所造成的气氛使得几乎全部电视台和所有的广播电台都对这次辩论做了直线联播。

这次辩论是在太平洋大学的赞助下进行的;耶稣会教士胡安·胡利奥·维兹为一切完美无缺地进行而做出了真正的壮举。辩论于6月3日夜晚举行,地点在利马市民中心,会场上坐满了事先提交了资格证明的三百名记者和每位总统候选人邀请来的二十位客人。记者吉多·隆巴尔迪主持了辩论,他没有说几句话,因为实际上他并不左右这次辩论。藤森工程师带着他事先写好的发言稿(每方可讲六分钟)就达成协议的各个问题——国内稳定、经济纲领、农业发展、教育、劳工、非正式就业和国家作用——讲话,令人难以置信的是,他连每方有权进行三分钟的反驳和一分钟的答辩也写了出来。因此,在所谓辩论过程中,我觉得自己好像是那些与机械人或者电子游戏机赌输赢的国际象棋手。我不断地发言,他就不停地抽卡片、念卡片,尽管如此仍不时地说错句子的性、数搭配。给他事先写卡片的人极力填补"90变革"建议中的空白,令人作呕地重复着肮脏战争中那些哗众取宠的话:可怕的大调整、会失去工作的百万秘鲁人(第一轮竞选中说的五十万,到了第二轮时翻了一番)、穷人会失去受教育的机会以及经常攻击我的那些话题(喜欢色情文学、吸毒成瘾、乌丘拉卡伊事件)。这个矮小、紧张、皱着眉头的男人的表演:用单弦一样的嗓音不停地念着写满粗大字体的小本本和一沓沓白色的卡片而目光不敢离开这些宝贝,尽管我努力要他回答具体问题或者解释与他执政纲领有关的特殊难题,总有一种介于滑稽和凄楚的东西;一瞬间这让我感到羞愧,既为他,也为我自己。(我们俩可以对秘鲁人民最后说五分钟话,他用这个时间一面挥动着一份

《注目》报，一面谴责该报事先印好一版文章说我已经在辩论中取胜。）

的确，一国准备在民主中行使最重要权利——选出执政者——的人民是不应该理睬这种滑稽可笑的辩论的。或者理应如此？莫非在一个具有秘鲁特色的国家里这是不可避免的？但是，并非所有的穷国、有着经济和文化巨大不平等现象的穷国，行使民主权利时都会下降到这样的极端；为把竞选活动提高到精神尊严的一定水平的全部努力，被一股难以阻挡的蛊惑宣传、野蛮行径、粗野和卑鄙的活动浪潮冲刷得一干二净。我在竞选中学到了许多东西；最坏的是发现了秘鲁的危机不仅应该用贫困化、生活水准下降、各种矛盾加剧、政体崩毁、暴力行为增加来衡量，而且应该把所有这些现象加在一起，看看它们造成了什么样的条件，使得民主的运作结果成为一场戏谑性的模仿，而在闹剧中总是厚颜无耻、狡猾奸诈之徒占据优势。

说到这里，如果让我从三年的竞选活动中选出一件我感到满意的事来，那就是我在那次辩论中履行了职责。因为尽管我参加辩论并没有对选举结果抱着幻想，我却可以借助对手在那两个半小时里向秘鲁人民表明我们改革纲领的严肃性和纲领中占据主导作用的是：摆脱贫困和铲除特权，为此我们已经做了巨大努力，因为日渐增加的特权阶层不仅是少数人发财的问题，他们还造成了多数人在贫穷落后中越陷越深。

准备工作既仔细又有趣。在躲到乔西卡去住的那两天里，我同新闻界的朋友，比如阿方索·巴埃亚、费尔南多·比亚纳和塞萨尔·伊尔德布兰特搞了几次演练；这几个人（特别是塞萨尔）比我要对付的那位战士立场要坚定并且伶牙俐齿。此外，为了赢得主动，我还把我们准备在农业、教育、经济、就业、社会稳定等方面的打算做了综述并尽可能地便于讲解；我没有超出这些问题的范围，虽然我要不时地分散一些精力去回答那些人身攻击，如同有时我也问他一样，诸如：在你主张专家治国的上司中，你最尊敬谁？在你担任农业大学校长期间，你对奶牛做了什么手脚，使得牛奶日产量从两千四百公升下降到四百公升？在你为我担心十四岁的我曾经有过一次吸毒经验时，我奉劝你还是多多操心你身边更年轻的人吧，比如那个占星家卡尔梅利太太，她是"90变革"推荐的众议员候选人，因走私贩毒而判十年徒刑的罪犯。

那天晚上，一大群民阵的人聚在我家里——有基民党的、人民行动党的、团结行动组织的与自由运动组织的人交错在一起，气氛之和谐在几周前是不可想象的——同我一道看这次辩论的民意测验结果。由于每种调查都认为我是获胜者，有的认为我多赢了十五分至二十分，因此许多人便想：通过这次辩论，6月10日的胜利我们是十拿九稳了。

尽管像前面所指出的那样，我在第二轮大选中的几乎全部精力都集中到利马郊区去了——工人新村和贫民区已经通过沙漠和山丘变成一条日益勒紧老利马市区的巨大贫困腰带——我还是到内地去了两次，这两个地方是我那三年里出访最多、感情联系最深的省份：阿雷基帕和皮乌拉。这两个地方第一轮选举的结果让我十分难过，因为出于我对这两个地方的一往情深和竞选中付出的精力，我以为总会有所回报：阿雷基帕人和皮乌拉人一定会投我的票。可是，我们在阿雷基帕只获得百分之三十二点五三的票，而"90变革"则高达百分之三十一点六八；阿普拉第一轮选举时在皮乌拉拿去百分之二十六点零九的票，而我们获票在百分之二十五点九一。民阵考虑到这两个地区的人口密度很高,便决定让我再跑一趟,尤其是要给皮乌拉和阿雷基帕的人民说明社会支援纲要所取得的成绩。这一纲要早已在这两地付诸实施;我到阿雷基帕时还出席了卡伊玛市与阿雷基帕社会支援纲要基层委员会为设置急救站和医疗中心的签约仪式,而所需费用和医疗援助都是纲要提供的(4月和5月,社会支援纲要在利马贫民区和内地省份共设立了近五百个急救站)。

这两次出差与第一轮竞选时大不一样;没有五彩缤纷的广场集会,没有晚宴和酒会,只有奔波劳碌于市场、合作社、非正规工商业者协会、流动商贩协会之间,还有就是与工会会员、公社社员、居委会主任、各类研究会领导的交谈与会晤;黎明时分开始,夜幕降落时结束,通常是在露天下进行,有时点着蜡烛照明;谈话由于多达几百次,造成嗓音嘶哑,甚至失去分辨能力,可是仍然努力揭露有关调整、教育和百万失业人口的谣言。我疲倦之极,为保存仅有的一点精力,从一地向另一地转移时,我便沉默不语;途中哪怕只有几分钟,我也常常睡上一觉。尽管如此,我在无尽无休的问答中,终于在阿雷基帕的中心市场里失去知觉有几分钟之久。有趣的是,当我苏醒过来以后,恍惚中我发觉那位女领导还在慷慨陈词,全然不知我发生的事。

竞选对抗所造成的紧张情绪,我在皮乌拉内地已经察觉——而那里一向都被看作是最和平的土地——尤其是走在苏亚纳与圣洛伦索垦殖场交界的村镇时,是在强大的暴力气氛下走过的;我在那些地方的讲话经常都有破坏我们开会的怒吼声、谩骂声和我身边敌我双方的殴打声做背景。那几天最让我感到厌恶的一次回忆是一个炎热的上午走到伊格纳西奥与克鲁塞塔之间、位于奇拉峡谷里一个小村庄发生的事。一群愤怒的男男女女手持棍棒、石块以及各种利器,冲着我迎面扑来；他们的面孔被仇恨扭曲了，一个个仿佛来自远古、来自史前时期，那时人兽是混杂的，因为生命对于人和兽都是为生存而盲目地拼搏。这些人半裸露着身体，头发和指甲都长得可怕，因为从来没有用过剪刀，身边围追着骨瘦如柴、肚子鼓胀的儿童，为给自己打气他们不停地吼叫着，如同为救命或寻死的人那样无所畏惧、野性十足地扑向过往行人，而这充分说明了几百万秘鲁人的生活已经下降到令人不可想象的破坏程度。他们攻击什么？他们又捍卫什么？在这咄咄逼人的棍棒和砍刀背后是什么样的鬼怪在作祟？在这个一贫如洗的村庄里，没有水，没有电，没有工作，没有急救站；一所小学几年前就停办了，因为没有教员。他们已经一无所有，即使像宣传中所描绘的大调整那样恐怖的改革措施，又能给他们造成什么损失呢？国家由于贫穷而关掉了他们唯一的学校，他们又能享受什么样的免费教育呢？他们无以自援自救的可怕状态充分地证明了：秘鲁再也不能生活在民众主义的胡说八道中了，再也不能相信那人人均富（社会财富在日益减少）的谎言中了；他们恰恰证明了国家改弦更张的必要性，以强行军般的速度迅速创造就业机会、创造财富的必要性，修改那些把越来越多的秘鲁人推向原始野蛮状态的政策的必要性（除海地之外，在拉美，这种原始状态已经绝迹）。甚至连试图向他们解释一下的方法都没有。顶着阵阵飞来的石块，奥希罗教授和他的同事们极力用展开的上衣做成帐篷的样子挡住我的头部，我站在卡车的平台上试着用扩音器给他们讲话，但是怒吼声和叫骂声震耳欲聋，我只好放弃这个打算。当天夜里，在皮乌拉市的旅游者饭店里，皮乌拉人那一张张激怒的面孔和高举的拳头，似乎为了处死我可以干出任何事情来的样子，在我进入往常的惊恐的睡梦之前，迫使我就这一次迈入政治的冒险之举与自己的目的不符做了认真的思考，还迫使我更加急切地盼望着6月10日的到来，那是解放我的日子。

1990年5月29日，夜里九点刚过，一场地震撼动了秘鲁东北地区，给圣马丁和亚马孙两地造成巨大损失。一百五十多人死亡；在莫约班巴、里奥哈、索里多尔和新卡哈马卡等圣马丁省的村镇以及例如罗德里格斯·德·门多萨这样的亚马孙省的地方，至少有一千多人受伤；罗德里格斯有一半的住房倒塌或损坏。这场灾难使我能够证实拉蒙·巴鲁亚、海梅·克罗斯比和社会支援纲要委员会的出色工作；该委员会刚一得知地震的消息，就立刻行动起来，尽最大可能地发动社会来救灾。灾害发生的次日，帕特丽西娅和前总统费尔南多·贝朗德前往受灾地区慰问，同机带了十五吨药品、衣服和食物。这是到达灾区的第一批救援物资；我想也是唯一的一批，因为一周后，6月6日，我去该地区时，又同机带去一批物资，如帐篷、血清、急救箱等，还有几位积极要去救护伤亡人员的医生、护士和志愿人员，而他们使用的只有该委员会运去的这批物质。这个社会支援纲要委员会是用反对派的有限财力成立的，因此政府持敌视态度；在这样的环境里，该委员会仅凭自己的力量做成了国家没有做到的事。索里多尔、里奥哈和罗德里戈斯·德·蒙多萨的情景惨不忍睹：千家万户露宿街头或树下，他们已经一无所有；男男女女还在废墟里翻找着失踪的亲人和被埋葬的物品。索里多尔实际上一间可住宿的房屋也没有剩下，因为没有完全倒塌的住房也只剩下颓垣残壁了，而且随时会坍塌下来。好像恐怖活动和畸形的政治还不够火候似的，大自然还要残酷地折磨秘鲁人民。

给第二轮竞选活动增添了一种令人愉快、可亲的标记的是一群电台、电视台和体育界的名人，他们在最后几星期里——空中时而乌云滚滚时而闪电雷鸣或偶尔露出一线阳光——支持我的竞选活动；他们陪伴我一道访问新村和贫民区，所到之处出现一幕幕激动人心的场面。获得世界杯亚军的著名国家女子排球队队员——塞西里娅·达伊、鲁恰·富恩特斯，特别是伊尔玛·科尔特罗——每到一个地方，她们不得不表演一下排球技术；希塞拉·巴尔卡塞尔的崇拜者们对她围追堵截，弄得我们的保安人员常常要飞身相救。从5月10日起，球星特奥菲洛·库维利亚斯到巴兰科街上我的住宅里来公开支持我竞选以后，一直到大选前夕，接待支持者便成了每日上午的例行仪式。接待演唱家、作曲家、体育运动代表、表演艺术家、播音员、民歌手、舞蹈家等各界代表，与他们简短交谈之后，送到大门外边，他们面对记者群呼吁同行们投我的票。是鲁乔·略萨想出这个公开表示支持的主意的，也是他筹划了第一批人的来访，后来便是自发而来的了。由于人数太多，我的时间又不够，便被迫只接待可能在选民中有影响的人物。

大部分前来表示支持的人都是慷慨无私的，因为这时与第一轮竞选时不同，在民意测验中，我已经不再处于领先地位，按照逻辑推理，第二轮我会失败。凡是下决心迈出这一步的人，在公开支持我的时候都知道：在将来的工作岗位上或求职时都有可能受到报复，因为在秘鲁，上台的人常常是怀恨在心的，采取报复手段时拥有国家权力的长臂——这只手救灾无力，但要惠及亲朋和让仇者倾家荡产时却可以伸得很长——因此，奥克塔维奥·帕斯说得有道理，他称之为"慈善的吃人妖魔"。

但是，并非所有的支持者都像塞西里娅·达伊或者希塞拉那样的光明磊落。有些人是以此做交易的；我担心有些情况下中间是使了钱的，尽管我早就要求主管财务的人绝对不能支付这类花销。

一位极受观众喜爱的电视节目主持人奥古斯托·费兰多，在一期《跳板成名》里公开邀请我给鲁力安切监狱的犯人捐赠食物，因为囚犯们写信给他，抗议监狱当局的非人待遇。我接受了邀请，社会支援纲要委员会准备了一卡车食物。5月29日中午刚过，我们将这些食物送到鲁力安切。几年前我曾参观过这座监狱，① 那次参观给我留下了沉重的印象；而到此时情形似乎恶化多了，因为这座监狱修建时只准备容纳一千五百名犯人，而此时已将近六千人，其中相当数量的人被指控为恐怖分子。此次参观充满紧张气氛，因为与外部社会一样，监狱里也分成藤森派和略萨派；我和费兰多待在那里的一个小时中，有些人从卡车上卸下食物的同时，另外一些人就破口大骂，声嘶力竭地狂呼乱喊。监狱当局事先已让支持民阵的人到我们所在的院子里来，而对立面的人则待在墙头和屋顶上，一面叫骂一面挥动着彩旗和标语。我借助扩音器一面讲话一面看到武警们荷枪实弹地瞄准墙头上的藤森派，防止墙头上有人打枪或扔石头。费兰多事先戴了一块旧表准备让人偷走的，让他失望的是跟我们待在一起的略萨派中没有任何人动他的表；最后，他把表赠送给与他拥抱的最后一名囚徒了。

一天晚上，费兰多来看我，那是在探监后不久；他告诉我准备在那拥有几百万下层电视观众的节目里宣布：如果广大观众不让略萨在大选中获胜的话，他将离开电视台出国。他确信，这一威胁会使得大批秘鲁穷人支持我取胜，因为《跳板成名》这个节目对他们来说就是每个星期六从天上落下的馅饼。我当然十分感谢他这番好心；但当他非常含糊地让我了解到，如果这样干，他将来的处境会

---

① 《参观鲁力安切》收在《顶风破浪》第二卷（1983年巴塞罗那赛依斯·巴拉尔出版公司）。

十分麻烦，我就不再说什么了。费兰多走后，我再三要求皮波·托尔迪克：无论什么理由，绝不能与这位著名的节目主持人有任何包含经济报酬的协议。我希望皮波照我的意见办。实际情况是，就在下一个或者下下一个周末，费兰多果然宣布了：如果我竞选失败，他就结束节目离开秘鲁出国。（6月10日以后，他实现自己的诺言，迁居到迈阿密去了，但是，在观众的恳求下，他回国了，《跳板成名》与观众又见面了。对此，我很高兴，因为我不愿意出于我的原因让这个观众如此喜爱的节目从荧屏上消失。）

在公开表示支持我的人里，给我印象最深的是两位素不相识的人，她们两位都有过个人的悲惨遭遇，对我表示声援会危及她们宁静的生活，一位名叫塞西里娅·马丁内斯·德·佛朗哥，阿普拉党的烈士罗德里戈·佛朗哥的遗孀；另一位是阿莉西亚·德·塞达诺，豪尔赫·塞达诺的未亡人，后者是在乌丘拉卡伊被杀害的记者之一。

当女秘书通知我罗德里戈·佛朗哥的遗孀要求与我见面以表示公开支持时，我惊讶得说不出话来。她的丈夫是阿普拉党年轻的领导人，非常接近阿兰·加西亚，在政府内曾担任要职；1987年8月29日被恐怖组织杀害时，正担任全国生产资料商品化企业公司董事长，这是国营大单位之一。他的被害震动了全国，既因为谋杀手段的残暴性——他妻子和幼子险些死于密集的扫射之下——也因为他的人品，他虽然是一党的政治家，却受到普遍尊重。我不认识他，却从自由运动组织一位领导人那里知道他不少事情，我们这位领导人名叫拉斐尔·雷伊，是他在圣经会的朋友和同学。仿佛他的惨死尚不足矣，阿普拉政府还要给他戴上一个耻辱的标记：一个准军事部队以他的名字命名，并且打着"罗德里戈·佛朗哥指挥部"的名义，犯下了无数杀害、扫荡极左人士和地方的罪行。

6月5日上午，塞西里娅·马丁内斯·德·佛朗哥前来看我，此前我也不认识她；我一见到她本人就发觉为了迈出这一步她顶住了巨大的压力。家里人曾经劝告过她。于是，她极力克制住心中的激动，对我说：她认为公开表示支持是她的责任，因为她肯定，在目前形势下，她丈夫也会这么做的。她要我把记者们请进来。她面对客厅里挤得满满的记者和摄影师，以极大的勇气重申了对我的支持。不出所料，此举给她招致了恐吓、政府报纸的诬蔑，甚至总统本人的辱骂，说她是"尸体贩子"。尽管如此，两天后，在塞萨尔·伊尔德布兰特主持的节目里，她以极动人的尊严（一瞬间，使得闹剧般的竞选活动仿佛崇高了许多）重新解释此举的原因并请求秘鲁人民投我一票。

阿莉西亚·德·塞达诺公开表示支持的事发生在6月8日，距离选举还有两天，事先并未通知我。她带着两个子女的突然造访着实让记者们和我本人吃了一惊，因为自1983年1月那桩惨案发生以后（她丈夫豪尔赫·塞达诺——《共和日报》的记者与其他七位同行在一个名叫乌丘拉卡伊的山顶上被土著村社社员杀害），她就像所有被害者的家属一样，经常被左派报纸利用，指责我故意伪造事实，在我参加的调查委员会的报告中，有意开脱军队在这一罪行中的责任。在那漫长的宣传活动中，在米尔科·劳埃尔、吉列尔莫·托尔迪克等职业文字垃圾炮制者笔下所达到的、难以描述的肮脏下流水平，使得帕特丽西娅确信：在秘鲁，政治承诺毫无用处，为此她极力劝我不要登上1987年8月21日夜晚设在圣马丁广场上的主席台。"乌丘拉卡伊烈士的遗孀们"曾经联合签名对我表示抗议；她们总是身穿黑衣出现在左派团结组织搞的示威游行队伍中，左派的报纸毫无怜悯地利用她们；在第二轮竞选中，又拿她们做工具为藤森的活动效力；在我们进行辩论的那个晚上，藤森邀请她们坐在第一排。

是什么促使塞达诺的遗孀发生这一转变并且公开支持我这个总统候选人？是因为她突然感到恶心，感到自己被别人利用成了真正的尸体贩子。她当着帕特丽西娅和自己的子女的面，一边哭着，一边因气愤声音颤抖地告诉我上述原因。在市民中心协会举行的辩论中，有些事实在太出格了：有人不单要求她们这些寡妇出席辩论会，还强求她们和家属都穿上黑色衣服，为的是在新闻记者面前显得醒目。我对她这一举动表示感谢并借此机会告知：如果说我走到今天这一步是因为争一个我从来没有野心占有的总统宝座，那么在很大程度上是与那次可怕的体验有关，因为豪尔赫·塞达诺成为牺牲品的那桩惨案对我一生都有重大意义（豪尔赫是乌丘拉卡伊事件中我认识的记者之一）。我去调查这个事件是为了让人们知道真相，因为围绕阿亚库乔山区这一事件而编造的谎言实在太多，但让我亲眼看到了——真正的耳闻目睹、亲身体验——秘鲁的暴力与社会不公的严重性，看到了在许许多多秘鲁人的生活中发生的野蛮行为；这一切让我确信有必要做些具体而紧急的事，以便让我们的祖国最终改变方向。

大选的前夕，我在家中收拾行李，因为我们预定了星期三前往法国的机票。我早已答应贝尔纳·皮沃将参加那一周他主持的"呼叫"节目——十五年来系列专题中的倒数第二组——无论选举输赢，我都决心履行诺言。尤其是我一直认为会失败，因此这回出国旅行的时间会比较长，这样我就用了几个小时挑选将来远离秘鲁工作时要用的纸头和卡片。我感到浑身筋疲力尽，但是心情很愉快，因为这一切都要结束了。弗雷迪、麦克·马洛·布朗和阿尔瓦罗那天下午给我送来几家代办机构所做的最后一次民意测验。结果一致认为：

我和藤森势均力敌，不相上下，二人都有取胜的可能。那天晚上，我们同帕特丽西娅、鲁乔、罗克萨娜、阿尔瓦罗和他的未婚妻去米拉弗洛雷斯区的一家餐馆吃饭；坐在邻桌的人们整整一顿晚饭时间都保持少有的谨慎态度，没有往日的任何表示。这说明他们也累坏了，也盼望着快一点结束那漫长之极的竞选时期。

6月10日上午，我同家里人一道参加了第二轮投票，时间是一大早，地点就在巴兰科街上；后来，我接见了一个前来了解选举情况的外国观察员代表团。与第一轮选举不同，我们事先便决定这一次不再在酒店与新闻界会面，而是在得知选举结果后去自由运动组织总部。中午之前不久，在欧洲和亚洲国家居住的秘鲁公民的投票结果开始传入设在我书房内的电子计算机中。除在法国外（藤森得票数略高于我），其余的地方——甚至包括日本——我都获胜。我正在房间里看世界杯足球赛半决赛之一的电视转播，大约一点钟时，麦克和弗雷迪拿着第一批投影图表来了。所有的民意调查都出了偏差，因为藤森在全国各地，除洛雷托外，都已超过我百分之十。等到下午三点电视报道最初的选举结果时，二人之间的差距已更加扩大；几天后，全国选举法院的计算结果将这一差距最后固定在百分之二十三（百分之五十七比百分之三十四）。

下午五时，我来到自由运动组织总部，大门口已经聚集了大批支持我的群众，我面对他们承认了自己的失败，我向获胜者表示祝贺，也向积极参加竞选的朋友表示了谢意。有人在痛哭，与此同时，我和大家握手、拥抱，自由运动组织的朋友们费了好大力气让眼泪不要流下来。我在拥抱米盖尔·克鲁查加时，看到他激动得几乎说不出话来。在阿尔瓦罗的陪同下，我前往克利温饭店向我的对手表示祝贺。我感到吃惊的是支持他的人并没有很多人前来祝贺，稀稀落落的人群显得死气沉沉,一看到我出现时,他们才打起精神来,有几个人喊道:"白鬼子滚蛋!"我向藤森祝贺之后,便向家里走去,几个小时以来,我家门口一直有民阵各派力量组织的领导人和朋友们在游行。大街上,一群年轻人不停地高唱歌曲,直到深夜方散。第二天下午、第三天下午,他们又来唱歌,总是待到深夜,直到我家的灯火全部熄灭才——离去。

1990年6月13日上午,只有极少数自由运动组织和团结行动组织的朋友们探听到了我们出发的日子,因而出现在我和帕特里西娅前往欧洲要搭乘的飞机舷梯旁。当飞机腾空而起、利马上空必然到场的乌云从我们的视线中抹去了城市的轮廓时,我们的周围便只有蓝天了,于是我便想:此次出国很像1958年那一次,它以光明磊落的方式标出我一生某个阶段的结束和下一阶段的开始,在那个新阶段里,文学占据了中心位置。

补遗

本书的大部分写于柏林,感谢沃尔夫·勒佩尼斯博士的慷慨帮助,我以高级访问学者的身份在那里生活了一年。与前几年相比,这是一种良性反差:全部时间可以用于读书、写作、与学院的同事交谈和与德语句法搏斗。

1992年4月6日黎明时分,来自利马的长途电话把我给叫醒了。打电话的是路易斯·布斯塔曼特·贝朗德和米盖尔·维加·阿尔韦亚尔;他俩在1991年8月自由运动组织第二届全国代表大会上分别取代了我和米盖尔·克鲁查加,当选为主席和总书记。阿尔韦托·藤森刚刚通过电视台以突然袭击的方式宣布以下决定:关闭国会、司法机构、宪法保障法院和全国最高法院,停止行使宪法以及通过行政命令的方式治理国家。武装部队立即支持这些措施。

这样一来,经过十二年军事独裁统治之后于1980年在秘鲁重建的民主制度,又一次被推翻了,干此事的是两年前秘鲁人民选出的总统,1990年7月28日上台时曾宣誓遵守宪法和实行法治。

藤森执政的二十个月与他在竞选期间令人担心的言行大相径庭。他刚一当选总统就抛弃了第一轮与第二轮竞选中从温和的左派领地招募来的经济顾问，而重新在企业界和右派寻找合作者。经济部长的职位交给一位从人民行动党里出来的人——胡安·卡洛斯·乌尔塔多·米列尔工程师，民阵中我那些最年轻的顾问和助手都被安置在重要的公职上。这个以拒绝"调整"为竞选的拿手好戏的人，执政伊始便大幅度下调物价，同时又一刀砍掉了进口关税和公职津贴。卡洛斯·博洛纳接替乌尔塔多成为经济部长之后，这一调整过程更加快了速度；他的经济政策明显偏向反对平均主义、支持私营企业、鼓励外来投资、坚持市场经济的特色，并且还推行私有化和压缩国家行政部门的计划。所有这一切都是征得国际货币基金组织和世界银行的同意后进行的，政府开始与这两家金融机构磋商秘鲁回归国际社会的问题，重新谈判偿还债务和提供贷款的问题。

于是，在秘鲁和许多国家，人们纷纷议论道：我虽然在选举中失败了，却替别人赢得了胜利——遮掩了秘鲁人失败的著名的"精神"胜利法——因为藤森总统剽窃了我的主张，实行的是我的执政纲领。他内部新上台的批评家、阿普拉党和左翼各党如是说，右派也如是说；尤其是企业界，他们为新执政者的转向松了一口气，觉得终于摆脱了阿兰·加西亚时期的不稳定状态。因此这一说法——这一虚构——便转而变成了无可争议的真理。

我想，这是我的真正失败，不是6月10日那种表面上的失败，因为这种说法歪曲了大部分我做的和我想为秘鲁做的事情。4月5日以前这种说法就是虚假的；藤森使用武力解除了与他有同等合法地位的参、众议员的职务，又换上一副新面具——如同歌舞伎闹剧中一个演员变换各种人物面具一样——恢复了造成我们野蛮与落后的专制传统之后就更是虚假的了。

我要求执政而秘鲁人民加以拒绝的纲领，旨在稳定国家的金融财政，结束通货膨胀，让秘鲁经济面向世界，这是拆毁社会歧视性结构、推翻特权制度的完整计划的组成部分，让几百万贫困的秘鲁人最终有机会获得哈耶克所说的文明社会不可分离的三位一体：法制、自由和财产①。这需要在秘鲁人的支持与参与下进行，不三心二意，不离心离德，就是在经济改革过程中不破坏和糟蹋国家刚刚迈入的民主文化制度。改革计划不是把私有化看成消灭国库赤字、为空虚的国库提供财源的纯粹手段，而是看作为创造大批新股东、发展大众化的资本主义、给几百万受唯利是图的制度排斥和歧视的秘鲁人打开市场和生产财富的快速通道。现在进行的改革稳定了经济形势，但是没有促进社会正义的发展，因为丝毫没有给穷人提供和增加机会以便在平等的条件下与富人竞争。藤森政府所进行的一切与我的改革计划之间有天壤之别——相去十万八千里——差别在于：经济方面，他的政策是保守的，我的是自由化；政治上，他搞独裁，我主张民主。

但是，他那一套抑制了狂奔的通货膨胀，整顿了由于阿普拉政府蛊惑宣传所造成的无政府状态以及对前途人心惶惶的局面，从而为藤森总统赢得了很高的声望。由于加速支持他那出人意料的突变的新闻界的大力鼓吹，他的名声更加响亮。与此同时，各个政党的威信却急剧下降，因为这些党派已经昏头昏脑地乱作一团，一一受到新总统的攻击；藤森上台伊始就指责这些政党要对国内的一切弊病负责，诸如经济危机、官员腐败、政府办事不力和议会瘫痪性的

---

① 详见哈耶克《法律、法规与自由》第一卷，第107页，1973年芝加哥大学出版社出版。

侈谈政治。

为 4 月 5 日自动政变做准备的活动,显而易见早在新总统登基之前就由藤森的智囊们在构思了,而筹划领导者则是一个怪人,其传奇性的履历,相当于奥德里亚独裁时期的埃斯帕萨·萨尼亚杜,在军队里当过上尉,干过特工,做过囚犯,给贩毒集团出任律师,又是特殊活动的专家,他名叫弗拉迪米罗·蒙特西诺斯。他在仕途上迅速(但秘密)的升迁,似乎是开始于第一轮和第二轮竞选活动期间,通过他的影响和联系,一切指控藤森在房地产交易中公证登记和法律档案的犯罪痕迹全部加以销毁。从那时起,他就当上了藤森的顾问和右臂;而他与军事情报局的联系成为后来秘鲁政权的脊柱,这种关系此前便已有之,但尤其是自 1992 年 11 月 11 日萨利纳斯·塞多将军为维护宪法发动兵变失败以后就更加密切起来。

4 月 5 日的自动政变非但没有遭到群众为捍卫民主而发出的非议,反而赢得了广泛支持,其社会范围下自最受压迫的阶层——流氓无产者和从山区迁来的移民——上至高层和中产阶级,好像全社会都起来支持这位"强人"了。根据民意测验,藤森的声望直线上升;抓获"光辉道路"的头目阿维马尔·古斯曼之后,拥护藤森的百分比达到新高峰(百分之九十以上),因为许多人(天真地)认为这是新政权用"紧急与重建全国秩序"的应急措施代替无效与无赖的民主手段的直接后果。此外,有些无耻文人、笔杆子和从前的自由派、现在的保守派——在恩里克·奇里诺斯·索托、曼努埃尔·托尔内亚和帕特里西奥·里基茨这类从前支持我的先生们的率领下——急急忙忙为这次政变炮制道德和法律上相应的辩护词,并且变成现政府在新闻界的新猎犬。

凡是以民主的名义谴责这一事变的人,立刻就在政治上受到孤立,并受到政府喉舌的辱骂。但公众舆论中有许多人是同意这种辱骂的。

我的情况便是如此。自1990年6月13日离开秘鲁以后,我便决心再也不像1987年至1990年那样涉足职业性的政治了,因此对新政府不加评论。我一直是这样做的,只有一次短暂的讲话例外,那是为了把自由运动组织主席的席位交给鲁乔·布斯塔曼特,我于1991年8月去利马做了一次闪电旅行。但是,1992年4月5日之后,我又一次虽然竭尽全力克制,却在过去政治活动给我记忆留下的深深痛苦的压力下,在写文章和采访中谴责了这一事变,因为我认为它是秘鲁的灾难:法制被取消了,强人统治的时期又开始了,执政者的合法性建立在军事力量和民意调查的基础上的时期又开始了。由于我要坚持自己的一贯立场,我在竞选时就说过我的政府将反对拉美任何一种独裁和政变,所以我请求民主国家和国际组织要用外交和经济制裁的办法惩罚秘鲁政府——如同海地军人推翻民选政府后国际社会的做法一样——以此声援秘鲁的民主人士和打击其他拉美国家有可能搞政变的人(在委内瑞拉已经有人),他们准备学习藤森的榜样跃跃欲试。

我这种立场当然会成为秘鲁愤怒指责的目标,这不仅来自政府、虚伪的军界首脑和雇用的报人,而且来自许多好心的公民,其中有不少是前民阵的盟友;对这些人来说,要求对政府的经济制裁就是对秘鲁的背叛行为,他们不能接受秘鲁史上的最大教训:独裁统治无论采取何种形式,都是万恶之首,无论如何都要加以反对;因为独裁的时间越短,国家的损失和痛苦就越少。即使是在我觉得最不可能凭借条件反射行事的人群里,我也感觉出一种认为我缺乏爱国主义精神而产生的大惊小怪,感觉出一种不是根据信念和原则而发的态度，而是由于对一次失败的愤怒而发的情绪。

让我失眠的不是这个。或许不大有名气会让我今后将全部时间和精力投入到写作中去，如果干这一行——可以去去晦气——我自信比之那不受欢迎（但又必不可少）的政治来还有些能力。

在这本难写的书中，我最后的思考并不乐观。我不赞成似乎存在于秘鲁人中间的广泛一致看法：4月5日以后秘鲁有过两次选举——一次是组成国会，另一次是更新市级政府——因此法制已经重建起来，政府也获得了民主委任状。我认为恰恰相反，这促成了秘鲁在政治方面的倒退；有了美洲国家组织和西方外交界的称赞之后，古老至极的独裁传统又在秘鲁粉墨登场了：独裁者和军事首领又凌驾于公民社会之上了；武装和小集团的阴谋诡计又强加在法制和法律的头上了。

自1992年4月5日以后，秘鲁又开始了一个混乱和明显自相矛盾的时期，一个对于了解历史的不可预先性、它那难以捉摸的脾气和令人吃惊的曲折性颇有教益的时期。一种反对国有化、反对民族化的崭新心态，在广大社会阶层中传播开来，污染了许多1987年时为金融系统国有化英勇斗争的人们；现在他们狂热至极，坚决支持私有化和经济开放政策。可是，这些人怎么不为这一进步因人民唾弃政党、社会体制、制度及其互相监督与平衡的自治权利而掣肘所难过呢？更糟的是许多社会阶层为独裁统治和神授的元首而感到欢欣鼓舞！如果公民的权利中规定了必须颂扬野蛮、粗鄙的形式，也就是"奇恰酒"文化，即：蔑视思想、蔑视道德而代之以粗俗、平庸、奸诈、无耻和满嘴的脏话、黑话，按照1993年1月市府选举的标准，这些都是"新秘鲁"最受赞赏的品格，那么公民针对传统政党的被蛀蚀即使有良性反应又有什么用处呢？

对这个政权的支持是建立在一张充满各种矛盾的网上。企业界和右派拥戴的是悄悄渴望的皮诺切特式（智利独裁者）的人物当总统；怀念军事政变的军人把藤森当成过渡性的傀儡；与此同时，最受压迫和最不满的下层百姓，由于种族主义和反现行制度的蛊惑宣传已经深入他们心中，因此觉得心中的憎恨与情绪已经通过藤森有计划地辱骂贪官污吏、变态的外交官和藤森身上的粗俗气质造成的"人民"终于当家做主的幻觉而宣泄出来。

这个政权的吹鼓手们——尤其集中在《快讯日报》和各个电视台里——大谈秘鲁历史的新时期，大谈社会变革，大谈政治上移风易俗，大谈面对国家现实闭目塞听却把持权力、严重官僚化的家长制的政党的垮台，大谈如今人民登上政治舞台可以直接与领袖沟通，再也不要那些堕落的官僚中间作梗了。在现代史上，每当有反民主的逆流出现时，不是经常可以听到这类老调重弹吗？在秘鲁，桑切斯·塞罗将军的理由不就是如此吗？这位独裁者像藤森一样也很会收买"正派人"和"民众"的心。奥德里亚将军为了"真正的民主"而取消了所有政党时，不是也这样说的吗？贝拉斯科将军为了取消腐败的政党政治而代之以有广大民众参加的不要流氓政客干扰的社会生活时，难道拿出别的思想理论加以说明了？太阳底下别无新意，或许除去这个重新复活的独裁理论，现在更接近法西斯主义而不是共产主义；比起老式独裁理论，听众更多更用心罢了。面对未来，此情此景应该高兴呢，还是应该恐惧？

1992年4月5日以后，在新的政治游戏中，许多昨天的政敌很快又相聚在同一条战壕里了，一起去迎接困境。曾经给藤森打开总统府大门的阿普拉和左派，此时已是藤森的主要牺牲品；在1993年1月的市府选举中，在利马地区，他们的得票率加起来还不到百分之十。制造阴谋诡计为藤森的胜利提供方便的设计大师阿兰·加西亚，在把秘鲁拖到了毁灭的边缘又在其一生中败坏了阿普拉的声誉之后，现在流亡到了国外，与他的几个狐朋狗友一道因盗窃和贪污等案件而受到追捕。左派团结组织已经土崩瓦解了。在最后一次战斗中，似乎粉身碎骨了。

颇有戏剧性的是民阵各派政治力量的受挫，其中包括自由运动组织，由于他们坚决维护宪法和反对4月5日的政变而受到选民们的严厉惩罚。

自由运动组织自1987年8月21日在广大群众支持下和在西斯罗的预卜中诞生了，它刚一开始独立生活就经受了多种严峻考验，现在又处于生存的艰难时刻了。这不仅仅是因为1990年6月的失败使它减少了队伍，而且还因为从那以后发生的秘鲁政局的变化，使它的作用局限于边缘位置上，如其他政党一样是远离政治生活的中心的。在新闻传媒手段的敌视下或故意不理睬下——少数令人钦佩的报纸除外，多数报纸、电台、电视台是彻头彻尾地绑在政府的战车上——民阵既无财源又缺乏成员，但它依靠几位理想主义者的献身精神又活了下来，这些人在当前不安全的环境下，顶风破浪，仍然捍卫着六年前指引我们去圣马丁广场的那些思想和精神，而那时没有想到由此会给国家和无数个人的生活造成那样巨大的动乱。

1993年2月完稿于新泽西，普林斯顿